Thilo Hatzius
Vier Köpfe und drei Füße

Ausgangspunkt für dieses Buch war ein Auftrag an den Autor, die langjährigen Erfahrungen der Entwicklungszusammenarbeit im Bereich der Bewässerungsförderung am Beispiel von Projekten in den Anden zu dokumentieren. Seine Kenntnisse des Fachgebietes, der Organisationen der Entwicklungszusammenarbeit und der entwicklungspolitischen Szene ließen ihn jedoch einen Bericht verfassen, der den Auftraggebern missfiel. Das Buch ist eine überarbeitete Version dieses Berichts, von den Fesseln der Auftragsarbeit befreit.

Ein Buch, das die Entwicklungszusammenarbeit nicht pauschal verurteilt, wohl aber auf die Widersprüche und Diskrepanzen zwischen Anspruch und Wirklichkeit verweist: Vier Köpfe und drei Füße...

Eine spannende und provozierende Lektüre für Insider nicht weniger als für alle an der Entwicklungszusammenarbeit Interessierten.

Thilo Hatzius, geboren 1943 in Erfurt. Studium der Landwirtschaft, Volkswirtschaft und Agrarökonomie in Göttingen, Berkeley und Bonn. Promotion Bonn 1982. Lebt in Heidelberg und arbeitet als Freier Gutachter für verschiedene Organisationen der Entwicklungszusammenarbeit. Seit den siebziger Jahren Erfahrungen bei der Durchführung und Beratung von Projekten der Entwicklungszusammenarbeit in Lateinamerika, Afrika, Asien und Osteuropa. Schwerpunkte seiner Arbeit in den Anden Perus waren die Bewässerungsprojekte Plan MERISS und COPASA, in Bolivien das Bewässerungsprojekt PMO, die Beratung der Ausarbeitung eines Masterplans für alternative Entwicklung (Drogensubstitution) im Chapare und einer Strategie zur langfristigen Entwicklung des Agrarsektors. Seit Juni 2004 als Berater des Ministeriums für Bewässerung, Wasser und Umwelt in Afghanistan tätig.

Thilo Hatzius

Vier Köpfe und drei Füße

Entwicklungszusammenarbeit
in einer globalisierten Welt

Lernerfahrungen mit Bewässerungsprojekten
in den Anden

Brandes & Apsel

*Meinen Eltern in Dankbarkeit gewidmet
für die Freiheit und die Träume,
die sie mir mit auf den Weg gaben,
und für den Willen, sie zu leben*

Thilo Hatzius

1. Auflage 2004
© Brandes & Apsel Verlag GmbH, Frankfurt am Main
Alle Rechte vorbehalten.
Lektorat: Volkhard Brandes, Frankfurt am Main
DTP: Wolfgang Gröne, Groß-Zimmern
Umschlaggestaltung: Lynn Hatzius, Heidelberg/London
Foto Umschlagrückseite: Britt Hatzius, Heidelberg/London
Druck: Tiskarna Ljubljana d. d., Ljubljana, Printed in Slovenia
Gedruckt auf säurefreiem, alterungsbeständigem und chlorfrei gebleichtem Papier.

Bibliografische Information Der Deutschen Bibliothek
Die Deutsche Bibliothek verzeichnet diese Publikation in der
Deutschen Nationalbibliografie; detaillierte bibliografische Daten sind
im Internet über http://dnb.ddb.de abrufbar

ISBN 3-86099-801-3

Auf Wunsch informieren wir regelmäßig über das Verlagsprogramm:
Brandes & Apsel Verlag, Scheidswaldstr. 33, D-60385 Frankfurt am Main
E-Mail: brandes-apsel@t-online.de, Internet: www.brandes-apsel-verlag.de

Inhalt

**1. Entwicklungspolitik in Zeiten der Globalisierung
– eine Einführung**
1.1 Internationale Entwicklungspolitik –
 Ungereimtheiten und offene Fragen   *7*
1.2 Entwicklungszusammenarbeit als Lernprozess   *19*
1.3 Bewässerungsförderung als Armutsbekämpfungsstrategie   *26*
1.4 Einige Erläuterungen zum Verständnis des Buchs und
 zum weiteren Vorgehen   *39*

**2. Armut und Unterentwicklung
– Ansichten, Aussichten und Einsichten**
2.1 Eine Sicht von unten – Ansichten   *45*
2.2 Eine Sicht von oben – Aussichten   *80*
2.3 Eine Sicht von innen – Einsichten   *98*

**3. Ein Monster mit vier Köpfen und drei Füßen –
Eindrücke und Lernerfahrungen mit Bewässerungsprojekten
in den Anden**
3.1 Lernerfahrungen im Umgang miteinander – von Partizipation,
 Kommunikation, »gender«-Orientierung und Koordination   *113*
3.2 Von Bewässerungs- und anderen Systemen, ökologischer
 Nachhaltigkeit und der Suche nach intellektuellen
 Reibungsflächen   *130*
3.3 Über M&E, die Erhebung und Analyse agrarökonomischer
 Daten und die Schwierigkeit, Wirkungen durch Projekte
 zu erzielen und zu messen   *136*
3.4 Über Humankapital und Trägerförderung als Instrument
 zur Erhöhung der Nachhaltigkeit von Bewässerungsprojekten   *148*
3.5 Von einem Monster mit vier Köpfen und drei Füßen
 und den Ursprüngen dienstleistungsorientierter
 Bewässerungsförderung in den Anden   *158*

3.6 Aus der Frühzeit deutscher Bewässerungsförderung in Peru
   – der Beginn von Lernprozessen mit Institutionen und Umwelt   *178*
3.7 Von Denkmälern, denkwürdigen Projekten und falsch
   verstandener Nachfrageorientierung: der Superdüker von Maras   *194*
3.8 Von Lernprozessen an der Schnittstelle zweier Kulturen,
   von Ausbildungs- und Beratungsmethoden
   in Bewässerungslandwirtschaft   *202*
3.9 Deine Kinder – meine Kinder? Von einer soliden Beziehung,
   die nicht immer eine Liebesbeziehung war   *214*
3.10 Zu Projektkosten, Indikatoren, Wirtschaftlichkeitsstudien
   und sonstigen Versuchen,
   die Realität mit Hilfe von Zahlen zu erfassen   *224*

4. Bekenntnisse und Erkenntnisse – Rückblick und Überblick
4.1 Warum einige Pelze nass wurden –
   Erläuterungen zu vermeintlichem Antiamerikanismus
   und angeblicher Polemik   *239*
4.2 Bewässerungsförderung als Armutsbekämpfung an marginalen
   Standorten – ein Überblick   *248*

Ausgewählte Literatur   *269*
Verzeichnis der Abkürzungen   *273*
Karten   *276*
Danksagung   *279*

1
Entwicklungspolitik in Zeiten der Globalisierung – eine Einführung

1.1 Internationale Entwicklungspolitik – Ungereimtheiten und offene Fragen

Unter den vielen Definitionen des Phänomens »Entwicklung« erscheint mir die von Todaro (1977) vorgeschlagene einigermaßen repräsentativ und für mein Anliegen in diesem Buch geeignet. Todaro versteht Entwicklung als multidimensionalen Prozess, in dem Strukturen, persönliche Einstellungen und Institutionen sich wandeln, um wirtschaftliches Wachstum, die Reduzierung von Ungleichheit und die Ausrottung von Armut zu erreichen. Nimmt man diese Definition als Leitbild für die deutsche Entwicklungszusammenarbeit, dann erscheint es mir sinnvoll, dass sich die mit öffentlichen Geldern geförderten Organisationen, die zu diesem Prozess beitragen sollen, und Personen, die in ihnen oder für sie arbeiten, ab und zu einmal fragen, ob sie in diesem Sinne einen Beitrag zur Entwicklung leisten. Denn es gibt viele in unserer Gesellschaft, angefangen von Wirtschaftswissenschaftlern, über Verantwortliche für Entwicklungspolitik und deren Umsetzung, bis hin zum »normalen« Bürger, die der Meinung sind, dass man solche öffentlich geförderten Organisationen nicht braucht oder nicht mehr braucht. Wirtschaftswissenschaftler, die sich zum »neoliberalen *mainstream*« rechnen, berufen sich dabei oft auf den schottischen Wirtschaftstheoretiker Adam Smith, der schon vor mehr als 250 Jahren meinte, dass der Markt, den er als »unsichtbare Hand« bezeichnete, das Problem der Unterentwicklung schon von selbst regeln würde. Das Streben nach Gewinn und der Eigennutz der Menschen, die Güter und Dienstleistungen auf Märkten austauschen, also anbieten und nachfragen, sei eine ausreichend dynamische Kraft, um ein gesellschaftlich optimales Ergebnis der Wirtschaft und damit auch Entwicklung zu erreichen.

Peter T. Bauer, ebenfalls Brite und von der Königin wohl vor allem auch wegen dieser Erkenntnisse zum Lord ernannt, äußerte sich in ähnlicher

Weise und bezog sich dabei direkt auf die Entwicklungszusammenarbeit (EZ) in der heute üblichen Form. Er behauptete, dass Versuche, die proklamierten Ziele der EZ durch hochsubventionierte Kredite (Finanzielle Zusammenarbeit, FZ) oder die kostenlose Bereitstellung von Dienstleistungen über Projekte und Programme staatlicher Trägerstrukturen (Technische Zusammenarbeit, TZ) zu erreichen, ziemlich genau das Gegenteil bewirkten. Er hält daher ebenfalls Märkte für die effektivste und effizienteste Art, um solche Dienstleistungen und das dazu benötigte Finanzkapital bereitzustellen. Dies sei auf jeden Fall besser, als sie – wie heute üblich – durch Entwicklungsbürokratien, also Ministerien, Entwicklungsbanken und Organisationen der bilateralen oder multilateralen EZ bereitstellen zu lassen. Diese seien mit der Aufgabe überfordert, die Steuergelder sparsam, gerecht und vor allem zum Wohle der Armen und Benachteiligten in den begünstigten Ländern auszugeben. Die Entwicklungsbürokraten verfehlten vor allem auch das von den Ökonomen geforderte Ziel einer optimalen Allokation der knappen Ressourcen dieser Länder und des Kapitals, das ihnen, hochsubventioniert und zu extrem günstigen Bedingungen, von den sog. Geberländern und von internationalen Organisationen zur Verfügung gestellt wird.

Der US-amerikanische Wirtschaftsprofessor Milton Friedman, Großvater sozusagen jener »*Chicago boys*«, die einst nach Chile ausschwärmten, nachdem General Pinochet es mit Hilfe der CIA zwangsberuhigt hatte, gab konkretere Hinweise darauf, wie dem Marktkonzept auch in Entwicklungsländern auf die Sprünge zu helfen sei. Als Geburtshelfer der heute so kontrovers diskutierten neoliberalen Wirtschaftspolitik lieferte er die Argumente und das Grundkonzept für die – je nach Sichtweise – vielgepriesenen oder vielgefürchteten und verdammten Strukturanpassungsprogramme (SAP). Diese werden von den Institutionen des sog. *Washington consensus (WC)*, dem Internationalen Währungsfonds (IWF) und der Weltbank, solchen Entwicklungsländern empfohlen (oder besser: aufs Auge gedrückt), die mit ihrem Latein (sprich, mit ihrer Wirtschaftspolitik) am Ende sind. Sie verpassen den betroffenen Entwicklungsländern ein stringentes Rezept für einen Weg aus der Misere leerer Staatskassen, galoppierender Inflation, stagnierender Wirtschaft, Arbeitslosigkeit, Armut und Unterentwicklung. Für jedes Land ziemlich ähnlich, sind diese SAP häufig nicht an die besondere Situation und Bedürfnisse der Länder angepasst und bleiben daher meist weit hinter den gesetzten Zielen zurück. Und sie sind normalerweise mit einer dramatischen Verschlechterung der Lebenssituation ärmerer Schichten der Bevölkerung verbunden. Da die finanzielle Unterstützung durch IWF und Weltbank an die Erfüllung von Bedingungen hinsichtlich der Öffnung der Grenzen für Importe und einer Ausweitung der weltmarktorientierten Exportproduktion gebunden sind, neutralisieren sich die Programme verschiedener Länder häufig gegenseitig und verfehlen vor allem auch dadurch ihre positive Wirkung. Für die Weltgemeinschaft insgesamt also nur soziale Kosten – »außer Spesen (für WC-Experten) nichts gewesen«, und »viel Lärm (Leid für die Armen) um nichts« also? Kritiker behaupten, dass positive Wirkungen vor allem bei den Ländern des Nordens auftreten, durch die Öffnung zusätzlicher Absatzmärkte und den Bezug billiger Rohstoffe. Und auch die Politik der Welthandelsorganisation (*World Trade Organization*, WTO) sei dadurch bestimmt und daher abzulehnen.

In Lateinamerika hatte Chile Mitte der 70er Jahre recht guten Erfolg mit einem SAP. Vor allem, weil die »unsichtbaren Hände« wieder zum Wirken gebracht werden konnten, nachdem die sozialistische Regierung des demokratisch gewählten Präsidenten Salvadore Allende 1973 mit Hilfe der CIA gestürzt worden war. Die Gründe sind nicht unähnlich denen, die Deutschland nach dem Sturz eines anderen Diktators das Wirtschaftswunder brachten, nämlich gut ausgebildete Arbeitskräfte und ein homogenes und stabileres Wertesystem als in den Nachbarländern. Aber auch die damals aus den USA nach Chile zurückkehrenden *Chicago boys* hatten ihr wirtschaftspolitisches Handwerk beim großen *maestro* Friedman in Chicago offensichtlich gründlicher gelernt, als so mancher WC-Experte, der immer wieder seine Standard-Wachstumsrezepte à la SAP vom Grünen Tisch aus verschreibt, egal um welches Land es sich handelt. In Chile herrscht heute, verglichen mit den Nachbarländern Peru, Bolivien und Argentinien, ein erstaunlicher Wohlstand, auch wenn die typischen negativen sozialen Nebenwirkungen neoliberaler Wirtschaftspolitik nicht zu leugnen sind, der Abgrund zwischen arm und reich immer breiter und tiefer wird.

In Peru hatte ein SAP unter Präsident Belaúnde Anfang der 80er Jahre kläglich versagt, vor allem wohl wegen der gesellschaftlichen Verwerfungen nach dem 12-jährigen »sozialistischen« Experiment einer Militärdiktatur und weil auch die weltwirtschaftlichen Rahmenbedingungen der 80er Jahre positive Wirkungen schon im Keim ersticken ließen. Nach einem fünfjährigen Intermezzo »heterodoxer« Politik unter Alain García, die das Land vollends in wirtschaftliches und gesellschaftliches Chaos stürzte, folgte dann zu Beginn der 90er Jahre ein weiteres SAP unter Präsident Fujimori, das zunächst zu einem bemerkenswerten wirtschaftlichen Aufschwung führte. Dies jedoch, wie schon zuvor in Chile, vom fauligen Geruch nach Diktatur begleitet, der mit jedem der zehn Regierungsjahre Fujimoris penetranter wurde. Quellen und Ausmaß dieses Gestanks wurden erst nach und nach aufgedeckt, nachdem sich Fujimori längst nach Japan, dem Land seiner Väter, abgesetzt hatte. Von dort scheint er den für ihn und seine ehemaligen Landsleute sehr wenig schmeichelhaften Prozess der Vergangenheitsbewältigung aufmerksam zu verfolgen, was an gelegentlichen Leserzuschriften an Zeitschriften mit internationaler Verbreitung zu erkennen ist. EZ-Unterstützung zur Vergangenheitsbewältigung bzw. zur Verdrängung des kollektiven schlechten Gewissens über das Versagen der demokratischen Kräfte (Intellektuelle und Medien vor allem) scheint Peru weder von Deutschland noch von Japan erhalten zu haben. Bei der Fähigkeit der Peruaner, Schuldige für eine häufig selbst verschuldete Misere zu finden, ist eine solche Unterstützung sicher auch nicht nötig.

Im benachbarten Bolivien war die Entwicklung anders. Dort war das SAP von 1985 mit dem Ende einer langen Kette mehr oder weniger diktatorischer Regierungen verbunden, die sich durchschnittlich alle neun Monate in der Ausübung der Macht abgewechselt hatten. Diese politische Landschaft hatte über lange Jahre ausländische Investoren abgestoßen. Stattdessen zog sie das einstige Idol der Studentenbewegung der 60er Jahre, den aus dem benachbarten Argentinien stammenden Revolutionär Ernesto »Che« Guevara, an. Dieser hatte nach Aushebelung der rechten Batista-Diktatur in Kuba mehrere Jahre in der sozialistischen Staatsbürokratie in hohen Ämtern gedient, sah dann aber seine Talente im revolutionären Kampf besser genutzt. Er machte sich daher auf den Weg in die Täler der Anden, um – ausgehend von Bolivien – rechte Diktaturen zu bekämpfen. Allzu weit kam er dabei jedoch nicht. Im Oktober 1967 wurde er im *Valle Grande* vom CIA gefangengenommen und ermordet.

Die bolivianische Erfahrung von 1985 bewies Jahre später, dass wirtschaftlicher Aufschwung ohne Diktatur möglich ist. Unter dem damaligen Planungsminister und späteren Präsidenten Gonzalo Sanchez de Lozada zeigte das SAP in kürzester Zeit erstaunlich positive Wirkungen und schaffte die Grundlage für mehr Demokratie und wirtschaftliche Entwicklung in den folgenden Jahren. Der einzige Schönheitsfehler – und daher auch »nur« eine wirtschaftliche und keine soziale und gesellschaftliche Entwicklung – waren auch in diesem Fall die dramatischen negativen sozialen Nebenwirkungen, die sich in Arbeitslosigkeit und einer Verschlechterung der Lebenssituation vor allem derer auswirkten, die vorher direkt oder indirekt von der staatlichen Misswirtschaft profitiert hatten. Die bolivianische Erfahrung trug dann auch dazu bei, dass sich der WC heute nicht nur über die Entwicklung von Märkten und unsichtbaren Händen Gedanken macht, sondern auch über ein menschliches Gesicht. *Adjustment with a human face* hieß das dann bald im entsprechenden Entwicklungsjargon.

Für *Che* wäre die Erfahrung in Bolivien sicher die Bestätigung seiner These von der Verelendung der Massen als notwendiger Begleiterscheinung des Kapitalismus gewesen. Und er hätte wohl auch versucht, sich unter die Tausende ausgemergelter Bergarbeiter zu mischen, die damals durch die

Privatisierung der unrentablen staatlichen Minen arbeitslos geworden waren. Er hätte versucht, sie zum bewaffneten Widerstand zu bewegen und sie mit den richtigen Parolen versorgt. Dies dann vielleicht auch in einer Sprache, mit der die erschreckende Verständniskluft innerhalb der bolivianischen Gesellschaft überwunden worden wäre. Es ist eine historisch, vor allem aber auch ethnisch bedingte Kluft, die man ebenfalls in Peru beobachten kann und die in Bolivien zuletzt im Oktober 2003 wieder in dramatischer Weise sichtbar wurde. Im Vergleich dazu machten sich die ausgemergelten *mineros* Ende der 80er Jahre eher diszipliniert und lautlos auf den langen Fußmarsch von den Bergbaudörfern des *Altiplanos*, dem bolivianischen Hochland, in die Regenwaldgebiete östlich von Cochabamba (*Chapare*), in der Hoffnung, mit dem Anbau von Koka, dem Rohstoff für die Wohlstandsdroge Kokain, ihr Glück zu machen. Erstaunlich unrevolutionär, sich friedlich und diszipliniert in ihr Schicksal ergebend, sah ich sie damals durch die Hauptstadt La Paz marschieren. Von den rhythmischen Protestrufen, mit denen 2003 die Führer der *sindicatos* ihre Genossen anfeuerten, war damals nichts zu hören – vielleicht fehlten ihnen die Kräfte oder die Repressionsmechanismen funktionierten noch besser. Vielleicht hofften sie auch, ein wenig von den positiven Wirkungen des erwarteten Wachstums zu profitieren, dem so häufig beschworenen *trickle down*, das meist noch nicht einmal die zahlenmäßig unbedeutende Mittelklasse erreicht, geschweige denn das Heer der Armen. Ihre Schaufeln und Spitzhacken, einziges Kapital und Symbol ihres Arbeits- und Überlebenswillens auf den Schultern, führten sie ihre Frauen und Kinder, ihre Babys und wenigen Habseligkeiten in bunten Tüchern (*mantas*) auf den Rücken gebunden, in eine unsichere Zukunft. Die meisten ließen damals die vertrauten Hochtäler des Altiplanos für immer zurück in der Hoffnung, im tropischen Tiefland des Ostens durch die Rodung einer Parzelle am Koka-Boom teilnehmen zu können. Die schrecklichen Folgen für die Umwelt und das soziale Gefüge waren zu dieser Zeit noch ebensowenig abzusehen wie die dadurch bedingten nationalen und internationalen politischen Verwerfungen, die auch in anderen Regionen der Welt die Drogenwirtschaft begleiten.

Im Norden war der Konsum von Kokain bei der *no-future*- und Nullbock-auf-nichts-Generation zu einer Begleiterscheinung des Wohlstands geworden. Zuerst in den USA, dann in den Ländern Europas und Asiens und schließlich auch in den Städten der »Dritten Welt«. Heute ist Kokain auch in Lateinamerika aus keinem Land mehr wegzudenken. Vom Luxuskonsum in den »entwickelten« zum Massen- und Elendskonsum in den Entwicklungsländern wird es neben dem Alkohol immer mehr zur wichtigsten »Droge des Vergessens« – eine ganz andere Art der Globalisierung, mit beeindruckenden Wachstumsraten, getrieben von Angebot und Nachfrage.

Diesmal aber nicht nach den Vorstellungen der WC-Gurus im Norden: Das Angebot in Form der Kokablätter oder der *pasta basica* wird völlig ohne EZ-Förderung von armen Kleinbauern produziert und von der kolumbianischen bzw. internationalen Drogenmafia zu Kokain verarbeitet und vermarktet, die sich den Löwenanteil an dem lukrativen Geschäft mit dem Stoff unter den Nagel reißt.

Um die Nachfrage brauchen sie sich nicht zu sorgen. Sie kommt nachhaltig aus dem Millionenheer der *junkies*, den Opfern von Überfluss und Überdruss im Norden und zunehmend auch von den Opfern aufbrechender Widersprüche ehemals stimmiger traditioneller Wertesysteme im Süden; von Luxuskonsumenten, die sich um die Widersprüche, Ungleichheiten und Ungerechtigkeiten in dieser Welt wenig scheren. Dies vor allem, weil scheinheilige Entwicklungssprüche die offen zu Tage tretenden Entwicklungsbrüche kaschieren und damit auch das Unvermögen der Weltgemeinschaft, die Probleme gemeinsam zu lösen. Die Probleme werden stattdessen tausendfach analysiert, klug beschrieben und verklausuliert umschrieben. Man schiebt sich gegenseitig die Schuld zu, der Norden dem Süden, der Süden dem Norden, obwohl alle Beteiligten wissen sollten, dass auch hier mit Schuldzuweisungen wenig erreicht werden kann, dass die Probleme in einer globalisierten Welt komplexer sind als alles, was wir bisher kannten und dass sie nur gelöst werden können, wenn auch die eigenen Interessen und Positionen hinterfragt und teilweise aufgegeben werden.

Dieses neue Phänomen einer globalisierten Drogenwirtschaft, die den Norden und den Süden, die Reichen und die Armen in fast schicksalhafter Weise aneinander bindet, im sozialen wie im Umweltbereich, wird in seiner Dramatik nur noch von jenem anderen Phänomen übertroffen, das seit dem elften September 2001 die Welt in Atem hält – wobei die 9/11-Parolen und die Reaktionen des großen Bruders fast noch mehr Grund zur Besorgnis geben als die angebliche »Achse des Bösen« und die so völlig missverstandenen nicht-christlichen Religionen. Diese Phänomene lassen eine Problematik jenseits der Theorien von Adam Smith und David Ricardo und der Rezepte von WC und WTO deutlich werden und sich nicht mit einem Appell an den Weltethos und den Wunsch nach einer Neuen Weltordnung lösen. Erstmals treffen hier die negativen Auswirkungen forscher westlicher wachstumsbasierter Entwicklungskonzepte, die in stereotypen SAP, neoliberalen Privatisierungs- und staatlichen Rückzugsmanövern münden, nicht nur die Armen in den Ländern des Südens sondern auch die Reichen in den Ländern des Nordens.

Einige internationale Organisationen, religiöse und politische Führer in Nord und Süd ahnen aber offensichtlich noch nichts von der Dringlichkeit, mit der heute nach anderen, neuen Wegen zur Lösung der globalen

Probleme gesucht werden muss. Was bei internationalen Konferenzen auf den ersten Blick vielleicht als unterschiedliche Vorstellungen von den zugrundeliegenden Zusammenhängen und von entsprechenden Lösungsmöglichkeiten aussieht, sind in Wahrheit unterschiedliche politische, wirtschaftliche und auch religiöse Interessen, die den internationalen Dialog hemmen. Diese werden jedoch hinter der Nebelwand eines wirtschaftspolitische oder moralische Werte vorschützenden Argumentengeblubberes verborgen und schlagen sich in unrealistischen Entwicklungszielen zu willkürlich gewählten Zeitpunkten in der Zukunft (z.B. *Millenium*) nieder, denen konkrete Zahlen und Indikatorenwerte zugewiesen werden, oder auch nur wenig definierte Unwörter. Verdrängt wird dabei, dass fast sechs Jahrzehnte Entwicklungshilfe und der aufwendige Apparat internationaler Entwicklungsorganisationen und WC-Institutionen nicht verhindern konnten, dass die Mehrheit der Menschheit auch heute noch in Armut lebt und tagtäglich um das schiere Überleben kämpft, dass alle zehn Sekunden irgendwo auf der Welt ein Kind unter zehn Jahren an Hunger stirbt, dass 826 Millionen Menschen auf der Welt permanent schwer unterernährt sind (Jean Ziegler, 2002). Auch dies nur geschätzte Zahlen, nicht fassbar das dahinter stehende menschliche Leid. Doch jeder versucht auf seine Weise, die Probleme dieser Welt zu erfassen und (be-) greifbar zu machen. Nicht zu schätzen ist die Zahl der Menschen, deren physisches Überleben zwar gesichert, deren Lebensqualität im Sinne spirituellen und psychischen Wohlbefindens, gelebter Menschenwürde und realisierter Menschenrechte aber permanent bedroht ist. Es sind sicher mehr, als wir vermuten und wahr haben wollen. Dies vor allem, weil wir möglicherweise selbst dazu gehören.

Die internationale Drogenwirtschaft ist ein Lehrbuchbeispiel dafür, wie nachfrageinduzierte marktwirtschaftliche Prozesse ablaufen, wie die »unsichtbare Hand« funktioniert. Die Kaufkraft privilegierter Reicher oder perspektiveloser *junkies* im Norden schafft sich ein Drogenangebot, das »kostengünstig« von marginalisierten Kleinbauern im Süden produziert und von der Drogenmafia als gut verdienendem Intermediär frei Haus und zu günstigen Preisen geliefert wird. Günstig sind diese natürlich nur, wenn man von den Kosten negativer externer Effekte auf Gesellschaft und Umwelt in den Produktionsländern des Südens und von den sozialen Kosten der Beschaffungskriminalität und des Drogenkonsums, einschließlich der HIV-Infizierungen, in allen Ländern absieht. Die Regierungen der Länder des Nordens, allen voran die USA, suchen nun nach Lösungen für das Problem. Genauso wie bei 9/11 sucht man die Schuld und die Problemlösung natürlich nicht bei sich selbst – »*des geed de Länner wie de Laid*«, würde man im Hessischen sagen. Nicht die gesellschaftlichen Brüche und Probleme im Norden, sondern die Kokabauern im bolivianischen *Chapare* und im peruanischen *Alto Huallaga* wurden als Schuldige identifiziert. Dort gilt es daher auch, das Problem zu lösen – logisch, oder etwa nicht? Mit Hundertschaften von Spezialeinheiten, ausgebildet mit ZEZ (Zwangsentwicklungszusammenarbeit) -Mitteln der USA, mit chemischer Keule und einer ganz neuen Art von Experten und Organisationen, die auch schon in anderen Gebieten der Welt ganze Arbeit leisteten, wenn es darum ging, die eigenen Interessen durchzusetzen.

Dabei hatten sich die Bauern, ganz nach dem Prinzip der »unsichtbaren Hand«, nur an der Marktnachfrage orientiert, eine rentable »Nischenkultur« gefunden und ein hochwertiges Produkt kundengerecht produziert – völlig ohne Entwicklungshilfe. So wollten die Vertreter neoliberaler Wirtschaftspolitik im Norden ihre Konzepte natürlich nicht verstanden wissen und versuchen nun hektisch, der »unsichtbaren Hand« das Handwerk zu legen. Neben der chemischen und militärischen Keule werden dazu Projekte »Alternativer Entwicklung« durchgeführt, d.h. Projekte zur Förderung alternativer Kulturen zur Subsitution von Koka, dem Rohstoff von Kokain. Ein rechter Krampf dieser Kampf gegen Hanf, gegen Koka und Mohn, denn ähnlich hochwertige Produkte mit entsprechenden Märkten sind kaum zu finden. Und wenn man tatsächlich welche findet, die Bauern überzeugt und die Produktion entwickelt hat, dann sind auf einmal die Grenzen der Länder des Nordens dicht und die Bauern im Süden bleiben auf ihren Produkten sitzen. So liberal soll's nun auch wieder nicht sein bei den Neoliberalen, und so wird es wohl auch weiterhin vor allem bei der Keule bleiben. Besteht zwischen New York 2001, Cancún 2003 und Irak 2003 vielleicht doch ein tieferer Zusammenhang, eine Mentalität, die von den Großen, Starken und vermeintlich Schlauen vorgelebt, von den Kleinen, Schwachen und vermeintlich Dummen imitiert und nun mit ihren eigenen Mitteln perfektioniert wird? Wenn die Folgen der doppelten Moral dann auf die Großen, Starken und vermeintlich Schlauen in Gottes eigenem Land zurückschlagen, dann kann sich ein Maulheld plötzlich ungestraft zum Heilsverkünder und Retter der Menschheit hochstilisieren und einen Keil zwischen Länder treiben, die vor wenigen Jahren noch glaubten, dass heiße und kalte Kriege solchen Ausmaßes und solcher Kaltschnäuzigkeit endgültig der Vergangenheit angehörten, dass nun Schritt für Schritt nationale Egoismen zum Wohle einer gemeinsamen friedlichen Zukunft aufgegeben würden, dem einzigen Garanten für die Überwindung von Armut und Unterentwicklung.

Der angedeutete Schlamassel neoliberaler Entwicklungspolitik hat zwar nur indirekt etwas mit Bewässerung zu tun, kann aber auch nicht völlig ausgeblendet werden, da es hier nicht nur um Subsistenzproduktion, sondern auch um Produktion für den Markt und das Problem der Vermarktung geht.

Projekte sind zum Scheitern verurteilt, wenn diese sektoralen, nationalen und globalen Bezüge bei der Planung und Durchführung nicht erkannt und berücksichtigt werden. Und dabei lässt sich dann häufig diese doppelte Moral entlarven. Wenn die eigenen Interessen der Geberländer an erster Stelle stehen, dann degradieren die propagierten Grundsätze wie Solidarität und Hilfe zur Selbsthilfe zu Worthülsen, dann ist *cash as cash can* angesagt. Subventionierte Kredite und kostenlose Projekte tun den Geberländern nicht weh. Im Gegenteil – sie machen sich gut in Hochglanzbroschüren, Geschäfts- und Entwicklungsberichten. Die Grenzen für die Produkte aus dem Süden zu öffnen, ist dagegen erheblich schwieriger. Da beginnt dann unweigerlich das Gerangel um Zollsätze, um Quoten und Meistbegünstigungsklauseln. Nur in einem Prinzip ist man sich einig, in dem der Prinzipienlosigkeit, wenn es im konkreten Fall um die reine Lehre von den komparativen Kostenvorteilen geht, für die der Name David Ricardo steht. Dieses Prinzip der Prinzipienlosigkeit wird schon seit Jahrzehnten in der Agrarpolitik der Länder des Nordens praktiziert, allen voran von der EU und den USA. Doch im Bereich des Drogengeschäfts und bei der Terrorismuswelle im Gefolge von 9/11 und Irak-Krieg funktioniert das Spielchen mit dem »Drinnen« und »Draußen« auf einmal nicht mehr so ganz. Seitdem die Flimmerkisten Krieg und Elend nicht mehr nur aus fernen, anonymen Ländern ins gemütliche Wohnzimmer bringen, wenn sich Verteilungskämpfe zu einem Kampf der Kulturen zuspitzen bzw. hochstilisiert werden und sich greifbar nah, oft direkt um die Ecke abspielen, wenn Flugzeuge in benachbarte Hochhäuser rasen oder Soldaten des eigenen Landes, der eigenen Familie an die Schauplätze des Geschehens bringen und in Metallsärgen wieder zurück, dann wird es auch der schweigenden Mehrheit langsam ungemütlich.

In Zeiten knapper öffentlicher Kassen, wenn es auch bei der jährlichen Verabschiedung des Haushalts zu immer heftigeren Verteilungskämpfen kommt, ist es berechtigt zu fragen, wieviel staatlich geförderte EZ wir brauchen und wieviel wir vielleicht der »unsichtbaren Hand« des Marktes, den spendenbereiten und -fähigen Bürgern und den Nichtregierungsorganisationen (NRO), die man heute gerne der Zivilgesellschaft zurechnet, überlassen können. Die Position, Entwicklung ausschließlich dem Markt, die Bekämpfung von Armut, Unter- oder Fehlernährung und den Schutz der Natur ausschließlich privaten Akteuren zu überlassen, ist jedoch sicher genauso utopisch wie jene andere Position, von der sich in den 80er und 90er Jahren des vergangenen Jahrhunderts immer mehr Länder verabschiedeten – mehr oder weniger freiwillig, gewaltfrei und erfolgreich. Es waren vor allem die staatskapitalistischen Länder des Ostens, in denen der Staat damals (fast) alle (Dienst-) Leistungen für den Bürger bereitstellte, möglichst kostenlos oder zu Preisen, die von Inflation unbeleckt blieben und mit den eigentlichen (Knappheits-) Werten in den jeweiligen Ländern oder auch auf globaler Ebene nichts zu tun hatten. Erst als die Widersprüche der Systeme immer offensichtlicher wurden und auch der jahrzehntelang vorausgesagte Untergang des Kapitalismus ausblieb, sah man ein, dass es vielleicht sinnvoller war, Güter und Dienstleistungen von Märkten bereitstellen, ihre Preise und Knappheitswerte von Angebot und Nachfrage bestimmen zu lassen und den Staat nur dann zu bemühen, wenn die Märkte versagten.

Die Ökonomen sprechen dann von Marktversagen, wenn sich Produktion und Konsum negativ auf die Umwelt auswirken oder wenn gewisse Dienste und Güter vom Privatsektor nicht, oder nur zu überhöhten Kosten angeboten werden. Entweder, weil hoheitliche Aufgaben betroffen sind oder weil ein natürliches Monopol vorliegt. Letzteres ist häufig bei Dienstleistungen zur Befriedigung von Grundbedürfnissen der Fall, also in einigen Bereichen des sozialen Sektors, zu dem wir auch die EZ zählen können, wenn wir die Notwendigkeit der Übernahme von Verantwortung für Armut und Ungerechtigkeit jenseits unserer Landesgrenzen einbeziehen. Welchen Stellenwert den einzelnen Bereichen zugeordnet werden soll und wie sich Markt, Staat und Zivilgesellschaft in die gesellschaftliche Verantwortung für Natur und Umwelt und in Aufgaben zur Bekämpfung von Armut und Ungerechtigkeit einbinden lassen, darüber sind sich Ökonomen und Entwicklungspolitiker nicht immer einig. Dass staatliche Entwicklungspolitik ein wichtiger flankierender Bereich staatlicher Außen- und Wirtschaftspolitik ist und dass Entwicklungshilfe oder Entwicklungszusammenarbeit (EZ), wie man die Aufgaben der damit beauftragten staatlichen oder halbstaatlichen Organisationen heute meist bezeichnet, nötig ist, daran scheinen jedoch die wenigsten zu zweifeln.

Zweifel an Sinn und Form staatlich geförderter EZ hatte jedoch vor etwa zwanzig Jahren die damalige Mitarbeiterin des Bundesministeriums für Wirtschaftliche Zusammenarbeit und Entwicklung (BMZ) Brigitte Erler, die an der Schnittstelle zwischen Konzeptualisierung und Umsetzung deutscher Entwicklungspolitik arbeitete. Sie stimmte damals mit den Füßen gegen die Art ab, wie staatliche »Entwicklungshilfe« in Ländern der »Dritten Welt« – in ihrem Falle vor allem in Bangladesch – gegeben wurde und begründete ihren Ausstieg aus dem Entwicklungsgeschäft in einem Buch mit dem griffigen Titel: *Tödliche Hilfe – Bericht von meiner letzten Dienstreise in Sachen Entwicklungshilfe* (Freiburg, 1985). Sie erboste damit nicht nur ihre KollegInnen im BMZ, sondern vor allem auch diejenigen, die sich in den Durchführungsorganisationen abmühten, die von oben vorgegebene Entwicklungspolitik in Projekte vor Ort umzusetzen. Das Buch verwirrte auch unvoreingenommene Leserinnen und Leser mehr, als sachkundig zu informieren. Dies überrascht übrigens kaum, da Sachkunde in einer solchen Hierarchie nicht unbedingt mit der Höhe der Position korreliert. Im BMZ scheint das auch damit zu tun zu haben, dass bewusst junge Hochschulabgänger und nicht entwicklungsländererfahrene Mitarbeiter der nachgelagerten Organisationen rekrutiert werden – vermutlich, um sie von Beginn an möglichst gegen derart unziemliches Querdenkertum zu immunisieren. Das Querdenken trug damals sicher zur entwicklungspolitischen Diskussion bei und gab auf diese Weise Impulse für die Verbesserung der Umsetzung von Entwicklungspolitik und zur Erhöhung der Wirksamkeit von Projekten.

Zwei Jahrzehnte nach den damaligen Diskussionen erscheint es an der Zeit, noch einmal einen Blick auf die Arbeit der damals kritisierten Organisationen zu werfen. Dabei sollen neben detaillierten Informationen über zwei Projekte zur Förderung der Bewässerungslandwirtschaft in den Anden Perus auch Erfahrungen anderer Projekte in Peru und Bolivien einbezogen werden. Es werden neben den Rahmenbedingungen auch einige theoretische und methodische Konzepte vorgestellt. Da beide einem ständigen Wandel unterliegen, sind sie auch für die Beurteilung der Organisationen und ihrer Projekte im Zeitablauf von Bedeutung. Auch die Förderung der Bewässerungslandwirtschaft in Entwicklungsländern hat in den vergangenen Jahrzehnten eine dynamische Entwicklung erfahren. Dies sowohl hinsichtlich der Auslegung und Größe von Projekten, als auch hinsichtlich der eingesetzten Konzepte und damit der Art, wie Projekte durchgeführt werden. Statt das Wasserangebot durch teure Investitionen in große Staudämme, Überleitungen durch Tunnel und Aquädukte und sonstige Bauwerke zu erhöhen, steht heute das Nachfragemanagement, d.h. vor allem die sparsamere Verwendung des Wassers in der Landwirtschaft im Vordergrund von Bewässerungsprojekten, die auch erheblich kleiner dimensioniert sind. Die Verbesserung oder Erweiterung der Infrastruktur wird von Maßnahmen zur Stärkung von Dienstleistungsorganisationen und Wassernutzergruppen begleitet, bei denen die Bewässerungsorganisation, der Betrieb und die Instandhaltung der Infrastruktur im Vordergrund stehen. Dies wiederum hilft, deren Lebensdauer erheblich zu verlängern, bzw. – im EZ-Jargon – sie nachhaltiger und effizienter zu nutzen.

Das Thema der Wasserknappheit und der Notwendigkeit, Wasser zu sparen, nimmt in den regelmäßigen Entwicklungsberichten internationaler Organisationen und Konferenzen einen immer breiteren Raum ein, so auch beim dritten Weltwasserforum in Kyoto im März 2003. Ohne eine erhöhte Effizienz der Wassernutzung in der Landwirtschaft, so wurde damals betont, könne die Aufgabe einer Sicherung der Ernährung bei gleichzeitiger Bereitstellung sauberen Trinkwassers zu erschwinglichen Preisen für die Bevölkerung, vor allem für die Armen, nicht erreicht werden. Nicht ganz zufällig liegen die ärmsten Entwicklungsländer und die besonders armen Regionen eines Landes in ariden oder semi-ariden Gebieten, wo daher die Armuts- und Ernährungsprobleme besonders akut sind. Bewässerungsprojekte und Armutsbekämpfung gehen somit Hand in Hand und betreffen einen zentralen Bereich internationaler und deutscher EZ. Sie eignen sich daher auch besonders für eine »Nagelprobe« hinsichtlich ihrer Ergebnisse. Obwohl im vorliegenden Buch immer wieder kritische Anmerkungen zum Entwicklungsgeschäft insgesamt anklingen, fällt die Nagelprobe bei den hier betrachteten Bewässerungsprojekten insgesamt positiv aus. Dies vor allem, wenn man Entwicklungszusammenarbeit als Lernprozess versteht. Von tödlicher Hilfe – so viel sei an dieser Stelle schon gesagt – kann da sicher keine Rede sein.

Das abschließende Urteil überlasse ich jedoch Ihnen, liebe Leserinnen und Leser. Ich werde nur versuchen, Ihnen möglichst viele Kriterien, Aspekte und Informationen an die Hand zu geben, damit Sie sich selbst eine Meinung bilden können. Wenn Sie sich mit einigen Details überfordert fühlen, dann blättern Sie getrost um und lesen dort weiter, wo es vielleicht wieder etwas interessanter und allgemeinverständlicher wird. Für diejenigen, die in dem komplexen Geschäft der Bewässerungsförderung tätig sind, werden andererseits gerade diese technischen Details von Interesse sein, die allgemeineren Betrachtungen zu Entwicklungspolitik und -theorie und zu den Rahmenbedingungen der Projekte vielleicht eher uninteressant. Fachleute werden sich bei einigen dieser Passagen vielleicht gelangweilt fühlen und sich über die schnoddrige, provozierende Sprache oder die kritischen Anmerkungen zur derzeitigen weltpolitischen Lage ärgern. Dies könnte als Zeichen dafür gewertet werden, dass der Spagat zwischen einer allgemein verständlichen Einführung in die Problematik, einer fachlich fundierten Analyse und einem persönlich engagierten Bericht etwas zu groß geraten ist. Auf all das werde ich später noch zu sprechen kommen.

Vielleicht gewinnt die Lektüre für Sie, liebe Leser und Leserinnen, an Reiz, wenn Sie sich klar machen, dass die Anden, und besonders die südlichen Anden Perus und Boliviens, viele Menschen seit Jahrhunderten faszinieren, angefangen bei Zeitzeugen der spanischen Eroberungen vor mehr als 500 Jahren über frühe Entdeckungsreisende, wie Alexander von Humboldt, bis hin zu Touristen aus aller Welt, die das Land in immer größeren Scharen besuchen. Mich faszinierte diese Region erstmals, als ich sie anfangs der 70er Jahre während einer Reise um die Welt per Anhalter kennen lernte. Diese Faszination vertiefte sich während meiner dreijährigen

Tätigkeit von 1976 bis 1979 als Mitarbeiter eines Bewässerungsprojektes an der Küste Perus, in dem ich nähere Bekanntschaft mit den Fähigkeiten peruanischer Bauern und den Problemen einer Förderung ihrer Bewässerungslandwirtschaft durch TZ und FZ machte. In den folgenden Jahren hatte ich dann beruflich immer wieder in Peru und Bolivien zu tun, beriet, evaluierte oder arbeitete in Projekten der deutschen EZ und lernte dabei die Hintergründe der (Unter-) Entwicklungssituation der Andenländer aus eigener Anschauung kennen. Die Menschen, über die ich vor allem berichten werde, sind Kleinbauern, die in Höhenlagen zwischen 3000 und 4000 Metern über dem Meeresspiegel überwiegend von der Landwirtschaft leben und für die die Bewässerung ihrer Felder eine Ausweitung und Stabilisierung der Produktion und damit die Sicherung ihres Überlebens erlaubt. Auch wenn ihre Lebenssituation sehr spezifisch und vielleicht extrem erscheinen mag, weist sie meiner Ansicht nach jedoch viele Merkmale und Probleme auf, die für die allgemeine Problematik von Armut und Unterentwicklung in der »Dritten Welt« und für ihre Bekämpfung durch Projekte der EZ typisch ist. Diese Erfahrungen dürften daher auch von allgemeinerem Interesse sein.

1.2 Entwicklungszusammenarbeit als Lernprozess

Die Erfahrungen, von denen ich berichten werde, sollen zeigen, dass Entwicklungszusammenarbeit als Lernprozess zu verstehen ist. Lernprozess sowohl für die beteiligten Institutionen und Organisationen, als auch für die Menschen, die in diesen oder für diese arbeiten. Die Erfahrungen zeigen, dass beide ein hohes Maß an Flexibilität, sozialer Kompetenz, Lernbereitschaft und Kommunikations- und Interaktionsfähigkeit haben müssen, wenn sie den ihnen gestellten schwierigen Aufgaben gerecht werden wollen. Flexibilität vor allem wegen der kulturellen Unterschiede zwischen dem »Norden« und dem »Süden«, zwischen den sog. Geber- und den Nehmerländern, mit denen sie sich immer wieder auseinandersetzen müssen; Flexibilität aber auch, weil die Rahmenbedingungen in beiden Ländergruppen einem ständigen Wandel unterworfen sind. Mit den Änderungen der Rahmenbedingungen ändern sich auch die entwicklungspolitischen Leitbilder und Paradigmen. Sie finden ihren Ausdruck in neuen Entwicklungstheorien, -konzepten und -strategien und in entsprechenden Begriffen, Methoden und Instrumenten. Diese müssen von den Mitarbeitern vor Ort nicht nur verstanden, sondern auch für sinnvoll und nützlich befunden werden, bevor sie angewandt und erfolgreich umgesetzt werden können.

Wie wir sehen werden, ist dies nicht immer einfach. Ein guter Kern, ein gutes Konzept oder ein neuer Entwicklungsansatz wird häufig – bewusst oder unbewusst – von einer schwammigen Masse unverständlicher Begriffshülsen umgeben. Es mangelt oft schon im deutschen Text an Klarheit. In der Übersetzung für unsere Partner verlieren sie mitunter komplett an Verständlichkeit und dann scheinbar auch an Bezug zur Realität. Dies ist vor allem der Fall, wenn die ÜbersetzerInnen mit der praktischen Durchführung von Entwicklungsprojekten, mit dem entsprechenden Fachbereich und den unterschiedlichen Sprach- und Kulturräumen nicht vertraut sind. Trotz schriftlicher Begriffserläuterungen, z.b. in der *Begriffswelt der GTZ – The World of Words* (1997, 347 Seiten), die mittlerweile auch in aktualisierter Form *online* verfügbar sind, bleibt es nicht aus, dass Projektmitarbeiter, Ansprechpartner, Berater, Gutachter oder Partnerorganisationen von der Vielzahl der Ausarbeitungen und Konzepte überfordert sind und den Überblick verlieren. Dies führt zu Unverständnis und Unmut bei den Betroffenen, die Neues dann nur widerwillig und der Form halber berücksichtigen. Es besteht auch die Gefahr, dass die Verantwortlichen jedem neuen Trend aufsitzen, dass viel Aufmerksamkeit, Zeit und Ressourcen in die Aneignung und in den Versuch der Umsetzung des Neuen vor Ort verschwendet werden, ohne dass es zur Verbesserung der Ergebnisse kommt. Die Halbwertzeit neuer Konzepte ist dabei recht kurz, das Neuere ist des Neuen Feind.

Für die Verantwortlichen heißt es da einerseits, offen zu sein für wirklich Neues, andererseits aber auch festzuhalten an Erprobtem, Bewährtem und wirklich Beherrschtem. Egal an welcher Stelle und auf welcher Ebene des Geschäfts – man sollte sich nicht scheuen, sein persönliches »Qualitätsmanagement« zu betreiben, Zweifel zu artikulieren und sich auch einmal renitent zeigen, wenn Unzumutbares erwartet wird. Unkritische, stromlinienförmig angepasste MitarbeiterInnen sind zwar bequemer, langfristig führen sie jedoch zur Krise – zur individuellen und institutionellen. Für die Beteiligten heißt es da, stets zu prüfen, ob man sich noch als »*honest broker*«, als ehrliche(r) MaklerIn derer verstehen kann, die oft so fotogen in Hochglanzbroschüren in Szene gesetzt und bei internationalen Konferenzen und Seminaren so kompetent und wissenschaftlich abgehandelt werden. Ihre Transformation in sterile Zahlenwerke, monotone Situationsschilderungen und trockene Indikatoren kann der komplexen Lebensrealität der Menschen, ihrem kulturspezifischen Lebensgefühl und ihren realen Überlebensängsten kaum gerecht werden. So ist auch das Problem der Verständigung zwischen den Angehörigen unterschiedlicher Kulturen im Zusammenhang mit der Durchführung der Bewässerungsprojekte in den Anden ein zentrales Thema dieses Buches, mit dem ich mich insbesondere zu Beginn des dritten Teils auseinandersetzen werde.

An dieser Stelle genügt die Formulierung einer ersten, allgemeinen Lernerfahrung und Empfehlung an alle, die sich im EZ-Geschäft bewähren und darin physisch, psychisch und ökonomisch überleben wollen. Sie sollten versuchen, in den Nebelschwaden von Deklarationen, Worten und Zahlen, Seminaren, Workshops und Konferenzen ihr individuelles, auf persönlichen Einschätzungen und Erfahrungen basierendes Leitbild nicht ganz aus dem Auge zu verlieren. Sie sollten dabei nicht vergessen, warum sie einmal in dieses Geschäft eingestiegen sind. Hoffentlich nicht zu idealistisch und nicht mit allzu großen Illusionen über die Beeinflussbarkeit der Entwicklung eines Landes von außen. Sie sollten das Steuer, wenn sie denn etwas zu steuern haben, gelassen in der Hand ruhen lassen und es nicht allzu hektisch hin und herreißen, in ihrem eigenen Interesse und in dem der Menschen, die mit ihnen zusammen leben und arbeiten. Die Mühlen in diesem Geschäft mahlen langsam. Man sollte keine spektakulären Erfolge und kurzfristigen Wirkungen erwarten, sondern sich auf große Wirkungsverzögerungen gefasst machen. Und man sollte auch solche Wirkungen und Werte für sich anerkennen, die sich nicht in eindrucksvollen Hochglanzbroschüren darstellen und in persönliches Prestige umsetzen lassen. Wem dies gelingt, dem mag es möglich sein, einen solch konsequenten Schritt, wie er damals von Brigitte Erler vollzogen wurde, zu vermeiden, ohne gleichzeitig einem *burn-out*-Syndrom zum Opfer zu fallen, der auch im EZ-Geschäft wegen des häufigen Auseinanderklaffens von Anspruch und Wirklichkeit nicht unüblich ist.

Bei der angedeuteten Komplexität ist ein solcher Weg immer eine Gratwanderung. Auch für mich als (nicht ganz) unabhängigem Gutachter war es nicht einfach, die Lernprozesse der betrachteten Projekte zu beschreiben und zu kommentieren. Selbst teilweise an ihnen beteiligt, musste ich mich mit eigenen Interpretationen und Kritik möglichst zurückhalten, wollte aber auch persönliche, von Gefühlen und Vorurteilen beeinflusste Aussagen nicht völlig ausblenden, um die mir gestellte Aufgabe nicht zur Farce werden zu lassen. Ich nahm mir vor, möglichst ausgewogen zu berichten, mit dem Schwerpunkt auf den praktischen Erfahrungen, dabei aber auch die entwicklungspolitischen und methodischen Aspekte nicht zu vernachlässigen. Ich musste Rücksicht auf die Interessen und Empfindlichkeiten der Beteiligten nehmen, vor allem der GTZ (Deutsche Gesellschaft für Technische Zusammenarbeit), die den Anstoß für dieses Buch gab, und auch der KfW (Kreditanstalt für Wiederaufbau) und des DED (Deutscher Entwicklungsdienst), die in den betrachteten Projekten als Kooperationspartner beteiligt waren. Das Gleiche gilt für die Firmen der deutschen Consultingwirtschaft, die als Unterauftragnehmer für GTZ und KfW tätig waren und teilweise noch sind. Auch das BMZ als Auftraggeber an einem (oberen) Ende der Beziehungskette, die Partner (Projektträger) in Peru und Bolivien und – *last not least* – die Kleinbauern in den Anden Perus und

Boliviens am anderen (unteren?) Ende haben ein Recht auf eine angemessene Darstellung und Würdigung ihres Bemühens. Ich hoffe, dass mir dies gelungen ist.

Die genannten Organisationen und ihre unzähligen Mitarbeiter sind in ein Geflecht horizontaler und vertikaler Austauschbeziehungen eingebunden, hier bisweilen respektlos als »Entwicklungsgeschäft« oder nur als »Geschäft« bezeichnet, ohne dass ich dies wertend meine. Keinesfalls möchte ich die EZ als »Geschäftemacherei« in Misskredit bringen, obwohl sie von einer Vielzahl politischer und sonstiger Interessen motiviert ist, individueller wie kollektiver. Die Beziehungen der Akteure untereinander sind vertraglich mehr oder weniger abgesichert, in einigen Fällen sehr konkret mit formalen, rechtlich bindenden schriftlichen Verträgen, in anderen nur vage definiert, verbal und unverbindlich. Manchmal sind sie nur ein mentales Konstrukt, ein unbestimmtes Gefühl der Verantwortung, wie im Fall des erwähnten »*honest broker*«, als die/der sich manche/r in diesem Geschäft sicher fühlt – trotz Desillusionierung und *burn-out*-Symptomen, von denen jedoch kaum eine berufliche Tätigkeit völlig frei ist. Es so weit nicht kommen zu lassen, ist im Entwicklungsgeschäft vielleicht besonders schwierig, da nie ganz klar ist, wem gegenüber man sich eigentlich als *honest broker* fühlen soll. Gegenüber dem Auftraggeber, also BMZ, GTZ, DED oder KfW im Falle der offiziellen deutschen Entwicklungszusammenarbeit? Gegenüber dem Steuerzahler im eigenen Land, der das Ganze finanziert? Gegenüber der Regierung oder dem Steuerzahler des Gastlandes, der im Falle der FZ den Schuldenberg später abtragen muss? Oder gegenüber der Zielgruppe, den Begünstigten oder Kunden, wie sie heute immer häufiger genannt werden, in unserem Falle also den Kleinbauern in den Anden? Doch wer ist eigentlich dieser Kunde, der heute in aller Munde ist, dem man sich dienstbar erweisen soll und der auch in diesem Geschäft angeblich der König sein soll? So ganz genau scheint das niemand zu wissen.

Natürlich treffen die Bedenken des EZ-Kritikers Lord Peter Bauer auch auf die hier behandelten Organisationen zu. Die Beratung durch die Technische Zusammenarbeit (TZ) ist für die begünstigten Länder und Menschen kostenlos, auch wenn die Partner sich vertraglich verpflichten, gewisse (sog. Partner-) Leistungen zu erbringen. Diese sog. Projektträger stellen zumeist Büroraum, nationales Personal und eine Grundausstattung an Sachmitteln zur Verfügung. Die Projektbegünstigten, in unserem Falle also die Bauern, tragen meist »nur« mit ihrer Arbeitskraft und einigen Materialien bei, denn die Kosten der Investition übernimmt in der Regel der Staat. Dabei muss man wissen, dass die eigene Arbeitskraft in einem solch marginalen Umfeld wie den Anden die wichtigste produktive Ressource der Bauern ist, häufig auch die einzige, zumal, wenn der Boden gepachtet oder von der Dorfgemeinschaft ausgeliehen ist. Der Wert der Beiträge der Bauern zu den Projekten in Form manueller Arbeit darf also nicht unterschätzt werden, Arbeitsleistungen dürfen nicht für schlecht geplante und unzureichend vorbereitete Projekte eingefordert werden. Die Einbindung der Bauern in die Planung ist daher auch ein Muss, damit sie sich über eventuelle Risiken so weit wie möglich im Klaren sind bzw. helfen können, diese aufgrund ihrer intimen Kenntnisse des Umfeldes zu minimieren.

Im Rahmen von FZ-Projekten wird das Kapital den Ländern zu äußerst günstigen Bedingungen als Kredit zur Verfügung gestellt, d.h. zu extrem niedrigen Zinssätzen, mit vielen Freijahren, in denen keine Rückzahlung erfolgen muss, und mit langen Laufzeiten. Und dennoch – auch diese extrem günstigen Kredite tragen zu den Schuldenbergen bei, die irgendwann einmal abgetragen werden müssen. Von der KfW werden daher auch gewisse Mindestbedingungen der Wirtschaftlichkeit für die Projekte vertraglich gefordert und gegenüber den Partnern durchgesetzt, um eine einigermaßen zweckorientierte und wirtschaftliche Verwendung des Geldes zu erreichen. Dies hat mit Neokolonialismus nichts zu tun, wie manchmal der Vorwurf von Kritikern der FZ lautet; ein derartiges Vorgehen soll ganz im Gegenteil gerade dazu dienen, die von Lord Bauer beschriebenen und häufig kritisierten Kräfte, die zur ineffizienten Verwendung der Mittel führen, abzuschwächen. Wenn eine minimale Wertschätzung bzw. Verzinsung des Kapitals nicht gefordert und mit entsprechenden Kontrollmechanismen überprüft würde, hätten die vielen Einmann- und Einweg-Regierungen in Entwicklungsländern zu leicht die Möglichkeit, die hochsubventionierten Kredite nach Lust und Laune irgendwo und irgendwie zu verpulvern. Die Gefahr wäre zu groß, dass die Gelder nach eigenem Gutdünken, nach persönlichen Interessen und kurzfristigen Zielen der Verantwortlichen verwendet würden. Denn die Perspektive dieser Regierungen reicht häufig nicht einmal bis zu den nächsten Wahlen und endet oft schon vorzeitig mit einem Umsturz. Die Verantwortlichen enden dann, wenn sie Glück haben, im Exil, wenn nicht, im Gefängnis oder unter der Erde, von wo kaum noch eine Rückzahlung zu erwarten ist. Die von der KfW geforderte interne Verzinsung des Kapitals sollte daher nicht als neokolonialistische Daumenschraube und Ausbeutungsmechanismus gesehen werden, sondern als Substitut für Marktkräfte, die im Entwicklungsgeschäft so wenig zum Tragen kommen.

Als interessierte Leserinnen und Leser fragen Sie sich nun wahrscheinlich, ob es für das Personal der Organisationen, die die öffentlichen Mittel der TZ und FZ in Entwicklung umsetzen sollen, auch so etwas wie einen Markt oder Quasi-Markt gibt, also Mechanismen und Anreize, die zu Fleiß und Sparsamkeit motivieren und damit zu einer effektiven und effizienten

Verwendung von Steuergeldern. Es gibt sie, doch sie werden nur in begrenztem Maße wirksam. Weder auf der Geber- noch auf der Nehmerseite sind die Verantwortlichen, die die Gelder in Dienstleistungen für die »Kunden« umsetzen sollen, den kreativen Marktkräften ausgesetzt, Kräften, die von den Ökonomen so gepriesen werden, weil sie die Ineffizienz und die Ineffizienten angeblich eliminieren. Wohl gibt es da die allgemeine persönliche Haftung und es werden interne Evaluierungen der Mitarbeiter durchgeführt. Auch gibt es Gutachterkarteien, Ausschreibungen und Bewertungsbögen für externe Dienstleister. Diese sind jedoch kaum objektiv und daher nur begrenzt wirksam und sinnvoll. Persönliche Beziehungen, das bekannte Vitamin B, manchmal auch Seilschaften und andere, wenig sichtbare und nachweisbare Kräfte wirken dem Traum von Transparenz, Markt oder Quasi-Markt im Geschäft entgegen und sind dort beliebtes Gesprächsthema.

In diesem Zusammenhang sind vielleicht auch die Einsichten eines pensionierten Abteilungsleiters des BMZ interessant, der einst über Sinn und Unsinn von Gutachterkarteien sinnierte. Ich fragte ihn vor einigen Jahren, abends, bei einem Glas Wein, nachdem wir tagsüber in einem entwicklungspolitischen Seminar heiß diskutiert hatten, wie er es sich erklären könne, dass ich seit mehr als 20 Jahren treu und brav den mir vom BMZ regelmäßig zugeschickten Fragebogen zur Aktualisierung der Gutachterkartei ausfüllte und nie eine Anfrage bekommen hatte, geschweige denn, einen Auftrag. Auch aktualisierte Photos, Bewerbungen im Internet mit Angabe von Arbeitsbereichen, Sprachen und Ländererfahrungen zur Eingrenzung der Interessen und Kompetenzbereiche hatten daran nichts ändern können. Das sei doch eine Verschwendung von Ressourcen, meinte ich, beim BMZ genauso wie bei mir. So schlecht könne mein Lebenslauf doch eigentlich nicht sein, meine Einsatzmöglichkeiten nicht so begrenzt nach vielen Jahren der Erfahrung in Lateinamerika, Afrika und Asien mit den entsprechend fundierten Sprachkenntnissen in Englisch, Französisch und Spanisch.

Nach einigem Nachdenken murmelte er etwas, das sich wie »kauf« anhörte. Daraus konnte ich mir zunächst keinen Reim machen und dachte schon mit Schrecken an die Niederungen korrupter Bürokratien in Entwicklungsländern. Aber an die Käuflichkeit deutscher Beamter wollte ich nicht glauben, wo diese doch als letzte Bastion deutscher Gründlichkeit, Ehrlichkeit und Zuverlässigkeit gepriesen werden – unbestechlich, da gut bezahlt und auch im Alter ausreichend abgesichert. Nein, erklärte er mir, das mit dem KAUF sei ganz einfach. Zu dem Ausfüllen von Fragebögen und dem Aktualisieren von Lebensläufen und Fotos müssten noch zwei wichtige Ingredienzien hinzukommen – das »K«linkenputzen und das »AUF«-die-Nerven-gehen. Denn wenn den Verantwortlichen für die Auftragsvergabe die Klinkenputzerei zu sehr auf die Nerven ginge, dann würde man den

Klinkenputzern mal wieder einen Auftrag geben, damit sie eine Zeitlang Ruhe gäben. Auch wenn diese Meinung im BMZ so sicher (e.o.) nicht bestätigt würde, bestätigt es meine Erfahrung mit Gutachterkarteien, nicht nur im BMZ sondern auch in anderen Organisationen, wobei es umso besser wird, je weiter man sich in die Peripherie bewegt, d.h. aus dem öffentlichen in den privaten Bereich. Meine persönliche Lernerfahrung daher: Gutachterkarteien sind wohl die am unsystematischsten und unwirtschaftlichsten genutzte Ressource im Entwicklungsgeschäft, nicht nur im BMZ, sondern auch anderswo.

Dieses Phänomen ist Teil des »Nichtmarkt-Versagens«, das nicht nur in staatlichen, sondern in ähnlicher Weise auch in nichtstaatlichen Bürokratien auftritt. Zum Nichtmarkt gehören u.a. auch die Nichtregierungsorganisationen (NRO), die das Menschliche und Zwischenmenschliche besonders hervorzukehren pflegen, publikums- und spendenwirksam. Auch hier ist der Schlendrian häufig vorprogrammiert, weil die unsichtbare Hand des Marktes nicht direkt wirksam werden kann. Auf Prinzipien wie Wirtschaftlichkeit und Kosteneffektivität und die Anwendung von Instrumenten der Budgetkontrolle und des Wirkungsmonitoring vor Ort scheinen viele zu verzichten, da man annimmt, dass der Unsichtbare die Köpfe karitativ und religiös motiviert und die Hände davon abhält, sich unsichtbar in anderer Richtung zu betätigen, wenn schon nicht in die eigene Tasche, dann zumindest in der lockeren Vergabe von Aufträgen oder im großzügigen Ausgeben von Geld, bei dem nicht die Wirkung beim Kunden, der nicht weiß, dass er Kunde ist, sondern der eigene Vorteil im Vordergrund steht.

Für beide, die staatliche und die nicht-staatliche EZ, gilt daher die Lernerfahrung, dass allein durch die Abkehr von paternalistischem *top-down*-Gehabe und durch die Hinwendung zu Transparenz und Kontrolle der Mittelverwendung unter Einbindung der Partner Kosteneffizienz und Wirksamkeit der Projekte zu erreichen ist. Bei den üblichen, von oben gesteuerten und formalisierten Verfahren der Ausschreibung, Auftragsvergabe, Haushaltskontrolle und Rechungsprüfung sind auch, soweit möglich, die Begünstigten einzubinden. Dazu muss ihr Selbstbewusstsein gestärkt und sie müssen an einem partizipativen Wirkungsmonitoring beteiligt werden. Denn auch für das Geschäft gilt, dass zufriedene »Kunden« die besten Garanten und meist auch die besten Indikatoren für eine effiziente und nachhaltige Mittelverwendung sind. Dies kann durch institutionalisierte Mitbestimmungsmechanismen erreicht werden, die den Begünstigten das Gefühl vermitteln, tatsächlich die Kunden zu sein, ein Gefühl des *project ownership*, wie das heute im EZ-Jargon heißt. Doch es wird noch lange dauern, bis alle entlang der langen Kette von Akteuren respektieren, dass die Begünstigten die Kunden sind, auch wenn sie nichts, oder nur mit dem Einsatz ihrer Arbeitskraft und lokaler Materialien, zahlen. Und noch länger wird es dauern, bis diese Kunden auch wissen, dass sie die Kunden sind und sich entsprechend selbstbewusst verhalten. Ein Lernprozess also für alle Beteiligten, der noch lange nicht abgeschlossen ist, da er ein Umdenken erfordert und daher auch unbequem ist.

1.3 Bewässerungsförderung als Armutsbekämpfungsstrategie

Vor allem zwei Projekte zur Förderung der Bewässerungslandwirtschaft in den südlichen Anden Perus sollen uns, neben einigen anderen, zeigen, wie solche Lernprozesse ablaufen können. Bei dem älteren der beiden handelt es sich um ein FZ-TZ-Kooperationsprojekt, bei dem über einen Zeitraum von 25 Jahren die staatliche Organisation *Plan MERISS* als Träger für die Durchführung von Kleinbewässerungsprojekten in den Departements Cusco und Apurímac unterstützt wurde. Dabei wurden die Baumaßnahmen zur Verbesserung und Erweiterung der Bewässerungsinfrastruktur größtenteils durch deutsche Finanzielle Zusammenarbeit (FZ) gefördert. Die Technische Zusammenarbeit (TZ) unterstützte vor allem den Projektträger und zunehmend auch die Bauern und ihre Organisationen mit Ausbildungs- und Beratungsmaßnahmen. Die Berater der TZ waren von deutschen Consultingfirmen entsandt, die für die GTZ im Unterauftrag arbeiteten und durch Ausschreibung und Neuausschreibung für eine weitere Phase gefunden wurden. Vom DED war in der letzten der betrachteten Projektphasen ein Mitarbeiter eingesetzt, der im Bereich der Förderung der Wassernutzerorganisationen (WNO) den Träger unterstützte. Das zweite hier betrachtete Projekt zur ländlichen Entwicklung des *Colca*-Tals (*PDR COPASA*) wurde von der GTZ direkt durchgeführt und dauerte sieben Jahre. Die Maßnahmen zur Verbesserung der Bewässerungssysteme wurden hier nur flankierend eingesetzt, so dass keine Finanzierung aus FZ-Mitteln zum Einsatz kam.

Kleinbewässerung im südlichen Andenhochland (Plan MERISS)

Wo wurde das Projekt durchgeführt?
Das Interventionsgebiet des Projektträgers Plan MERISS, den das TZ-Projekt beriet, umfasst das obere und mittlere Tal des Vilcanotaflusses bei Cusco, etwa 140 km südlich und 120 km nördlich der Stadt, die auch Hauptstadt des gleichnamigen Departements ist. Die Höhenlagen sind zwischen 2.700 und

3.700 m über NN. Seit Anfang der 90er Jahren ist der Träger ebenfalls im Departement Apurímac tätig. Der Fluss gleichen Namens hat tiefer eingeschnittene und weniger breite Täler als der Vilcanota, die Höhenlagen zwischen 2.000 m und 3.800 m sind daher auch variabler.

Wie lange war die Projektlaufzeit?
Insgesamt 25 Jahre, von 1977 bis 2002 mit einer kurzen Unterbrechung und einem Wechsel des Unterauftragnehmers zwischen 1995 und 1996.

Wie war das Projekt institutionell verankert?
Der Träger war unter dem Namen Plan MERIS II 12 Jahre lang vom Nationalen Programm für kleine und mittlere Bewässerung (PNPMI, später PRONAPEMI) in Lima abhängig. Ab Mitte der 80er Jahre konnte eine schrittweise Dezentralisierung und 1990 der Status eines regionalen Spezialprojekts der 1989 neu geschaffenen Region Inka erlangt werden. Das Projekt war ein Kooperationsprojekt von GTZ und KfW. Der Träger erhielt nach einer anfänglichen Finanzierung der BID den Großteil seiner Mittel zur Finanzierung der Bewässerungsmaßnahmen aus der deutschen FZ. Der Rest kam aus dem Staatshaushalt. Neben dem TZ-Beratungspersonal, das von einem Unterauftragnehmer der GTZ, einer deutschen Beratungsfirma, gestellt wurde, war daher von Anfang an auch ein FZ-finanzierter Consultant (ebenfalls Mitarbeiter einer deutschen Beratungsfirma, jedoch einer anderen) zur Qualitätskontrolle der Baumaßnahmen und der finanziellen Abwicklung anwesend. Die Kooperation zwischen KfW und GTZ wurde ab November 2000 durch eine Beratungskomponente des DED ergänzt.

Was war das Ziel des Projektes?
Das Ziel der letzen Phase der TZ-Beratung war es, selbstverwaltete Wassernutzerorganisationen in die Lage zu versetzen, die Ressourcen Wasser und Boden effizient und nachhaltig für wirtschaftliche Aktivitäten zu nutzen. Die Tatsache, dass die Infrastruktur nicht mehr erwähnt wird, ist Zeichen eines Wandels bei der Durchführung des Projektes

Wie war dabei die Vorgehensweise?
Träger und Wassernutzerorganisationen wurden bei tendenziell abnehmendem Mittel- und Personalaufwand mit Finanzierungsbeiträgen und mit Ausbildungs- und Beratungsdienstleistungen von einem Team von Langzeitfachkräften unterstützt.

Der Träger, die Regionalregierung des Departements Arequipa, wurde hier nicht besonders gefördert und war auch nur indirekt durch eine temporäre Projektdurchführungseinheit beteiligt, deren Personal sie für diesen Zweck einstellte. Das Projekt wurde von einigen GTZ-finanzierten lokalen Fachleuten und der deutschen Ansprechpartnerin (AP) beraten, die es während der gesamten Laufzeit zusammen mit einem peruanischen Co-Direktor leitete. Zeitweise war ebenfalls eine Fachkraft des DED eingesetzt, die insbesondere die Förderung des Ökologischen Landbaus und des Integrierten Pflanzenschutzes zur Aufgabe hatte. Der Status eines Kooperationsvorhabens, in diesem Falle zwischen GTZ und DED, ergab sich dabei eher zufällig und bezog sich nicht auf die gesamte Laufzeit. Die Kooperation litt an einigen Kinderkrankheiten, die nicht nur aus dieser Zufälligkeit und den unterschiedlichen *corporate identities* der beiden Organisationen zu erklären sind, sondern auch, wie so häufig, aus den besonderen *personal identities* der MitarbeiterInnen. Im Vergleich der beiden Projekte hatte COPASA trotz des höheren Finanzierungsanteils der Peruaner mehr Autonomie als *Plan MERISS*, was teilweise auf die Projektgeschichte zurückgeht, aber wohl besonders auch durch die unterschiedliche Aufgabenstellung und die größere Flexibilität bei der Mittelverwendung der TZ gegenüber der FZ bedingt ist (Zuwendung statt Kredit).

Wie die Armutsstatistiken Perus belegen, gehören die Kleinbauernfamilien in den Tälern der südlichen Anden mit ihren *minifundios* von durchschnittlich nur 0,74 ha Betriebsfläche im Falle des *Vilcanota*-Tals bei Cusco und 1,3 ha im Falle des *Colca*-Tals bei Arequipa zu den Ärmsten des Landes. Obwohl sie weitgehend nur Subsistenzlandwirtschaft betreiben, unterliegen sie bereits der Dynamik einer technifizierten Landwirtschaft, die in die lokalen, regionalen und zum Teil auch nationalen und internationalen Märkte und Wirtschaftskreisläufe eingebunden ist. Die Bewässerungssysteme stammen zum Teil noch aus vorkolonialer Zeit und werden im Rahmen der genannten Projekte instandgesetzt, verbessert und z.T. auch modernisiert und erweitert. Die von den Projekten zu lösenden Fragestellungen reichen von technischen, landwirtschaftlichen, wirtschaftlichen und ökologischen bis hin zu sozialen und soziokulturellen. Wegen der schwierigen Rahmenbedingungen und der topographisch und klimatisch extremen Standorte müssen die Problemlösungen besonders sensibel an die komplexen traditionellen Überlebenssyteme der indigenen Bevölkerung angepasst sein, die zu den *quechua* und *aymará* gehören. Diese Überlebensstrategien haben sich zwar schon über Jahrhunderte bewährt, ihre Integration in die nationale Volkswirtschaft und in eine globalisierte Welt erfordern jedoch Anpassungsprozesse, die mit Härten und Risiken, aber auch mit Chancen verbunden sind. Zur Ausnutzung dieser Chancen geben die EZ-Projekte

Ländliche Entwicklung im Colca Tal
(PDR-COPASA)

Wo wurde das Projekt durchgeführt?
In 12 Gemeinden des Colca Tals in der Provinz Caylloma in den südlichen Anden Perus, in Höhenlagen zwischen 3.300 und 3.800 m über NN, etwa drei Fahrstunden von der Departementhauptstadt Arequipa entfernt, wo auch der Projektsitz und das Projektbüro waren. Im Colca Tal selbst war das Projekt durch drei Feldbüros präsent, von denen aus die multidisziplinären Beraterteams arbeiteten.

Wie lange war die Projektlaufzeit?
Insgesamt fast sieben Jahre, von 1994 bis 2001, im Anschluss an ein Integriertes Ernährungssicherungsprojekt (IESP), das von 1985 bis 1993 in einem größeren, noch weitere Hochlandprovinzen umfassenden Gebiet durchgeführt wurde und von dessen Erfahrungen COPASA profitieren konnte.

Wie war das Projekt institutionell verankert?
Das Projekt war ein Spezialprojekt der Regionalregierung in Arequipa, die zeitweise bis zu 40% der Mittel beitrug. Es hatte einen vergleichsweise hohen Autonomiegrad, einerseits aufgrund dieses Status, andererseits auch wegen des hohen Ansehens und Vertrauenskapitals des Projektes, der AP und der GTZ beim Träger.

Was war das Ziel des Projektes?
Die Zielformulierung der ersten Phase, bei der die lokalen Trägerstrukturen befähigt werden sollten, die Grundlagen für eine nachhaltig höhere und qualitativ bessere landwirtschaftliche Produktion zu schaffen, wurde in der zweiten Phase näher spezifiziert: Kleinbäuerliche Familien und Bauernorganisationen wenden innovative, ökonomisch rentable und ökologisch nachhaltige Techniken in der landwirtschaftlichen Produktion, der Produktverarbeitung und der Wassernutzung an.

Wie war dabei die Vorgehensweise?
Durch Ausbildung, Beratung und Finanzierungsbeiträge wurden vor allem Innovationen im Bereich der landwirtschaftlichen Produktion und Verarbeitung identifiziert, überprüft und über formelle und informelle Kooperations- und Kommunikationsstrukturen verbreitet; es wurden Wassernutzerorganisationen gestärkt und bei Maßnahmen zur Neuordnung der Wasserverteilung, zur Verbesserung der Bewässerungsinfrastruktur, deren Betrieb und Unterhaltung, sowie zur Einführung verbesserter Feldbewässerungstechniken

> unterstützt; es wurden außerdem lokale Selbstverwaltungsgremien gestärkt, insbesondere der Entwicklungsrat der Provinz Caylloma, die dort repräsentierten Distrikte und der Dachverband der Wassernutzerorganisationen.

begleitende Unterstützung. Die geringe Flächenausstattung der Familienbetriebe aufgrund von Erbteilung, sowie fehlende alternative Beschäftigungsmöglichkeiten führen dazu, dass unter diesen Bedingungen die Selbstversorgung der vielköpfigen Familien mit Nahrungsmitteln nicht sichergestellt ist.

Die natürlichen Bedingungen der Projektregionen sind durch tief eingeschnittene Täler (bis unter 1500 m über NN) und hohe Berge (bis über 5000 m) und extreme Hangneigungen geprägt. Landwirtschaft wird in Höhenlagen bis über 4000 m betrieben, ab etwa 3000 m besteht das ganze Jahr über Frostgefahr. Die großen Schwankungen der Niederschläge – je nach kleinräumlicher Lage zwischen 300 mm bis 1000 mm/Jahr – bei zeitweise hoher Evapotranspiration machen eine Zusatzbewässerung notwendig, um die Ernährungsunsicherheit unter diesen extrem marginalen Existenzbedingungen zu reduzieren. Zwar werden die Möglichkeiten für Zuerwerb und Diversifizierung der Einkommensquellen von den bäuerlichen Familien und ihren *comunidades* so weit wie möglich ausgenutzt, in den abgelegenen Tälern der Anden sind diese jedoch minimal. Saisonale und auch länger andauernde Migration, vor allem der Männer, ist daher die Regel. Die temporäre Migration ist dabei häufig der erste Schritt zur endgültigen Abwanderung der Familien oder von Familienmitgliedern. Falls es ihnen gelingt, in den Städten der Küste oder auch im Ausland Fuß zu fassen und nicht in deren Slums zu verelenden, tragen sie häufig durch Geldüberweisungen zur Stabilisierung der Überlebenssysteme der Zurückgebliebenen bei.

Mit dem Anbau möglichst vieler verschiedener Kulturen, in der Hauptsache Kartoffeln, Weizen, Gerste und Pferdebohnen (*habas*), wird das Risiko eines Ernteverlustes durch Trockenheit oder Fröste minimiert. Auch mit der Aussaat verschiedener Sorten zu unterschiedlichen Zeitpunkten und auf Feldern unterschiedlicher Höhenlagen und daher auch unterschiedlicher kleinräumlicher Bedingungen versuchen die Bauern das Risiko von Ertragseinbußen oder gar des Verlustes der gesamten Ernte zu minimieren. Diese Wirtschaftsweise ist sehr arbeitsintensiv und die Erträge sind niedrig. Die für den Verkauf auf dem Markt bestimmten Überschüsse sind in der Regel gering. Mit dem Erlös werden die sonstigen Güter des Grundbedarfs gekauft. Neben dem Ernährungsrisiko aufgrund von Klimaschwankungen besteht ebenfalls ein hohes Preisrisiko. Dies wegen der Gleichartigkeit der angebotenen Produkte, der klimabedingten Konzentration der Ernte auf wenige Wochen im Jahr und weil Lagerung, Verarbeitung und Konservierung bei einigen Produkten nicht möglich ist. Die geringen Reserven in Form von Ersparnissen, von verkäuflichen Gegenständen oder von Vieh bedingen, dass schon kurzfristige Engpässe in der Versorgung mit Grundnahrungsmitteln, vor allem aber Krankheiten, Todesfälle oder sonstige unerwartete Ereignisse lebensbedrohlich sind. Ein Leben von der Hand in den Mund, sozusagen, ohne die Möglichkeit Kapital zu akkumulieren, um eine Verbesserung oder Erweiterung produktionswirksamer Bewässerungsinfrastruktur vornehmen zu können.

Die Tatsache, dass beide Projekte in den südlichen Anden Perus und in ähnlicher Höhenlage durchgeführt wurden, sagt noch nicht viel über ihre Vergleichbarkeit aus. Wie Kenner von Gebirgsregionen und von landwirtschaftlichen Produktionssystemen in den Anden sicher bestätigen können, bedeuten oft schon kleine Unterschiede in Höhe und geographischen Koordinaten eine völlig andere Gesamtsituation bezüglich der Rahmenbedingungen, unter denen die Menschen leben und überleben müssen. Unterschiede in Topografie und Verkehrsinfrastruktur haben daher auch einen direkten Einfluss auf die Produktions- und Einkommensmöglichkeiten. Jedes Tal, ja schon jedes kleine Seitental kann hinsichtlich seiner sozialen und kulturellen Eigenheiten anders geartet sein. Doch die Vergleichbarkeit der beiden Projekte wird nicht nur durch eine unterschiedliche Topografie und Lage zu den großen Städten erschwert, sondern vor allem auch durch Unterschiede in der Dauer und in den institutionellen Arrangements zu ihrer Durchführung.

Im Fall von COPASA war das Projektgebiet genau definiert und umfasste 12 Distrikte der Provinz Caylloma im *Colca*-Tal bei Arequipa (Karte im Anhang), die nach und nach in den Genuss der Maßnahmen der finanziell und operativ weitgehend unabhängigen Projektdurchführungseinheit kamen. Es war von Anfang an vorgesehen, diese Einheit bei Projektende aufzulösen. Im Gegensatz dazu war im Falle von Plan MERISS vorgesehen, dass die Trägerorganisation als regionales Dienstleistungsunternehmen zur Bewässerungsförderung auch nach Projektende fortbestehen sollte. Das TZ-Projekt, die *Misión Técnica Alemana* (MTA), wie sie sich nannte, konzentrierte sich daher auf die Beratung und Förderung des Trägers Plan MERISS, um ihn auf diese Aufgabe vorzubereiten. Das *capacity building*, wie man das im neudeutschen Jargon der EZ nennt, bezog sich zunächst vor allem darauf, die Qualität der Studien für die einzelnen Bewässerungsprojekte durch den Träger zu verbessern, von der Identifizierung, über die institutionelle, ökonomische und technische Analyse bis hin zu den Bauplänen. Hinzu kamen Ausbildungs- und Beratungsmaßnahmen zur Verbesserung der landwirtschaftlichen Anbaumethoden, die sich später vor allem auf die

Erhöhung der Bewässerungseffizienz durch verbesserte Bewässerungsmethoden auf dem Feld konzentrierten, womit große Wasserspareffekte und Ertragssteigerungen erzielt werden konnten. Auch bei der Art der Kontaktaufnahme mit den Bauern und deren Begleitung während der gesamten Zeit der Durchführung der Fördermaßnahmen wurden neue Ansätze entwickelt und Erfolge erzielt. Diese Maßnahmen stellten sicher, dass die verbesserten Systeme an die Bewässerungstradition der Bauern angepasst, sachgemäß betrieben und instandgehalten wurden und dadurch ihre nachhaltige Nutzung gewährleistet war.

Die deutschen Beiträge der TZ und FZ bezogen sich nicht immer auf das gesamte Einflussgebiet des Trägers, obwohl dessen Aktionsradius seit Mitte der 70er Jahre aufgrund des hohen deutschen Finanzierungsanteils weitgehend durch diesen bestimmt war. Da Plan MERISS in den Jahren bis 1990 Teil des nationalen staatlichen Bewässerungsprogramms war (daher stammt auch das »Plan« im Namen), betraf der Lernprozess zunächst vor allem die Rollenverteilung der verschiedenen Akteure, die sowohl von der Hauptstadt Lima aus agierten, als auch in Cusco und in den Projekten auf der Ebene der Provinzen und Distrikte. Die Beziehungen, auch die der Deutschen untereinander und zu ihren Partnern, den Projektmitarbeitern und Bauern, mussten im Laufe der Jahre immer wieder hinterfragt und neu definiert werden, vor allem dann, wenn sich die politischen Rahmenbedingungen änderten oder Probleme und Unstimmigkeiten bei der Durchführung auftraten. Die wichtigsten Akteure des Projektes auf der deutschen Seite waren beim FZ-Projekt die KfW als Entwicklungsbank und Kreditgeber, ein Consultant (Beratungsfirma bzw. ein beratender Ingenieur) für die Qualitätskontrolle der FZ-finanzierten Projekte, seitens der TZ die GTZ mit einer Beratungsfirma als Unterauftragnehmer. Auf Wunsch der KfW wurde ab November 2000 noch ein Mitarbeiter des DED eingesetzt, der zusammen mit seinem peruanischen Counterpart (Mitarbeiter des Partners Plan MERISS) einige Wassernutzerorganisationen (WNO) in Sachen Organisation, Betrieb und Instandhaltung beriet. Auf der peruanischen Seite waren es neben den übergeordneten Behörden in Cusco und Lima vor allem der Träger Plan MERISS, die Wassernutzer und ihre Organisationen.

Die Erfahrung der EZ in der Vergangenheit zeigt, dass die Qualität des Trägers von zentraler Bedeutung für den Erfolg eines Projektes ist. Die Frage, ob daher auch eine länger andauernde TZ-Maßnahme zur Trägerberatung und -förderung (*capacity building*) und zur Begleitung von FZ-Kreditprogrammen sinnvoll ist, wird in Fachkreisen kontrovers diskutiert. Die Alternative zur Trägerförderung ist eine kurzfristig angelegte Intervention zur Erstellung oder Verbesserung von Infrastruktur durch lokale Unternehmen, überwacht und beraten von einer deutschen Beratungsfirma

(Consultant) oder einem Konsortium, die auch eine angemessene Beteiligung der Wassernutzer, deren Einweisung und Ausbildung in Betrieb und Instandhaltung garantierten. Die KfW hat Erfahrungen mit beiden Modellen und entscheidet von Fall zu Fall, welches Modell anzustreben ist. Eine dritte, ebenfalls kurzfristiger angelegte Alternative, bei der nur TZ eingesetzt wird, ist die Vorgehensweise von COPASA, bei der die temporäre Projektdurchführungseinheit lokale Organisationen fördert. Eine Verbesserung oder Erweiterung der Bewässerungsinfrastruktur wird hier nur dann finanziert und gemeinsam mit den Bauern durchgeführt, wenn sie einen Engpass bei anderen Maßnahmen zur Diversifizierung und Intensivierung der landwirtschaftlichen Produktion darstellt. Die in Fachkreisen kontrovers diskutierte Frage, ob ein eher sektoraler Bewässerungsansatz (Plan MERISS) oder ein integraler Ansatz zur ländlichen Entwicklung (COPASA) sinnvoller ist, kann nicht allgemein beantwortet werden. Die Kapitel drei und vier liefern hierzu einige Beurteilungskriterien.

In der deutschen EZ scheint heute ein Konsens zu bestehen, dass Infrastrukturmaßnahmen nicht ohne Ausbildung in verbesserten Bewässerungstechniken auf der Parzelle und im Bereich der Bewässerungsorganisation, des Betriebs und der Instandhaltung geschehen sollten. Weniger eindeutig ist, welchen Stellenwert zusätzliche Aktivitäten, wie z.B. landwirtschaftliche Beratung, Maßnahmen zum Schutz der Wassereinzugsgebiete oder weitergehende Aktivitäten bis hin zu einem integrierten Ansatz haben sollten. COPASA als Projekt der Ländlichen Regionalentwicklung ist Beispiel für einen solchen integrierten Ansatz, indem es auch die Förderung von Institutionen und Organisationen außerhalb des landwirtschaftlichen und Bewässerungssektors einbezog. Es versuchte, in relativ kurzer Zeit und auf großer Breite landwirtschaftliche Neuerungen durchzusetzen, ähnlich dem aus der Entwicklungstheorie bekannten »*big push*«-Ansatz. Dieser versucht unter Ausnutzung von Synergie- und Multiplikator-Effekten in einem Land bzw. in einer Region einen nachhaltigen Entwicklungsprozess in Gang zu setzen. Ob COPASA dies gelungen ist, lässt sich nicht eindeutig sagen. Das innovative Vorgehen bei der Veränderung der Bewässerungsorganisation mit dem Ziel, neue Anbaukulturen in einem traditionellen Produktionssystem einzuführen und mehr Transparenz und Gerechtigkeit bei der Wasserverteilung zu erreichen, ist hinsichtlich der Lernerfahrungen bemerkenswert und richtungsweisend auch für andere Projekte.

Interessant ist auch die Frage der Projektlaufzeit. Plan MERISS, mit einer aus heutiger Sicht extrem langen Laufzeit von 25 Jahren und einem eher sektoralen Ansatz, steht dem integralen Ansatz von COPASA mit einer Laufzeit von knapp sieben Jahren gegenüber, die für heutige Verhältnisse eher im »normalen« Bereich liegt. Da COPASA ein Folgevorhaben eines großen Integrierten Ernährungssicherungsprojektes ist, das in den 80er Jahren in einem um ein Vielfaches größeren Projektgebiet begonnen wurde und ebenfalls Bewässerungsförderung betrieb, wäre es interessant gewesen, auch diese Phase in die Untersuchung einzubeziehen, da die Arbeit von COPASA, vor allem im Bewässerungsbereich, das Ergebnis eines Lernprozesses in jenem Projekt ist. Hinsichtlich der Art der Identifizierung und Durchführung von Bewässerungsmaßnahmen wurde da offensichtlich manches »verbockt«, von dem man heute nicht mehr so gerne spricht bzw. nur in der Hinsicht, dass man die Fehler von damals zu vermeiden versucht. Auch die waren daher notwendig, um die Erfolge erzielen zu können, von denen hier berichtet wird. Da Archive und Informanten aus dieser früheren Phase heute kaum noch zu einer Auswertung verfügbar sind, wären einigermaßen gesicherte Aussagen nur schwer möglich gewesen, der Erkenntnisgewinn daher gering.

In diesem Zusammenhang sollte auch erwähnt werden, dass mein Versuch, die Lernprozesse der EZ unter Einbeziehung der Frühphasen nachzuzeichnen, den betroffenen Organisationen und einigen der Mitarbeiter dieser frühen Phasen unangenehm ist und unfair erscheint. Heute herrscht ein etwas geändertes Bewusstsein hinsichtlich der Problematik einer Förderung der Entwicklung eines Landes oder einer Region von außen, das sich von dem Ende der 70er, Anfang der 80er Jahre ganz sicher unterscheidet, als die hier betrachteten Projekte geplant wurden. Viele Verantwortliche und Mitarbeiter der Projekte haben aus ihren Fehlern gelernt. Um dies zeigen zu können, musste ich die Fehler der Frühphase einbeziehen. Auch meinte ich, das politische und kulturelle Umfeld der Projekte einbeziehen zu müssen, um die besonderen Schwierigkeiten der Entwicklungsförderung für Außenstehende deutlich werden zu lassen. Natürlich bin ich kein Spezialist in all den berührten Bereichen, in denen ich Betrachtungen über das Umfeld anstelle. Da ich aber sowieso nicht an Unfehlbarkeit von Experten glaube, egal in welchem Bereich, und auch nicht an die Allgemeingültigkeit von Expertenwissen, fiel es mir nicht allzu schwer, mich auf das Glatteis des Halbwissens zu begeben. Beim derzeitigen Overkill an Information über die zunehmende Globalisierung unserer Welt, in zahlenbespickten fachlichen Berichten wie auch in den Massenmedien, dürfte dieses Halbwissen, oder besser, diese Pinselstriche zur Andeutung der Realität vielleicht eine besonders wirkungsvolle Art sein, um Ihnen, liebe Leserinnen und Leser, einige ergänzende Sichtweisen, Perspektiven und Einsichten über Armut und Unterentwicklung und Möglichkeiten ihrer Bekämpfung in Zeiten der Globalisierung näher zu bringen.

Mit dem ursprünglichen Auftraggeber der Studie, der GTZ, waren diese Exkursionen in die Vergangenheit und in das Umfeld der Projekte, das lokale wie auch das globale, nicht abgesprochen. So darf ich mich auch nicht darüber beklagen, dass die GTZ sich gezwungen sah, von der finanziellen Unterstützung der Veröffentlichung des Endproduktes Abstand zu nehmen. Schließlich sind es Steuergelder, die nicht für die Verbreitung privater Meinungen eingesetzt werden können. Dies feststellend, brauche ich wohl kaum noch zu betonen, dass ich hier ausschließlich meine persönliche Meinung über den Lernprozess wiedergebe und dass die Lernerfahrungen vor allem auch meine eigenen sind. Es liegt mir fern, mit Fingern auf einige Irrtümer der Frühphase der Projekte zu zeigen oder Verantwortliche für eventuelle Fehlentwicklungen in der Gegenwart zu suchen. Bekanntlich zeigen bei einem solchen Versuch mehr Finger in die eigene Richtung. Dies vielleicht als Bitte um Absolution und zum Trost für einige der beteiligten Menschen und Organisationen, die sich möglicherweise be- oder getroffen fühlen, obwohl ich eigentlich nur zeigen wollte, dass sich die vorgestellten Projekte und Organisationen als lernwillig und lernfähig erwiesen haben und daher als »intelligente Organisationen« bezeichnet werden können.

Da es um die Nachzeichnung eines qualitativen Prozesses geht, werden keine großen Zahlenwerke und Zeitreihen quantitativer Indikatoren zur Dokumentation der erzielten Ergebnisse und Wirkungen präsentiert. Dennoch werde ich am Ende des dritten Teils einige Zahlen aufgreifen, kommentieren und relativieren. Vielleicht rundet sich dann das Bild für solche Leserinnen und Leser ab, die dem Drang zur Quantifizierung und Objektivierung nicht widerstehen können.

Bei einem solch kurzen Exkurs will ich es belassen, denn eine kritische Analyse der Projekte durch externe Gutachter oder Vertreter der Organisationen selbst geschah schon im Rahmen der entsprechenden (Abschluss)-Evaluierungen, sowohl seitens der GTZ als auch der KfW. Als staatliche Entwicklungsbank hat die KfW besonders klare Vorgaben für quantitative Analysen, vor allem auch für die Anwendung der Kosten-Nutzen-Analyse. Gegen dieselbe habe ich persönlich einige Vorbehalte und werde damit auch nicht hinter dem Berg halten, obwohl ich darauf verzichte, diese im vorliegenden Buch zu vertiefen. Ich werde stattdessen qualitative Aspekte und Prozesse in den verschiedenen Arbeitsbereichen der Projekte aufgreifen und methodisch und entwicklungspolitisch interessante Fragestellungen erläutern. Dies geschieht ebenfalls nicht vertiefend und manchmal auch nur zwischen den Zeilen bzw. in einem Nebensatz, der vielleicht auch nur von Eingeweihten verstanden wird. Wenn damit ein Schmunzeln, ein Überraschungs- oder gar ein Lerneffekt erzeugt wird, würde mich das freuen. Wenn sich aus meinen Ausführungen Erkenntnisse für den einen oder anderen zusammenfassenden Bericht und für den »Wissensspeicher« der GTZ ergeben würden, oder auch Entscheidungshilfen für die Ausgestaltung der EZ, wäre meinem Kunden, der sich hinsichtlich des Berichts nicht mehr als solcher fühlt, vielleicht gedient.

Auch wenn die Studie nun nicht mehr ihr ursprüngliches Ziel der Propagierung des Förderansatzes verfolgt, möchte ich auf die Anwendbarkeit der Lernerfahrungen für andere Regionen und Bereiche hinweisen. Aride und semi-aride Gebiete, und besonders solche in Gebirgsregionen Asiens, Afrikas oder Lateinamerikas, sind erfahrungsgemäß chronische Armutsgebiete. Da wohl weltweit ein Konsens darüber besteht, dass Kleinbauern vor allem dort zu den Ärmsten der Armen gehören, ist Bewässerungsförderung gleichbedeutend mit Armutsbekämpfung. Kleinbauern dabei zu unterstützen, Regenwasser zu sammeln, Grundwasser zu fördern oder nicht so leicht verfügbares Oberflächenwasser zu erschließen, dieses zu speichern und zu Feldern und Pflanzen zu leiten, bedeutet, bäuerliche Überlebenssysteme zu stabilisieren und ihre Verwundbarkeit durch Perioden des Hungers, durch Unter- und Fehlernährung kostengünstig und nachhaltig zu verringern. Schon eine geringe Zusatzbewässerung ermöglicht häufig die Überbrückung kurzer Trockenperioden oder die Verschiebung oder Staffelung des Aussaatzeitpunktes der Anbaukulturen, mit der das Risiko von Ernteverlusten und von Ertragseinbußen durch temporären Wassermangel oder, im Gebirge, durch Fröste verringert wird. Im günstigsten Fall wird es möglich, die Produktpalette zu erweitern, eine Intensivierung der Produktion durch verbessertes Saatgut und andere ertragssteigernde Mittel (Dünger, Pflanzenschutz) zu erreichen und den Erntezeitpunkt an die Nachfrage auf den Märkten anzupassen, um dadurch höhere Preise und Einkommen zu erzielen.

Beides, die Verbesserung oder Ausweitung bestehender Bewässerungssysteme, wie auch die Intensivierung der Produktion, erfordert vor allem Kapital, Arbeit und Know-How. Während Arbeit meist im Überfluss vorhanden ist und durch traditionelle Institutionen der Gemeinschaftsarbeit mobilisiert und durch Nachbarschaftshilfe auf Gegenseitigkeit auch akkumuliert werden kann, ist dies bei Kapital meist nicht der Fall, da kaum Überschüsse erwirtschaftet werden. Die Ökonomen, Ökognome und Agrarwissenschaftler würden sagen, Kapital ist ein knapper Faktor oder gerät »ins Minimum«. Produktionssteigerungen und Entwicklung sind dann nur möglich, wenn Kapital, meist auch zusammen mit Know-How, von außen zugeführt wird, die Faktorbegrenzung oder der Mangel beseitigt wird. Geschieht dies im Rahmen von EZ-Projekten in angemessener Form, dann kann Kleinbauern geholfen werden, aus der »Falle« von Armut und Ernährungsunsicherheit zu entrinnen. Vorausgesetzt natürlich, dass genügend Boden und erschließbares Wasser zur Verfügung steht. Die Chancen, von den Angeboten des Projekts zu profitieren und Ernährungssicherheit, ein höheres Einkommens- und Vermögensniveau zu erreichen, sind dabei natürlich nicht gleich verteilt. Neben den genannten Ressourcen sind noch die von dem Ökonomen und Nobelpreisträger Amartya Sen beschriebenen *capabilities*, d.h. die individuellen Fähigkeiten zur Nutzung der sich bietenden Chancen notwendig. Dies ist bei Bewässerungsprojekten in den Anden nicht anders als sonstwo auf der Welt und im Leben. Dennoch kann im Rahmen der Projektdurchführung Sorge getragen werden, dass die Maßnahmen nicht völlig an den Ärmsten und weniger »Fähigen« vorbeigehen, auch wenn grundsätzlich die Produktionsorientierung und nicht die sozialen Aspekte im Vordergrund stehen.

Wie Kleinbauern Kapital und Know-how in geeigneter Form im Rahmen von EZ-Projekten wirkungsvoll zur Verfügung gestellt werden kann, ist das zentrale Thema dieses Buches. Das Beispiel der Förderung von Kleinbewässerung an marginalen Standorten in Gebirgsregionen ist dabei ein besonders interessantes, da solche Regionen ökologisch in der Regel äußerst fragil sind und häufig von Menschen bewohnt werden, die ethnischen Minoritäten angehören und eher zu den Vergessenen der jeweiligen Gesellschaft gehören. Diese Menschen verhalten sich entsprechend misstrauisch gegenüber Eingriffen in ihre Lebenswelt von außen, insbesondere dann, wenn sie von dort in der Vergangenheit nur Unterdrückung und Ausbeutung zu erwarten hatten. Projekte in solchen Gebieten müssen daher besonders sorgsam geplant und durchgeführt werden, unter Berücksichtigung der sehr empfindlich reagierenden dynamischen sozialen und natürlichen Systeme. Die Zusammenhänge zwischen Konservierung und schonender Nutzung natürlicher Ressourcen müssen dabei genauso erkannt, anerkannt und angemessen berücksichtigt werden, wie das Konfliktpotential, das sich zum Teil über Jahrhunderte in den sozialen Beziehungen anreicherte.

Die GTZ hat weltweit und über viele Jahre hinweg Erfahrungen mit der Begleitung solcher Entwicklungsprozesse an ähnlich schwierigen Standorten sammeln können. Sie hat dafür das notwendige Instrumentarium entwickelt und erfahrenes Personal für Aufgaben der Beratung, Unterstützung und Begleitung an der Hand. Sie ist bereit, diese Erfahrungen und das entsprechende Know-how mit anderen Entwicklungsförderungsorganisationen auszutauschen und gemeinsam mit den Partnern in Entwicklungsländern anzuwenden. Sie bietet diese auch im sogen. Drittgeschäft (*GTZ International Services*) als Dienstleistung an, d.h. in Projekten, bei denen das Geld nicht unbedingt vom BMZ bzw. dem deutschen Steuerzahler kommt, sondern auch in Form von Krediten oder Zuwendungen anderer Geber. Die GTZ tritt dabei als Consultant bzw. Beratungsfirma in Konkurrenz zu anderen auf und wird daher potentielle Auftraggeber davon überzeugen müssen, dass sie ähnlich nachhaltige Ergebnisse erzielen kann, wie das hier für den

»gemeinnützigen« Bereich beschrieben wird. Um dies erreichen zu können muss sichergestellt sein, dass in solchen Projekten entsprechende zeitliche und inhaltliche Freiräume vertraglich zugesichert und tatsächlich eingehalten werden.

Wie das Buch zu zeigen versucht, sind Lern- und Entwicklungsprozesse in unflexiblen, hierarchischen Strukturen staatlicher Behörden bei zu knapp bemessenen Projektlaufzeiten und bei zu starren Planungsvorgaben nur schwer zu erreichen. Daher wurde auch die einst wohl bekannteste Methode der EZ zur Planung von Projekten, die Zielorientierte Projektplanung (ZOPP), als zu starr angesehen, vor allem, nachdem sich Bürokraten und Korinthenpicker (zu pi=ka nt) in sie verliebt hatten. Sie wurde daher immer wieder modifiziert und den Bedürfnissen einer flexiblen Projektdurchführung in der Praxis angepasst. Jetzt steht sie, wenn nicht auf dem Abstellgleis, so doch auf dem Reservegleis, von wo aus sie nach Belieben wieder reaktiviert werden kann. Entsprechend dem von mir im vorigen Abschnitt erläuterten Prinzip ist ZOPP, wenn nicht *megaout*, dann doch zumindest *out*. Mit AURA wird es vielleicht einmal ähnlich sein. Doch zunächst hat mit dieser Erweiterung des Bewusstseins eine neue Ära begonnen, in der die BMZ-Oberen am rot-grünen Tisch noch besser Entscheidungen nach Aktenlage treffen sollen – gestützt auf das Urteil der institutionalisierten Qualitätswächter in Eschborn. Wie entwicklungs- und ergebnisrelevant noch perfekter durchformulierte Angebote und Indikatoren »nach AURA« sein werden, bei denen die Weisen der Qualitätskontrolle in Eschborn das letzte Wort haben, wenn es um sprachliche (Um-) Formulierung der Wirkungen beim Kunden geht, wird sich erst noch zeigen müssen. Vor allem auch, ob entsprechend positive Wirkungen, wenn sie denn auftreten, die negativen aufwiegen werden, die möglicherweise durch das Einschränken eines inhaltlichen Backstoppings (EZ-Jargon für fachliche Unterstützung) durch P&E (Fachabteilung der GTZ) und die zunehmende Beliebigkeit der Qualitätskontrolle vor Ort durch das Wegfallen der »alten PFK« (Projektfortschrittskontrolle) und die Einschränkung des Einsatzes externer Gutachter entstehen. Warum gerade im Bewässerungsbereich das Potential für fachliches Backstopping in der GTZ abgebaut und die externe Begleitung und Qualitätskontrolle der Projekte eingeschränkt wurde, ist für viele Außenstehende und einige Drinnensitzende unverständlich. Der zunehmenden Aufmerksamkeit, die dem Bewässerungssektor, dem Problem einer notwendigen Effizienzsteigerung der Wasserverwendung in der Landwirtschaft, der Ernährungsunsicherheit und der mangelhaften Trinkwasserversorgung armer Bevölkerungsgruppen weltweit zukommt, entspricht diese Politik sicher nicht.

1.4 Einige Erläuterungen zum Verständnis des Buchs und zum weiteren Vorgehen

Wenn Sie, liebe Leserinnen und Leser, mit urigen, bildhaften Bauernsprüchen vertraut sind, dann kennen Sie sicher die »Eier legende Wollmilchsau«, dieses virtuelle Haustier, das allen Nutzungsbedürfnissen und Erwartungen seines Besitzers entsprechen soll. Unter einem ähnlichen Erwartungsdruck fühlte ich mich, als ich aufgefordert wurde, eine Bestandsaufnahme der langjährigen Erfahrungen der GTZ bei der Förderung kleinbäuerlicher Bewässerungslandwirtschaft in den Anden vorzunehmen. Kritisch sollte sie sein – sonst hätte man wahrscheinlich nicht mich damit beauftragt. Aber wohl auch nicht zu kritisch, sondern konstruktiv und zukunftsweisend, um der Bewässerungsförderung Qualität und Daseinsberechtigung zu bescheinigen und ihr im Rahmen der deutschen EZ mehr Gewicht als Instrument zur Armutsbekämpfung in marginalen Regionen von Entwicklungsländern zu geben. Wasch mir den Pelz, aber mach mich nicht nass, sozusagen. Fachlich fundiert aber interessant und einfach geschrieben, damit es auch für Nichtfachleute verständlich sei.

Da ich hauptsächlich an das Schreiben trockener Projektprüfungs-, PFK- und Evaluierungsberichte mit Mustergliederung gewöhnt bin, die meist nur von zwei, drei Lesern in dienstlichem Auftrag gelesen werden, sind die zuletzt genannten Qualitäten bei mir nicht sehr entwickelt. Dem wohlmeinenden Ratschlag eines Kollegen folgend, der Erfahrung mit solchen Aufträgen hat, schrieb ich daher einfach drauflos, ohne zu sehr auf meine *TOR* zu achten, die *terms of reference*, die meist Bestandteil eines Gutachter- oder Beratervertrages sind. Die Gliederung, so meinte mein Kollege damals, könne ich dann am Ende machen. Nach einigen einführenden Abschnitten solch »kreativen Schreibens« erscheint es mir nun aber doch angeraten, die Struktur des Berichtes, der im Verlauf des Schreibens zu dem vorliegenden Buch anwuchs, etwas zu erläutern, und Sie, werte Leserinnen und Leser, auf das vorzubereiten, was Sie erwartet.

Im weiteren Verlauf dieses Teils werde ich einige Erklärungen zu inhaltlichen und Stilfragen und zu den Quellen der Recherche geben, auf die ich mich stütze. Im ersten Abschnitt des zweiten Teils werde ich dann die Entwicklungsproblematik Perus aus der Sicht einiger direkt Betroffener beleuchten, Taxifahrer in Lima, von denen ich in Gesprächen vieles zum Thema Armut und Unterentwicklung in Peru gelernt habe, was mir sonst wahrscheinlich verborgen geblieben wäre. Die Betrachtungen des daran anschließenden Abschnitts werden dann den entwicklungstheoretischen und -politischen Hintergrund zu den Ansichten der Taxifahrer liefern, die manchem vielleicht etwas zu vereinfacht und zu sehr beeinflusst von tagespolitischen Ereignissen sind. Mir scheinen sie jedoch zu den sich ständig wandelnden politischen Rahmenbedingungen zu gehören, die dann im dritten Abschnitt vertiefend für Peru behandelt werden. Dort wird vor allem zu zeigen versucht, wie EZ-Projekte davon betroffen sind und wie sie damit umgehen.

Es folgen im dritten Teil die eigentlichen Lernerfahrungen der Bewässerungsprojekte, in relativ ausführlicher Form in zehn Abschnitte gegliedert. Die Anmerkungen einiger Fachleute der GTZ zur ersten Version dieses Buches, zu denen auch die AP der beiden Projekte gehörten, wurden hier eingearbeitet.

In zwei Abschnitten des dritten Teils werfe ich zur Abrundung der Erfahrungen einen Blick auf drei weitere Projekte, auf das PRIV (*Proyecto de Riego Inter Valles*) in der Nähe von Cochabamba, Bolivien, und auf zwei große Bewässerungsprojekte an der Nordküste Perus, das Tinajones-Projekt im Departement Lambayeque und das Jequetepeque-Projekt im Departement La Libertad. In Tinajones arbeitete ich von 1976 bis 1979 als Berater für Agrarökonomie im Team des TZ-Projektes (Unterauftragnehmer der GTZ). Beim Jequetepeque-Projekt koordinierte ich 1997 vor Ort die Abschlussprüfung eines KfW-Teams, führte die *ex-post*-Wirtschaftlichkeitsanalyse durch und arbeitete den Entwurf für den Prüfbericht aus. Die Planungen dieser beiden Großprojekte der Küste gehen auf die 60er Jahre zurück und berücksichtigten manches nicht, was heute Standard ist. Grund dafür sind einerseits die anders gearteten Rahmenbedingungen, andererseits das Fehlen der Erfahrungen, u.a. aus den hier beschriebenen Projekten. Im PRIV in Bolivien wurde, ähnlich wie bei COPASA in Peru, auf die Förderung eines staatlichen Trägers als potentiellem Dienstleister für die Bewässerungslandwirtschaft verzichtet, in Tinajones wurden von dem TZ-Projekt einige Anstrengungen zur Trägerförderung der WNO (Wassernutzerorganisationen) und eines Dienstleistungsunternehmens für die Instandhaltung unternommen, in Jequetepeque nur punktuell von der FZ einige unterstützende Beiträge für die WNO durch Kurzzeitfachkräfte geleistet. Bemerkenswert beim PRIV ist vor allem der Wandel von einem *top-down* geplanten, zu einem *bottom-up* durchgeführten Projekt. Das *trial and error*-Vorgehen dieses Projektes ist beispielhaft für ein gemeinsames *learning by doing*, das vielleicht als Geburtsstunde einer partnerschaftlichen Vorgehensweise in Bewässerungsprojekten und der Entwicklungszusammenarbeit insgesamt gesehen werden kann, die diesen Namen auch verdient.

Obwohl die Einzelheiten des PRIV-Lernprozesses spannend sind, muss hier auf eine eingehendere Darstellung verzichtet werden. Dies aus zwei Gründen. Erstens kenne ich das Projekt aus eigener Anschauung nur flüchtig und hätte mich daher fast ausschließlich auf die Einschätzungen anderer verlassen müssen. Zweitens sind die Erfahrungen des PRIV bereits zur Genüge aufgearbeitet und veröffentlicht worden, wenn auch nur in spanischer Sprache. Dies vor allem in dem Buch *Dios da el agua. Que hacen los proyectos? Manejo de agua y organización campesina* (2da. edición, Cochabamba, 1994), das von der GTZ angeregt und gefördert wurde. Ich stütze meine Betrachtung daher weitgehend auf dieses Buch, in dem einige Mitarbeiter, unterstützt von einem Moderator, der das Projekt begleitete, in sehr anschaulicher Form den Lernprozess beschreiben. Trotz aller Fehleinschätzungen bei der ursprünglichen Projektkonzeption und -planung war das Vorhaben beispielhaft in seiner Flexibilität und Offenheit gegenüber Anregungen von außen, nicht zuletzt von den Bauern, und wird daher nicht nur von den Mitarbeitern in dem Buch, sondern auch nachträglich von Vertretern der geförderten WNO, von der GTZ, vom Kooperationspartner KfW und von außenstehenden Fachleuten, wie z.B. externen Gutachtern, als äußerst erfolgreich angesehen. Die dortigen Erfahrungen waren daher auch eine wichtige Referenz für die Bewässerungsprojekte in Peru und für mein Bemühen, deren Lernprozesse nachzuzeichnen.

Bemerkenswert beim PRIV ist vor allem, dass sich die Bewässerungsbauern und ihre Organisationen zur Wehr setzten, und dies recht lautstark und gewaltbereit, als sie merkten, dass die geplanten technischen Neuerungen nicht den ökologischen und sozialen Eigenheiten ihrer Region und ihrer Kultur und vor allem nicht ihren Interessen entsprachen. Sie ließen sich erst auf eine konstruktive Mitarbeit ein, als sie sich sicher waren, dass das Projekt nicht ihre Existenzgrundlagen gefährdete. Nachdem Bauern und Projektmitarbeiter gelernt hatten, ihre jeweiligen Ansichten und Ängste angemessen zu artikulieren und miteinander zu kommunizieren, entwickelte sich bei den Bauern das – heute bis zum Überdruss angepriesene, doch selten wirklich erreichte – Projekt-»*ownership*«, und sie unterstützten es mit ihren eigenen Erfahrungen. Sie beeindruckten dabei durch ihre Geduld und Ausdauer, wenn es darum ging, Kompromisse und alternative Problemlösungen zu finden. Ohne ihre Kenntnisse in Bewässerungslandwirtschaft, ohne ihre traditionelle Fähigkeit, Kompromisse zu finden und sich zu gemeinsamen Arbeiten zu organisieren und ohne ihre Knochenarbeit beim Bau der neuen Infrastruktur und bei der Verbesserung der traditionellen Bewässerungssysteme, hätte sich das problemgeplagte PRAV (*Programa de Riego Altiplano/Valles*) nicht zum erfolgreichen, allseits gepriesenen PRIV (*Proyecto de Riego Inter Valles*) mausern können. So wurden die Bauern von den Ingenieuren am Ende als Lehrer anerkannt, wo sie zu Beginn kaum als gleichwertige Gesprächspartner akzeptiert waren.

Im abschließenden vierten Teil gebe ich einige Erläuterungen zu den Hintergründen der Entstehung des Buchs und fasse die wichtigsten Erkenntnisse aus dem dritten Teil für solche LeserInnen zusammen, die sich weniger für die technischen Details der Bewässerungsprojekte und deren Lernerfahrungen interessieren. Bewässerungsförderung wird in diesem letzten Abschnitt als Strategie zur Armutsbekämpfung in den größeren Zusammenhang einer integrierten und nachhaltigen Nutzung von Wasser eingeordnet. Vor allem in den ariden und semi-ariden Gebieten dieser Erde, die in der Mehrzahl auch die Gebiete größter Armut und Unterentwicklung sind, ist Wasser die zentrale natürliche Ressource, die immer mehr zum begrenzenden Faktor wird. Entwicklung, Ressourcenschutz und Ernährungssicherung sind dort besonders eng mit dem Thema Wasser verknüpft. Die nationale Wasserwirtschaft ist daher der zentrale Planungsbereich und der dringendste, wenn es um die Zukunft und Absicherung der Überlebenssysteme der Bevölkerung geht. Auch wenn die Einkommen aus Erdöl oder Erdgas für manche Wüstenländer das Bild verfälschen, tickt auch für sie die Uhr, da diese natürlichen Ressourcen, im Gegensatz zum Wasser, nicht erneuerbar sind. Die Probleme in Verbindung mit diesen Ressourcen und in dieser Region kann ich glücklicherweise beiseite lassen. Sie sind noch komplexer als die der Andenregion und ich beneide niemanden, der hier zu Prognosen oder zu einem Bericht über Lernerfahrungen aufgefordert wird. Dies insbesondere, seitdem der große Bruder bzw. GWB und einige seiner christlich-fundamentalistischen Freunde (GWB hat übrigens nichts mit der *Gesellschaft für Weltbetroffenheit* zu tun) meinte, dort den Untergang des Abendlands verhindern zu müssen.

Mein Schreibstil wird für LeserInnen technischer und wissenschaftlicher Abhandlungen sicher etwas ungewohnt sein. Ich habe ihn bewusst gewählt, um schon von vornherein nicht den Eindruck eines Gutachtens oder eines Evaluierungsberichtes aufkommen zu lassen, die Anspruch auf Objektivität und Vollständigkeit erheben müssten. Die Zufälligkeit und das Anekdotische meines Stils sollen zum Nachdenken und vielleicht zum Mitfühlen anregen. Mit mir, der ich mit dem Problem der Eier legenden Wollmilchsau konfrontiert war, und mit denen, die sich in den Anden und sonstwo in der Welt mit Bewässerung, Entwicklung und Überlebenssystemen beschäftigen. Jede(r) ist aufgefordert, sich selbst Gedanken und einen Reim darauf zu machen, wer oder was da in den Tälern des *Vilcanota* und des *Colca*-Flusses, an der Küste Perus und in den *Valles Altos* von Cochabamba in Bolivien entwickelt wurde. Ähnlich wie auch ich mir einen Reim auf die Informationen machen musste, die mir zur Verfügung standen, und auf die Gedanken, die mir beim Schreiben kamen und sich immer wieder zwischen die Zeilen zwängen wollten. Da wäre sicher noch mehr zu berichten gewesen, doch Zeit, Raum und Verleger setzten dem Prozess des kreativen Schreibens ein Ende. Die Eier legende Wollmilchsau war zum Zeitpunkt der letzten Überarbeitung bereits als nicht akzeptabel oder gar förderungswürdig abgelehnt worden. Sie wurde etwas zurechtgestutzt und abgespeckt, um nun in der vorliegenden Form rausgelassen zu werden.

Nun noch etwas zum Begriff »Lernerfahrungen«. Ich vermeide bewusst den heute so oft benutzten Begriff »*lessons learned*«. Nicht, weil ich Lernerfahrungen als deutschen Begriff vorziehe – es wäre mühsam und müßig, dies beim EZ-Jargon durchhalten zu wollen. Die Gegner von Anglizismen warne ich daher schon an dieser Stelle, sich auf einiges gefasst zu machen. Wenn ich den Begriff *lessons learned* ablehne, dann nur, weil er meiner Ansicht nach suggeriert, dass hier ein Prozess abgeschlossen ist, dass etwas endgültig gelernt wurde, dass sich das Gelernte klar umreißen lässt und in anwendbarer Form zur Verfügung steht. Er suggeriert wohl auch, dass das Gelernte heute in der deutschen EZ durchgehend so angewandt wird, im Sinne eines Rezeptes oder einer Blaupause, die den Erfolg in sich birgt. »Lernerfahrungen« klingt da meiner Ansicht nach etwas bescheidener, lässt auch in der Zukunft Raum für Fehler – schließlich soll das Lernen ja noch weiter gehen. Mit dem Begriff soll auch angedeutet werden, dass es meine eigenen Erfahrungen sind, die teilweise nur indirekt etwas mit den betrachteten Projekten zu tun haben. Von deren Mitarbeitern wurde manches vielleicht ganz anders erlebt, obwohl ich mich bemüht habe, vor allem ihre Sicht nachzuempfinden und darzustellen. Es sind – und können es auch nur sein – einige punktuelle Beobachtungen und Gedanken zu einem im ständigen Wandel begriffenen gesellschaftlichen Bereich und dessen Umfeld. Vielleicht können die Beobachtungen und Gedanken Denkanstöße geben und zu neuen Ideen anregen. Auf keinen Fall sollten sie, wo sie vielleicht etwas zu schnoddrig und kritisch geraten sind, verwirren oder entmutigen. Sie sollen auch nicht den Optimismus und die Kreativität derjenigen beeinträchtigen, die sich entweder neu in das schwierige Feld der EZ wagen oder, wie ich selbst, schon sehr lange darin arbeiten – vielleicht zu lange.

Hinsichtlich der Informationsbasis lassen sich grob vier Quellen unterscheiden. Eine erste sind eigene Aufzeichnungen im Zusammenhang mit meiner Arbeit in oder für die hier behandelten Projekte. Die zweite sind Berichte über Projektprüfungen, Projektfortschrittskontrollen und Abschlussprüfungen der GTZ und, wo relevant, auch solche der KfW; Fortschrittsberichte der beauftragten Consulting-Unternehmen an die GTZ, solche der GTZ an das BMZ und einige weitere Gutachten und Berichte, die im Rahmen der Aktivitäten der beiden Projekte erstellt wurden. Eine dritte Quelle sind Veröffentlichungen in spanisch. Zunächst das bereits erwähnte Buch, das von Projektmitarbeitern über das PRIV geschrieben wurde. Ein zweites wurde 1995 von Plan MERISS herausgegeben und beschreibt die Erfahrungen bis zu diesem Zeitpunkt. Eine weitere Quelle ist die Zeitschrift »PLAN

MERISS«, die seit damals (zunächst als »MERISS al 2000«) mit einer Ausgabe pro Jahr in jährlicher Folge erscheint, finanziell und inhaltlich von der MTA unterstützt. Schließlich habe ich meine schriftliche Aufzeichnungen zu Gesprächen verwandt, die ich mit (teilweise ehemaligen) Projektmitarbeitern, Vertretern von Wassernutzerorganisationen und mit Bauern im Verlauf eines jeweils viertägigen Besuch im Projekt Plan MERISS im Dezember 2001 und im Projektgebiet COPASA im Februar 2002 führte.

2
Armut und Unterentwicklung – Ansichten, Aussichten und Einsichten

2.1 Eine Sicht von unten – Ansichten

Mit den Besonderheiten der Entwicklung Lateinamerikas wird man häufig schon bei der Fahrt mit dem Taxi vom Flugplatz in die Stadt konfrontiert. Denn mit Entwicklungsproblemen beschäftigen sich nicht nur Heerscharen von Entwicklungshelfern und -experten, Wissenschaftlern und Politikern, sondern auch einfache Taxifahrer, die sich ihren Weg mit erstaunlichem Geschick durch das Verkehrsgewühl der ungehemmt wachsenden Großstädte Lateinamerikas bahnen. So sinnieren Taxifahrer in Lima immer mal wieder darüber, warum sie quasi auf einer Goldmine sitzen und dennoch so arm sind. Und es ist tatsächlich nicht zu verstehen, warum in Peru so viele Menschen tagtäglich in der Unsicherheit leben müssen, dass sie am nächsten Tag vielleicht nichts mehr zu essen haben werden, obwohl das Land über ausgedehnte Reserven an landwirtschaftlich nutzbarem Boden verfügt, obwohl direkt vor ihrer Haustür der riesige Pazifische Ozean mit seinen reichen Fischgründen liegt und auch im Inland fischreiche Flüsse weite Teile des Landes durchziehen. Obwohl in einem dreitausend Kilometer langen Küstenstreifen das ganze Jahr über ein Klima herrscht, wie es in Deutschland oder Holland nur in einem Gewächshaus zu erzeugen ist, künstlich, mit viel Energie und zu hohen Kosten, die entsprechend hoch subventioniert werden. Von historisch gewachsenen Strukturen ist da oft zu hören, um diese Subventionen und die Abschottung vom Weltmarkt zu rechtfertigen. Und auch von Konsumentennähe und Ernährungssicherheit – was immer das auch heißen mag in unserer heutigen globalisierten Welt. Ähnliche Argumente hat man auch in Peru parat, um den Anbau der Feuchtgebietspflanzen Reis und Zuckerrohr in der Wüste zu rechtfertigen. Spitzenerträge und komparative Kostenvorteile sind jedoch schwache Argumente – denn hier wie dort beruhen diese auf dem Einsatz von viel Kapital, Chemie und dem Ignorieren von Umweltschäden durch unverschämte Usurpatoren. Eine Strukturanpassung einer anderen Art wäre in beiden Fällen nötig. Doch hier wie dort weiß niemand so recht, ob und wie das zu erreichen, ob es überhaupt sinnvoll ist und welche Strukturen denn die richtigen wären. Zu viele Kräfte sind und waren da am Wirken, offen und versteckt. Die »unsichtbare Hand« des Marktes war dabei eher schlaff, die gierigen Hände von Bürokratiegewinnlern dagegen allgegenwärtig. Historisch gewachsen sind die Strukturen wohl schon, doch weder sinnvoll, noch gerecht, noch gottgewollt. Selbst ihn, den guten Alten, holt man heute wieder aus der Trickkiste, wenn es darum geht, Gründe für Grenzüberschreitungen mit Gewalt zu finden.

Peru: Allgemeine Informationen über das Land

Klima:	Küste (Costa): Dezember bis April heiß und trocken (tagsüber 25-35 Grad Celsius), Mai-November gemäßigt feucht; Hochland (Sierra): November-April Regenzeit, April-Oktober Trockenzeit (nachts ab 3000 m. Temperaturen unter dem Gefrierpunkt); Östliches Amazonasgebiet (Selva): tropisch feucht. November bis April Regenzeit, April bis Oktober Trockenzeit mit Temperaturen über 35 Grad Celsius.
Größe des Landes:	1,28 Mio. qkm, 3.079 km Küstenlinie
Hauptstadt:	Lima, ca. 8 Mio. Einwohner (mit Hafenstadt Callao)
Bevölkerung,	ca. 26 Mio (2001), Bevölkerungszuwachs: 1,8 %, Anteil ländliche Bevölkerung: 28 %, Lebenserwartung bei Geburt: Männer: 66 Jahre, Frauen: 71 Jahre, Säuglingssterblichkeit: 41
Landessprachen:	Spanisch (88 %), Quechua (27 %), auch Aymara
Religion:	römisch-katholisch: 95 %, verschiedene nicht katholische christliche Kirchen
Unabhängigkeit:	28. Juli 1821
Regierungsform:	Republik (neue Verfassung trat am 31.12.1993 in Kraft)
Staatsoberhaupt:	Alejandro Toledo Manrique (seit 28.07.2001)
Parlament:	1 Kammer, 120 Sitze (Congreso), letzte Wahl: 8.4.2001
Regierungsparteien:	Perú Posible, Frente Independiente Moralizador (FIM), Somos Perú, Acción Popular (AP), Renacimiento Andino (insges. 64 Sitze)
Verwaltung:	24 Departamentos, 148 Provinzen und Lima/Callao.
BIP:	US$ 53,9 Mrd. (2000 - geschätzt)
BIP pro Kopf:	US$ 2.101 (2000 - geschätzt)

Quellen: www.prb.org; www.state.gov

Fragen nach Sinn und Gerechtigkeit der Verteilung von Gütern in dieser Welt stellen sich vielleicht auch die Touristen, wenn sie, von den kulturellen Sehenswürdigkeiten und den wunderbaren Landschaften angelockt, in immer größeren Scharen durch das Land reisen. Sie fragen sich wohl auch, warum es Peru – zweieinhalb mal so groß wie Spanien, aber mit nur zwei Drittel seiner Bevölkerung – nicht gelingt, eine ausreichende Ernährung für seine Bevölkerung sicherzustellen. Und auch für die Entwicklungspolitiker ist es eher Rätsel als Ruhmesblatt, dass sich ein Land, das über immense Flächen und ein – außer in Extremlagen – nicht ungünstiges Klima verfügt, nicht ausreichend ernähren kann. Denn es verfügt insgesamt auch über genügend Wasser, sowohl in einem riesigen Flusssystem östlich der Anden als auch westlich, wo etwa 50 Flüsse vom Gebirge zum Pazifik fließen. Dort, in den fruchtbaren Flussoasen des Küstenstreifens, ist der Anbau einer großen Anzahl von Agrarprodukten mit Schwerkraftbewässerung, ohne großen Aufwand an Pumpen und Rohrleitungen und daher kostengünstig möglich. Und selbst die Wüstengebiete außerhalb der Flussniederungen lassen sich landwirtschaftlich nutzen, wenn auch nur mit modernen, wassersparenden Bewässerungs-, Düngungs- und Anbauystemen. Die dazu verwandten Tröpfchen- und Beregnungsanlagen sind zwar technisch kompliziert und teuer, doch aufgrund der hochwertigen Produkte bester Qualität und wegen der günstigen Produktionskosten ist der Anbau, vor allem von Obst und Gemüse, äußerst rentabel und daher international wettbewerbsfähig.

Wie wir aus dem ersten Teil wissen, trifft diese Beschreibung auf die semi-ariden Gebiete der Anden nicht zu. Dort ist die Vegetationsperiode kurz, die Niederschläge sind unbeständig, und in Lagen über 3000 Metern kann es das ganze Jahr über zu Wetterlagen mit Nachtfrösten kommen. Diese marginalen Bedingungen der Produktion führen zu niedrigen Erträgen, und die Qualität der Produkte entspricht, mit Ausnahme weniger Sonder- und Bioprodukte, nicht den internationalen Standards. Auch die genannten modernen Technologien für Anbau und Bewässerung sind hier nicht wirtschaftlich einzusetzen. Sie sind teuer, technisch zu komplex und nur in den wenigsten Fällen an die Produktionssysteme andiner Landwirtschaft und damit an die Bedürfnisse und Fertigkeiten der Bauern angepasst. Die Furchen- bzw. Schwerkraftbewässerung in verbesserten traditionellen Systemen ist dort geeigneter. Sie ermöglicht ebenfalls Ertragssteigerungen und eine Ausweitung der Produktpalette, die mit zunehmendem Tourismus und veränderten Verzehrsgewohnheiten im Zuge der Entwicklung sowohl lokal als auch national auf eine wachsende Nachfrage trifft. Mit Projekten zur Verbesserung solcher traditioneller Systeme sind daher Einkommenssteigerungen mit erheblich geringeren Investitionen möglich. Sie laufen auch nicht Gefahr, nur kurzfristig wirksam zu sein oder zu scheitern, da sie an die

Bedürfnisse und an das technische Verständnis der Bauern und an die komplexen natürlichen und institutionellen Rahmenbedingungen angepasst sind.

Touristen, die sich für die Entwicklung Perus interessieren, wundern sich häufig, warum sie zu Hause in ihren Geschäften keine Produkte aus Peru finden, und es ist auch kaum zu verstehen, warum es Peru nur in sehr geringem Maße gelingt, in die Märkte der Länder Nordamerikas, Europas oder Asiens einzudringen, Länder, in denen das Nachbarland Chile schon seit Jahren Obst, Gemüse, seine ausgezeichneten Weine und andere Produkte verkauft. Ja, selbst der *Pisco* wird vor allem von Chile und nicht von Peru in diese Länder exportiert. Dieser vorzügliche Weinbrand, der in der Form des *Pisco Sour* mit Limonensaft, Zucker oder Sirup, Eiklar und einer Prise Zimt als Cocktail kaum zu übertreffen ist, wird fälschlicherweise immer wieder dem wenig geliebten Nachbarn im Süden zugeordnet. Dieses Latino-Musterländle fühlt sich nach einem sozialistischen Experiment in der Welt internationaler kapitalitischer Märkte mittlerweile pudelwohl.

Dennoch empfanden die Chilenen das Bombardement des Präsidentenpalastes, der *Moneda*, am 11. September 1973, das den Sturz ihres damaligen demokratisch gewählten Präsidenten Salvador Allende einleitete, ähnlich traumatisch, wie die US-Amerikaner den Angriff auf das *World Trade Centre* (WTC) in New York am 28. Jahrestag dieses Bombardements. Beide empfanden es als Angriff auf ihr souveränes Land, in beiden Fällen war es der Angriff auf eine mehr oder weniger funktionierende Demokratie, in beiden Fällen spielte die CIA (*Central Intelligence Agency*) eine unrühmliche Rolle. In Santiago de Chile zettelte sie das Ganze an, in New York ließ sie es geschehen oder spielte eine zweifelhafte Rolle. Im Falle Chiles war wenig von internationaler Solidarisierung mit dem Land und mit den Opfern zu spüren, gab es kaum Protest gegen das neue diktatorische Regime. Im Falle von New York wurde ein eher unbeliebter Präsident mit Solidaritätsbekundungen überschüttet, die Opfer zu Helden stilisiert.

Doch die beiden Ereignisse und die Politik der Präsidenten dieser Länder in den Jahren danach zu vergleichen, hieße die Todesruhe der jeweils am elften September und in den Jahren danach Gestorbenen bzw. Ermordeten zu stören. Es hieße, sie zur Unterstützung meiner These zu missbrauchen, dass zwischen den Bereichen WTC, WTO, CIA, WC ein innerer Zusammenhang besteht, der in der Zukunft noch deutlicher zu Tage treten wird und in engem Bezug zum Thema Armut und Unterentwicklung steht. Auch die Rolle der USA beim Sturz der *Unidad Popular*, einer auf demokratischem Wege zustande gekommenen Koalition aus Christdemokraten, Sozialisten und Kommunisten, und bei der Einsetzung des Diktators Augusto Pinochet, steht im Zusammenhang mit ähnlichen Ereignissen in der Vergangenheit in vielen Ländern der Erde, bei denen sich auch die kriegerische Intervention gegen Saddam Hussein in guter Gesellschaft befindet. Weder damals noch heute gab es eine Bedrohung, die einen solchen Schritt gerechtfertigt hätte – weder für die USA, noch für die Nachbarn, noch für den Rest der Welt. Wenn ich die WTO (*World Trade Organization*) und die WC-Organisationen hier einbeziehe, dann nur, um mehr Einfühlungsvermögen ihrer Verantwortlichen zu fordern und davor zu warnen, die Signalwirkungen ihrer Politik und ihres Vorgehens zu unterschätzen. Mangelndes Einfühlungsvermögen zeigt auch der Versuch, uns Deutschen den Mund zu verbieten oder uns mit dem Hinweis auf unserere Vergangenheit, in der das gestürzte verbrecherische Nazi-Regime tatsächlich eine Gefahr für die Nachbarn und die Welt darstellten, zur Unterstützung einer unrechtmäßigen Intervention zu erpressen.

Der Bezug zu den Bewässerungsprojekten scheint hier nur vordergründig verloren gegangen zu sein. Denn Einfühlungsvermögen in fremde Länder und Kulturen ist auch in der EZ und auf Projektebene tagtäglich gefragt, wenn der Erfolg der Projekte einigermaßen nachhaltig sein soll.

Im Vergleich zu Peru und Bolivien hat Chile sicher die besseren Ausgangsbedingungen für ein begrenztes Wirtschaftswunder gehabt, u.a. gut ausgebildete Arbeitskräfte, stabilere Wertesysteme, einen stärkeren Staat und mehr Kontinuität in der öffentlichen Verwaltung. Aus Deutschland bekommt Chile heute nur noch vergleichsweise wenig EZ-Gelder. Sie dienen vor allem zur Pflege der traditionell guten Beziehungen in den verschiedensten Wirtschaftsbereichen und zur Unterstützung der Zusammenarbeit zwischen deutschen und chilenischen Universitäten, u.a. in den Bereichen Land- und Forstwirtschaft, Medizin oder Astronomie. Die besonderen Beziehungen gehen auf eine lange Geschichte deutscher Einwanderungen und damit auch den Einfluss deutscher Kultur zurück, erklären aber sicher nur teilweise, warum Chile im Vergleich zu Peru beim Handel mit Deutschland die Nase vorn hat. Bezüglich Bekanntheitsgrad hat Peru dagegen die Nase vorn, und der Name scheint auch insgesamt positiver besetzt zu sein. Der Sturz Allendes, der Tod Pablo Nerudas wenige Tage später, die 17 Jahre dauernde Diktatur des Generals Pinochet (1973-1990), eine obskure deutschnationale Sekte und ein DDR-Asylantenpaar Honecker sorgten da eher für negative Schlagzeilen. Das Image Perus ist dagegen besser. Nicht nur wegen des Exportprodukts Claudio Pizarro bei Bayern München, sondern auch wegen der landschaftlichen und vor allem der kulturellen und archäologischen Attraktionen, die den Tourismus boomen lassen. Aber auch die erfolgreiche Arbeit vieler EZ-Organisationen, staatlicher wie auch nichtstaatlicher, kirchlicher, politischer und fachlicher sorgt seit vielen Jahren für besonders gute Beziehungen und einen regen Austausch auf vielen Ebenen.

Spötter würden vielleicht sagen, dass die touristischen Attraktionen und der *Pisco sour* mit ein Grund dafür sind, dass Peru seit Jahren zu den Schwerpunktländern deutscher Entwicklungszusammenarbeit zählt. Wer einmal von einem eisgekühlten *Pisco sour* nach einem heißen Tag im staubigen *campo* zu neuem Leben erweckt wurde, der würde dieser, natürlich nicht ganz ernst zu nehmenden Hypothese vielleicht zustimmen. Zu fragen wäre dann aber auch, warum es den vielen EZ-Rückkehrern aus Peru noch nicht gelungen ist, die Mär vom *Pisco sour* als *chilenischem* Nationalgetränk aus den Köpfen der Barkeeper Deutschlands verschwinden zu lassen und den chilenischen *Pisco* aus ihren Regalen. Wo sich doch jeder mit einem Blick auf die Landkarte davon überzeugen kann, dass *Pisco* eine peruanische Stadt ist, die im Süden von Lima liegt, weit entfernt von der chilenischen Grenze. Bei *Arica*, einer sympathischen Stadt im äußersten Norden Chiles, deren Zugehörigkeit zu Chile seit 120 Jahren zwar unumstritten ist, von vielen Peruanern aber auch heute nur mit Widerwillen akzeptiert wird, wäre ein solcher Ausrutscher noch eher zu verstehen. Denn der Name *Arica* erinnert die Peruaner schmerzlich an die Niederlage gegen die Chilenen im Salpeterkrieg (1879-83), als der *Moro*, ehemalige Festung und Wahrzeichen der »Stadt des ewigen Frühlings«, von den Chilenen erstürmt und im Handstreich erobert wurde. Diese verfolgten die Peruaner dann noch bis Lima und kamen daher auch bei Pisco vorbei, wo sie vielleicht auch das Rezept abkupferten, wie man den *Pisco* herstellt; denn den besten produzieren wohl immer noch die Peruaner und zwar in der Region von Ica, das nicht weit von Pisco liegt. Auch die Weine dieser Region sind nicht schlecht, auch wenn sie mit denen Chiles nicht konkurrieren können, da die klimatischen und bodenmäßigen Voraussetzungen, einschließlich des Anknüpfens an die deutsche Weinbautradition kaum vergleichbar sind. Die guten Weine Perus finden meist nicht den Weg in die Regale von Bars und Supermärkten in Deutschland. Vielleicht, weil es nicht so viel davon gibt und weil die Peruaner sie lieber selbst trinken.

Daher mein nicht ganz uneigennütziger, aber auch nicht ganz ernst gemeinter Vorschlag an die Chilenen, den Export von *Pisco* den Peruanern zu überlassen, um sich stattdessen auf den Export des Eises für den *Pisco sour* zu spezialisieren. Als Anrainer und Miteigentümer der Antarktis haben sie genug davon – und ohne viel Eis, möglichst im Mixer in winzige Kristalle zerschlagen, ist *pisco sour* nicht denkbar. Vielleicht könnte man als Geschäftsidee auch noch eine Innovation einführen, das Eis zur Abwechslung einmal nicht im Mixer zu feinen Kristallen zu zerschlagen, sondern *pisco sour on the blocks* zu servieren. Zur Erinnerung an die spektakuläre Aktion zur Weltausstellung 1992 in Sevilla, als die Chilenen Eisblöcke aus Eisbergen schnitten und in Kühlcontainern verpackt um die halbe Welt schipperten. Die behauenen Eisblöcke erweckten damals Aufsehen, waren ein Zeichen für chilenischen Patriotismus und Einfallsreichtum und die zentrale Attraktion des chilenischen Pavillons. Kurzfristig war diese Aktion für die Chilenen sicher so wenig rentabel wie die Weltausstellung für Sevilla oder die *Expo 2000* für Deutschland – aber langfristig, für die Nachwelt in einem Film festgehalten, ist sie als Gesamtkunstwerk sicher einmalig und als erfolgreiche Aktion der Selbstdarstellung der Chilenen zu sehen. Erfolgreicher auf jeden Fall als die *Expo 2000* für Deutschland.

Denn ähnlich wie die Treuhand und die Kohlschen blühenden Landschaften im Osten erwies sich die *Expo* als Illusion und Jahrtausendpleite am Beginn des Neuen Jahrtausends, das gleich zu Beginn mit einigen weiteren, vor allem wachstumsbasierten Illusionen aufräumte. Sie leitete in Deutschland eine Zeit leerer Staatskassen ein, mit der sich zunächst nur die EZ-Organisationen und anschließend auch die gesamte Gesellschaft anfreunden mussten. Und vielleicht auch bald ein weiblicher Bundeskanzler – hoffentlich mit mehr Erfolg als die Macherin von Treuhand und Expo. *Pisco sour on the blocks* – eine nicht ganz ernst gemeinte Cocktailidee für deutsche Bars, die vielleicht helfen kann, die harten Realitäten des neuen Jahrtausends wenigstens für kurze Zeit zu vergessen, in Erinnerungen an die gute alte Zeit des Schuldenmachens in Deutschlands DM-Wirtschaftswunder-Jahrzehnten zu schwelgen und anzustoßen auf den Oberschuldenmacher, der uns den Euro, ein Mädchen aus den heute vor sich hin welkenden Landschaften im Osten und ein nicht ganz so ehrenhaftes neues deutsches Ehrgefühl bescherte. Oder, vielleicht mehr zukunftsgerichtet, anzustoßen auf ein chilenisch-deutsch-peruanisches *joint venture* als richtungsweisendes Beispiel einer PPP (*public private partnership*), dem neuesten, leuchtenden Stern am EZ-Himmel. *Pisco sour on the blocks* – auf dass die staatlichen Hände entlastet und den unsichtbaren Händen mehr Handlungsfreiheit gegeben werde! *Pisco sour on the blocks* als Ergänzung zu den leckeren Mangos der *costa*, zum organischen Kaffee der *ceja de selva* oder zu den exotischen Getreidearten der *sierra*, der nahrhaften und wohlschmeckenden *Quinoa* und dem großkörnigen *Urubamba*-Mais aus dem gleichnamigen Tal in der Nähe von Cuzco. Mit etwas Glück findet man diese Produkte zwar nicht in Bars, aber in Ökoläden und *health food*-Abteilungen einiger Supermärkte in Deutschland. Ergebnis der PPP-Bemühungen der GTZ oder der Kleinarbeit emsiger Mitglieder engagierter Dritte-Welt-Gruppen? Soll uns egal sein – Hauptsache die Aktivitäten sind nachhaltig und die Produkte keine Eintagsfliegen.

Aber zurück nach Peru und seinen wirtschaftlichen und Armutsproblemen, die sicher nicht durch mangelnde Präsenz auf internationalen Märkten zu erklären sind. Das Eingebundensein in die Weltwirtschaft und in die internationale Staatengemeinschaft ist zwar eine notwendige, aber auf keinen Fall eine hinreichende Bedingung für deren Lösung. Andererseits ist dieses Eingebundensein aber auch nicht die Hauptursache für Unterentwicklung, wie uns das Globalisierungsgegner in Anlehnung an strukturalistisches und dependenztheoretisches Gedankengut Glauben machen wollen. Doch bevor wir uns diesen theoretischen Überlegungen zum Problem der Unterentwicklung zuwenden, wollen wir zunächst einmal versuchen, anhand einiger Zahlen und einiger persönlicher Ansichten einer Reihe von Taxifahrern einen Eindruck vom Armutsproblem zu bekommen. Die harte Realität ist, dass zu Beginn des neuen Jahrtausends immer noch 40% der Bevölkerung von Nahrungsmittelhilfe abhängig sind und dass, wie die beigefügte Tabelle zeigt, 43% der ländlichen Bevölkerung in den Anden in extremer Armut, also am absoluten Existenzminimum, leben und 62% unterhalb einer, wie auch immer definierten Armutsschwelle. Und dies, obwohl offensichtlich mehr als fünfhundert Jahre früher, vor der Ankunft der spanischen *conquistadores*, die Ernährung der Bevölkerung sichergestellt war. Und nicht nur diese. Eine gut organisierte Bewässerungslandwirtschaft war damals die Grundlage eines ebenso gut organisierten, reichen Staatswesens, das nicht nur in der Landwirtschaft und den Ingenieurwissenschaften, sondern auch in Astronomie, Architektur und Kunst Höchstleistungen vollbrachte. In den fruchtbaren Tälern und Flußoasen der Küste waren es vor allem die Kulturen der *chimu* und der *moche*, in den Hochtälern der Anden die *incas* und die von ihnen unterworfenen Nachbarn, von denen die schon erwähnten *quechua* und *aymará* abstammen. Das, was von den Errungenschaften dieser Kulturen heute noch zu sehen ist, lockt eine immer größere Zahl von Touristen aus aller Welt nach Peru und macht den Wirtschaftsbereich Tourismus zu einer der wichtigsten Einkommensquellen und Devisenbringer des Landes.

Die Armut kennen die meisten Touristen – wenn überhaupt – nur aus dem Reiseführer, falls sie einen erwischt haben, der es sich mit der Darstellung des Landes nicht zu leicht macht. Einer, der dem Hang zum Wegsehen und Verdrängen nicht auch noch Vorschub leistet. Denn die Armut übersieht man meist lieber, sie eignet sich nicht als Kulisse für touristische Attraktionen. Im Gegenteil – sie stört die ungetrübte Urlaubsstimmung, das unbeschwerte Genießen und die Suche nach umfassender Entspannung. Man verdrängt sie oder sieht sie nur, wenn man genauer hinsieht, mit dem Herzen oder aus beruflichen Gründen. Dann sieht man sie vor allem in den Dörfern und Weilern der ländlichen Gebiete des Landesinneren, in den hohen, abgelegenen Tälern der Anden und verstreut in den Weiten des tropischen Tieflandes. Aber auch die Städte der Küste fransen an den Rändern

Armut in Peru 1998
(Anteil an Gesamtbevölkerung in %)

	Extreme Armut	Allgemeine Armut	Arm insgesamt	Nicht arm	Insgesamt
Insgesamt	15,6	21,7	37,3	62,7	100
Städtischer Raum	4,6	21,9	26,5	73,5	100
Ländlicher Raum	36,1	21,3	57,4	42,6	100
Lima-Stadt	2,0	19,2	21,2	78,8	100
Costa (städtisch)	5,1	22,8	27,9	72,1	100
Costa (ländlich)	19,9	23,2	43,1	56,9	100
Sierra (städtisch)	8,6	24,2	32,8	67,2	100
Sierra (ländlich)	42,9	19,0	62,0	38,0	100
Selva (städtisch)	6,7	26,8	33,5	66,5	100
Selva (ländlich)	26,2	27,0	53,2	46,8	100

Quelle: www.inei.gob.pe (in einigen Fällen gibt es Rundungsfehler!)

Extreme Armut: Einkommen reicht nicht aus zur Deckung der Kosten eines zur Mindesternährung notwendigen imaginären Warenkorbes, bewertet mit regionalen Preisen, mit der Folge einer Mangel- oder Unterernährung. Allgemeine Armut: Einkommen reicht nicht aus zur Deckung der Kosten eines Warenkorbes, in dem neben der Ernährung auch Güter des täglichen Bedarfs einschließlich grundlegender Dienstleistungen wie Elektrizität oder Wasser einbezogen sind. Unter Berücksichtigung dieser Kategorisierungen zeigt die Tabelle eine Konzentration der Armut im ländlichen Raum und besonders in der Sierra.

in Elendsgebiete aus, den *pueblos jovenes* bzw. *nuevos*, die man in Lima und in anderen Städten, wenn man mit dem Flugzeug anreist, deutlich beim Landeanflug sehen kann.

    In den abgelegenen ländlichen Regionen des Inlandes fällt die Armut dagegen weniger ins Auge, auch wenn die Zahlen der beigefügten Tabelle zeigen, dass sie dort am größten ist. So bleibt der krasse Gegensatz zwischen der extremen Armut und dem ebenso extremen Reichtum einer kleinen Oberschicht den Touristen meist verborgen, dieser Reichtum, der sich vor allem in Lima so ungeniert in einigen Stadtteilen der Außenbezirke zur Schau stellt. Und auch die Taxifahrer, die wie alle Taxifahrer in der Welt stolz auf ihr Land sind, erleichtern es den Touristen nicht, diese Schattenseiten Perus kennenzulernen. Diese Geschwüre, die weiter wuchern und nicht ausheilen wollen, weil die Ursachen nicht klar erkenntlich und die bisher eingesetzten Medikamente zu ihrer Bekämpfung offensichtlich nicht wirksam sind. Hin und hergerissen zwischen Stolz und Scham warnen die Taxifahrer die Touristen, nicht zu Fuß in manche der Armutsviertel zu gehen, bieten ihnen aber auch nicht an, sie dorthin zu fahren. Sie verzichten lieber auf dieses Einkommen und vielleicht auf ein besonderes Trinkgeld, weil sie wissen, dass Touristen kommen, um sich zu bilden und sich zu erholen, nicht um die Schattenseiten des Landes und dieser Welt kennenzulernen oder gar nach den Ursachen der Armut zu fragen. Sie ahnen, dass dieser Teil der Lebensrealität den Bildungsdrang ihrer Gäste überfordern, das Erholungsergebnis nur beeinträchtigen würde.

Und warum ist die Frage nach den Ursachen, wenn sie denn gestellt würde, so schwer zu beantworten? Sind die Ursachen so vielfältig, dass man keine eindeutig benennen und entsprechend bekämpfen kann? Ist dies der Grund dafür, dass es bis heute nicht gelungen ist, die Armut in der Welt ein für alle Mal zu beseitigen, das Geschwür auszuheilen? Die Antworten und die Empfehlungen zur Bekämpfung der Armut fallen seltsamerweise sehr unterschiedlich aus, je nachdem, wer sie gibt, welche Vorkenntnisse und Erfahrungen, welche Sichtweise, Motivation und vielleicht auch Eigeninteressen jemand hat. Schlimmer ist, dass sich viele die Frage nach den Ursachen der Armut gar nicht erst stellen. Selbst extreme, offensichtliche und objektiv messbare Armut – von der subjektiv empfundenen gar nicht zu sprechen – wird nicht zur Kenntnis genommen oder für genauso selbstverständlich und unabänderlich gehalten wie die Tatsache, dass es Wohlstandsunterschiede zwischen Menschen und zwischen Ländern gibt. Hier beruhigen uns die Ökonomen und versichern, dass diese Unterschiede unabdinglich und sogar notwendig sind, da sie die Menschen zu harter Arbeit motivieren und damit die notwendige Energie liefern, um die Wirtschaft brummen und die unsichtbaren Hände arbeiten zu lassen. Dass sich die aus den Unterschieden ergebende Energie jedoch auch in anderer Weise entladen kann, wissen wir spätestens seit dem 11. September 2001.

Die meisten Ökonomen meiden Themen, die sich mit Verteilung und Gerechtigkeit befassen, konzentrieren sich vielmehr auf Reichtum, Wachstum und Entwicklung, die sie seit Jahrhunderten erforschen, modellieren und analysieren, obwohl Armut, Unterentwicklung und Hunger nur die Kehrseite davon sind, und die Auseinandersetzung damit umso dringlicher ist, weil über Leben und Tod entscheidend – und doch so wenig verstanden. Während manche Ökonomen sich auf ethische Fragen der Wirtschaft spezialisieren, fürchtet die Mehrzahl dieses Thema wie der Teufel das Weihwasser. Das sei die Domäne von Theologen oder allenfalls noch von Dichtern und Philosophen, die damit besser umgehen könnten. Da sich die Politiker jedoch eher von Ökonomen beraten lassen, machen sie es sich zu einfach, wenn sie sich nicht für zuständig erklären, sich hinter solchen Ausreden, hinter theoretischen Modellen und Annahmen verschanzen. Am Thema Armut und Ungerechtigkeit kommt letztlich niemand vorbei, weder die Ökonomen, noch die Touristen, noch die Politiker und noch viel weniger die Reichen – in den Ländern des Nordens genauso wenig wie in denen des Südens. Vor allem dort. Denn gerade in den Entwicklungsländern ist die reiche Oberschicht, die mit ihrem Geld auf die korrupten staatlichen Bürokratien und die Regierungen Einfluss nimmt, oft das Haupthindernis für eine Lösung der Probleme. Die Anzeichen dafür, dass das Thema uns alle angeht und uns vielleicht eher einholen wird, als uns lieb ist, sind kaum noch zu übersehen und zu leugnen. Der internationale Terrorismus und die Asylsuchenden – aus welchen Gründen auch immer – sind deutliche Warnzeichen. Das Problem der Asylsuchenden im Norden durch inhumane Behandlung und damit Abschreckung lösen zu wollen, das des Terrorismus im Süden durch militärische Himmelfahrtskommandos gegen eine selbst definierte »Achse des Bösen«, greift da sicher zu kurz und verschiebt das Problem nur um einige Jahre. Die Quittung für eine solche Politik wird nicht lange auf sich warten lassen.

Die Taxifahrer Limas haben teilweise ein besseres Gespür für die Ursachen von Armut und Unterentwicklung, als sich das mancher Fahrgast, Tourist oder Geschäftsreisende vorstellen kann. Daher möchte ich einige Hypothesen, die ich im Laufe der Jahre zu hören bekam, aufgreifen und kommentieren. Etwas unwohl fühle ich mich immer, wenn das Gespräch auf die Rolle der hispanischen Abenteurer und Vagabunden kommt, die doch ganz offensichtlich für den Niedergang Perus verantwortlich sind. Irgendjemand muss ja Schuld haben, und da ist es naheliegend, erst einmal in die Vergangenheit zu schauen. Je ferner desto besser. Also warum nicht jenen Abenteurern, den *conquistadores*, die Schuld geben, die damals zusammen mit Francisco Pizarro nach Peru kamen. Diese nahmen 1533 den Inka Atahualpa gefangen und versprachen, ihn gegen Goldzahlungen freizulassen. Noch heute kann man den Raum in Cajamarca, in den nördlichen Anden Perus, besichtigen, in dem Atahualpa die kostbarsten Goldarbeiten aus dem ganzen Land aufschichten ließ. Niemand will in Peru den schandbaren Wortbruch der Spanier vergessen, die das Gold kassierten und den Inka trotzdem in grausamster Weise hinrichteten. Da das Blut dieser Wortbrüchigen in den Adern der meisten Peruaner fließt, vor allem derer, die in Lima die Politik bestimmen, ist es für manchen Taxifahrer eine ausgemachte Sache, dass dies auch der Grund für Korruption, Misswirtschaft und Unterentwicklung in Peru ist.

Es überrascht sicher nicht, dass »die Politiker« hier zur Sprache kommen. Sie kommen bei Gesprächen mit Taxifahrern ja generell schlecht weg, und

Politikerschelte ist auch in Europa oder sonstwo in der Welt ein beliebtes Spiel. In Peru scheint dies aber besonders ausgeprägt zu sein, und hier bezieht die Schelte vor allem der Präsident. Vielleicht wegen der besonders starken Stellung, die dieses Amt in Peru hat, aber wohl eher wegen der Art und Weise, wie die meisten Präsidenten ihr Amt in der Vergangenheit ausübten. Seltsamerweise ist das Ausmaß an Wut und Enttäuschung über die Politiker besonders groß in Lima und nicht oben, in den Andentälern, wo man es eher erwarten würde. Dort, wo die Armut konzentriert ist und wo die Mehrheit der Bevölkerung Nachkommen der damals so schändlich betrogenen Inkas sind. Doch dort wird vieles gelassener gesehen, dort genießen traditionelle Autoritäten noch eher Respekt, werden Misswirtschaft und Korruption mit stoischer Ruhe hingenommen. In Lima wird dagegen offen darüber geklagt und diskutiert, in Taxis, *bodegas* und Straßencafés. Man schimpft über die schier endlose Reihe von Präsidenten, denen es immer wieder gelang, die Wähler durch Versprechungen für sich zu gewinnen, um dann nach ihrer Wahl ihren *compadres* lukrative Posten zuzuschustern und sich selbst bei Geschäften mit Staatsgeldern zu bereichern.

Diese wurden unter dem Vorwand der Entwicklungsrelevanz und auf Kredit getätigt und ließen einen Einfallsreichtum zum Abzweigen von Geldern erkennen, der immer wieder verblüfft. Allein beim Import von tausenden Traktoren, einmal aus dem benachbarten Argentinien, ein anderes Mal aus China, imitierte der *chino* seinen Vorgänger Alain García. Nur bei der Farbe war er innovativ, und noch heute stehen rote und blaue Traktoren als weiße Elefanten in der peruanischen Landschaft. An Orten, wo man sie nie vermuten würde, da weit und breit keine Felder zu sehen sind, die einen Einsatz von Traktoren rechtfertigen würden. Teilweise sind sie daher nie genutzt, teilweise bei der ersten Panne aufgegeben oder für alles andere eingesetzt worden, nur nicht zur Intensivierung und Erhöhung der landwirtschaftlichen Produktion. So wurde Geld und Einfallsreichtum verschwendet, die sonst so knapp sind, wenn es darum geht, Arbeitsplätze außerhalb des Staatssektors zu schaffen und eine Mindestversorgung mit Dienstleistungen im sozialen Sektor, in Ausbildung und Gesundheit, sicherzustellen.

Erst seitdem die WC-SAP dem Staat das Schuldenmachen vermiesen, sind der Kreativität in diesen Bereichen engere Grenzen gesetzt. Heute wird Kreativität vor allem dazu eingesetzt, den Geberländern ein schlechtes Gewissen zu machen, damit sie die Schulden erlassen, mit Abschlag und im Austausch für Programme zur Konservierung kulturell oder ökologisch bedeutender Schätze, zur alternativen Entwicklung oder zur Bekämpfung der Korruption.

Aber anstatt die Kredithähne schon früher zuzudrehen, hatte Geberland für Geberland und Entwicklungsbank für Entwicklungsbank den Entwicklungsländern lange Zeit die Kredite förmlich aufgedrängt – einer Regierung nach der anderen, einem Präsidenten nach dem anderen, auf Treu und Glauben und ohne Ansehen der Person. *The show must go on* hieß damals die Parole, zu viele waren am Geschäft beteiligt, zu sehr waren beim Geldausgeben eigene Interessen beteiligt. Sparsamkeit und Effektivität der Mittelverwendung blieben in einer solchen Situation schnell auf der Strecke. Was heute die Barmittelknappheit, waren damals Mittelabflussprobleme. Diese entstehen vor allem, wenn Zusagen aus politischen Gründen gegeben werden, aber keine sinnvollen Projekte in Sicht sind. Da atmen alle auf, wenn jemand kleine Bewässerungsprojekte als weißes Kaninchen aus dem Hut zaubert und beteuert, dass selten eines zu einem weißen Elefanten mutierte. Weder von diesen noch von Abflussproblemen noch vom Zusammenhang zwischen den einen und den anderen spricht man aber gerne im Geschäft, noch weniger möchte man von ihnen betroffen sein.

Mittelabfluss ist im Entwicklungsgeschäft ein Indikator für die Leistungsfähigkeit des Systems, ähnlich wie der Umsatz bei einem privaten Unternehmen. Nur mit dem Unterschied, dass in der Privatwirtschaft mit Umsatz meist auch Gewinn verbunden ist, ein forcierter Mittelabfluss in der EZ dagegen häufig mit Verlust – Verlust von Ansehen und Vertrauen vor allem. Dies geschieht insbesondere dann, wenn auf Druck von oben Projekte durchgeführt werden sollen, obwohl man unten, also dort, wo sich das »R« beim Zusammenschustern der AURA-Wirkungen in den AURA-Angeboten auch mal schnell verschämt aus dem Staube macht, und sich die Zurückgebliebenen ratlos mit dem Rest und den ungünstigen Rahmenbedingungen ziemlich verraten vorkommen.

Doch Mittelabfluss- und Umsatzsteigerungen schlagen sich im Aggregat als Wachstum nieder, und Wachstum war schon immer und ist noch immer ein Fetisch, eine Ikone und eine Droge – in der Gesamtwirtschaft wie im Entwicklungsgeschäft, im Süden wie im Norden, bei schwarz-gelben wie bei rot-grünen Regierungen. Mit dem Begriff »nachhaltig« versuchte man die in Verruf geratene Vokabel in den 80er Jahren etwas aufzupolieren. Zum Begriff des nachhaltigen Wachstums und des nachhaltigen Projekterfolgs gesellte sich nun die nachhaltige Entwicklung. Sie wurde im »Geschäft« zur neuen Spielwiese kreativer Gemüter, gab dem Begriff »nachhaltig« neuen Glanz. Doch niemand machte sich die Mühe, ihn zu definieren und abzugrenzen, oder gar auf die Finanzierungsseite von Projekten und Wachstumsprozessen anzuwenden. So begann ein permanenter Etikettenschwindel, eine Augenwischerei und ein Herumwerfen mit Worthülsen in politischen Reden und in programmatischen Dokumenten, die uns wahrscheinlich noch einige Zeit im neuen Jahrtausend begleiten werden. Faktisch musste beim

Tauziehen um den Erhalt der natürlichen Systeme bei gleichzeitiger Konsolidierung der sozialen auch die EZ Federn lassen – in beiden Bereichen übrigens. In Zeiten des Überschreitens der 3%-Grenze bei der Neuverschuldung sind die Erinnerungen an die Verpflichtung zum Nicht-Unterschreiten der 0,7%-Grenze des Anteils der öffentlichen Mittel für EZ (ODA *Official Development Aid*) am BSP kaum noch vorhanden. So lösen bei leicht benebelten Jungpolitikern neue Promillegrenzen eher ein schlechtes Gewissen aus, weil sie ein Bier zu viel getrunken haben vor dem Nachhausefahren.

Eine Vernebelung der Sinne und Verdrängung der Realität betreiben auch die Peruaner mit ihren wunderschönen Liedern, wenn sie von Sehnsucht und Liebe singen. In den Dörfern und Städten der Anden mehr noch als in Lima, wo man sich schon auf die knallharten Rhythmen globalisierter anglo-sächsischer Unterhaltungsindustrien »eingetuned« hat, mit entsprechenden verbalen Verdrehungen. Doch bei den *fiestas* und in *peñas* werden immer noch die alten Weisen angestimmt, werden die Schönheiten des Landes besungen, das geliebte (*mi*) *Perú* als einziger Ort der Glückseligkeit in einer sonst grausamen Welt angepriesen. Meist in sanften Molltönen – *el condor pasa* – versucht man, das Leiden an der Misere, die Wut und die Enttäuschung zu vergessen. Denn vieles von dem Besungenen ist Fiktion, sind Illusionen, denen man sich hingibt, beflügelt von einigen Gläsern *pisco*, *chicha* oder *yonke*. Es sind Lieder von Liebe, von Natur, von Heimat und von längst vergangenen und daher natürlich besseren Zeiten. Von Träumen über eine unbestimmte, bessere Zukunft, von der sich jedoch niemand so ganz sicher ist, sie jemals erleben zu dürfen. Am wenigsten vielleicht *el condor*, der über der fragilen natürlichen Umwelt und den zerbrechlichen gesellschaftlichen Strukturen der peruanischen Realität ahnungslos, majestätisch und friedlich seine Kreise zieht.

Weniger ahnungslos, fast so friedlich und majestätisch, aber von größerer Beständigkeit ist da die katholische Kirche. Wenn das Thema Kirche zur Sprache kommt, ihre Rolle in der Vergangenheit und ihre heutige Position in der Gesellschaft, fühle ich mich besonders hilflos, denn hier habe ich kaum persönliche Einblicke und Lernerfahrungen. Auch lässt sich dieses Thema schwerlich auf einer kurzen Taxifahrt vom Hotel zum Ministerium abhandeln. Dass die katholische Kirche an der Unterwerfung des so perfekt durchorganisierten Inkareiches beteiligt war, wird von den Taxifahrern nicht bezweifelt, auch wenn sie sich – oder vielleicht gerade deswegen – beim Vorbeifahren an jeder Kirche bekreuzigen. Vielleicht beten sie ja dafür, dass die Kirche wenigstens heute einen klareren Kurs steuern möge – nicht nur mit Worten sondern auch mit Taten. Von Paulo Freire und Leonardo Boff haben manche schon gehört, vor allem die Gebildeten unter ihnen, z.B. arbeitslose oder hinzuverdienende Professoren der renommierten peruanischen Universitäten, der *Católica* oder *Del Pacífico*, in meinem Bereich *La Molina*, die Agraruniversität. *La Molina* ist übrigens auch der Name des entsprechenden Stadtteils im Osten von Lima, in dem die Gespaltenheit der Gesellschaft in Arm und Reich besonders deutlich wird. Bürgersteige wurden dort nicht eingeplant. Die Gärten der palastartigen Villen, high-tech bewässert und von Gärtnern sorgfältig getrimmt, sind mit hohen Mauern umgeben, die bis dicht an die Fahrbahn reichen – mit Glasscherben bewehrt oder high-tech mit Stacheldraht und elektrischer Hochspannung verdrahtet. Fußgänger, armselig oder überhaupt nicht bezahlte *jardineros*, *muchachas* oder *empleadas*, sind dort Freiwild für Autofahrer – für die drogen- und alkoholgestählten Söhne dieser besonderen Klasse der Wegschauer, für deren vergreiste Pensionäre, die hier dem jüngsten Gericht entgegenbangen, und natürlich für Taxifahrer. Allen gemeinsam ist nur, dass sie nie formellen Fahrunterricht genommen haben und entsprechend fahren.

Von der Theologie der Befreiung haben viele gehört, doch ihren Landsmann Gustavo Gutiérrez, der seine *perspectivas* über die Rolle der Kirche einst mutig zu Papier brachte, kennen die wenigsten. Nichts von seinen Ideen über die Pflicht der Kirche, sich zu artikulieren, über ihre Aufgabe, bei der Befreiung der Armen aus der Misere zumindest mitzuhelfen, wenn nicht sogar dabei vorauszugehen. Das mag auch damit zu tun zu haben, dass der in Peru allgegenwärtige *Opus Dei*, dessen Gründer vor einiger Zeit so spektakulär vom Papst geehrt wurde, von dieser Pflicht nicht allzuviel zu halten scheint, oder zumindest nicht so aufmüpfig und deutlich propagiert haben wollte. Offensichtlich zermürbte der stetige geistliche Gegenwind dieser von Beständigkeit strotzenden etablierten Kirche den guten Gustavo Gutiérrez, so dass er sich offensichtlich nach einiger Zeit wieder in den Schoß der allein selig machenden Kirche zurückgab. Wie das heutige Befinden des guten Gustavo bei den etablierten Wegschauern ist, konnte mir mein Taxi fahrender Soziologieprofessor auch nicht sagen. Da ich selbst nur schlechten Zugang zu aktuellen Informationen und hochkarätigen Persönlichkeiten der katholischen Kirche habe, will ich noch kurz über nicht mehr so ganz aktuelle Informationen berichten.

Von der Inquisition haben die meisten Taxifahrer gehört, auch die Nichtstudierten. Aber Genaues wissen sie nicht, da in den Schulbüchern das Thema eher knapp gehalten oder ganz ausgespart bleibt. Die Grausamkeiten, mit denen das *Santo Oficio* von 1570 an ihr Land überzog, nachdem sie den ungläubigen Inka, selbst Gottheit und von der Sonne eingesetzt, vom Sonnenthron gestürzt hatten, stehen den Schurkereien demokratisch gewählter Präsidenten der Neuzeit um nichts nach. Mord, Lug und Trug – wahrhaft schaurige Geschichten, die da erzählt werden. Verständlich, dass die Kirche weder von den einen noch den anderen viel wissen möchte. Presse, Rundfunk und Fernsehen können es sich auch heute noch nicht leisten, an dieser starken Säule des herrschenden Systems zu rütteln. Offene Kritik an der herrschenden Lehre der Kirche und an einigen ihrer (un)züchtigen Diener, die sich bedienen und bedienen lassen, wie sie heute aus den Medien in den USA und Europa nicht mehr wegzudenken ist, gibt es hier nicht. Natürlich auch keine offene Kritik am Papst im fernen Rom. Bedauert wird er, der Alte, Gebrechliche, den man früher so fortschrittlich und agil über die Pisten sausen sah. Über seine Besuche freute man sich zwar, über sein Eintreten für Frieden und Gerechtigkeit ebenfalls. Doch man musste sich auch gründlich über ihn ärgern, wenn er, beraten von dem (eigen- nicht EZ-finanzierten) ratzikal-konservativen Kardinal aus Deutschland, alte Regeln zementierte oder neue diktierte. Regeln, die viele gläubige Katholiken daran zweifeln lassen, dass im Vatikan alle Tassen noch an Ort und Stelle sind. Regeln gegen Geburtenkontrolle, gegen eine angemessene Rolle der Frau in Kirche und Gesellschaft oder eine Öffnung gegenüber anderen Konfessionen und Religionen. Dass viele der Regeln sich heute überlebt haben und genau das Gegenteil von dem bewirken, was sie einmal bewirken sollten, nämlich die Schäfchen um den Hirten zu scharen, sehen die alten Herren in Rom offensichtlich nicht. Es sieht so aus, als ob die mehr als 100 aufwendigen Reisen des Papstes in aller Herren Länder nicht den Lerneffekt erzielten, den man sich versprochen hatte. Aber in einem *papamobil* und in Begleitung einer Schar buckelnder Führer und Übersetzer lernt man offensichtlich weniger als z.B. bei Taxifahrten.

Meinem Taxifahrer fällt auch wenig ein auf die Frage, was die Kirche heute den Armen in Peru zu bieten habe und welche Rolle sie in der Gesellschaft spielen könnte, außer Trost und Erbauung im Rahmen gut inszenierter *papa*-Volksfeste zu spenden und Hoffnung auf ein besseres Leben im Jenseits. Die Kirche habe sicher dazugelernt, meinte er, und verdiene heute mehr Vertrauen als früher und auch mehr als manche anderen Organisationen, die vorgeben, den Armen zu helfen, aber hauptsächlich ihren eigenen Vorteil im Sinn hätten. Vor allem die Verbreitung des Glaubens an einen unsichtbaren Gott, von dem man beobachtet wird und der einem vielleicht gerade über die Schulter sieht, wenn man ein krummes Ding zu drehen versucht, sei ein wichtiger Beitrag. Er sorge dafür, dass die Menschen, und vor allem die Politiker, nicht noch größeres Unheil anrichteten und sich einander das Leben nicht noch schwerer machten, als sie es sowieso schon tun. Und auch die Aussicht, dass irgendwann einmal die Spreu vom Weizen getrennt, ein *juicio final* stattfinden wird, wäre sicher dazu angetan, noch mehr Unrecht und Unheil zu verhindern. Daher sei die Kirche insgesamt sicher wichtig, auch wenn sie beim Jüngsten Gericht wohl selbst nicht ganz ungeschoren davonkommen würde, wenn es denn so etwas für Organisationen wie die Kirche überhaupt gäbe. Für andere Organisationen gäbe es das sicher, meinte er.

Was ich ihm von den positiven Wirkungen der individuelle Gier der Menschen erzählt hatte, die angeblich zum Wohlstand für alle führte, das wollte ihm dagegen nicht so richtig einleuchten. Und dass diese sogar unbedingt notwendig für die Wirtschaft und für das Funktionieren der Märkte sei, ihr Motor sozusagen, der auch die unsichtbare Hand erst richtig in Schwung kommen lässt, das konnte er nicht glauben. Statt an eine unsichtbare Hand glaube er da schon eher an einen unsichtbaren Gott. Und er vertraue vor allem dem Motor seines Taxis, das eigentlich gar kein Taxi war, das er nur mit einem an die Windschutzscheibe geklebten Plastikschild zu einem machte, so wie die meisten in Lima. Den Motor seines Taxis, den konnte er sehen und begreifen und sich auf ihn verlassen, vor allem, wenn er ihn ordentlich pflegte. Es war noch einer von der alten Sorte, ohne Elektronikfirlefanz, bei dem man wusste, wo man drehen musste, damit er besser startete, wo man das Standgas einstellen oder die Beschleunigung ändern konnte. Wie das die Politiker oder die Ökonomen mit dem Beschleunigen und Bremsen in der Wirtschaft machten und wie das mit der unsichtbaren Hand des Marktes klappen sollte, das konnte er sich nicht vorstellen. Und klappen würde das ja wohl auch nicht, denn sonst ginge es ihnen nicht so schlecht und sie hätten weniger Arbeitslose, weniger Arme. Er fragte aber nicht weiter. Möglicherweise hielt er mich für einen Ökonomen oder gar für einen Politiker und wollte nicht, dass ich mich schlecht fühlte.

Er hätte gelernt, Fahrgästen keine direkten Fragen zu stellen, genauso wie man dem lieben Gott keine direkten Fragen stellt. Und wenn man sie doch stelle, solle man nicht erwarten, eine Antwort zu bekommen. Und wenn man doch eine Antwort bekomme, solle man nicht erwarten, sie gleich zu verstehen. Vieles verstünde man erst viel später und sähe auch erst dann, dass manches einen Sinn hätte, was zunächst unsinnig erschiene. So hielte er es auch mit dem unsichtbaren Gott und sei immer gut damit gefahren. Vielleicht, weil er zusätzlich noch die Regeln der Kirche befolgte, auch wenn sie ihm manchmal unverständlich waren. Er zweifelte manchmal, ob diese *padres* wirklich mehr vom Jenseits und von Gott verstünden als er selbst und seine Frau. Die nähme die Kirche und die Beichte übrigens ernster als er, daher behielte er seine Zweifel auch für sich, ihr gegenüber und bei der Beichte. Im Jenseits hoffte er dann mehr zu erfahren. Vor allem interessiere ihn, ob ihm dort tatsächlich mehr Glück und Reichtum zuteil werde, wie ihm die *padres* das glauben machen wollten. Sicher wohl nur, um ihn dazu zu bringen, regelmäßig zum Gottesdienst und zur Beichte zu gehen, meinte er. Im Himmel gäb's ja wohl keine *padres*, stellte er sich vor. Nicht, dass sie es nicht verdient hätten, dort zu sein. Das wollte er damit nicht gesagt haben. Aber die brauche man dort ja sicher nicht mehr – wofür auch? Jedenfalls schien er zu dem Schluss gekommen zu sein, dass es auf keinen Fall schaden konnte, sich hier mit ihnen zu arrangieren und sich regelmäßig in der Kirche blicken zu lassen. Und sich auch lieber einmal zu viel als zu wenig zu bekreuzigen, wenn man an einer Kirche vorbeifuhr.

Er hatte, wie er mir erzählte, früher selbst einmal in der Landwirtschaft gearbeitet, auf den Feldern seines Vaters. Oben, in der *sierra*, in einem kleinen Tal, ganz am Ende, wo der Boden schon lange nicht mehr ausreichte, alle zu ernähren. Wo die Kinder gerade mal ihr Brot als Hirten oder Kindermädchen verdienen konnten und die Jugendlichen auf den Feldern halfen. Aber bleiben konnten die meisten nicht. Einige vielleicht, aber auch nur dann, wenn der verdurstete Boden, die *pachamama*, die Mutter Erde, überhaupt noch etwas hergab und man ein bisschen mit Kompost und Bewässerung, vielleicht auch mit einem bisschen Dünger aus der *bodega* nachhalf. Das machte zwar mehr Arbeit und kostete etwas mehr, brachte aber auch höhere Erträge. Ohne Bewässerung seien die Flächen heute zu klein, um eine ganze Familie zu ernähren. Bei dem unberechenbaren Klima konnte es auch leicht passieren, dass man die ganze Ernte verlor, durch Frost oder auch durch Trockenheit. Naturkräfte eben, die das Leben im Gebirge mehr als anderswo bestimmten und es so schwer und unsicher machten. Bewässerung war da die einzige Möglichkeit, einigermaßen sicher mit einer Ernte und einem guten Ertrag rechnen zu können. Wenn man bewässerte, konnte man eher aussäen als die anderen und daher auch eher ernten. Manchmal könne man dann sogar noch ein zweites Mal säen. Die, die keine Bewässerung hatten, mussten auf den Regen warten und ernteten – wenn es denn überhaupt eine Ernte gab – dann alle zur gleichen Zeit. Das war ein Nachteil, da sie dann ihre Produkte gleichzeitig zum Markt brachten, was wiederum die Preise nach unten trieb.

Weit her, auch aus dem letzten Seitental, kamen sie dann, oft mit der ganzen Familie. Die Säcke auf Karren gepackt, oder nur auf Esel oder Pferde gebunden. Viele trugen Säcke und Körbe auf dem Rücken zur nächsten Straße oder zu einem Dorf, wo die LKWs hielten und sie mitnahmen in die Stadt zum Wochenmarkt. Natürlich wollte niemand die Säcke wieder nach Hause schleppen, wenn man nicht alles verkauft hatte. Und selbst wenn sie sich die Mühe gemacht hätten, sie wieder mitzunehmen, dann wären Kartoffeln, Gemüse oder Bohnen bald schlecht geworden, weil ihnen der Transport auf den holprigen Wegen zusetzte. Obst und Gemüse, das sie manchmal auch mit Bewässerung anbauten, waren besonders anfällig. So verkauften sie lieber alles, was sie mitgebracht hatten, am Ende oft zu einem

Schleuderpreis, nur um wenigstens ein bisschen Geld für das Nötigste zu haben. Für Salz, Nudeln, Öl oder auch mal etwas zum Anziehen, ein Gerät für den Haushalt oder das Feld. Manchmal könne man von dem, was man für die Ernte erlöst hatte, nicht einmal das Saatgut für die nächste Aussaat bezahlen. Doch wenn man das Saatgut von der eigenen Ernte nahm, dann wurden die Erträge mit jedem Jahr niedriger. Immer niedrigere Erträge, immer mehr Familienmitglieder zu ernähren und immer weniger Land hatten sie, da es mit jeder Generation weiter aufgeteilt wurde, damit die jungen Familien wenigstens etwas für den Eigenverbrauch anbauen konnten. Lange konnte das so nicht mehr weiter gehen.

Einen Ausweg versprachen einst die Senderisten, die Guerillas vom *sendero luminoso*, dem »Leuchtenden Pfad«. Als Anfang der 80er Jahre die ersten Kolonnen über die Berge kamen und in den Dörfern auftauchten, war man zunächst neugierig, versuchte sie zu verstehen, ihrer Akademikersprache zu folgen, in der sie ihre Phantasien von einer Zukunft ohne Hunger und Herrenklasse entwickelten. Aber vor allem die Älteren in der *comunidad* nahmen sie nicht ernst, wollte von diesen Ideen nichts wissen. Auch wenn sie nicht einmal die Hälfte verstanden, war ihnen klar, dass davon wieder nur Unheil drohen konnte, wie das schon so häufig in der Vergangenheit geschehen war. Doch sie zögerten, offen zu widersprechen, überließen den Jugendlichen das Nachfragen und Argumentieren. Viele von denen hatten sowieso keine Lust, sich auf den Feldern zu schinden, wie ihre Väter das tagein, tagaus taten, ohne auf einen grünen Zweig zu kommen. So kam es ihnen nur gelegen, einen Zeitvertreib zu haben, sich den Tag mit pseudophilosophischem Palaver um die Ohren zu schlagen. Doch viel verstanden sie auch nicht von dem, was ihnen die abgebrochenen Soziologie-, Philosophie- oder Psychologiestudenten und -dozenten von einer neuen, besseren Gesellschaft erzählten. Das Leben in einem bigotten, borvierten und brutalen gesellschaftlichen Umfeld und das Denken in utopischen Gesellschaftsmodellen, in Theorien von Marx bis Mao und Marcuse, die dilletantisch zu einem ungenießbaren und unheilschwangeren Brei zusammen gemischt worden waren, hatte ihnen den Blick für die Realität Perus und die Anden getrübt. Nichts als Parolen wären das gewesen, meinte mein Taxifahrer, kein Bezug zu den Problemen, mit denen die Bauern in ihrem täglichen Leben konfrontiert waren, nichts Konkretes also, sondern nur wirre Versprechungen für die Zukunft.

Eines schienen sie jedoch genau zu wissen und darin waren sie sich einig: Sie wollten die Herrschenden in Lima stürzen, den verhassten Staat ausradieren, der immer wieder so kläglich versagte. Etwas Neues sollte aufgebaut werden, etwas Großartiges, Leuchtendes, nie Dagewesenes. Was das genau sein sollte, konnten sie jedoch nicht erklären und daher auch nur wenige der

Jugendlichen überzeugen, mit ihnen zu gehen und sich dem bewaffneten Kampf anzuschließen. So gingen nur diejenigen, die im Leben in der *comunidad* sowieso keine Perspektive für sich sahen. Und so gaben die Alten auch nur zögernd ihre Zustimmung, ließen ihre Söhne, manchmal auch die Töchter, nur ziehen, weil sie keine Gegenargumente hatten, um sie zu halten. Noch nicht einmal das überzeugendste Argument, genügend zu Essen, um den nagenden Hunger zu stillen, konnten sie in die Waagschale werfen. So war es besonders bitter, mit ansehen zu müssen, wie sich ihre Kinder, die sie mit so viel Entbehrungen durch all die schwierigen Zeiten gebracht hatten, mit hochmütigem Gehabe verabschiedeten, um sie vielleicht nie wieder zu sehen oder vielleicht sogar als ihre Feinde wiedersehen zu müssen.

Denn bei der politischen Überzeugungsarbeit blieb es nicht. Nach und nach forderten die Senderisten immer mehr Unterstützung ein, logistische wie auch den Dienst junger Dorfbewohner an der Waffe. Das Zentralkommitee der Partei verpflichtete die theoretisierenden Schwärmer zu konkreten Aktionen, verdonnerte sie zu Selbstkritik und Strafen und zu blutigen Taten, um die Bauern gefügig zu machen. Denen wurde immer klarer, dass hier mit ihrer traditionellen Geduld und ihrem Gleichmut nicht viel auszurichten war. In langen Versammlungen wurden die Möglichkeiten diskutiert, wie sie sich verhalten sollten. Die verschiedenen Familien und *comunidades* hatten da sehr unterschiedliche Vorstellungen, je nachdem, was sie sich von Änderungen der bestehenden Eigentums- und Machtverhältnisse versprachen und vor allem auch, ob sich schon Familienmitglieder der Bewegung angeschlossen hatten oder nicht. In der zweiten Hälfte der 80er Jahre wurde dann immer deutlicher, dass sie sich in Gefahr brachten, egal ob sie die Senderisten unterstützten oder sich gut mit der Regierung stellten, die mit subventionierten Programmen um ihre Gunst buhlte und sie auch kurzfristig zu erreichen schien.

Doch vieles änderte sich damals in den Dörfern. Vorsichtshalber begann man, Fremden die traditionelle Gastfreundschaft zu verweigern, man verschloss die Türen und verbarrikadierte sie, wenn das Kommen von unbekannten Gruppen angekündigt wurde. Man versuchte immer mehr, nicht im Dorf sondern in den entfernteren Feldern oder draußen beim Vieh zu bleiben, wo es kleine Schutzhütten gab, wo man sich mit dem Nötigsten versorgen konnte. Doch je weniger Unterstützung die Senderisten fanden und je mehr Widerstand sie von den Bauern spürten, desto ungeduldiger und ungehaltener wurden sie, desto brutaler gingen sie gegen Dörfer und *comunidades* vor, die ihnen die Unterstützung verweigerten, und desto blutiger wurde der Pfad, der eigentlich ein leuchtender sein sollte. Sie überfielen Dörfer und Weiler und hielten Strafgerichte gegen die angeblichen Verräter ihrer Befreiungsbewegung, die nie eine war. Mit erpressten Anschuldigungen klagten sie die gewählten Bürgermeister an, verurteilten sie zum Tode und vollstreckten auch gleich das Urteil. Am nächsten Baum meistens. Sie wurden immer brutaler und erfinderischer in den Ritualen der Folter und Bestrafung. So wurden reihenweise Unschuldige grausam umgebracht, die Jugendlichen und Kinder verschleppt, nachdem man sie gezwungen hatte, der Ermordung ihrer Eltern zuzusehen. Mit den mühevoll erwirtschafteten Vorräten zogen die Kolonnen ab und ließen die Überlebenden von Angst gelähmt zurück.

Aber irgendwann hatten die *campesinos* ihre Angst überwunden, meinte der Taxifahrer. Auch sein Dorf organisierte, wie viele andere, eine Selbstverteidigungstruppe, eine *ronda campesina*. Gruppen von Männern zogen nachts durch die Flur, hielten an strategischen Punkten Wache und schossen auf jeden, der nicht das ausgemachte Erkennungszeichen geben konnte. Die immer weniger diese Bezeichnung verdienende Regierung autorisierte und unterstützte sie dabei, weil weder Polizei noch Militär ihre Sicherheit in den abgelegeneren Regionen garantieren konnten oder wollten. So mussten die Dorfbewohner das Vakuum an Recht und Autorität ausfüllen, das entstanden war, weil sich die Parteien gegenseitig blockierten und die Regierung in Lima mit ihrer verfahrenen Politik nicht mehr weiter wusste. Mit ihrer traditionellen Fähigkeit zur Selbstorganisation schafften sich die *comunidades* wieder ihre eigenen Regeln, erinnerten sich an das, was sie von ihren Vorfahren gelernt hatten. Und so gelang es ihnen nicht nur, ihre Kinder, ihr Hab und Gut vor dem Schlimmsten zu bewahren und zu überleben, sondern sie lernten wieder, besser miteinander umzugehen und alte Streitigkeiten zu begraben. Wo sich über die Jahre Feindschaften, Geschwüre des Neids und der Missgunst gebildet hatten, weil einige der Familien schneller reich geworden waren als andere, war plötzlich wieder ein Gefühl der Gemeinschaft, das Gefühl der *comunidad*. Wenn die Männer nachts gemeinsam zu den *rondas* gingen, saßen die Frauen beieinander und sorgten sich und waren glücklich, wenn morgens alle wieder vollständig ins Dorf zurückkamen. Wieder war eine Nacht vergangen, ohne dass einer fehlte. Doch es gab auch Dörfer, wo sich neue Feindschaften entwickelten. Wegen unterschiedlicher Einstellungen zu den Senderisten und Verdächtigungen, mit diesen oder mit der Polizei und den Militärs zu kollaborieren, die Anfang der 90er Jahre unter der Regierung Alberto Fujimoris wieder in die »besetzten« Gebiete vordrangen.

Die Polizei und vor allem das Militär sollten die Bauern angeblich beschützen und sie vom *sendero* und von dem ähnlich verwirrten und brutalen *MRTA (Movimiento Revolucionar Túpac Amaru)* befreien. Aber da war nicht viel von Schutz zu spüren. Im Gegenteil. Die Bauern fühlten sich unsicherer als je zuvor. Denn die, die vorgaben, ihre Befreier zu sein, folterten, erpressten oder ermordeten sie auch, wenn ihr Dorf verdächtigt wurde, mit dem *sendero* oder dem *MRTA* zu sympathisieren. Doch damals gab es kaum noch welche, die mit den verdrehten Ideen des durchgeknallten Philosophieprofessors Abimael Guzmán sympathisierten, vor allem, nachdem dieser gefangen genommen worden war.

Ähnlich wie die jungen Guerillas hatten auch die jungen Soldaten und Polizisten jeglichen Bezug zur Realität verloren, waren ebenso unberechenbar, brutal und orientierungslos wie diese. Denn die Befehle, die sie von ihren Vorgesetzten bekamen, standen in keinerlei Beziehung zu dem Wissen und den Werten, die sie in der Schule gelernt oder in der Familie eingetrichtert bekommen hatten, die ihnen aber nur selten vorgelebt worden waren. Nach den Widersprüchen, die sie über viele Jahre hinweg tagtäglich in ihrer Gesellschaft erlebt hatten, glaubten sie an nichts mehr, waren innerlich stumpf und abgestorben, hatten jegliche Gefühle verloren. Nur ein Gefühl schien da zu sein, das Gefühl der Angst. Angst vor ihren Vorgesetzten, Angst vor den Senderisten, Angst früh sterben zu müssen. Und vor allem Angst, für etwas sterben zu müssen, woran sie nicht glaubten.

Viele dieser Soldaten und Polizisten waren, genauso wie viele der Guerillas in den SL- und MRTA-Trüppchen, die sie über die Berge und durch die Täler und Schluchten der Anden hetzten, blutjung und viele auch *indigenas*. Nur mit dem Unterschied, dass sie weniger Bildung hatten und meist noch weniger von dem verstanden, was in ihrer Gesellschaft schief gelaufen war. Vor allem aber, dass sie noch weniger hatten, woran sie glaubten und daher auch nichts, wofür sie zu sterben bereit waren. Sicher nicht für die Regierung Fujimori, die aus den demokratischen Institutionen Karikaturen machte; nicht für korrupte Politiker, die nur ihre eigenen Interessen verfolgten und die es daher auch nicht wirklich interessierte, den Menschen, die sie gewählt hatten, ein Leben in Würde zu ermöglichen, geschweige denn, regelmäßig eine Mahlzeit zum Sattessen. Nicht einmal über die Frauen und Kinder, die zu schützen sie vielleicht bereit gewesen wären, konnte hier viel erreicht werden, weil sie meistens keine hatten, diese nicht bedroht waren oder noch nicht im Mittelpunkt ihres Denkens und Fühlens standen. Familie, Beziehungen, Frauen, Kinder hatte man, weil es so üblich war, weil andere all das auch hatten, weil es sich irgendwann einmal so ergeben hatte. Uniform, Kaserne, Kameradschaft, das war es wohl, was ihr Leben bestimmte, ihre desorientierten Gedanken und ihre abgestumpften Gefühle. Wohl nur so war das Drama zu verstehen, das seit Anfang der 90er Jahre in den Anden Perus seinen Lauf nahm.

Die Auseinandersetzungen, die sich in der zweiten Hälfte des vergangenen Jahrhunderts zwischen verschiedenen Ideologien, den westlichen, demokratischen, neoliberalen oder kapitalistischen, wie wir sie auch nennen mögen, und den sozialistischen oder kommunistischen, zu Unrecht manchmal als östlich bezeichnet, in Peru abspielten, wurden vor allem auf dem Rücken der *indigenas* ausgetragen, die als einfache, kluge und arbeitsame Bauern in den Anden oder im östlichen Tiefland, dort teilweise auch als Sammler und Jäger, in Armut lebten. Obwohl vordergründig am Rand der Gesellschaft lebend, machen sie immer noch die Identität des Landes aus. Ihre *comunidades* weisen wohl immer noch die größte innere Kohärenz auf, auch wenn man sich davor hüten muss, den Wunsch Vater des Gedanken werden zu lassen, wie das manchmal geschieht.

Das Gravitationszentrum des Landes verlagerte sich mit der Ankunft der Spanier in Richtung Küste und hat sich seitdem in Lima festgesetzt, das die meiste Zeit im Jahr vom schmierig-feuchten Grau der vom Meer hereingetriebenen Feuchtigkeit beherrscht wird. Von dort wird das Land regiert, dort machen sich die zweifelhaften Errungenschaften westlicher Kultur und westlichen Konsumdenkens breit. Von dort gehen auch die Einflüsse aus, die von der *indigenen* Kultur, den Traditionen, der Sprache, den Liedern und Tänzen und von den monumentalen Bauten und genialen Bewässerungssystemen bald nur noch das übriglassen werden, was konsum- und vermarktungsfähig ist, was als *theme park* den Strom der Touristen ins Land zieht oder als Nischenprodukte lokale, nationale oder internationale Märkte zu erobern versteht. Daher geriet auch die Inthronisierung des Nachfolgers von Fujimori, des ersten Präsidenten indigener Abstammung und ehemaligen Weltbankangestellten Alejandro Toledo, vor international geladenem Publikum auf dem Inka-Thron von Saqsayhuamán in Cusco eher zu einem peinlichen Auftritt, zu einer globalen Kaffeefahrt für potentielle Kunden sozusagen, aber nicht zur Versöhnung zweier Kulturen.

Man wurde sich eher der Wunden bewusst, die vor mehr als 500 Jahren geschlagen wurden und im Prozess der Vernarbung zu einer seltsamen Mischung, oder besser gesagt, Kombination von Kulturen geführt haben und nun zu Ende des Jahrtausends in einem völlig anderen Kontext aufgerissen wurden. Balsam kam dann auch nicht vom *cholo* Toledo, der noch nicht einmal den versprochenen ökonomischen Rahmen für die Versöhnung schaffen konnte, sondern vom Aufarbeitungsprozess und von der Veröffentlichung des Berichtes der »*Comisión de la Verdad*«. Der Heilungsprozess an den Seelen der jungen Menschen, die ihr Leben für verdrehte Ideale und Ideen aufs Spiel setzten und dabei teilweise auch das Leben engster Familienangehöriger verschuldet hatten, wird für die Überlebenden noch viele Jahre dauern. Der »leuchtende Pfad« endet nicht für alle mit einer *machete* im Rücken oder mit einer Kugel im Kopf. Für manche endete er im Gefängnis, für andere in der Masse der Arbeitslosen, für die Glücklicheren in zumindest äußerlich geregelten Verhältnissen. Andere fristen in versprengten Trüppchen als »normale« Kriminelle ein Leben am Rande einer Gesellschaft, die sie zu ändern vorgaben. Ihr ehemaliger Anführer und Philosophieprofessor gehört zu den Glücklicheren, die bei freier Kost und Logie darüber nachgrübeln dürfen, warum sich die revolutionären Ideen von Marx bis Mao so schwierig in die Praxis umsetzen lassen. Die Lernerfahrungen, die Abimael Guzmán damit machte, nachdem er 1980 die universitären Debattierclubs bewaffnete und zur ILA (*Initiar la Lucha Armada*) in die Andentäler schickte, werden wohl kaum noch jemanden interessieren, da ihnen kaum noch Relevanz bei der Beseitigung von Armut und Unterentwicklung in der Realität zukommen. Aber ein gestandener Universitätsprofessor, selbst einer der sitzt, dürfte der Gelegenheit für eine Veröffentlichung kaum widerstehen, auch wenn die Ideen nicht mehr relevant sind.

Nachdem der *comandante* Abimael G. eingelocht, die Reste des *sendero* in die tiefer liegenden Täler im Osten versprengt waren, wo sie teilweise heute noch von den dunklen Geschäften des Koka-Anbaus und -Handels zu profitieren scheinen, erfüllte sich die *comunidad* meines Taxifahrers einen lang gehegten Wunsch. Mit den traditionellen *faenas*, der freiwilligen Gemeinschaftsarbeit, und mit etwas Kapital und der Unterstützung eines Projektes hätten die Bauern in der Schlucht hoch über dem Dorf eine neue Wasserfassung des Zuleitungskanals gebaut. Die alte habe viel zu viel Wasser ungenutzt ins Tal fließen lassen, sei jedes Jahr während der Regenzeit zerstört worden und hätte immer wieder mit *faenas* neu hergerichtet werden müssen. Die neue sei aus Beton, hätte Sandfang und Überlauf und ein Metallschütz zur Regulierung. Auch ein Wasserspeicher sei gebaut und einige Kanäle mit Steinen und Beton ausgekleidet worden, um die Wasserverluste zu verringern. Mit dem so verbesserten Bewässerungssystem hätten sie jetzt mehr Wasser und könnten mehr Felder bewässern als vorher, könnten das Wasser besser kontrollieren und brauchten nicht mehr nachts zu bewässern.

Mit Unterstützung des Projekts sei auch die Organisation der Wasserverteilung verbessert worden. Heute gäbe es nur noch wenige Konflikte, da die Verteilung von allen Wassernutzern als gerecht empfunden würde. Und für den Fall, dass jemand die neuen Regeln nicht befolgte, wurden Strafen festgesetzt. Diese wären für alle gleich und würden auch durchgesetzt. Da sei es egal, ob man verwandt oder verschwägert sei, oder ob man sich mit einem Geschenk oder Scheinchen erkenntlich zeigen wolle. Die negativen Seiten des *compadrazgo*, die Vetterleswirtschaft, die früher bei der Wasserzuteilung allgegenwärtig gewesen wäre, hätte so erheblich verringert werden können. Die Hilfeleistungen auf Gegenseitigkeit würden dagegen in der *comunidad* weiterhin erbracht. Und wenn ein Unglück unverschuldet über eine Familie gekommen sei, eine Witwe allein wirtschafte und die *faenas* weder erbringen noch jemanden dafür bezahlen könne, dann würde eine Ausnahme gemacht, so wie das früher auch gewesen sei.

Als es sich herumgesprochen hatte, dass vom *sendero* und von den Militärs keine Gefahr mehr ausging, kamen auch wieder Fremde ins Tal. Vor allem Touristen, aber auch Leute, die ihr Geld an den Touristen verdienten. Die waren einst vor dem *sendero* geflohen, an die Küste und in die Städte gezogen, wo sie mehr schlecht als recht überlebt hatten. Viele Mitglieder der *comunidades* kamen zurück, reparierten ihre Häuser, machten wieder ein Geschäft oder einen Handel auf, ein Restaurant oder eine Werkstatt. Und da die Hotels und Restaurants jetzt auch wieder frische Produkte brauchten, lohnte sich die Landwirtschaft immer mehr. Mit Obst und Gemüse aus den geschützten Lagen der Täler und mit frischem Salat, Tomaten und Kräutern aus einfachen, kleinen Gewächshäusern war das meiste Geld zu verdienen. Aber selbst Bauern, die nur die traditionellen Kulturen Kartoffeln, Bohnen, Mais, Weizen und Gerste anbauten, hatten es nun besser. Sie erzielten höhere Erlöse mit ihren Produkten, da wieder mehr gekauft wurde und die Preise stiegen. Manche schafften es sogar, etwas Geld als Reserve zurückzulegen und besseres Saatgut zu kaufen. Mit Bewässerung und etwas Dünger konnten die Erträge verdoppelt, wenn man Glück hatte, sogar verdreifacht werden. Doch am wichtigsten war, dass es wieder genügend zu essen gab. So viel, dass die Verwandten aus den Städten an der Küste nun immer häufiger zu Besuch kamen, manche sogar blieben, um in der Landwirtschaft mitzuarbeiten.

Für ihn gäbe es aber kein Zurück mehr, meinte mein Taxifahrer, auch wenn ihm der Abschied damals sehr schwer gefallen sei. Von der *comunidad,* von der *pachamama,* der Mutter Erde, und von den *apus,* den schneebedeckten Bergen und ihren Göttern. Diese hatten ihm in der Kindheit das Gefühl der Geborgenheit und Orientierung gegeben. Von der *pachamama* vertrieben fühle er sich heute noch manchmal, nach so vielen Jahren. Ähnlich musste es damals seinen Vorfahren ergangen sein, als die Spanier kamen, die *pachamama* entehrten und vertrieben. Nicht, weil nicht genügend Land da war. Für seine Vorfahren selbst hätte es noch lange gereicht, und man hätte den Fremden auch davon abgeben können. Aber dazu kam es nicht. Das Land wurde ihnen als Akt der Unterwerfung abgenommen, und sie wurden vertrieben oder gezwungen, für einen Hungerlohn auf ihrem eigenen Land zu arbeiten. Das war sicher noch erniedrigender und noch schlimmer zu ertragen gewesen als das Leben, das mein Taxifahrer heute lebte. Auch hatte er mehr Alternativen Arbeit zu finden als sie. Damals gab es nur die Schwerstarbeit in den Minen, und die war gleichbedeutend mit schleichendem Tod. Nicht nur für die Arbeiter selbst, sondern auch für ihre

Familien. Sie starben vom tödlichen Staub, der sich auf die Lunge legte, von vergifteten Produkten, die sie auf den verseuchten Feldern anbauten, und vom Wasser, das von den höher liegenden Minen, mit Giftstoffen belastet, zum Bewässern oder als Trinkwasser benutzt wurde.

Viel hätte sich da bis heute nicht geändert, meinte der Taxifahrer. Keine Regierung hätte sich je darum gekümmert, dass die ausländischen Minengesellschaften die *pachamama* entehrten, die Menschen krank und kaputt machten. Glücklicherweise war sein Dorf weit weg von den Minen, und er wäre auch nie auf die Idee gekommen, in den Minen zu arbeiten, damals, als sich herausstellte, dass es für ihn kein Land gab. Kein Stück der *pachamama*, das ihm gehören sollte, das ihn hätte ernähren können. Keine Tiere, die er hätte verkaufen können, wenn er Geld brauchte, für eine Krankheit oder eine größere Anschaffung. Keinen Speicher mit Vorräten. Wenn sich in seiner Kindheit die Speicher während der Erntezeit füllten, dann waren alle glücklich, hatten wieder genug zu essen und konnten gut schlafen. Zu sehen und zu fühlen, was man geschafft hatte, mit den eigenen Händen, das war schon etwas ganz Besonderes. Von der Aussaat bis zur Ernte konnte man sehen, wie alles wuchs, wie die Samen keimten und die Pflanzen immer größer wurden, wie der Weizen und die Gerste schließlich die Ähren schoben und der Mais die *choclos*. Die konnte man schon grün essen, roh, gekocht als Gemüse oder am Feuer gegrillt. Wenn es die gab, dann wusste man, dass die Zeit der Knappheit vorbei war.

Auch wenn es in manchen Jahren sehr knapp zuging und sie oft auch Hunger leiden mussten, hätte er sich in den Bergen freier und geborgener gefühlt, mehr Stolz und Genugtuung empfunden als in Lima. Doch dieses Gefühl könne hier niemand verstehen. Hier sei es ein Leben von der Hand in den Mund, voller Unsicherheit und Hektik, voller Angst und Sorge um das tägliche Brot. Das Brot konnte man zwar um die Ecke kaufen, aber nur, wenn man Geld hatte. Von Nachbarn zu borgen, war hier nicht möglich, oder es war schlecht angesehen. Nicht wie zu Hause, wo jeder einmal in Schwierigkeiten kommen und Unterstützung von anderen erwarten konnte. In Lima ging es ihm sicher besser als damals seinen Vorfahren, aber ein Gefühl der Entfremdung und der Erniedrigung ließ ihn auch hier nie los.

Als Fremder im eigenen Land fühle er sich manchmal, vor allem, wenn er mit dem Taxi durch Stadtteile wie La Molina, Miraflores oder San Isidro fahre. Dabei waren es zum großen Teil seine Landsleute, die in den Straßencafés von Miraflores saßen. Es waren Peruaner, denen die meisten dieser Hochhäuser und prächtigen Villen gehörten. Andererseits seien es aber auch keine Peruaner, fügte er nachdenklich hinzu. Sie sähen anders aus und sie fühlten und dächten sicher auch anders als er. Doch wie, das könne er sich nicht vorstellen. Vielleicht noch weniger als das, was ich dachte und fühlte, obwohl ich Ausländer sei und er mich gerade erst kennengelernt hätte. Denn einiges hatte ich ihm auch von mir erzählt, wobei ich mir nicht so sicher war, ob er alles verstanden hatte. Zu sehr war ich vom Norden und meiner Rolle als Gutachter geprägt, obwohl ich versuchte, nicht ständig zu bewerten, Gutes von nicht so Gutem oder gar Schlechtem abzugrenzen. Entsprechend hielt ich mich zurück, hatte auch nichts von meinem Beruf erzählt, auch nicht von meiner Familie, meinen Kindern und meinen eigenen Sorgen. Vielleicht hätte ich es tun sollen, einfach um ihm zu zeigen, dass sich Ausländer und *gringos* aus dem Norden auch über Politiker ärgern und, ähnlich wie er, ihre Fragen haben, Zweifel, Sorgen und Probleme. Nachdem er darüber nachgegrübelt hatte, wer es denn mit dem Taschenvollstopfen in Peru wohl schlimmer trieb, die Ausländer oder die Einheimischen, kam er auf das Lieblingsthema der Taxifahrer in den letzten Jahren zu sprechen.

Zehn Jahre lang hätten sie einen Ausländer als Präsidenten gehabt, klagte er, den »*chino*«, der kein Chinese sondern Japaner war. Wohlversorgt mit gestohlenem Geld, das er kofferweise und bar mitgenommen hatte, lebte der heute in Japan, schrieb Leserbriefe in bekannten Zeitschriften und drehte ihnen allen eine Nase. Nur, weil man mal wieder zu unfähig war und es versäumt hatte, diesen Ex-Professor und Rektor von *La Molina* rechtzeitig zu verhaften und ins Gefängnis zu sperren. In eine Zelle zusammen mit dem ehemaligen Philosophieprofessor, möglichst, für dessen vorzeitige Pensionierung der *chino* damals gesorgt hatte. Dann könnten sie sich heute gemeinsam Gedanken darüber machen, warum Armut und Unterentwicklung in Peru nicht wegzubekommen sind und welcher Beitrag dabei auf ihr Konto geht. Doch die Chancen seien gering, den *chino* jemals ins Gefängnis bringen zu können. Die Japaner würden ihn sicher nie ausliefern. Es sei denn, der kürzlich gegründete Internationale Gerichtshof würde ihn anklagen. Er habe von dieser Möglichkeit in der Zeitung gelesen. Aber viele meinten, der *chino* selbst wäre gar nicht so schlimm gewesen, es sei vor allem Montesinos gewesen, und den hätten sie ja.

Das sei immer so, meinte ich, für die Drecksarbeit fänden Diktatoren überall genügend freiwillige Helfer – im Osten wie im Westen, im Norden wie im Süden. Und gute Gründe. Meistens seien es wirtschaftliche, manchmal auch religiöse, das Unsichtbare motiviere, schaffe eine Spielwiese für Glauben und Gläubige. So hätte auch der *chino* nach Jahren des wirtschaftlichen Chaos wieder Ordnung geschafft, gestützt von gläubigen Geberländern. Mein Taxifahrer zeigte sich dankbar dafür, es sei ihnen schließlich allen zu Gute gekommen. Er zeigte sich aber doch verwundert, dass man ihn gestützt habe. So brutal, wie er damals vorgegangen war, sich das Recht anmaßte, das Parlament nach Hause zu schicken, sich eigene Gesetze zu schaffen und sich über die bestehenden hinwegzusetzen. Das sei schon ein starkes Stück – die Ausländer stützten einen Ausländer. Eine neue Verfassung habe er sich geschrieben, die Medien kontrolliert und Menschen wahllos verschwinden lassen. Herr über Leben und Tod, sozusagen. Sollte das etwa nicht strafbar sein?

Vieles von dem, was damals an Schlimmem passierte, käme erst heute nach und nach ans Licht. Das Militär sei viel tiefer verstrickt gewesen, als man es als normaler Bürger damals ahnte. Und es sei daher auch kein Wunder, dass die jungen Soldaten an nichts mehr glaubten und dass sie keine Lust gehabt hätten, ihr Leben zu riskieren, nur damit sich diese Chino-Montesinos-Clique noch besser die Taschen voll stopfen konnte. Eine perfekte *compadres*-Wirtschaft gigantischen Ausmaßes hätte man in den Wochen und Monaten nach der Flucht des *chino* aufgedeckt, in denen Akten studiert und die Beteiligten und Betroffenen befragt wurden. Wie hatte ihnen das nur passieren können, fragte er sich. Und noch nicht einmal einem echten *caudillo-latino*-Diktator mit entsprechender Gestik wären sie aufgesessen, wie im benachbarten Chile, in Bolivien oder Argentinien. Ausgerechnet einem schmächtigen *chino*-Hänfling. Und der hätte noch nicht einmal putschen müssen. Demokratisch gewählt hätten sie ihn. Das Putschen machte er dann später, als er das System und die Geber im Griff hatte.

Da er nicht viel von deutscher Geschichte wusste, brauchte ich etwas Zeit, um ihm zu erklären, wie gut ich seine Enttäuschung über die Journalisten und Intellektuellen verstehen konnte, die so wenig Rückgrat gezeigt und ihrer wichtigen Funktion in der Gesellschaft so wenig gerecht geworden waren. Denn wie so häufig schon hatten diese unter Fujimori nicht nur den Schwanz eingezogen und klein beigegeben, sie hatten teilweise sogar Dollarpakete angenommen, die ihnen vom damaligen Geheimdienstchef Vladimiro Montesinos über den Tisch geschoben wurden. Ihr Pech war nur, dass der die Transaktionen heimlich mit Video aufzeichnete. So entstanden die mittlerweile berühmt gewordenen *vladivideos*. Diese beherrschten monatelang die Fernsehkanäle und öffentlichen Diskussionen in Peru. Gewürzt mit einer nicht zu knappen Prise Schadenfreude und Selbstgerechtigkeit bekam die Nation hier Erlesenes aus der japanisch-peruanischen Küche serviert. Scheibchenweise in den Nachrichten und anschließend mit der klebrigen Soße altklugen Geschwätzes von Talkshow-Runden versehen wurde es den *televidentes*, dem gemeinen Fernsehfußvolk, bis zum Erbrechen aufgetischt. Deutlich wurde dabei, dass dieser obskure und offensichtlich ungemein eitle Geheimdienstchef, der nicht nur aufgrund seines Vornamens, sondern auch wegen seiner Allmachtsallüren, an frühere osteuropäisch-russische Regenten erinnerte, eine Anfangsfinanzierung vom Geheimdienst des großen Bruders im Norden erhalten hatte. Dies auf jeden Fall so lange, bis er sich eine eigene Finanzierung aufgebaut hatte. Von der militärisch durchsetzten Drogen-Mafia bis zu verschiedenen Quellen staatlicher Finanzierung, einschließlich internationaler Zuwendungen, zapfte er alle an, nachdem er genügend Menschen mit Erpressungsmaterial gefügig gemacht hatte.

Wie schon so oft in der jüngeren Weltgeschichte ließ sich die CIA auch im Peru der 90er Jahre die Gelegenheit nicht entgehen, im Trüben zu fischen und bei der Abschaffung einer Demokratie mitzuhelfen – von innen und klammheimlich. Andernorts, wie 1973 beim Nachbarn Chile, hatte man dies noch mit weniger Rücksicht auf Verluste und auf die internationale öffentliche Meinung getan. Die öffentliche Meinung hatte man dreißig Jahre später bei der Abschaffung eines anderen Regimes, das zwar keine demokratische Legitimation hatte, aber immerhin einem souveränen Staat vorstand, dann schon besser im Griff, vor allem in den USA. Dank willfähriger Medien versorgte man die für ihre Ignoranz berüchtigte *silent majority* mit »objektiven Gründen« für das Beseitigen des Regimes und appellierte unterschwellig an religiöse, ethnische und kulturelle Vorurteile, um nicht nur zum Krieg gegen ein einziges Land sondern gegen eine selbstdefinierte »Achse des Bösen« aufzurufen. Ohne es zu merken, waren die USA wieder dort angelangt, wo sie 1963 in Vietnam schon einmal waren. Nur mit fataleren Dimensionen und Folgen, da diesmal niemand mehr sicher sein kann, von den kollateralen Schäden nicht getroffen zu werden. 1933, 1963, 1973, 1993, 2003 – jede Jahreszahl für sich schon ein Trauma, als Trend jedoch eine Reihe, die dazu angetan ist, auch die letzten Träumer aufzuschrecken, die sich in ihren nationalen Grenzen noch sicher wiegen.

Und immer wieder sind es die Journalisten, die Künstler, die Philosophen oder Theologen oder, ganz allgemein, die geistigen Führer oder so genannten Intellektuellen, die am meisten in die Bredouille zu geraten scheinen. Aus beruflichen Gründen oder, weil sie den Anspruch moralischen Handelns für sich in besonderem Maße erheben, müssen sie sich in solchen Situationen immer wieder die gleichen Fragen stellen: Plappern sie nach, was irgendein *big brother* vorgibt? Schweigen sie? Artikulieren sie sich und wie? Bleiben sie oder gehen sie? Wählen sie die innere Immigration oder die äußere? Drittes Reich, dritte Welt, alte Welt, neue Welt, altes Europa, neues Europa, Nordamerika, Südamerika – immer das Gleiche. In einer Welt, die sich nicht mehr so einfach in »frei« und »unfrei« aufspalten lässt wie vor 20 Jahren, werden diese Hoffnungsträger mehr und mehr zum Indikator dafür, welches Land als »frei« oder »unfrei« zu bezeichnen ist. Und auch für sie gibt es keine Rezepte, keine Blaupausen, keine einfachen Antworten. Nur Lernerfahrungen – und immer wieder das Ausloten, das Abwägen des Für und Wider. Jede(r) für sich und nur sich selbst und dem eigenen Gewissen oder Anspruch verpflichtet.

Im Peru der 90er Jahre spielten diese Hoffnungsträger der Nation ihre Rolle als Mahner und Gewissen der Gesellschaft offensichtlich beängstigend schlecht, und das zu einem Zeitpunkt, als es besonders nötig und wohl auch ohne allzu großes Risiko für Leib und Leben möglich gewesen wäre. Doch dies kann von einem Außenstehenden und Nichtfachmann in solchen Dingen sicher nur schwer beurteilt werden, insbesondere dann, wenn er seine kulturelle und physische Basis in einem Land hat, in dem die Diskussionen über solche Fragen (hoffentlich) nie aufzuhören scheinen. Ob es damals eine verpasste Chance für die Hoffnungsträger Perus gab, können daher auch nur diese selbst beurteilen. Pech und verpasste Chance zugleich war es auf jeden Fall für den *sendero*-Philosophen und leuchtenden Pfadfinder Abimael Guzmán, der dem *chino* ungewollt den Steigbügel fürs Präsidentenamt hielt, ein Außenseiter sozusagen dem anderen.

Letzterer, etwas schlitzohriger, lochte ersteren ein und machte sich mit der Kasse aus dem Staube. Während dieser zumindest seine Chance zu nutzen wusste, war es für seinen Gegenspieler bei den Präsidentschaftswahlen, den Schriftsteller und Hoffnungsträger Mario Vargas Llosa eine verpasste Chance. Warum er sich überhaupt dafür hergab, in die Startlöcher der staubigen und holprigen Aschenbahn peruanischer Politik zu steigen, ist manchem auch heute noch ein Rätsel. Der Ausgang der Wahlen auch. Für ihn und für Peru war es vielleicht besser so, denn es ist fraglich, ob er ohne die Skrupellosigkeit eines *chino* den wirtschaftlichen Karren, den der Vorgängerpräsident Alain García so gründlich in den Dreck gefahren hatte, auf einigermaßen festes Terrain hätte ziehen können. Es ist ebenfalls fraglich, ob Vargas Llosa die normale Amtszeit von fünf Jahren unbeschadet an Leib und Seele überstanden und es gleichzeitig geschafft hätte, die Kolonnen des *sendero* und der Kameraden vom MRTA so gründlich zu eliminieren, dass die Andenbauern nun wieder ungestört auf ihren Feldern arbeiten und die Touristen das Land so unbehelligt bereisen können, wie sie das heute tun.

Niemand wird eine Antwort auf diese hypothetischen Fragen geben wollen und können, am wenigsten wohl mein Taxifahrer, der sich weiterhin in Verwünschungen über den *chino* und seinen unseligen Geheimdienstchef Montesinos erging. Seine Wut war zu verstehen, hörte er doch im Autoradio tagtäglich von den verschwendeten und veruntreuten Milliarden, die in der Schweiz, in Japan oder sonstwo auf Konten ruhten, ohne dass die Regierungen Anstalten machten, das Geld zu beschlagnahmen und dorthin zu schicken, wo es hingehörte und wo es so dringend benötigt wurde. Wenigstens die Schulden hätten sie doch tilgen können mit dem Geld, Schulden, die der *chino* in jenen Jahren machte und die heute den Staatshaushalt belasten. Ich versagte es mir, ihm etwas über Rechtsstaatlichkeit und über Gewaltenteilung in westlichen Demokratien zu erzählen. Über gewaltbereite Militärs und ihre Macht, von der Macht der Kirche, der Medien und des internationalen Finanzkapitals schon gar nicht, um ihn nicht völlig zu verunsichern. Alte Welt, neue Welt, altes Europa, neues Europa, erste, zweite, dritte Welt – sinnlos, hier Klarheit schaffen und einheitliche Strukturen erkennen zu wollen. Warum sollte ich ihn auch mit solchen Gedanken belasten, wo er sowieso schon verwirrt und zerknirscht war und mit resigniertem Kopfschütteln zu der Erkenntnis kam, dass das auch nur ihnen hätte passieren können: einen Ausländer zum Präsidenten zu wählen – so dumm könnten doch wirklich nur die Peruaner und sonst kein anderes Volk sein.

In dieser Weise mit sich selbst, ihrem Land, und seinen staatlichen Institutionen ins Gericht zu gehen, ist übrigens eine typische Reaktion von Taxifahrern in Lima und auch von Peruanern im Allgemeinen. So stolz sie auf ihr Land sind, so schnell können sie es – und sich selbst – dann auch wieder in Frage stellen. Liebenswert, eigentlich, ein liebenswerter Zug eines liebenswerten Volkes in einem liebenswerten Land. Einem Land mit vielen Gegensätzen, Widersprüchen und offenen Fragen. Fragen, auf die weder mein Taxifahrer noch die vielen Fahrgäste, die er im Laufe der Jahre chauffiert hatte, eine Antwort hatten. So war er weiterhin auf der Suche – nach Antworten, nach Fahrgästen und nach dem Sinn des täglichen Kampfes ums Überleben. Suche auch nach einem Weg aus diesem Elend, das, wie er meinte, in Lima doch sicher schlimmer sei als nirgendwo sonst auf dieser Erde. Zumindest da konnte ich ihm eine ziemlich klare Antwort geben, auch wenn er mein »Nein« wohl nicht verstehen konnte und vielleicht auch nicht wollte. Ähnliches und noch schlimmeres Elend, sagte ich ihm, gäbe es überall auf der Welt, im Norden wie im Süden, im Osten wie im Westen. Elend sei auch nicht vergleichbar, meinte ich und fügte hinzu, dass das Elend letztlich in jedem selbst stecke und nicht unbedingt etwas mit Armut zu tun habe. Er nickte nachdenklich.

Vielleicht als Zeichen, dass er mir zustimmte, kam er wieder auf seine *comunidad* zu sprechen, wo zwar Armut, aber offensichtlich nicht so viel Elend herrschte wie in manchen Vororten Limas. Lieber heute als morgen würde er ins Gebirge zurückkehren. Aber ohne Land, das seine Brüder jetzt hätten, sei das schwierig. Seine Frau meinte auch, dass die Schulen in Lima besser seien für die Kinder. Hier hätten sie bessere Möglichkeiten für eine gute Ausbildung und auch größere Chancen für ein angenehmeres Leben in der Zukunft. Er war sich aber nicht sicher, ob er später genug Geld für die Ausbildung der Kinder verdienen würde, denn sparen hätte er bisher nichts können, bei seinem geringen Einkommen. Die Schulen seien sehr teuer, die weiterführenden noch mehr. An die Universität sei sowieso nicht zu denken. Daher hätten sie auch schon einmal daran gedacht, ins Ausland zu gehen. Manche sagten, man könne dort besser leben. Vor allem in den USA, wo schon viele seiner Landsleute seien. Die *latinos* kämen dort gut zurecht, auch wenn es schwierig sei, Arbeit zu finden. Aber mit ihrem Frohsinn und ihrer Flexibilität, ihrer Entschlossenheit und Bereitschaft alles zu tun, was man ihnen auftrage, seien sie dort äußerst beliebt. Auch in Europa und Japan wären viele von ihnen. Aber er zweifelte noch, ob er es wagen sollte, war sich nicht sicher. Er habe gehört, dass die meisten illegal einreisten, das sei aber teuer und gefährlich. Andere kämen als Touristen, um dann unterzutauchen. Selbst die eigene Regierung mache daher Schwierigkeiten bei der Ausstellung eines Passes. Studenten müssten genügend Geld auf einem Konto nachweisen und von einer Schule oder Universität akzeptiert sein. Ob er seinen Kindern jemals ein Studium im Ausland ermöglichen könnte? Selbst ob er das möchte, wisse er noch nicht.

Vielleicht sollten sie doch zurück in sein Tal, ins Gebirge gehen, meinte er nachdenklich, da könnte man gesünder leben, auch den Kindern würde das vielleicht gut tun, selbst wenn deren Zukunft dann anders aussähe. Wenn jetzt wieder mehr Touristen kämen, dann könnte er vielleicht sein Taxi mit nach oben in die Berge nehmen, um dort zu arbeiten und zu leben. Die Kinder könnten dann auch noch in Lima zur Schule gehen und auf die Universität, wenn sie größer seien und er sich eine Existenz oben in der Heimat aufgebaut hätte. Vielleicht könne er die Touristen nicht nur fahren, sondern über mehrere Tage betreuen, ihnen die Dörfer mit ihren Märkten und Festen zeigen. Auch an die Stellen begleiten, wo er als kleiner Junge immer so gerne gesessen hatte. Hoch über dem Tal, wo die Kondore von den Felsen in den Abgrund hinunterstießen, als ob sie sich zu Tode stürzen wollten angesichts der Misere, die es in diesen Tälern zu sehen gab. Aber der Sturz des Kondors sei immer nur der Auftakt für einen Aufstieg in höchste Höhen, um in endlosen Schleifen über den schneebedeckten Gipfeln zu kreisen. Leicht und unbeschwert, so als ob es keine Grenzen von Raum und Zeit gäbe, kein Elend und keinen Grund, die Hoffnung aufzugeben bei der Suche nach neuen Möglichkeiten und Auswegen aus der Misere. Die Leichtigkeit des Kondors sei überall und bei jedem, weil jeder sie in sich trage, seit Urzeiten. Man müsse sie nur einmal erlebt haben. Oben, in den Bergen bei den *apus* und bei der *pachamama* sei sie am leichtesten zu finden. Man müsse sie sich dann nur noch fest einprägen, um sie nicht mehr zu vergessen und immer wieder zurückholen zu können. Irgendwo, im Lärm und Gewühl, einfach die Augen schließen und die Aufmerksamkeit nach innen richten, dann käme sie von ganz alleine.

Er wusste, dass es Touristen gab, die viel von der Leichtigkeit mit sich nach Hause nahmen. Er hatte sie gefahren, sie erzählen hören von ihren Glücksgefühlen, Momenten der Leichtigkeit, der Möglichkeit, sie immer wieder zu erleben und zurückzuholen. Sie würden sich an den Plätzen seiner Kindheit sicher wohl fühlen, brauchten einfach nur dazusitzen und ihre Gedanken mit den Kondoren kreisen zu lassen. Er würde dann abseits im Schatten sitzen und ganz still seinen eigenen Gedanken, seinen Ausflügen in die Vergangenheit und in die Zukunft nachgehen, während sie ihre Leichtigkeit wiederfanden. Leichtigkeit, die ihnen zu Hause mit den täglichen Sorgen so schnell wieder abhanden zu kommen drohte. Das ginge ihnen ähnlich wie seinen Brüdern, die sich unten im Tal auf dem Patchwork ihrer kargen Felder abrackerten, während die Kondore oben am blauen Himmel ihre Kreise zogen. Auch seine Brüder hätten ihre Momente der Leichtigkeit, die meist ganz unverhofft kämen und sich nicht ankündigten. Ihm könne das während eines Besuchs bei seiner *comunidad* und seinen Brüdern so ergehen, aber auch in Lima, abends, wenn er nach langen Stunden in den stinkenden Staus nach Hause komme und seine Frau und die Kinder in die Arme schließe. Aber selbst während der Arbeit komme sie manchmal, steige ganz unverhofft mit einem Fahrgast ein. Einem, der ihm Fragen stelle, die andere nicht stellten. Der sich nach seinem Befinden erkundigte, nach der Familie und seinen Kindern, dem Ort seiner Geburt. Oder auch Fahrgäste, die mal Antworten gäben auf Fragen, die er nicht gestellt hätte, die ihm aber auch schon durch den Kopf gegangen seien. Und am Ende gäben sie ihm vielleicht auch noch ein großzügiges Trinkgeld. Aber das sei nicht so wichtig, meinte er, obwohl er sich natürlich auch darüber freue.

Was sollte ich ihm da sagen? Dass mir die Leichtigkeit häufig unverhofft abhanden komme, meist gerade dann, wenn ich meinte, jetzt würde sie für immer bei mir bleiben? Dass mir Taxifahrer manchmal Antworten auf Fragen gaben, die ich mir so noch nie gestellt hatte? Dass ich vorhatte, ihm ein Trinkgeld zu geben? Dass ich Touristen eigentlich nicht mag, weil sie immer so laut sind und in Massen auftreten? Dass ich bedauerte, dass das meiste Geld der Touristen doch nur bei den Reichen blieb, die in Miraflores oder San Isidro ihre Villen oder im Ausland ihre Reisebüros hatten? Nein, das würde ihn sicher nur entmutigen. Er könnte meinen, dass ich es für eine schlechte Idee hielt, oben in den Anden für die Touristen zu arbeiten. Wo ich ihm doch gerade erzählt hatte, dass die Touristen gut für Peru seien, vor allem, wenn sie sich einigermaßen an die Regeln hielten. Denn ich hatte ihm erklärt, dass es auch diese »unsichtbare Hand« sei, die die Touristen hierher brächte und dass Peru von Glück sagen könne, solch schöne Landschaften und liebenswerte Menschen zu haben, den würdevollen Kondor und das majestätische *Machu Picchu*, die quirligen Märkte in *Pisac*, in *Chincheros* und in anderen malerischen Dörfern der Anden, in denen sich die Menschen noch in Trachten kleideten, egal ob sie hart auf den Feldern arbeiteten oder fröhliche Feste feierten, zu denen er die Touristen begleiten könnte.

Ich hatte ihm etwas schulmeisterlich erklärt, dass Peru von Glück reden könne, dass sich dies alles bis heute so erhalten habe, und etwas sauertöpfisch hinzugefügt, dass es wohl nicht mehr lange erhalten bleiben würde, wenn das so weiter ginge mit dem Tourismus. Es sei zwar ein Verdienst der unsichtbaren Hand, dass sie diese Schätze an die Touristen verkaufen konnten, ohne sie wirklich hergeben zu müssen, aber die gleiche Hand würde das alles ruinieren, wenn die Reiseführer nicht dafür sorgten, dass die Touristen die unberührte Natur schonten und die Menschen in den Andendörfern nicht allzu sehr in ihrem Alltag störten. Die Touristen sollten die Traditionen zwar bewundern und genießen, dies aber diskret und nicht so laut und aufdringlich, wie in den *theme* oder *holiday parks* ihrer eigenen Länder, diesem kitschigen Abklatsch der Realität, der auch in Lima die ersten Sumpfblüten gedeihen lässt. Auch sie der Verdienst der unsichtbaren Hand und Nebenprodukt von Zivilisation fern jeder Kultur. Während ich versuchte, ihm meine Gedanken über einen »sanften Tourismus« in einem *crash course* zu vermitteln, ahnte ich gleichzeitig, dass seine Gelassenheit und die Augenblicke der Leichtigkeit mit seinem Einstieg in das Tourismusgeschäft abnehmen würden. Die harte Wahrheit, dass mit dem Massentourismus, auch mit einem noch so behutsam entwickelten, seine *comunidad*, seine *pachamama* und seine *apus* bald nicht mehr die sein würden, die er aus seiner Kindheit kannte und die er so gerne auch für seine Kinder bewahrt hätte, verschwieg ich ihm. Schließlich war es ja nur meine Wahrheit, von der er hoffentlich immer verschont bleiben möge.

Ich konnte es mir glücklicherweise verkneifen, ihm meine Bedenken und Zweifel anzuvertrauen. Zweifellos würden seine Kinder in ihrem Leben mit mehr Anonymität, mehr Unverbindlichkeit, mehr Misstrauen und mehr menschlicher Kälte konfrontiert sein, als er und seine Vorfahren es jemals erfahren hatten, egal ob er in die Anden zurückkehrte, in Lima bleiben oder ins Ausland gehen würde. Obwohl das Leben seiner Vorfahren direkter bedroht war, vor allem durch Naturkatastrophen, Hunger und Armut, war es heute kaum besser, und es kamen andere Bedrohungen hinzu. Klimaveränderungen, Drogen, Seuchen oder Terrorismus sind nicht mehr regional oder national begrenzt, sondern haben den gesamten Globus im Griff. Seine Kinder werden ihnen ausgesetzt sein, egal wie er sich entscheidet. Wichtig ist für sie vor allem, dass er ihnen etwas von seiner Fähigkeit zur Reflexion über sich und sein Leben, von seiner Lebensfreude, seinem Überlebenswillen und seinem Durchhaltevermögen in schwierigen Situationen mitgibt. Eigenschaften, die ich bei vielen Peruanern, besonders auch bei peruanischen Familienvätern, kennengelernt hatte, mit denen ich während vieler Jahre dienstlich oder privat zu tun hatte. Die Familie, vor allem die Kinder, waren ihr Ein und Alles. Um sie drehte sich ihr Leben, die Gespräche, die Pläne für die Zukunft. Sie sollten es einmal besser haben im Leben. Ein

Ziel, das unter den Lebensbedingungen und bei den Entwicklungsaussichten Perus vielleicht schwieriger zu erreichen sein wird als anderswo. Aber, wer weiß, vielleicht kommt ja auch alles anders und Peru macht tatsächlich einen Sprung nach vorn. Denn objektiv stünde dem eigentlich nichts im Wege. Aber selbst mit der Objektivität ist das ja heute nicht mehr so weit her, wie meine Lernerfahrungen zeigen werden.

Viele, die Peru kennen, stimmen meiner Wertschätzung peruanischer Familienväter vielleicht nicht zu. Sie denken eher an autokratische, selbstgefällige Patriarchen, die von natürlichen Rechten der Kinder auf eine eigenständige Entwicklung und von deren berechtigten Interessen noch nichts gehört haben. Vielleicht denken sie auch an torkelnde *campesinos* oder an nervige *machos*, die eine Frau schwängern, um dann unbekümmert zur nächsten weiterzuziehen. Vielleicht auch an ausgebeutete, misshandelte oder sexuell belästigte Hausangestellte und an die tausendmal betrogenen Geliebten. Diese seltsamen Geliebten, die gezielt verführt und geschwängert, ihre Kinder einsam und alleine zur Welt bringen und ihr Leben lang schuften, um sie durchzubringen. Kinder, von mehreren Vätern meist, die ihren Vater nie kennenlernen, weil dieser sie verleugnet und höchstens in vertrauter Männerrunde erwähnt, wenn er mit der Zahl der von ihm gezeugten Kinder angibt.

Es gibt sie sicher auch, diese Väter von Familienfragmenten und -schicksalen, die mit meinem Taxifahrer wenig gemein haben. Auch sie sind zu berücksichtigen bei dem Versuch, Peru als Volk, als Kultur, als Land oder als Fallstudie eines Projekttyps oder einer Entwicklungssituation zu verstehen. Mit Statistiken oder mit wissenschaftlichen Studien, Zeitreihen-, Querschnitts- oder Fallstudien allein, ist das nicht möglich. So füge ich auch diese Anmerkungen zu den peruanischen Vätern meinem Bericht bei, lasse die Beobachtungen als Fragmente stehen, vage und eher zufällig in meinem Vaterkopf entstanden, basierend auf Eindrücken von leibhaftigen peruanischen Vätern und auf Erzählungen von Töchtern und Ehefrauen. Diese geben ihren eigenen Vätern und Ehemännern – wenn sie denn geblieben sind – in der Regel gute Noten. Und sie sollten es schließlich wissen. Von Söhnen werden kaum Noten vergeben. Im Dienstleistungsunternehmen Haushalt sind diese eher auf die Mütter fixiert, lassen es sich dabei gut gehen und schieben Lernerfahrungen als Männer und verantwortungsvolle Väter häufig bis zu ihrem Lebensende vor sich her. Was nicht heißen soll, dass sie als *machos* in der peruanischen Gesellschaft nicht meist die Wortführer sind.

Gute Noten hätte ich dagegen meinem Taxifahrer gegeben und das mit gutem Gewissen, auch wenn mir schon wieder Zweifel kamen, als ich ihn beobachtete, wie er sich in gekonnt rücksichtsloser Taxifahrermanier in die vorbeistinkende Blechlawine der Avenida Javier Prado zwängte, nachdem ich ihn bezahlt und mit Trinkgeld und Handschlag verabschiedet hatte. Wer hätte da ahnen können, dass er noch wenige Minuten zuvor einfühlsam von seiner Familie geschwärmt hatte, vom Gemeinsinn seiner *comunidad*, vom fruchtbaren Schoß der *pachamama,* von den majestätischen Kondoren und von der Leichtigkeit, die man selbst im Herzen tragen müsse. Ein langes Gespräch war das. Es hatte sicher auch etwas mit Entwicklung zu tun, auch wenn wir bei den Ursachen von Armut und Unterentwicklung nicht sehr weit gekommen waren. Doch ich hatte mal wieder ein Prachtexemplar der Spezies Taxifahrer kennengelernt, meine Kenntnisse über Peru ergänzen und einige Ansichten revidieren können. Auch wenn diese Erkenntnisse im Rahmen meines Auftrags sicher nicht als Lernerfahrungen gewertet werden, haben sie ganz sicher etwas mit den Rahmenbedingungen der Projekte zu tun, denen ich mich im dritten Teil näher widmen werde.

Zuvor möchte ich aber noch einige Gedanken hinzufügen, die vielleicht für solche LeserInnen von Interesse sind, die sich dem Problem des Fortbestehens von Armut und Unterentwicklung in Peru und anderswo mehr vom Kopf her nähern und Entwicklungstheoretikern mehr Glauben schenken als Taxifahrern. Diese Anmerkungen können vielleicht auch übersteigerte Erwartungen an das verhindern helfen, was Entwicklungspolitik und Projekte der Entwicklungszusammenarbeit zur Beseitigung des Problems von Armut und Unterentwicklung beitragen können.

2.2 Eine Sicht von oben – Aussichten

Klare und eindeutige Antworten auf die Frage nach den Gründen für Armut und Unterentwicklung haben auch die Entwicklungstheoretiker nicht. Ökonomen, Soziologen und Politikwissenschaftler, aber auch Sozialpsychologen, Ethnologen und andere, die über dieses Thema forschen, haben Theorien entwickelt, wie Entwicklung zustande kommt, wie sie zu definieren und zu erklären und wie sie zu erreichen ist. All diese Forscher haben Theorien entwickelt, mit der Realität konfrontiert und mit anderen Theorien verglichen. Sie haben dazu Modelle entwickelt, angewandt, revidiert, verworfen und neue entwickelt, ohne sich letztlich auf eine allgemein gültige Theorie einigen zu können. Dies überrascht nicht, da es naiv ist zu erwarten, dass eine einzige Theorie die vielen Facetten der Phänomene »Entwicklung« oder »Armut« einbeziehen und allgemeingültig erklären kann. Alle Theorien sind vereinfachende Modelle der Wirklichkeit und können daher nicht alle Facetten der Realität berücksichtigen. Ein Diskurs zwischen Vertretern verschiedener Theorien, die natürlich auch ihre Politikempfehlungen auf diesen aufbauen, ist deshalb wenig ergiebig. Man wird an die Mäuse erinnert, die sich über die Wesenheit des Elefanten streiten, den sie aus unterschiedlichen Perspektiven betrachten und charakterisieren. Wenn dann auch noch Ratten, Hamster oder die in den Anden so köstlich zubereiteten und mit Genuss verzehrten Meerschweinchen hinzukämen, dann würde der Streit noch unsinniger werden.

Lateinamerika hat im Gegensatz zu Asien und Afrika den (vielleicht zweifelhaften) Ruhm, eigene Theorien der Entwicklung und Unterentwicklung hervorgebracht zu haben. Diese machten sich auch in der internationalen Diskussion einen Namen und wurden als Dependenz- und strukturalistische Entwicklungstheorien bekannt. Die Dependenztheorie ist dabei eher eine Ideologie als eine Theorie. Beide sagen aber im Grunde das Gleiche aus, dass nämlich die Unterentwicklung in den Ländern der »Dritten Welt«, der sogenannten *Peripherie*, auf die Abhängigkeit vom *Zentrum*, den Industrieländern, zurückzuführen ist. Dependenztheorien wurden von marxistisch eingefärbten Wissenschaftlern (Frank, 1971; Amin, 1980) vertreten und wohl daher auch nie richtig »hoffähig«, obwohl sie in der heutigen Diskussion um die Globalisierung der Welt und die dabei vermuteten Nachteile für die Entwicklungsländer wieder aktuell sind. Die strukturalistischen Theorien, die auf Forschungen des Ende der 40er Jahre in Santiago de Chile gegründeten CEPAL, der UN-Wirtschaftskommission für Lateinamerika (*Comisión Económica para America Latina*) zurückgehen, wurden dagegen in der internationalen Diskussion durchaus beachtet und bestimmten die Politik vieler Entwicklungsländer über Jahrzehnte.

In Peru wurde zu dem späteren Mischmasch von marxistischer Dependenztheorie und mit der unsichtbaren Hand sanft gewürztem Strukturalismus, das nur von lateinamerikanischen Kennern wirklich goutiert werden kann, bereits einige Jahrzehnte zuvor ein Horsd'oeuvre serviert. Damals, zu Ende der 20er, Anfang der 30er Jahre, stritten sich die früheren Weggefährten, der revolutionäre Marxist José Carlos Mariátegui und der Sozialist und Gründer der APRA Raúl Haya de la Torre über die Gründe für Unterentwicklung und mögliche Wege aus der Misere. Während Mariátegui allein im Sieg des Weltsozialismus die Erlösung sah, meinte Haya de la Torre, dass es ausreichen würde, dem Imperialismus das Handwerk zu legen, die Strukturen des kapitalistischen Systems aufzuweichen und die Entwicklungsländer aus den Fängen der Weltmärkte zu befreien, von denen sie nur ausgelutscht würden. Während Mariátegui in seinen theoretischen Schriften, vor allem über die Unterdrückung der indigenen Völker und die Rolle des Bodeneigentums, weiterlebt, brachte es die APRA von Haya de la Torre 1985 sogar zu einem Präsidenten der Republik. Dieser zeigte als Referenz an den großen Meister und seine Schriften zunächst den antiimperialistischen Bizeps, backte dann aber nur winzige Brötchen und wirtschaftete das Land schließlich in den Bankrott. Die Rechnung für das miese Gericht wurde dann wieder von WC-SAP und anderen Gebern bezahlt und vor allem von denen, die bei astronomischen Inflationsraten immer das Nachsehen haben. Von denen, die am Tisch ganz unten bzw. am Katzentisch sitzen, sprich den Empfängern von Lohneinkommen und den Arbeitslosen. Warum Alain García und die APRA von genau denen möglicherweise noch einmal gewählt werden wird, ist ein Phänomen, das wohl nur von Kennern der peruanischen Politikszene bzw. Lateinamerikas erklärt werden kann.

Obwohl der Strukturalismus nicht auf Lateinamerika beschränkt blieb, wurde er dennoch nie zum *mainstream* der Entwicklungstheorie. Die meisten ökonomischen Theorien der Entwicklung stützen sich vielmehr auf die klassischen Wirtschaftstheorien, die vor allem von den Nationalökonomen Adam Smith und David Ricardo geprägt wurden. Smith stellte, wie bereits angesprochen, die Vorteile der Marktkoordinierung der Entscheidungen wirtschaftlicher Akteure heraus, Ricardo beschrieb in seiner Theorie der komparativen Kostenvorteile die Vorteile des internationalen Handels für alle beteiligten Länder. Auch diese Theorien vereinfachen sehr und wurden gerade deswegen nie widerlegt. Sie sind daher auch heute noch gültig, selbst wenn manche Globalisierungsgegner dies nicht wahrhaben wollen. Die beiden alten Herren, beide von den britischen Inseln, würden heute aber sicher die Köpfe schütteln, wenn sie wüssten, wie ihre Theorien von neoliberalen Politikern und Beratern im Dunstkreis des *Washington consensus* interpretiert und ohne Rücksicht auf Verluste – sprich: ethische Überlegungen, von denen Smith und Ricardo nie abstrahierten – mit SAPs in Politik umgesetzt werden. Bei diesen neoliberalen Fundamentalisten ist der Staat als Dienstleister im Ausbildungs-, Bildungs- und sozialen Bereich und als wichtigster Financier solcher Dienste *mega-out*, Privatisierung und der Grundsatz des *laissez faire* sind dagegen *mega-in*.

Für die WC-Fundamentalisten ist das Erreichen von Wohlstand und globaler Glückseligkeit nur noch eine Frage der Zeit, vorausgesetzt man lässt der unsichtbaren Hand nur genügend Freiräume. Man setzt sich sozusagen zurück, wartet und sieht zu, wie der Markt es richtet. Greift höchstens hier und dort einmal ein, wenn Märkte versagen – denn auch unsichtbare Hände können fehlbar sein, ebenso fehlbar, wie der Statthalter des Unsichtbaren in Rom, dem mein Taxifahrer so tapfer die Treue hält. Aber weder die neoliberalen Heilsapostel noch der Statthalter in Rom lassen sich durch Armut, Elend und Ungerechtigkeit von ihren Glaubenssätzen abbringen. Sie glauben an die schöpferischen Kräfte des Marktes, respektive an die ausgleichende Gerechtigkeit des Schöpfers im Jenseits und verlassen sich darauf, dass karitative und ökologisch motivierte Organisationen, NRO-Netzwerke oder die »globale Zivilgesellschaft« die Schönheitsfehler beseitigen, wenn Modell und Realität, Anspruch und Wirklichkeit auseinander klaffen.

Es ist auch traurige Realität, dass die UN-Institutionen in einigen Bereichen fußkrank und gelähmt sind, in anderen noch in den Kinderschuhen stecken. Meist abhängig davon, wie sehr jene Kraft, die dem Bösen an den Kragen will und dabei nur wenig Gutes schafft, mal wieder ihre eigenen Interessen verfolgt, ihren finanziellen Verpflichtungen nicht nachkommt und sich, gemeinsam mit ihren Vetovettern, querstellt, wenn es um die Zukunftsfähigkeit unseres Planeten und der Weltgesellschaft geht. Muss diese vielleicht auch zur Selbsthilfe greifen, ähnlich wie damals in den Anden, als der Staat um sich selbst rotierte und den Schutz der körperlichen Unversehrtheit und des Eigentums den *rondas campesinas* überließ? Sollen Zivilgesellschaft und die Nichtregierungsorganisationen – die NNRO im Norden, die SNRO im Süden – als international vernetzte *rondas* allein den Kampf gegen wild gewordene Erdölcowboys und verantwortungslose Globalisierungsprofiteure aufnehmen? Sollen sie globale Naturkatastrophen, globale Seuchen, globales Unrecht, globalen Terrorismus und was sonst noch global agiert und passiert in Selbsthilfe bekämpfen, nur weil (um sich selbst) rotierende UN-Organisationen und verantwortungslose Verantwortungsträger unfähig sind, sich zu einigen oder nach der Einigung zu den Abmachungen zu stehen? Weil sie sich gegenseitig blockieren und dann die Hände in Unschuld waschen, wenn die Blockade der *blockheads* zu nationalem Völkermord und internationalem Raubmord führt, wie 1994 in Ruanda oder 2003 im Irak? Eine komplette Liste solcher Tragödien würde den Rahmen dieses Buches sprengen und außerdem die positiven Errungenschaften der UN-Institutionen zu sehr im Hintergrund verschwinden lassen, was mir – trotz vieler Vorbehalte gegenüber dem Auftreten gutbezahlter, mit Landcruisern bestückter Brigaden vor Ort – fern liegt.

Vor allem die vom großen Bruder immer wieder gezeigte Hegemoniemanie und Kaltschnäuzigkeit im Umgang mit den internationalen Institutionen, den Hoffnungsträgern einer neuen Weltordnung, lassen Schlimmes befürchten. UN-Haushalte und -Resolutionen werden ignoriert, der Internationale Gerichtshof und die Konventionen zur Lösung globaler Umwelt- und Menschenrechtsprobleme nicht mitgetragen. Stattdessen wird mit fremden Kulturen und gestandenen Staatswesen in einer Weise Monopoly gespielt, die zeigt, dass der Spruch von *Gods own country* nicht nur Hinweis auf Ignoranz, Arroganz und ein eingeschränktes Weltbild ist, sondern Glaubensbekenntnis und politisches Programm eines Traumtänzers, der – man mag es kaum glauben – der Regierung der größten Militärmacht der Welt vorsteht. Einer, die von konservativen *think-tanks*, christlichen Fundamentalisten und, *last not least*, realen Lobbyisten ferngesteuert zu sein scheint.

Auch wenn diese Anmerkungen vielleicht anti-amerikanisch und als Weiterentwicklung dependenztheoretischen Gedankenguts erscheinen mögen, sind sie dennoch nur als Plädoyer gegen *laissez-faire* und Nachtwächterallüren auf dem globalen Parkett und für internationale Institutionen gedacht, die von Ländern des Südens und des Nordens gemeinsam geschaffen und getragen werden, um beim Prozess der Globalisierung Fehlentwicklungen zu verhindern. Das Ganze sollte von einer stärkeren Rolle regionaler Institutionen und Staatenbündnisse flankiert sein, als Gegengewicht zur Hegemoniemanie des großen Bruders und als Forum zur Artikulierung regional unterschiedlicher Interessen. Globalisierungsgegnern, die heute noch den Vorstellungen von Dependenztheoretikern und Marxisten anhängen, weil ihnen die konstruktiven Vorschläge für eine neue Weltordnung zwischen Markt und starken internationalen Institutionen entgangen sind, sollte man immer wieder die neuere Geschichte ins Gedächnis zurückrufen, in der sich alle einigermaßen ernst zu nehmenden Staaten von sozialistischen Wirtschaftsordnungen verabschiedeten und sich der Entzugskur einer Systemtransformation hin zu mehr Offenheit und Markt unterzogen, wenn auch mit unterschiedlichem Erfolg und unterschiedlichen Transaktionskosten in Form von menschlichem Leid und unterschiedlichen Aussichten, Armut und Unterentwicklung zu überwinden..

Die Träume von einer vom Weltmarkt möglichst unabhängigen Wirtschaft, bei der dem Staat so ziemlich alles (Gute) zugetraut wurde, dem Markt und privaten Unternehmern nur eine flankierende Rolle, haben sich als genau solche erwiesen. Einem wohlwollenden Diktator gleich, der nur das Beste für das Volk im Sinn hat, sollte der Staat die Volkswirtschaft per Knopfdruck und nach Planvorgaben von bürokratischen Apparatschiks steuern. Inflation, Arbeitslosigkeit, Umweltzerstörung und andere unangenehme Nebenerscheinungen kapitalistischen Wirtschaftens wurden verdrängt bzw. weggerechnet. Leider entpuppten sich die Theorien immer mehr als Scharlatanerien, da sie an der Realität menschlichen Verhaltens vorbeigingen. Der wirtschaftliche Niedergang ließ die regierenden Genossen nach und nach das Handtuch werfen, in den Traumlandschaften des Ostens genauso wie im Süden, wo diese Experimente meist nur wenige Jahre andauerten, da ihnen schon eher der wirtschaftliche Atem ausging. Zu wenig tragbar und überzeugend waren diese Konzepte, zu überzeugend in der real existierenden Welt die neoklassischen Alternativen, die natürlich auch vom Westen, insbesondere vom WC, entsprechend gepuscht wurden, da sie nicht nur ihren Theorien, sondern auch ihren Interessen entsprachen. Dabei kann sicher nicht geleugnet werden, dass die ersteren von den letzteren beeinflusst sind. Wo die Genossen zu begriffstutzig waren, wurde ihnen das Handtuch auch schon mal aus der Hand gerissen, falls sie es nicht von selbst zu werfen bereit waren. Aus der Traum des in Lateinamerika auch heute noch so hoch verehrten *Carlos Marx*. Es war wohl vor allem seine Theorie des menschlichen Verhaltens, die noch mehr an der Realität vorbeischlitterte als der *homo oeconomicus* der Neoklassiker, den man sicher auch noch etwas genauer analysieren und differenzieren muss, bevor er als Modell dessen dienen kann, was den *homo sapiens* in der Realität seine Begabungen so unvernünftig nutzen und einst wohl auch mitsamt seiner von ihm verhunzten Welt scheitern lassen wird.

Während sich die Dependenztheoretiker hauptsächlich auf die Marx'schen Thesen stützten, kam die CEPAL (*Comisión Económica para America Latina*) der Vereinten Nationen, von der die wichtigste Variante des Strukturalismus stammt, durch die statistische Analyse von Daten über internationale Handelsströme zu ihrer These über die strukturelle Benachteiligung der Entwicklungsländer in den internationalen Handelsverflechtungen und die Vorteile einer Abkopplung vom Weltmarkt. CEPALs erster Direktor, der Argentinier Raúl Prebisch, verglich in seiner Forschung Anfang der 50er Jahre die relative Entwicklung der Preise und des Wertes von Exporten und Importen der Industrie- und Entwicklungsländer. Dies geschah etwa zeitgleich mit den Untersuchungen des aus Deutschland stammenden Ökonomen Hans Singer, der zu dieser Zeit ebenfalls für die Vereinten Nationen arbeitete, zunächst in der Zentrale in New York, später auch in der Hauptstadt Äthiopiens Addis Abeba, wo er eine der CEPAL entsprechende Wirtschaftskommission für Afrika mit aufbaute. Hans Singer hatte 1933 seine Dissertation bei dem bedeutenden österreichischen Nationalökonomen Schumpeter in Bonn abbrechen müssen, da dieser Nazideutschland verließ und in die USA emigrierte. Hans Singer, ebenfalls Jude, ging nach Großbritannien, wo er bei John Maynard Keynes in Cambridge promovierte. Dieser hatte schon früh das »Paradox der Armut mitten im Überfluss« erkannt, und so lag es nicht fern, dass die Bekämpfung von Armut und Hunger ein Thema wurde, mit dem sich Hans Singer in den langen Jahren seiner Tätigkeit bei den Vereinten Nationen und auch als Forscher und Hochschullehrer befasste.

Hans Singer erhielt hohe Auszeichnungen, international wie auch in seiner neuen Heimat Großbritannien und in Deutschland. Mir war er während eines einjährigen Studienaufenthaltes Mitte der 90er Jahre am IDS (*Institute of Development Studies*) an der Universität von Sussex in Brighton, dessen Mitgründer er ist, ein wertvoller und vor allem humorvoller Ratgeber. Damals, schon weit über 80, kam er fast täglich in mein Zimmer, das seinem Büro gegenüber lag, und brachte mir interessante Artikel oder stellte mir Besucher vor, die aus aller Welt kamen, um ihn zu treffen und mit ihm über aktuelle Themen internationaler EZ und gemeinsame Forschungsprojekte zu diskutieren. Auch er selbst reiste und lehrte bis ins hohe Alter in aller Welt, u.a. in Wien, Barcelona und Tokio. Mir ist vor allem der Tag in Erinnerung, als er mir nach der Rückkehr von einer Fahrt nach London Photos zeigte, auf denen er vor der *Queen* kniete, die ihn zum »Ritter Hans« schlug, wie er verschmitzt, aber mit Stolz sagte. Was mir persönlich vom »Ritter Hans« alias »Sir Hans Singer« blieb, ist ein kleines Gedicht, das ich am letzten Tag im IDS an meine Zimmertür geheftet fand. Er hatte es mir zum Abschied geschrieben und mit »Schüttelspeer« unterzeichnet – typisch Hans, vielseitig begabt, für Wort- und Gedankenspiele immer zu haben und dafür im IDS, und nicht nur dort, bekannt und beliebt.

Raúl Prebisch und Hans Singer stellten also unabhängig voneinander fest, dass sich die Austauschbeziehungen im Handel zwischen Industrie- und Entwicklungsländern im Zeitablauf zu Ungunsten der Entwicklungsländer entwickelten. Oder, wie die Ökonomen sagen, dass sich die *terms of trade* für die Entwicklungsländer ständig verschlechterten. Dies, weil die Preise für Industriegüter, die die Entwicklungsländer importierten, tendenziell stiegen, während die Preise für Güter der Primärproduktion, also vor allem Landwirtschaft und Bergbau, die vorwiegend von den Entwicklungsländern exportiert wurden, zurückgingen. Prebisch und Singer folgerten daraus vereinfachend, dass aus diesem Grund langfristig die Einkommen der Industrieländer ständig ansteigen, die der Entwicklungsländer ständig fallen müssten. Sie glaubten, hiermit die zentrale *strukturelle* Ursache für die Unterentwicklung der Länder Lateinamerikas und der »Dritten Welt« allgemein identifiziert zu haben. Es war naheliegend, hieraus die Empfehlung für eine Politik der Abkopplung vom Weltmarkt und für den Aufbau eigener industrieller Kapazitäten abzuleiten, mit entsprechendem Außenschutz durch Zölle und anderen nichttarifären Handelsbeschränkungen. Diese als »Import Substituierende Industrialisierung« (ISI) bekannt gewordene Strategie war über viele Jahre in Ländern Lateinamerikas und in anderen Entwicklungsländern dominierend.

Kritiker dieser Strategie wiesen darauf hin, dass auch solche Strukturen einem langjährigen Wandel unterliegen, vor allem bedingt durch technische Fortschritte, die Änderungen in den komparativen Kostenvorteilen der Länder mit sich bringen, denen sich kein Land entziehen kann und auch nicht sollte. Andere Kritiker wiesen auf strukturelle Gründe für Unterentwicklung hin, die weniger etwas mit äußeren, als vielmehr mit den inneren Strukturen der betroffenen Volkswirtschaften zu tun hatten, mit schwachen Institutionen, die sich vor allem in fehlender Rechtssicherheit bei wirtschaftlichen Transaktionen und in einer überdimensionierten und ineffizienten Staatsbürokratie manifestierten. Diese sind historisch und kulturspezifisch bedingt und daher von Land zu Land und auch von Kontinent zu

Kontinent sehr unterschiedlich. Rückblickend scheint das Zurückbleiben der Länder Lateinamerikas hinter denen Asiens diesen Thesen Recht zu geben. Aber neben den kulturellen Unterschieden war es vor allem die unterschiedliche Entwicklungsstrategie, bei der vom Staat gezielt Exportindustrien aufgebaut und gefördert wurden. Dieses Muster hatte sich schon beim Eintritt Japans in die Weltwirtschaft bewährt und trug dann auch zum Erfolg der »kleine Tiger« Asiens bei. Dass die Offenheit einer Wirtschaft seinen Preis hat, mussten diese Länder jedoch in der zweiten Hälfte der 90er Jahre erfahren. Nicht zuletzt durch die asiatische Wirtschaftskrise, die den betroffenen Ländern einen Schock versetzte, der ihnen heute noch in den Knochen steckt, wurden die Forderungen nach besseren Kontrollen der internationalen Finanzmärkte und des vagabundierenden Kapitals durch angepasste Instrumente (Tobinsteuer, Bardepotpflicht etc.) unüberhörbar.

In Lateinamerika war im Gegensatz zu Asien über lange Jahre die ISI *en vogue*. Die Volkswirtschaften wurden gegen den Weltmarkt abgeschottet, es wurden staatliche Unternehmen gegründet und die Industrie mit dem Ziel gefördert, vor allem den internen Markt zu versorgen. Vor der Konkurrenz des Weltmarktes geschützt, produzierten diese staatlichen, wie auch die privaten Unternehmen ineffizient, d.h. mit niedriger Produktivität und mit zu hohen Kosten. Sie konnten auf den internationalen Märkten nicht konkurrieren und waren daher auch für ausländisches Kapital nicht interessant. Doch auch im Inland wurde kein Kapital akkumuliert, weil marode Steuersysteme keine Staatseinnahmen generierten und private Unternehmer und Großgrundbesitzer ihre Überschüsse lieber im Ausland anlegten. Statt die Erwerbsbevölkerung, die Unternehmen, Grundbesitzer und Selbständigen mit einem effektiven Steuersystem zur Kasse zu bitten, florierten Illegalität und Schattenwirtschaft, und der Fiskus schaute in die Röhre. Von den Staatsbetrieben, eigentlich dazu ausersehen, die Kohle in Form von Renten für den Staat abzuschöpfen, produzierten die meisten nur Verluste, und dies nicht nur im Bergbausektor.

Einziger Ausweg war es da, sich Kapital kostenlos oder zu extrem günstigen Konditionen über die FZ-Schiene zu beschaffen oder den Multis Angebote zu Schleuderpreisen zu machen und auch noch das letzte Hemd (natürliche Ressourcen in der Regel) zu verpfänden. Infrastrukturprojekte sollten die Produktions- und Lebensbedingungen verbessern, die Transaktionskosten für die Wirtschaft senken und Bodenschätze aus dem Untergrund an die Oberfläche holen und auf den Weltmarkt schleusen. Doch die Lebensdauer der Infrastruktur war wegen fehlender institutioneller Vorkehrungen und finanzieller Mittel für Betrieb und Instandhaltung in der Regel extrem kurz, und die entsprechenden staatlichen Dienstleistungen waren von schlechter Qualität. Es wurde zwar wortgewandt von »Folgekostenproblematik« gesprochen, jedoch nichts dagegen getan, weil das Wissen um institutionelle Zusammenhänge und die Möglichkeiten ihrer Berücksichtigung bei der Projektdurchführung noch nicht vorhanden war. Von nachhaltiger Absenkung der Transaktionskosten also keine Spur. Die ISI-Länder nahmen das hohe inländische Kostenniveau zunächst ziemlich *easy*. Sie überlebten mit dem süßen Gift des EZ-Tropfes mehr schlecht als recht, bis die erste Ölkrise Anfang der 70er Jahre und die dümpelnde Weltwirtschaft in den 80ern die Diskussionen um SAP, WC, Schuldenerlass und Nachhaltigkeit auslösten, die dann in den 90ern die internationalen UN-Club-Class-Gipfel und Gegengipfel beschäftigten und teilweise in der neoliberalen Privatisierungssackgasse endeten.

In den Geberländern war man zwar mit den *strukturellen*, im Fall von Alain García in Peru auch *heterodox* genannten Politikansätzen bald nicht mehr einverstanden, konnte und wollte aber die Entwicklungs-Patienten *alias* Geschäfts-Partner *alias* Kunden nicht so einfach hängen lassen. Dafür gab es genügend Gründe. Politische, wegen des Kalten Krieges, der zwischen Ost und West tobte und, weniger *cool*, im Süden ausgetragen wurde. Wirtschaftliche, wenn es darum ging, den eigenen Unternehmen neue Märkte zu erschließen, die sich dadurch nach und nach zu multinationalen, den so viel gescholtenen »Multis« entwickeln konnten. Diese und die internationalen Finanzierungsorganisationen begannen in jenen Jahrzehnten auch ihr Spiel rund um den Erdball, lange bevor sie mit dem Titel der *global players* geadelt wurden. Jahrzehntelang erlaubten damit Entwicklungsprojekte, gratis oder auf Pump finanziert, den *global players* einen sanften Einstieg in das globale Geschäft, das heute, durch den Technischen Fortschritt im Bereich der Informationstechnologie erst richtig in Schwung gekommen, mit recht unsanften Methoden den Globus bedrängt. Dass die Projekte häufig schon technisch und ökonomisch unstimmig und die Rahmenbedingungen alles andere als förderlich waren, belastete damals niemanden. Staatsknete und Staatsbürgschaften à la *Hermes* (Gott u.a. des glücklichen Findens, der Wanderer, der Kaufleute und der Diebe) machten es möglich. Dass die institutionellen Probleme ausgeblendet wurden, hatte wohl auch damit zu tun, dass diese Zusammenhänge in den neoklassischen Entwicklungstheorien und -modellen des *mainstreams* ausgeblendet wurden, wie auch zum Teil bei ihren strukturalistischen und abhängigkeitstheoretischen Schwestern.

Das soll nicht heißen, dass Institutionen nie erwähnt wurden. Sprachlich blühte die Entwicklung des Entwicklungsgeschäfts schon damals. Ohne die gleiche Sprache zu sprechen und ohne genau zu wissen, wovon man sprach, verstanden sich Geber- und Nehmerländer prächtig, gaben sich bei ihren Club-Class-Treffen gegenseitig Ratschläge und machten dann doch, was den eigenen Interessen entsprach. Man sprach von *big push*, *balanced* oder *unbalanced growth* Strategien. Man bescheinigte dem Wachstum, politisch korrekt, ein *trickle down*, ein Hinuntertröpfeln der positiven Wirkungen, bis hin zu den Armen. Dass bei diesen Unterliegern – ähnlich wie in Bewässerungssystemen das Wasser – nichts oder nur selten etwas ankam, verdrängte man lange. Erst als die Wirkungslosigkeit der Wachstumsspritzen und -einläufe beim dahinsiechenden Patienten nicht mehr zu leugnen war, griff man in den 60er Jahren mit Gemeindeentwicklung (*community development*) direkter ein und schob in den 70ern die grundbedürfnisorientierten (*basic* oder *felt needs*) Strategien nach. In den 80ern wurden diese Strategien dann in Integrierte Ländliche Entwicklungsprogramme (Integrated Rural Development Programs, IRDP) eingebettet und in den 90ern den mittlerweile erfundenen SAP ein menschliches Gesicht verpasst. Als das auch noch nichts half, rief die UNO zu einer 20-zu-20-Initiative auf, bei der sowohl die Entwicklungsländer als auch die Industrieländer mindestens 20 Prozent der EZ gezielt zur Bekämpfung der Armut einsetzen sollten. Mit diesem humanen *facelifting* von SAP und EZ wurden den unsichtbaren Händen von Adam Smith, die er 1776 in seinem Buch *The wealth of nations* propagiert hatte, die kratzigen Fingernägel geschnitten, ganz im Sinne seines schon lange vorher, 1759 erschienenen Buches über *The Theory of Moral Sentiments*. In diesem war auch von altruistischem Handeln die Rede, und es wurden kompensierende Maßnahmen von Staat und Gesellschaft zu Gunsten der Armen angemahnt. In der deutschen EZ wird Armutsorientierung spätestens seit den LRE (Ländliche Regionalentwicklung, die deutsche Version der IRDP) groß geschrieben und behauptet sich auch in Zeiten von Privatisierung und PPP (*public private partnerships*) als wichtigstes Vergabekriterium.

Der kontinuierliche Strom kostenloser oder mit subventionierten Krediten finanzierter Projekte diente über viele Jahre hinweg dazu, politische Systeme zu stabilisieren und Regierungen und Politiker zu stützen, die man eigentlich, überspitzt gesagt, zum Teufel hätte jagen sollen. Doch wie bei des Kaisers neuen Kleidern wollte niemand offen eingestehen, welcher Schlendrian da ablief. Viel zu sehr war man ja selbst Teil des Systems, Teil des Schlendrians, auch wenn man es sich und den Partnern nicht offen eingestehen wollte. Da war es erfrischend, als 1987 eine sehr offene und zutreffende, da auch empirisch abgesicherte Analyse internationale Aufmerksamkeit und Anerkennung fand. In dem Buch *El otro sendero* klagte der Peruaner Hernando de Soto erstmals nicht die externen, sondern die internen strukturellen Gründe für Armut und Unterentwicklung an. Er beschreibt in sehr überzeugender Weise, wie in Peru investitionsfreudige Unternehmer, von einem schwerfälligen und korrupten Staatsapparat vom Investieren abgeschreckt, ins Ausland oder in die Illegalität einer Schattenwirtschaft getrieben werden. Er gibt Beispiele für die schwachen Institutionen, nennt neben dem unterentwickelten Rechtssystem und der ineffektiven und korrupten Staatsbürokratie vor allem die fehlenden, fehlerhaften oder veralteten Grundbücher, die zur Folge haben, dass wegen unklarer Verfügungsrechte an Grund und Boden dieser nicht, oder nur zu hohen Transaktionskosten beliehen oder verkauft werden kann. Die schlecht funktionierenden Kapital- und Bodenmärkte sind ein wichtiger Grund für lange Verzögerungen und hohe Transaktionskosten bei Unternehmensgründungen und für die Schwierigkeiten und Kostenträchtigkeit einer rechtlichen Durchsetzung der Ergebnisse von Markttransaktionen ganz allgemein.

Die Diagnose de Sotos trifft natürlich nicht nur auf Peru, sondern auch auf die meisten anderen lateinamerikanischen und sonstigen Entwicklungsländer zu. Und nicht nur diese. De Soto interpretiert, fast 15 Jahre später, selbst den weltweiten Terrorismus-Schlamassel als Zeichen schwach ausgebildeter staatlicher Institutionen und einer ernsten Krise des internationalen Kapitalismus. Seine Erkenntnisse werden mittlerweile auch in den Wendeländern des Ostens als Geheimtipp gehandelt. De Soto ist auch dort im Geschäft und bietet sich als Berater all derer an, die wegen ineffizienter interner Strukturen im globalen Wettbewerb zurückzufallen drohen (*The Economist*, 2003). Es wird gemunkelt, dass sich auch Deutschland in höchster Verzweiflung an ihn zu wenden gedenkt, nachdem es sich heillos in seinen Reformbemühungen verheddert hat. Auch in Peru hoffte de Soto 1990 ins Geschäft zu kommen, als der wirtschaftsberatungsbedürftige *chino* Alberto Fujimori (1990-2000) den FES-beratenen Wirtschafts-Chaoten Alain García (1985-1990) im Präsidentenpalast ablöste. De Soto glaubte, seine Ideen zur Reform der Institutionenlandschaft aus einem Regierungsamt heraus umsetzen zu können, resignierte jedoch sehr bald, als er merkte, dass die staatlichen Institutionen in eine ganz andere Richtung verändert werden sollten, als er sich das vorgestellt hatte. Vor allem nicht in Richtung Freiheit und Demokratie, die er mit der Zeit zu seinem Markenzeichen und Aushängeschild machte.

»Freiheit und Demokratie« ist der Name seines Forschungsinstituts in Lima, das seit Beginn der 80er Jahre finanziell massiv von der deutschen Konrad Adenauer Stiftung (KAS) unterstützt wird. Das *Instituto Libertad y Democracia* wurde im Mai 1980 gegründet, um nach 12 Jahren Militärdiktatur und sozialistisch-strukturalistischer Politik einen Dialog zwischen Wissenschaftlern und Politikern über markt- und demokratieorientierte Entwicklungskonzepte zu fördern. Die Ergebnisse der Forschungsarbeiten des Instituts flossen u.a. in das genannte Buch *El otro sendero* und in andere Publikationen ein. De Soto unterstreicht in seinen Veröffentlichungen immer wieder die Bedeutung von Institutionen im Allgemeinen und von sicheren Verfügungsrechten an Boden im Besonderen. Um nicht nur in theoretischen Diskursen stecken zu bleiben, entwickelte er mit seinen MitarbeiterInnen auch ein computergestütztes System für die Registrierung von Grundstücken, ein elektronisches Kataster bzw. Grundbuch sozusagen, das Rechtsicherheit bei Transaktionen und die Möglichkeit der Beleihung von Grundstücken schaffen soll. Beides sind wichtige Voraussetzungen für das Funktionieren des Boden- und Kapitalmarktes, die wiederum von zentraler Bedeutung für eine funktionierende Marktwirtschaft sind.

Der auf Liberalismus und Demokratie eingeschworene renommierte Ökonom de Soto trug dazu bei, dass Fujimori international schnell an Vertrauen gewann. Vertrauen, das der »heterodoxe« Wirtschafts-Chaot Alain García zu Beginn seiner Regierungszeit durch die lauthals verkündete und auch sofort umgesetzte Einschränkung der Schuldenrückzahlungen verspielt hatte. De Sotos Konzepte waren beim WC wohl bekannt, und so wurden in die Dienstanweisung Typ SAP-08/15 auch entsprechende Maßnahmen für die Registrierung von Bodenrechten aufgenommen. Die Anweisungen enthielten ansonsten die üblichen Komponenten, wie die Öffnung der Grenzen, d.h. den Abbau von Zöllen und anderen Handelshemmnissen für Importe, die Sanierung der öffentlichen Haushalte durch Verkleinerung des Staatsapparates und die Privatisierung öffentlicher Unternehmen. Eingeschränkt wurden vor allem die Bereiche Bildung und Gesundheit, sowie im Agrarsektor die Bereiche Agrarforschung und landwirtschaftliche Beratung. Die meisten entsprechenden Institute und Organisationen wurden privatisiert, was in der Regel einer Schließung gleichkam, es sei denn, dass sie im Rahmen von Projekten eine gesicherte Finanzierung hatten.

Die Tatsache, dass die genannten Bereiche auch in Industrieländern massiv vom Staat gefördert oder sogar von ihm abgedeckt werden, wird von den WC-Schulmeistern und den Geberländern des Nordens meist verdrängt. Denn mit zweierlei Maß zu messen, ist in der Nord-Süd-Politik bekanntlich nichts Neues, mit Doppelzüngigkeit zu argumentieren nicht minder. Die Industrieländer bestehen auf freiem Zugang zu den Märkten der Entwicklungsländer, weigern sich aber gleichzeitig, ihren eigenen Subventionsurwald auszulichten und ihre Grenzen zu öffnen. Ein typisches Beispiel: Erst kürzlich gelang es Peru nach langen Verhandlungen bei der WTO (*World Trade Organization*), Fischkonserven in die EU exportieren zu dürfen. Man hatte Peru den Zugang verweigert, indem man Sardinen aus peruanischen Gewässern nicht als solche anerkennen wollte. Besonders im Nahrungsmittelbereich sind derartige nichttarifäre Beschränkungen üblich, die vor allem mit Qualitäts- und Gesundheitsvorschriften kaschiert werden.

Dagegen machen vor allem die EU und die USA den Entwicklungsländern seit Jahrzehnten mit Billigangeboten Konkurrenz auf den Weltagrar- und Nahrungsmittelmärkten. Mit niedrigen Nahrungsmittelpreisen aufgrund hochsubventionierter, auf dem Weltmarkt entsorgter Überschüsse wurden so die Nahrungsmittelproduzenten in den Entwicklungsländern über Jahrzehnte klein gehalten und marginalisiert. Die Eigenproduktion der Entwicklungsländer wurde mit Dumpingpreisen über Importe niedrig gehalten, die Möglichkeiten zur dezentralen Lagerhaltung bei den Bauern, beim Landhandel, bei Mühlen und Genossenschaften nicht ausgenutzt. Statt sich über Eigenproduktion und eigene Vorratshaltung gegen Hungersnöte zu schützen, hängen heute noch manche Länder am Tropf der Nahrungsmittelhilfe, die sich mit einer anderen Politik längst davon hätten freimachen können. Das Argument der Ernährungssicherung und der Unfähigkeit der Entwicklungsländer, sich selbst zu ernähren, ist höchstens die Viertelwahrheit, wenn überhaupt. Berechnungen einiger seriöser bodenständiger Agrarprofessoren mit Liebesbeziehungen zu den immer noch attraktiven Milchmädchen, die zeigen wollen, wieviel Mehrwert die Länder im Süden durch die verbilligten Nahrungsmittel aus dem Norden in all den Jahren erhalten haben, zeugen daher auch von einer anderen Armut als der hier behandelten.

Diese Miss(t)wirtschaft mit Effizienz- oder Werttransfer-Argumenten zu rechtfertigen, ist genauso unsinnig wie das frühere strukturalistische Argument, mit billigen Nahrungsmitteln, sog. *wage goods*, zum Aufbau einer heimischen Industrie beitragen zu wollen. Nahrungsmittelhilfe und Übernahme der Kosten für *buffer stocks* als Nord-Süd-Transfer und EZ zu deklarieren, ist unredlich und so irreführend wie eine Volkswirtschaftliche Gesamtrechnung, deren Zahlen beides, die Umweltschädigung und deren Wiederherstellung, als Zuwachs an Bruttosozialprodukt deklariert. Wer sich in diesem Zusammenhang auch noch auf die Herren David Ricardo oder Adam Smith, auf neoklassische Außenhandels-, Entwicklungs- und andere Wirtschaftstheorien beruft, will entweder bewusst bittere Wahrheiten verschleiern oder ist von einem blauäugigen oder blaupausigen Denksyndrom befallen. Abhängigkeit von Nahrungsimporten und Abhängigkeit von Drogen also beides ein Fall für politische Ökonomen und Psychiater statt für seriöse Wirtschafts- und Agrarwissenschaftler? Gestörte Selbstversorgung, gestörte Konsumgewohnheiten, gestörte Wahrnehmung, gestörtes Selbstvertrauen, gestörte Beziehungen – offensichtlich ist entlang den Nord-Süd- und Ost-West-Achsen einiges aus dem Lot gekommen, das nur mit Querdenken und Umdenken, sicher aber nicht mit Kriegen gegen böse Achsen und sonstige Phantasiegebilde neu zu richten ist. Vorschläge gibt es genug, z.B. der Vorschlag, die Welthandelsorganisation WTO um die Bereiche Soziales und Umwelt aufzustocken (Kessler, 2002). Die WTO-Konferenzen in Seattle, USA, und Cancún, Mexiko, zeigten, dass gerade in diesen Bereichen der Handlungsbedarf, aber auch die Meinungsdivergenzen (z.B. bzgl. des GATS *General Agreement on Trade in Services*) am größten sind.

Einer der wenigen, dessen Vorschläge von beiden Seiten beachtet und anerkannt werden, ist Joseph Stiglitz, Wirtschaftsprofessor und einer der wichtigsten Vertreter der Neuen Institutionenökonomik. Er wurde für seine innovative Forschung in diesem Bereich und nicht zuletzt wohl auch für sein entschiedenes Eintreten für die Interessen der Entwicklungsländer, der Armen und für seine Kritik an den SAP-08/15 des WC mit dem Nobelpreis für Ökonomie ausgezeichnet. Als Stiglitz Ende der 90er Jahre Leiter der wirtschaftspolitischen Abteilung der Weltbank wurde, rief er die Kernaufgaben staatlicher Tätigkeit in das Gedächnis der neoliberalen WC-Schwärmer zurück, die ohne Rücksicht auf Verluste Entwicklungsländer zwangen, den Staatssektor bis zur Unkenntlichkeit zu reduzieren und ihre Grenzen für Exporte aus den Industrieländer und für vagabundierendes Finanzkapital zu öffnen. Stiglitz' Gegenkurs hätte sich fast zu einem *Post-Washington consensus* gemausert. Aber der akademische Querdenker konnte die Entscheidungsträger, vor allem des Internationalen Währungsfonds aber auch der Weltbank, nicht von seinen Ideen überzeugen. Vielleicht hatte er ja auch zu stürmisch und zu sehr gegen ihre Interessen quergedacht. Getrieben von der Sehnsucht nach weniger stürmischen akademischen Gefilden kehrte er Ende 2000 wieder ins sonnige Kalifornien an die Stanford-University in Palo Alto zurück, von wo aus er weiterhin seinen sog. »dritten Weg« propagiert.

Sein dritter Weg kann vielleicht als Synthese verstanden werden, als Mittelweg zwischen sozialistisch und strukturalistisch eingetöntem Staatskapitalismus und neoliberalem fundamentalistisch angehauchtem, Manchester-verdächtigen Neoliberalismus bzw. Kapitalismus. Weder eine klassenlose Gesellschaft mit gleichem (Un-) Glück für alle, noch ein (Pseudo-) Paradies für unsichtbare Hände bzw. ungebändigte Marktkräfte, sondern eine Gesellschaft, in der Markt und Staat die ihnen zukommenden Funktionen angemessen wahrnehmen und letzterer Rahmenbedingungen schafft, in denen Menschen und soziale Gruppen mit unterschiedlichen Fähigkeiten und Ressourcenausstattung ein menschenwürdiges Leben führen können. Ein behutsamer Institutionenmix also, bei dem sich weder die Markttkräfte verselbständigen noch der Staat sich mit Aufgaben und Dienstleistungen übernimmt, die Private effizienter leisten können. Wirtschaftsliberalisierung und Privatisierungen werden dabei nicht zum Allerheilmittel hochstilisiert, sondern orientieren sich an historisch gewachsenen institutionellen und kulturellen Besonderheiten eines Landes und beachten die »Pfadabhängigkeit« institutionellen Wandels und wirtschaftlicher Entwicklung, wie die Institutionenökonomen das vielleicht sagen würden. Das Lehrgeld in Form von Kollateralschäden bei Armen und Randgruppen, das in vielen Entwicklungsländern, in Osteuropa und besonders in Russland mit den WC-SAP-

08/15 gezahlt wurde, könnte als gut investiert gelten, wenn sich die WC- und sonstigen Wirtschaftsgurus vor dem Hintergrund dieser Erfahrungen für die Förderung des von Stiglitz propagierten Dritten Weges entscheiden könnten.

Aufgeschlossener für den Dritten Weg sind die Kritiker von WC (*Washington Consensus*) und WTO (*World Trade Organization*) aus den Reihen internationaler Nichtregierungsorganisationen (NRO). Sie verstehen sich als Sprachrohr der Armen, der gesellschaftlichen Randgruppen und der Umwelt und geben sich nun schon seit vielen Jahren ein Stelldichein bei den regelmäßigen WC-, WTO-, UNCED-, G- und sonstigen Club-Class-Veranstaltungen, um den *global players* in den gut ausgestatteten und bewehrten Konferenzsälen die Lust am Monopoly-Spielen zu verderben. Sie lehren sie stattdessen das Fürchten und machen ihnen Beine, damit sie sich etwas intensiver mit den Möglichkeiten eines dritten Weges, einer Alternative zu den SAP-08/15 und vielleicht einer alternativen Weltinstitution zur WTO befassen, die mehr Gewicht hat und die Bereiche Soziales und Umwelt einschließt, oder sich mit einer Weltzentralbank auseinandersetzen, die häufig vorgeschlagen wird. Leider besteht die Gefahr, dass die Rufe dieser Rufer in der Wüste entweder verhallen oder zu schrill sind und daher nicht verstanden werden. Oder noch schlimmer, dass sie mit den Initiatoren und den Sympathisanten der WTC-Tragödie in New York in einen Topf geworfen werden und dem großen Bruder Vorwände für den Aufbau von Wagenburgen rund um *god's own country*, für Wirtschaftsboykotte oder für direkte Interventionen zur Bekämpfung der »Achse des Bösen« und der Entsorgung obsoleter Waffensysteme geben.

Die real existierende Welt der Entwicklungsländer zu verstehen ist für Ölmagnate mit eingeschränkter petro-christlicher Weltsicht und Cowboys aus Texas ebenso schwierig wie für die Wassermelonen-Idealisten (außen grün, innen rot) oder die WC-Gurus auf ihren Hochhausthronen. Denn gerade ganz oben kann man die Übersicht verlieren. Doppelverglast isoliert, klimatisiert und mit Teppichboden gedämpft lässt sich leichter verdrängen, was die 2/3-Welt bedrängt. Der Verlust an Bodenhaftung war daher auch nur eine Frage der Zeit. Die schockierenden Bilder dieses Verlustes beim WTC, die vielleicht auch den regelmäßigen Teilnehmern an den verschiedenen WC-, WTO-, G-X und sonstigen Club-Class-Veranstaltungen zu denken gaben und verunsicherten, hatten bei dem Revolverhelden und *born again cowboy* aus Texas den entgegengesetzten Effekt. Statt sich über den möglichen Zusammenhang zwischen WTC, WTO und WC Gedanken zu machen, wurde ein Bedrohungsszenario und eine Achse des Bösen konstruiert und drauflos geballert, der Weg zu vermeintlich billigem Erdöl freigeschossen. Nur vermeintlich, denn die Rechnung wird erst noch präsentiert werden. In

Raten und an Orten rund um den Globus, von denen wir uns heute noch keine Vorstellung machen. Von sensiblen Menschen wird sie schon heute bezahlt, tagtäglich. Bezahlt mit einem Gefühl der permanenten Unsicherheit, das sich wie ein grauer Schleier über ihr Lebensgefühl gelegt hat.

Aber vielleicht sehen ja die WC-Institutionen und die Führer ihrer Mitgliedsländer diesen Zusammenhang und merken, dass 60 Jahre nach ihrer Gründung im Sommer 1944 in Bretton Woods bei New York Reformbedarf besteht angesichts dieser neuen Art der Globalisierung und angesichts des Technischen Fortschritts im Bereich der Informationstechnologie, die eine weltumspannende Kommunikation 24 Stunden am Tag erlaubt. Diese Reformen betreffen vor allem die internationalen Produkt-, Finanz- und sonstigen Dienstleistungsmärkte und sind seit Jahren in der Diskussion, scheitern aber an Egoismen, Vorurteilen und mangelnder Durchsetzungskraft der Verantwortlichen. Vielleicht liegt es ja daran, dass herausragende Persönlichkeiten wie der schon erwähnte britische Wirtschaftswissenschaftler Lord Keynes heute nicht mehr den Einfluss und die Durchsetzungskraft haben, wie das vor 60 Jahren noch der Fall war. Seine Lordschaft bohrte beim Bau der WC-Institutionen offensichtlich die dicksten Bretter und fungierte als Haupt-Architekt. Dies hielt ihn nicht davon ab, in typisch britischer Ironie das Treffen als »*the most monstrous monkey-house assembled for years*« zu bezeichnen. Mit von der Partie waren 21 Entwicklungsländer, darunter Peru und Chile, die sich damals in der erlauchten Runde jedoch kaum zu artikulieren trauten. Über diese Südlichter meinte ihre Lordschaft, mit nicht ganz untypischem britischen und wohl auch damals schon politisch nicht ganz korrektem Snobismus, dass diese »*clearly have nothing to contribute and will merely encumber the ground*«. Was damals noch Snobismus war, drückt sich heute in der Verletzung der Privatsphäre von UN-Personal durch Abhörtechnologie aus. Mit dem Abwurf einer Atombombe auf Hiroshima nicht lange nach Bretton Woods begann offensichtlich eine Entwicklung, bei der die moralischen Kräfte und institutionellen Mechanismen zur Begrenzung menschlichen Handelns immer weiter hinter den technischen Möglichkeiten für zerstörerisches Handeln zurückbleiben. Grund genug, die entsprechenden Institutionen schnellstmöglich zu reformieren, damit sie zu einer glaubwürdigeren und nachhaltigeren Politik finden, um den Herausforderungen des 21. Jahrhunderts gewachsen zu sein.

Vielleicht ist ja der »Geist von Bretton Woods«, der immer wieder beschworen wird, um die Interessen des Nordens und die US-Hegemoniemanie zu vertuschen, irgendwo noch auffindbar. Ihre Lordschaft war damals übrigens vom Delegierten der USA in seinem Streben nach einer Weltwährung aus- und in den Dollar als Leitwährung reingetrickst worden, was sicher auch nicht so ganz dem Geist entsprach. Heute tricksen die

Landsleute ihrer Lordschaft ziemlich geistlos mit. Statt mit Abhörgeräten könnte man dem Geist vielleicht auf die Spur kommen, indem man nach den Ingenieuren, den Ökonomen, den Soziologen, den Ethnologen, den Mathematikern, den Philosophen und den Psychologen nun auch noch die Parapsychologen zum Trupp der aufrechten Entwicklungsforscher und -helfer in den EZ-Organisationen hinzuzieht. Und möglichst auch die internationalen Finanzierungsexperten Tobin und Soros, die mit ganz neuen Modellen zur Entwicklungsfinanzierung aufwarten. So könnte vielleicht dem »Geist von Bretton Woods« in Zeiten der Globalisierung etwas auf die Sprünge geholfen werden.

Vielleicht (er-) findet man bei der Gelegenheit ja auch eine neue Definition für Entwicklung. Denn Todaros Vorstellungen, dass dies ein Wandel von Strukturen, von persönlichen Einstellungen und von Institutionen zur Reduzierung von Ungleichheit und Ausrottung von Armut ist, hat sich offensichtlich auch als Fata Morgana entpuppt. Für die meisten Länder, egal ob entwickelt oder nicht, und für die Welt insgesamt zeigen die Statistiken das genaue Gegenteil. Die Ungleichheiten werden größer, in den Ländern selbst wie auch zwischen ihnen. Und die persönlichen Einstellungen scheinen sich weltweit, teilweise sicher auch als Folge dieser Entwicklung, eher auf eine Entfremdung zwischen Menschen, Kulturen und Religionen statt zu mehr Annäherung und Verständnis füreinander zu entwickeln. Das Phänomen des internationalen Terrorismus ist hierfür genauso ein blutiger Indikator, wie die Mär von Massenvernichtungswaffen im Irak, von der Achse des Bösen und das Abhören des UN-Generalsekretärs und der Delegierten, die sich um die Wahrheit hinsichtlich der tatsächlichen Bedrohung und die Verhinderung des Irak-Dramas bemühten.

Aber vielleicht sieht ja das Ganze aus der Hochhaus- und Elfenbeinturmperspektive gar nicht so verfahren aus, wie es vom einfachen Taxifahrer oder enttäuschten Entwicklungszusammenarbeiter wahrgenommen wird. Vielleicht wissen es die da oben ja tatsächlich besser. Zumindest vermitteln sie diesen Anschein, wenn sie bei den mit viel Aufwand inszenierten internationalen Konferenzen, Gipfeltreffen und wissenschaftlichen Tagungen und in entsprechenden Konferenzpapieren ihre Strategien und zweckoptimistischen Vorstellungen und Prognosen über zu erreichende Ziele verkünden. Vielleicht bleibt ja am Ende tatsächlich nur das Streben nach wirtschaftlichem Wachstum – unverteilt und ohne Tröpfchen für die da unten, die weiterhin am Tropf von EZ und Nahrungsmittelhilfe des UN-Welternährungsprogramms WFP (*World Food Program*) und anderer multinationaler oder nationaler Organisationen hängen. Dies wäre nicht nur ein Armutszeugnis, es wäre auch eine permanente Bedrohung.

So ähnlich wie auch die Flüchtlinge in den Lagern rund um den Erdball eine Bedrohung sind. Die Akte manch eines dieser dauerhaften Flüchtlingslager wäre schon längst ins Regal der Geschichte gestellt worden, wenn da nicht die hartnäckigeren unter den Flüchtlingen wären, die mit Schlepperhilfe in versiegelten Containern auf den Straßen oder mit zerbrechlichen Geisterschiffen auf den Ozeanen dieser Welt unterwegs sind. Sie machen auf sich aufmerksam, wenn die Medien über die unwürdigen Umstände berichten, unter denen sie abgewiesen, abgeschoben, weggedrückt und zurückgeschickt werden. Und dies auch bei uns, obwohl Deutschland nach neuesten Prognosen bis 2050 von derzeit 82,5 Millionen Einwohnern auf etwa 70 Millionen schrumpfen wird, falls wir uns weiterhin so abschotten. Doch die Gewerkschaften, dieser wenig zivile Teil unserer Zivilgesellschaft, und andere gesellschaftliche Gruppen halten an einer kurzsichtigen Interessen- und Blockadepolitik fest. Die Genossen vergessen beim Genießen ihrer Privilegien nicht nur, dass sie längst nicht mehr zu den Verdammten dieser Erde gehören, sondern verdrängen auch das bei den Linken einst so hochgehaltene Prinzip der internationalen Solidarität. Gemeinsam mit anderen verdrängen sie auch die Lehren von David Ricardo und Adam Smith, die besagen, dass nur offene Wettbewerbswirtschaften langfristig die Vorteile internationaler Arbeitsteilung nutzen und damit langfristig auch Beschäftigung sichern können. Während daher arbeitsfähige und arbeitswillige Menschen im Süden wie im Osten darauf warten, unsere Wirtschaft anzukurbeln und den Vergreisungsprozess aufzuhalten, blockieren sich die politischen Parteien bei grundlegenden Reformen und bei der Verabschiedung eines Zuwanderungsgesetzes. Sie flicken an den Sozialsystemen herum, die durch wirtschaftliche Stagnation, durch Vergreisung und Freifahrtscheine für unsere vom Sozialismus geschädigten Schwestern und Brüder aus dem Osten kaum noch funktionsfähig, geschweige denn nachhaltig tragfähig sind.

Nachhaltige Entwicklung also im Norden wie im Süden nur eine leere Begriffshülse, ein Phantom, eine Fata Morgana, die Wasser suggeriert, wo nur trockener Wüstensand ist? Zukunftsfähigkeit nur blauer Dunst, der auf nationalen und internationalen Konferenzen von Beamern an die Wand geworfen wird, für gutgläubige Idealisten, überforderte Politiker, weltfremde Theoretiker und einfältige Spezialisten und Experten? Ein Blick auf die Entwicklungspraxis in den Anden Perus und Boliviens kann da vielleicht, wenn schon nicht unbedingt schöne Aussichten, aber zumindest einige interessante Aspekte und Einsichten über Rahmenbedingungen und Interna der Entwicklungszusammenarbeit vermitteln.

2.3 Eine Sicht von innen – Einsichten

Auch wenn bei den Entwicklungstheoretikern kein Konsens darüber besteht, was Entwicklung ist und welche Grundbedingungen für Entwicklung herrschen müssen, scheinen sie zumindest darin übereinzustimmen, dass es weder Entwicklung noch Wirtschaftswachstum geben kann, wenn die Spielregeln für das »Wirtschaften« nicht klar sind und wenn sie dazu noch ständig geändert werden. In einer solchen Situation sind die Rahmendaten für die Grundentscheidungen des Investierens, Sparens und Konsumierens in einer Gesellschaft unklar, Menschen und Wirtschaft sind wie gelähmt, verharren im Zustand der Stagnation. Solche Spielregeln sind u.a. in der Gesellschafts- und Wirtschaftsordnung eines Landes festgelegt, die ein wichtiger Teil der »Rahmenbedingungen« für Entwicklungsprojekte sind und weitgehend ihren Erfolg oder Misserfolg bestimmen. Neben formalen Gesetzen, Bestimmungen und Verordnungen sind es auch informelle Gebote und Verbote, die vor allem durch die Kultur und Religion eines Landes bestimmt werden. Die Erfahrungen haben gezeigt, dass vieles, was an formalen Gesetzen und Verordnungen in Entwicklungsländern geschrieben wurde, kaum das Papier wert ist, auf das es gedruckt wurde, und dass in vielen Entwicklungsländern die informellen Verhaltensregeln von viel größerer Bedeutung sind. Die Untersuchungen de Sotos über den informellen Sektor Perus zeigen dies sehr anschaulich. Aber auch die peruanischen Taxifahrer, die unbekümmert und unbestraft bei Rot über die Kreuzung fahren, sind ein Beispiel für das Vorherrschen informeller Regeln, ebenso wie Korruption, Vetterleswirtschaft und die Auswüchse der Verschwendung staatlicher Gelder, über die in den Medien regelmäßig berichtet wird. Vor allem im Wahlkampf und nach jedem Regierungswechsel, wenn mit der jeweils vorhergehenden Regierung abgerechnet und eine »neue« politische Realität geschaffen wird.

In Peru wurde in der Vergangenheit so ziemlich alles getan, um die Rahmenbedingungen möglichst abwechslungsreich zu gestalten. Mit schöner Regelmäßigkeit wechselten sich strukturalistische und neoliberale Entwicklungsstrategien ab und damit auch die Vorstellungen über die Aufgabenverteilung zwischen Staat und Markt, über die Integration der Wirtschaft in den Weltmarkt oder über die Vorteilhaftigkeit dezentralisierter Entscheidungsstrukturen. Auch die Ursachen und die Bedeutung von Inflation für Wachstum und Entwicklung wurden von jeder Regierung anders eingeschätzt und daher auch die Dringlichkeit und Art ihrer Bekämpfung. Mit jeweils anderen wirtschaftspolitischen Instrumenten wurde direkt oder indirekt in das Preis-Kosten-Gefüge eingegriffen, meist ideologisch motiviert oder mit einer bestimmten Klientel im Hinterkopf (*clientelismo*). Änderungen der

Ein- und Ausfuhrbestimmungen, der Steuergesetze, der Zollsätze und Wechselkurse oder der Kündigungsschutz- und Mindestlohngesetzgebung sind Beispiele für solche Eingriffe. Selbst vor privatem Eigentum wurde nicht halt gemacht. Es wurden Wasser- und Bodenrechte verstaatlicht und umverteilt, Betriebe und Banken enteignet und auch die Medien nicht verschont. Zeitungen, Radio- und Fernsehsender wurden zensiert, unter Druck gesetzt oder sogar enteignet. Und auch demokratische Institutionen waren nicht gegen Eingriffe gefeit. Es wurden Präsidenten gestürzt, Parlamente aufgelöst, Verfassungen geändert, so z.B. in den 90er Jahren, um dem Präsidenten Fujimori eine längere Amtszeit zu erlauben.

Projekte konnten dabei ins Abseits geraten, wenn international gültige Verträge gebrochen oder feste Zusagen und Abmachungen mit befreundeten Regierungen ignoriert wurden. Es konnte passieren, dass Projekte plötzlich ohne Kofinanzierung dastanden und gestoppt werden mussten. Bei internationalen Organisationen war die Rote Karte dabei oft schneller an der Hand als bei bilateralen Gebern, bei denen das Interesse an harmonischen Beziehungen zwischen Ländern und Völkern direkter war. Der Kontinuität diplomatischer Beziehungen zuliebe ließ man es da häufig mit der Gelben Karte bewenden. Man drückte ein Auge zu und begnügte sich mit Ermahnungen und Drohungen, um ein Projekt nicht wegen mangelnden Interesses der »Kunden«, wegen unzureichender Partnerleistungen oder wegen geringer Erfolgsaussichten und Projektwirkungen vorzeitig abbrechen zu müssen. Ein Balanceakt und eine Zittertour der Beteiligten, die man wahlweise als Politikdialog oder, neudeutsch, auch als *arm-twisting* bezeichnen kann.

Um ein Projekt nicht mit dem Hinweis auf unzureichende Rahmenbedingungen abbrechen oder einen Misserfolg mit diesem schwachen Argument nachträglich rechtfertigen zu müssen, wird diesen Rahmenbedingungen bei der Projektplanung besondere Aufmerksamkeit geschenkt. Spätestens mit der Einführung der ZOPP-Methode (**Z**ielorientierte **P**rojekt**p**lanung) in den 80er Jahren war es üblich, das BMZ in den schriftlichen Angeboten zur Durchführung eines Projektes über Annahmen zu den Rahmenbedingungen und über Risiken der Projektdurchführung zu informieren. Die Annahmen, in der sog. **P**rojekt**p**lanungs**ü**bersicht (PPÜ) detailliert aufgelistet, wiesen auf kritische Bereiche hin. Sie waren dann auch zentraler Diskussionspunkt bei den HALFAs der GTZ und in den Durchführungsverhandlungen mit dem BMZ.

HALFA ist übrigens die Abkürzung des Namens eines wichtigen Koordinations- und Entscheidungsgremiums innerhalb der GTZ. Das HAL stand früher, vor der Dezentralisierung der GTZ, für **H**auptabteilungs**l**eiter, das FA für die **F**ach**a**bteilungen, die sie leiteten. Es handelte sich um die höchstplazierten Fachleute in der GTZ, sieht man einmal von den nach politischem Proporz bestellten und auf der Parteischiene eingefahrenen Geschäftsführern ab, zu denen Lord Keynes vielleicht ebenfalls gesagt hätte, dass sie *clearly have nothing to contribute and will merely encumber the ground*. Da die Geschäftsführer bei der HALFA der ersten Generation, die jeden Montagvormittag tagte, meist auch dabei waren und ihre Redebeiträge leisteten, ich dies aber nie persönlich miterleben konnte, würde sich diese Aussage bei näherem Hinsehen und für den Einzelfall sicher als genauso arrogantes und unberechtigtes Vorurteil erweisen, wie vor vielen Jahren die Vorbehalte seiner Lordschaft den Entwicklungsländern gegenüber. Mit den verschiedenen Umorganisationen der GTZ änderte sich übrigens die »Übersetzung« des Kürzels HALFA und mit ihm auch die Zusammensetzung. An dem seltsamen Konstrukt der multiplen, parteipolitisch bestimmten Geschäftsführer änderte sich dagegen nichts in den nun schon 30 Jahren der GTZ-Existenz. Entweder die externen (Um-) Organisationsexperten nahmen keinen Anstoß daran, oder sie hatten keinen entsprechenden Unterpunkt in ihren TOR. Da bei deren Formulierung weder die (Steuer-) Zahler noch die Kunden beteiligt waren, bleibt das Konstrukt, blüht das Geschäft und alle Parteien scheinen glücklich zu sein.

Die erwähnte PPÜ, eine zusammenfassende, schematische Übersicht der Ziele, Ergebnisse und Aktivitäten eines Projektes in Form einer Matrix oder Tabelle, wurde früher in den obligatorischen ZOPP-Seminaren am Ende einer Projektprüfungsmission erarbeitet. Nach weiteren Verfeinerungen im Verlauf der Angebotsausarbeitung war sie dann Gegenstand einer genauen Inspektion durch die HALFA und bildete die Grundlage für das Projektangebot der GTZ an das BMZ. Auch das »Mengengerüst« und das Finanzierungsvolumen wurde auf der Grundlage der PPÜ erarbeitet, um schließlich Bestandteil des Durchführungsauftrags zu werden. Doch ZOPP, PPÜ und Annahmen – wen wunderts bei einer intelligenten, weil lernfähigen Organisation – sind mittlerweile *out* in der deutschen TZ, wenn auch nicht *mega-out*. Denn die AP dürfen sich auch in Zukunft dieses wertvollen Planungsinstruments bedienen – falls sie den Aufwand, die Verbindlichkeit der Planung und die Transparenz gegenüber dem »Kunden« nicht scheuen.

Statt ZOPP ist heute das Angebotsformat »nach AURA« *mega-in* und daher Grundlage für Finanzierung und Durchführungsvertrag zwischen BMZ und GTZ. Vom Ballast der PPÜ und Annahmen entlastet, steht »AURA« übrigens nicht etwa für die besondere Ausstrahlung, die das BMZ unter rotgrüner Führung und nach teilweiser Umsiedlung von Bonn nach Berlin erlangt hat. AURA ist vielmehr die Abkürzung von »entwicklungspolitischer **Auftragsrahmen** für die TZ«. Dieser lässt der GTZ und dem AP mehr Freiheit bei der Projektdurchführung, nagelt sie dafür aber auf äußerst präzis zu formulierende Projektwirkungen fest. Dies erlaubt wohl den Damen und Herren Auftraggebern im BMZ, ohne zu viel Detailkenntnis, Fachkompetenz und Urteilsfähigkeit »nach Aktenlage« entscheiden zu können. Eine allzu intensive Beschäftigung mit dem real existierenden Kunden kann entfallen. Die GQA (Gruppe Qualitätssicherung Angebote) in der Stabsstelle »Interne Evaluierung« der GTZ machts möglich. Nachteil: GQA wurde zur allwissenden *big sister*, zum AP- und AV-Schreck. Sprachqualitätsrechthaberei als Mittel, um Dezentralisierungsnebeneffekten vergangener Jahre effektive Gegeneffekte entgegenzusetzen?

Ob mit AURA oder ohne, ob mit ZOPP und PPÜ-Annahmen oder ohne – es sind nach wie vor die AP/AV vor Ort, die auf Änderungen in den Rahmenbedingungen flexibel reagieren müssen. Flexibles Reagieren ist jedoch schwieriger durch Weiterbildungsmaßnahmen zu vermitteln als die sprachliche Verfeinerung der Angebote »nach AURA«. Die geringe Transparenz der politischen Entscheidungsprozesse und -wege, die ungewohnte Kommunikationskultur, sowohl innerhalb der Entwicklungsförderungsorganisationen, als auch insbesondere im institutionellen Projektumfeld vor Ort, erschweren eine solche vorausschauende Vorbereitung. Der geringe Wahrheitsgehalt von Informationen (in Peru die leidigen *chismes* = Gerüchte) und die komplexen und undurchsichtigen Loyalitäts- (Klientel-) strukturen machen den Aufbau eines Frühwarnsystems für Änderungen im Projektumfeld zu einem äußerst heiklen, risikobehafteten Unterfangen. Die AP können da leicht in ein Minenfeld geraten, im günstigsten Fall in ein oder mehrere Fettnäpfchen treten.

Das Austauschen von Informationen über die politischen Rahmenbedingungen mit den AP anderer Projekte und das Ausloten des politischen Handlungsspielraums mit den örtlichen Vertretungen deutscher Institutionen (Botschaft, GTZ, KfW, politische Stiftungen, NRO) ist daher eine kontinuierliche flankierende Maßnahme der Projektdurchführung. Sie erfordert seitens der AP Fingerspitzengefühl und einen nicht unerheblichen Aufwand an Kommunikation und Koordination, z.B. beim erwähnten »Politikdialog« auf unterschiedlichen Ebenen. Früher, als noch regelmäßig »herkömmliche« PFK (Projektfortschrittskontrollen) stattfanden, war die Frage, ob hinsichtlich der politischen Rahmenbedingungen Abweichungen gegenüber den Annahmen aufgetreten waren und ob die AP angemessen auf Änderungen reagiert hatten, Gegenstand der Gespräche vor Ort. Mit Dezentralisierung, AURA, »Neuer PFK« und Wegfallen von ZOPP, PPÜ und Annahmen hat sich da einiges geändert. Da der AP jetzt das PFK-Team unter Vertrag nimmt, eine PFK auch nicht mehr obligatorisch ist, erübrigen sich vorausschauende und rückblickende Gedanken über Rahmenbedingungen. Auch lange Diskussionen über die Qualität von Annahmen entfallen. Sie sind dank AURA und GQA *mega-out*, Wirkungsketten und ihre Verzweigungen dagegen *mega-in*. Verdrängt wird, dass solche Wirkungsketten natürlich ebenfalls auf Annahmen beruhen. Nur die hat man bei AURA jetzt im Hinterkopf, wenn da genügend Platz ist.

Man wird sie kaum vermissen, die Standardannahme »stabile politische Rahmenbedingungen«, die so manche HALFA provoziert hatte – zu Grundsatzdiskussionen oder zum Gähnen, bis hin zum Einschlafen. Doch den AP wird sie sicher fehlen, als Beschwörungsformel, als Trost oder als Notanker, der dem Projektschiff gutes Wetter und freie Fahrt suggerierte, wo erfahrungsgemäß im besten Falle bewegte Gewässer oder gar Stürme und Orkane zu erwarten waren. Stürmisch wird es vor allem, wenn nach einem Regierungswechsel das gesamte Personal oder Teile davon ausgetauscht werden, weil die frisch gekürte Regierungspartei Mitgliedern und Wahlhelfern Posten verschaffen will oder muss. Da dem Projekt damit mühsam eingeübte Fähigkeiten und Teile des institutionellen Gedächtnisses verloren gehen, kann die laufende Projektarbeit und die Aussicht auf Nachhaltigkeit des Projekterfolgs erheblich beeinträchtigt werden. Wahlen und Regierungswechsel sind daher für die AP und das Personal von Projekten häufig Zittertouren.

In einem Land mit wenig demokratischer Tradition, das zudem (und auch deswegen) in der jüngsten Geschichte von Terrorismus und Diktatur geplagt wurde, ist es nicht einfach, geeignetes Personal zu finden, um mit ihm partizipative Ansätze zu entwickeln. Kleinbauern in den Anden, die zu den Randgruppen der peruanischen Gesellschaft gehören und deren Rechte über Jahrhunderte mit Füßen getreten wurden, stehen außerdem jedem Eingriff von außen in ihre Lebenswelt misstrauisch gegenüber. Obwohl sie in ihrer *comunidad* seit Jahrhunderten demokratische Prozesse der Meinungsbildung, Beschlussfassung und -durchsetzung praktizieren, sind ihnen die Grundprinzipien eines Rechtsstaates wenig geläufig. Auch der Umgang mit zentralstaatlichen Institutionen und mit der Staatsbürokratie auf verschiedenen Ebenen ist ihnen fremd, so dass sie das Erkennen und Durchsetzen ihrer Rechte und Interessen meist erst lernen müssen. Wenn andererseits das Projektpersonal durch die Erziehung in Familie, Kirche, Schule und in anderen Institutionen des Lernens an hierarchisches Denken gewöhnt, über die Geschichte und Kultur Perus aber wenig informiert ist, bedarf es eines langen Lernprozesses, um eine ehrliche Wertschätzung der andinen Kultur, des praktischen landwirtschaftlichen Wissens der Bauern, ihrer indigenen Traditionen und ihrer Fähigkeiten zum Überleben unter extrem widrigen Umständen zu lernen. Da dieser Lernprozess langwierig ist und nur »*on the job*«, z.B. im Rahmen der Durchführung von Bewässerungsmaßnahmen mit den Bauern stattfinden kann, wirft jeder Personalwechsel ein Projekt um Monate oder gar Jahre zurück.

Bei Plan MERISS hielt sich dieses Problem während seiner 25-jährigen Projektgeschichte glücklicherweise in Grenzen. Ein Austausch des Personals aus politischen Gründen blieb in der Regel auf den Posten des Exekutivdirektors beschränkt. Da dieser jedoch entscheidend die Unternehmenskultur bestimmt, war es für das peruanische Personal und die deutschen Berater immer wieder eine Herausforderung, die partizipative Sicht- und Vorgehensweise bei der Bewässerungsförderung den jeweiligen neuen Direktoren schmackhaft zu machen, um Kontinuität und Nachhaltigkeit zu wahren. Das COPASA-Projekt wurde wegen der erheblich kürzeren Laufzeit und der Langzeitpräsidentschaft Fujimoris davor bewahrt, mehrere Regierungswechsel erleiden zu müssen.

Schlimmer erging es, trotz ebenfalls recht kurzer Laufzeit, dem Kleinbewässerungsprojekt PMO (*Proyecto Microriego Oruro*) in Bolivien. Dort wurde als Folge des Regierungswechsels 1997 fast das gesamte Personal ausgetauscht – vom Hilfspersonal bis zum Direktor. Was den Projekterfolg aber besonders gefährdete, war die Entlassung des mit viel Aufwand in partizipativen Beratungsmethoden, Bewässerungslandwirtschaft und in technischen und institutionenbezogenen Fragen ausgebildeten jungen und dynamischen Beratungspersonals. Erst nach langer Korrespondenz und nach Verhandlungen auf höchster Ebene, in die sich selbst die deutsche Botschaft einschaltete, konnte die Wiedereinstellung von sechs Beratern erreicht werden. Ein erfreuliches Ergebnis, das sich jedoch als nicht sehr nachhaltig erwies. Denn die sechs wurden im Juli 1998 endgültig und unwiderruflich entlassen. Ein Verwirrspiel, nicht nur für die Projektverantwortlichen, sondern auch für das Projektpersonal und die Bauern. Mit dem einzigen Unterschied, dass letztere an die politische Kultur ihres Landes gewöhnt sind und dies alles mit scheinbar stoischer Ruhe ertrugen, während der AP an den Rand der Verzweiflung getrieben wurde.

In der Sprache von Institutionenökonomen verursacht jeder Regierungswechsel »Transaktionskosten«. In Lateinamerika sind diese besonders hoch, weil dort die typischen Phänomene des Zentralismus, Populismus und Klientelismus alle Formen von Korruption und Vetterleswirtschaft begünstigen. Für die AP von Projekten in Lateinamerika bedeutet dies vor allem nervenaufreibendes und kräfteverzehrendes Fingerhakeln mit Partnerinstitutionen und schlaflose Nächte. Regierungswechsel werden daher von ihnen mit emotionsbeladenen Begriffen belegt, die je nach persönlicher Erfahrung und sprachlicher Virtuosität von »Erdbeben« und »Orkan« bis hin zu »schleichender Schwindsucht« reichen. Diese spiegeln aber nicht nur subjektive Wahrnehmungen und Empfindungen wider, sondern auch objektive Unterschiede. Denn es gibt vielerlei Gründe, warum ein Projekt stärker politisiert ist als ein anderes, warum es Gegenstand der Interessen von

Politikern ist oder nicht und warum es zur Entlohnung und Beeinflussung der politischen Klientel ausgenutzt wird. Die Art des politischen Regimes, die Unabhängigkeit oder Einbindung des Projektträgers in staatliche Strukturen und sein Finanzierungsmodus sind dabei ebenso von Bedeutung wie die Finanzierungspolitik der Geberorganisation, das Finanzierungsvolumen des Projektes und – *last not least* – die involvierten Menschen. Doch der wichtigste Faktor scheint die Größe eines Projektes, ausgedrückt im Finanzierungsvolumen, zu sein. Die Parole »*small is beautiful*«, die E.F. Schuhmacher 1973 in seinem viel beachteten Buch mit dem Untertitel *A Study of Economics as if People Mattered* ausgab, gilt auch hier. Jemand hat es einmal treffend auf den Punkt gebracht: »Je größer der Trog und je üppiger das Futter, desto mehr Schweine werden angezogen, sich zu bedienen.« Natürlich haben Futter- und Schweinemeister gehörige Spielräume, die Futterzuteilung zu kontrollieren und Verschwendung zu verhindern – sowohl im Geber-, wie auch im Nehmerland.

Für TZ-Projekte trifft das Kriterium »*small is beautiful*« heute allgemein zu, und auch die Kontrolle der Mittelverwendung ist kein Problem. Bei Krediten der FZ ist das manchmal nicht so einfach, weil die Kontrolle der Mittel durch den Partner geschieht. Bei dem Kooperationsvorhaben (KV) Plan MERISS war im Kreditvertrag zwischen Deutschland und Peru, der zunächst über 15 Millionen DM abgeschlossen wurde, die Finanzierung eines deutschen Ingenieurs (im Fachjargon: Consultant) aus dem Kredit vorgesehen. Er sollte nicht nur für eine zügige Abwicklung der Finanzierung Sorge tragen und »natürlichen Schwund« verhindern, sondern vor allem technische Mängel bei der gebauten Infrastruktur ausschließen. Die TZ-Komponente trug dabei zu einer besonderen Atmosphäre des Vertrauens zwischen allen Beteiligten, einschließlich der Bauern, bei. In der Frühphase des Projekts Ende der 70er, Anfang der 80er Jahre war dies zunächst nicht so einfach, da die Verantwortung in Lima lag, beim »Nationalen Programm für kleine und mittlere Bewässerungsprojekte« des Landwirtschaftsministeriums (PRONAPEMI). Ein wichtiges Datum in der Projektgeschichte war daher das Jahr 1990, als aus »Plan MERISS II«, einer Unterabteilung des Ministeriums, das »Regionale Spezialprojekt der Region Inka – Plan MERISS Inka« wurde. Es wäre nicht Peru, wenn nicht auch dies von kurzer Lebensdauer gewesen wäre. Denn Präsident Fujimori löste die Region Inka (eine von 11) später wieder auf und zwar in die bereits vorher existierenden Departements Cusco, Apurímac und Madre de Dios (siehe Karte im Anhang). Damit entfiel das »Inka« im Namen und es blieb bei »Plan MERISS«. Diesen Namen werde ich daher für die gesamte Laufzeit anwenden, sowohl für das Projekt, wie auch den Träger.

Auch nach der Dezentralisierung blieb Plan MERISS als regionales Spezialprojekt weiterhin politischem Druck ausgesetzt, von der Regionalregierung in Cusco ebenso wie vom Wirtschafts- und Finanzministerium (MEF) in Lima, das weiterhin für die Mittelzuweisungen aus dem Staatshaushalt zuständig war. Über die gesamte Laufzeit hinweg bedurfte es daher auch immer wieder Drohungen der KfW, die deutschen Zahlungen einzustellen, falls das Ministerium die vertraglich vereinbarten Partnerleistungen in Höhe von 20% der direkten Investitionskosten nicht überweisen würde. Während dieser »Politikdialog« das Projektschiff in ruhige finanzielle Gewässer führen konnte, war gegen das »Bäumchen-wechsel-dich«-Spiel beim Austausch der Direktoren wenig zu erreichen. Der Consultant, die MTA und die Verantwortlichen in Deutschland mussten hier jeden Wechsel geduldig mittragen und mitertragen. Erleichtert wurde durch die Dezentralisierung ab 1990 vor allem der direkte Kontakt zwischen Besuchern aus Deutschland, den Verantwortlichen der Partnerinstitutionen, den Projektmitarbeitern und den Bauern. So war, zumindest optisch, mehr Dienstleistungs- und Kundenorientierung zu verwirklichen, auch wenn nachträglich nicht zu beurteilen ist, ob es bei solchen Besuchen aus den »Mutterhäusern« in Deutschland tatsächlich zu direkten Kontakten und einem ständigen Gedankenaustausch mit den Bauern kam. Da spielten Motivation, Sprachkenntnisse, Dialogfähigkeit und Wissbegierde der beteiligten Personen sicher ebenso eine Rolle, wie entsprechende Zeitplanung und Prioritätensetzung durch die betroffenen »Mutterhäuser«. Und es gab da offensichtlich auch erhebliche Unterschiede zwischen Besuchern und »Häusern«.

Vor allem gab es den grundsätzlichen, den sozusagen »strukturellen« Schönheitsfehler, dass die eigentlichen »Kunden«, die Bauern, mit den (Steuer-) Zahlern nicht in Kontakt kamen. Dies ist nur in den seltensten Fällen, z.B. bei kleinen Dritte-Welt-Gruppen und kirchlichen Organisationen, der Fall. Diese verbinden teilweise das Angenehme des Tourismus mit dem Nützlichen einer Projektförderung durch Spenden. Mit Projektfortschritts- und Wirkungskontrolle hat das dann aber meist wenig zu tun, schon mehr mit Völkerverständigung und vielleicht auch nur Ringelpietz. Das kann man von KV-Projekten sicher nicht behaupten, auch wenn mir in diesem Zusammenhang ein Schönheitsfehler auffiel. Und zwar die Tatsache, dass die Damen und Herren von GTZ und KfW fast ausschließlich zu verschiedenen Zeitpunkten anreisten. Einer gemeinsamen Meinungsbildung über Erfolg oder Misserfolg des Projektes und über einen konzertierten »Politikdialog«, der sicher wünschenswert gewesen wäre, war dies natürlich abträglich. Vor allem auch, weil in Deutschland die Kontakte eher spärlich waren. Es sind jedoch in jüngster Zeit Anzeichen zu erkennen, dass hier, vom BMZ gefördert, ein Lernprozess im Gange ist.

Neue Kommunikations- und Abstimmungsprobleme, verbunden mit entsprechenden Transaktionskosten, ergaben sich aus der »Rezentralisierung« und Rückkehr zur alten Departementstruktur unter Präsident Fujimori. Es dauerte dann auch nicht lange, bis die Mitglieder der Verwaltung in *Apurímac* auf die Idee kamen, den Projektsitz von Cusco nach Abancay, der Hauptstadt des wiedererstandenen Departements zu verlegen oder zumindest, einen zweiten Projektsitz zu haben. Da die meisten Aktivitäten der letzten Projektphase in *Apurímac* stattfanden, war dieser Wunsch sicher verständlich. Es gab jedoch auch Gründe gegen eine Verlegung des Projektsitzes zu diesem Zeitpunkt und auch gegen einen Zweitsitz. Mit den dezentralen *Unidades Operativas (UO)* war eine Struktur gefunden, die sich bewährt hatte, und jede Änderung wäre mit Zuständigkeitsproblemen und höheren Kosten verbunden gewesen. Der Wunsch der Verwaltung in *Apurímac*, ärmere Bevölkerungsgruppen in das Finanzierungsprogramm einzubeziehen, traf ebenfalls auf keine Gegenliebe bei den Projektverantwortlichen. Die Grundregel, nur *comunidades* bzw. Bauern für eine Finanzierung in Erwägung zu ziehen, die über ein Mindestpotential an Boden und Wasser für die Bewässerungsentwicklung verfügen, hatte sich bewährt. Damit sollte sicher gestellt werden, dass eine Mindestrentabilität der Projekte erreicht wurde. Dies war eine Grundbedingung für Kredite der KfW, für die Selbsthilfemaßnahmen der GTZ jedoch nicht zwingend. Das vom BMZ geforderte Prädikat »armutsorientiert« verdient das Projekt trotzdem, weil sekundäre Beschäftigungs-, Ernährungs- und Einkommenseffekte auch indirekt den Armen der Region zugute kamen. Das hatte die erste Phase mit Maßnahmen am Oberlauf des *Vilcanota* bereits gezeigt. Auch gehören, wie schon erläutert, die Kleinbauern in den Tälern der Anden entsprechend der peruanischen Armutskarte (*mapa de pobreza*) sowieso zu den Armen, teilweise sogar zu den extrem Armen.

Für das Begehren der Verwaltung in *Apurímac* waren wohl Gründe maßgeblich, die im Bereich der »politischen Ökonomie« zu suchen sind. So erlaubte das direkte Einbeziehen der Ärmsten der Armen nach dem Gießkannenprinzip, wie es bei den Nothilfemaßnahmen nach Abzug des *sendero* meist üblich war, die Popularität der Politiker zu steigern und die Chancen für die Wiederwahl zu erhöhen. Die Maßnahmen sind nicht nur breiter gestreut, sondern unterliegen auch weniger strikten Kontrollen und Regeln. Da kann auch die Nähe zum Trog für einige von Bedeutung sein. Bei der Bewässerungsförderung in der Art, wie sie von der GTZ entwickelt, für FZ-Kredite vorgeschrieben und unter dem vielversprechenden Namen *enfoque Plan MERISS* bekannt geworden ist, ließen die Transparenz in der Mittelverwendung und die Partizipation der Bauern weniger Raum für Selbstbedienung und Selbstgefälligkeit von Politikern. Die Beteiligung der Bauern an der Projektplanung und -durchführung und ihre Beiträge mit Arbeitsleistungen und Material gab ihnen das viel gerühmte und doch so schwer zu erreichende Gefühl des »*project ownership*«, so dass sie mit Argusaugen beobachteten, was unsichtbare Hände im Projektumfeld mitgehen ließen.

Möglicherweise bekamen sie daher auch die Gefahr der vorzeitigen Beendigung der TZ-Begleitung in *Apurímac* mit, von der die Mitglieder der MTA Wind bekommen hatten. Stein des Anstoßes war damals das liebevoll gepflegte Pflänzchen »Dienstleistungsorientierung«. Mit einem kleinen Trick hatte man bei der Überarbeitung der PPÜ in der Zentrale ein Ergebnis von »Die Interventionen entsprechen der Nachfrage der Zielgruppe« (ZOPP-Seminar) in »Dienstleistungsorientierte Konzepte und Vorgehensweisen sind etabliert und werden umgesetzt« (Angebot an das BMZ) geändert, um auch optisch etwas für das Dienstleistungs-Pflänzchen zu tun. Statt zu mehr Klarheit, trug dies jedoch zur Verwirrung bei den Nichteingeweihten in die hohe Lehre der Dienstleistungsorientierung bei. Als daher 1997 eine Evaluierungsmission des BMZ nach Peru geschickt wurde, um die Notwendigkeit einer Weiterführung des TZ-Projektes zu hinterfragen, sah sich der Hauptgutachter offensichtlich in die Frühzeit deutscher EZ versetzt, witterte Gießkannen- und Bauchladenprinzip und empfahl, die Notbremse zu ziehen. Plan MERISS als omnipräsenter und omnipotenter Rundumdienstleister im ländlichen Raum? Dieses Gespenst auf die Seiten des Gutachtens gezaubert genügte als Grund, die MTA vorzeitig nach Hause zu beordern. Es bedurfte einer Nachhilfestunde in Bonn über die Segnungen eines nachfrage- und dienstleistungsorientierten Ansatzes seitens der Dienstleistungsspezialisten der GTZ, um die TZ-Begleitung vor einem vorzeitigen Ende zu bewahren.

Gab es hier vielleicht auch andere Gründe als die Angst vor Gießkanne und Bauchladen? Gemessen an der heute üblichen Laufzeit von TZ-Projekten war nach mehr als 20 Jahren die Frage des Ausstiegs der GTZ aus Plan MERISS immer dringender geworden. Denn schließlich gilt auch für die deutsche EZ das Prinzip der »Hilfe zur Selbsthilfe«. Auch wurde immer deutlicher, dass der partizipative Projektansatz in einem kleptokratischen und diktatorischen Regime nur schwer durchzuhalten war. So weigerte sich der äußerst fähige und beliebte damalige Exekutivdirektor, Projektressourcen für den Wahlkampf von Präsident Fujimori einzusetzen und ging freiwillig, bevor er geschasst wurde. Früher als manch anderer erkannte er, wohin der *chino*-Hase lief. Nicht zuletzt durch die permanenten Hakenschläge des alten Hasen wurde die Gutachtermission in ihrer Meinung bestätigt, dass Plan MERISS und die GTZ lange genug Zeit gehabt hatten, ihren Ansatz zur Bewässerungsförderung in den Anden zu entwickeln, zu erproben und zu dokumentieren. Nicht zuletzt half auch die akute Schwindsucht der öffentlichen Haushalte in Deutschland im Zusammenhang mit Wende und Wachstumsschwächen, beim »Dauerbrenner« Plan MERISS einmal genauer hinzusehen.

War vor diesem Hintergrund die Anwesenheit der MTA während Phase III in *Apurímac* überflüssig? Aus Sicht des BMZ waren die Kriterien Armutsorientierung, Einbettung in die Entwicklungspolitik des Partners und Nachfrageorientierung gegeben. Und auch von den fünf Hauptzielen, die vom peruanischen Präsidialministerium für die Entwicklungspolitik in den Jahren 1995 bis 2000 genannt wurden, trafen vier auf *Apurímac* zu: Armutsbekämpfung, Stärkung der wirtschaftlichen Stabilität, Vertiefung der strukturellen und sektoralen Reformen und Sicherung der Pazifizierung des Landes. Bezüglich des letzten Ziels war *Apurímac* in den 80er und Anfang der 90er Jahren besonders stark betroffen und hatte sehr unter dem Terror des *sendero luminoso* zu leiden. Ich hatte die Auswirkungen während der Projektprüfungsmission von 1994 persönlich erleben können. Damals, als der Pfadfinder Abimael Guzmán schon fast zwei Jahre philosophierend hinter Gittern verbracht hatte, fuhren wir immer noch durch verlassene oder kaum bewohnte Dörfer. Und in den Orten, die noch bewohnt waren, fand man, mit Ausnahme der Departementshauptstadt Abancay, kaum ein Lokal zum Essen oder eine Übernachtungsmöglichkeit.

Bei jedem Halt in den Dörfern bekamen wir Horrorgeschichten von den Bewohnern erzählt. Wie die Ankündigung eines herannahenden Spähtrupps des *sendero* die Dorfbewohner in Panik geraten ließ, weil sie befürchten mussten, dass Familienmitglieder oder ganze Familien umgebracht oder weggeführt werden würden. Es waren Racheaktionen gegen Dörfer, die sich dem Terror widersetzt hatten. Meist wurden die Menschen nur denunziert, um alte Rechnungen zu begleichen. Die Leute erzählten, wie schwangeren Frauen der Fötus herausgeschnitten und in die Luft geworfen wurde. Sie erzählten, wie Bürgermeister, die es gewagt hatten, sich gegen die weltfremden Phantasien auszusprechen und für das Wohl ihrer Gemeinde einzusetzen, vor den Augen der zusammengetrommelten Gemeindemitglieder an einer Laterne oder einem Baum aufgeknüpft wurden. Vor allem wegen dieser Traumatisierung der Bevölkerung und der zusammengebrochenen lokalen Wirtschaft, aber auch wegen der allgemein schwierigeren Bedingungen bezüglich Topographie und Abgelegenheit, war die Aufgabe in Apurímac komplex genug, um die Fortsetzung des Einsatzes der MTA bis 2002 zu rechtfertigen.

Hinsichtlich des weiteren Schicksals von Plan MERISS nach Ende der Unterstützung durch die MTA vermute ich, dass auch ohne sie *»business as usual«* herrschen wird. Die Mitarbeiter werden auch weiterhin mit Bangen auf die nächsten Wahlen starren. Die Personal- und Finanzplanungen werden auch weiterhin durcheinandergeraten, wenn auf Befehl von oben einweihungs- und selbstdarstellungsträchtige Projekte zu schneller Beendigung vor den Wahlen gepuscht, andere auf Eis gelegt werden müssen. Es wird auch weiterhin nach jedem Regierungswechsel Kürzungen oder Verzögerungen in der Bereitstellung der Mittel geben, und die Mitarbeiter werden um die Weiterbeschäftigung und das mühsam geknüpfte Netz von Vertrauensbeziehungen zu den »Kunden« bangen, wenn gegenüber den Bauern eingegangene Verpflichtungen, Absprachen und Zusagen nicht eingehalten werden können, weil aus Lima kein Geld kommt.

Falls sich Plan MERISS weiterhin die Mühe macht, eine jährliche oder gar mittelfristige Planung mit der ZOPP-Methode durchzuführen, dann würde das als Zeichen für Nachhaltigkeit des Projekterfolgs gewertet werden. Umgekehrt wird es sicher bei der GTZ kaum als Zeichen von Nachhaltigkeit gewertet werden, wenn Plan MERISS diese Methode, die Anfang der 80er Jahre in Anlehnung an das in den USA entwickelte *log-frame* an die Bedürfnisse der deutschen EZ angepasst und eingeführt wurde, zusammen mit vielen ehemaligen Anwendern in den Vorruhestand schickt. In den PPÜ (bzw. MPP *Matriz de Planificación del Proyecto*) von Plan MERISS, wenn sie denn überleben, wird sich die Annahme der »Stabilität der politischen Rahmenbedingungen« sicher als nachhaltig erweisen – wie immer, ganz rechts in der letzten Spalte der *matriz*. Und die Teilnehmer an ZOPP-Seminaren hätten das übliche Glücksgefühl, das man empfindet, wenn diese letzte Spalte erreicht, die mühsame Kleinarbeit abgeschlossen ist, bei der Aktivitäten und Ergebnisse, Indikatoren und Quellen zur Verifizierung und Quantifizierung formuliert und Stilblüten eifrig, fast süchtig nach Selbstdarstellung, produziert und auf Papier verewigt werden (vgl. die Stilblütensammlung: GTZ (1996), *Die GTZ ist in Deutschland weltbekannt*, Eschborn).

Aus einer nicht zu leugnenden ZOPP-Nostalgie (t.g.i.o – thank god it's over, für einige) füge ich drei Originalzitate bei, die ich in den PPÜ dieser Jahre über die Rahmenbedingungen fand:

»der Terrorismus beeinträchtigt die Arbeit von PMI nicht«   (Peru 1991)
»es herrscht ein Klima der inneren Sicherheit«   (Peru 1994)
»ein Wechsel der Autoritäten beeinträchtigt PMI nicht negativ«   (Peru 1994)

Die Annahmen trafen natürlich nicht zu, und der Terrorismus beeinträchtigte Plan MERISS 1991, zum Zeitpunkt der ersten Annahme, schon so sehr, dass das ZOPP-Seminar zur Planung der neuen Phase nur zwei, statt der üblichen fünf Tage dauerte. Auch durfte die Veranstaltung nicht an ein und demselben Ort durchgeführt werden – so sehr war man damals um die

Sicherheit der Teilnehmer besorgt. Aber um eventuellen *sendero*-Sympathisanten dann doch die Orientierung zu erleichtern, wurden die gelben VW-Busse, damals das Erkennungsmerkmal für die deutschen Projektaktivitäten im Raum Cusco, vor dem jeweiligen *local* geparkt. Glück gehabt – oder waren die deutschen Aktivitäten doch nicht so leuchtend und pfadrelevant, wie man angenommen hatte? 1992 wurden die beiden letzten Mitglieder der MTA durch peruanische Kollegen ersetzt. Nicht, weil sie verunsichert waren und gehen wollten, sondern auf Anordnung der deutschen Botschaft und auf Befehl aus Eschborn. Dort wurde das »peruanische Modell« übrigens als letzter Schrei der Qualitätssicherung präsentiert, als Beispiel und Anfang eines langsamen Rückzugs deutscher Experten aus deutschen TZ-Projekten. Mehr als zehn Jahre später erinnert sich niemand mehr an diese Episode und das »peruanische Modell«. *Wos gäbb ich ferr moi dumm Geschwätz fun gestern*, hätten einem die Modellbauer im hessischen Eschborn wahrscheinlich zugeflüstert und sich auf einen der anstehenden dezentralisierungsbedingten Posten beworben.

1994 konnte das ZOPP-Seminar für die folgende Phase sogar in *Abancay*, der Departementshauptstadt von *Apurímac* abgehalten werden, das 1991 noch im Feindgebiet lag. Von Mitarbeitern der MTA und Plan MERISS hörte ich Anfang 2002, dass in kleineren Ortschaften, wo zwischenzeitlich Bewässerungsvorhaben durchgeführt worden waren, auch wieder kleine Restaurants, Hotels oder Herbergen zu finden sind. Dies ist nicht nur ein Zeichen dafür, dass die Befriedung dieses Teils der Anden nach Abzug des *sendero luminoso* gelungen zu sein scheint, sondern es erhärtet auch die Hypothese der Armutsrelevanz und der Multiplikatorwirkung von Maßnahmen zur Kleinbewässerungsförderung. Ganz ohne aufwendige Datenerhebungen und quantitative Analysen zeigt sich also, dass nicht nur die betroffenen Kleinbauern von den Projekten profitierten, sondern die gesamte lokale Wirtschaft und damit auch die Ärmsten der Armen. Selbst wenn sie während der Baumaßnahmen vielleicht nur temporär Arbeit und Einkommensmöglichkeiten als Tagelöhner fanden, sind solche durch eine intensivierte Landwirtschaft und entsprechende Wachstumsimpulse für Handel und Tourismus auch mittelfristig verbessert worden.

Die Erfahrungen mit Terrorismus und Bürgerkrieg in den Anden unterstützen zweifellos die bekannte These, dass Kriege und Bürgerkriege die wichtigsten und häufigsten Ursachen für Hunger, Armut und Unterentwicklung in der »Dritten Welt« sind. Einem kürzlichen UN-Bericht zufolge fanden von den etwa 150 Kriegen, die seit Ende des zweiten Weltkrieges gezählt wurden, 130 in Entwicklungsländern statt. Kriege und Bürgerkriege und bürgerkriegsähnliche Zustände im Zusammenhang mit Guerillabewegungen, Machtmissbrauch diktatorischer Regime und ihrer Bekämpfung lassen eine »konventionelle« Entwicklungszusammenarbeit zum Erliegen kommen. Doch nicht nur das. Sie vernichten auch die positiven Ergebnisse früherer Entwicklungsanstrengungen, zerstören Vertrauen und Lebensgrundlagen von Generationen von Menschen und damit auch deren Hoffnung, sich aus dem *Circulus vitiosus* von Ernährungsunsicherheit und Armut zu befreien. Die Ablehnung von Gewalt und von Kriegen als Mittel der Politik und die Förderung von Menschen- und Bürgerrechten ist daher untrennbarer Teil einer glaubwürdigen Entwicklungspolitik. Diese Bereiche im Zusammenhang mit den Projekten der Bewässerungsförderung in den Anden zu behandeln erschien mir daher notwendig, auch wenn, wie schon angedeutet, die Projektarbeit dort von der anhaltenden Guerillatätigkeit kaum behindert wurde. Daher können diese Projekte heute auch als Beispiel für eine erfolgreiche Entwicklungszusammenarbeit dienen, die trotz der schwierigen und im ständigen Wandel begriffenen Rahmenbedingungen positive Ergebnisse erzielen konnte. Dies nicht zuletzt, weil die Projekte flexibel auf Impulse von außen reagierten und insbesondere lernten, die Wünsche der Bauern zu respektieren und deren Kenntnisse und Fähigkeiten zu nutzen.

3
Ein Monster mit vier Köpfen und drei Füßen – Eindrücke und Lernerfahrungen mit Bewässerungsprojekten in den Anden

3.1 Lernerfahrungen im Umgang miteinander – von Partizipation, Kommunikation, »gender«-Orientierung und Koordination

Die Erfahrungen mit Bewässerungsentwicklung in den Anden zeigen, dass Entwicklungszusammenarbeit (EZ) vor allem als Lernprozess zu sehen ist, für die beteiligten Organisationen genauso wie für die Menschen, die in ihnen arbeiten. Vieles von dem, was heute bei der Identifizierung, Planung und Durchführung von Bewässerungsprojekten als Standard gilt, war vor zehn Jahren vielleicht gerade einmal – in schönem Entwicklungsjargon – »*best practice*«. Noch einmal zehn Jahre früher fingen die Verantwortlichen für die Projekte vielleicht gerade einmal an, sich zu fragen, warum neu erstellte oder verbesserte Bewässerungsinfrastruktur von den Bauern so häufig »falsch« genutzt, nicht genutzt oder nicht instandgehalten wurde. Dabei fand man damals, meist in der sogenannten »grauen Literatur«, schon den einen oder anderen Erfahrungsbericht von Projekten, in denen man die Bauern bei der Planung beteiligt und sich dabei Gedanken über die Bewässerungsorganisation, den Betrieb und die Instandhaltung der Bewässerungssysteme gemacht hatte. Aber die Mehrzahl der Planer fand in den 70er Jahren offensichtlich nichts dabei, in noch nicht abgeerntete Felder zu gehen und Vermessungsarbeiten durchzuführen, ohne vorher die Bauern, den zuständigen Bürgermeister oder die Gemeindeverwaltung um Erlaubnis gefragt zu haben. Geschweige denn, von ihnen den Auftrag bekommen zu haben, da überhaupt etwas zu vermessen, zu planen und zu bauen.

Damals konnte es vorkommen, dass monatelang geplant, vermessen, gerechnet und auf dem Reißbrett entworfen wurde, was wo und wie gebaut werden sollte, ohne dass die Bauern, denen die Felder gehörten, überhaupt etwas davon wussten. Hier wurde ein Wehr zur Ableitung von Wasser aus einem Fluss geplant, dort die Wasserfassung eines Baches in einer Bergschlucht, hier ein Zuleitungskanal, der vielleicht auch noch das Gebiet einer anderen Gemeinde durchquerte, dort ein Aquädukt oder ein Düker, d.h. ein U-förmiges Rohr, mit dem ein Kanal das Hindernis einer Schlucht oder eines Tales überwindet. Es wurden Bewässerungskanäle und die dazu gehörenden Wasserverteilungsbauwerke, Vorrichtungen zur Wasserentnahme, Schieber und Schütze zum Öffnen und Schließen der Kanäle geplant, ohne dass man genau wusste, wem das Wasser oder der Boden eigentlich gehörte und ob die Bauern das Geplante überhaupt wollten. Die von der Regierung beauftragten internationalen Firmen und verantwortlichen Ingenieure planten, als ob die Bewässerungsinfrastruktur auf bisher ungenutztes Land gebaut werden sollte. Dies mag daran liegen, dass sie ihr Handwerk in anderen Ländern und Regionen gelernt hatten, wo vorher ungenutzter Boden erschlossen werden sollte. In den Anden wurden die Hänge und Täler dagegen seit Jahrhunderten landwirtschaftlich intensiv genutzt und auch bewässert. Bei den zu planenden Baumaßnahmen konnte es daher nur darum gehen, die existierenden traditionellen Bewässerungssysteme zu verbessern und eventuell durch Neubauten zu ergänzen. Warum es den Ingenieuren in der für sie offensichtlich neuen Situation nicht in den Sinn kam, die Bauern an den Planungen zu beteiligen oder sich wenigstens über Sinn und Zweck bestehender Bewässerungskanäle informieren zu lassen, ist aus heutiger Sicht kaum noch zu verstehen. Denn die bestehende Infrastruktur war das Ergebnis einer Jahrhunderte alten Bewässerungstradition und ebenso langer Erfahrung mit den topographischen und klimatischen Bedingungen der Anden. Sie erlaubt den Bauern, die am besten für ihre Anbaukulturen geeignete Art der Bewässerung und damit auch den Verlauf der Kanäle und die Organisation der Wasserverteilung zu bestimmen.

Da die Ingenieure den Auftrag hatten, Bewässerungsprojekte zu planen, kam auch niemand auf die Idee, dass die Menschen in den Dörfern das Wasser auch noch für andere Zwecke nutzten. Zum Trinken und Tränken des Viehs, zum Waschen der Kinder und Kleider, der Tassen und Teller, der landwirtschaftlichen Geräte und des Gemüses, das sie auf dem Markt verkaufen wollten. Diese Bedürfnisse bei den Planungen zu berücksichtigen, kam den Ingenieuren damals offensichtlich nicht in den Sinn. Sie waren für die Planung der Bewässerungsinfrastruktur geholt worden, das war ihr Auftrag und den erfüllten sie nach bestem Wissen und Gewissen. Bauern als Berater? Das wäre ja noch schöner. Vielleicht konnte man sie später als Handlanger gebrauchen, zum Ausheben der Fundamente und Kanäle, zum Transport des Materials in die engen Schluchten, wo man mit Fahrzeugen nicht mehr hinkam. Gegen Bezahlung natürlich. So war das damals in der EZ, in der man mit den Begriffen Partizipation, Kunde oder Dienstleistung noch nichts anfangen konnte.

Damals interessierten sich die Ingenieure auch deshalb nicht für die Bewässerungstradition der Bauern, weil sie glaubten, dass diese veraltet war und verbessert werden musste. Da spielte es keine Rolle, dass die bestehenden Bewässerungssysteme von den Bauern und deren Vorfahren in mühsamer Arbeit gebaut und in ausgeklügelter, sozial- und umweltverträglicher Form über Jahrhunderte genutzt worden waren. Dass sie regelmäßig, spätestens vor jeder neuen Nutzung, gemeinsam gesäubert und repariert wurden. Es war den Ingenieuren offensichtlich auch nicht bekannt, dass diese Instandhaltung in Gemeinschaftsarbeit geschah, mit genauen Regeln, die sich ebenfalls über Jahrhunderte bewährt hatten. Denn die Gemeinschaftsarbeiten, die sogenannten *faenas,* sind ein zentraler Bestandteil der Überlebenssysteme und der Kultur der einheimischen Bevölkerung, der *quechua* und *aymará.* Die *faenas de riego* werden als regelrechte Volksfeste angesehen und entsprechend mit *conjuntos,* lokalen Musikkapellen, organisiert. Denn das Ganze sollte Spaß machen, damit die Leute gern zu diesen Arbeiten kamen. Die Musik sollte nicht nur die Arbeit vergnüglicher machen, sondern auch die *apus,* die Berggötter, auf die Bauern aufmerksam machen und wohlwollend stimmen, damit sie ihnen möglichst frühzeitig und ausgiebig Regen für die Aussaat schickten. Mit Frösten sollten sie möglichst zurückhaltend sein, damit die Pflanzen nicht erfroren. Das Übrige würden die Leute dann schon selbst besorgen, die Böden immer mal wieder auflockern und bewässern, wenn Regen ausblieb, und das Unkraut jäten. Für eine reichliche Ernte würden sie der *pachamama,* den *apus* und auch den Heiligen, der Gottesmutter und Jungfrau Maria, Jesus und all den sonst noch Sichtbaren und Unsichtbaren danken, die ihnen geholfen hatten. Dies natürlich auch wieder mit einem Fest.

Die Kosten für das *conjunto,* die Musikkapelle, wurden meist von den reicheren Familien der Gemeinde übernommen, die auch das reichliche Essen und Trinken spendierten. Dies geschah in manchen Dörfern im jährlichen Wechsel zwischen den Ober- und Unterliegern, den *anansaya* und *urinsaya,* wie man sie in der *quechua*-Sprache nannte, also Gruppen von Bewässerungsbauern, die sich das Wasser einer Quelle oder eines Baches teilten und häufig auch in verschiedenen Teilen des Dorfes wohnten. Jede dieser Gruppen hatte ihre eigenen Organisationen und Regeln, ihre Traditionen und ihren besonderen Stolz, fast wie ein Patriotismus verschiedener Ortsteile und Weiler war das. Streitigkeiten zwischen Oberliegern und Unterliegern, zu denen es vor allem kommen konnte, wenn das Wasser knapp wurde, waren bei solchen Gelegenheiten vergessen.

Die Ursachen und Einzelheiten solcher Konflikte und Streitigkeiten bei der Wasserzuteilung hätten den Ingenieuren natürlich bekannt sein müssen, bevor sie sich an die Planung der Baumaßnahmen zur Verbesserung oder Erweiterung der Systeme machten. Aber warum sollten sie sich die Mühe machen, das alles zu untersuchen? Für sie waren die bestehenden Bewässerungssysteme sowieso veraltet, *sistemas rústicos*, wie die peruanischen Kollegen sie nannten, die nichts taugten und möglichst ersetzt werden sollten. Neu bauen, das wussten die Bauingenieure aus Deutschland, war immer billiger und ging schneller, als etwas zu verbessern. Warum sollte es hier anders sein? Warum sich dafür interessieren, wie die alten Kanäle verliefen und welche Bauwerke noch funktionstüchtig und erhaltenswert waren? Oder gar die Bauern fragen, die für die meisten ihrer einheimischen Kollegen sowieso nur *cholos* und *campesinos ignorantes* waren, unwissende Bauern. Sich auf die Bauern einzulassen und mit ihnen zu diskutieren, das führte nur zu Verzögerungen und damit auch zu höheren Kosten, meinten sie. Und außerdem wollte man es den *cholos* ja gerade zeigen, wie ein richtiges Bewässerungssystem auszusehen hatte. Deswegen war Mann ja da, und das war doch wohl auch der Sinn von Entwicklungszusammenarbeit und *transferencia de tecnología*, wie die peruanischen Kollegen das nannten.

Vergleicht man das damalige Vorgehen mit dem heutigen partizipativen Ansatz, den einige der Mitarbeiter von Plan MERISS in der letzten Ausgabe ihrer Zeitschrift gleichen Namens vom Dezember 2001 beschreiben, dann wird das Ausmaß der Lernerfahrungen während der vergangenen 25 Jahre deutlich. Die Beiträge des Heftes sind das Ergebnis eines Wettbewerbs, der von der MTA angeregt und gefördert wurde. Die Ingenieure und Techniker beschreiben darin die Erfolge und Probleme der partizipativen Arbeit im Feld, jeder aus seinem ganz persönlichen Blickwinkel. Beim Lesen und im Gespräch mit den Autoren wird deutlich, dass heute kein Ingenieur auch nur den Fuß auf die Felder setzt, bevor nicht ein schriftlicher Antrag der Bauern und ihrer Organisationen vorliegt. Dieser muss von einigermaßen konkreten Vorstellungen zu den gewünschten Maßnahmen begleitet sein, die zwischen allen betroffenen Bauern und ihren Organisationen abgestimmt sein müssen. Der Antrag dient als Grundlage für erste Gespräche zwischen den Bauern und den Ingenieuren der dezentralisierten Projektteams (UO). Dabei werden zunächst formale Angelegenheiten besprochen, damit die Bauern wissen, worauf sie sich einlassen. Sie erfahren, in welcher Weise sie sich an der Vorbereitung, der Planung und der Durchführung beteiligen müssen, wenn sie in den Genuss einer Förderung kommen wollen. Sie werden über den möglichen finanziellen Rahmen informiert, z.B. über die Obergrenze für die Kosten je Hektar, die von der KfW vorgegeben ist, um eine minimale Wirtschaftlichkeit sicherzustellen und die

Systeme einfach zu halten. Gemeinsam werden dann die Felder und Wasserläufe besichtigt und der aktuelle Verlauf und Zustand der Kanäle und Bauwerke festgestellt. Die Ingenieure lassen sich erklären, wie die Wasserverteilung geschieht, welche Bauwerke schadhaft sind oder ganz fehlen. Gemeinsam wird dann überlegt, wo vielleicht etwas verbessert, ersetzt oder neu gebaut werden könnte.

Diese noch sehr vagen Vorstellungen werden dann in größeren Veranstaltungen vertieft, an denen möglichst alle Wassernutzer teilnehmen sollten, einschließlich der Frauen, Jugendlichen und Kinder. Diese *eventos* sollen, ähnlich wie die *faenas* zum Reinigen und Instandhalten der Kanäle, Spaß machen. Ziel ist, möglichst spielerisch die unterschiedlichen Sichtweisen und Interessen der verschiedenen Gruppen im Dorf deutlich werden zu lassen. Dies ist eine wichtige Voraussetzung dafür, dass die späteren Maßnahmen für alle Beteiligten transparent und akzeptierbar geplant werden können. Um unangenehme Überraschungen bei der Durchführung und späteren Nutzung zu vermeiden, werden z.T. äußerst sensible Themen behandelt und Konflikte angesprochen, die immer wieder bei der Wasserverteilung entstehen. Es wird festgestellt, wem welche Felder gehören, in welcher Reihenfolge und wie lange jeder bewässern darf, welche Probleme auftreten und warum. Dazu werden die Bewässerungssysteme modellhaft, wie in einem Sandkasten, abgebildet. Auf einer freien Fläche, z.B. auf dem Dorfplatz oder einem brachliegenden Feld, entstehen dann Quellen und Wasserläufe, Kanäle und Wege, Wasserspeicher und Häuser, Felder mit und ohne Bewässerung, Weiden und Haine und was es sonst noch an markanten Punkten in der Gemarkung gibt. Dies alles mit einfachen Materialien, die man rundum auf Feldern und Weiden, auf Wegen und Höfen, in Häusern und Ställen findet: Steine und Zweige als Baumaterial, Blätter und Blüten, Samen und Früchte zur Kennzeichnung der Felder, Strohhalme und Fäden unterschiedlicher Farben und Dicke, das Pulver zerstampfter Dachziegel, Steine oder Kreide aus der Dorfschule zur Markierung der Grenzen, Straßen, Wege und sonstiger markanter Linien in der Landschaft.

Oder es werden einfache Pläne mit Filzstiften unterschiedlicher Farbe auf große Papierbogen gezeichnet. Von den Wassernutzern selbst und meist in getrennten Gruppen, mit jeweils ähnlichen Interessen: unterschiedliche Viertel im Dorf, Ober- und Unterlieger, Gruppen von Männern und Frauen, manchmal auch von Jugendlichen und Kindern. Sie entwickeln eigene Vorstellungen ihrer Lebensrealität und präsentieren die Ergebnisse den anderen Gruppen. Wahre Kunstwerke entstehen da und werden mit sichtbarem Stolz und großer Detailkenntnis den anderen erläutert. Es werden dabei immer wieder Unterschiede in der Wahrnehmung festgestellt, häufig unbewusst das Ergebnis unterschiedlicher Interessen, innerhalb der Gruppen und zwischen ihnen. Scheinbar unlösbare Konflikte kommen zur Sprache, über die seit Generationen nicht mehr gesprochen wurde, weil mit tiefen Ängsten besetzt und als Bedrohung der eigenen Existenz empfunden, der physischen und psychischen.

Solche Veranstaltungen, *diagnósticos participativos* genannt, müssen von den multidisziplinären Teams der UO gut geplant und sorgfältig vorbereitet werden. Bei der Behandlung der sensiblen Themen könnte man sonst leicht überrascht und überfordert, das Vertrauen der Bevölkerung verspielt werden. Die Berater halten sich bei den Diskussionen so weit wie möglich zurück und mischen sich nur ein, wenn sie meinen, den Dialog aufrecht erhalten und vereinfachen zu können, um den Weg zu einem Kompromiss zu ebnen. Sie sollen möglichst als unparteiische Beobachter und nicht als Macher auftreten, damit das Ergebnis als Kompromiss der Wassernutzer selbst und nicht als Lösungsvorschlag der Ingenieure bzw. des Projektes empfunden wird. Natürlich steuern die Berater der UO die Veranstaltungen aus dem Hintergrund, um unnötige Konflikte und Verzögerungen im Meinungsfindungsprozess zu vermeiden. Da sie die Beschränkungen und Vorgaben der KfW und der GTZ kennen, z.B. hinsichtlich der erwähnten Obergrenzen der Kosten je Hektar Anbaufläche, aber auch die Empfindlichkeiten der Beteiligten auf der Partnerseite, kommt ihnen eine zentrale Rolle beim Zustandekommen der Projekte zu, die häufig über Jahre das Leben einer Dorfgemeinschaft und ihre Überlebenschancen in der Zukunft bestimmen.

Die beschriebene Vorgehensweise ist ganz offensichtlich eine Kehrtwende gegenüber der Art und Weise, wie Projekte in den 70er und 80er Jahren unter Ausschluß der »Kunden« in den Büros in Lima oder Deutschland geplant und entschieden wurden. Heute sind die zu Beginn der 90er Jahre eingeführten dezentralen UO für alle Planungen und Kontakte mit den Bauern zuständig – vom Zeitpunkt der Kontaktaufnahme bis zur Übergabe der Systeme und deren Nachbetreuung. Wichtig für den Einstieg in ihre Arbeit war die Methode der *diagnósticos participativos*, die ebenfalls Anfang der 90er Jahre u.a. von Robert Chambers unter dem englischen Namen *Participatory Rural Appraisal (PRA)* in der EZ propagiert wurde. Ich lernte einige Techniken der Methode von Robert Chambers, der wie Hans Singer am IDS in Brighton tätig war, in einem *crash course* kennen, den er anlässlich einer Tagung über Ernährungssicherung und ländliche Infrastruktur in Gießen gab. Er erhielt damals den Entwicklungsländerpreis 1993 der Universität u.a. für seine Verdienste als Vermittler zwischen Theorie und Praxis der EZ. Seinen unkonventionellen, aktionsorientierten Arbeitsstil stellte er auch bei dem damaligen *crash course* unter Beweis, indem er u.a. auch die von Plan MERISS zur Analyse der Bewässerungssysteme eingesetzten *mapas parlantes* vorstellte. Solche sprechenden Karten sind typisch für die Techniken des PRA, mit denen die Kommunikation über die Ist-Situation eines Ressourcenkonfliktes durch Visualisierung derselben eingeleitet bzw. verbessert wird. Daher setzte die GTZ die Techniken anfänglich auch vor allem bei Nutzungskonflikten und Problemen der Übernutzung natürlicher Ressourcen ein, z.B. von Wäldern, Naturschutz-, Weide- oder Wassereinzugsgebieten. Ein Konsens über Probleme und Schäden, visualisiert mit Hilfe solcher und anderer Techniken, ist dabei der erste Schritt, um zu einer Einigung über Maßnahmen zu ihrer Beseitigung und über Regeln zur Einschränkung der Nutzung zu kommen.

Auch im Fall der Bewässerungsprojekte müssen solche Kommunikationsblockaden überwunden, einzelne Wassernutzer oder Gruppen überzeugt werden, ihre Nutzung an die Bedürfnisse anderer und der Gemeinschaft anzupassen, zu verändern und vielleicht sogar einzuschränken. Die *diagnósticos participativos* haben sich zur Klärung der bestehenden Verfügungs- oder Eigentumsrechte und Nutzungsregeln und zur Offenlegung von Nutzungskonflikten als sehr hilfreich erwiesen, auch wenn sie nicht immer zu deren Beilegung führen. Wenn dies mit solch einfachen, auch für Nichtfachleute relativ leicht zu erlernenden Techniken nicht gelingt, müssen speziellere Methoden angewandt werden, um zu einer Kompromisslösung zu kommen. Diese werden im EZ-Jargon *win win solution* genannt, weil im Idealfall die Interessen aller zum Ausgleich kommen, alle gewinnen und niemand etwas verliert. Auch wenn dies in solch idealer Form wohl nur selten erreicht wird, ist es vor allem wichtig, dass der Kompromiss bzw. die Ergebnisse der *diagnósticos participativos* so dokumentiert werden, dass sie als Grundlage für alle weiteren Schritte der Projektplanung und -durchführung dienen können. Diese Dokumentation geschieht heute meist mit Hilfe elektronischer Hilfsmittel und Datenträger, mit denen Pläne, Zeichnungen, Photos oder Protokolle und eventuell auch Verpflichtungserklärungen der beteiligten Gruppen gespeichert werden, um sie jederzeit verfügbar zu haben.

Auf dieser Grundlage arbeiten die Ingenieure konkrete Vorschläge aus, wo z.B. eine neue Wasserfassung gebaut werden soll und ob die Auskleidung von Erdkanälen mit Beton oder der Einbau von Verteilern und Schützen helfen kann, das Wasser besser abzuleiten und mit möglichst geringen Verlusten zu den Feldern und Pflanzen zu bringen. Oft kann mit einem Reservoir oder »Nachtspeicher« ein zeitlicher Ausgleich zwischen Wasserangebot und -nachfrage geschaffen, die Verteilung des Wassers erleichtert und die Notwendigkeit nächtlicher Bewässerung vermieden werden. Dies ermöglicht es Frauen und Kindern, beim Verteilen des Wassers auf den Feldern helfen, für die es nachts zu unsicher, unheimlich oder gefährlich ist. Ein Nachtspeicher erleichtert auch die Aufteilung des Wassers einer Quelle auf zwei Gruppen. Die eine Gruppe, z.B. die Oberlieger, bewässert tagsüber direkt, die andere mit dem Wasser aus dem Speicher, das dort über Nacht gesammelt wurde. Falls genügend Gefälle zwischen Speicher und Feldern besteht, kann durch eine Rohrleitung auch der durch Schwerkraft erzeugte Druck benutzt werden, um moderne Wasser sparende Beregnungsmethoden oder Tröpfchenbewässerung einzusetzen. Die Erfahrungen sind dabei aber noch wenig schlüssig, der erfolgreiche Einsatz an besonders günstige Bedingungen gebunden.

Das Ziel der meisten Maßnahmen eines Bewässerungsprojektes in den Anden ist es also, Wasser und Arbeitszeit einzusparen, das Wasserdargebot, wie es im Fachjargon heißt, zu erhöhen, die Bodenerosion zu verringern, das Risiko von Ernteverlusten durch Trockenheit oder Frost zu verringern, neue Kulturen anzubauen und höhere Erträge zu erzielen. Dies kann durch den Einsatz ertragssteigernder Produktionsmittel, z.B. verbessertes Saatgut, Kunstdünger oder Pestizide, unterstützt werden, heute jedoch vermehrt durch Maßnahmen des ökologischen Landbaus, bei denen die bestehenden traditionellen Methoden aufgrund neuer Erkenntnisse oder technologischer Möglichkeiten ergänzt werden. Dabei werden mit einfachen Überschlagsrechnungen die Vorteile (Zeit- und Wassereinsparung, Ertragserhöhung etc.) mit Preisen bewertet und den Kosten gegenübergestellt, um zu sehen, was wirtschaftlich und finanzierbar, was zu teuer und damit zu riskant ist. Die Ergebnisse solcher alternativen Überlegungen und Rechnungen werden mit einzelnen Bauern oder in der Gruppe diskutiert. Neben den wirtschaftlichen werden auch die physischen Aspekte der konkreten Vorschläge durchgespielt, z.B. ihre Auswirkung auf die zeitliche und mengenmäßige Wasserverteilung und auf den Arbeitsbedarf. Dies ist für jeden einzelnen Bauern wichtig, da die verschiedenen Feldarbeiten, bei einem saisonal sehr unterschiedlichen Bedarf der Anbaukulturen an Arbeit, nicht vernachlässigt werden dürfen. Die WNO benötigt diese Information, da sie für die Bereitstellung ungelernter Arbeitskräfte während der Bauphase durch *faenas* verantwortlich ist. Je nach Fragestellung werden diese Einzelheiten direkt vor Ort im Feld, auf dem Dorfplatz, im Gemeindehaus oder im Versammlungshaus oder -raum der WNO geklärt und so lange erläutert, bis möglichst alle Wassernutzer, ob Mann oder Frau, *comunero* oder *comunera*, alles verstanden haben und einverstanden sind. Eine mühsame und zeitraubende, aber äußerst wichtige Vorarbeit für das Gelingen eines Projektes.

Versucht man, diesen langwierigen Prozess abzukürzen, dann besteht die Gefahr, dass sich nach Abschluss der Baumaßnahmen Probleme bei der Nutzung ergeben. Dies insbesondere dann, wenn Bewässerungssysteme von Dörfern, die früher unabhängig voneinander bewässerten, aus irgendeinem Grund verbunden werden, z.B. zur gemeinsamen Nutzung eines neuen Bauwerkes, eines Wasserspeichers oder einer Wasserfassung. *Cachiccata*, ein Projekt der ersten Stunde von Plan MERISS, war ein solch gewagtes Vorhaben, wo man sechs unabhängige Wasserläufe zusammenfasste und mit verschiedenen Speichern verband, die für ein gemeinsames Beregnungssystem benutzt werden sollten. Die Bauern wurden dabei nicht nur mit der Organisation der Wasserverteilung überfordert, sondern auch mit einer ihnen unbekannten Technologie (Beregnung). Auch andere technische Probleme waren unzureichend gelöst. So wurden z.B. Speicher mit Plastikplanen ausgelegt, um Wasserverluste zu verhindern. Wegen der intensiven Sonneneinstrahlung in solchen Höhen wurden diese jedoch sehr schnell spröde und undicht. Neben diesen technischen gab es auch noch institutionelle Probleme in Form von ungeklärten bzw. widersprüchlichen Wasserrechten. Wegen einer unzureichenden Abstimmung der Gruppen untereinander vor Projektbeginn waren die Konflikte bei der Nutzung quasi vorprogrammiert. Selbst eine spätere Nachbetreuung durch das DED-Projekt konnte die anfänglichen Versäumnisse nicht wettmachen und führte zu keiner Verbesserung der Situation.

Als Lernerfahrung kann daher festgehalten werden, dass die Zusammenlegung von zuvor unabhängigen Bewässerungssystemen problematisch ist, vor allem wenn alte Rivalitäten und Konflikte zwischen den Gemeinden oder Wassernutzergruppen bestehen. In solchen Situationen muss man sich auf einen langen Prozess der Konsensfindung, z.B. im Rahmen von *diagnósticos participativos*, einstellen. Manchmal ist es auch angebrachter, die höheren Kosten für andere technischen Lösungen, z.B. für zwei getrennte Bauwerke in Kauf zu nehmen, um die Unabhängigkeit der Bewässerungssysteme zu erhalten. In der Regel ist das die nachhaltigere und daher letztlich auch die wirtschaftlichere Lösung. In einem frühen Stadium der Planung sollten daher vorurteilsfrei unterschiedliche Handlungsalternativen in Erwägung gezogen werden: (i) eine fundierte, d.h. auch entsprechend schriftlich abgesicherte Konsenslösung zur gemeinsamen Nutzung eines Bauwerks (z.B. Wasserentnahmebauwerk oder Speicher), (ii) eine hinsichtlich der Baukosten teurere aber hinsichtlich der Einsparung von Transaktionskosten letztlich günstigere Lösung (z.B. zwei getrennte Entnahmebauwerke), und schließlich auch (iii) die Entscheidung gegen eine Durchführung des Projektes. Dies entweder nur vorläufig, mit dem Hinweis auf eine spätere Durchführung beim Vorliegen neuer institutioneller oder technischer Lösungsmöglichkeiten, oder auch endgültig. In diesem Fall sollte der Bescheid an die Bauern von einer schriftlichen Begründung begleitet sein, die auch im Archiv des Trägers aufbewahrt wird, um dem institutionellen Gedächnis des Trägers nachzuhelfen und andere potentielle Geldgeber zu warnen. Bei den Bauern wird damit für Transparenz gesorgt und um

Verständnis für die Entscheidungskriterien des Trägers und der Förderorganisation geworben.

Zu einer Ablehnung in einem fortgeschrittenen Stadium der Planung gehört sicher eine gehörige Portion Mut oder Zivilcourage, wie immer man das nennen mag. Denn dies bedeutet nicht nur eine große Enttäuschung für die Bauern, sondern geht häufig auch gegen die Interessen höherer, meist politisierter Instanzen der Partner oder der Finanzierungsinstitution. Leider gehört es nicht unbedingt zu den Stärken der Peruaner, persönlichen Vorgesetzten oder übergeordneten Behörden zu widersprechen. Es besteht daher die Gefahr, dass auch in Zukunft der Schrecken ohne Ende (die Durchführung) einem Ende mit Schrecken (der Ablehnung) vorgezogen wird. Aus falsch verstandener Nachfrageorientierung (sprich: dem Druck von unten nachgeben, der auf politischen Umwegen von oben kommt) werden dann faule Kompromisse geschlossen und Vorhaben durchgeführt, die unter konsequenter Anwendung der Evaluierungsmethodik nicht hätten durchgeführt werden dürfen. Das von Plan MERISS mit Unterstützung der GTZ erarbeitete und im März 2001 herausgegebenen »Handbuch zur Durchführung von Bewässerungsstudien« (»*Guía para la elaboración de estudios de riego*«) ist sicher ein gutes Mittel, politischem Druck durch die Institutionalisierung der Methodik entgegenzuwirken. Was darin jedoch noch ungenügend behandelt ist, sind klare Kriterien zur Priorisierung und zum Ausschluss von Projekten wie *Cachiccata* oder *Maras*, ein anderes umstrittenes Projekt, auf das wir später noch zurückkommen werden.

In dem derzeit gültigen Verfahren zur Projektpriorisierung sind die Gewichtungen im Bereich der institutionellen Probleme, der Sozialverträglichkeit und der Konfliktträchtigkeit von Vorhaben zu niedrig angesetzt. Die entsprechenden Gewichtungsfaktoren sind nicht klar genug definiert, die Schwellenwerte nicht stringent. So wäre ein *Cachiccata* auch heute nicht ausgeschlossen, weil keine Alarmlämpchen die ungeklärten Verfügungsrechte angezeigt hätten. Ähnliches gilt für technische und wirtschaftliche Kriterien: diese reichten offensichtlich nicht aus, um das umstrittene *Maras*-Projekt zu verhindern. Es ist zu hoffen, dass die MTA, der beratende Ingenieur und die Verantwortlichen in Plan MERISS diese Kriterien noch einmal gemeinsam überarbeiten, damit solch problematische Vorhaben in Zukunft verhindert werden. Gegen politische Einflussnahme und falsch verstandene Nachfrageorientierung können solch objektivierte Auswahlverfahren natürlich nichts ausrichten, wenn sich die Finanzierungsinstitutionen der Geberländer nicht konsequent daran halten. Leider sind nicht alle so konsequent wie die KfW, die eine Finanzierung des *Maras*-Projektes ablehnte, unbeeindruckt vom Drängen der peruanischen Partner und vom Erwartungsdruck und den weitreichenden Vorleistungen der Bauern.

Die Einbeziehung aller Beteiligten bei der Planung eines Bewässerungsprojektes gilt selbstverständlich auch für Frauen. Daher in diesem Zusammenhang einige Worte zum Thema »*gender*«, das auch heute noch polarisierend auf Projektmitarbeiter und andere, in der EZ Tätige wirken kann. Das Thema kommt z.B. dann ins Spiel, wenn Mann und Frau nicht gemeinsam an den *diagnósticos participativos* teilnehmen können, weil die Felder bestellt, die Kinder und das Vieh gehütet werden müssen. Da der Mann in Peru, vor allem im andinen Umfeld, in der Regel die Familie nach außen vertritt, ist er es auch, der an Versammlungen teilnimmt, in denen es um Einzelheiten der Projekte geht. Nimmt er teil, dann heißt das aber noch lange nicht, dass seine Zustimmung zu einer Entscheidung auch gültig oder gar endgültig ist. Soll er zu Hause seiner Frau die Einzelheiten erklären, dann kann es durchaus sein, dass er gar nicht mehr so genau weiß, was da diskutiert und beschlossen wurde. Angesichts möglicher Gedächtnislücken ihres Mannes, alkoholbedingte meist, kann die »geschlechtsspezifische Rollenverteilung« auch mal geändert werden und die Frau geht zur Versammlung. Wenn es denn eine ältere Tochter, eine *abuelita* (Großmütterchen) oder eine *vecina* (Nachbarin) gibt, die zu Hause einspringt. Denn dass der Mann die Kinder übernimmt, ist eher unwahrscheinlich.

Juan, 45 Jahre, Bauer, zu Genderfragen:

»... wenn Mann und Frau zusammen leben, dann ist es der Mann, der dem Haushalt vorsteht, dem Heim, der Familie. Aber es gibt geschiedene Frauen, Frauen die so leben, als ob sie unverheiratet wären, es gibt auch Witwen, und die stehen natürlich auf eigenen Beinen als Individuen; sie haben die gleichen Rechte, die gleichen Qualitäten und die gleichen Pflichten der Gemeinschaft gegenüber, beizutragen und *comuneras* zu sein, Teil der Gemeinde. Aber wenn eine Frau verheiratet ist, dann können nicht beide, sie und ihr Mann, *comuneros* sein, weil sie sonst mehr Raum einnehmen würden, mehr Land, mehr Tiere und mehr Nutzen hätten. Deswegen, wenn sie als Mann und Frau zusammenleben, ist es der Mann, der *comunero* ist ...«

Andenstimmen in: *mountainvoices.com* (Übersetzung T.H.)

Wenn die Frau trotz intensiven Bemühens keine Aushilfe findet, dann verpflichtet sie ihren Mann vielleicht, auf seinen *yonque* (Zuckerrohrschnaps) zu verzichten, den er sich normalerweise in der *bodega* (Kneipe oder Laden) gönnt, um sich ordentlich auf die Marathon-Sitzung vorzubereiten. Sie vergattert ihn, nicht einzuschlafen und beim Verlesen der Protokolle und Dokumente nachzuhaken, vor allem, wenn es um ihre *turnos* oder die *tareas* geht, ihre Wasserrechte und ihre Arbeitsverpflichtungen beim Bau. Frau hört da meist besser hin, wenn *turnos* gekürzt und *tareas* ausgedehnt werden. Denn es ist letztlich sie, an der alle zusätzliche Arbeit hängen bleibt. Vor allem dann, wenn der Mann häufig um die *bodega* herumlungert und den Weg nicht nach Hause findet.

Wer kennt sie nicht, diese Szene: eine Frau in Andentracht, noch jung aber verhärmt, die Züge einer Greisin, das Gesicht durch die Kälte verfärbt, mehrere Röcke glockenförmig übereinander tragend, den Hut auf dem Kopf, manchmal auch zwei übereinander, stützt sie den torkelnden Ehemann, den sie nach Hause holt – das Baby in der *manta* auf dem Rücken, das Kleinkind an der Hand und noch ein älteres Kind im Schlepptau. Letzteres folgt widerwillig, ist abgestumpft und kann kaum noch Scham empfinden, da sich diese erniedrigende Szene regelmäßig wiederholt. Sie ist dennoch so wenig verständlich, wird sich im Kopf und Gefühl des Kindes festsetzen und sein Verhalten ein Leben lang prägen. Selbst militanten Feministinnen wird bei diesem Anblick klar werden, dass *gender*-Problematik in den Anden sicher nichts mit einem fehlenden Selbstbewusstsein der Frau zu tun hat, sondern eher mit dem des Mannes – obwohl der sich gerade in Lateinamerika so gerne nach außen in Szene setzt. Auch wird man sich einprägen, dass *gender*-Probleme nicht mit Frauenproblemen gleichzusetzen sind, dass die Beschäftigung mit diesem Thema vielmehr das Verständnis für die Beziehungen zwischen den Geschlechtern und für deren jeweilige Rolle im Entwicklungsprozess fördern will.

Ob die Arbeitsteilung und -verteilung in den Anden ausgewogener ist als anderswo in der Welt, ist sicher eine interessante Frage, über die sich nachzudenken und zu forschen lohnt. Ich fühle mich nicht dazu berufen, hierüber etwas Eindeutiges und Endgültiges zu schreiben. Ich habe aber meine Zweifel an der Ausgewogenheit der Verteilung. In einer soziologischen Studie meinten Frauen hierzu, »die geschlechtsspezifische Teilung und Kombination der Arbeit in allen Bereichen der Produktion und Reproduktion bedingen eine starke Betonung des Paares als Garanten der Reproduktion und Aufrechterhaltung des sozioökonomischen Systems« (Frieben & Lazarte, 1984). Das klingt sehr gut und ausgewogen. Aber wie das mit der Ausgewogenheit wirklich aussieht, lässt sich mit Betriebssystem-, Haushalts-Betriebssystem- oder Modellbetriebs- und sonstigen Studien nicht erfassen – ob die Studie nun von gutwollenden Gutachtern für Plan MERISS gefordert oder, wie die zitierte, unangefordert produziert und unerwünscht war. Ich glaube, wie in der zitierten Studie angedeutet, gerne, dass statistisch gesehen die Ehen im traditionellen sozialen System der Anden länger halten als im restlichen Peru, ob sie auch glücklich sind, sei dahin gestellt, ob sie überhaupt geschlossen wurden auch.

Es gibt da übrigens noch andere, interessantere Informationsquellen zur *gender*-Problematik. Es sind dies die Lieder der schon erwähnten *conjuntos*, der Musikgruppen mit den traditionellen Instrumenten der Anden, der *Quena*, der *Charrango*, den Panflöten und den Trommeln, manchmal auch mit einer Gitarre, einer Geige oder einer Harfe. Sie erzählen viel mehr über das Verhältnis zwischen Mann und Frau als manche Studie. Sie berichten über Liebe und Verlassenwerden, über Erinnerungen, Sehnsucht und Einsamsein. Das Spielen der Instrumente ist meist Männersache, die Frauen singen und tanzen. Aber auch als Paar tanzen Mann und Frau, hier dann auch ziemlich arbeitsteilig. Das Spielen in den *conjuntos* ist übrigens eine lukrative Nebenbeschäftigung für einige Bauern, und die Gruppen sind ein beliebter Exportartikel der Andenländer, der in den offiziellen Statistiken jedoch nicht auftaucht. Sie bleiben meist auch nur kurz in den nicht immer so gastlichen Gastländern des Nordens, werden in den USA meist noch ungastlicher empfangen als in Europa, wo sie die Fußgängerzonen bevölkern, wenn es dort Sommer, zu Hause in den Anden Winter ist.

Wenn sie länger bleiben wollen, sind sie noch weniger willkommen. Das Untertauchen in die Illegalität steht dann in Konkurrenz zum Asylverfahren, dem bewusst ungastlich gestalteten, um die Gäste abzuschrecken. Chancen, als Asylant anerkannt zu werden, hat man nur, wenn zu Hause ein Diktator oder das Unrecht herrscht – der Schmalhans, der überall Küchenmeister ist, reicht da nicht aus. Obwohl beklagenswert, werden diese Erfahrungen in den klagenden Liedern der *conjuntos* nicht beklagt. Und da kaum jemand die Texte versteht, weder auf den Höhen der Anden, noch in den Fußgängerzonen, sind es vor allem die melancholischen Weisen und beschwingten Rhythmen, die die Menschen bewegen und in Erinnerung bleiben. Egal, wo man sie hört, zu Hause von einer CD oder Kassette, in einem Taxi in Lima aus dem Radio oder *life* in einer Fußgängerzone in Deutschland – man kann sich ihnen nur schwer entziehen, diesen klagenden Liedern und Tanzrhythmen, die fast immer in Moll gehalten sind. Man weiß nie so recht, ob man sich traurig oder freudig stimmen lassen soll. Traurig von Gedanken an Armut und Hoffnungslosigkeit oder freudig von Erinnerungen an frohe Feste, leuchtende Farben und ausgelassene Tänze in den Dörfern der Anden; freudig vom Gedanken, dass Armut nichts mit Unfreundlichkeit oder Ungastlichkeit zu tun hat, die eher den Reichen vorbehalten bleiben; freudig auch in Erinnerung an Leichtigkeit und Kondore, die im tiefen Blau des Himmels ihre Kreise ziehen, allen Widrigkeiten zum Trotz.

Gender-Aspekte wurden von Plan MERISS erst nach und nach entdeckt, nicht anders als in anderen Projekten der TZ. Natürlich gab es auch Jugendsünden, anfangs der 80er Jahre, als das Thema *gender* noch als »Rolle der Frau in der Entwicklung« missverstanden und in die damals vorherrschenden entwicklungs- und frauenpolitischen Schubladen gepackt wurde. Erinnert sei an die SozialarbeiterInnen der damaligen Landwirtschaftsabteilung, die als Sonderkommando mit flankierenden Maßnahmen im Kampf um die Gunst der Bauern verstanden wurden. Mit Maßnahmen, die die *comuneras* und *campesinas* nur als *esposas* und *madres* wahrnahmen, als Ehefrauen und Mütter, die vor allem Wohlwollen für ungeliebte Projekte erzeugen sollten, damit Mann ungestört die »*cultura andina*« runderneuern konnte. Mit der tatsächlichen Situation der Frau in der andinen Gesellschaft und ihrer zentralen Rolle innerhalb des fragilen Überlebenssystems des »*andino*« hatte dies wenig zu tun. Dies wurde spätestens klar, als sich Mitglieder des bei uns so häufig als schwach bezeichneten Geschlechts vor die im Namen von Plan MERISS anrückenden *caterpillars* legten, um die gelben Monster daran zu hindern, sich in den teilweise noch bestellten Feldern festzubeißen. Spätestens dann wurde den verdutzten Ingenieuren und fehlprogrammierten SozialarbeiterInnen klar, dass Frau in der Andengesellschaft durchaus ihren Mann steht, wenn es um die Verteidigung ihrer Interessen geht.

In Diskussionen über den Bau eines Nachtspeichers, die Verteilung von *faenas* oder das Besetzen von Ämtern ist Frau daher auch immer aktive Teilnehmerin und nur selten Thema der Veranstaltung. Bei Plan MERISS ging die explizite Erwähnung und Berücksichtigung von *gender*-Aspekten in den Projektdokumenten während langer Jahre nicht über das *politically correct* übliche Mindestmaß hinaus. Seit Dezember 2001 liegt sogar der erste Entwurf eines konzeptionellen Papiers über die Gender-Problematik vor: »*El enfoque de genero en el Plan MERISS*«. Es wurde von einer (wohl männlichen) Arbeitsgruppe ausgearbeitet und gipfelt in einer Liste von 10 Geboten, mit denen der *enfoque Plan MERISS* noch rechtzeitig für die Abschlussevaluierung auf Vorderfrau gebracht werden sollte. Ob das endgültige Papier mittlerweile vorliegt, entzieht sich meiner Kenntnis. Selbst wenn es vorliegen würde, wäre ich sicher nicht die geeignete Person, um die 10 Gebote aufzulisten und zu kommentieren. Das kann Frau sicher besser. Nur so viel will ich anmerken, dass ich mich bei der Lektüre nicht diskriminiert fühlte. Das Papier schien ausgewogen zu sein und dem *state of the art* der deutschen EZ im Bereich *gender* zu entsprechen.

Falls sich jemand für meine persönliche Meinung interessiert: Es war sicher nicht die Aufgabe der MTA, krampfhaft nach Themen und Aktivitäten zu suchen, um dem Partner oder dem »Kunden« die *Gender*-Problematik ständig unter die Nase zu reiben oder aufs Auge zu drücken. Schon gar nicht in einem solchen Umfeld und angesichts der Widerstände, auf die das Thema auch heute noch stößt, beim internationalen Personal in den Projekten genauso wie bei den Durchführungsorganisationen in Deutschland, gepaart mit einer nicht zu übersehenden Rat-, Sprach- und Konzeptionslosigkeit. Es gibt in der EZ genügend Bereiche, wo wir mehr Einigkeit und Klarheit in unseren Konzepten haben und daher auch unsere Energien konzentrieren sollten. So kann auch dem erwähnten vorläufigen Papier mit gutem Gewissen noch etwas Reifezeit gegönnt werden. Im Übrigen gilt auch im Bereich *gender* die Grundregel eines im Geschäft praktizierenden Agrarökonoms: Die Partner sollte man möglichst dort nerven, wo der Grenzertrag am höchsten ist. Beim Drittgeschäft gilt der Zusatz: Der Grenzertrag des persönlichen Engagements für interessante neue Konzepte und Themen strebt häufig gegen Null und läuft Gefahr, in den negativen Bereich abzugleiten.

Zum Schluss dieses Abschnitts über Kommunikation noch etwas zu den Abstimmungsprozessen mit den externen Akteuren oder *stakeholders*, wie es heute in der EZ *semantically correct* zu heißen scheint. Hierzu zählen z.B. die lokalen Baufirmen, Handwerker und beratenden Ingenieure und andere nichtstaatliche oder staatliche Organisationen, mit denen das Projekt und die WNO Beziehungen und Verpflichtungen eingehen müssen, um Maßnahmen zur Verbesserung der Bewässerungssysteme durchführen zu können. Solche Abstimmungsprozesse laufen in mehr oder weniger formalisierten Bahnen ab und münden schließlich in mehr oder weniger formalisierten Absprachen, Abkommen oder Verträgen. Letztere sind sorgfältig vorzubereiten, eventuell auch unter Heranziehung eines Rechtsbeistandes. Fast noch wichtiger ist es jedoch, die beteiligten Akteure erst einmal an einen Tisch zu bringen, möglichst informell, um ihnen die Gelegenheit zu geben, sich gegenseitig kennenzulernen, Vorurteile und unbegründete Berührungsängste ab- und ein Vertrauensverhältnis aufzubauen.

Vertrauensverhältnisse sollte man in Peru nach Aussagen von Kennern des Landes mit Vorsicht genießen, die Verzinsung dieses Sozialkapitals, wie man es heute nennt, nicht zu hoch ansetzen. Mündliche Absprachen sind schnell vergessen. Die schriftliche Form ist dabei ein Schritt zu größerer Verbindlichkeit und dringend zu empfehlen, auch wenn dies mit größerem Aufwand verbunden ist. Wenn es um das Einhalten von Terminen und konkreten Leistungen im Zusammenhang mit Baumaßnahmen geht, sind häufig auch formale Verträge nötig, wodurch höhere (Transaktions-) Kosten entstehen. Dennoch sind Verträge – ähnlich wie die schon erwähnten Gesetze – häufig nicht das Papier wert, auf das sie geschrieben wurden. Denn eine Klage auf Erfüllung ist selten erfolgreich, da es mit der Unabhängigkeit der peruanischen Richter nicht weit her ist. Aus leicht verständlichen Gründen begünstigen die Richter in der Regel die Reichen. In Peru ist das identisch mit der »weißen Oberschicht«. Kaum zu glauben – aber es gibt ihn auch in Peru, den unterschwelligen, manchmal auch den offenen Rassismus. Für unsere »Kunden«, indigene und ärmere Bevölkerungsgruppen in der Hauptsache, bedeuten formale Verträge daher wenig (Rechts-) Sicherheit, es sei denn, das Projekt hilft etwas nach, stärkt das Selbstbewusstsein der WNO und bereitet sie auf den Umgang mit formalen Institutionen vor. Kurzfristig muss das Projekt manchmal auch als Stellvertreter agieren, Druck machen und für Transparenz und Recht sorgen. Dies ist oft ein heikles Unterfangen und meist auch wenig nachhaltig, da es dem Prinzip »Hilfe zur Selbsthilfe« widerspricht. Doch Projekte können nicht warten, bis sich die Rechtssicherheit verbessert und die Diskriminierung gegen die indigene Bevölkerung geringer wird. Sie müssen versuchen, ihr Möglichstes innerhalb der bestehenden Rahmenbedingungen zu tun, was nicht ausschließt, dass andere Projekte Aktivitäten zur Veränderung dieser Rahmenbedingungen durchführen. Dies hat die GTZ in vielen Bereichen, einschließlich des von mir so madig gemachten *Gender*-Bereichs, in zahlreichen Ländern mit Erfolg und daher auch nachhaltig getan.

Die Rechtsunsicherheit kann übrigens nicht als japanisches Kuckucksei im peruanischen Nest abgetan werden, das der *chino* Fujimori, zusammen mit einem schlechten Eindruck hinterließ, als er sich flugs nach Japan absetzte. Es ist zwar bekannt, dass das Ansehen des Rechtsstaats und der demokratischen Institutionen in den zehn Jahren seiner Regierungszeit erheblichen Schaden erlitt, doch das Vertrauen in das Rechtssystem Perus war auch schon vor seiner Zeit gering. Die von meinem Taxifahrer geäußerten allgemeinen Vorbehalte gegen Politiker und Präsidenten treffen, genauso wie de Sotos Erkenntnisse über die staatliche Bürokratie und die Rechtsinstitutionen, natürlich auch auf die Richter zu. Fujimori-Nachfolger Toledo meinte übrigens, dass die Bestechlichkeit von Richtern und die geringe Effizienz des Rechtssystems an der schlechten Ausbildung und Bezahlung der Richter liegt. Mit der Verdopplung richterlicher Gehälter meinte er das Problem lösen zu können. Bei Perukennern herrschen jedoch berechtigte Zweifel, dass dadurch die Bestechlichkeit von Richtern und die Diskriminierung gegen die indigene Bevölkerung geringer werden. Offensichtlich also Wunschdenken von Präsident Toledo hinsichtlich der Leichtigkeit und der Geschwindigkeit, mit der sich Einstellungen, Verhaltensweisen und Institutionen wandeln. Entsprechend peruanischer Diktion selbst *cholo*, müsste er das eigentlich aus eigener Erfahrung wissen.

Vielleicht sollte man dem weltbanktrainierten Herrn Toledo den entwicklungsversierten Herrn Todaro als Berater zur Seite stellen. Dessen Meinung, dass Entwicklung »ein multidimensionaler Prozess« ist, in dem sich »Strukturen, persönliche Einstellungen und Institutionen wandeln«, sollte eigentlich auch auf Peru und seine Richter zutreffen. Setzt man jedoch die Geschwindigkeit, mit der dieser multidimensionale Prozess in Peru abläuft, in Bezug zu Wirtschaftswachstum, Reduzierung von Ungleichheit und Ausrottung von Armut, dann müsste man fast von »Rückentwicklung«

sprechen – oder wie auch immer Herr Todaro diesen Prozess bezeichnen würde. Aber vielleicht erlaubt sich dieser Prozess in Peru ja in den letzten Jahren eine temporäre Auszeit. Oder – noch wahrscheinlicher – Entwicklung findet in Bereichen statt, die Herr Todaro erst noch identifizieren muss, um das Phänomen »Entwicklung« noch besser zu verstehen und zu erklären. Dann möge er doch auch gleich in einem Aufwasch eine neue Entwicklungstheorie kreieren, nachdem die klassischen und die neoklassischen, die liberalen und die neoliberalen, die marxistischen und die neomarxistischen, die strukturalistischen und die neostrukturalistischen so wenig zum Verständnis von Unterentwicklung und zur Verbesserung der Situation Perus und seiner Armen beigetragen haben.

Aber vielleicht ist Entwicklung ja gar kein Prozess sondern eine Utopie, wie es der mexikanische Dichter und Philosoph Octavio Paz einmal formulierte. Dichter neigen jedoch zur Übertreibung und sind vielleicht auch zu pessimistisch, sensibel und naiv, nicht clever, skrupellos und aktiv genug, um im Politik-Geschäft wirken, überleben und direkt etwas für Wirtschaftswachstum, mehr Gerechtigkeit, Umwelt, Armut u.a. tun zu können. Hier und jetzt – und nicht im Jenseits oder auf dem Papier. Ein schwacher Trost für Mario Vargas Llosa, der 1990 bei den Präsidentschaftswahlen einen Versuch wagte und sich im Zusammenschweißen eines Wahlbündnisses und im aktiven Wahlkampf redlich abmühte, dem *chino* Fujimori dann aber unverhofft unterlag. Sein Dichterkollege Gabriel García Márquez wird in dem nicht weniger gebeutelten Kolumbien, möglicherweise mit etwas Schadenfreude, geschmunzelt haben, als er von dieser Ohrfeige hörte. Einer virtuellpolitischen diesmal, im Gegensatz zur reell-dichterischen, die er ihm einstmals bei einer Zwischenlandung auf einem Flugplatz verpasste – wenn man diesbezüglichen Gerüchten Glauben schenken darf.

Die Prozess-Hypothese des amerikanischen Ökonomen Todaro hinsichtlich Entwicklung verträgt sich übrigens durchaus mit der Utopie-Hypothese des amerikanischen Philosophen Paz, wenn wir dem Prinzip Hoffnung des deutschen Philosophen Ernst Bloch glauben schenken. Utopismus und Prozessorientierung schließen sich seiner Meinung nach nicht aus. Intelligenter, rational begründeter und überlegter Utopismus wohlgemerkt, kein naives Wunschdenken. Und da sich intelligente und lernfähige Entwicklungsförderungsorganisationen, wie ich zu zeigen versuche, beim Entwickeln auch selbst entwickeln, können wir alle, einschließlich der Herren Toledo, Todaro, Vargas Llosa, García Márquez, Paz und Bloch weiterhin hoffen, dass sich da etwas entwickelt, auch wenn wir uns am Zustand des Entwickeltseins – der natürlich erst noch definiert werden müsste – vielleicht erst aus dem Jenseits werden erfreuen können. Eine Glaubensfrage also, genauso wie bei der unsichtbaren Hand und dem unsichtbaren Gott.

3.2 Von Bewässerungs- und anderen Systemen, ökologischer Nachhaltigkeit und der Suche nach intellektuellen Reibungsflächen

Den Begriff »Bewässerungssystem« habe ich bereits mehrmals gebraucht, ohne ihn genau zu definieren. Den Begriff »Bewässerungsperimeter« habe ich vermieden, da er in der Regel das Gleiche bedeutet, aber weniger geläufig ist. Auch jetzt möchte ich mich nicht bei der Definition von Begriffen aufhalten. Das ist langweilig und nervig und würde keinen Erkenntnisgewinn bringen. Einige Worte sollen aber doch noch zu Bewässerungssystemen, zu Systemen im allgemeinen und auch speziell zum Systemansatz in den hier betrachteten Projekten gesagt werden, da sich die Projekte ebenfalls mit diesem schillernden Begriff auseinandersetzten, der heute nicht mehr aus dem Sprachschatz umwelts- und nachhaltigkeitsbewusster Ökonomen und Ökognome wegzudenken ist.

Zunächst also zum Bewässerungssystem. In der Mehrzahl der Fälle meint man damit die Bewässerungsinfrastruktur, also die bereits erwähnten technischen Komponenten. Ein Wehr zum Anstauen und zur Ableitung des Wassers aus einem Fluss oder die Wasserfassung eines Bachs in einer Bergschlucht, allgemein als Entnahmebauwerke bezeichnet. Dann der Kanal, der das Wasser zum Bewässerungsgebiet bringt. Vielleicht auch noch ein Aquädukt oder ein Düker, wenn ein Hindernis (z.B. ein Tal, eine Schlucht oder eine Straße) zu überwinden ist, und ein Speicher oder Reservoir, um das Wasser über Stunden, Tage oder gar Wochen und Monate zu sammeln, zu speichern, d.h. zeitlich umzuverteilen. Und schließlich die primären und sekundären Kanäle, die das Wasser im Bewässerungsgebiet verteilen und zu den Feldern bringen. Je nach Größe und Beschaffenheit des Bewässerungsgebiets können auch tertiäre Kanäle und solche niedrigerer Ordnung benötigt werden. Zu den Kanälen gehören die Verteilerbauwerke und die Vorrichtungen zur Wasserentnahme, die Schieber und Schütze zum Öffnen und Schließen. In andinen Bewässerungssystemen werden die Öffnungen der Kanäle zu den Feldern hin meist mit sogenannten *tapas* verschlossen, großen Steinen, Grasbutzen, Holzstücken oder sonstigen billigen Materialien, um die Kosten für die Schieber zu sparen.

Was sich oberhalb des Entnahmebauwerks, wo das Wasser herkommt, abspielt und was talabwärts mit dem Überschusswasser passiert, interessiert meist niemanden. Das geht den Bauern ähnlich wie allen anderen, die mit Bewässerung zu tun haben, die meisten Finanzierungsinstitutionen eingeschlossen. Zu Zeiten, als bei Bewässerungsprojekten noch die Bauingenieure das Sagen hatten, reichten die Bewässerungssysteme noch nicht einmal bis zu den Feldern und den Bauern, die diese bestellen. Dort fing für die Ingenieure früher die *terra incognita* an, die unbekannte Welt der Pflanzen und Tiere, Menschen und Märkte, Erträge und Produkte, Produktionskosten und Preise, Gewinne und Einkommen. Erst nach und nach wurden sie als Elemente anderer Systeme und Subsysteme erkannt und anerkannt, von Produktions- und Anbausystemen, Betriebs- und Haushaltssystemen oder auch Haushalts-Betriebs-Systemen; oder, noch umfassender, von Vermarktungssystemen, Agro-Ökosystemen oder auch Agro-Sozio-Ökosystemen. Und wenn die forst- und weidewirtschaftlichen Aktivitäten einbezogen wurden, dann sprach man vielleicht auch von agro-silvo-pastoralen Sozio-Ökosystemen. Der Phantasie sind da keine Grenzen gesetzt, und ich stoße immer wieder auf neue, phantasievolle Wortschöpfungen. Das ist ja auch gut so. Kreativ wollen und sollen wir ja alle möglichst sein im Entwicklungsgeschäft, denn Kreativität ist die Sprache Gottes, wie mal jemand sagte.

Wer – *politically correct* – neben den ökologischen auch noch den Armutsaspekt einbeziehen will, der spricht von *livelihood* Systemen; dies vor allem, wenn Armut und Naturverbrauch, wie so oft, miteinander im Clinch liegen. Wo das eine System beginnt und das andere aufhört, welches System welche Elemente und Sub-Systeme einschließt, welche Elemente oder Sub-Systeme wie miteinander in Beziehung stehen und wann, wie und mit welchem *time-lag* sie aufeinander einwirken – das kann die damit befassten Forscher und Ökognome ein Leben lang beschäftigen, letztere mit ganz besonderem Ernst. Aber auch in den zeitlich begrenzten Projekten kann es so ernst genommen werden, dass es die Projektteams in fast heiligem Eifer zusammenschweißt. Mann oder Frau fühlen sich dann in das Zentrum der Entwicklungsszene platziert. Sie produzieren bizarre Grafiken, die Bedeutendes und Bedrohliches für die Zukunft der Menschheit vermuten lassen. Die Grafiken lassen die Betrachter dann manchmal an der Komplexität des Ganzen oder auch an den eigenen Fähigkeiten (ver-) zweifeln, oder mit Recht fragen, ob die Grafik noch Klarheit schafft oder nur noch verwirrt, weil dem Betrachter im Hinterkopf das fachliche Vorwissen und die nötigen Spezialkenntnisse fehlen. Als Ökonom fühlt man sich da manchmal an mathematische Formeln erinnert, bei denen für die einen die Klarheit von wirtschaftspolitischen Zusammenhängen und theoretischen Konzepten erst beginnt, während sie bei anderen tiefste Verwirrung und Selbstzweifel hervorruft, und Gedanken an Flucht.

Systeme haben spätestens seit 1948 Konjunktur, als ein Herr Wiener das Systemdenken auf die Welt der Technik anwandte. Er nannte das Kybernetik und meinte damit die Steuerung von Prozessen durch Rückkopplung. Das Denken in Systemen wurde dann in den 70er Jahren durch die Studie eines Teams um einen Herrn Meadows über die »Grenzen des Wachstums« einem größeren Kreis von Interessierten bekannt. Vor allem solchen, die sich – wie die Mitglieder des 1968 gegründeten *Club of Rome*, der die Studie in Auftrag gab – schon damals Sorgen über die Zukunft der Menschheit machten. Also nicht erst heute, wie die Mehrzahl von uns. Mit der dann von einem Herrn Forrester entwickelten Methode des *systems dynamics*, mit der er die Wechselwirkungen in komplexen Systemen mitsamt den dazugehörigen Zeitverzögerungen darstellte, wurden von Meadows und seinem Team die fünf Bereiche Bevölkerungswachstum, Nahrungsmittelproduktion, Industrialisierung, Umweltverschmutzung und die Ausbeutung der Rohstoffe zueinander in Beziehung gesetzt, insgesamt durch 99 Regelkreise. Was dabei herauskam, machte Angst und führte dazu, dass das Thema Nachhaltigkeit von nun an interessierten und nachdenklichen Menschen und verantwortlichen Politikern nicht mehr aus dem Sinn, oder zumindest nicht mehr aus dem Mund geht, so dass sich nach und nach immer mehr Menschen nach und nach immer mehr Sorgen machen und sich nach und nach immer mehr unter dem Begriff Nachhaltigkeit vorstellen können, immer mehr darüber reden, immer mehr darüber schreiben und manchmal sogar bereit sind, etwas zur »Zukunftsfähigkeit« dieser Erde beizutragen, wie der englische Begriff *sustainability* heute auch übersetzt wird. Das Thema und der Begriff sind seitdem nicht mehr aus dem Nord-Süd-, später auch dem Globalisierungsdiskurs wegzudenken.

Nach den Wissenschaftlern nahmen sich die Politiker nach und nach der Sache an, verbrachten gemeinsam viel Zeit in Kommissionen, wurden bei dem Thema unzertrennliche Bundesgenossen, zu denen dann auch pensionierte Regierungschefs wie Brandt und Brundtland stießen, die nicht nur den Kommissionen ihren Namen gaben, sondern 1987 auch eine erste offizielle Definition des Begriffs Nachhaltigkeit bzw. *sustainability* folgen ließen. Die 1992 von den Vereinten Nationen in Rio de Janeiro veranstaltete (daher auch Rio-) Konferenz für Umwelt und Entwicklung (UNCED) lieferte dann auch die entsprechenden Inhalte in Form der Agenda 21. Diese konnte, schwarz auf umweltgrau fixiert, getrost nach Hause getragen und nicht nur in die Regale gestellt, sondern auf politisch korrektem Umweltpapier mit blauem Engel den Ökognomen ans Herz gelegt werden. Später dann auch zunehmend bunter und hochglänzender den restlichen Sterblichen, die etwas begriffsstutziger auf die Weltuntergangsszenarien der Wassermelonen reagierten, da sie sich den Gesellschaftsspaß durch den Hinweis auf die Zukunft nicht verderben lassen wollten.

Umwelt und Entwicklung – beides hatte offensichtlich etwas mit Nachhaltigkeit zu tun, und es verwundert nicht, dass von nun an eine Inflation an Begriffsdefinitionen und eine definitionslose Verwendung des Begriffs einsetzte. Ende der 90er Jahre belehrte mich ein englischsprachiges Dokument, dass es bereits 130 Definitionen des Begriffs *sustainability* gäbe. Wie viele werden es wohl heute sein? Aber vielleicht sind auch hier die Grenzen des

Wachstums bald erreicht. Denn wenn die Nachhaltigkeit des Umgangs mit den begrenzten Ressourcen unserer Erde und die Nachhaltigkeit der Projekte der Entwicklungszusammenarbeit mit der gleichen Rate wachsen würden wie die Zunahme im Gebrauch des Begriffs Nachhaltigkeit, dann wären die Probleme von Umwelt und Entwicklung heute sicher weitgehend gelöst. Da dies aber offensichtlich nicht der Fall ist, plagen sich die Armen dieser Welt weiterhin mit Armut, die Ökognome mit der Umwelt und die GTZ und andere Entwicklungsförderungsorganisationen mit der Bekämpfung dieser Armut unter Beachtung der fragilen Umwelt. Und da das alles ja, wie gesagt, auch irgendwie miteinander zusammenzuhängen schien, war es für die Projekte und deren Verantwortliche unvermeidlich, sich mit Systemen und ihren inneren und äußeren Zusammenhängen, Vernetzungen und Widersprüchen auseinanderzusetzen.

Das soll nun aber nicht heißen, dass das Systemdenken zur Pflichtübung für EZ-Projekte, AP und Projektmitarbeiter erklärt wurde. Im Gegenteil. Es gibt keine einheitliche Sprachregelung hinsichtlich des Konzepts, noch hinsichtlich der Verwendung der Begriffe. Glücklicherweise, sollte man vielleicht hinzufügen. Denn ZOPP, AURA und andere Qualitätsmanagementthemen reichen aus, um den AP der Projekte ausreichende intellektuelle Reibungsflächen zu bieten. Der Kreativität und Phantasie der Projektmitarbeiter wurden da in der Vergangenheit fast zu viele Schranken in Form von Definitionen, Mustergliederungen, Standardplanungsvorgaben und Formblättern entgegengestellt. Beim Systemdenken waren da der Freiheit des Geistes glücklicherweise keine Grenzen gesetzt, was sich natürlich auch in unterschiedlichen Vorgehensweisen der beiden Projekte niederschlug. In Plan MERISS wurde ein holistischer Ansatz im Sinne sozioökonomischer und ökologischer Systeme angewandt (der AP ist Soziologe), während im COPASA-Projekt die Systemsicht im Sinne Wienerscher Rückkopplungsschleifen vorherrschte (der Autor der wichtigsten Studie ist Bauingenieur). Bei beiden Ansätzen kommt jedoch die Grundaussage rüber, dass die Erschließung neuer Wasserquellen, die Schaffung neuer Kapazitäten zur Wasserspeicherung, die Einführung neuer Wasserverteilungsregeln oder Anbaukulturen Eingriffe in die bestehenden natürlichen und sozialen Sub-Systeme sind, die entsprechend gründlich vorzubereiten und behutsam durchzuführen sind. Vor der Einbeziehung der ökonomischen Dimension der Systeme (Preisen und Kosten, einschließlich der so schwer zu erfassenden Transaktionskosten) schreckte man zurück, auch wenn der Bezug zwischen Knappheitsverhältnissen, Preisen und Werten der Ressourcen Wasser, Boden, Arbeit und Kapital anklingt. Aber vor konkreteren Schlussfolgerungen scheute man zurück, z.B. hinsichtlich der relativen Vorzüglichkeit bestimmter Eingriffe in die Natur oder der systembezogenen Priorisierung von Aktivitäten im Rahmen der Projekte. Vieles war aber intuitiv irgendwo irgendwie präsent. Und das ist ja auch schon was.

Beide Projekte konnten ihre Mitarbeiter für das Systemdenken sensibilisieren. Und das ist immer gut, vor allem wenn es zu den Kunden durchsickert. Sie konnten auch zeigen, dass einfache grafische Modelle, wenn sie die Praxisrelevanz und Absorptionskapazität der Projektmitarbeiter und Kunden nicht übersteigen, dazu dienen können, komplexe Zusammenhänge in vereinfachter Form darzustellen. Manchen, die sich die Mühe machten und denen es gelang, die Grafiken zu verstehen, verschafften sie wohl auch Klarheit über systeminterne Interdependenzen und über die Folgen von Eingriffen in die komplexen Sub-Systeme. Ob das Wissen um die Zusammenhänge dazu beitrug, beim Streben nach positiven Wirkungen die negativen dann wirklich zu vermeiden, lässt sich nachträglich nur vermuten. Die Aussagen der befragten Betroffenen lässt jedenfalls darauf schließen, dass sie verstanden hatten, dass Bewässerungssysteme nicht nur eine Ansammlung von Infrastrukturelementen sind, sondern dass sie sich aus einer Reihe von Sub-Systemen zusammensetzen, die durch Wechselwirkungen und Rückkopplungseffekte miteinander verbunden sind. Vor allem konnte aber das Ziel erreicht werden, den Projektmitarbeitern mehr als nur monotone EZ-Hausmanns/frauenkost zu bieten sondern eine »Herausforderung ... in einem Umfeld, das für gut ausgebildete Mitmenschen häufig nicht genügend intellektuelle Reibungsflächen bietet« (Originalton der AP von COPASA). Denksport sozusagen und ein Ausgleich für die routinebestimmte tägliche Arbeit in einem schwierigen Umfeld, in dem man immer wieder gegen erhebliche Reibungswiderstände nicht-intellektueller Art ankämpfen musste. Vielleicht lässt sich dies als Lernerfahrung auch an andere Projekte weitergeben, in denen sich bei den Mitarbeitern EZ-*burnout*-Effekte und Motivationsdefizite einzuschleichen drohen.

Solche Motivationsdefizite könnten vielleicht auch eine Erklärung dafür sein, dass die »Kosten-Nutzen-Analyse« (KNA) von KfW, Weltbank und anderen internationalen Entwicklungsfinanzierungsorganisationen immer noch mit so viel Elan eingesetzt wird. Die KNA also nur eine »intellektuelle Reibungsfläche«, ein Denksport fern jeder praktischen Relevanz? Man könnte es beinahe meinen. Es ist aber nicht ganz so, denn der Glaube an die Aussagekraft solcher Analysen ist immer noch weit verbreitet und sicher auch nicht ganz unberechtigt. Hier ist jedoch weder der Ort noch das Publikum, um auf die Problematik der Anwendung und auf den begrenzten Aussagewert der KNA für Projekte der EZ einzugehen. Bei den Laien unter Ihnen würde das fachliche Geblubbere möglicherweise unnötige Lesewiderstände und gähnende Langeweile aufkommen lassen. Was sicher nicht gerechtfertigt ist. Denn bei der KNA handelt es sich zweifellos um die wichtigste Methode zur Überprüfung der Wirtschaftlichkeit von Projekten aus gesamtwirtschaftlicher Sicht, und sie beeinflusst daher häufig auch die Entscheidungen der Geldgeber, für welche Projekte die knappen EZ-Gelder ausgegeben werden. Den meisten Fachleuten ist dies natürlich bekannt, und ein fachlicher Exkurs würde ihnen keine intellektuellen Reibungsflähen mehr bieten. Ihnen sind sicher auch die Vorbehalte gegen die KNA bekannt, sie haben diese erfolgreich verdrängt und würden nur ungern an sie erinnert werden.

Auch der KfW sind die Vorbehalte natürlich bekannt. Doch die KNA ist nun einmal immer noch *state of the art* bei den internationalen Entwicklungsfinanzierungsorganisationen. Sie wird es wohl auch noch eine Zeitlang bleiben, weil niemandem bisher etwas Besseres eingefallen ist. Selbst die Europäische Kommission hat sie vor kurzem entdeckt, propagiert sie und verlangt mittlerweile sogar ihre Anwendung, lässt eigene Mitarbeiter und externe Berater von entsprechend spezialisierten Consulting-Firmen darin ausbilden. Eine KNA-AURA umgibt nun sozusagen Brüssel – wohl ein verzweifelter Versuch, die Erfolgsbilanz der von der Kommission finanzierten Projekte zu verbessern. Dabei sollte doch den Consulting-Firmen wie den Bürokraten in Brüssel mittlerweile bekannt sein, dass ein positiver Kapitalwert oder eine angemessene interne Verzinsung des eingesetzten Kapitals *ex-ante* noch wenig über die Erfolgsaussichten eines Projektes aussagt und *ex-post* genauso wenig über den tatsächlichen Erfolg. *Ex-ante* sind es vor allem die Annahmen über das Projektumfeld und die schon diskutierten Rahmenbedingungen, die Zweifel am Aussagewert der Ergebnisse solcher Kraftanstrengungen aufkommen lassen. Sie sind in der Regel nicht sehr realistisch und können es auch nicht sein, weil das Projektumfeld extrem unsicher ist. Folglich sagen auch die Ergebnisse – besser: das Ergebnis der KNA in Form eines internen Zinsfußes – entsprechend wenig aus. Weder in einem Vergleich mit anderen Projekten, die als Alternative für die Verwendung des Kapitals in Frage kämen, noch viel weniger, wie gesagt, über die Erfolgsaussichten des so analysierten Projektes selbst. Denn nicht nur die Annahmen zu den Rahmenbedingungen, sondern auch die Daten zur Kennzeichnung des Projektes (das sog. Mengengerüst und die dazugehörigen Preise) und seiner Wirkungen sind mit Unsicherheiten behaftet und in der Regel völlig unzureichend. Dies gilt für AURA und die *ex-post*-KNA zur Überprüfung des Erfolges nach Abschluss des Projektes in gleichem Maße. Die moralischen und intellektuellen Reibungswiderstände bei den Beteiligten am KNA-*number crunching* und beim Formulieren der AURA-Wirkungen gehen daher manchmal gegen unendlich. Dies übrigens ist nicht nur eine Annahme, sondern eine persönliche Lernerfahrung.

3.3 Über M&E, die Erhebung und Analyse agrarökonomischer Daten und die Schwierigkeit, Wirkungen durch Projekte zu erzielen und zu messen

Das *outing* hinsichtlich meiner Geringschätzung der KNA bringt mich nicht aus dem Schneider, etwas Konkreteres über die Lernerfahrungen im Bereich M&E (*monitoreo & evaluación*), also der begleitenden Datensammlung und Evaluierung eines Projektes, schreiben zu müssen. Auch hier spricht man gerne von einem »System«, einem M&E-System eben. In einem Bewässerungsprojekt gehören M&E und Agrarökonomie (systemisch, sozusagen) als Bereiche zusammen. Beide befassen sich mit der Sammlung, Verarbeitung und Interpretation von Daten und mit der Kommunikation von Information an die daran Interessierten. Beim Monitoring ist es Information über die Aktivitäten und Ergebnisse eines Projektes, Information auch über die Wirkungen (erwartete und unerwartete), die diese auf die Lebenssituation der Zielbevölkerung haben. Bei Bewässerungsprojekten sind dies vor allem die Ernährung, das Einkommen und die Art und Weise, wie die Bauern ihre Bewässerungssysteme bzw. die Ressourcen Wasser und Boden nutzen. Nicht nur kurzfristig sondern auch nach Projektende, also nachhaltig. Daten und Information werden in laufenden Projektfortschrittskontrollen (PFK) und in begleitenden oder abschließenden Evaluierungen analysiert und näher untersucht. Die Agrarökonomie wird dabei flankierend benötigt, vor allem bei tiefer gehenden quantitativen Analysen zur Wirtschaftlichkeit der Projekte. M&E und Agrarökonomie sind daher wichtige Bereiche, die in keinem Bewässerungsprojekt fehlen und bei einem langfristig geförderten Projektträger wie Plan MERISS auch über das Ende einer Projektfinanzierung hinaus Bestand haben sollten. Das klingt vielleicht wie eine Binsenweisheit, für Projekte vieler Nichtregierungs- und karitativer Organisationen ist M&E jedoch eher ein Fremdwort, Agrarökonomie eine *quantité négligeable*. Für die meisten Entwicklungsprojekte offensichtlich ein unerfreuliches Thema. Daher zunächst einmal die Frage, warum das so ist.

Vor allem wohl wegen der ungeklärten Frage, wie viel des Guten ausreicht, also gut ist, oder wie viel schon zu viel des Guten und daher nicht mehr gut ist. Haben Gutachter oder Gutachtermissionen eine Antwort darauf? Führen sie daher mit Recht das »Gut« in ihrem Namen und lassen sich gut dafür bezahlen? Im Fall von Bewässerungsprojekten fordern Gutachter regelmäßig agrarökonomische Daten, M&E-, Betriebs- und sonstige Studien, möglichst basierend auf Betriebs-, Haushalts-, Betriebs-Haushalts- oder auch anderen »Modellen«. Mit deren Hilfe wollen oder sollen sie – vor allem die Gutachter, manchmal auch die Projekte selbst – Kosten-Nutzen-, Kosten-Ertrags-, Kosten-Effektivitäts- oder auch andere Arten von Analysen anstellen. Sie sollen er- und begründen, warum Projekte gut oder weniger gut laufen, sie sollen Wirkungen fest- und Fehler abstellen helfen. Allen, die mit Bewässerungs-, landwirtschaftlichen, ländlichen Entwicklungs- und sonstigen Projekten befasst sind, ist dies zu Genüge bekannt. Auch Plan MERISS und COPASA bekamen, trotz Barmittelknappheit, Besuch von Gutachtermissionen und von diesen ein gerütteltes Maß an guten Ratschlägen und Empfehlungen.

Vorläufige Eindrücke, Ratschäge und Empfehlungen oder manchmal auch Abmachungen werden in der Regel in schriftlicher Form als *MOM* (neudeutsch für *minutes of meeting*) oder schlicht als »*Memoria*« oder »*Resultados preliminares*« wenige Tage vor Ende der Mission (meist am letzten) vorgelegt und während langer Sitzung(en) heiß diskutiert und nach Einigung von beiden Seiten unterschrieben. Längere Ausführungen, Einzelheiten und Begründungen werden später im endgültigen Gutachten vorgelegt und dann oft nur noch einer Daumenkino-Probe unterzogen und mehr oder wenig geordnet abgelegt. Längst vorbei die Zeiten von Nachbesprechungen bei P&E, oder – noch früher – mit Projektsprechern, manchmal verbunden mit einem Besuch im BMZ. Ob die Empfehlungen dann auch umgesetzt wurden, hing schon immer davon ab, ob das Gutachten für gut erachtet, zu gutem Willen und der Bereitstellung von Geld zur Umsetzung anregte. Denn finanzielle und andere Mittelzuweisungen, um die empfohlenen Daten auch sammeln und in Information und Verbesserungen umwandeln zu können, sind nicht immer vorhanden – dies ist jedoch sicher nicht der einzige Grund, warum in der Vergangenheit so manche Empfehlung nicht in verbesserte Ergebnisse umgesetzt wurde. Aber mit dezentralisierter Durchführungsverantwortung, mit Selbstevaluierung und »neuer PFK auf Gegenseitigkeit« und – *last not least* – einer neuen AURA wird das sowieso alles anders, so dass ich an dieser Stelle auf eine tiefer gehende Analyse verzichten kann.

Die Projektgeschichte von Plan MERISS im Bereich M&E-Agrarökonomie ist – schon wegen ihrer Dauer – komplex und reich an Höhen und Tiefen, an institutionellen und individuellen Erfolgen und Misserfolgen, an persönlichen Absichten, Ansichten und Einsichten. Sie ist gekennzeichnet von einer Reihe recht guter und auch weniger guter Analysen. Einige lassen sich in zusammengefasster Form in der Zeitschrift »MERISS AL 2000« und ihrer Nachfolgerin »PLAN MERISS« nachlesen. Die meisten Originale lagern in den Archiven von Plan MERISS, GTZ und KfW, sind aber dennoch nicht immer verfügbar, wenn man sie braucht. Auch in diesem Bereich entspricht der Anspruch an die Qualität von Betrieb und Instandhaltung nicht immer der Realität. Nur selten wird die Spreu vom Weizen getrennt, Unbrauchbares weggeworfen, das Brauchbare in auffindbarer Form archiviert. Datenpflege und Informationsmanagement – ein nicht ganz neues, aber offensichtlich für viele ein noch ungewohntes, unangenehmes und meist verdrängtes Thema, nicht nur in den Projekten. Berichte wurden, wenn überhaupt, nach Kriterien weggestellt, einsortiert oder weggeworfen, die im Nachhinein nicht einleuchten, die aber möglicherweise doch ernsthaftem Nachdenken entsprungen sein könnten. Die Reibungswiderstände bei der Aufarbeitung der Vergangenheit waren daher relativ groß, ein gewisses Zögern, über sie zu berichten, stellt sich daher ein. Da ich jedoch etwa gleichzeitig mit der Einführung der EDV (Elektronische Datenverarbeitung) Anfang der 90er Jahre erstmals als Gutachter in das Projekt kam, kann ich mich teilweise auch auf eigene Aufzeichnungen stützen und außerdem auf Erinnerungen meiner Gesprächspartner, die ich bei meinem letzten Besuch im Projekt dazu befragen konnte.

Der Bereich M&E-Agrarökonomie, als Managementinstrument der Projektdirektion gedacht, hatte bei Plan MERISS insgesamt eine eher geringe Bedeutung, gemessen am Personal, an den finanziellen und materiellen Mitteln und an den Aktivitäten des Projektes in diesem Bereich. Einen gewissen Aufschwung und Höhepunkt gab es Anfang der 90er Jahre mit der Gründung einer entsprechenden Einheit und deren Aussattung mit einem, zeitweise auch zwei PCs. Es dauerte jedoch lange, bis diese Einheit die richtige Software und das richtige Augenmaß für die notwendige Masse und Qualität der Daten und für die möglichen Interessenten, Nachfrager und Anwender der aus ihnen gewonnenen Information gefunden hatte. Grund dafür waren teilweise die unrealistischen Erwartungen seitens der Mutterhäuser und der Gutachter, teilweise auch die Unerfahrenheit der Mitarbeiter und die Tatsache, dass die Anforderungen an die Daten für die Projektidentifizierung und die Feasibility- und Durchführungsstudien andere waren, als für die Beratung, diese wiederum andere als für das Monitoring der Aktivitäten, der Ergebnisse und der Wirkungen. Da es auch für die *ex-post*-Wirtschaftlichkeitsstudien der KfW-Schlussprüfungen besondere Standards gab, mussten sich die verschiedenen Abteilungen zusammensetzen und -raufen, um nicht zweierlei Kosten für einen Betriebsaufwand, zwei Preise für das gleiche Produkt, zwei Deckungsbeiträge für die gleiche Kultur im gleichen Jahr im gleichen Dorf zu haben, wie das vor der Schaffung der Einheit passieren konnte.

Wenn es andererseits um die Formulierung von Indikatoren zur Messung des Erreichten auf der Ziel-, Ergebnis- und Aktivitätenebene der PPÜ während der ZOPP-Seminare ging, waren es nicht nur die Zahlen, die stimmen mussten. Da entdeckten manche Projektmitarbeiter und externen Gäste ungeahnte sprachliche Talente, während andere (ver-) zweifelten – an der Methode, an den Formulierungen, an sich selbst oder am System und dem

Anspruch, in der *cultura andina* überhaupt etwas quantifizieren zu wollen. Ein gerütteltes Maß an Unsicherheit, wie mit dem Bereich M&E-Agrarökonomie im Projekt umzugehen sei, war daher latent immer vorhanden. Auch heute noch und auch bei mir selbst. Wie die Projektrealität erfassen? Wie umgehen mit Komplexität und Diversität, mit Qualität (-sanforderungen) und Kapazität (-sbeschränkungen), mit (Dis-) Kontinuität und (In-) Kompatibilität? Eine wahrlich undankbare Aufgabe in Zeiten postmodernen Denkens, ähnlich undankbar wie die Aufgabe, ein abschließendes Urteil zu diesem schwierigen Bereich abgeben zu müssen.

Mit einem Agraringenieur besetzt, der im Rahmen des Projektes *on the job* zum Agrarökonomen ausgebildet wurde, ist der Bereich M&E-Agrarökonomie bei Plan MERISS heute nur noch eine Ein-Mann-Show. Auch wenn dies auf eine geringe Nachhaltigkeit schließen lässt, sollte man froh sein, dass es ihn überhaupt gibt und dass durch ihn auch eine gewisse Kontinuität gewahrt bleibt. Da er »ein Mann der ersten Stunde« und mit dem »*enfoque Plan MERISS*« vertraut ist, tritt er als wichtiger Warner auf, wenn Lernerfahrungen aus früheren Zeiten in Vergessenheit zu geraten drohen. Als er zwischenzeitlich für einige Zeit abwesend war, sah es erheblich schlechter aus mit M&E. Doch dass der Bereich so personalisiert ist, dass unser Mann der ersten Stunde um die Mitnahme in einem Fahrzeug betteln, für die Zahlung von *viáticos* (Reisekosten) kämpfen und monatelang auf die Reparatur seines Laptops warten muss, weil kein Geld da ist, muss bedenklich stimmen und lässt Zweifel an Nachhaltigkeit und Kundenorientierung aufkommen. Bei solchen Hemmnissen wird er sich kaum beim »Kunden« sehen lassen, und bei weniger zuverlässigen Mitarbeitern bestünde die Gefahr, dass sie sich tagsüber mit Büroarbeit beschäftigen und Daten produzieren, die sie eigentlich im Feld sammeln sollten. Es bestünde auch die Gefahr, dass sie sich tagsüber ausruhen, um am Abend Nebentätigkeiten ausüben zu können, wie das in manchen Projekten geschieht. Bei den geringen Gehältern, die im Staatssektor gezahlt werden, wagt man es als Gutachter kaum, den Finger in solche Wunden zu legen. Als AP noch viel weniger.

Trotz der unerfreulichen Arbeitssituation ist der M&E-Beauftragte, nach eigenen Aussagen und denen seiner Kollegen, häufig im Feld, kommt mit den Bauern ins Gespräch, nimmt Arbeitsqualität und -abläufe seiner Kollegen in Augenschein und informiert sich über Partizipation, Qualität der Infrastruktur und Zufriedenheit der Bauern. Er berichtet von Gesprächen mit den Mitarbeitern der dezentralen multidisziplinären *unidades operativas* (UO), in denen sich diese beklagten, dass von oben wenig Interesse für ihre Arbeit im Feld komme, dass sich kaum einer aus der Führungsetage blicken ließe. Früher hätte es einmal einen Exekutivdirektor gegeben, der

Wert auf Meinungsaustausch gelegt und in periodischen Abständen Arbeitstreffen an jeweils anderen Standorten der UO organisiert hätte. Das sei aber lange her. Dieser Direktor sei damals ausgetauscht worden, beziehungsweise ging er von alleine, nachdem er vergeblich versucht hatte, sich der Politisierung des Projektes zu widersetzen. Das war damals, als der *chino* auch den letzten Beamten und das letzte Projekt mobilisierte, um seine zweite Wiederwahl sicherzustellen. In solch bewegten Zeiten war die Präsenz der MTA, ein motiviertes Feldpersonal und ein erfahrener Verantwortlicher des M&E-Systems wichtig, um Mindeststandards bei der Projektdurchführung zu wahren. Langfristig ist hierfür das schon erwähnte Handbuch zur Durchführung der Projektstudien wichtig. Ein solches Dokument und die punktuellen M&E-Studien können Qualität und Nachhaltigkeit fördern und helfen, den vielgepriesenen *enfoque Plan MERISS* immer wieder zu hinterfragen und als Teil der *corporate idendity* zu etablieren, eine Identität festzuschreiben, die nicht mit jedem neuen Direktor, einer neuen Regierung oder einer neuen Finanzierungsinstitution abhanden kommt. Die M&E-Abteilung bzw. der M&E-Verantwortliche also als Garant für Identität, Kontinuität und Qualität des Trägers Plan MERISS, als Indikator für das positive Ergebnis jahrelanger Beratungsarbeit der GTZ?

Nicht ganz. Im vertrauten Gespräch hörte sich das etwas anders an. Sein Einfluss sei gering, meinte der M&E-Verantwortliche. Sein Rat würde zwar bei Besprechungen angehört, aber nur selten riefe man ihn in die Führungsetage, um ihn zu konsultieren. Seine schriftlichen Berichte würden dort zwar wohlwollend entgegengenommen, mit lockerer Daumenkino-Probe inspiziert, aber dann meist ungelesen ins geduldige Regal gestellt. Schade, denn Lesbarkeit, Form und Stil der Berichte lassen Fortschritte erkennen. Ausbildung, Empfehlungen der Gutachter und Anmerkungen der APs der MTA hatten da offensichtlich ihre Spuren hinterlassen. Sogar ein *executive summary* gibt es mittlerweile bei einigen Berichten. Bei dem Desinteresse in der Führungsetage sei es, wie er meinte, ein Trost für ihn, dass die Berichte wenigstens von den Mitgliedern der multidisziplinären Teams vor Ort gelesen, zwischen ihnen und mit ihm diskutiert würden. Er meinte, das käme wohl auch daher, dass er mittlerweile gelernt habe, in seinen Berichten erst einmal die Leistungen der Ingenieure positiv hervorzuheben, bevor er die Fehler aufzeige und Verbesserungsvorschläge mache.

Ideal wäre natürlich, wenn die Berichte nicht nur von den Ingenieuren der UO gelesen würden sondern von allen, von den lesekundigen Bauern bis hin zu den lesefaulen Direktoren. So könnten Erfahrungen ausgetauscht und Lernerfahrungen abgeglichen werden, die dann wieder neuen Projekten zugute kommen könnten. Doch dies wird wohl eine Utopie bleiben. Zu groß sind auch heute noch die Berührungsängste zwischen den Führern, die nicht wissen, was Führen heißt, und den Kunden, die nicht wissen, dass sie Kunden sind. Zwar werden die Berührungsängste bei folkloristisch untermalten, mit viel *yonke* und *chicha* (Zuckerrohrschnaps und Maisbier) angeheizten Einweihungsfeiern der Bauwerke temporär überwunden, doch wenn der Rausch ausgeschlafen und die Kopfschmerzen weg waren, dann gab es wieder die übliche Distanz zwischen indigenem *cholo* und *ingeniero*. Herrn Todaro würde es vielleicht nachdenklich stimmen, wenn er sähe, dass die Distanz zwischen indigenem *cholo* und indigenem *ingeniero* häufig größer ist, als die zwischen *cholo* und »weißem« *ingeniero*. Ohne mich mit zweifelhaften Rückschlüssen auf die Wirkung von Entwicklungsprozessen aufzuhalten, möchte ich nur noch hinzufügen, dass – nach Aussage einiger Mitarbeiter der multidisziplinären Teams der UO – die dezentrale Projektorganisation, die sorgfältigeren Studien und die punktuellen *diagnosticos* des Verantwortlichen für M&E manches im Verhältnis der Bauern zum Projekt positiv verändert habe. Die Zufriedenheit mit den Bauwerken und das Verständnis füreinander sei heute erheblich größer als früher.

Und wie beurteilt die KfW die Qualität des Bereichs M&E-Agrarökonomie? Die Tatsache, dass sich der externe Gutachter der KfW bei der Schlussprüfung der acht Projekte der ersten Phase 1995 auf die Daten von Plan MERISS stützen konnte, ist ein erfreuliches Ergebnis und zweifellos den Bemühungen der MTA in diesem Bereich seit Beginn der 90er Jahre zu verdanken. Dies könnte Anlass geben zu Lob und Zufriedenheit, wenn da nicht die im Jahre 2000 durchgeführte Schlussprüfung der 16 Projekte der Phasen II und IIA wäre. Der Niedergang des Bereichs M&E-Agrarökonomie zeigt sich darin, dass damals seine Daten für so schlecht befunden wurden, dass die KfW es vorzog, eine Ad-hoc-Datenerhebung von einer deutschen Consulting-Firma vornehmen zu lassen. Durch Befragungen einer extrem kleinen Stichprobe von Bauern wurden während kurzer Aufenthalte in den Dörfern eigene Daten erhoben und den Ergebnissen der kontinuierlichen Arbeit der M&E-Abteilung vorgezogen. Eine Bankrotterklärung für diese und ihr Supergau? Nicht ganz, denn der M&E-Beauftragte stand dem Gutachter damals mit Rat und Tat zur Seite. Nicht nur, um ihm Trost und Mut für diese *misión imposible* zu spenden, sondern um ihm auch zu helfen, die schlimmsten Ausreißer dieser Daten durch *common sense,* Fingerspitzengefühl für die besonderen Verhältnisse der Anden (*lo andino!*), und mit Hilfe seines persönlichen Wissens und seiner langjährigen Erfahrung herauszufiltern. Denn seine Familie beackert seit Jahrhunderten den Boden und den Kontakt zu ihr, zu seinem Dorf und seiner *comunidad* hat er nie abreißen lassen. Ein Glücksfall also, und mehr, als man üblicherweise von einer Einmann-M&E-Abteilung erwarten kann. Aber es entsprach sicher nicht dem, was über viele Jahre in Berichten und Gutachten gefordert und nur während einer kurzen Phase Anfang der 90er Jahre näherungsweise erreicht worden war. Dazu trugen damals die entsprechenden finanziellen Mittel und die Unterstützung durch eine Langzeitfachkraft (LZF) im MTA-Team bei. Diese LZF war so erfolgreich, dass die KfW sie als Mitarbeiter direkt nach der Rückkehr aus Cusco zu sich nach Frankfurt holte. Nachhaltiger Erfolg und Wissenstransfer also – zumindest für den neuen Mitarbeiter und die KfW.

Schlussfolgerungen zur M&E-Agrarökonomie bei Plan MERISS? Kann es sein, dass das Phänomen Anden-Agrikultur, *lo andino*, zu komplex ist, um sich von einem M&E-System im Rahmen eines Projektes einer staatlichen Organisation erfassen zu lassen? Dass *lo andino* vielleicht so wenig mit den Qualitätsansprüchen deutscher EZ-Kultur zu tun hat, wie ein lecker gegrillter *cuy* (andines Meerschweinchen) mit einem Meerschweinchen in einem deutschen Kinderzimmer? Waren Forderungen nach Betriebssystem- und Modellbetriebsstudien – bei der BMZ-Evaluierung von 1997 sogar nach Einbeziehung der Viehwirtschaft in Höhenlagen – vielleicht etwas zu hoch geschraubt? Schwer zu sagen für einen Agrarökonomen, der selbst zeitweise Mittäter war und dem der Gedanke an lineare Programmierung, an Bewässerungsplanungsmodelle und umfangreiche Datensätze für fundierte Wirtschaftlichkeitsrechnungen auch heute noch manchmal das Herz höher schlagen lässt.

Vielleicht kann ich zu meiner Entlastung anführen, dass in meiner Ausbildung zum Agrarökonomen die Landwirtschaft als naturwissenschaftliches, die Ökonomie als nach Objektivierung und Messbarkeit strebendes sozialwissenschaftliches Fach die zentrale Rolle spielten, Elemente anderer, »weicher« Wissenschaften nur sporadisch hinzukamen. Prägend waren daher in meiner Ausbildung die Forderung Galileo Galileis, »was messbar ist, messen, was nicht messbar ist, messbar machen«, und die Überzeugung des Physikers Max Planck, Namensgeber des Gymnasiums, das mir offensichtlich viel zu früh die Reife bescheinigte, »wirklich ist nur das, was messbar ist«. Erst nach über dreißig Jahren Arbeit in Entwicklungsländern wird mir die Beschränktheit einer solchen Sichtweise bewusst. Mittlerweile sind Spieltrieb und der Drang nach akademischer Profilierung fast verschwunden, so dass ich gelassener mit Forderungen umgehen kann, als Agrarökonom die Rolle eines (Wirkungs-) Messers zu spielen. Gerade noch rechtzeitig angesichts der Schwindsucht öffentlicher Kassen und des Sparzwangs, der die Mittel für entsprechende Datenerhebungen inzwischen gegen Null gehen lässt.

Meine von post-modernem Zeitgeist beeinflussten Zweifel an der Sinnhaftigkeit aufwändiger Forschungsprogramme zur Erfassung der Realität durch Messen schließen jedoch nicht aus, dass ich mich den Bedenken einiger renommierter Agrarwissenschaftler anschließe, die darauf hinweisen, dass der Rückgang an öffentlichen Forschungsmitteln im Agrar-, Ernährungs- und Umweltbereich angesichts des Hungers und der Umweltzerstörung in der Welt kaum zu verantworten ist. Begehen wir also nicht den Fehler, das Kind (die berechtigte Forderung nach mehr Forschungsmitteln) mit dem Bad (angenommene Eigeninteressen der Forscher) auszuschütten. Fragen wir lieber, woher wir angesichts der Schwindsucht öffentlicher Kassen die Mittel für eine unabhängige (ohne Einflussnahme patentsüchtiger Agro-Multis) Agrarforschung in Zukunft bekommen und wie, wofür und wo man sie am besten einsetzen sollte. Hierzu Anworten zu geben, stehen sicher genügend kluge Gutachter (sprich: Agrarwissenschaftler) bereit.

Nach allem, was man hört bzw. liest, sind die Mittel für Gutachter der gegenwärtigen Regierung jedoch bereits mehr als ausgeschöpft. Doch die nächste wird sicher nicht lange auf sich warten lassen und, entgegen Beteuerungen der derzeitigen Opposition, auch nicht an Beraterverträgen sparen. Denn die waren auch bei dem Ex-Kanzler Mode. Sein eigenes Tänzchen mit dem heute kaum noch mogelnden TV-Mogulen, bei dem er selbst einen gut bezahlten Berater-Tango aufs Parkett legte, klingt ja auch heute noch in einigen Spätabend-Talkshows an. Das Paradox, dass einerseits Politiker gut bezahlte Beraterverträge von der Industrie bekommen, andererseits Millionen für Gutachten und Berater ausgegeben werden, weil die Politiker keinen Weg aus dem Schlamassel finden, lässt die Bürger vor Staunen erblassen oder vor Scham erröten, je nachdem, wie involviert sie sind. Aber der Vorschlag einiger, mehr Geld in die Weiterbildung der Politiker zu investieren, um Kosten für Gutachter zu sparen, erscheint auch nicht unbedingt das Gelbe vom Ei zu sein. Denn die Gefahr, dass Politiker dann noch mehr Beraterverträge angeboten bekämen, würde sich dadurch möglicherweise noch erhöhen. Dies natürlich nur unter der Annahme, dass der Abschluss eines Beratervertrages auch tatsächlich eine qualifizierte Beratungsleistung zum Ziel hat, was ja zur Zeit offensichtlich eher in Zweifel gezogen wird.

Anders sieht es mit Ausbildungskomponenten von EZ-Projekten aus, an deren Sinn wohl niemand zweifelt. Daher könnte die KfW vielleicht in Erwägung ziehen, in den Krediten für eine weitere Phase – Plan MERISS IV – einen angemessenen Betrag für Ausbildungsmaßnahmen im Bereich Betriebswirtschaft und M&E auszuweisen. Als Investition in Humankapital sozusagen. Humankapital aber nicht in Form von Agrarforschern als internationale Gutachter, sondern in Form von peruanischen Bauern und Beratern, die das Einmaleins von Agrarökonomie, Buchhaltung und Wirkungsmonitoring erlernen. Es wären nur Peanuts-Beträge für die Finanzierung von Kostentagebüchern (*almanques agrícolas*) und die Einweisung der Kontaktbauern nötig, die ihre Kosten- und Ertragsdaten regelmäßig in diese eintragen und dann mit einfachen Methoden der Buchführung selbst analysieren könnten, mit Unterstützung eines Beraters von Plan MERISS. Das Geld wäre gut angelegt und eine rentable Investition in Humankapital mit Multiplikatorwirkung, da die ausgebildeten Berater und Bauern das Gelernte effizienz- und einkommenssteigernd nicht nur für sich selbst, sondern auch in den Gremien der Selbstverwaltung, in Genossenschaften und Wassernutzerorganisationen einsetzen könnten. Damit würde nicht nur die Zuverlässigkeit und Qualität der Daten des Projektes, sondern auch seine gesamtwirtschaftliche Rentabilität, seine Nachhaltigkeit und seine Breitenwirkung verbessert.

Neue Akzente im Bereich M&E-Agrarökonomie setzte COPASA – eher aus der Not geboren, denn als Teil eines wohlüberlegten Gesamtkonzeptes. Die Notlage setzt sich aus zwei Komponenten zusammen. Einer strukturellen, die bei den meisten EZ-Projekten zu beobachten ist, und einer finanziellen, akut oder ebenfalls strukturell bedingt. Die strukturelle Komponente betrifft das Phänomen, dass das Thema M&E zu Beginn fast aller Projekte verdrängt wird, weil Aktivitäten und Ergebnisse nicht nur auf dem Papier formuliert und das Erreichte in Berichten nachgezeichnet, sondern auch real und sichtbar erreicht werden muss. Und das kostet Zeit. Diesem vorübergehenden Verdrängungsprozess wurde einst durch P&E, externe Gutachter, ZOPP und Alte PFK, heute mit neuer AURA, Eigenevaluierung, GQA, virtuellen Befragungen und Neuer PFK (beliebig) entgegengewirkt. Die warnenden Zeigefinger und Nachfragen aus der Zentrale sind offensichtlich weggefallen, die virtuellen noch wenig glaubhaft und ignorierbar und die vor Ort immer noch recht unspezifisch. Es bleibt abzuwarten, wie sich dies langfristig auf die M&E-Systeme, auf die Qualität der Projekte und auf die EZ insgesamt auswirken wird. Ob der Gedanke an dieses Thema die AP und sonstigen Verantwortlichen vor Ort und in der Zentrale auch in Zukunft zu nachtschlafender Zeit aufschrecken lässt, ihnen eine erhöhte Herzfrequenz beschert, wenn sie darüber nachgrübeln? Vielleicht wird das Thema auch bald zu nostalgischen EZ-Schwärmereien Anlass geben, etwa: »Ach, weißt du noch, damals, als es noch ZOPP, PPÜs und M&E gab, als die gute Alte PFK mit externen Gutachtern den Projektbrei manchmal etwas aufrührte, als P&E noch eine richtige Abteilung war, die einem auch mal inhaltliche und nicht nur formale Zeigefinger zeigte ...?« Die AURA-Ära ist noch zu jung, um sagen zu können, wohin der M&E-Hase in der EZ-Zukunft laufen wird.

Die zweite Komponente der M&E-Notlage in COPASA, die finanzielle, wurde bereits kurz erwähnt. Deren struktureller Teil bezieht sich auf die verbreitete Erscheinung, dass in Projekten kaum noch Mittel für umfangreiche *baseline studies* und M&E-Systeme eingeplant werden und dass sich die Finanzierungsanteile am unteren Rand dessen bewegen, was auch unter Berücksichtigung post-moderner Nonchalance hinsichtlich des Realitätsgehalts von Evaluierungsergebnissen gerade noch zu verantworten ist. Denkt man andererseits an die umfangreichen und kostenintensiven Datenfriedhöfe früherer Projekte, so kann man nach dem Motto »weniger ist mehr« vielleicht sogar erleichtert sein. Denn knappe Mittel regen zu Sparsamkeit, Kreativität und schärferem Nachdenken hinsichtlich ihres innovativen Einsatzes an. Bei COPASA war dieser Effekt besonders intensiv, da die strukturelle Form der Mittelknappheit durch die akute Form der »Barmittelknappheit« überlagert und dadurch verstärkt wurde. Eher hinter vorgehaltener Hand beklagten sich damals landauf, landab in Peru die APs über das Wegfallen von Studien, über die erzwungene Absage von Kurzzeitfachkräften (KZF) und daher über schlaflose Nächte. Hiervon wurden nicht selten auch externe Gutachter betroffen, die sich kurzfristig neu orientieren und nach anderen Wiesen umsehen mussten, wo die Barmittelsense weniger radikal geschwungen wurde. Nur dem festen Projektpersonal konnte die Sense nichts anhaben, aber es wurde – das Rezept ist alt und wird immer wieder gerne hervorgekramt – besser ausgenutzt. Der Not und der in der GTZ neu entdeckten Tugend der Selbstevaluierung gehorchend, halfen sich die APs nach dem Motto aus: »Prüfst Du mein Projekt, prüf ich Deines«. So konnte man Schwächen schon auch mal übersehen oder gar als Stärken deklarieren, ganz nebenbei noch einen lockeren Erfahrungsaustausch pflegen und alte Seile neu knüpfen. Eine zweite Schiene auf dem Weg zu mehr zwischenmenschlicher Wärme und einer *corporate identity* sozusagen, zusätzlich zu den AMA- (Auslandsmitarbeiter) und sonstigen Treffen an idyllischen Orten dieser Erde, bei denen, mit Ausnahme einiger auf den Index gesetzter Themen (Beispiel: Barmittelknappheit), fast alles besprochen werden konnte, was die TZ-Seele immer wieder und immer öfter bedrückte.

COPASA war nicht unbedingt die M&E-Musterdirn, ging aber, wie gesagt, mit dem Thema kreativ und innovativ um. In Ermangelung von *ex-ante* Daten (Ausgangssituation) und nicht früh genug eingeleiteter projektbegleitender Datenerfassung, konzentrierte sie sich auf die *ex-post* Befragung der Bauern. Hierzu wurden Hypothesen über die Wirkungszusammenhänge des Entwicklungsprozesses von den nach intellektuellen Reibungsflächen dürstenden Projektmitarbeitern in einem konzeptionellen Modell entwickelt und grafisch dargestellt. Ein lokaler Gutachter mit großem Erfahrungsschatz in der Materie und in der Region befragte dann die Bauern, um die Hypothesen des Modells zu verifizieren. Dies war vielleicht nicht ganz im Sinne des Wissenschaftsphilosophen Popper, der bekanntlich etwas vorsichtiger war. Aber da sich wohl niemand daran störte oder die Mittel aufbringen wollte, noch einmal Daten zu erheben, um die so »verifizierten« Hypothesen vielleicht doch noch zu falsifizieren, können wir uns mit dem Vorgehen als einer »*second-best*«-Lösung unter den Bedingungen einer akuten Barmittelknappheitssituation zufrieden geben und uns über die erreichten Wirkungen freuen.

Anders die Gutachter der Abschlussevaluierung. Sie waren zwar weder Statistiker noch Wissenschaftsphilosophen, ließen aber dennoch in ihren Ausführungen durchblicken, dass sie von den Ergebnissen dieser *ex-post*-Methode und den Wirkungsketten nicht so ganz überzeugt waren. Ihre Argumentationskette war jedoch ähnlich spärlich fundiert, wie die Wirkungsketten des Projektes statistisch abgesichert waren. Neben einem gewissen *»bliss of ignorance«* waren hier aber wohl vor allem auch ein »*time constraint*« und die (Bar-) Mittelknappheit die wichtigsten Gründe für die dürftige Fundierung der Kritik – *you get what you pay for*. Dagegen ist letztlich auch nichts einzuwenden, denn in der EZ ist nicht nur in Zeiten von Barmittelknappheit pragmatisches Vorgehen gefragt. Schließlich sollen Entwicklungsprojekte nicht zu wissenschaftlichen und wissenschaftstheoretischen Spielwiesen oder als Testobjekte für statistische Methoden der jüngsten Generation missbraucht werden. Dass die Gutachter der Schlussprüfung jedoch weder zur innovativen Methode, noch zu den kreativen Wirkungsketten Substantielles zu sagen und zu schreiben hatten (Kritik muss ja nicht immer negativ sein!), wunderte die AP dann doch ein bisschen. Aber mit dem rundherum positiven Abschlussgutachten unter dem Kopfkissen konnte sie dann, trotz dieser Enttäuschung, wieder besonders ruhig schlafen. Auf, zur nächsten Herausforderung in einem neuen Projekt!

Obwohl nicht als Gutachter gefragt, möchte ich für besonders Interessierte noch einige Anmerkungen zum Bereich M&E-Agrarökonomie in COPASA hinzufügen. Das Fehlen eines Konzeptes und eines entsprechenden Ergebnisses in der PPÜ war zwar ein Schönheitsfehler des sonst so gepriesenen Projektes; das Gesamtergebnis kann unter den gegebenen Umständen dennoch als zufriedenstellend gewertet werden. Schade ist nur, dass COPASA offensichtlich vor lauter Bäumchen, die es in diesem Bereich gab, den Wald etwas aus den Augen verloren hatte. Wenn die Einzelaktivitäten konzeptionell etwas besser zusammengeführt und mit einigen weiteren ergänzt worden wären, dann wäre niemand auf die Idee gekommen, ein M&E-System zu reklamieren. Es hätte genügt, in einer frühen Phase des Projektes eine erfahrene KZF (Kurzzeitfachkraft) im Bereich Wirkungsmonitoring anzuheuern, um sich *ex-ante* mit dem Projektpersonal Gedanken über Wirkungsketten zu machen und entsprechende Hypothesen zu formulieren, um dann die Daten als begleitende Aktivität von Bauern und Projektpersonal aufzeichnen zu lassen. Die KZF hieß früher übrigens »der KZE« (Kurzzeitexperte). Mit der Umbenennung in »Kurzzeitfachkraft«

schlug man zwei Fliegen mit einer Klappe und dem Expertendenken und allgegenwärtigen männlichen Artikel ein Schnippchen – ganz dem postmodernen und *gender*-sensiblen Zeitgeist entsprechend.

Für die AURA-Ära lässt sich zum Thema Wirkungsketten die Lernerfahrung festhalten, dass es nicht ausreicht, die Wirkungen und Wirkungsketten sprachlich ausgefeilt zu formulieren und sie mit GQA-Unterstützung zu kritisieren und reformulieren zu lassen, um sie dem BMZ makellos und scheinbar entwicklungsrelevant zu präsentieren. Es gilt vielmehr – und damit gar nicht so viel anders als in der Ära ZOPP – auch rechtzeitig die notwendigen Daten zu sammeln, um *ex-post* eine Wirkungskontrolle durchführen zu können. Ob in der AURA-Ära hierzu dann auch wirklich die Nullhypothese »Das Projekt hat keine der angenommenen Wirkungen erreicht« mit externem Sachverstand – vielleicht einem Team aus wissenschaftlichen Philosophen und Statistikprofessor – à la Popper falsifiziert werden wird, wissenschaftlich fundiert und jeglichen Zweifels erhaben, oder ob für die Abschlussevaluierungen weiterhin weniger anspruchsvolle Verfahren ausreichen, entzieht sich meiner Kenntnis; glücklicherweise auch meiner (Entscheidungs-) Kompetenz.

Zum Abschluss noch einige Anmerkungen zu Bäumchen, die mir besonders gut gefallen haben. Meiner Ansicht nach war eines der vorbildlichsten die konsequent durchgeführten regelmäßigen monatlichen Treffen der Feldberater mit dem Fachpersonal der Zentrale. Bei diesen Veranstaltungen trugen die BeraterInnen ihre Arbeit vor, die Forschritte und Probleme wurden gemeinsam kritisch durchleuchtet und das weitere Vorgehen bzw. Gegenmaßnahmen empfohlen oder beschlossen. Gegenstand der Diskussionen waren vor allem die Projekte (Aktivitäten genannt), die jede(r) Berater(in), einschließlich des Fachpersonals der Zentrale, eigenverantwortlich konzipiert, geplant und in dem einmal jährlich stattfindenden Planungsseminar vorgestellt und gegenüber den anderen ProjektmitarbeiterInnen verteidigt hatte. Erst wenn die (Projekt-) Aktivitäten in diesen jährlichen Veranstaltungen die Zustimmung der KollegInnen gefunden hatten und die benötigten Mittel ausreichten, wurden sie durchgeführt. Bei diesen monatlichen Treffen fand offensichtlich ein permanenter anregender und motivierender Ideenwettbewerb statt, der den ProjektmitarbeiterInnen ein Gefühl ihrer Kompetenz und ihrer Zugehörigkeit, der viel gepriesenen *corporate identity*, gab, sowie Anregungen bot zur Verbesserung ihrer Arbeit im Feld und die Möglichkeit zu Koordination und Kooperation bei ihren Aktivitäten.

Auch die konzeptionellen internen Workshops und Seminare waren ansehnliche Bäumchen, wo die erwähnten intellektuellen Reibungsflächen für die Projektmitarbeiter geschaffen wurden. Hierzu gehört das konzeptionelle Modell zum Nachvollziehen der Wirkungsketten, das gemeinsam erarbeitet wurde. Andere Bäumchen sind die Studien, die von einzelnen Projektmitarbeitern oder auch von Praktikanten erstellt wurden (z.B. zum erwähnten Systemansatz, zur Wirtschaftlichkeit einiger landwirtschaftlicher und Vermarktungsaktivitäten) und immer wieder zur Reflektion über die Arbeit anregten. Sie trugen auch zur Transparenz der Arbeit zwischen Mitarbeitern des Projektes und nach außen bei. In diesem Zusammenhang sind auch generell die Außenkontakte als Bäumchen zu nennen (die CORSA-Treffen, Wasserplattform, Kontakte zu Nachbarprojekten, Teilnahme an Fachtagungen), die den Austausch von Erfahrungen, eine Reflexion über die Arbeit und über Möglichkeiten ihrer Verbesserung erlaubten. Das Hervorheben dieser Aktivitäten soll nicht heißen, dass Ähnliches nicht auch in Plan MERISS stattfand. Doch wegen der Dauer des Projektes war dieser externe Gedankenaustausch auf viele Phasen und Individuen verteilt, hatte seine *ups* und *downs*, und kann daher nicht im Detail gewürdigt werden. Es sollte in diesem Zusammenhang auch nicht unerwähnt bleiben, dass COPASA auf die Erfahrungen und die guten Beziehungen des Vorgängerprojektes, des Integrierten Ernährungssicherungsprojektes (IESP, 1985-1993), zurückgreifen konnte. Die *downs* waren daher schon weitgehend überwunden, wodurch die *ups* und die Fähigkeiten und Leistungen der AP und des Projektes besonders zur Geltung kommen konnten.

3.4 Über Humankapital und Trägerförderung als Instrument zur Erhöhung der Nachhaltigkeit von Bewässerungsprojekten

Wie bereits erwähnt, sind Investitionen in Humankapital in der Form von Ausbildung wohl die effektivste, nachhaltigste und damit auch wirtschaftlichste Investition überhaupt. Dies vor allem, wenn sie im Zusammenhang mit einem guten Projektkonzept von einem glaubwürdigen und motivierten Beratungspersonal mit einer fachlich fundierten Betreuung aus der Zentrale der GTZ (P&E) geschieht. Dies war bei den hier betrachteten Projekten der Fall, auch wenn die Ausbildung des Projektpersonals und der Bauern eher nebenher mitlief, vielleicht sogar etwas zu kurz kam. Obwohl es also die Spatzen – die übrigens kein Nord-Süd-Gefälle kennen, sondern im Norden wie im Süden ähnlich putzmunter sind – von den Dächern pfeifen, dass Investitionen in Humankapital die ertragreichsten überhaupt sind, wurde bei den FZ-Finanzierungen der Projekte kein Budget (*partidas*) für Ausbildungsmaßnahmen vorgesehen, was vom peruanischen Projektpersonal immer wieder gefordert wurde. So war es vor allem eine »on the job«-Ausbildung durch die MTA während der gesamten Laufzeit des Projektes, die den *enfoque Plan MERISS* entwickelte, manchmal unterstützt von einer KZF. Mit dem Abzug der MTA wird das Projektpersonal die Ausbildungsmaßnahmen, die im letzten Jahr noch einmal besonders intensiviert wurden, vermissen. Es bleibt zu hoffen, dass die KfW mit Projektmitteln oder über den DED in die Finanzierung der Maßnahmen einsteigt.

Insgesamt ist die Bilanz der Humankapitalbildung durch die beiden Projekte sicher positiv. Der M&E-Beauftragte und einige andere Mitarbeiter von Plan MERISS, die ich schon von meinem ersten Besuch im Projekt Anfang der 90er Jahre her kannte, prägten Ende 2001, als ich sie bei meinem kurzen Besuch wiedertraf, die Arbeit des Trägers. Sie sind ebenso ein Beweis für die nachhaltige Wirkung der Humankapitalbildung wie die Mitarbeiter von COPASA, die im Februar 2002 in ihrer Mehrzahl bereits eine andere Stelle gefunden hatten. Da es sich um zeitverzögerte Multiplikatorwirkungen handelt, die zudem quantitativ nur schwer zu erfassen sind, liegen sie meist im »blinden Fleck« standardisierter Abschlussprüfungen und quantitativer *ex-post*-Wirtschaftlichkeitsanalysen Typ KNA. Sie sollen daher kurz angesprochen werden. Die Lernerfahrungen der Bewässerungsförderung in den Anden nahmen, nach Aussage der Beteiligten, im PRIV (*Proyecto de Riego Inter Valles*) in Bolivien ihren Ausgang. Nach intensiven Diskussionen im Kreise der Projektmitarbeiter wurden sie gegen Ende des Projektes in dem schon erwähnten Buch *Dios da el agua. Que hacen los proyectos?* festgehalten. Die Verbreitung der PRIV-Erfahrungen und der damals entstandenen Konzepte wurde von der Abteilung P&E der GTZ und externen Gutachtern gefördert und durch direkte persönliche Kontakte und die Übernahme von Personal weitergegeben – in Bolivien an die GTZ-unterstützten Projekte PMO und PRONAR, in Peru an Plan MERISS und COPASA. Die Erfahrungen von Plan MERISS bis zum Jahre 1995 wurden ebenfalls in einem Buch (*El agua en nuestras manos*) festgehalten, dessen Veröffentlichung, wie auch das PRIV-Buch, vom BMZ bzw. der GTZ finanziell unterstützt wurde. Dieses zweite Buch, ebenfalls nur in spanisch erschienen, ist weniger kritisch und analytisch und auch weniger engagiert und persönlich geschrieben. Vielleicht, weil das Projekt weiter lief, der (die) Autor(en) des Buches beim Träger tätig war(en) und seine (ihre) Arbeit daher nicht mit ähnlicher Distanz sehen konnten, wie das bei dem zu Ende gehenden PRIV der Fall war. Wichtig ist, dass die Mitarbeiter von Plan MERISS das im Laufe der Jahre Gelernte weiterhin anwenden, kritisch hinterfragen und (hoffentlich) auch weiterentwickeln. Selbst wenn sie einmal nicht mehr in Plan MERISS arbeiten sollten, werden sie es in anderen staatlichen, halb- oder nicht-staatlichen Organisationen (NRO) oder in privaten Unternehmen anwenden können. Vielleicht nicht als »die reine Lehre«, die sie in schriftlicher Form hinterlassen haben – aber so rein wurde diese ja auch in Plan MERISS selbst nicht immer angewandt, wie ich bei genauerem Hinsehen feststellen konnte.

Nimmt man die Plazierung ehemaliger Mitarbeiter des mittlerweile abgeschlossenen COPASA-Projektes als Indikator, so können Multiplikatorwirkungen in so wichtigen Institutionen wie der Agrardirektion des Departement Arequipa, in der regionalen Vertretung des schon erwähnten *Fondo Nacional de Compensación y Desarrollo* (FONCODES, Arequipa), in der staatlichen *Administración Técnica* des Bewässerungsdistriktes *Majes* und in dem *Proyecto Subsectorial de Irrigación* (PSI) erwartet werden. Ehemalige Mitarbeiter von COPASA übernahmen dort wichtige, teilweise sogar Führungspositionen, konnten dabei persönlich vom Ansehen des GTZ-Projektes profitieren und geben nun die gelernten Methoden und Konzepte, insbesondere auch die partizipative Vorgehensweise im Umgang mit den Bauern, weiter. Sie werden in ihren neuen Positionen politischen Einflüssen und Forderungen der vorgesetzten Behörden natürlich mehr ausgesetzt sein, als dies bei COPASA der Fall war, und werden Abstriche machen müssen. Wahrscheinlich werden sie sich angesichts der rauen gesellschaftlichen Realität von Märkten und Staatsbürokratien noch gerne an die besonderen Freiräume zurückerinnern, die sie in einem Projekt mit internationaler Finanzierung genießen konnten – trotz aller Einflüsse von außen.

Während neoliberale Kritiker der EZ die Bedeutung und die Langwierigkeit der Lernprozesse im Rahmen solcher Projekte häufig übersehen und den Entwicklungsländern diese Freiräume schon heute durch Streichung der Projektmittel nehmen und sie in die harte Realität internationaler Finanzmärkte und Marktwirtschaft entlassen möchten, gab und gibt es andere, die völlig neue Vorstellungen entwickelten. So präsentierte ein Herr Menzel 1991 in der *Frankfurter Rundschau* die (ver-) blendende Idee, dass wir im Norden doch die Treuhandschaft für die Entwicklung eines ganzen Entwicklungslandes im Süden übernehmen sollten, als Vormund, sozusagen, von Regierungen, die sich hierzu als unfähig erwiesen hatten. Auch wenn sich dieses Vorgehen in einigen Ländern für Teilbereiche bewährt hatte (z.B. Kontrolle über Außenhandel und Zollämter), wurde diese Idee damals nicht ernst genommen, zumindest nicht außerhalb entwicklungsesoterischer Kreise. Es hätte sich wahrscheinlich auch kein Land auf so etwas eingelassen. Ganz abgesehen davon, dass dieser Ansatz kaum dem Prinzip »Hilfe zur Selbsthilfe« entspricht, dem sich das BMZ und ihre nachgeordneten Organisationen verpflichtet fühlen und über das wohl auch bei Entwicklungspolitikern des *mainstream* und bei nationalen und internationalen NRO ein breiter Konsens zu bestehen scheint – zumindest als Richtschnur. Dies schließt nicht aus, dass immer wieder gegen dieses Prinzip verstoßen wird. Mir erscheint Menzels Vorschlag abwegig, schon wegen des Mangels an Respekt vor den Fähigkeiten dieser Länder. Genauso abwegig übrigens, wie etwa ein Jahrzehnt zuvor die These von der tödlichen Hilfe. Mit solch extremen Positionen, die wohl auch eher provozieren und deren Vertreter in die Schlagzeilen bringen sollen, lässt sich Entwicklungspolitik sicher nicht beeinflussen. Wie Politik ganz generell, ist auch Entwicklungspolitik »die Kunst des Möglichen«. Sie darf ihr Anspruchsniveau nicht zu hoch schrauben und den Zeithorizont nicht zu knapp bemessen, sondern muss sich pragmatisch an das Zeitgefühl, die Eigenheiten und Erwartungshaltung der betroffenen Völker und Kulturen anpassen.

Es lässt sich fragen, ob die FZ ihre Ansprüche hier vielleicht manchmal etwas zu hoch schraubt. Nach Ansicht der KfW erfüllten z.B. die Wassernutzerorganisationen (WNO) Ende der 90er Jahre noch nicht die Voraussetzungen, um die verbesserten Systeme nachhaltig bewirtschaften zu können. Es wurde u.a. beanstandet, dass die Beiträge der Bauern zu den Baukosten nicht die geforderten 10% der direkten Kosten erreichten, dass der Betrieb und die Instandhaltung nicht zufriedenstellend und die demokratische Legitimation und die Effektivität der Arbeit der Führungsgremien nicht ausreichend seien. Auch wurde die Hebeeffizienz bei Wassergebühren und die mangelnde finanzielle Kapazität zur Finanzierung von außergewöhnliche Reparaturen beanstandet. Die Frage, ob für die Reparatur größerer Schäden eine Rücklagenbildung notwendig wäre oder ob die bisher üblichen *ad-hoc*-Umlagen reichten, wurde während vieler KfW-Missionen und in entsprechenden Berichten ausgiebig besprochen. Persönlichen Ansichten stehen hier meist institutionelle Grundpositionen gegenüber, die mehr oder weniger fundiert und ausdiskutiert sind.

Während Plan MERISS, GTZ und MTA gelassener und optimistischer waren, fehlte der KfW offensichtlich das Vertrauen in die Fähigkeiten der Wassernutzerorganisationen (WNO). Sie wandte sich daher im Jahre 2000 Hilfe suchend an den DED mit der Bitte, Plan MERISS bei der Nachbetreuung der WNO mit einem Berater zu unterstützen. Nach Ansicht einiger Kenner inner- und außerhalb von Plan MERISS, die seit Jahren in den Anden tätig sind, war diese gut gemeinte Nachhilfestunde eigentlich nicht nötig. Die WNO hätten von der MTA eine ausreichende Unterstützung und Ausbildung als Teil der Standardbetreuung der Projekte erhalten. Was dann noch draufgesetzt wurde, hätte beinahe schon assistenzialistische Züge. Die formaldemokratischen Feinheiten würden den WNO übergestülpt, wie man einst BRD-Gesetze und DM (-Mentalität) der DDR übergestülpt hatte, mit all den negativen Begleiterscheinungen. Die Andenbauern seien schon immer in der Lage gewesen, die Gremien ihrer Selbsthilfeorganisationen demokratisch zu wählen und im Wechsel alle an die Macht zu lassen bzw. in die Pflicht zu nehmen, auch ohne dass z.B. von den *anansaya* und den *urinsaya*, den Ober- und Unterliegern eines Bewässerungssystems, Wahllisten aufgestellt, Wahlbündnisse eingegangen und in geheimer, gleicher Wahl abgestimmt wurde. Auch hätten die Bauern ihre *faenas* zur Instandhaltung der Bewässerungssysteme seit Menschengedenken problemlos organisiert und ihre *tareas* (Aufgaben) gerecht verteilt, sich für größere Reparaturen Hilfe von außen beschafft, falls sie es mit eigener Anstrengung nicht schafften. Im Falle, dass sie kurzfristig keine externe Finanzierung durch ein Projekt, eine NRO oder vom Staat bekommen konnten, waren Umlagen üblich, um sich von lokalen Bauunternehmern mit entsprechenden Spezialmaschinen oder -kenntnissen helfen zu lassen. Doch die KfW hatte hier offensichtlich ihre Bedenken und bestand darauf, die traditionellen Organisationen im Sinne des Wassergesetzes von 1969 registrieren und legalisieren zu lassen. Dies, obwohl die MTA hier andere Vorstellungen hatte und man wusste, dass früher oder später ein neues Gesetz, das seit Jahren durch Ausschüsse außerhalb und innerhalb der Regierung und des Parlaments eierte, irgendwann einmal das alte ersetzen würde.

Auch COPASA bekam die Gründung einer *Junta de Usuarios* entsprechend dem alten Wassergesetz von einer PFK-Mission der GTZ 1997 empfohlen, als Sekundärorganisation der bereits existierenden *Comisiones* bzw. *Comités de Regantes*. Ähnlich wie die KfW hatte die KZF der GTZ-Mission im Bereich Bewässerungsorganisation gute Erfahrungen mit dieser formalisierten Organisationsstruktur in Bewässerungsprojekten der Küste gemacht. COPASA reagierte positiv auf den Vorschlag und gab sich große Mühe mit dem Zögling. Die *Junta* machte jedoch bei Projektende nicht den Eindruck, dass sie ohne die Unterstützung des Projektes überleben würde. Ähnlich wie schon von Kritikern der *Junta de Usuarios* im *Vilcanota* Tal geäußert, sind die Vorteile einer solchen Sekundärstruktur für die Bauern kaum ersichtlich, um sie zu veranlassen, diese aus eigenen Mitteln finanziell zu unterstützen. Anders sieht es auf der Ebene der Primärorganisationen mit den *Comisiones* bzw. *Comités de Regantes* aus, wo konkrete Dienstleistungen erbracht werden, die für jeden Bewässerungsbauer ersichtlich sind, da sie weitgehend den traditionellen Aufgaben der früher nicht formalisierten Organisationen entsprechen. COPASA gelang es, zusätzlich eine Dienstleistung zur Reorganisation der Wasserverteilung bei der Einführung marktfähiger Kulturen zu entwickeln, die heute von der *Grupo de Estudios*, einer Gruppe von Jungbauern aus *Pinchollo*, angeboten wird. Die Jungbauern wurden von Beratern des Projektes bei der Entwicklung der einzelnen Komponenten dieser Dienstleistung ausgebildet und hatten bei Projektende auch schon einige andere *Comisiones* bzw. *Comités de Regantes* im *Colca*-Tal und in anderen Gegenden beraten.

Zwischen KfW und GTZ ist nach den Erfahrungen mit Plan MERISS und COPASA ein intensiver Meinungsaustausch und eine Meinungsbildung über die Frage notwendig, welchen Stellenwert die Institutionenentwicklung bzw. Trägerförderung im Rahmen von Bewässerungsprojekten zukünftig haben soll. Die zentrale Frage ist hierbei, ob die Förderung eines Trägers wie Plan MERISS als staatlicher, halbstaatlicher oder privater Dienstleister sinnvoll ist, oder ob eher primäre WNO und ihre sekundären Strukturen gefördert bzw. aufgebaut werden sollen. In und zwischen den beiden Organisationen scheint es keinen Konsens über diese Frage zu geben. In der KfW, die ihre Aufgabe hauptsächlich in der Finanzierung von Infrastrukturprojekten sieht und dort auch ihre Erfahrungen gemacht hat, tendiert man verständlicher Weise mehr zu »schlüsselfertigen« Entwicklungsprojekten und gegen eine langwierige Trägerförderung. Klare, eindeutige Verträge, private Beraterfirmen und private Baufirmen, vielleicht noch den DED oder eine lokale NRO für die Betreuung der WNO und den partizipativen Umgang mit den Bauern – das scheint dort die Vorstellung einer effektiven und effizienten Bewässerungsförderung zu sein. Die Durchführungszeiten kurz und schmerzlos, den Bogen um schwerfällige Staatsbürokratien möglichst groß zu ziehen, scheint hier das Credo zu sein. Zwar nicht das Extrem einer Treuhandlösung »à la Menzel«, aber auch nicht gar zu treu den Prinzipien von Partizipation, Nachfrage-, Kunden- und Dienstleistungsorientierung verpflichtet, die sich in der Vergangenheit häufig als zeitraubend und kostenintensiv erwiesen hatten.

Auf diesem weiten Feld der institutionellen Möglichkeiten der Pojektdurchführung tummeln sich viele Fragen und Meinungen. Eindeutige Antworten gibt es auch nach Abschluss der Erfahrungen mit Trägerförderung bei Plan MERISS nicht. Es wird sich zeigen müssen, wie lange der *enfoque participativo* überleben wird, der in der letzten Ausgabe der MTA-finanzierten Zeitschrift PLAN MERISS (N° 7, Dezember 2001) von verschiedenen Mitarbeitern so überzeugt und auch überzeugend erläutert wird. Ob Trägerförderung sinnvoll ist oder nicht, wird letztlich Glaubenssache bleiben, da die Messung der positiven Wirkungen einer lang angelegten Trägerförderung schwierig ist. Dies vor allem, weil ihr Einfluss auf die Erhöhung der Qualität der verbesserten und erweiterten Bewässerungsinfrastruktur und der Nachhaltigkeit ihrer Nutzung kaum zu messen ist. Diese wichtigsten Rechtfertigungsgründe für Trägerförderung lassen sich nicht klar zuordnen. Es kommen andere Einflussfaktoren hinzu, die sich nur schwer messen und quantifizieren lassen. Ob Plan MERISS als staatlicher Dienstleister eine Daseinsberechtigung hat, ist daher ebenfalls Glaubens- oder Ansichtssache.

Die Ansicht des letzten AP und Leiters der MTA ist in diesem Zusammenhang sicher von besonderem Interesse. Er warf die Frage auf, ob »Bewässerungssysteme in den Anden selbsttragend sein müssen« und gab auch gleich die Anwort: »Zumindest die, die Plan MERISS bisher verbessert hat, sind das aber nicht. Zwar werden die normalen Management- und Wartungskosten in der Regel von den Wassernutzern und ihren Organisationen abgedeckt. Aber zur Behebung größerer Schäden müssen Dritte her. Und die gibt es ja, siehe Plan MERISS...« Er sieht also eine Existenzberechtigung für Plan MERISS als staatlichem Dienstleister und fragt weiter: »Warum darf die Reparatur von Bewässerungsinfrastruktur nicht auch eine öffentliche Aufgabe sein, wie die Bezuschussung der Bauern in Deutschland?« Gestellt und beantwortet wurde diese Frage im Zusammenhang mit dem schon erwähnten *Maras*-Projekt, dessen Finanzierung von der KfW abgelehnt, von Plan MERISS nun aber doch mit Mitteln aus dem Staatshaushalt und anderer Geber durchgeführt zu werden scheint. Da sich an *Maras* die Geister hinsichtlich technischer, sozialer, ökonomischer und ökologischer Nachhaltigkeit und damit auch hinsichtlich des Erfolges der Trägerförderung und des Projektes scheiden, werden wir uns diesem Projekt später noch etwas ausführlicher widmen.

Eines hat die Unterstützung des *Maras*-Projektes durch Plan MERISS mit der Bezuschussung der Bauern in Deutschland zumindest gemeinsam: Aus ökonomischer Sicht ist beides nicht zu rechtfertigen, aus Sicht der Bauern wird es daher um so vehementer gefordert. Ob sich die staatlichen Entscheidungsträger in Zeiten knapper Kassen und neoliberaler Privatisierungspolitik den Forderungen nach weiteren Subventionen gewogen zeigen werden, bleibt abzuwarten. Dem Subsidiaritätsprinzip der katholischen Soziallehre entsprechend sollte sich der Zentralstaat nur einmischen, wenn sich Probleme nicht auf einer unteren, also hier auf der regionalen oder lokalen Ebene von den dafür legitimierten Institutionen und Organisationen lösen lassen. Die lokale Verwaltung hat aber genügend andere Aufgaben und sollte sich auf ihre Kernaufgaben konzentrieren. Die Bewässerungsförderung gehört in der Regel sicher nicht dazu. Da jedoch laut Ex-AP der MTA offensichtlich ein Förderungsbedarf besteht, wäre es sicher wünschenswert, dass sich Plan MERISS weiterhin als halb-staatlicher oder privater Anbieter von Dienstleistungen betätigt, im Wettbewerb oder auch in Arbeitsgemeinschaften mit NRO und privaten Bauunternehmen. Ob solche Angebote auf die entsprechende Nachfrage treffen werden, wird sich zeigen müssen. Dies hängt einerseits davon ab, dass die Angebote problem-, bedarfs- und kundengerecht sind, andererseits vor allem auch von der Zahlungsbereitschaft und der Zahlungsfähigkeit der »Kunden«. Diese wird zur Zeit von der Regierung und den Finanzierungsinstitutionen der Geberländer durch erhebliche Subventionen künstlich hergestellt, sie sollte mittel-

und langfristig jedoch direkt von den Bauern kommen. Ob in den Anden mit Bewässerungslandwirtschaft in Zukunft genügend Geld zu verdienen sein wird, um solche Dienstleistungen bezahlen zu können, wird vor allem von den im zweiten Teil diskutierten Rahmenbedingungen abhängen. Diese sind in der Region Cusco sicher günstiger als anderswo in den Anden, sie hängen aber auch dort von der allgemeinen politischen und wirtschaftlichen Situation des Landes ab.

Während man über die zukünftigen Rahmenbedingungen nur spekulieren kann, habe ich hinsichtlich der Profilierung von Plan MERISS als Dienstleistungsanbieter einige persönliche Eindrücke weiterzugeben. Bezüglich der Breite des Angebots wurde bei meinen Gesprächen mit Mitarbeitern einiger UO im Dezember 2001 deutlich, dass die Bautätigkeit *(obras* und *ingeniería civil)* immer noch die Arbeit und damit auch das Dienstleistungsangebot und die Mittelverteilung im jährlichen Budget dominiert. Beim Führungspersonal (Zentrale einschließlich der Leiter der UO) ist das Verhältnis zwischen den früher dominierenden Bauingenieuren und den Agraringenieuren heute ausgeglichen (je fünf). Dies trifft auch auf die Führungsspitze zu, da der Generaldirektor zur Zeit ein Agraringenieur ist, der technische Direktor seit vielen Jahren ein Bauingenieur. Plan MERISS stellt sich nach außen, gegenüber der Regierung in Lima, den Bauern, der lokalen Bevölkerung und gegenüber anderen Organisationen der EZ, als Dienstleister dar, der auf die bauliche Ergänzung und Verbesserung von Bewässerungsinfrastruktur spezialisiert ist. Dienstleistungen zur Bewässerungsentwicklung ohne Bautätigkeit, d.h. die Beratung der WNO zur Verbesserung der Parzellenbewässerung oder zur Neuordnung der Bewässerungsorganisation und der Wasserverteilung, wurden von COPASA mehr in den Vordergrund gestellt, aber auch von Plan MERISS in den letzten Jahren immer intensiver und erfolgreich betrieben. Konstruktiver Erfahrungsaustausch und Wettbewerb zwischen den beiden Projekten hatte hier sicher eine positive Auswirkung – die immer wieder beschworenen Synergie- und Multiplikatoreffekte, die heute vor allem durch die Programmbildung in den Ländern gefördert werden sollen.

Laut Aussage einiger engagierter Agraringenieure und Kulturtechniker *(ingenieros agronomos* und *agrícolas)*, die in den UO arbeiten, sind Beratungsdienstleistungen auch im Bereich der Parzellenbewässerung wirtschaftlich und wären daher für die betroffenen Bauern ebenfalls attraktiv. Diese Mitarbeiter berichteten, dass sie dabei sind, Daten zu sammeln, um die Wirtschaftlichkeit auch zahlenmäßig zu belegen. Dies übrigens aus eigener Initiative, um auf diesem Wege das Interesse der Bauern und der Verantwortlichen von Plan MERISS zu wecken. Die gleichen Mitarbeiter betonten aber auch, dass sie in Zukunft nur geringe Chancen gegen die

Bauingenieure haben werden, wenn es um die Aufteilung der Mittel auf die unterschiedlichen Aktivitäten im jährlichen Budget geht. Sie beklagten sich außerdem darüber, dass die Bereiche Ausbildung, Weiterbildung, Seminare und Workshops immer weniger Mittel zugewiesen bekommen. Dies wirke sich demotivierend auf die Mitarbeiter aus.

Zum Verhältnis von Aktivitäten der *hardware* (Bautätigkeit) zu denen der *software* (Organisation, Betrieb und Instandhaltung und deren Finanzierung, verfügungsrechtliche Fragen) äußerte sich der letzte AP der MTA dahingehend, dass die *hardware-software*-Frage falsch gestellt sei: »*Hardware* braucht man nicht zu verteufeln. *Hardware* muss nur richtig eingesetzt werden. Manchmal wird eine *hardware*-Verbesserung Probleme in einem Bewässerungssystem lösen, manchmal eine *software*-Anpassung und in der Regel beide zusammen. Es besteht also keine Not, sich vom Bauunternehmer zum Berater zu mausern, sondern Plan MERISS sollte in der Lage sein, sowohl den *software*- wie auch den *hardware*-Bedarf abdecken zu können.« Das klingt gut, lässt jedoch offen, wie man vom Bedarf zur Nachfrage kommt, oder noch besser, zur monetären Nachfrage. Denn Bedarf haben auch die Bedürftigen, an einer entsprechenden Zahlungsfähigkeit mangelt es ihnen jedoch. Wie so häufig in solchen Diskussionen schafft der Unterschied zwischen (Grund-) Bedürfnis, Bedarf, Nachfrage und monetärer Nachfrage konzeptionelle Unklarheit, so auch bei Fragen der Zahlungsbereitschaft und -fähigkeit für Wassergebühren. Stünde einem Projekt der Bewässerungsentwicklung eine ausreichende monetäre Nachfrage und Zahlungsfähigkeit gegenüber, dann wäre diesbezüglich vieles anders. Dann wäre der Kunde auch der Zahler und hätte wirklich das Sagen. Entwicklungsökonomen, die neoliberale Ansätze propagieren und Entwicklungspraktiker können jedoch ein Lied davon singen, wie schwierig es ist, Gebühren für Dienstleistungen zu erheben, die früher gratis vom Staat zur Verfügung gestellt wurden. Die Frage der Finanzierung ist also offensichtlich das zentrale Problem, sozusagen das »*missing link*« der nachhaltigen Bewässerungsentwicklung. Und nicht nur dieser. Es gilt vielmehr für Entwicklungsprojekte allgemein, vor allem für solche, die Dienstleistungen in sozialen Sektoren zur Verfügung stellen. Und es gilt nicht nur für Entwicklungs- sondern auch für alle anderen Länder, wo der Staat sich einer Schlankheitskur zu unterwerfen im Begriff ist.

Zum Schluss noch einige Gedanken zur Vorliebe aller *stakeholder* von Bewässerungsprojekten für sichtbare, berührbare, vorzeigbare, einweihbare und mit bronzenen Paketten versehbare Bauwerke. Diese Vorliebe ist verständlich, und es ist daher auch kein Kraut dagegen gewachsen – weder bei Plan MERISS noch sonstwo im Geschäft. Eine strukturelle Schwäche des Systems, sozusagen. Denn wenn es um den Bau von Infrastruktur geht, stimmen ausnahmsweise einmal die Interessen aller Beteiligten überein – die der Geldgeber im Norden, die der Regierungen im Süden, die der Führungskräfte und Mitarbeiter der Projekte und natürlich auch die der Bauern. Die Bürokratien der Geber des Geldes, das ihnen von den Steuerzahlern anvertraut ist, müssen Mittelabfluss und die Erfüllung von Quoten vorweisen, auch wenn sich heute niemand mehr an die schon erwähnten 0,7 % erinnert. Die Regierungen der Nehmerländer wollen wieder gewählt werden, wohl wissend, dass sie das Geld nicht zurückzahlen müssen – bei der TZ nie, bei der FZ erst viele (Frei-) Jahre später oder nie. Sie und alle anderen wollen nicht nur arbeiten sondern auch möglichst den Erfolg ihrer Arbeit sehen. Projekt-*software* bedeutet dagegen meist nur Minibeträge, Komplexität und geringe Sichtbarkeit des Erfolgs. Große Bewegungen an Geld und Material zeichnet dagegen die *hardware* aus, *economies of scale* bei der Abwicklung der Finanzierung (Kostendegression durch Vermeidung von Kleckerbeträgen), Simplizität bei der Durchführung, weil auf Standards aus Lehr- und Handbüchern zurückgegriffen werden kann und, *last not least*, hohe Signalwirkung und Bedeutungszuwachs für die Beteiligten und Verantwortlichen. So fällt auch den meisten Mitarbeitern von Plan MERISS bei der Frage nach den wichtigsten Maßnahmen zur Förderung der Bewässerungslandwirtschaft zunächst einmal nur die Erweiterung und Verbesserung der Infrastruktur ein. Erst bei weiterem Nachfragen bekommt man etwas von den Aktivitäten Beratung und Ausbildung zu hören, von Parzellenbewässerung, Bewässerungsmanagement, Organisation, Betrieb und Instandhaltung.

Und die Bauern? Warum herrscht bei ihnen der Drang nach Bauwerken vor, nach Sichtbarem und Greifbarem, wo sie sich doch im sonstigen Leben ihrer *cultura andina* mit so viel Unbegreifbarem auseinandersetzen, so viel Phantasie entwickeln in ihren Vorstellungen von den guten und bösen Kräften der Natur? Vom *pistaco,* einer *figura de terror*, die das Negative zu repräsentieren scheint. Von der über alles verehrten *pachamama*, die Leben spendet und die Menschen ernährt. Von den *apus*, die das Leben in den Tälern der Anden beschützen oder auch bedrohen können. Die *apus* würden, wenn sie könnten, sicher die Köpfe schütteln bei so viel betonköpfiger Unvernunft und den Bauern zurufen: »Setzt euch auf die Röcke und Hosen und lernt etwas, fordert mehr Ausbildungsmaßnahmen, statt immer noch mehr Betonklötze in die Landschaft zu setzen. Merkt ihr nicht, wie viel Wasser ihr jedes Mal verschwendet, wenn ihr dem Nachbarn nicht rechtzeitig Bescheid sagt, wenn euer *turno* vorbei ist und die Pflanzen genügend Wasser haben? Warum macht ihr das Schütz nicht zu, wenn ihr mit dem Bewässern fertig seid und lasst das Wasser ungenutzt ins Tal fließen? Warum knallt ihr mehr Wasser auf die Felder, als euer *maizito* (Mais-›chen‹) und eure *habas* (Pferde- oder Saubohnen) vertragen können? Manchmal ist es so viel, wie die Bauern an der Küste ihren Reis- und Zuckerrohrfeldern geben. Wollt ihr genauso unvernüftig sein wie sie, die mitten in der Wüste Feuchtgebietspflanzen anbauen? Nur gut, dass euch Väterchen Frost da einen Strich durch die Rechnung machen würde. Doch der ist auch nicht mehr das, was er früher einmal war. Schaut her und seht euch unsere weißen Kappen *tipo helero* (Gletschertyp) an, die werden immer kleiner und euch bald kein zusätzliches Wasser mehr bringen, wenn es einmal längere Zeit nicht regnet oder schneit!« So ungefähr würden die weisen *apus* den Bauern zurufen, wenn sie könnten. Ob die Bauern die guten Ratschläge dann auch befolgen würden, ist fraglich. Denn auch sie sind dem Hang nach Sichtbarem, Greifbarem und Einweihbarem verfallen.

So bleibt den *Apus* nur übrig, mit Bangen den Zeiten entgegenzusehen, wenn ihre weißen Kappen, die Gletscher, noch weiter abgeschmolzen sein werden. Bei einem, dem *Qori Klis*, hoch über dem *valle sagrado*, hat man das in den letzten Jahren gemessen. Um 150 Meter soll er sich zwischen 1995 und 1998 pro Jahr zurückgezogen haben. Die Bauern erzählen, dass die Gletscher früher größer und mächtiger waren und seltener ins Schwitzen kamen. Viele befürchten, die Gletscher könnten eines Tages ganz verschwinden. Würden dann die heute noch so munter sprudelnden Quellen versiegen? Würden die Lagunen hoch oben in den Bergen austrocknen, die natürlichen Wasserspeicher damit verschwinden? Würde es dann noch EZ geben, um weitere künstliche Speicher zu bauen? Doch wozu, wenn die Quellen dann gar nicht mehr sprudelten? Fragen über Fragen, auf die auch die *apus* keine Antworten haben.

3.5 Von einem Monster mit vier Köpfen und drei Füßen und den Ursprüngen dienstleistungsorientierter Bewässerungsförderung in den Anden

Das *Proyecto de Riego Inter-Valles*, kurz PRIV genannt, wurde von 1977 bis 1996 in den Anden bei Cochabamba, Bolivien durchgeführt. Es war bis 1989 Teil eines größeren Bewässerungsprogramms mit dem Namen PRAV, *Programa de Riego Altiplano/Valles*, das auch Maßnahmen im bolivianischen Hochland, auf dem *altiplano* zwischen La Paz und dem Titicaca-See, umfasste. Die natürlichen Bedingungen auf dieser knapp 4.000 m über NN gelegenen Hochebene, die von zwei Kordillerensträngen mit über 6.000 m hohen Bergen begrenzt wird, sind schwieriger als in den *Valles Altos* der Provinzen Punata und Tiraque bei Cochabamba. Diese reichen bis höchstens 3200 m über NN bei Tiraque, dem Oberlieger mit ausreichender Wasserverfügbarkeit. Punata dagegen liegt tiefer, verfügt als Unterlieger über weniger Wasser, dafür aber über die günstigeren klimatischen Bedingungen und die größere Nähe zu den Märkten der Departementshauptstadt Cochabamba.

Punata ist mit 4.200 ha Bewässerungsfläche und 3.200 Familien, die sich auf 52 Gemeinden aufteilen, das bedeutendere der beiden Gebiete und hat wegen des größeren Wohlstandes wohl auch mehr Einflussmöglichkeiten auf die politischen Entscheidungsträger in Cochabamba und La Paz. Dies machte es für die Bauern und ihre WNO auch leichter, bei der Regierung auf ein Projekt zu dringen, das ihr Problem der immer angespannter werdenden Wassersituation, das für Unterlieger eines Bewässerungssystems typisch ist, lösen sollte. Das kleinere Tiraque ist mit 2.800 ha Bewässerungsfläche und 1.800 Familien, die sich auf insgesamt 33 Gemeinden aufteilen, Oberlieger und verfügt, wie gesagt, auch über genügend Wasser, hat aber aufgrund seiner höheren Lage klimatisch und verkehrsmäßig bedingte ungünstigere Produktions- und Einkommensbedingungen. Die Bauern und ihre WNO sind zwar ärmer, wussten aber (vielleicht gerade deswegen) ihre Chancen im Rahmen des PRIV besonders gut zu nutzen.

Im Falle des Projektteils *Altiplano* gab es ebenfalls ein Oberlieger-Unterlieger-Problem, das aber wegen der größeren räumlichen Distanz zwischen den beteiligten Gemeinden und ihren WNO schwieriger zu lösen war als in den *valles altos* von Punata und Tiraque. Ein extrem langer Hangkanal, der längste in Bolivien zur damaligen Zeit, sollte Wasser aus einem weit entfernt gelegenen Gebiet mit völlig anderen, wie in Tiraque ebenfalls klimatisch und verkehrsbedingt ungünstigeren Produktionsverhältnissen zum Bewässerungssystem von *Khara Khota* im Teilprojekt *Huarina* bringen. Dessen Bauern und deren WNO hatten wegen der größeren Nähe zur Hauptstadt La Paz günstigere Vermarktungsmöglichkeiten und offensichtlich auch gute Beziehungen zu den dortigen Entscheidungsträgern. Doch es gab bald Probleme, zunächst im Zusammenhang mit der Vorbereitung des Projektes, dann vor allem technische Probleme mit dem Bau, dem Betrieb und der Instandhaltung des Hangkanals und institutionelle wegen ungeklärter Verfügungsrechte am Wasser, die schließlich zu unüberbrückbaren Meinungsverschiedenheiten führten. Einerseits zwischen den beteiligten Bauern und WNO, andererseits und vor allem auch zwischen den Akteuren innerhalb der Projektorganisation. Dieses Monster mit mehreren Köpfen und Füßen konnte sich selbst kaum koordinieren, geschweige denn die Bauern und die WNO zu einer Lösung ihrer Konflikte motivieren, die durch ein Projektkonzept verursacht wurden, das die typischen Merkmale eines *top-down*-Ansatzes zeigte. Während diese Konflikte in den *valles altos* im Laufe der Projektdurchführung nach und nach gelöst werden konnten, schienen sie im *altiplano* so verworren, dass sich das TZ-Projekt 1989 aufgrund entsprechender Empfehlungen einer Gutachtermission auf das Projektgebiet bei Cochabamba zurückzog, was dann auch zur Namensänderung von PRAV zu PRIV führte.

Die TZ-Erfahrungen im Projektteil »*Valles*«, die wir uns im Folgenden ansehen wollen, betreffen die Jahre zwischen 1984 und 1996. Nach einigen Vorbereitungen begann die GTZ 1985 zunächst mit der Beratung des staatlichen bolivianischen Agrarforschungs- und Beratungsinstituts IBTA (*Instituto Boliviano de Tecnología Agropecuaria*) im Rahmen des Projektes MAYOR, das sich zunächst isoliert von den anderen Projektteilen und den Bauern auf Versuchswesen und die Generierung und Analyse sozio-ökonomischer Daten konzentrierte. MAYOR verfolgte einen *top-down*-Beratungsansatz, der in jenen Jahren nicht nur in Lateinamerika, sondern auch in den meisten Entwicklungsländern Afrikas und Asiens vorherrschte. Dieser Ansatz kommt schon sprachlich in dem spanischen Begriff für Beratung, *extensión agropecuaria*, zum Audruck, der dem englischen Begriff *agricultural extension service* nachempfunden ist, auf deutsch wörtlich übersetzt »landwirtschaftlicher Ausbreitungsdienst«. Die Aktivitäten und Begriffe *transferencia de tecnología* (Technologietransfer), *paquetes tecnológicos* (Technologische Pakete) und *parcelas demostrativas* (Demonstrationsparzellen), mit denen sich die »Ausbreitungsdienste« beschäftigten, spiegeln die Grundphilosophie dieser Art von Beratung ebenfalls wieder. Der Begriff *asistencia técnica* (technische Unterstützung), der ebenfalls benutzt wird, entspricht mehr dem deutschen Begriff »Beratung«, mit dem landwirtschaftliche Dienstleistungen gemeint sind, die im Gegensatz zur *extensión agropecuaria* möglichst auch bezahlt werden sollten. Das dürfte, wenn sie etwas taugen, auch kein Problem sein, da sie sich direkt auf Prouktion, Produktivität und Einkommen auswirken. In der Frühzeit des PRIV konzentrierte man sich jedoch auf *extensión* und orientierte sich an den Vorstellungen einer »Grünen Revolution« in den Andentälern. Die Grüne Revolution hatte seit Ende der 60er, Anfang der 70er Jahre mit der Einführung von Hochertragssorten, chemischem Dünger und Pestiziden in Verbindung mit Bewässerungslandwirtschaft und Mechanisierung vor allem in Asien zur Verdoppelung und Verdreifachung der Flächenerträge von Reis und Weizen geführt. Heute weiß man, dass diese Revolution, wie die meisten Revolutionen, mit vielen negativen Nebenwirkungen verbunden war, ökologischen und sozialen, die sich in der Umweltverschmutzung durch Pestizide, Überdüngung und klimaschädliche Gase (Methan in der Reisproduktion) und der Konzentration von Reichtum und Boden bei den sowieso schon Privilegierten manifestierten. Die Freisetzung von ehemaligen Pächtern und ungelernten Arbeitskräften führte in den meisten Fällen zu deren Verarmung.

Auch das PRIV hatte offensichtlich vor, moderne landwirtschaftliche Techniken aus anderen Regionen und Ländern zu importieren, sie in den landwirtschaftlichen Versuchsstationen zu testen und dann in die bestehenden traditionellen andinen Produktions- und Überlebenssysteme einzupflanzen oder, noch radikaler, den alten die neuen überzustülpen. So wie manche glauben, man könne einer Gesellschaft mit einer Revolution eine neue Ideologie oder eine neue Wirtschaftsordnung überstülpen, oder das Genom einer Pflanze verändern, um eine radikale Transformation, einen Entwicklungssprung, gleich einem *big bang* oder *big push*, zu erreichen – ganz ohne negative Nebenwirkungen, Transaktions- und Transformationskosten oder Kollateralschäden, wie man das manchmal auch zu nennen pflegt. Das PRIV sollte, wie die Planungsdokumente vorsahen, mit seinem Grüne-Revolution-Ansatz nicht nur die Produktivität der Landwirtschaft und die Qualität der Lebensbedingungen der Bauern von Punata und Tiraque verbessern, sondern auch die Ernährungssicherheit der Region um Cochabamba und möglichst auch gleich noch die der Bevölkerungszentren auf dem Altiplano. Das zumindest schien damals die Idee der bolivianischen Regierung und der Planer aus Deutschland zu sein. Die betroffenen Bauern

Bewässerungsprojekt Inter-Valles, Bolivien (PRIV)

Wo wurde das Projekt durchgeführt?
Das Projekt wurde in den Andentälern oberhalb von Cochabamba, Bolivien in den Provinzen Punata und Tiraque in Höhenlagen bis zu 3.200 m über NN durchgeführt.

Wie lang war die Projektlaufzeit?
Im Jahre 1977 begann das Projekt als Bewässerungsprogramm Altiplano/Valles (PRAV), in dem ein Teilprojekt in der andinen Hochebene (Altiplano) am Titicacasee bei Huarina enthalten war. Ende der 70er Jahre wurden in Punata und Tiraque die ersten Maßnahmen angefangen, ab 1985 die Detailplanung des Speichers Totora Khocha, der gemeinsam von Punata und Tiraque genutzt werden sollte. Gleichzeitig begann das Beratungsprojekt MAYOR die Bauern in verbesserten Methoden der Bewässerungslandwirtschaft auszubilden und technische Unterstützung zu geben.

Wie war das Projekt institutionell verankert?
Zu Beginn war für die Planung und Erstellung der Infrastruktur der SNDC (Servicio Nacional de Desarrollo de la Comunidad) als halbautonome Körperschaft unter Aufsicht des Landwirtschaftsministeriums (MACA) zustän-

dig, beraten durch eine deutsche Ingenieurfirma. Ebenfalls vom SNDC, aber mit getrenntem Projekt und eigener Finanzierung wurden Maßnahmen zur Unterstützung der Wassernutzerorganisationen bei Betrieb und Instandhaltung der Infrastruktur durchgeführt. Das Beratungsprojekt MAYOR schließlich war bei IBTA (Instituto Boliviano de Tecnología Agropecuaria) angesiedelt, dem ebenfalls von MACA abhängigen Forschungs- und Beratungsinstitut, das von einem GTZ-Team beraten wurde. Diese komplexe und ineffektive Projektorganisation wurde 1990 durch Fusionierung der drei Komponenten zum PRIV umgewandelt, für das dann nur noch MACA und GTZ zuständig waren. Die Aktivitäten des GTZ-Teams im Teilbereich Altiplano wurden 1989 wegen Konflikten und Unstimmigkeiten zwischen Wassernutzerorganisationen, Trägerinstitutionen und Durchführungsorganisationen abgebrochen.

Was war das Ziel des Projektes?
Das Ziel der letzen Phase der TZ-Beratung war es wie bei Plan MERISS, die selbstverwaltete Wassernutzerorganisationen dabei zu unterstützen, die neue Infrastruktur zu betreiben und instandzuhalten und ihre Ressourcen Wasser und Boden effizient und nachhaltig für wirtschaftliche Aktivitäten zu nutzen.

Wie war dabei die Vorgehensweise?
Ähnlich wie bei Plan MERISS, aber statt einer langfristigen Trägerförderung Schaffung und Förderung zweier Sekundärorganisationen der Wassernutzer (Asociaciones de Regantes Punata und Tiraque). Unterstützung durch Ausbildungs- und Beratungsmaßnahmen. Der Prozess wurde von einem Langzeitberaterteam der GTZ begleitet, mit tendenziell abnehmenden Aktivitäten im Landwirtschaftsbereich, abnehmendem Aufwand an Finanzierungsmitteln und internationalem Personal, temporärer Übernahme einiger bolivianischer Mitarbeiter als GTZ-Personal und schließlich völliger Übergabe der Verantwortung an die Wassernutzerorganisationen.

waren zu diesen Zielen nie befragt worden, da sie an der Planung der Maßnahmen des Projektes nicht beteiligt waren.

Dies änderte nichts an der Tatsache, dass sich die Ingenieure des FZ-Projektes und die Berater der GTZ, mit einer entsprechenden Planungsstudie und gültigen Verträgen ausgestattet, für genügend legitimiert hielten, das Projekt entsprechend der Vorgaben der Studien und ihrer Vorkenntnisse nach bestem Wissen und Gewissen durchführen zu können. *Honest* waren sie sicher, diese *broker*, als sie in den *Valles Altos* anfingen, einiges zu zerbrechen, was ihnen an Traditionellem im Wege stand. Damit zerbrach aber zunächst einmal auch das Vertrauen der Bauern, der eigentlichen Kunden, die nicht wussten, dass sie Kunden waren und mit denen man auch keine

Verträge hatte. Dass die Regierungen in den frühen 70er Jahren, als die Projekte konzipiert wurden, kaum das Prädikat »demokratisch« verdienten, dass sie weder das Vertrauen der Bauern und noch viel weniger das der Bäuerinnen hatten, sondern ihre eigenen politischen oder privaten Interessen verfolgten, war den durchführenden Organisationen und deren Personal offensichtlich nicht bewusst.

Vielleicht kann man es den Ingenieuren, die damals in der Hauptstadt La Paz und teilweise auch in Deutschland ihre Studien, Berechnungen, Pläne und Bauzeichnungen ausarbeiteten, nicht einmal vorwerfen, dass sie sich um die politische Situation in dem Land, in das sie geschickt wurden, nicht scherten. Bedenklich und kaum zu verstehen ist jedoch, dass ihnen bei ihren Planungen nicht klar war, dass in dem vorgesehenen Projektgebiet Bauern lebten, die ihre eigenen Vorstellungen davon hatten, was an ihren traditionellen Systemen verbessert werden sollte, und dass ihnen das auch später noch nicht klar wurde, als sie in das Projektgebiet reisten. Noch weniger ist zu verstehen, warum die Ingenieure und Topographen, als sie mit der ihnen fremden Andenrealität konfrontiert wurden und mit dem Vermessen anfingen, nicht einmal dann auf die Idee kamen, die Bauern zu fragen, was sie an ihren Bewässerungssystemen verbessert oder ergänzt haben wollten, wo die Bauwerke vorzusehen waren, wo die neuen Kanäle zu trassieren waren. Denn die Ingenieure müssen sich doch hilflos bzw. auch dumm vorgekommen sein, in bestehenden Bewässerungssystemen herumzustolpern und so zu tun, als ob diese nicht existierten. Aber als die Bauern, nachdem sie über Wochen und Monate dem munteren Treiben aufmerksam zugeschaut hatten, sich den Mut nahmen und verwundert die Frage stellten, was die Ingenieure und Topographen da eigentlich auf ihren Feldern machten, da war es offensichtlich schon zu spät, um an den Planungen noch etwas zu ändern.

So ungefähr kam wohl der Titel des Buches »Gott gibt das Wasser, was machen die Projekte?« (*Dios da el agua, que hacen los proyectos?*, La Paz, 1992, 2. Auflage 1994) zustande, in dem einige Mitarbeiter des Projektes sehr anschaulich und mit viel Selbstironie und -kritik schildern, wie sie über viele Jahre hinweg völlig falsche Vorstellungen davon hatten, was die Bauern wollten und nicht wollten und wie man mit ihnen umzugehen hatte, um ein Projekt zur Bewässerungsförderung in den Anden erfolgreich durchführen zu können. Das Problem war offensichtlich nicht, dass sie damals keine Vorstellungen hatten, sondern vielmehr, dass sie recht klare aber falsche Vorstellungen hatten. Daher kamen sie wohl auch erst sehr spät auf die Idee, sich mehr nach den Vorstellungen und Wünschen der Bauern zu richten als nach irgendwelchen Dokumenten, die irgend wann einmal, von wem auch immer, am grünen Tisch ausgearbeitet worden waren und die Grundlage für Verträge zwischen der bolivianischen und der deutschen Regierung wurden. Natürlich wussten die Bauern genau, was sie wollten, und sie hatten zudem viel mehr Ahnung von der Region und von Andenlandwirtschaft, da sie ihr Leben lang dort gewohnt, die Natur verstehen und Bewässerungslandwirtschaft von der Pike auf gelernt hatten. Da man aber die Bauern nicht gleich zu Beginn gefragt und an den Planungen beteiligt hatte, konnten sie ihr Wissen, ihre Vorstellungen und Wünsche nicht einbringen. Entsprechend nutzlos oder sogar kontraproduktiv war dann vieles von dem, was man an Aktivitäten und Bauwerken geplant und nach und nach auch durchgeführt hatte. Bis das schon erwähnte Monster von dynamischen Bauern und Dynamit zur Besinnung und auf Trab gebracht wurde.

Die PRIV-Mitarbeiter erzählen in dem Buch mit großer persönlicher Betroffenheit, wie für sie die heftigen Reaktionen gegen die entstehenden Bauwerke ebenso verwirrend waren, wie das Desinteresse an den Vorschlägen für die Verbesserung oder den Austausch der traditionellen Produktionssysteme durch die modernen »*paquetes tecnológicos*« und an sonstigen gut gemeinten Ratschlägen, auf die man durch Versuche, eifriges Lesen von schlauen Büchern und noch eifrigeres Nachdenken gekommen war. Mit dem Buch schien den Beratern erstmals die Gelegenheit gegeben, schreibend über ihr eigenes Handeln zu reflektieren und ihre, für manche offensichtlich traumatischen Erfahrungen aufzuarbeiten. Einige entwickelten während der Wochen und Monate der Reflexion erstaunliche Fähigkeiten, sich über ihre Verwirrung und ihre Selbstzweifel auszulassen und ihre Ahnungslosigkeit und persönlichen Ängste offen zu bekennen. Sie wurden während dieser Zeit von einem externen Moderator begleitet, der in anderen Projekten mit ähnlichen Lern- und Selbsterfahrungsprozessen (*capitalizaciones*) Erfahrungen gesammelt hatte. PRIV und GTZ nahmen mit der Entscheidung, das hochmotivierte Team selbst über seine Erfahrungen und Fehler der frühen Jahre berichten zu lassen, eine einmalige Chance wahr, einen historischen Prozess zu dokumentieren, etwas für die Humankapitalbildung im Rahmen des Projektes und für die Weiterentwicklung der Konzepte einer an die Besonderheiten von Gebirgsregionen angepassten Bewässerungsförderung zu tun, die bis dahin nur sehr spärlich vorhanden und dokumentiert waren.

Die anfänglichen Fehler überraschen eigentlich nicht, wenn man bedenkt, dass man in Deutschland Anfang der 70er Jahre, als die Projekte PRAV und Plan MERISS geplant wurden, keinerlei Erfahrungen mit Bewässerungsförderung in Gebirgsregionen hatte, weder bei privaten Beratungsfirmen oder Gutachtern, noch bei den staatlichen Organisationen zur Entwicklungsförderung oder den NRO. Vor allem auch keine Erfahrungen im institutionellen Bereich, d.h. bei der Förderung von Bewässerungsorganisationen, der Organisationsentwicklung und der Trägerförderung.

Deutschland war ja nicht gerade ein klassisches Bewässerungsland. Was an Bewässerungserfahrungen existierte, bezog sich auf das Flachland, genauer gesagt auf die leichten Böden der norddeutschen Tiefebene und des hessischen Rieds. Hier wurde auch keine Schwerkraftbewässerung eingesetzt, sondern lokale, kleinräumliche Beregnungssysteme und teilweise weit ausladende Wasserkanonen, die für Gebirgsregionen sowieso nicht in Frage kamen. Schwerkraftbewässerung gab und gibt es noch vereinzelt in einigen deutschsprachigen Gebirgsregionen, z.B. dem Vinschgau in Südtirol, im oberen Gericht bei Landeck in Nordtirol und im Wallis in der Schweiz (Perisutti, 2002). Aber selbst diese Erfahrungen waren damals für die Bewässerungsförderung in der EZ nicht verfügbar. Und sie waren auch kaum relevant, da es in Entwicklungsländern weniger um das Vermitteln technischer Kenntnisse, als vielmehr um soziokulturelle und institutionelle Fragen geht, die bei Investitionen zur Verbesserung der Infrastruktur und beim Betrieb und bei der Instandhaltung der Kleinbewässerungssysteme im Vordergrund stehen. Wegen ungeklärter Fragen in diesem Bereich werden daher auch heute noch kleinräumlichen Beregnungs- oder Tröpfchenbewässerungssysteme, die in europäischen Gebirgslagen gang und gäbe sind, für Entwicklungsländer nicht empfohlen, obwohl sie technisch mittlerweile recht unproblematisch sind.

Die wenigen Erfahrungen mit Bewässerung, die die Berater, Ingenieure und privaten Beratungsfirmen nach dem 2. Weltkrieg in Entwicklungsländern sammeln konnten, waren teilweise eher hinderlich, da auf ihnen die schon erwähnten falschen Vorstellungen beruhten. Auch bezogen sich die internationale Erfahrungen vor allem auf Großprojekte im Zusammenhang mit Staudammbauten, bei denen die Rahmenbedingungen und die Zielsetzung andere waren. Selten brauchte hier Rücksicht auf existierende Anbausysteme, traditionelle Bewässerungsmethoden und Institutionen der Verteilung und des sozialen Ausgleichs genommen zu werden, oder besser gesagt, es wurde einfach keine genommen, weil man es damals noch nicht besser wusste. Man war technologie- und fortschrittsgläubig und auf den Bau von Großinfrastruktur eingestellt. Der Begriff Nachhaltigkeit war noch nicht bekannt, vor allem nicht im Zusammenhang mit Bewässerungsprojekten. Vereinzelt hatten die Projekte begleitende Programme für die Einführung oder Verbreitung von Grüne-Revolution-Technologie, die jedoch häufig auch von Akzeptationsproblemen geplagt waren. So wussten damals offensichtlich weder das BMZ, noch deren nachgelagerte Organisationen, die beratenden Ingenieure der FZ-Komponente und die Berater der TZ-Projekte, auf welches Abenteuer sie sich einließen, als sie auszogen, um Bewässerungslandwirtschaft in den Anden zu fördern.

Aber auch die Bauern hatten nicht geahnt, worauf sie sich einließen, als sie nach Jahren des Drucks auf die Regierung endlich ein Projekt zur Verbesserung ihrer Bewässerungssysteme und zur Erweiterung ihrer Wasserspeicherkapazitäten zugesagt bekamen. Sie ahnten nicht, wie wenig sie zunächst zu sagen haben würden und welch ungeahnte Dynamik die Projekte in ihren Gemeinden auslösen würden. Als das PRAV erstmals mit seinen Vermessungstrupps auftauchte, reichten die Gefühle wohl von Enthusiasmus über Skepsis bis hin zu Ablehnung. Aber richtig beunruhigt schien niemand zu sein. Schließlich fanden viele ja auch Arbeit, als man anfing, Fundamente und Kanäle auszuheben, Dämme aufzuschütten, Verschalungen zu errichten, Baustahl zu biegen und Beton zu mischen. Erst als man langsam sehen konnte, was da an Bauwerken entstehen würde, dämmerte es einigen Gruppen von Wassernutzern, dass es hier wohl um mehr ging, als nur um ein willkommenes Arbeitsbeschaffungsprogramm. Bevor es zu spät war, erinnerten sie sich an ihre revolutionäre Vergangenheit. Die *campesinos* wurden zunehmend militanter und scheuten schließlich, nachdem man nicht auf sie hören wollte, auch nicht davor zurück, mit Dynamit gegen eine Betonbewehrung des Flusses vorzugehen, die ihnen nicht behagte. Erst dann wachte das Monster endlich auf und rieb sich verdutzt die Augen.

Als »Monster mit vier Köpfen und drei Füßen« wird in dem Buch die Projektorganisation bezeichnet. Mit den vier Köpfen sind die beiden deutschen Durchführungsorganisationen KfW und GTZ mit ihrer jeweiligen staatlichen Trägerbehörde gemeint, der Nationalen Bauernentwicklungsgesellschaft (SNDC) des Landwirtschaftsministeriums im Falle der KfW und dem staatlichen Agrarforschungsinstitut (IBTA) im Falle der GTZ. Bei den drei Füßen handelte es sich um die drei Projektbereiche, die zunächst als unabhängige Projekte von verschiedenen Standorten aus agierten. Ein erster Bereich, das FZ-Projekt, war für die Ausarbeitung der Projektstudien und die Baumaßnahmen zuständig, ein zweiter, das Projekt MAYOR, betraf die Beratung und Ausbildung der Bauern mit dem Ziel, eine Steigerung der landwirtschaftlichen Produktion und die Erhöhung der Einkommen zu erreichen. Später, als sich die Träume von einer Grünen Revolution in den Tälern der Anden endgültig in Wohlgefallen aufgelöst hatten, wurde vor allem die Parzellenbewässerung, die sparsamere Verwendung des Wassers auf dem Feld (Erhöhung der Bewässerungseffizienz) ein Thema. Der dritte Bereich war für die Unterstützung und Ausbildung der WNO, vor allem im Betrieb und in der Instandhaltung der neuen bzw. verbesserten Bewässerungsinfrastruktur zuständig. Das wichtigste Merkmal des Monsters – eigentlich der Pferdefuß – war jedoch, dass es ferngesteuert war. Nicht etwa vom nahe gelegenen Cochabamba aus, sondern von der weit entfernten Hauptstadt La Paz auf dem *altiplano*. Dort residierten und arbeiteten die zuständigen bolivianischen und deutschen Chefs. Nur die Ingenieure der *equipos de campo* waren im Projektgebiet, und zwar im *Campamento Paracaya* bei *Punata* stationiert. Doch die Entscheidungen wurden in La Paz oder gar im fernen Deutschland getroffen.

Bei einer solchen Projektorganisation war es nicht verwunderlich, dass die Köpfe des PRAV-Monsters untereinander kaum koordinierten und auch kein Gefühl für die Probleme, Wünsche und Interessen der verschiedenen Gruppen von Bewässerungsbauern entwickeln konnten, der Oberlieger in *Tiraque* und der Unterlieger in *Punata*. Und auch die drei Projekt-Füße liefen oder tippelten unkoordiniert und nach ihren eigenen Vorstellungen nebeneinander her. Jeder Projektteil und jede/r ProjektmitarbeiterIn entwickelte Ideen und Hypothesen, improvisierte und experimentierte, indignierte und intrigierte wie und wo es ihr oder ihm gerade so einfiel. Da niemand koordinierte und kaum jemand kooperierte, wurden weder Ziele, Strategien und Methoden, noch konkrete Vorgehensweisen, Zeithorizonte und technische Details untereinander und mit den Bauern abgestimmt. Missverständnisse und Widerstände, Konflikte und Verzögerungen waren so an der Tagesordnung, so dass es nur noch eine Frage der Zeit war, bis die Kostenüberschreitungen, Zeit- und Materialverschwendung die Köpfe des Monsters alarmierten. Das war wohl 1988. Es folgten lange Diskussionen und ein langer Verhandlungs-, Reorganisations- und Dezentralisierungsprozess, der schließlich dazu führte, dass 1990 die verschiedenen Projektteile an einem Standort zusammengelegt und eine eigenverantwortlich arbeitende Projektdurchführungseinheit *(unidad ejecutora)* in *Paracaya* geschaffen wurde. In diesem denkwürdigen Jahr 1990 kam also nicht nur in Deutschland »zusammen, was zusammengehörte«, sondern auch in den Anden Boliviens und Perus. Denn 1990 war, wie wir uns erinnern, auch das Jahr, in dem aus der Unterabteilung des Landwirtschaftsministeriums in Lima »Plan MERIS II« dank der Dezentralisierungspolitik von Alain García das »Spezialprojekt der Region Inka Plan MERISS Inka« wurde, so dass auch dort nach vielen Jahren mehr »Kundennähe« erreicht wurde. Die Rezentralisierung des *chino*, die auch die Departements wieder entstehen ließ, konnte dem projektinternen Dezentralisierungsprozess später nur noch wenig anhaben.

Im PRAV von Bolivien begann das Nachdenken über mehr Kundennähe 1986, als die Bauern wenig brav zu Hunderten in *Paracaya* anrückten, um sich mit Dynamit gegen ungewollte Schutzmauern und Kunstwerke (*obras de arte* sind die Bauwerke in einem Bewässerungsgebiet) zur Wehr zu setzen. Mit Betonmauern hatten die Ingenieure den *Paracaya* Fluss daran hindern wollen, bei den jährlichen Hochwassern (*crecidas*) das Tal unkontrolliert zu überschwemmen und die neu gebauten Kanäle und Kunstwerke zu gefährden. Als größtem der Wasserläufe hatte man außerdem den *Paracaya*

Alptraum und Lehrgeld beim Kilometer 45!

»Zu meinem Unglück (oder Glück?) liegt das Verteilerbauwerk für die Zone Wasa Mayu genau an der Landstraße vom Kilometer 45 nach Punata. Jedesmal, wenn ich dort vorbeifahre, kann ich es nicht vermeiden, es zu sehen: eine Betoninsel verloren im bäuerlichen Meer *(océano campesino)*, fern von jedem Kanal. Ein abgehängtes Überbleibsel von dem, was einmal das große *Sistema Interconectado de Riego* (Bewässerungsverbundsystem) werden sollte!

Jedesmal, wenn ich es sehe, erinnere ich mich an den Eifer und den Strudel von Bautätigkeit, der dort im Jahre 1986 stattfand.

Es war eine riesige Ansammlung von Menschen: Promotoren, die ›suyos‹ verteilten und die Namen aus den Listen der *campesinos* aufriefen; Topographen, die den Verlauf von Kanälen neu planten; Wagen, die Material holten und wegfuhren; Ingenieure die oben und unten Anweisungen gaben; Männer und Frauen, die arbeiteten; überall Gefäße mit *chicha* ...

Von Zeit zu Zeit klagte ein *borrachito* (kleiner Trunkenbold): ›Dieses oder jenes *canalito* (Kanälchen) ist zu nichts nutze.‹

Und der Ingenieur entgegnete ihm daraufhin stolz: ›Mann, hier werden wir bewässern!‹

Jetzt ist das Verteilerbauwerk ein verlassenes Monument. Zeitweise versucht es sich zwischen den Büschen zu verstecken, aber die hohen und noch funktionsfähigen Schütze verraten es. Und dazu sehen diese Verfluchten auch noch so neu aus! Man kann sie noch nicht einmal mit Ruinen verwechseln, die man anderen Epochen oder anderen Völkerstämmen zurechnen könnte.

Einsam und verlassen wie diese, gibt es noch drei andere Verteiler in der gleichen Zone 2, obwohl diese sich schon mehr zwischen Büschen und Gehölzen verstecken.

Wenn ich den Bauern von Punata einen guten Rat geben könnte, dann würde ich ihnen raten, diesen Zeugen vom Kilometer 45 niemals zu zerstören. Sondern ihn zu konservieren und als Lehrstück zu benutzen. Er könnte vielen Technikern, Ingenieuren und auch vielen Bauern helfen zu verstehen, warum man sehr viel mehr als professionelles Wissen benötigt, um in der Lage zu sein, erfolgreich mit bäuerlicher Bewässerung arbeiten zu können.«

Quelle: Gandarillas A. in PRIV (1994) [Übersetzung T.H.]

dazu ausersehen, als Hauptkanal für ein großes Bewässerungsverbundsystem (*Sistema Interconectado de Riego*) zu nutzen, von dem aus Verteilerbauwerke das Wasser in die sekundären Kanäle ableiten sollten. Da die Bauern bei den Planungen nicht beteiligt waren und für die meisten Ingenieure zu jener Zeit das Bewässerungssystem sozusagen an den Brettern der Betonverschalung aufhörte, konnten sie nicht wissen, dass die jährlichen Überflutungen des Tales auch ein Teil des Bewässerungssystems waren, die Schutzmauern und Verteilerbauwerke daher das gesamte agro-ökologische und soziale System durcheinander brachten.

Die Ingenieure wussten z.B. nicht, dass für viele Bauern der höher gelegenen, peripheren Gebiete des Tales die Überschwemmungen die einzige Chance waren, eine gute Ernte einzubringen. Sie hatten teilweise keine Rechte an den normalen Abflüssen des *Paracaya* und gehörten daher zu den Benachteiligten und Ärmeren des Tals. Mit der Schutzmauer wurde ihnen buchstäblich das Wasser abgegraben, die wichtigste Ressource ihres Überlebenssystems entzogen. Für die Unterlieger brachte die Regulierung dagegen zusätzliche Gefahren, da das Wasser ungebremst und ohne Ausweichmöglichkeiten zu Tale stürzte und dort Schäden anrichtete, nicht nur an den Feldern, sondern auch an Häusern, Wegen und an der sonstigen Infrastruktur. Die deutschen Ingenieure hatten offensichtlich von den Kräften eingezwängter Flüsse keine Ahnung und hatten auch von den Bauern noch nicht gehört, dass ein Fluss sich rächt, wenn man ihn als Kanal missbraucht. Vielleicht konnten die Ingenieure ja die Lektion, die ihnen die Bauern in Bolivien erteilten, später beim »Zurückbauen« ehemaliger Regulierungs- und Kanalisierungsmaßnahmen in den Wassereinzugsgebieten von Oder und Elbe einsetzen, für die man sich entschied, nachdem deren Hochwasser den Deutschen die Wiedervereinigungsfreuden so gründlich verwässert hatte.

Für viele Bauern waren die Überschwemmungen im *Paracaya*-Tal auch aus anderen Gründen wichtig. Sie führten zur vollständigen Sättigung des Bodens mit Wasser, was einem *riego machaco* gleichkam, also einer Erstbewässerung vor der Aussaat, mit der man möglichst viel Wasser als Reserve im Boden speichert. Die Überschwemmungen brachten außerdem Schwebstoffe (*lameos*) mit, die die Fruchtbarkeit der Böden erhöhten, was einer organischen Grunddüngung gleich kam, die für höhere Ernten sorgte. Und dies ganz ohne Kosten und Risiken, die mit der Grüne-Revolution-Technologie verbunden waren. Aber selbst für Bauern, deren Felder nicht im Überschwemmungsgebiet lagen, deren Überlebenssystem also nicht direkt tangiert oder beeinträchtigt waren, hatten die Mauern am *Paracaya*-Fluss etwas Bedrohliches. Sie sahen diese als Symbol etatistischer, neokolonialistischer Eingriffe in ihre Lebenswelt. Wieder andere sahen in dem Einzwängen des Flusses in Betonmauern eine Verletzung jahrhundertealter Regeln des nachhaltigen Umgangs mit der Natur, hielten sie für einen unzulässigen Eingriff in das fragile Agro-Ökosystem der Andentäler und eine Zwangsmaßnahme gegen den Fruchtbarkeit spendenden Fluss. Für wieder andere war es schlicht eine Vergewaltigung ihrer so verehrten Mutter Erde, der *pachamama*. Grund genug, mit Füßen, Mündern, Händen und Dynamit ihre Meinung kundzutun. Sie waren zwar für ihre Friedfertigkeit bekannt, die *campesinos* in Bolivien, doch wenn sie fürchteten, dass ihre Existenz bedroht war, konnten sie auf die Barrikaden gehen und das im wahrsten Sinne des Wortes.

Interessant an der PRIV-Erfahrung ist, dass die Bauern offensichtlich immer die besseren Antworten auf die sich im Projektverlauf stellenden Fragen hatten, mit denen die Ingenieure konfrontiert waren. Glücklicherweise war das PRIV als »intelligente Organisation« bereit, zu lernen und machte sich nach und nach die Kenntnisse und Fertigkeiten der Bauern zunutze. Ein gutes Beispiel dafür ist die Gründung der sekundären Wassernutzerorganisationen, der *Asociaciones de Regantes* der Provinzen Punata und Tiraque durch die primären WNO, die *Comités de Regantes*. Dies war die institutionelle Voraussetzung für die Verteilung der Wasserrechte an dem vom Projekt neu gebauten Speicher *Totora Khocha* und für die Verteilung der Aufgaben und Kosten für dessen Betrieb und Instandhaltung. *Totora Khocha* ist der größte und teuerste Speicher des Projektes, der zwischen 1988 und 1990 auf dem Gebiet von Tiraque gebaut wurde. Entsprechend der Projektplanung sollte Tiraque kein Wasser aus dem Speicher erhalten, was den Widerstand bei den Wassernutzern hervorrief. Diese weigerten sich, »ihr« Wasser in den *Totora Khocha* Speicher laufen zu lassen, ohne dass sie davon ebenfalls profitieren würden – ein typisches Oberlieger-Unterlieger-Problem, das immer auftritt, wenn es um Neuverteilung von Rechten geht. Mit behutsamer Unterstützung des Projektes gelang es den *Asociaciones* schließlich, diesen Konflikt zu lösen, die Wasserrechte am Speicher gerecht zwischen Punata und Tiraque zu verteilen und die Regeln für dessen Betrieb und Unterhaltung festzulegen. Eine extrem komplexe Aufgabe, da die beiden Bewässerungssysteme von *Punata* und *Tiraque* mit Rechten an mehreren Wasserläufen, ihren Einzugsgebieten (*cuencas*) und den höher gelegenen Lagunen in vielfacher Weise in Verbindung stehen. Ähnlich, wie bei dem missglückten Projekt *Cachicatta* in Plan MERISS, nur dass dort, obwohl viel kleiner dimensioniert, keine Einigung zu erreichen war.

Bei der Neuregelung der Rechte musste zunächst die Arbeitsleistung der verschiedenen *Comités de Regantes*, der Basisorganisationen von *Comisiones* und *Asociaciones,* beim Bau des *Totora Khocha* Speichers berücksichtigt werden, basierend auf den individuellen Beiträgen (*faenas*) der Bauern. PRIV überließ diese Aufgabe den *Asociaciones, Comisiones* und *Comités* weitgehend selbst, das Projekt half nur, wenn die Verhandlungen ins Stocken gerieten. Die Bauern hatten die Fähigkeit, die Implikationen der Neuverteilungen mit allen technischen und sozialen Details zu überblicken, das Projekt übernahm eine Art Katalysatorfunktion zwischen den WNO und leistete nur einige logistische und finanzielle Beiträge. Die Rechte wurden schließlich im Verhältnis 60:40 zwischen Punata und Tiraque aufgeteilt, und man einigte sich, diese handelbar zu machen. Das war eine bemerkenswerte institutionelle Innovation in Bolivien, die auch für andere Projekte und für die nationale Wassergesetzgebung richtungsweisend wurde. Laut Prüfungsbericht der KfW stieg der Wert einer Wasseraktie – entsprechend 30 Minuten bzw. 3200 m^3 je Bewässerungsphase – in den ersten fünf Jahren nach Fertigstellung des Speichers um 75% auf US$ 800 an. Dies lässt eindeutig auf eine positive Entwicklung der wirtschaftlichen Verwertung des Wassers schließen und auf die erfolgreiche Einführung der institutionellen Neuerung eines Wassermarktes in einem traditionellen Bewässerungssystem.

Die Erfahrungen des PRIV mit seiner Rolle als Begleiter der Wassernutzer bei einem mehrdimensionalen Entwicklungsprozess fanden nicht nur bei den Bauern Anerkennung, sondern auch beim Kooperationspartner KfW und bei anderen Projekten. Die Bauern lobten vor allem den Beitrag der PRIV-Berater bei der Lösung von Konflikten. Dieser brachte Dörfer und Personen ins Gespräch, die viele Jahre lang keinen Kontakt mehr miteinander gehabt hatten. Meist waren es Streitigkeiten bei der Wasserverteilung, die hierzu geführt hatten. Vom Gutachter der KfW-Schlussprüfung wurde die Rolle der Bauern mit folgenden Worten gewürdigt: »Die Ertragserhöhungen in *Punata-Tiraque* um durchschnittlich 140% auf US$ 2563 (ohne Bewässerungskosten) liegen deutlich über der ohne Veränderung der Anbaustruktur erwarteten Steigerung um 45% ... und ... überschreiten bereits die von der GTZ bis zum Jahr 2000 für möglich gehaltene Steigerungsrate. Zu verdanken ist diese positive Entwicklung dem Umstand, dass das Projekt nicht wie geplant, sondern wie von den Bauern gewünscht durchgeführt wurde.«

Tiraque, das eigentlich kein Wasser aus dem Speicher *Totora Khocha* erhalten sollte, erzielte Ertragssteigerungen von 200% bis 335% gegenüber nur 35% bis 120% in Punata. Die gemeinsam gefundenen Lösungen waren also für das Projekt insgesamt und für die Bauern aller WNO ein Erfolg, am vorteilhaftesten für die zunächst eher benachteiligten. Zweifellos eine *win-win*-Lösung und damit ein guter Abschluss des Abenteuers PRIV. Ermöglicht wurde dieser Erfolg durch einen Lernprozess im Selbstverständnis der

Beteiligten, bei dem die Bauern von wenig beachteten und geachteten »Begünstigen« zu zentralen Akteuren im Projektgeschehen wurden. Neben dem schon erwähnten Moderator und den Projektmitarbeitern, die dieses Selbstverständnis in dem genannten Buch überzeugend vermitteln, waren Gutachter und die GTZ-Abteilung P&E an dem Lernprozess beteiligt. Diese erarbeiteten auf der Grundlage dieser Erfahrungen weitere Konzepte der Dienstleistungsbereitstellung für die Verbesserung, den Betrieb und die Instandhaltung von Bewässerungssystemen und in der EZ ganz allgemein.

Bei der Bereitstellung von Dienstleistungen spielen Sekundärorganisationen – im PRIV die *Asociaciones*, in Peru die *Juntas de Usuarios* – oder die von ihnen beauftragten Unternehmen zunehmend eine Rolle, vor allem wenn die entsprechenden Aufgaben komplex sind, wie z.B. der Betrieb, die Instandhaltung und Instandsetzung von Großbauwerken, wie Dämmen, großen Speichern und Verteilerbauwerken, die die Kapazität der primären WNO übersteigen. Vor allem staatliche Organisationen haben sich hier in der Vergangenheit nicht gerade mit Ruhm bekleckert. In der Regel beauftragen die Sekundärorganisationen private Unternehmen mit den vertraglich klar zu definierenden Aufgaben, nach öffentlicher Ausschreibung, mit vereinbarten Gebühren und Gewinnspannen für eine zeitlich begrenzte Dauer. Eine unabhängige Behörde, ein sogenannter Regulator, sollte Ausschreibung, Vergabe und die Erfüllung der Verträge, insbesondere hinsichtlich der Durchführung von Ersatzinvestitionen und Instandhaltung, überwachen. Sie genehmigt die Gebührenordnung, die auf der Grundlage der offenzulegenden Kostenstruktur geschieht. Durch periodische Neuausschreibung kann so ein Wettbewerbsmarkt simuliert werden, wobei durch die unabhängigen Kontrollen die negativen Wirkungen des natürlichen Monopols in Grenzen gehalten werden. Ob ein solches Unternehmen oder eine Sekundärorganisation auch andere Dienstleistungen, z.B. den Bezug von Betriebsmitteln, Bewässerungsberatung oder die Verarbeitung und Vermarktung landwirtschaftlicher Produkte erbringen sollte, ist umstritten. Als Faustregel kann gelten, dass die unsichtbaren Hände des Marktes Lohnendes meist von alleine erledigen. Diese Faustregel kann als Lernerfahrung an andere Projekte weitergegeben werden, damit diese in Zukunft möglichst davon absehen, eine eigene kostspielige Daumenprobe zu unternehmen, indem sie solche Aktivitäten, außer vielleicht für eine kurze Anlaufphase, subventionieren.

PRIV, Plan MERISS und COPASA wurden von P&E mit wandelnder Intensität und Schwerpunktsetzung mit einem breiten Instrumentarium (KZF, gemeinsame Workshops und Seminare, Buch- und andere Medienprojekte, Literaturrecherchen, Praktikanten etc.) unterstützt, um den Lernprozess und die Erfahrungen in der Bewässerungsförderung zu vertiefen.

Die GTZ stellte hierfür über viele Jahre hinweg projektunabhängige Eigenmittel zur Verfügung. Selbst die finanziellen Einschränkungen der letzten Zeit hielten die zum Schrumpfen verdammte Abteilung P&E und die AP nicht davon ab, die Konzeptentwicklung als projektbegleitende Aktivität anzusehen und die Partnerinstitutionen und Projektmitarbeiter hierzu anzuregen und so weit wie möglich zu unterstützen. Hierzu gehörte auch die Kooperation mit anderen Projekten, der Einsatz lokaler Fachleute und Organisationen und die Mitarbeit im Rahmen regionaler Netzwerke und Arbeitskreise. In Bolivien vor allem PEIRAV (*Programa de Enseñanza e Investigación en Riego Andino y de los Valles*) in Cochabamba, in Bolivien und Peru die holländische TZ-Organisation SNV und die von ihr geförderten NRO. In Peru insbesondere die Gruppe GEPER (*Grupo Permanente de Estudios sobre Riego*) in Cusco und die *Plataforma Regional de Riego* in Arequipa, die auf nationaler Ebene mit dem IPROGA (*Instituto de Promoción para la Gestión del Agua*) in Lima zusammen arbeiten bzw. ihm angehören. Hierbei konnten erhebliche Synergie- und Multiplikatoreffekte mit entsprechender Verbesserung der Breitenwirkung und Nachhaltigkeit erreicht werden. Über P&E wurden auch Kontakte zu CGIAR-Instituten (*Consultative Group on International Agricultural Research*) aufgebaut und gepflegt, vor allem zum IWMI (*International Water Management Institute*) und zu IFPRI (*International Food Policy Research Institute*), wodurch deren Arbeit zur Verbesserung der Arbeit der deutschen Projekte genutzt und umgekehrt die Erfahrungen der Projekte einem größeren Kreis von Fachleuten bekannt gemacht werden konnten. Ohne dieses *backstopping* von P&E wäre die fehlende deutsche Erfahrung mit Bewässerungsförderung in Gebirgsregionen nicht wettgemacht worden, hätten die negativen Anfangserfahrungen nicht in die hier dargestellten positiven Lernerfahrungen umgewandelt werden können.

Für einige PRIV-Mitarbeiter brachten die persönlichen Lernerfahrungen eine völlig neue Ausrichtung ihrer beruflichen Tätigkeit. Aus Bauingenieuren wurden Organisationsspezialisten und Experten für andine Bewässerungslandwirtschaft, die das von den Bauern in den *valles altos* von Punata und Tiraque Gelernte im Rahmen eines nationalen Bewässerungsprogramms (PRONAR, *Programa Nacional de Riego*) weiter geben konnten. Dieses Programm, das von der Interamerikanischen Entwicklungsbank (BID, *Banco Interamericano de Desarrollo*) finanziert wird, war von diesen Mitarbeitern mit Unterstützung der GTZ ausgearbeitet worden und wird von noch heute von ihnen beraten. Die Erfahrungen des PRIV in den *Valles Altos* und des PMO (*Proyecto Microriego Oruro*) im *Altiplano* waren eine wichtige Grundlage zur Erarbeitung der nationalen Förderungsstrategie, auch wenn die Verantwortlichen des PRONAR bald erkennen mussten, dass in einem nationalen Programm nicht nur einige wenige, sondern eine ganze Heerschar von »*stakeholders*« ihre *stakes* munter wirbeln lassen. Auch wurde deutlich, wie schwierig es ist, in einem in vieler Hinsicht sehr heterogenen Land wie Bolivien ein Programm der Bewässerungsförderung nach einheitlichen Kriterien durchzuführen. Gleiches gilt für ein nationales Wassergesetz. Während sich Bolivien mittlerweile zu einem neuen Gesetz durchgerungen hat, gelang dies in Peru bisher noch nicht. Gegenwärtig liegt wohl gerade die zwanzigste Version eines Entwurfs vor, der in parlamentarischen und sonstigen Ausschüssen diskutiert wurde, ohne dass je eine endgültige, konsensfähige Version zur Verabschiedung kam. So gilt bis auf weiteres immer noch das alte »Neue Wassergesetz«, das 1969 unter der Militärdiktatur das Licht der Welt erblickte. Es wundert nicht, dass dieses noch heute mit Geburtstraumata behaftet ist und daher für eine moderne Bewässerungswirtschaft und für die sehr unterschiedlichen Bedingungen in den verschiedenen Landesteilen ungeeignet ist.

Die Tatsache, dass vom PRIV die Bereiche Organisation und Partizipation in den Vordergrund ihrer Arbeit gestellt wurden und sich das Projekt auf die Funktion des Begleiters eines Entwicklungs- und Lernprozesses zurückzog (*acompañamiento*), darf nicht bedeuten, dass das Pendel nun extrem in die andere Richtung ausschlagen darf – ein nicht reflektiertes *laissez faire* als Prinzip. Techniker und Ingenieure dürfen natürlich ihre fachlichen und technischen Kriterien als Berater nicht völlig hintanstellen, die Verantwortung sozusagen »an der Kasse abgeben« und die Hände in Unschuld waschen, wenn etwas schief geht. Umfangreiche (*ex-ante*) *Feasibility*-Studien sind bei einem prozessorientierten Förderungsansatz zwar *out*, aber sicher nicht *mega-out*. Im Verlauf der Begleitung sind begrenzte Umweltverträglichkeits- und Wirtschaftlichkeitsstudien immer wieder punktuell durchzuführen, um das Risiko für Fehlschläge zu minimieren. Daher ist es auch immer wieder ärgerlich zu sehen, wie manche internationalen Finanzierungsinstitutionen oder auch wohlmeinende NRO sich hier »versündigen« – um den anderen Unsichtbaren hier einmal einzubeziehen, in dessen Namen so viel »Gutes« getan, aber so wenig kontrolliert wird. Die unsichtbare Kontrolle durch den Unsichtbaren ist daher nicht ausreichend und der unsichtbaren Hand des Wettbewerbsmarktes unterlegen.

Die Leidtragenden bei Misserfolgen sind natürlich immer die Bauern, nicht die Projektmitarbeiter oder andere Akteure im Projektumfeld. Die Bauern investieren ihre Zeit, ihre Arbeit, ihre materiellen und manchmal auch finanziellen Mittel. Sie setzen ihre Hoffnung in die gemeinsame Arbeit, Hoffnung, die uns verpflichtet zu vermeiden, dass sie am Ende enttäuscht werden und nachher vielleicht schlechter dran sind als zuvor. Bei den geringen Reserven und der großen Verletzbarkeit ihrer Lebensgrundlagen ist ein verantwortungsloser *laissez-faire*-Ansatz ebenso verwerflich wie die nicht angepassten *top-down*-Ansätze mit modernen kostenintensiven und nicht angepassten Technologien. Das Gleiche gilt für zeitlich begrenzte Programme hoch subventionierter landwirtschaftlicher Kredite, u.a. für ertragssteigernde Produktionsmittel oder technifizierte Bewässerung, wie sie gerade in Lateinamerika so gerne aufgelegt wurden – denken wir nur an Alain García und die Weltbank in Peru. Solche Programme sollten den Verantwortlichen eigentlich den Schlaf rauben, da sie die Begünstigten systematisch in Abhängigkeit und Aussichtslosigkeit treiben, während sich die »Begünstigenden« im Dunstkreis solcher Programme oft gesund stoßen – und auch so fühlen, obwohl sie zweifellos krank sind.

Im Zusammenhang mit den Studien zur Feststellung technischer und wirtschaftlicher *feasibility* noch ein Wort zur angeblichen Überdimensionierung des Speichers *Totora Khocha*, der mit 22 Millionen Kubikmeter Fassungsvermögen zu groß geplant und damit auch zu teuer geraten sein soll. Seit seiner Erbauung sei er nicht einmal annähernd voll gewesen. Hier hatten die Bauern natürlich keine fundierten Beurteilungskriterien und waren auf das Know How der Ingenieure und Hydrologen mit ihren Prognosemodellen angewiesen. Den Modellakrobaten ist natürlich bewusst, dass technische und ökonomische Berechnungen immer mit einem gerüttelten Maß an Skepsis zu behandeln sind, vor allem, wenn den Daten nicht zu trauen ist. Aber wie wir alle neigen auch sie häufig dazu, Vorbehalte beiseitezuschieben, wenn erst einmal wunderschöne Zahlenreihen, Prozentzahlen und Vertrauensintervalle schwarz auf weißem Papier glänzen – mag die Skepsis gegenüber den Ausgangsdaten vorher noch so groß gewesen sein. Solchen Täuschungsprozessen beim Wandel vom Virtuellen zum Realen sollte durch Erläuterungen, nicht nur kleingedruckt und in Fußnoten, sondern explizit im Text selbst vorgebeugt werden, wenn man die Methode, das Geschäft und sich selbst nicht in Verruf bringen will. Denn sonst passiert es, wie bei den Berechnungen des Speichers *Totora Khocha* oder auch bei Ergebnissen von KNA, dass nachher mit Fingern auf die Mutigen gezeigt wird, die sich trotz schlechter Datensituation und gewagter Annahmen auf solche Modellrechnungen eingelassen hatten.

Klimatische Entwicklungen sind ähnlich schwierig abzuschätzen, wie ökonomische und politische, die berühmten Rahmenbedingungen, von denen schon häufig die Rede war. Aber wer weiß – vielleicht kehrt sich im Falle von *Totora Khocha* ja der unvorhergesehene Trend nachlassender Niederschläge wieder um. Dann trägt vielleicht das zur Verwendung im nächsten Jahr zusätzlich gespeicherte Wasser zu einer mittelfristigen Produktions- und Einkommensstabilisierung und Ernährungssicherung der Bauern und der Region bei. Die interne Verzinsung könnte man dann noch einmal neu berechnen und damit die Modellakrobaten von ihren Gewissensbissen befreien, wenn sie dann noch nicht (daran?) gestorben sind. Wichtig ist, dass im Fall des *Totora Khocha* die Bauern nicht mit überhöhten Kreditrückzahlungen belastet sind und dass die neue Allokationsproblematik die WNO nicht überfordert. Aber es ist anzunehmen, dass die *Asociaciones* stark genug sind, um Begehrlichkeiten beim Zugriff auf die größeren Wasserreserven abzuwehren. Mit der Handelbarkeit der Wasseraktien haben sie dafür eine effektive und transparente institutionelle Lösung geschaffen. Die neue Planungsdimension, die durch eine mögliche Speicherung des Wassers über mehrere Jahre hinzukommt, ließe sich problemlos in dem System berücksichtigen.

Bevor wir Bolivien verlassen und wieder nach Peru zurückkehren, abschließend noch einige Anmerkungen zur Bedeutung der damaligen Rahmenbedingungen für die Erfolge des PRIV. 1985, als die endgültige Planung für den Speicher *Totora Khocha* gerade abgeschlossen war und das GTZ-Beratungsprojekt MAYOR seine Tätigkeit aufnahm, fanden grundlegende Veränderungen im politischen und wirtschaftlichen Umfeld Boliviens statt, die die Erarbeitung des dienstleistungsorientierten, partizipativen Ansatzes und vor allem den wirtschaftlichen Erfolg des Projektes begünstigten. Mit der Wahl des Präsidenten Victor Paz Estenssoro (1985-89) endete 1985 eine jahrzehntelange Serie inkompetenter, meist diktatorischer Regime, die wohl auch für den *top-down*-Ansatz des PRAV, die Verzögerungen bei der Projektplanung und -durchführung und die Koordinationsprobleme zwischen den Institutionen verantwortlich waren. Die neue Regierung zeigte sehr schnell, dass ein WC-SAP auch ohne Diktatur zu positiven Impulsen in Wirtschaft und Gesellschaft beitragen kann. Das BMZ finanzierte im Rahmen des neoliberalen Reformprogramms ein Beratungsprojekt der GTZ im Planungsministerium, das eine aufwendige Planungsstudie mit Unterstützung eines großen Teams von KZF erstellte, und erstmals auch das ZOPP-Instrumentarium auf dieser Ebene einsetzte. Die Methode, wie besonders auch die Studie schienen den Planungsminister Gonzalo Sanchez de Lozada zu beeindrucken, der sie angefordert und intensiv begleitet hatte und später als Wahlplattform nutzte. Seine Partei erhielt dann bei den Wahlen zwar die meisten Stimmen, doch *Goni*, wie ihn seine Anhänger nannten, wurde diesmal ausgetrickst. Die Parteien des linken Ex-Revolutionärs Paz Zamora und des rechten Ex-Diktators Banzer taten sich im Kongress zusammen und schusterten sich das Präsidentenamt für jeweils die Hälfte der Regierungszeit von fünf Jahren zu. Nicht untypisch für die politische Kultur des Landes. Ob links, ob rechts – die Hauptsache, man kam auch mal an den Trog. *Goni* schaffte es erst fünf Jahre später zum Präsidenten und führte zwischen 1993 und 1997 einige weitreichende institutionelle Reformen durch, die sowohl für die lokalen Bewässerungsprojekte wie auch für das PRONAR von Bedeutung waren, da sie zu einer Dezentralisierung staatlicher Aufgaben und Finanzen, zu mehr Kontrolle der Bürger über die sie betreffende Politik auf der lokalen Ebene und vor allem auch zur Erhöhung der Rechtssicherheit führten, was sich auch auf die Durchsetzung von Rechtstiteln an den Ressourcen Wasser und Boden auswirkte und dadurch zu einer effizienteren und nachhaltigeren Nutzung derselben beitrug.

Doch wie langsam Entwicklungsprozesse sind und wie schnell auch immer wieder Rückschläge eintreten können, musste Sanchez de Lozada schmerzlich erfahren, nachdem er 2002 zum zweiten Mal zum Präsidenten gewählt worden war. Er hatte offensichtlich die Geschwindigkeit des sozialen und kulturellen Wandels seines Landes überschätzt, die Verbundenheit der Menschen mit allem, was ihnen ihre *pachamama* spendet, unterschätzt. Mit dem Verkauf von Erdgas ins Ausland berührte er ein sensibles Thema, das fast so sensibel war wie das Thema Wasser, bei dem es gerade erst in Cochabamba zu blutigen Auseinandersetzungen und zum erzwungenen Rückzug eines internationalen Dienstleistungsunternehmens für Wasserversorgung (*Bechtel Corporation*) gekommen war. Im Herbst 2003 begehrten u.a. die eingangs als recht friedlich geschilderten Bergleute auf, die seit der Schließung der staatlichen Minen des *Altiplano* im Tiefland des *Chapare* bei Cochabamba friedlich Koka anbauten, d.h. nur dann friedlich, wenn sie nicht gerade vom großen Bruder aus dem Norden mit seinen nationalen und lokalen Hilfsdiensten gestört wurden. Die Bauern und auch andere Kinder der *pachamama* protestierten gegen den Verkauf von Erdgas ins Ausland, und auch diesmal floss Blut. Die Fehleinschätzung der Seele seines Volkes kostete Sanchez de Lozada selbst zwar nicht das Leben, aber zumindest das Präsidentenamt und zwang ihn, sich vorläufig in die USA ins Exil zurückzuziehen. Ist sein neoliberaler Kurs und sein amerikanischer Akzent, den er seit seiner dortigen Schulzeit nie verloren und auch nie verleugnet hatte, vielleicht doch zu stark für sein sensibles Volk? Auch wenn ich die näheren Hintergründe nicht kenne, bin ich der Meinung, dass es hier sicher den Verkehrten traf. Aus meiner Sicht hatte sich seine Dezentralisierungspolitik, vor allem das Gesetz der Participación Popular von 1994, positiv für die Bewässerungsentwicklung in Bolivien, für arme Kleinbauern und für die Armen ganz allgemein ausgewirkt und Boliviens Entwicklung im Sinne von Todaros Definition vorangebracht.

Angeführt wurden die Demonstranten im Herbst 2003 u.a. vom Präsidenten der größten und stärksten Gewerkschaft (*sindicato*) der Kokabauern, Evo Morales. Er konnte bei den Präsidentschaftswahlen 2002 rund 21% der Stimmen auf sich vereinigen und wurde damit zum Oppositionsführer im Parlament. Dass er bei dem Erdgashandel die Chance sah und nutzte, um seinen Einfluss zu vergrößern und dem Ziel der Präsidentschaft näher zu kommen, wird von kaum jemandem bezweifelt. Die kürzlich erfolgte Wahl im Nachbarland Brasilien, bei der dem Vorsitzenden der Arbeiterpartei Lula da Silva das Präsidentenamt zufiel und in Peru ein Jahr zuvor dem indigenen (*cholo*) Toledo, lässt auch einen Präsidenten Evo Morales in Bolivien in den Bereich des Möglichen rücken. Und wie werden die Auswirkungen solcher Führungspersönlichkeiten mit einer Basis in den ärmeren und indigenen Bevölkerungsschichten auf die Entwicklung dieser Länder sein? Man muss sicher nur die richtigen Indikatoren wählen, langfristig und positiv genug denken, an Lernprozesse glauben und sich nicht vom Prinzip Hoffnung abbringen lassen, um hierin eine positive Entwicklung zu erkennen. Hoffnungsvoll stimmt vor allem die Erfahrung, dass es gerade die Rückschläge sind, die häufig zu neuer Dynamik und Entwicklung führen. Warum würden sich sonst z.B. die Obstbauern Jahr für Jahr die Mühe machen, ihre Bäume so weit zurückzuschneiden, dass man manchmal um ihr Überleben bangt?

3.6 Aus der Frühzeit deutscher Bewässerungsförderung in Peru – der Beginn von Lernprozessen mit Institutionen und Umwelt

Vielleicht lässt ja ein Blick in die frühen Jahre deutscher Bewässerungsförderung im Peru der 60er, 70er und 80er Jahre zusätzlich Optimismus hinsichtlich der Entwicklungspolitik und -zusammenarbeit als Lernprozess aufkommen. Institutionenentwicklung, Umweltverträglichkeit und Nachhaltigkeit waren fast noch Fremdwörter, als Anfang der 60er Jahre die *Feasibility*-Studien für die FZ-Projekte Tinajones und Jequetepeque an der Nordküste Perus (Departements Lambayeque, Chiclayo und La Libertad, Trujillo) von einer deutschen Firma im Auftrag der peruanischen Regierung durchgeführt wurden. In den Studien stand zwar schon einiges zu Wasserrechten und Bodeneigentumsverhältnissen, aber diese eher oberflächlichen Ausführungen wurden schon bald nach dem Eintreffen des deutschen TZ-Teams im Jahre 1967, das das FZ-Projekt begleiten sollte, von den politischen Ereignissen und Reformen der nächsten Jahre überholt. Damals war die Grüne Revolution in Asien gerade angelaufen und in Peru eine sozialistische Revolution von oben Thema von Disskussionen junger, idealistischer Offiziere an der Nationalen Militärakademie. Sie führten die Revolution im Oktober 1968 unter General Velasco Alvarado dann auch durch, um einer Revolution von unten zuvor zu kommen, da die Bevölkerung, und vor allem die Bauern in den Anden, von der Untätigkeit der Regierung Belaunde und dem pseudo-demokratischen Zirkus der Abgeordneten im Parlament die Nase voll hatte.

Voll war zu diesem Zeitpunkt auch erstmals der mit deutscher FZ finanzierte, 300 Millionen Kubikmeter fassende Tinajones-Speicher, der 1969 in Betrieb genommen wurde. Im gleichen Jahr also, in dem die Militärregierung mit einer radikalen Agrarreform und einem neuen Wassergesetz dem Land, und vor allem der Landwirtschaft, einen völlig neuen institutionellen Rahmen überstülpte. Es ginge zu weit, diesen hier im Einzelnen erläutern zu wollen, auch wenn vieles, was in den nächsten Jahren und Jahrzehnten die Bewässerungsprojekte in Peru bewegte, oder auch am Bewegen hinderte, von dieser Agrarreform und von dem Neuen Wassergesetz von 1969 bestimmt wurde. Mit dem Tinajones-Speicher glaubten die Projektverantwortlichen nun auch im »regulierten« Bewässerungsdistrikt Chancay-Lambayeque das I-Tüpfelchen für die Grüne Revolution geschaffen zu haben. Die Bewässerungsversuche auf sorgfältig behüteten Feldern der landwirtschaftlichen Versuchsstation *Vista Florida* wurden daher auch ein natürlicher Schwerpunkt des TZ-Projektes, und die Station mit dem blumigem Namen und Ausblick gab fortan einem Teil der zeitweise über zehn jungen »Experten« der GAA (*Grupo Asesor Alemán*, sozusagen die MTA von Tinajones) einen angenehmen Rahmen für ihre Denk- und Versuchsarbeit. Sie gab ihnen ebenfalls Schutz vor täglichen Kundensorgen und vor überheblichen Bemerkungen der Kollegen aus der FZ. Diese hatten bereits mit Stahlbeton bewehrte Kanäle, Kaskaden, Dammbauten und Andentunnel finanziert und damit einweihungswürdige und das Selbstbewusstsein stärkende Monumente geschaffen, wo sich die GAA-*greenhorns* noch krampfhaft abmühten, das zu erfüllen, was an Erwartungen in ihren eigenen und in den Köpfen anderer herumschwirrte. Von einem TZ-FZ-Verbundprojekt, geschweige denn von einem Kooperationsvorhaben (KV) war damals noch nicht die Rede. Die Kontakte zwischen den Mitarbeitern der beiden Consulting-Firmen vor Ort, wie auch zwischen deren Mutterhäusern in Deutschland beschränkten sich, wenn überhaupt, auf schriftliche Anregungen oder die Bitte um die Berücksichtigung von Anregungen zum Handeln. Von Koordination und Kooperation konnte damals schwerlich die Rede sein. Angesichts der geschilderten Erfahrungen mit dem PRAV-PRIV-Monster überrascht dies auch nicht, wurde dieses Monster doch erst etwa 20 Jahre später in den *valles altos* von Cochabamba erlegt.

Da es Ende der 60er Jahre auch noch kein ZOPP gab, geschah EZ im Allgemeinen und Institutionenförderung im Besonderen nicht auf der Grundlage eines wohldurchdachten und mit den Partnern abgestimmten Gesamtkonzepts, sondern eher als Reaktion auf eine momentane Notlage oder als Eigeninitiative von Projektmitarbeitern. So ließ z.B. 1978 eine Wasserknappheitssituation die Defizite der staatlichen Wasserverwaltungsbehörde (*Administración Técnica*) bei der Anbau- und Bewässerungsplanung im Bewässerungsdistrikt Chancay-Lambayeque und beim Management des Tinajonesspeichers offensichtlich werden und führte zur Gründung einer *ad-hoc*-Arbeitsgruppe der GAA. Eine Serie überdurchschnittlich wasserreicher Jahre im ersten Jahrzehnt nach der Inbetriebnahme des Speichers hatte dazu geführt, dass die Reisflächen, die einen hohen Wasserbedarf haben, Jahr für Jahr ausgedehnt worden waren und Kulturen mit weniger Wasserbedarf verdrängt hatten. Auch wurde regelmäßig mehr Reis angebaut, als von der Wasserverwaltungsbehörde genehmigt worden war. Das ging so lange gut, wie genügend Wasser im Speicher war und die Niederschläge in den Anden reichlich. Doch im Anbaujahr 1977/78, dem ersten mit verzögerten und geringen Niederschlägen und daher unterdurchschnittlicher Wasserführung des Chancay-Flusses, waren der Speicher schnell leer, die Reisfelder vertrocknet, die Reisbauern um eine Ernte ärmer und die Wasserverwaltung um eine Lernerfahrung reicher. Die *ad-hoc*-Arbeitsgruppe der GAA sollte daher die Wasserverwaltungsbehörde und die WNO unterstützen, eine Problemanalyse durchzuführen, Vorschläge für eine Verbesserung der Anbau- und Bewässerungsplanung zu erarbeiten und bei deren Umsetzung zu helfen.

Wegen der sozialistisch eingefärbten Militärdiktatur, die glaubte, Reformen *top-down* nach Befehl und Gehorsam durchführen zu können, konnte damals von geeigneten Rahmenbedingungen für partizipative Bewässerungsförderung nicht die Rede sein. Die Vorstellungen von Grüner Revolution und T&V (*Training & Visit*)-Beratungsansätzen mit *paquetes* und *parcelas demostrativas*, die sich ebenso wenig um die individuellen Vorstellungen und Rahmenbedingungen der Länder und Bauern scherten wie die ebenfalls von der Weltbank gepushten WC-SAP, taten ihr Übriges. Auch die weitreichenden Enteignungen, nicht nur der großen Zuckerrohrhaziendas, sondern auch kleinerer Reis- und Baumwollbetriebe, und deren Zwangskollektivierung zu LPGs (Landwirtschaftlichen Produktionsgenossenschaften, *Cooperativas Agrarias de Producción, CAP*) schafften nicht gerade die geeigneten Rahmenbedingungen, um marktwirtschaftlich ausgerichtete Koordinierungsinstrumente und Dienstleistungsbewusstsein zu verbreiten. Zu diesem Zeitpunkt war aber auch die deutsche TZ noch weit davon entfernt, hier einheitliche Konzepte anbieten zu können, denn es gab damals noch TZ *tipo socialismo* und TZ *tipo capitalismo*. In einigen Ländern, in denen man sich an den Daumenschrauben der Hallstein-Doktrin vorbeischummelte, soll es auch beide *tipos* gegeben haben. Doll sollen sie damals beide nicht gewesen sein. Im Osten war man noch dabei, mit eigenen LPGs zu experimentieren und die TZ als Propagandainstrument zu entwickeln, im Westen betrieb man damals noch Nabelschau über die Teilung. Nicht über die Teilung Deutschlands in Ost und West, sondern über die Aufteilung der Verantwortung für die TZ auf eine Bundesanstalt (BfE), die die Projekte finanzierte und mehr schlecht als recht verwaltete, und eine Organisation zur Bereitstellung des Personals (GAWI). Diese Nabelschau erreichte 1973 ihren Höhepunkt, als Inspektionsberichte des BMZ und ein Gutachten des Bundesrechnungshofs Einzelheiten über den Schlendrian in den Projekten und Organisationen ans Tageslicht brachten. Das Gutachten war zwar zur Verschlusssache erklärt worden, fand aber seinen Weg zur FAZ und damit in die deutsche Öffentlichkeit, die erstmals Einzelheiten über die Existenz und Mühen des Entwicklungsgeschäfts erfuhr. Der Reorganisationsprozess mit der Zusammenlegung von BfE und GAWI dauerte dann noch etwa zwei Jahre, bis am 1. Januar 1975 auch formal die Verantwortung für die deutsche TZ an die GTZ als gemeinnütziger GmbH im Eigentum des Bundes überging.

Das Tinajones-Projekt wurde von diesen schwierigen Rahmenbedingungen der TZ in Deutschland wenig berührt, da es von einer privaten Consulting-Firma durchgeführt wurde. Diese erfreute sich aufgrund ihrer Standortvorteile in der Bundeshauptstadt Bonn eines weichen Polsters von Dauerbrennerprojekten, die es ihr erlaubten, TZ nach Gutsherrenart abzuwickeln, d.h. den Projektleitern (heute AP) größtmögliche Freiheiten einzuräumen und das Drittgeschäft zu vernachlässigen. Heute ist sie nicht mehr auf dem Markt, aber die Gutsherrenart wird im Zuge des heutigen Dezentralisierungsprozesses der GTZ, noch unbemerkt in Bonn und Berlin, wieder erreicht, nur mit dem Unterschied, dass AURA und GQA hier, *semantically correct*, einige Hürden einzubauen pflegen. Mit dem Drittgeschäft ist man in der GTZ heutiger Mittelknappheit entsprechend weniger nachlässig, bemüht sich redlich, obwohl der große Durchbruch noch nicht gelungen zu sein scheint. Obwohl ich die Schwierigkeiten dieses Geschäfts mit dem Beispiel des PERAT-Bewässerungsprojektes an der Küste Perus in den Jahren 2001 und 2002 belegen könnte, bleibe ich lieber beim Tinajones-Projekt und der Consulting-Firma, die sich damals ebenfalls mit sich verändernden politischen Rahmenbedingungen und mit Eingriffen von außen auseinandersetzen musste.

Damals war es die Förderung der nach der radikalen Agrarreform von 1969 durch Zwangskollektivierung geschaffenen Genossenschaften, die der GAA von der Regierung, wenn auch nicht unbedingt aufs Auge gedrückt, so doch zumindest dem Projektleiter ans Herz gelegt wurde. Ich selbst verweigerte sowohl mein Auge, als auch mein Herz und widersetzte mich, als mich der Projektleiter wenige Monate nach Dienstantritt zur Genossenschaftsberatung abordnen wollte. Unter Hinweis auf meine TOR, auf das

Chaos in den Genossenschaftsbetrieben und ihrer Sekundärgenossenschaft und auf die Aussichtslosigkeit einer solchen Beratung durch mich, konnte ich die Zwangsversetzung aus dem ländlichen *Vista Florida* in das graue Verwaltungsgebäude der Zentralgenossenschaft in Chiclayo erfolgreich abwehren. Die Ereignisse der folgenden Jahre, vor allem meine neuen Aufgaben bei der Anbau- und Bewässerungsplanung und das Ende des Experiments mit Genossenschaften und Sozialismus Ende der 70er, Anfang der 80er Jahre, gaben mir nachträglich Recht. Das TZ-finanzierte Verwaltungsgebäude stand noch viele Jahre nach Ende des 12-jährigen Traums vom Sozialismus als Mahnmal für nachfolgende Projektgenerationen in der Landschaft. Im hessischen Eschborn, wo die GTZ damals ihre Bleibe fand und mit ihr die Zuständigkeit für das Tinajones-Projekt, sagte man damals vielleicht: »*Des geht de Sozialiste wie de Nationalsozialiste*« und buchte den missglückten Versuch von Institutionenförderung auf dem Konto Lernerfahrungen ab.

Nicht viel erfolgreicher war die Institutionenförderung bei der *Junta de Usuarios* und den primären WNO, deren Aufgaben im »Neuen Wassergesetz« vom Juli 1969 zwar vorgeschrieben waren, die aber ohne große Unterstützung seitens des Staates vor sich hindümpelten. Die Förderung durch die GAA ging auf die Initiative seines Kulturtechnikers zurück, der seinen Arbeitsplatz von dem schönen *Vista Florida* in das enge Büro der *Junta* nach Chiclayo verlegte. Damit entwich er gleichzeitig auch den schlauen Ratschlägen eines schlauen Professors aus Deutschland, die dieser während regelmäßiger, mäßig beeindruckender Besuche Perus und der Versuchsfelder auf Projektkosten gab. Der Professor hatte von Bewässerung zwar offensichtlich Ahnung, da er ähnliche Versuche auch in Saudi Arabien und in anderen Ländern durchführte, nur von Bewässerung auf den Feldern der Bauern und von Organisation, Betrieb und Instandhaltung offensichtlich keine. Bewässerungsförderung hörte in jenen Jahren, wie gesagt, meist am Rand von Versuchsfeldern oder an der Verschalung des Stahlbetons imposanter Bauwerke auf. Ein anderer Professor aus dem gleichen Institut, der später von Zeit zu Zeit in Chiclayo vorbeischaute, gab Anschauungsunterricht zur Versalzung im Projektgebiet. Nicht den Bauern und auf den Feldern, sondern den Projektmitarbeitern und Wasserverwaltungsbürokraten auf anschaulichen Grafiken eines Modells, das zeigte, wieviel Tonnen Salz jährlich mit dem Wasser in das Bewässerungsgebiet ein-, aber nicht wieder hinausgeleitet wurden. Zur Lösung des Problems von Staunässe und der Anreicherung von Salz auf den Feldern der peripheren Bereiche des Bewässerungsgebietes konnte er meines Wissens allerdings nichts beitragen. Doch das war vielleicht auch zu viel verlangt, da die Reis-Lobby damals im Tal und auf nationaler Ebene jeden Versuch zunichte machte, die WNO und ihre Mitglieder dazu zu bringen, Reis nur dort anzubauen, wo er genehmigt war und nicht zur Versalzung der Felder führte. Weder der Wasserverwaltungsbehörde mit ihrer *ad-hoc*-Arbeitsgruppe der GAA, noch der *Junta* mit dem von ihr gegründeten Dienstleistungsunternehmen gelang es damals, die Instandhaltung der Dräne, die Zonifizierung des Bewässerungsgebiets und die Einschränkung des Reisanbaus zu erreichen, um die Versalzungsgefahr nachhaltig zu bannen.

Ein GAA-Miniteam, das bis 1983 blieb und am Ende auf zwei Mitarbeiter zusammengeschrumpft war, mühte sich redlich ab, um den WNO und dem Dienstleistungsunternehmen, das für die Instandhaltung des Entwässerungsnetzes und der Großbauwerke gegründet worden war, Leben einzuhauchen. Ihre Pionierarbeit konnte damals nicht zum Erfolg führen, da es an eindeutigen gesetzlichen Richtlinien, an politischem Willen und an der Motivation der WNO fehlte. Erst als Alain García 1989 angesichts leerer Staatskassen und unfähiger APRA-Parteigenossen in der Wasserverwaltungsbehörde den WNO die Gesamtverantwortung für Betrieb und Unterhaltung per Gesetz übertrug, wachten diese plötzlich aus ihrem Dornröschenschlaf auf und begannen, nach systematischer Förderung zu suchen. Da sich die deutsche TZ zu diesem Zeitpunkt schon verabschiedet hatte, sprang die holländische SNV ein. Sie hatte in Bewässerungsprojekten der Anden und bei der Unterstützung nationaler Initiativen zur Verbesserung des Bewässerungsmanagements (das IPROGA, *Instituto de Promoción para la Gestión del Agua* in Peru und das PEIRAV, *Programa de Enseñanza e Investigación en Riego Andino y de los Valles* in Bolivien) langjährige Erfahrung in der Förderung von Bewässerungsorganisationen gesammelt. In Chiclayo unterstützte sie den Aufbau des IMAR *Costa Norte* (*Instituto de apoyo al manejo de Agua de Riego*), einer nationalen NRO, die auch heute noch die WNO des *Distrito de Riego Chancay-Lambayeque* unterstützt, sowohl mit Beratung im Sinne von *extensión*, also kostenlose Sensibilisierung und Motivierung einzelner Bauern und der primären WNO, als auch im Sinne von *asistencia técnica*, also Dienstleistungen gegen Bezahlung.

Nicht nur die WNO und die TZ, sondern auch das BMZ und die KfW machten bei den großen Bewässerungsprojekten der Küste Lernprozesse durch. Diese dürften heute bei den damals Verantwortlichen kaum nostalgische Schwärmereien auslösen. Denn es war ein steiniger Weg, den die FZ in diesen Jahren in Peru zurücklegen musste, gepflastert mit Vertragsbrüchen, Verzögerungen und temporären Rückzügen, begleitet von Rückschlägen und finanziellen Nachforderungen; im Fall von Tinajones für Dräne und Kanäle, im Fall von Jequetepeque, weil die Regierung Alain García beim Umrechnen der in harten DM vertraglich vereinbarten Summen in weiche peruanische Inti schummelte, mit dem dafür geschaffenen MUC-Dollar, auf den wir später noch zu sprechen kommen. Bei der KfW war angesichts solcher Eskapaden latent wohl immer eine ungestillte Sehnsucht nach Beendigung des Engagements in Peru zu spüren. Dieses hatte mit einem Besuch des damaligen Präsidenten Manuel Prado 1960 in Bonn begonnen, dem Bundeskanzler Adenauer die finanzielle Unterstützung des Tinajones-Projektes in Aussicht stellte. Weil BMZ und GTZ damals noch nicht geboren, ZOPP, AURA und Nachhaltigkeit noch Fremdwörter waren, wurden solche lockeren Zusagen entweder wie heiße Kartoffeln oder wie angelutschte Karamellbonbons zwischen dem Auswärtigem Amt und dem Wirtschaftsministerium hin- und hergeschoben, je nach deren Interessen, Budgetlage oder anderer Kriterien, die auf jeden Fall nichts mit entwicklungspolitischen Leitlinien, Länderkonzepten oder -schwerpunkten zu tun hatten, wie das heute der Fall ist.

Damit das alles etwas geregelter ablaufen sollte, wurde 1961 das Bundesministerium für Wirtschaftliche Zusammenarbeit (BMZ) gegründet. Es dauerte dann aber noch einige Jahre – wohl etwa sieben an der Zahl, der übliche Zeitraum also, in dem Institutionen sich entweder festigen oder zu Grunde gehen –, bis unter dem sozialdemokratischen Minister Eppler Nägel mit Köpfen gemacht wurden. Als Erhard Eppler 1968 das Ministerium übernahm, tummelten sich gerade Deutschlands Studenten auf den Straßen, statt sich in Hörsälen das Wissen für Examina anzueignen, und in Peru tummelten sich Generäle in Regierungsämtern, statt sich in Formalausbildung und Wehrübungen weiterzubilden, was eher ihrer Berufung und ihren Fähigkeiten entsprochen hätte. Beiden, den deutschen Studenten und den peruanischen Offizieren, war ein gerütteltes Maß an Idealismus sicher nicht abzusprechen, der sie zum Aufbegehren gegen eine alte Ordnung veranlasste. Während der Idealismus in ihrem Fall jedoch eher das Handeln hemmte und nicht ausreichte, um eine neue Ordnung zu schaffen, war dies bei Eppler anders. Der hatte von seinen schwäbischen Altvorderen ebenfalls ein gerütteltes Maß davon mitbekommen, und es reichte aus, um zumindest in seinem Aufgabenbereich für Ordnung zu sorgen und dem Wirtschafts- und dem Außenministerium Kompetenzen und finanzielle Mittel abzujagen. Er musste jedoch noch bis zum Beginn der nächsten Legislaturperiode warten, um dem FDP-geführten Wirtschaftsministerium die FZ-Kasse und damit die direkte Telefonverbindung zur KfW im Entwicklungsbereich zu entreißen. Diese bestimmte fortan das Innenleben der KfW in einer Weise, wie das bei der GTZ wohl nie der Fall war. Zumindest nicht auf der Durchführungsebene, mit der ich zu tun hatte. Die formale Gründung der GTZ am 1. Januar 1975 erlebte Eppler zwar nicht mehr im Ministeramt, aber er hatte sicher einen großen Einfluss auf die Beseitigung des Chaos von BfE und GAWI. Vielleicht hätte er, wenn er geblieben wäre, auch das seltsame Konstrukt dreier Geschäftsführer verhindern können, da für ihn Entwicklung im Süden sicher nicht davon abhängt, dass im Norden *party politically correct* über die Durchführung von Projekten und Programmen gewacht wird.

Epplers erster Kanzler Brandt, der ihn in den Jahren des Aufräumens und Neuorientierens im BMZ und in den nachgeordneten Institutionen zwar wohlwollend, aber mit wenig Sachkunde begleitete, begriff offensichtlich erst kurz vor seinem Rücktritt 1974, nach Aussagen Epplers nach einem Besuch in Algerien, worum es bei der EZ eigentlich ging. Gedanklich war er damals aber immer noch weit von dem entfernt, was dann 1980 in dem nach ihm benannten Bericht der UN-Kommission stand, die sich unter seiner Leitung Gedanken über das Nord-Süd-Verhältnis machte und Vorschläge zur Verbesserung der EZ unterbreitete. Bei Eppler bestimmte solches Gedankengut schon viel früher das Handeln. Sein idealistischer Schwung, der durch das zunehmende Verständnis Brandts noch erhöht wurde, trug ihn aber unter dessen Nachfolger Schmidt dann sehr bald aus der Kurve und aus dem Ministeramt, das ihm wie wohl keinem anderen auf den Leib geschrieben war. Aber gegen das liberal geführte Wirtschaftsministerium und den neoliberalen Ökonomen, Kettenraucher und Schöngeist Schmidt hatte der christliche Öko-Schwärmer-Schwabe, Asket und Schöngeist Eppler damals keine Chance. Noch Jahre später war er stolz darauf, gleich zu Beginn seiner Zeit als Minister eine Empfehlung des Wissenschaftlichen Beirats, die Zinsen für FZ-Kredite zu erhöhen, ignoriert hatte (Eppler, 1996), und während eines Symposiums 1999 in Basel zitierte er Johann Gottfried Herders Definition von Entwicklung, unter der dieser einen vernünftigen, natürlichen, selbst gestalteten und optimistischen Verlauf der Geschichte verstanden haben soll.

Es ist mir zwar nicht bekannt, ob es Eppler war, der die KfW anwies, vorsichtig zu versuchen, die Peruaner umzustimmen und die zugesagten FZ-Millionen für das Jequetepeque-Projekt einer anderen Verwendung zuzuleiten, aber die Vergeblichkeit dieses Bemühens zeigt zumindest, dass es in der EZ nicht immer einfach ist, Vernunft, Natur, Selbstgestaltung und Optimismus unter einen Hut zu bringen, um damit Epplers und Herders Vorstellungen von der Entwicklung der Menschheit näher zu kommen. Die Millionen waren den Peruanern für den Bau einer Talsperre im Jequetepeque-Tal zugesagt worden, beim idyllisch gelegenen *fundo gallito ciego*, dem »blinden Hähnchen« auf halbem Wege zwischen Trujillo und Cajamarca, wo die leckersten Mangos Perus wachsen und wo nicht nur eine, sondern zwei oder gar drei Reisernten im Jahr möglich sind. Dort beim blinden Hähnchen war das Tal besonders eng und deshalb hatten die Ingenieure in der Feasibility-Studie entschieden, genau dort eine Talsperre zu bauen. Während in Tinajones sowohl Dämme als auch Speicher in einer unfruchtbaren Senke neben dem Tal Platz finden konnten, mussten beim blinden Hähnchen »blühende Landschaften« und fruchtbares Ackerland unter den Fluten verschwinden. BMZ und KfW bekamen daher kalte Füße und meldeten Bedenken bei der peruanischen Regierung an, u.a. wegen der Vertreibung der Bauern vom *gallito ciego* und den angrenzenden Gemeinden, wegen des Verlusts archäologischer Stätten und der Zerstörung des ökologischen Gleichgewichts. Vor allem wohl auch wegen der großen Erosionsgefahr im

Ursachen für Fehlschläge von großen Bewässerungsprojekten

❏ Die Unterschätzung der mit der Planung und Umsetzung verbundenen Koordinations- und Steuerungsprobleme durch die zahlreichen beteiligten Trägerinstitutionen und verschiedenen Bereiche der Zielgruppe.

❏ Die unzureichende Beteiligung der Zielgruppe an Planung und Durchführung.

❏ Eine unzureichende Managementkapazität und zu hohe Personalfluktuation beim Projektträger, um ein großes und komplexes Bewässerungsprogramm zu steuern.

❏ Ein nicht kostendeckendes Bewässerungstarifsystem bzw. unzureichende Einnahmen aus Bewässerungsgebühren (geringe Hebeeffizienz) mit der Folge eines mangelhaften Betriebs und ungenügender Unterhaltung der Bewässerungsanlagen und -kanäle.

❏ Falsche Annahmen bezüglich des Wechsels zum Anbau höherwertiger Anbaugüter, so dass sich aufgrund der Kapitalintensität solche Großbewässerungsprojekte oft als unrentabel erwiesen.

❏ Eine von Regierungen festgelegte Markt- und Preispolitik in der Landwirtschaft, die den Produzenten wenig Anreize zur Steigerung der Produktion gibt, und in vielen Ländern überbewertete Währungen, die Exporte künstlich verteuerten.

JENSEN (1997) Landwirtschaft und Ressourcensicherung in der FZ

Wassereinzugsgebiet des Jequetepeque-Flusses und der dadurch bedingten Gefahr einer schnellen Verlandung und kurzen Lebensdauer des Speichers. Doch die peruanische Regierung, die Bauern und die Genossenschaften im unteren Jequetepeque-Tal bei Pacasmayo waren damals offensichtlich genau so blind wie das Hähnchen und wollten Vorbehalte und Argumente der KfW weder sehen noch einsehen. Sie bestanden auf dem Bau und beriefen sich auf die bestehenden Verträge. Der Bundesregierung, dem BMZ und der KfW blieb daher nichts anderes übrig, als einzulenken.

So fand sich die KfW also unverhofft mit einem zweiten großen Bewässerungsprojekt in Peru wieder, das sie den hessischen Ausspruch »*Klaone Kinner, kloane Sorje – grouße Kinner, grouße Sorje*« bald auf Bewässerungsprojekte anwenden ließ. Während Tinajones noch als Prototyp eines deutschen Entwicklungsprojektes Eingang in die Atlanten der deutschen Schulen fand, reichte es beim Staudamm vom *gallito ciego* nur noch zu negativen Schlagzeilen im SPIEGEL und in anderen kritischen Zeitschriften und Zeitungen, die von protestierenden drittewelt-, umwelt- und friedensbewegten Bürgern und vor allem Studenten berichteten, die gegen den Bau des Staudammes, gegen die Enteignung der Bauern und für die Rettung der archäologischen Schätze der Moche-Kultur protestierten, die im Stausee beim blinden Hähnchen baden gehen sollten. Auch wenn sie den Staudamm nicht verhindern konnten, erreichten die Demonstranten zumindest, dass die KfW die Zahlungen an Peru solange einstellte, bis die Partner die Umsiedlung der Bauern in eine neu erbaute Siedlung an der berühmt-berüchtigten Panamericana nahe der Abzweigung nach Cajamarca vollzogen und deren Entschädigung oder die Zuweisung von Ersatzflächen in die Wege geleitet hatten. Die Unterstützung durch einen deutschen Consultanten und einige finanzielle Nachschläge sorgten dafür, dass den Bauern und ihren Familien einigermaßen Gerechtigkeit widerfahren konnte, auch wenn dies sicher kein Ersatz für die verlorene Idylle am blinden Hähnchen war. Auch für die *Huacos* (Zeremonialgefäße der Moche Kultur) war die Registrierung und Umsiedlung in das Museum von Templadera am oberen Ende des Speichers kein Ersatz für die *pachamama* und die Gräber, in denen sie über Jahrhunderte geruht hatten.

Die ökologischen Probleme waren in jenen Jahren noch nicht in dem Maße ein Thema, wie sie es heute sind. Heute sind sie es wohl auch nur, weil sich 1980 ein bunter Haufen als »die Grünen« zusammenraufte und dieses Thema fürderhin in der deutschen Politik zum *ceterum censeo* machte. Dabei sollte jedoch nicht vergessen werden, dass es der Sozialdemokrat Eppler war, der Umweltverträglichkeitsprüfungen in die deutsche EZ einführte und dies, als manch anderer noch nicht einmal davon gehört hatte. Im Zusammenhang mit Bewässerung war das etwas anders, da ökologische Probleme schon vor tausenden von Jahren zum Niedergang reicher, auf Bewässerungslandwirtschaft beruhender Hochkulturen beigetragen haben sollen, u.a. der babylonisch-assyrischen Kulturen im Zweistromland von Euphrat und Tigris, dem heutigen Irak. Der Grundsatz »keine Bewässerung ohne Entwässerung« war daher auch in Peru und in Deutschland bekannt, als die Finanzierungsverträge für das Tinajones-Projekt abgeschlossen wurden.

Entsprechend dieser Verträge sollten die deutschen Kredite nur zum Bau des Speichers, zur Finanzierung einiger Kanäle, zu Verbesserungen im Bewässerungsgebiet und zur Reparatur eines existierenden und zum Bau eines weiteren transandinen Tunnels verwendet werden, der Wasser aus dem Wassereinzugsgebiet des Atlantik auf die Pazifik-Seite bringen sollte. Peru sollte gleichzeitig mit eigenen Mitteln das Entwässerungssystem ausbauen, um die Gefahr von Staunässe und Versalzung zu verringern, die sich aufgrund des zusätzlichen Wassers zu erhöhen drohte.

Damals offensichtlich noch blinder Fleck der EZ, heute aber bereits Lernerfahrung ist die Tatsache, dass sich manche Länder manchmal nicht an Abmachungen oder Verträge halten, vor allem, wenn sie von früheren Regierungen unterzeichnet wurden. Als in Peru jahrelang nichts für die Entwässerung geschah, musste die Bundesregierung notgedrungen einen Kredit zur Finanzierung einiger großer Dräne nachschieben, um nicht in den Verruf zu kommen, wertvolles Ackerland in Salzblütenlandschaften verwandelt zu haben. Doch bei einem einzigen Kredit sollte es nicht bleiben. Kaum waren die Dräne gebaut, kam aus nicht ganz heiterem Himmel, da vorhersehbar, »*el niño*«, das Jesuskind-Phänomen, das ungefähr alle zehn Jahre um die Weihnachtszeit die klimatischen Bedingungen vieler Länder rund um den Erdball aufmischt, vor allem aber an der nördlichen Küste Perus und im südlichen Ecuador, wo weit draußen im Meer der Ursprung des Phänomens liegt. Dort knickt der aus Süden von der Antarktis kommende kalte Humboldt-Strom nach Westen ab – doch nicht immer an der gleichen Stelle. Das Phänomen der Verlagerung des Stroms, das noch immer nicht völlig erforscht ist, führt an der Küste Perus zu sintflutartigen, viele Tage andauernden Regenfällen und Überschwemmungen, in anderen Gebieten zu Trockenperioden. Ein anderes Phänomen, nämlich dass die Dräne nicht regelmäßig gereinigt und instandgesetzt wurden und dass Flugsand und wild wuchernde Wasserhyazinthen den Abfluss des Dränwassers verhinderten, beschäftigte die KfW nun schon über viele Jahre. Ob das technische, institutionelle und finanzielle Ei des Kolumbus zur Lösung dieses Problems mittlerweile gefunden worden ist, entzieht sich meiner Kenntnis.

Ist der Blick nach unten, wo Staunässe und Versalzungsprobleme drohen, schon beschwerlich genug, so ist der Blick nach oben in das Wassereinzugsgebiet fast noch unangenehmer, weil hier Probleme lauern, die noch schwieriger in den Griff zu bekommen sind. Wenn Landwirtschaft in Hanglagen betrieben wird oder degradierte Weiden und Wälder schon weitgehend kahlen Hängen Platz gemacht haben, dann erfordert es nicht viel Phantasie, um sich Ackerkrume und Geröll bei heftigen oder lang anhaltenden Regenfällen vorzustellen, das sich als Geschiebe, wie der Fachmann sagt, in einen im Tal gebauten Speicher schiebt und damit auch die ursprünglichen Schätzungen seines Volumens, seiner Lebenszeit und seiner Wirtschaftlichkeit radikal nach unten verschiebt. Da solche Degradierungsprozesse im Einzugsgebiet über Jahrhunderte ablaufen, ist die Hoffnungslosigkeit und der Widerstand gegen den Blick nach oben verständlich. Bewässerungssysteme sind zwar Teil eines größeren Systems, Bewässerungsprojekte können aber in den wenigsten Fällen etwas gegen die Probleme degradierter Wassereinzugsgebiete tun. Sie haben kürzere Zeithorizonte und meist eine begrenztere Zielsetzung. Wichtig ist nur, dass die Gesamtsicht nicht verloren geht, auf die ich im vierten Teil noch einmal zurückkommen werde. Wenn Bewässerungsprojekte nachhaltige Wirkungen zeigen sollen, müssen sie in eine umfassende Politik der nachhaltigen Nutzung natürlicher Ressourcen eingebettet sein, von der Wasserproduktion im oberen Einzugsgebiet bis zur Wasserkonservierung, von der Einbeziehung unterschiedlicher Nutzungsalternativen bis zur Wasserentsorgung. Hierbei sind nicht nur technische und ökologische, sondern vor allem auch ökonomische, soziale, sozio-kulturelle und institutionelle Aspekte zu berücksichtigen, um die Möglichkeiten der Verhaltensbeeinflussung durch Anreize verschiedenster Art ausnutzen zu können, die Vorrang vor Geboten und Verboten haben sollten. Nachhaltigkeit lässt sich nicht von Verfügungsrechten und institutionellen Fragen trennen und auch nicht, wie manche Ökonomen und Ökognome meinen, von Verteilungs- und Gerechtigkeitsfragen.

An Fragen der Verteilung und Gerechtigkeit rührte die KfW auch, als sie an den Refrain eines bekannten Schunkelliedes aus den 50er Jahren erinnerte und immer häufiger die Frage stellte: *Wer soll das bezahlen?* Als die großen Bewässerungs- und andere Infrastrukturprojekte in den 50er, 60er und 70er Jahren geplant und auf die Schiene gesetzt wurden, waren die Nachhaltigkeit des Projekterfolgs und die Finanzierung der laufenden (oder Folge-) Kosten für Betrieb und Instandhaltung noch kein Thema und auch Nachhaltigkeit im ökologischen Sinne noch ein Fremdwort. Brandt und Brundtland waren zu jener Zeit noch mit dem Streben nach einem Regierungsamt bzw. mit dem Regieren ihrer jeweiligen Länder beschäftigt, RIO, UNCED und AGENDA 21 unbekannte Begriffe. Die Welt schien noch in Ordnung, das System stimmt. Die internationalen Finanzierungsorganisationen konnten Mittelabfluss vorweisen, die Geberländer im Norden die versprochene Quote von 0,7% ODA (*Official Development Aid*) des BSP (zu) erreichen (versuchen). Dies selten und immer seltener, bei der BRD waren es 1995 gerade einmal 0,32%. Glücklicherweise ist es mit dem Wachstum des BSP in der BRD auch nicht mehr so doll, so dass die Quote nicht gar zu schnell zusammenschnurrt. Und nimmt man den Toll Collect-Indikator zur Hilfe, dann sehen die Prognosen auch für die fernere Zukunft nicht so toll aus. Eine Prognose, wann die Null-Grenze überschritten sein wird und Deutschland an den Tropf geht, wann Innovationen aus Indien oder Singapur importiert, Kapital aus China, Taiwan oder Korea, wagt bisher offensichtlich noch niemand.

Die Entwicklungsländer schienen in jenen goldenen Jahren genauso glücklich zu sein wie die Industrieländer, bekamen sie doch billiges Kapital oder kostenlose Kapitaltransfers, Programme und Projekte, um ihre Zahlungsbilanz auszugleichen. Ihre von Kolonialismus und falschen Entwicklungsstrategien (ISI) geprägte Produktionspalette und der (Handels-) Machtmissbrauch der Länder und Wirtschaftskartelle der Industrieländer, aber auch die Kapitalexporte einheimischer Machthaber, politischer wie der Wirtschaft, standen dem entgegen. Die Abhängigkeit von Kapital-Almosen war besonders extrem im Fall von Afrika, wo die Machthaber ihre in den 60er Jahren neu gewonnene Unabhängigkeit und die Schuldgefühle der ehemaligen Kolonialherren in klingende Münze umzusetzen verstanden. In den meisten Fällen nicht zum Wohl ihrer Bürger. Wichtig war – im Süden wie im Norden –, dass die Regierungen und ihre Politiker tolle Bauwerke zum Einweihen und zum Stabilisieren ihrer Macht hatten. Noch war der Staat ein Tausendsassa, jedoch zunehmend auf Pump – im Norden wie im Süden. Aber schon in den 80er Jahren dämmerte es einigen, dass das System vielleicht doch nicht so stimmig war. Die Weltwirtschaft dümpelte wieder einmal lustlos vor sich hin, die Kassen wurden zunehmend leerer, die Schuldenberge begannen den Wolkenkratzern nachzueifern, in denen ihre gutbetuchten Verwalter saßen. Auch dort entdeckte man nach und nach die Bauern im Süden und stellte ihnen, auf dringendes Anraten der WC-Experten, ebenfalls die unangenehme Schunkelliedfrage aus dem hessischen Frankfurt. Während Peru die Bauern erst 1989 zur Kasse bat und ihnen die Verantwortung für die großen Bewässerungsprojekte der Küste per Gesetz aufs Auge drückte, waren andere lateinamerikanische Länder erheblich schneller. So sind vor allem Chile und Mexiko heute die Musterknaben und Lehrmeister für neoliberale Reformen im Bewässerungs- und Wassersektor, nicht nur für Lateinamerika, sondern auch für andere Länder.

In Peru war dagegen die Übergabe der Verantwortung für Betrieb und Instandhaltung der großen Infrastruktur und für deren Finanzierung selbst 1989 noch eine Illusion. Eine an den Gesamtkosten orientierte Wassergebühr, also ein Preis, der die laufenden Kosten zuzüglich der Kosten für Ersatzbeschaffungen und Amortisation des Kredits abdeckt, war schon für die kleinen Bewässerungssysteme der Anden problematisch und nicht zumutbar. Im Fall der großen Bewässerungsprojekte der Küste, bei denen einige Bauern zwar reich wurden, die Mehrzahl aber von der Hand in den Mund lebt, sind solche Tarife weder realistisch noch gerecht. Die Bauern für einen Wasserspeicher zahlen zu lassen, der mittlerweile fast verlandet ist, oder für teure Tunnel, die Wasser von jenseits der kontinentalen Wasserscheide der Anden an die Küste überleiten, wäre sicher nicht gerecht, geschweige denn realistisch, da man einem nackten Mann, unter *gender*-Gesichtspunkten noch viel weniger einer nackten Frau, nicht in die Tasche greifen kann. Denn der Erlös der Ernte reicht bei den meisten Bauern kaum zur Deckung der Lebenshaltungskosten und zur Rückzahlung des Anbaukredits aus, den sie jedes Jahr zur Finanzierung einer neuen Kampagne aufnehmen müssen.

Wenn es um die Festlegung von Wassergebühren geht, müssen die Besonderheiten eines jeden Standortes und jeder Projektgeschichte genau berücksichtigt werden, müssen für die Bewässerungssysteme der Küste möglicherweise andere Lösungen gesucht werden, als für die kleinen Systeme der Anden. Zwischen Investitions- und Folgekosten, die von der Gigantomanie eines inkompetenten Staates leichtsinnig verursacht wurden, und den Kosten für die Verbesserung von Kleinbewässerungssystemen in den Anden ist dabei konzeptionell ein großer Unterschied. Die Subventionierung der Kapitalkosten für die Kleinbauern, denen an marginalen Standorten der Anden geholfen wird, ihre Überlebenssysteme zu stabilisieren, ist etwas anderes als die Subventionierung verfehlter staatlicher Politik, die zur Ausbreitung des Reisanbaus in die Wüste, zu Staunässe und Versalzung der Böden führte. In beiden Fällen sind die Baukosten als »versunkene Kosten« (*sunk costs*) zu betrachten, aber nur bezüglich ihrer Rückzahlung durch die Bauern. Bei der Kosten-Nutzen-Analyse (KNA) zur Überprüfung der *ex-post*-Wirtschaftlichkeit der Investitionen gehören sie natürlich dazu. Die Tatsache, dass ich darauf hinweise, dass die internen Verzinsungsraten im Falle der Andenprojekte eine gesamtwirtschaftlich sinnvolle und rentable Investition anzeigten, im Fall der Küstenprojekte meistens nicht, könnte Sie, liebe(r) LeserIn, vielleicht veranlassen, meine Vorbehalte gegenüber der KNA als Vorurteile zu brandmarken. Ist Kosten-Nutzen-Analyse also doch eine akzeptable Methode? Die beste unter schlechten, würde ich sagen, denn weder die ökologischen Schäden an der Küste noch die positiven ökologischen und sozialen Aspekte der Andenentwicklung können in ihr angemessen berücksichtigt werden, bzw. ist ihre Berücksichtigung nur mit halsbrecherischen methodischen Klimmzügen zu erreichen, die den Wert des Ergebnisses gegen Null streben lässt. Aber ich wiederhole nochmals, diesmal mit anderen Worten, besser als gar nichts oder »unter den Blinden ist der Einäugige König«.

Trotz der zweifelhaften Ergebnisse hat sich der peruanische Staat immer noch nicht endgültig von seinem angebotsorientierten Ansatz, d.h. dem Neubau von Großinfrastruktur, verabschiedet. Auch wenn Nachfragemanagement, vor allem die Einführung wassersparender Technologien, die Verringerung von Wasserverlusten im Verteilersystem und die Bewässerungsberatung auf der Parzelle zunehmend eine Rolle spielen, schwadronieren Provinzzeitungen und Taxifahrer in den Städten der Küste immer noch von Projekten wie *Majes II*, *Tinajones II* oder vom *Proyecto Olmos*, das Wasser von jenseits der Anden zur Küste bringen soll. Dies, obwohl selbst die sowjetische EZ (»*los rusos*«) nach der Verschwendung einiger Millionen Rubel einst ein deutliches »*njet*« zu Olmos sagten. Dies ganz überraschend, denn die Russen waren dafür bekannt, dass sie Projekte noch weniger nach Wirtschaftlichkeitskriterien auswählten als die kapitalistischen Länder, sondern nach Kriterien politischer Opportunität. So zerstoben die Träume von mehr Geld aus dem Osten für mehr Wasser von östlich der kontinentalen Wasserscheide der Anden, als sich die ebenfalls darüber traurigen Russen mit ihren Familien aus dem Staube machten. Die Tränen spülte ihnen den Wüstenstaub aus den Augen, als sie sich vom *mercado modelo* in Chiclayo verabschiedeten. Noch lange werden sie sich sehnsüchtig an ihn erinnert haben, wenn sie vor den leeren Regalen der staatssozialistischen Kaufhäuser in Moskau oder einer anderen Stadt standen. Und auch in Chiclayo blieben die Sehnsüchte, die *anhelos* zurück. Sehnsüchte nach noch größeren Projekten, noch größerem Geld, noch mehr Wasser von jenseits der Anden. Sehnsüchte, die seit Jahrzehnten von unverantwortlichen Politikern geschürt und auch noch heute regelmäßig von den »Kunden« gefordert werden. Nicht von den Bauern, sondern von den Angestellten der staatlichen Projektträgerorganisationen, die seit Jahrzehnten hohe Gehälter aus billigen Krediten oder Steuergeldern beziehen. *Rent seeking* nennen die politischen Ökonomen das. Nicht zu verwechseln mit der Rentenproblematik in den wachstumsschwachen Ländern Europas, auch wenn sie eines gemeinsam haben – sie tragen beide zu Schuldenbergen bei, wenn man die Probleme nicht in den Griff bekommt. Während die Rentner aber im Verlauf ihres Lebens meist einen erklecklichen Gegenwert erwirtschaftet haben, ist dies bei den *rent seekers* der großen Bewässerungsprojekte der Küste nur selten der Fall gewesen. Armes Peru, arme Geberländer, arme Bauern, arme Rentner – Entwicklungs- und Lernprozesse sind eben langwierig und schmerzhaft.

Kehren wir nach dieser Exkursion an die Küste zur Andenbewässerung zurück und werfen zum Abschluss dieses Abschnitts noch einen Blick auf die Bemühungen von Plan MERISS im Bereich Ressourcenschutz. Aus den 80er Jahren ist hier ein Forstprogramm zu nennen, das dem Schutz der Bewässerungskanäle und der Bauwerke vor Erdrutsch und Geröll dienen sollte. Bei der BMZ-Evaluierung 1997 wurde die Nachhaltigkeit dieser Maßnahmen angezweifelt. Es war offensichtlich nichts mehr davon zu sehen und zu hören, wobei nicht überliefert ist, wie intensiv recherchiert wurde.

Vielleicht hätte ich selbst beim Ablaufen der Kanäle noch den einen oder anderen Baum wiedererkannt, der damals zu Beginn der 90er Jahre gepflanzt wurde. Ich kann mich nur noch daran erinnern, dass einige der munter sprießenden Bäumchen wieder entfernt werden mussten, weil sie zu nahe am Kanal gepflanzt waren. Eine Empfehlung des *allround* beschlagenen Kulturtechnikers des PFK-Teams und eine Lernerfahrung des Projektes: Wenn Bäume zu dicht am Kanal und zu eng nebeneinander gepflanzt werden, können sie mehr Schaden anrichten als nützen. Da die Wurzeln von der Feuchte des Kanals angezogen werden, wachsen sie früher oder später hinein und zerstören ihn; bei zu großer Dichte behindern sie sich außerdem gegenseitig und entziehen sich Licht und Feuchtigkeit.

Eine weitere Lernerfahrung, die sich vielleicht weiterzugeben lohnt, weil sie auch etwas mit Nachhaltigkeit zu tun hat, ist die Erkenntnis, dass Hauptkanäle nicht in extreme Hanglagen gebaut werden sollten. Diese Anerkennung wurde während mehrerer PFK vom Gutachter in Kulturtechnik als *ceterum censeo* immer wieder in die Diskussion eingebracht und in den Berichten empfohlen. Wie die Abschlussevaluierung ergab, berücksichtigt Plan MERISS diese Empfehlung heute in allen Projekten. In extremen Hanglagen werden heute nur noch Nebenkanäle geführt und auch nur dann, wenn dies unvermeidbar ist. So fallen Schäden bei Hangrutschungen nicht so groß aus und werden meistens von den Bauern selbst behoben. Dies spart Kosten, verringert die Abhängigkeit von externen Dienstleistungen und erhöht die Nachhaltigkeit. Das PRAV in Bolivien war übrigens vor dem Bau des Hangkanals beim Titicacasee vor diesen Schwierigkeiten ebenfalls gewarnt worden. Reparaturen durch die WNO sind in diesem Fall wegen der Länge des Kanals und den weiten Anfahrtswegen für die *faeneros* besonders mühselig und kostenintensiv. Wie es heute beim Superhangkanal auf dem *altiplano* mit Instandhaltung, -setzung und Nachhaltigkeit steht, entzieht sich meiner Kenntnis.

Der Bereich Ressourcenschutz wurde in Plan MERISS mit unterschiedlichen Namen geführt. Er hieß dort mal »Quellschutz«, mal »Wasserproduktion« und weist damit schon im Namen auf die Funktion hin, die man ihm zuordnete. In der letzten Projektphase wurde er als Ergebnis 3 in der deutschen PPÜ, Ergebnis 2 in der spanischen MPP (ein nicht unübliches Versionen- und Übersetzungsproblem!) festgeschrieben: »Die Verfügbarkeit von Wasser für die Bewässerung ist erhöht«, in einer anderen Version mit dem Zusatz »im Quellgebiet«. Auch wenn das Ergebnis offensichtlich ZOPP-gerecht formuliert wurde, scheint es mit der Umsetzung der Aktivitäten nicht allzu doll gewesen zu sein: »Es fehlt die Präzision der durchzuführenden Aktivitäten ... (und) ... es fehlt die Bereitstellung entsprechender Mittel im Budget« kann man in der bis dahin letzten Ausgabe der Zeitschrift PLAN MERISS (2001) vom Beauftragten für M&E lesen. Und der sollte es wissen.

Von COPASA und PRIV lässt sich zu diesem Bereich wenig berichten. Von COPASA, nach Auskunft der AP, weil die Wassereinzugsgebiete sehr klein sind und keine Erosionsprobleme identifiziert wurden. Bei PRIV waren die Einzugsgebiete zwar größer, aber – wie wir wissen – auch die sonstigen Probleme, die zu lösen waren. Was für das Thema *gender* gilt, scheint auch für das Thema Ökologie zu gelten – locker angehen lassen, nicht zu verkrampft sein, dann tut man sicher das Richtige im richtigen Augenblick und alle *stakeholder* sind's zufrieden.

3.7 Von Denkmälern, denkwürdigen Projekten und falsch verstandener Nachfrageorientierung: der Superdüker von Maras

Während im Tal des *Paracaya* an der Landstraße zwischen Km 45 und Punata die nicht genutzten Verteilerbauwerke noch sehr deutlich an die ersten Gehversuche deutscher Ingenieure im damaligen PRAV, späteren PRIV erinnern, sind solche Reminiszenzen bei Plan MERISS heute meist nur noch von Eingeweihten zu erkennen. Sie erinnern an Zeiten, als die Ingenieure vergaßen, die traditionellen Systeme der Bauern bei der Planung und beim Bau miteinzubeziehen oder, noch schlimmer, als nicht würdig befanden, einbezogen zu werden. So sieht man, wenn man genau hinsieht, Betonkanäle, in die nachträglich Öffnungen eingemeißelt wurden, um das Alte mit dem Neuen wieder in Harmonie zu bringen. Man sieht auch, etwas auffälliger, in der Nähe von *Calca*, zwei Windmühlen in der Landschaft stehen, die von den genialen, aber wenig angepassten Ideen eines deutschen Ingenieurs zeugen, der Wasser mit Wind auf die Felder befördern wollte, ohne zu merken, dass da, wo er das Wasser brauchte und die Windmühlen baute, kein Wind war.

Wie die Deutschen, die Peruaner und andere Völker es unter Diktatoren wie in Demokratien immer wieder erfahren (mussten), sind es nicht nur die Taten, die bedenklich sind, sondern vor allem auch die Unterlassungen. Übersetzt in andine Bewässerungssysteme bedeutet dies, dass häufig die institutionellen Voraussetzungen für Betrieb und Instandhaltung, das Om moderner Bewässerungsförderer in aller Welt (O&M *operación & mantenimiento* bzw. *operation & maintenance*), nicht geschaffen wurden, oder dass Wasserstellen für das Tränken des Viehs fehlten, dass es keine Messeinrichtungen für die Wasserzuteilung gab oder dass es an Brücken zum Überqueren der größeren Kanäle mangelte. So müssen die großen Kanäle oft weiträumig umgangen werden, und bei den kleinen werden immer wieder Schäden verursacht, wenn Mensch und Vieh hindurchtrampeln. Oder die Kanäle werden bewusst blockiert, wenn sie stören. Solche Beispiele wurden noch 1997 in einer Evaluierungsstudie angeführt und sind offensichtlich immer noch ein Problem. Andererseits liest man in der Studie auch, dass die Bauern mit ihren verbesserten Systemen weitgehend zufrieden sind und dass sie diese sachgerecht betreiben und instandhalten. Der partizipativen Vorgehensweise und dem Einbeziehen bäuerlichen Sachverstands bei der Planung der neueren Projekte sei's gedankt.

Und dennoch reagiert man etwas skeptisch, wenn man in dem schon erwähnten, 1995 erschienenen Buch *Das Wasser in unseren Händen* von einer klaren Trennlinie zwischen dem »Damals« – also etwa Ende der 80er Jahre – und dem »Heute« liest, wenn einem versichert wird, dass seit Beginn der 90er Jahre alles besser gemacht wird. Während vorher die Orientierung an den Wünschen der Bauern fehlte und sich die Aktivitäten von Plan MERISS in einer *hardware*-orientierten Bautätigkeit erschöpften, wird heute angeblich durchgehend der *enfoque Plan MERISS* mit partizipativer Planung und begleitenden *software*-Aktivitäten angewandt. Dieser Ansatz wird in dem Buch und auch in Artikeln der Zeitschriften *PLAN MERISS* oder *Agua y Riego* (IPROGA) beschrieben, auf die ich mich bei meinen Erläuterungen teilweise stütze. Aus anderen Unterlagen und aus Gesprächen mit Projektmitarbeitern und anderen Personen entnahm ich jedoch, dass Plan MERISS auch nach der Dezentralisierung von 1990 immer wieder unter politischen Druck geriet, Projekte durchzuführen, die aus technischen, wirtschaftlichen oder sonstigen Gründen eigentlich nicht hätten durchgeführt werden dürfen. Da der Exekutivdirektor von der Regionalregierung ernannt und abgelöst werden konnte und die Finanzierung der Projekte weiterhin von der Zentralregierung kontrolliert wurde, musste der *enfoque Plan MERISS* manchmal auch etwas großzügiger gehandhabt werden, wenn es um das politische oder karrierebezogene Überleben des Direktors ging oder wenn andere »Sachzwänge« ein verkürztes Verfahren notwendig machten.

Die FZ-Projekte waren davon kaum betroffen, weil der aus dem Kredit finanzierte Consultant mit Argusaugen über die Einhaltung der Spielregeln der KfW wachte, unbestechlich und ungerührt. Auch der Blick von KfW-Kurzmissionen wurde von keiner *andino*-Sentimentalität getrübt, es kam kein falsches Mitleid mit den Bauern auf, wenn diese unbedingt ein gewagtes oder zu teures Projekt durchführen wollten. Fast in jedem Dorf gab es solche Projekte, die über viele Generationen die Gedanken der *campesinos* beflügelten; die Vokabel *anhelo*, die so viel wie Sehnsucht, Verlangen, Trachten bedeutet, kenne ich vor allem aus diesem Zusammenhang. Mit dieser Motivation haben die Vorfahren der *campesinos* beeindruckende Bauwerke geschaffen – nur mit dem Unterschied, dass heute ihre Arbeitskraft auch alternativ und woanders profitabler eingesetzt werden kann. Die Projekte von heute erfordern außerdem häufig Technologien, die mit Arbeit und gutem Willen alleine nicht zu schaffen sind. Der Sachverstand des Ingenieurs vor Ort und die klaren Regeln kritischer Banker in Deutschland lassen dann die Sehnsüchte sehr schnell als undurchführbar erscheinen. Bei national finanzierten Projekten und bei einem Exekutivdirektor, der sich

Andenkultur, Opfergabe bei Arbeitsbeginn: Maras

»Nach zweistündigem Marsch Ankunft in Anaphawa, man ruht sich auf dem Vorplatz der Schule aus in Erwartung der Anweisungen, um das Lager für die faenantes [abgeleitet von faena, Arbeitsleistung] aufzubauen, die eine Woche lang die Arbeiten erledigen werden, die ihnen die Techniker zuteilen. Sie bestimmen die Unterkünfte, die Küche und den Aufbau des Lagers. Danach spielen die Musiker auf, mit Harfe, Violine und Quena und geben damit dem Ereignis einen feierlichen Anstrich, während der Pacco [sacerdote andino, d.h. Andenpriester] den pago [Zahlung, Opfer] vorbereitete, und nun werden zum Klang der Musik die heiligen Opfergaben den Apus [Berggöttern] dargebracht, begleitet vom anhaltenden Regen.

Die festliche Musik untermalte den feierlichen Akt der Grundsteinlegung, bei dem die Bauern aus Maras und Chilliphawa-Anaphawa und die Techniker von PMI, vom Regen begleitet, symbolisch den ersten Stein des Bauwerkes setzten, und den Gott der Christen, wie auch die andinen Götter um Segen und Schutz bis zum Abschluss des Bauwerkes anriefen und die ›t'inka‹ übergaben, bestehend aus drei Flaschen Champagner und Pisco, die mit der Öffnung nach unten eingegraben wurden, damit sich die Gottheiten an den Opfergaben erfreuen konnten.

Nach Beendigung des feierlichen Aktes teilte man sich das Essen, das die Leute aus Maras mitgebracht hatten, spärlich, aber von ganzem Herzen gegeben. Die Leute setzten sich in kleine Kreise und ließen die Gerichte, die jeder mitgebracht hatte, herumgehen, genossen die Speisen und den Champagner, den die Chefs der Firma Marasal allen Teilnehmern spendierten.

Nach Koordinierungsgesprächen mit den Gruppenführern und dem Bauleiter traten die Techniker mit ihren Begleitern den Rückmarsch an und ließen die faenantes mit den drei Köchinnen zurück, Witwen, die ihre faena in der Küche ableisteten. Sie würden die Woche bis Samstag (21. November 1998) bleiben, um dann von einer anderen Gruppe ersetzt zu werden.«

Quelle: Auszug aus HERRERA (1998) [Übersetzung T.H.]

politisch unter Druck setzen lässt, konnte es, wie gesagt, schon einmal zur Durchführung von Projekten kommen, die den *enfoque* beiseite ließen. Für die MTA war das bitter, denn damit konnte auch der Beratungserfolg des TZ-Projektes in Frage gestellt werden.

Ein solches problematisches Projekt ist das 3,5 Millionen Dollar teure *Maras*, für dessen Durchführung sich Plan MERISS entschlossen hatte, nachdem es von der KfW abgelehnt worden war. Beim AP der MTA, der mehr Verständnis für die Träume der *campesinos* und den Exekutivdirektor hatte, als die abgeklärten Besucher aus dem fernen Deutschland, wohnten damals offensichtlich zwei Herzen in einer Brust. Einerseits konnte er deren Sehnsüchte und die Entscheidung nachvollziehen; andererseits war auch ihm der riesige Düker nicht ganz geheuer, dieses U-förmige Rohr, in dem das Wasser unter einer 400 m tiefen Schlucht hindurch geführt werden sollte, dem Tal, in dem auch die Bahnlinie von *Cusco* nach *Urubamba* und *Machu Picchu* verläuft. Wäre es da vielleicht denkbar, dass in einer nicht allzu fernen Zukunft den Touristen die gigantischen Rohre des geborstenen Superdükers als Kontrastprogramm zu den Ruinen von Machu Picchu gezeigt werden? Die Dükerruine als Mahn- und Denkmal für ein viel zu ehrgeiziges und teures Projekt, das Wasser über eine etwa 30 km lange Rohrleitung und durch den Superdüker zu Feldern leiten sollte, die gerade einmal einen Ertrag von 2000 kg Mais je Hektar ergaben, auf dem Papier aber mit exotischem Gemüse Supergewinne abwerfen sollten, um das Ganze rentabel zu rechnen?

Jedem, der etwas von Dükern, Erdbeben, Agrarökonomie, Andenlandwirtschaft oder risikobehafteten Entscheidungen versteht, bereitet ein solches Projekt schlaflose Nächte, auch wenn er sich nicht unbedingt das oben angedeutete *worst case scenario* vorstellt und auch nicht für die Entscheidung verantwortlich ist. Der MTA blieb bei ihrem kundenorientierten Beratungsansatz, der die Entscheidungsfreiheit des Partners letztlich respektieren muss, nichts anderes übrig, als zu hoffen, dass vielleicht von den Berggöttern, den *apus* und *qoquas*, ein Einspruch kommen würde, dass vielleicht der verzweifelte Ausruf jenes Bauern mit Verzögerung aus den Bergen zurückschallen würde, der sich einst den *caterpillars* entgegenstellte, die sich über seine Felder hermachten. »Geht weg!« rief er damals. »Seid ihr etwa Gott, dass ihr hier einfach herkommt und Wasserfassungen und Kanäle baut, wie ihr gerade Lust habt? Wir wollen eure Bauwerke nicht ...« (von mir übersetztes Zitat aus dem Buch *Wasser in unseren Händen*). Vielleicht hatten ja auch die *apus* und die *pachamama* ihre Gründe, warum sie bei *Maras* keine Quellen vorsahen. Vielleicht wollten sie dort keine menschlichen Ansiedlungen und Felder. Doch diesmal waren sich Politiker, Geldgeber, Bauern und Ingenieure offensichtlich einig, obwohl es den Bauern nicht leicht zu fallen schien, das Wasser ganz gegen ihre Traditionen den 17 km langen dunklen Rohren und den Drücken des Dükers auszusetzen. Mit drei Flaschen Champagner und einer Flasche Pisco, die sie den Göttern in einer traditionellen Zeremonie bei Projektbeginn opferten, schienen sie das Wasser beruhigen, die *apus* und die *pachamama* besänftigen zu wollen.

Offensichtlich hat Plan MERISS nach 25 Jahren Begleitung durch die MTA immer noch nicht verstanden, dass es technische, ökonomische, ökologische oder institutionelle Gründe dafür geben kann, bestimmte Projekte nicht durchzuführen – auch wenn der Nachfragedruck von Seiten der Bauern (und der politische) noch so groß ist. Es fehlt offensichtlich immer noch an Erfahrung und Übung, ein klares Nein auszusprechen, dieses den Politikern und Bauern gegenüber zu begründen und dann auch konsequent durchzusetzen. Bei den FZ-finanzierten Projekten konnte man sich mit Unterstützung des Consultanten leicht hinter den Regeln der Deutschen verstecken, wenn es darum ging, die technischen und ökonomischen Standards zu verteidigen. Partizipation, Dienstleistungs- und Kundenorientierung ließen sich in ZOPP-Veranstaltungen bequem auf Kärtchen schreiben, in PFK- und Prüfungsberichten anmahnen, in institutionellen Selbstdarstellungen, Büchern und Zeitschriften betonen, in der Hoffnung, dass dann alles schon irgendwann einmal in Erfüllung gehen würde. Vergleichbar jenem monotonen »*Om*«, das tibetische Gebetsmühlen im Himalaya beharrlich und kontinuierlich verkünden, in der Hoffnung, dass es Realität werden möge durch die göttliche Kraft, die alles schafft, erhält und zerstört.

Im Zusammenhang mit Himalaya, Asien und Großinfrastruktur zum Transport von Wasser über weite Strecken liegt es nahe, einen Herrn Wittfogel zu erwähnen, der sich auch mit der Frage beschäftigte, welche Kräfte zusammenwirken müssen, um grandiose Bauwerke zur Bewässerung entstehen zu lassen. Er untersuchte die »hydraulischen Agrikulturen« Asiens, in denen ein allgegenwärtiger und meist auch despotischer Herrscher oder ein zentralistisches, sozialistisches Staatsgebilde solche Bewässerungsanlagen realisieren konnte. Weniger Raum widmete Wittfogel den kleinräumlichen Bewässerungssystemen der Anden, die er in den Schriften des *Inka Garcilaso de la Vega* als Teil einer »Hydroagrikultur« beschrieben fand. Es waren Beschreibungen einer zentralstaatlichen Gesellschaftsstruktur, in der ein Inka als absoluter Herrscher auf der Grundlage einer hochentwickelten Bewässerungslandwirtschaft über die Produktion, die Speicherhaltung und den regionalen Ausgleich der Nahrungsmittel wachte und damit die Ernährung seiner Untertanen sicherstellen konnte. Im Gegensatz zur »hydraulischen Agrikultur« Asiens ging es im Inkareich jedoch keinesfalls um Großinfrastruktur, auch wenn die Bewässerungssysteme und die Kanäle, mit denen das Wasser über weite Entfernungen an steilen Hängen entlang und teilweise in den Fels eingemeißelt transportiert wurde, beeindruckend sind und auch nach vielen Jahrhunderten noch funktionieren. Das heutige Peru tut sicher gut daran, diese zu erhalten und sich auf die Instandsetzung und Ergänzung kleiner Systeme zu beschränken, wie das von Plan MERISS erfolgreich getan wurde. Die 3,5 Millionen Dollar, die der peruanische Staat und internationale Organisationen in das teure und technisch riskante *Maras* Projekt stecken, wären nutzbringender in die Rehabilitierung und Erweiterung kleinräumlicher Systeme zu investieren, von denen es noch genügend im Einflussbereich von Plan MERISS und in anderen Regionen der Anden gibt.

Vielleicht schallt ja der Ruf der *apus* und *qoquas* von den Anden bis nach Lima und zu den Geberorganisationen, so dass diese das Ganze noch einmal überdenken. Wenn die Entscheidungsträger an den Lernprozessen vor Ort teilgenommen hätten, wäre ihnen vielleicht klar geworden, dass *campesinos,* wie übrigens alle Bauern in der Welt, klug sind und rechnen können und vor allem, dass sie gegenüber vernünftigen und fundierten Argumenten aufgeschlossen sind. Leider lassen politische Einflussnahme, persönlicher oder auch institutioneller Ehrgeiz und Parteiinteressen eine Auseinandersetzung mit vernünftigen Argumenten häufig gar nicht erst aufkommen. Es werden stattdessen vollendete Tatsachen geschaffen, um einer solchen Diskussion aus dem Weg zu gehen. Wie das PRIV und *Maras* zeigen, verstehen es die Bauern der Anden sehr gut, offene Auseinandersetzungen zu führen, zu einem Kompromiss zu kommen und dann gemeinsam zu handeln, wenn es darum geht, ihre Ziele zu erreichen. Die bauernschlauen Bauern von *Maras* wussten natürlich sehr genau, was sie tun mussten, um selbst den AP und den M&E-Verantwortlichen, Mitarbeiter der »ersten Stunde« und in Plan MERISS als Warner vor Abweichungen von der »reinen Lehre« bekannt, dazu zu bringen, das Projekt zu befürworten. Die Bauern erbrachten Vorleistungen in Form freiwilliger *faenas*, die zum damaligen Zeitpunkt schon 31,7% der Gesamtkosten erreicht hatten. Das war extrem hoch im Vergleich zu den 10%, die von der KfW bei FZ-finanzierten Maßnahmen gefordert werden, aber nur schwer zu erreichen sind.

Vielleicht sollten sich die Bauern von *Maras* aber auch fragen, wer ihnen diese »Vorleistung« an kostenloser Arbeit einmal zurückerstattet, falls das mit dem Superdüker nun doch nicht klappen sollte. Falls sich kein seriöses Unternehmen finden lässt, das ihn baut. Oder, noch schlimmer, dass sich ein unseriöses findet, das ihn baut. Bei den beiden Windmühlen, die heute bei *Calca* als Mahnmal in der Landschaft stehen, war das mit dem freiwilligen Arbeitsaufwand keine so große Sache. Und seinen Spaß hatte man ja schließlich auch, als der schlaue Ingenieur damals beweisen wollte, dass Wasser durchaus den Berg hinaufließen kann – mit deutscher Wertarbeit und Geld für zwei Pumpen und zwei Windmühlen. Dass er nicht an den Wind gedacht hatte, war damals peinlich für ihn, den deutschen *Don Quichote*. Für die Bauern eine schöne Anekdote, die immer wieder die Runde machte – ein angemessener Gegenwert für ihre Arbeitsleistung. Wie wird sich aber einst die Anekdote von *Maras* erzählen lassen? Kann es sein, dass die Ingenieure nicht an die Drücke in dem Düker dachten, wenn dieser erst einmal voll Wasser sein wird? Oder, dass sie die dicken Rohrwände vergaßen, die ein solcher Düker haben muss, um diese Drücke aushalten zu können? Oder die hohen Kosten? Kann es sein, dass sie nicht an die Erdbeben dachten, die in Peru so normal sind, wie in Deutschland ein heftiges Gewitter? Wie dick müssen Rohre sein, die einem Erdrutsch oder einem Erdbeben widerstehen sollen? Wie dick müssen sie sein, damit die Drücke beim Rutschen und beim Beben dem Düker nicht so zusetzen, dass er das Wasser nicht mehr halten kann? Vielleicht wird das Wasser dann auch nicht nur in Rinnsalen die kräftigen Rohre hinunterrieseln, sondern sich mit großem Knall aus ihnen befreien. Das Echo, das dann von den bebenden Bergen zurückschallen würde, wäre sicher laut genug, um die Bauern aus ihren Träumen zu wecken – dann aber zu spät.

Wie sie wohl nur dazu kamen, ihr traditionelles Wissen an den Nagel zu hängen, das Mitgefühl und den behutsamen Umgang mit der Natur, den man den Kulturen der *quechua* und *aymará* nachsagt? Ihr angepasstes andines Agro-Ökosystem, das mit einem auf mehrere Höhenlagen (*pisos*) verteilten Produktionssystem Land- und Viehwirtschaft harmonisch miteinander verbindet, ist Kernstück der Anden-Agri-Kultur, von der so viele schwärmen, die sie einmal kennengelernt haben. Diese Agrikultur ließ mit der ihr eigenen natürlichen Logik und als »lo andino« gepriesen Generationen von Bauernfamilien über Jahrhunderte an marginalen Standorten überleben, war Grundlage des mächtigen Inka-Reiches und zog seit Garcilaso de la Vega und Alexander von Humboldt Legionen reisender Forscher in ihren Bann, ließ manche daran zu Grunde gehen, andere davon leben. Schwer zu verstehen, dass sich die Bauern zwar unsinnigen Träumen von Grüner Revolution und technischem Fortschritt in den Andentälern widersetzten, vor allem, als Dünger und Saatgut nicht mehr subventioniert wurden, es nun aber wagten, Wasser in enge Rohre zu zwängen, um es einer langen Rohrleitung und den Drücken eines Superdükers auszusetzen, die dem armen Wasser Hören und Sehen vergehen lassen würden. Hatten die Bauern denn auf einmal keine Angst mehr, dass sich das Wasser rächen würde, in vereinter Front mit der *pachamama* und den *apus*, die sich dann sicher auch nicht mehr an das Gelage mit den eingegrabenen Pullen erinnern würden, wenn der Befehl »Wasser Marsch!« einmal gegeben ist? Vielleicht sollte man die Bauern an ihre alten Weisheiten erinnern, bevor sie mit neuen zu viel Unfug machen. Oder, noch einfacher, man sollte die Subventionen streichen und sie für alles selbst bezahlen lassen.

Vielleicht könnte aber auch die KfW den anderen Entwicklungsbankern, die der Regierung gemeinsam das Geld für *Maras* vorschießen, etwas Nachhilfestunden geben. Solche Gemeinschaftsfinanzierungen sind übrigens besonders gefährlich. Keiner der Beteiligten will das Risiko ganz übernehmen, keiner aber auch die Verantwortung. Jeder schiebt dem anderen die Schuld in die Schuhe, wenn etwas schief geht. Würde die KfW ihr bewährtes Instrumentarium erläutern, das einst zur Ablehnung führte, dann würden die anderen sehen, dass *Maras* schon bei der Hürde der technischen Durchführbarkeit der Atem ausging, vor allem wegen des supergaugefährdeten Dükers. Aber selbst bei der wirtschaftlichen Durchführbarkeit hätte die KNA *Maras* auf die niedrigen internen Zinsfüße getreten und vom Platz geschickt. Und bei Kosten von 3,5 Millionen Dollar hätte der prüfende Ökonom in Deutschland die *apus* und die anderen lieben Götter sicher keine guten Männer mehr sein lassen, was bei kleinen Projekten schon einmal vorkommen konnte. Bei diesen drückte er schon mal ein Auge zu, wenn ihm die exotischen Gemüsekulturen mit exotisch hohen Ertragssteigerungen und Annahmen über die Erhöhung der Bodennutzungsintensität spanisch vorkamen – trotz deutscher Übersetzung. Bei den im Vergleich zum »normalen« Kreditgeschäft der KfW nicht gerade umwerfenden Peanutsbeträgen und wegen der Armutsorientierung der Bewässerungsprojekte war man da schon etwas großzügiger. Aber ansonsten sind auch im Entwicklungsgeschäft Wirtschaftlichkeit, ordnungsgemäße Mittelverwendung, Ausschließen zu hoher Risiken und eine nachhaltige entwicklungspolitische Wirksamkeit bei der KfW nicht verhandelbar. Es sind die soliden Grundpfeiler des soliden Gebäudes deutscher finanzieller Zusammenarbeit – harter Granit, aber mit etwas Chrom und Glas garniert, damit es nach außen etwas leichter und vor allem transparent wirkt.

Man könnte den *Maras*-Weicheiern aber auch eine weniger harte, weniger direkte Lektion anbieten, ihnen sozusagen das Lieblingskind der KfW zur Adoption empfehlen, damit sie sich ohne Gesichtsverlust aus dem heiklen Geschäft zurückziehen könnten. Man brauchte von den Bauern nur eine finanzielle Rücklage für den Fall eines Supergaus des Superduperdükers zu fordern, dann wäre der Traum vom Superprojekt sicher schnell ausgeträumt. Vielleicht könnte man noch Nachhilfestunden anbieten, wie man eine solche Rücklage ausrechnet, d.h., was es kostet, wenn der Supergau eintritt, wenn der Düker sich duckt oder undicht wird und das Gemüse, das eigentlich den Touristen im nahen Cusco für gutes Geld verkauft werden sollte, auf den Feldern von *Maras* vertrocknet, weil die Reparaturen sich über Wochen und Monate hinziehen. Also nicht nur die Kosten für die Reparatur als Rücklage, sondern auch zur Kompensation der geschädigten Bauern, die ihre Anbaukredite nicht zurückzahlen können, weil sie nichts ernten und verkaufen können. Bei Beträgen solcher Dimension würde den Bauern vielleicht klar werden, dass die Idee mit dem Superdüker nicht gerade die beste war und die mit dem Rücklagefonds auch nicht. Denn wer möchte schon das Risiko eingehen, dass sich der Präsident der WNO mit einem solchen Superdükersupergaufonds plötzlich aus dem dörflichen Staube macht, zum Beispiel nach Paris. Auf den Spuren jenes Präsidenten der Republik, der sich während des Salpeterkriegs den Strapazen seines Amtes entzog und sich mit der peruanischen Kriegskasse ins Ausland absetzte, um sich in Europa von seinem schwierigen Amt zu erholen.

3.8 Von Lernprozessen an der Schnittstelle zweier Kulturen, von Ausbildungs- und Beratungsmethoden in Bewässerungslandwirtschaft

In den schon erwähnten Büchern von PRIV und Plan MERISS, und teilweise auch in einigen Beiträgen in der Zeitschrift gleichen Namens, wird deutlich, wie es für die peruanischen Berater teilweise nicht einfach war, sich im Spannungsfeld zwischen dem »modernen« Denken staatlicher Entwicklungsförderungsgesellschaften und dem »traditionellen« Denken der andinen *comunidades* zurechtzufinden, das bei einigen deutschen Forschern mit dem Begriff »*lo andino*« verbunden ist. Vor allem die Projektmitarbeiter des PRIV schildern in ihren Beiträgen sehr anschaulich, wie sie in einem persönlichen Lern- und Entwicklungsprozess eine Synthese zwischen Traditionellem und Modernem finden mussten, wie sie lernten, zwischen Angelerntem und Selbsterfahrenem zu unterscheiden – jeder für sich, je nach persönlicher sozialer und fachlicher Kompetenz, nach individuellen Fähigkeiten, Herkommen, Berufsfeld und Tätigkeitsbereich im Projekt.

Mit nicht viel mehr ausgestattet als einer mehr oder weniger guten Schul- und Berufsausbildung, waren EZ-Projekte Neuland für sie. Die Projektdokumente waren Bücher mit sieben Siegeln, selbst die übersetzten und auf Schlankheit getrimmten spanischen Versionen. Diese enthielten kaum etwas über traditionelle kleinbäuerliche Bewässerungslandwirtschaft und das Organisationstalent der Bauern, das den Kulturen der *quechua* und *aymará* eigen ist. Dafür aber um so mehr Details über technische Standards, Normen und Wirtschaftlichkeitsindikatoren, die zu erfüllen und zu erreichen waren. Bei manchen lösten derartige Erfahrungen die erste Sinnkrise ihrer beruflichen Laufbahn aus, z.B. wenn ein deutscher Ingenieur, der nach vielen Jahren in Peru seinen peruanischen Kollegen unter der Hand empfahl, man solle doch am besten zwei Drittel der *campesinos* in die *selva* verfrachten, in das tropische Tiefland, dann könne man in die Andentäler »anständige« Bewässerungssysteme »reinlegen«. Oder wenn sie plötzlich mit Begriffen wie Betriebsmodell und Betriebssystem, Deckungsbeitrag und ZOPP, M&E und O&M, TOR und IRR konfrontiert wurden, oder mit Konzepten wie Projektzyklus, Qualitätsmanagement, Dienstleistungs-, Nachfrage- und Kundenorientierung. Diese Begriffe riefen schon bei manchen deutschen MitarbeiterInnen einen gequälten Gesichtausdruck hervor, wenn sie sich damit auseinandersetzten sollten. Für die peruanischen Kollegen wurden die Übersetzungen ins Spanische oft zu einer Begegnung der dritten Art.

Besonders schwierig war es, diese Begriffe bei Besuchern aus Deutschland im richtigen Augenblick ins Gespräch einfließen zu lassen, um zu beweisen, dass im Projekt die gerade gängigen Konzepte zumindest bekannt waren, dass daher Aussicht auf Nachhaltigkeit bestand, aber doch nur unter der Bedingung einer Weiterfinanzierung. Dabei war es für Nicht(ein)geweihte manchmal gar nicht so einfach zu wissen, wann und bei welcher Mission nun der oder jener Begriff, dieses oder jenes Konzept vielleicht mehr oder eher weniger angebracht und zu erwähnen war, um die Weiterfinanzierung nicht zu gefährden. Man konnte ja nie wissen, wie bedeutungsvoll die Mission in dieser Hinsicht war. Im Fall von Plan MERISS kamen Missionen aus verständlichem Grund (*Machu Picchu*) häufiger und arteten fast in Dauerstress aus. Doch die relativ lange Projektlaufzeit erlaubte auch, sich an den Strom von Besuchern und Missionen aus Deutschland zu gewöhnen und Routine bei der Abwicklung des Entwicklungstourismus zu entwickeln. Mit nicht immer klar ersichtlichen Motiven, Aufträgen und Vorlieben kamen diese Missionen nach Cusco und mussten entsprechend betreut werden. Die Damen und Herren aus Deutschland zu begleiten, war in der Regel nur den AP und den darin bewährten peruanischen Mitarbeitern vorbehalten, die die nötige Hintergrundinformationen, ein besonderes Fingerspitzengefühl und vor allem Einfühlungsvermögen hatten, um situativ angepasst den richtigen Begriff bereitzuhaben und in das Gespräch einfließen zu lassen. Da die Bedeutung der Mission für die Überlebensdauer des Projektes und damit auch die Finanzierungsbasis des Trägers nicht immer klar ersichtlich war, konnte da auch schon einmal das richtige Wort an der falschen Stelle – oder umgekehrt – fallen und eine unerwartete Reaktion erzeugen. Denn wer konnte schon immer so genau wissen, ob es sich bei der Mission um Fachleute handelt, die auf dem Laufenden waren, die Begriffe wie »Kunden« und »Dienstleistungen« schon beherrschten und konsistent anwandten oder ob man vorzugsweise noch von »Zielgruppen« und »Projektbegünstigten« und von »Interventionen« sprechen sollte, damit auch die weniger Aktualisierten verstanden, wovon man sprach.

Bei den älteren Herrschaften, die sich ihre Sporen noch zu Zeiten der Grünen Revolution verdient und für den von der Weltbank inspirierten T&V-Ansatz (*training and visit*) begeistert hatten, war es manchmal auch noch ganz angebracht, von Technologietransfer, Hochleistungssorten und Beratungskampagnen zu sprechen. Bei der Erläuterung der Beratungsmethoden musste man entscheiden, ob man die Methoden der *extensión*, die *parcelas demostrativas* (Demonstrationsparzellen) und die *paquetes tecnológicos*, das Hochleistungssaatgut, den mineralischen Dünger und den chemischen Pflanzenschutz als die klassischen Komponenten der Grünen Revolution, hervorkehren sollte, oder ob man eher über Dienstleistungen, *asistencia técnica* und die Abkehr von den Träumen einer Grünen Revolution in den Tälern der Anden schwärmen sollte. In einer Zwischenphase musste man die *modulos de producción* und den *fondo rotatorio* anpreisen, da der erfolgreiche Einsatz der ertragssteigernden Produktionsmittel nicht mehr auf Demonstrationsparzellen, sondern auf den Feldern mehrerer Bauern (dem *modulo*) gezeigt wurde – so lange der Vorrat reichte. Denn als der *fondo rotatorio* zu rotieren aufgehört hatte, musste er natürlich verschwiegen werden, da man den Gästen nicht unbedingt Einblick in dieses schwarze Kapitel der Geschichte von Plan MERISS verschaffen wollte. Auf diese Lernerfahrung werden wir, wegen seiner Bedeutung auch für andere Projekte, am Ende dieses Abschnitts noch einmal zurückkommen.

Am Beispiel der *concursos de riego*, den Ausbildungsveranstaltungen und Wettbewerben zum Lernen neuer Bewässerungsmethoden, auf die man sich vor allem gegen Ende der Projekte konzentrierte, kann man das Konjunkturelle von Beratungskonzepten erläutern. Denn die *concursos* fielen für einige Zeit in Vergessenheit, erfreuten sich dann aber wieder höchsten Ansehens, sowohl bei Plan MERISS als auch bei COPASA. Zu Beginn der 80er Jahre von Plan MERISS eingeführt, war es Anfang der 90er schon wieder zu Ende damit – warum weiß niemand so genau. Das institutionelle Gedächnis berichtet von einem vorläufig letzten *concurso* im August 1990, dem *UNU KAMACHIQ RAYMI*, der vom 1. bis 5. August von der *Comisión de Regantes* des Projektes *Margen Derecha* bei Sicuani veranstaltet wurde, einem FZ-finanzierten Projekt der Phase I. Außer Plan MERISS beteiligten sich das bekannte, von Holland finanzierte, ländliche Entwicklungsprojekt PRODERM (*Proyecto Especial de Desarrollo Rural en Microregiones*) und das IAA (*Instituto para una Alternativa Agraria*), eine ökologisch ausgerichtete Nichtregierungsorganisation (NRO). Es wird berichtet, dass 150 Bauern mit 30 Gruppen daran teilnahmen. Vor allem bei den *Quechuas* sind solche Wettbewerbe, oder ganz allgemein das Wettbewerbsprinzip, Teil der indigenen Kultur. Die Vorliebe für den festlichen Charakter solcher gemeinsamer Veranstaltungen, die wir schon im Zusammenhang mit den *faenas* und den *diagnósticos participativos* kennenlernten, wird auch für die *concursos* ausgenutzt. Die großzügige Ausstattung der *eventos* entspricht auch einer besonderen Vorliebe der *aymará* für Großzügigkeit, die neben Fleiß, Gemeinschaftssinn, Solidarität, Liebe zur Familie und Liebe zum Vaterland als zentraler Grundwert in dieser Kultur verwurzelt ist (Domingo Llanque Chana, 1990).

Der hohe Erwartungsdruck hinsichtlich der großzügigen Ausstattung der *eventos* erklärt vielleicht, warum sich einige Berater von Plan MERISS so vehement widersetzten, als ein neues Team der MTA die *concursos* wieder einführen wollte. Dieses Zweierteam hatte 1996, nach einer längeren Pause wegen Neuausschreibung des MTA-Beratungsprojektes, die Arbeit aufgenommen, und der Kulturtechniker des Teams war von den Vorzügen der *concursos* gegenüber anderen Ausbildungsmethoden überzeugt. Er begründete dies in mehreren schriftlichen Beiträgen und zeigte, dass mit ihnen eine größere Anzahl von Bauern mit erheblich geringerem Aufwand an Zeit und Kosten – für das Projekt, wie auch für die Bauern – erreicht werden konnten, als dies mit *parcelas demostrativas* und *modulos* der Fall war. Warum er dennoch auf solch massiven Widerstand stieß, war nicht zu erfahren. Möglicherweise löste der Kulturtechniker mit seinem Vorschlag den typischen Reflex aus, mit dem man als nördlicher Besserwisser (in Lateinamerika z.B. der *gringo*, in Westafrika der *toubab*) im Süden immer rechnen muss. Aber vielleicht wurde ja auch nur das richtige Thema von der falschen Person im falschen Moment mit dem falschen Unterton in der Stimme angesprochen.

Manchmal ist es eben nur die Störung der zwischenmenschlichen Chemie, die zu fachlich völlig unbegründeten Meinungsverschiedenheiten und Auseinandersetzungen führt. Dies ist übrigens ein verbreitetes Phänomen in Entwicklungsprojekten, und nicht nur dort. Oft ein zentrales, manchmal auch ein unüberwindbares Problem, das nur mit dem Austausch von Mitarbeitern gelöst werden kann. Im vorliegenden Fall der Meinungsverschiedenheiten über die beste Beratungsmethode genügte ein bisschen peröniche Entwicklungshilfe aus Deutschland, die das Problem löste und den *concursos* zu neuer Akzeptanz verhalf. Der gute Wille aller Beteiligten, die lange Erfahrung im Umgang miteinander und natürlich die Tatsache, dass das Geld für das Beratungsprojekt aus Deutschland kam, brachte nach einigen Monaten intensiven Fingerhakelns den Durchbruch. Bekanntlich ist ein Kompromiss bei Konflikten immer leichter zu erreichen, wenn der Schlichter – wie beim »gemeinnützigen Geschäft« der GTZ – auch der Zahler ist. Bei Projekten des Drittgeschäfts hat es die GTZ da manchmal schwerer – beim echten, wohlgemerkt, bei dem die Finanzierung nicht von der KfW kommt. Denn wenn das Geld von Dritten kommt, der Kunde (staatlicher Träger) nicht der Zahler ist und auch kein Interesse an Konzepten partizipativer Projektdurchführung hat, wenn er statt der Interessen der Bauern vor allem die eigenen vertritt, dann werden ehrliche Makler (*honest broker*), die dem nicht zahlenden Kunden das Geschäft verderben, in die Wüste geschickt oder es wird ihnen das Leben unerträglich gemacht – wovon sicher nicht nur GTZ-*International Services* sondern auch die gesamte Riege der sich im Entwicklungsgeschäft tummelnden Beratungsunternehmen ein Lied singen können.

Doch zurück zu den *concursos*. Bei beiden Projekten, Plan MERISS und COPASA, waren sie in den letzten Jahren zu einem wichtigen, oder sogar zum wichtigsten, Instrument zur Ausbildung in verbesserten Techniken der Parzellenbewässerung geworden. Je nach Bedarf hatten diese mehr den Charakter von Ausbildungsveranstaltungen oder von *eventos*, also Festen. Letztere sind aufwendiger, da solche Feste und die größeren Preise teuer werden können. Sie sind jedoch als Investition in das gutnachbarliche Verhältnis von Projekten und Wassernutzergruppen zu verstehen, werden Erträge in den folgenden Jahren zeitigen und können daher als Investition in Sozialkapital durchaus rentabel sein. Beim Typ Ausbildungsveranstaltung ist der finanzielle und organisatorische Aufwand geringer. Wie schon bei der Systemanalyse, bei der ein »*tipo Plan MERISS*« einem »*tipo COPASA*« gegenüberstand, sind auch hier Grundphilosophie und Zielsetzung der Methoden bei den Projekten ähnlich gewesen, so dass niemand auf die Idee einer Vereinheitlichung kam. Denn auch in der EZ-Kultur schadet ein bisschen (Ideen-) Wettbewerb nicht und ist einem bürokratischen *top-down*-Vereinheitlichungsdrang vorzuziehen. Dieser kann demotivierende bis (geistes-) tötende Wirkung haben. Ein gerütteltes Maß an Wettbewerb, Gedanken- und Ideenvielfalt schafft Projektpatriotismus, schweißt ein Projektteam zusammen und motiviert es eher zu besonderen Leistungen als Maulkörbe, Schönreden, Ausblenden von Schwachpunkten und Standardisierung. In diesem Sinne sind auch Kontakte, Kooperation und Gedankenaustausch zwischen den Projekten in Bolivien (PRIV und PMO) und in Peru (Plan MERISS und COPASA) zu verstehen, und nicht etwa in einem Versuch der Vereinheitlichung von Methoden.

Die *concursos tipo evento* wurden nach und nach kostengünstiger und realitätsnaher gestaltet. Kleinere Wettbewerbe auf unterschiedlichen Ebenen und in mehreren Etappen erlaubten es, mehr Wassernutzer bzw. mehr Familien mit einem geringeren Aufwand zu erreichen. Beim Ausbildungstyp bewertet eine Jury die Leistungen der Wettbewerbsteilnehmer durch periodische Begehung ihrer Felder. Hierdurch wird der realen Knappheitssituation der Ressourcen in einem landwirtschaftlichen Betrieb oder einem ländlichen Haushalt, vor allem der unterschiedlichen Verfügbarkeit von Arbeit im Ablauf des Jahres Rechnung getragen. Bei der Ausbildung geht es nicht mehr nur um die Fähigkeit einer schnellen und perfekten Anlegung von Bewässerungsfurchen oder -beeten entsprechend genauer Vorgaben des Projektes, sondern um die Beherrschung kulturtechnischer Themen während der gesamten Vegetationszeit, von der Aussaat bis zur Ernte. Hierdurch sollen vor allem eine an den Bedarf der verschiedenen Kulturen angepasste kulturtechnische Behandlung und Bewässerung erreicht und dadurch höhere Erträge mit geringerem Aufwand erzielt werden. Ziel der Beratung ist es, das wirtschaftliche Gesamtergebnis des Betriebes zu verbessern und ein höheres Familieneinkommen zu erwirtschaften; entsprechend reichen die Themen manchmal auch in den nicht-landwirtschaftlichen Bereich. Wenn unter dem Strich nicht mehr übrig bleibt als vor der Beratung, dann sind auch die interessantesten *software*-Themen, die schönsten *eventos* und *dias de campo* uninteressant für die Bauern. Die Beratung läuft dann ins Leere, da sie die Bauern nur Zeit und Gedanken kostet und von der Lösung ihrer täglichen Überlebensprobleme ablenkt. Der Wettbewerb *tipo evento* und die Beratung *tipo extensión* treten daher bei den hier betrachteten Projekten immer mehr in den Hintergrund. Die Zukunft gehört der nachfrageorientierten Beratung *tipo asistencia técnica* und den Themen mit klarem Bezug zu Kosten, Erträgen und Einkommen, zu Ressourcenknappheit, alternativen Einkommenschancen und ökonomischen Grundkonzepten. Da die Bauern das »*andino*« leben, sind für sie ökologischer Landbau und integrieren Pflanzenschutz natürliche Weggenossen, während sie auf den Märkten und in einer nationalen und globalen Wirtschaft noch unterstützende Begleitung brauchen.

Als Vorteile der neuen Techniken der Parzellenbewässerung wurden von Plan MERISS und COPASA vor allem folgende genannt:

– Weniger Arbeitsbedarf bei der Bewässerung.
– Einheitlichere Bewässerung des Feldes, die Kulturen entwickeln sich gleichmäßiger, was positiv für Erträge und Produktqualität ist.
– Kürzere Bewässerungszeiten für die gleiche Parzelle oder mehr Fläche je Bewässerungs-*turno*, falls diese zeitlich begrenzt sind, mit dem Vorteil einer Verkürzung der Bewässerungsintervalle.
– Bei einigen Kulturen wird eine größere Pflanzendichte ermöglicht, d.h. eine höhere Anzahl von Pflanzen je Flächeneinheit und in der Regel höhere Flächenerträge.
– Insgesamt höhere Erträge und bessere Qualität der Produkte (und damit höhere Preise am Markt), was sich direkt in höheren Einkommen niederschlägt.

Im Zusammenhang mit der Ausbildung in Parzellenbewässerung und dem Austausch von Erfahrungen zwischen den GTZ-Bewässerungsprojekten in

Peru und Bolivien sind auch die *Kamayoc* (Peru) oder *Kamana* (Bolivien) zu nennen. Hierbei handelt es sich um erfahrene Bauern, die sich in ihren Gemeinden und in den *Comisiones de regantes* durch das Beherrschen der Bewässerungstechniken besonders ausgezeichnet hatten. Sie geben ihr Können gegen ein kleines Entgelt in der Ausbildung »*campesino a campesino*« an andere Bauern und Bewässerungsorganisationen weiter. Sie wurden manchmal auch für längere Zeit vom Projekt beschäftigt und bezahlt, in Plan MERISS als *Kamayoc*, im PMO in Bolivien als *promotores campesinos*. Sie hatten die Aufgabe, den Bauern die verbesserten Parzellenbewässerungstechniken beizubringen und sie auf Wettbewerbe vorzubereiten – und waren darin effektiver und preiswerter als jeder Ingenieur, ob Peruaner oder Deutscher. Die *Kamayoc* wurden in den GTZ-Projekten aus- oder weitergebildet und zwischen ihnen und an andere Projekte vermittelt. Ein zunehmend wichtiger werdendes Beratungsthema war dabei auch die Reorganisation der Wasserverteilung zur Einführung marktfähiger Kulturen, das von der schon erwähnten *grupo de estudios* in *Pinchollo* als Dienstleistung angeboten wird. Sie ist wohl das interessanteste Ergebnis der Konzeptentwicklung, das von COPASA zurückgelassen wurde.

Projektbegleitende Ausbildung, Konzeptentwicklung und Reorganisationen sind Themen, die sich wie ein roter Faden durch die Geschichte der Bewässerungsförderung in den Anden ziehen – wie auch die der GTZ insgesamt. Die Frage, wieviel zu viel ist und wieviel zu wenig, ist bei Projektpraktikern ein umstrittenes Thema. Wie bei Bewässerung, Düngung und Pflanzenschutz in der Landwirtschaft und bei Lebens- und Lernvorgängen in anderen Bereichen, sind sowohl Mangel, wie auch Überversorgung und Luxuskonsum zu vermeiden, da beide ertragsmindernd wirken. Dem Entwicklungsgeschäft geht es dabei wie der Wirtschaft oder der Politik. Konzepte und finanzielle Mittel für deren Umsetzung kommen und gehen, sie haben Hochkonjunktur, manchmal verbunden mit einer Reorganisation, in Peru manchmal nur mit einer Namensänderung, um dann wieder in Frage gestellt zu werden, in Vergessenheit zu geraten oder einer weiteren Reorganisation zum Opfer zu fallen – je nachdem, wie tiefschürfend in der Zentrale oder bei externen Beratungsfirmen über den eigenen Nabel und die zyklischen Sinnkrisen der Institution und ihres Personals nachgedacht wird. Projekte, Projektmitarbeiter oder Gutachter müssen das über sich ergehen lassen, wie die polnahen Länder die Jahreszeiten und die Entwicklungsländer in der Nähe des Äquators die Regenzeiten und die Dürreperioden. Genauso wie die Länder und ihre Bewohner nicht gefragt werden, wie viel Regen, Schnee oder Sonne sie haben wollen, so werden auch die AP und die Projektmitarbeiter nicht gefragt, ob ihre Arbeit dadurch effektiver, erfolgreicher oder nachhaltiger wird. Im Hessischen wird man dazu sagen

»*des geed de Länner wie de Laid*« und zur Tagesordnung über- und zum nächsten Berger oder McKinsey gehen, um Vorgespräche über eine neuerliche Reorganisation zu führen, z.B. bezüglich des Zwitterstatus von KfW und GTZ oder zwischen staatlicher Bürokratie und Markt. Diesmal vielleicht auch unter Einbeziehung der MitarbeiterInnen, die sich bei früheren Reorganisationen häufig wunderten, woher die externen Tausendsasa so ungenau wussten, wie das im Geschäft wirklich zugeht. Die Ökognome würden dann sicher die Unverwüstlichkeit (neudeutsch: *resilience*) des bestehenden Systems loben, die Ökonomen und Soziologen vielleicht vor dem Münchhausen-Trilemma warnen und die Parapsychologen an den flüchtigen Geist von Bretton Woods erinnern, der die entsprechenden WC-Institutionen ja schließlich auch nicht hindere, weiterhin fröhliche Urständ zu feiern. Die allwissenden Naturwissenschaftler würden vielleicht darauf hinweisen, dass die Zeit mit Lichtgeschwindigkeit im Quadrat davonrast und angesichts der Massenarmut in den sog. entwickelten und in den Entwicklungsländern eine neuerliche Reorganisation den Arbeitswilligen nicht zuzumuten sei.

Für die Mitarbeiter der hier betrachteten Projekte war die Auseinandersetzung mit den »von oben« kommenden schriftlichen oder mündlichen Anregungen oder Anweisungen eine ständige Herausforderung – periodisch während der PFK oder punktuell durch Reisende, Rundbriefe und Mitteilungen in Sachen Organisation, Konzepte und Qualität. Die Auseinandersetzung damit wurde mit wechselndem Engagement, Ernst, Tiefgang und Zeitaufwand betrieben – bei der Mehrheit der Mitarbeiter von Plan MERISS tendenziell eher weniger, bei den Mitarbeitern von COPASA und den Beratern der GTZ und den von ihr beauftragten Unternehmen eher mehr. Bei letzteren gehörte es zum Auftrag, zur Stellenbeschreibung und – *last but not least* – zum Selbstverständnis, wenn sie lange genug für die GTZ gearbeitet hatten. Strukturelle Besserwisserei, sozusagen, der die Mitarbeiter ständig ausgesetzt sind. Natürlich ist es auch eine Frage persönlicher Neigung, wie intensiv sich ein(e) AP darauf einlässt, da Neugierde und Besserwisserei schließlich nicht jedermanns/-fraus Sache sind. So musste vor allem in Plan MERISS kontinuierlich und in Konkurrenz mit der Bautätigkeit um Interesse und Beschäftigung mit den neuen Konzepten geworben werden. Manchmal auch in Verbindung mit Anreizen, wie dies bei dem Wettbewerb über die praktische Erfahrung mit dem *enfoque participativo* (PLAN MERISS, Dezember 2001) der Fall war. Bei COPASA half da oft schon der Schwung und die Begeisterungsfähigkeit, mit der die AP entsprechende intellektuelle Reibungsflächen aufgriff und präsentierte.

Manchmal zweifle ich an der Nachhaltigkeit von Lernprozessen bei Menschen und Institutionen. So schwirren *paquetes tecnológicos, parcelas*

Lernerfahrung Plan MERISS 1985-1995

»Zu diesem langen, schwierigen Lernprozess fällt uns heute folgende Episode ein. Es war im Jahre 1986. Wie es im Projekt üblich war, bereiteten wir uns auf die jährliche Evaluierung des Programms Agrarentwicklung in Machu Picchu vor. Diese Evaluierungen, das können wir heute gerne zugeben, waren in Wirklichkeit ein Wettbewerb, bei dem alle Arbeitsteams mit Hilfe riesiger ›Datenplakate‹ bewiesen, dass sie ihre Zielvorgaben erfüllt hatten. In diesem Jahr entwickelte sich das Ganze jedoch anders: die Datenplakate blieben zusammengerollt und statt über Zielvorgaben zu sprechen, begannen wir in Arbeitsgruppen darüber zu diskutieren, warum unsere Bewässerungssysteme so wenig angenommen wurden und über die häufigen Konflikte mit den Bauern.

Dies war zweifellos ein ganz besonderes Seminar, und wir sagen das nicht etwa, weil es am Fuße von Machu Picchu, der majestätischen Zitadelle der Inkas, stattfand, sondern weil es sich um die erste einer Serie von Versammlungen dieser Art handelte, in denen wir die Bauern entdeckten und in denen wir nach neuen Konzepten suchten, an denen sich unsere Arbeit im Feld orientieren konnte.

Wenn wir uns heute an diesen langen Prozess erinnern und ihn aus der Perspektive betrachten, die uns nach einer Reihe von Jahren möglich ist, dann wird uns klar, dass wir, obwohl wir in unserer Arbeit eine Serie von Irrtümern nicht vermeiden konnten, doch zumindest den Mut hatten zuzugeben, dass wir verkehrt gehandelt hatten und dass wir bereit waren, von unseren Irrtümern zu lernen.

Wir sind davon überzeugt, dass wir heute die Sache besser machen als früher aber wir denken auch, dass wir immer noch nicht davor gefeit sind, in Einzelfällen und als Institution in die Praktiken von früher zurückzuverfallen.«

Quelle: Auszug aus PMI (1995) El agua en nuestras manos: 102
[Übersetzung T.H.]

demostrativas und *fondos rotatorios*, die als Konzepte einmal *mega-in* waren, mittlerweile aber *mega-out* sind, auch heute noch in den Köpfen einiger herum, die es eigentlich besser wissen sollten. Zur Abschreckung, sozusagen, möchte ich daher zum Schluss dieses Abschnitts die Erfahrung mit dem *fondo rotatorio*, dem Produktionsmittelfonds von Plan MERISS (immerhin zwei Fonds in Folge zu jeweils DM 200.000) ansprechen. Dieser Fonds sollte die Bauern in die Lage versetzen, sich die *paquetes tecnológi-*

cos nicht nur auf den *parcelas demostrativas* anzusehen, sondern sie auch auf ihren eigenen Feldern anzuwenden. Was manche Bauern vielleicht nicht wussten oder was sie verdrängten, weil es ihnen nicht gefiel, war der besondere Charakter dieses Fonds, der nicht von ungefähr auch im Namen auftauchte. Denn er hieß schließlich *fondo rotatorio*, war ein »rotierender« Fonds, wobei sich das »Rotieren« nicht etwa auf die Projektmitarbeiter bezog, die mit der Verwaltung dieses Fonds völlig überfordert waren. Es sollte vielmehr heißen, dass die ertragssteigernden Produktionsmittel, also in der Hauptsache Saatgut, Dünger und Pflanzenschutzmittel, den Bauern als Kredit gegeben wurden und daher zurückgezahlt werden mussten, um im folgenden Jahr aufs Neue zur Verfügung zu stehen.

Toll, dieses Rotationsprinzip. Doch leider nur auf dem Papier. Denn was schon in einem anderen Projektumfeld, wo das klimatische, das Produktions- und das Preisrisiko geringer, das Produktionspotential und die Marktintegration größer sind, nur selten funktioniert, war für Plan MERISS eine völlige Überforderung. Weder verstanden die Berater etwas vom Kreditgeschäft, noch hatten die Bauern in der Vergangenheit eine »Kultur des Rückzahlens« von Krediten gelernt – während Jahren des *asistencialismo* eher das Gegenteil. Unter diesen Bedingungen braucht man sich daher auch nicht zu wundern, dass den *fondo rotatorio* bald eine chronische Schwindsucht befiel, ähnlich wie das bei den Mitteln für die Ausbildung der Fall war. Doch selbst eine systematische Ausbildung der Berater und Bauern im Umgang mit Geld und Kredit hätte diesen Misserfolg kaum verhindern können, da die Aufgabe, einen rotierenden Fonds für landwirtschaftliche Produktionskredite in Entwicklungsländern am rotieren zu halten, dem Traum vom *perpetuum mobile* gleichkommt.

Und dennoch – Plan MERISS und die MTA erwiesen sich bei der Löung des Problems als äußerst innovativ. Als das Eintreiben der ausstehenden Kredite zu beschwerlich und zeitaufwendig wurde, weil sich die Berater mit dem Eintreiben der Schulden bei den Bauern nur unbeliebt machten und nicht mehr zum Beraten kamen, teilte man die Konkursmasse des *fondo* verschiedenen Dörfern als *tambos* (Dorfläden) zu. Diese *tambos comunales* waren als Baby-*fondos rotatorios* gedacht, die natürlich mit der gleichen Krankheit infiziert waren, wie der Papa-*fondo*, nur dass diese noch viel weniger rotierten. Aber das brauchte das Projekt nicht mehr zu jucken, da jetzt die Bauern den Schwarzen Peter hatten. Ein *Peter principle* der anderen Art – der *fondo* war dort angelangt, wo die Überforderung, ihn zu managen, am größten war. Was die armen Bauern natürlich nicht wissen konnten (die GTZ aber vielleicht schon), dass auch gestandene Genossenschaften und Banken in der Regel an solchen rotierenden Fonds scheitern. Der *fondo rotatorio*, der kein *perpetuum mobile* war, und das (schwarze) *Peter principle* – ein schwarzes Kapitel in der Projektvergangenheit von Plan MERISS und eine Lernerfahrung der besonderen Art.

Zur Entlastung von Plan MERISS und GTZ sollte ich vielleicht erwähnen, dass der *fondo rotatorio* damals mit einem Kreditprogramm der Regierung Alain García konkurrieren musste, einem Programm, das den Namen eigentlich nicht verdient, weil von Krediten keine Rede sein konnte. Das Programm wurde 1986 im Rahmen des *Plan de Reactivación Agraria y Seguridad Alimentaria (PRESA)* für die Bauern im Hochland aufgelegt, *de facto* ohne Zinsen und Rückzahlung, zum Nulltarif sozusagen. Dies nicht zuletzt wegen des wirtschaftlichen Chaos und der fünstelligen Inflationsraten zu Ende der Regierungszeit. Für die Bauern war es eine Überforderung, die feinen Unterschiede zwischen einem Kredit *tipo fondo rotatorio* und einem Kredit *tipo presidente rotatorio* zu erkennen. Es wäre übrigens interessant zu wissen, ob dieses Kreditprogramm auch auf die Beratung der Friedrich-Ebert-Stiftung (FES) zurückging, die, so wird gemunkelt, auch den berühmt-berüchtigten *dolar MUC* (*Mercado Unico de Cambios*) dem rotierenden Präsidentschaftskandidaten empfohlen hatte. Sozusagen als Filetstück des Wahlprogramms, das ihm die Berater der FES damals ausarbeiteten. Die Kuscheltour zwischen SPD und APRA in jenen Jahren dürfte für die FES eine ähnlich traumatische Lernerfahrung gewesen sein, wie für andere, die damals mit der Verwaltung von Produktionsmitteln, Barmitteln oder Restmitteln zu tun hatten. Die Mucken des MUC-Dollars, der zur Umrechnung der völlig überbewerteten peruanischen Soles in Devisen geschaffen wurde und den Alain García-*compadres* Billigstimporte erlaubte, ließ sogar EZ-erfahrene Sachbearbeiter und Finanzchefs ins Rotieren geraten, die in Deutschland für die Bereitstellung von Bar- und anderen Mitteln für die Projekte in Peru zuständig waren. Im Fall des Staudamms am blinden Hähnchen wurde sogar von einem gerichtlichen Nachspiel gemunkelt, weil die Mucken zu Mittelknappheit geführt hatten. Die ursprünglich im Finanzierungsvertrag zugesagten Mittel in DM reichten, in MUC-Dollars umgerechnet, nicht aus, um einige der geplanten Maßnahmen beim *gallito ciego* abzuschließen. Der *presidente rotatorio* also eine besondere Lernerfahrung – für die FES, die KfW und für viele andere, die mit seinen Mucken zu tun hatten.

Zu diesen anderen gehören natürlich auch die GTZ und Plan MERISS. Beiden sind diese Jahre wegen der galoppierender Inflation und des damit verbundenen dramatischen Kaufkraftverlusts der Löhne und Gehälter in Erinnerung, die das Personal an den Rand des Existenzminimums brachte und sie für Gehaltserhöhungen streiken ließ. Für die GTZ vor allem, weil sie durch die Streiks zu Zugeständnissen beim *topping up* gezwungen war, also der Zahlung von Gehaltszuschlägen aus Projektmitteln, die in Deutschland nicht gerne gesehen werden und daher auch ein Dauerthema in der EZ sind. Doch nicht nur wegen der García-Mucken waren die späten 80er Jahre für GTZ und Plan MERISS bemerkenswert. Sie waren für MTA und Projektpersonal auch eine Zeit der »intensiven Diskussion und des Nachdenkens über ihre Arbeit und ihre Beziehung zu den Bauern« (*El agua en nuestras manos*, 1995). Ähnlich wie beim PRIV wurden sie bei diesem Selbstfindungsprozess, der zu einer neuen Sicht- und Arbeitsweise bei der Vorbereitung, Planung und Durchführung von Bewässerungsprojekten führte, von der GTZ-Abteilung P&E unterstützt. Als *enfoque Plan MERISS* bezeichnet, wurde dieser neue Ansatz später von multidisziplinären Beraterteams umgesetzt. Durch diese dezentral arbeitenden Plan MERISS-Teams verbesserte sich nicht nur die Kommunikation und der Austausch von Fachwissen zwischen Beratern unterschiedlicher Spezialisierung und Herkunft, sondern auch die Koordination innerhalb des Projektes.

Die internen Reformen wären ohne den äußeren Dezentralisierungsprozess kaum möglich gewesen. Dieser war – das muss man Alain García trotz seiner rotierenden Mucken zugute halten – Teil einer umfassenden, ambitionierten territorialen Reorganisation, die sich mittelfristig sicher in positiven Entwicklungsimpulsen ausgewirkt hätte. Die Gründe, warum sein Nachfolger Fujimori die Dezentralisierung ausbremste, sind offensichtlich. Da er seine Machtbasis in Lima, in den Regionen dagegen keine parteipolitische Organisationsstruktur hatte, bedeutete die Regionalisierung einen Verlust an Einfluss und Macht der Zentralregierung, in der er sich für zehn Jahre einnistete, bis man ihn schließlich ausbremste. Für Plan MERISS waren die wenigen Jahre der Region Inka ein *window of opportunity*, das es zu nutzen wusste. Diese äußeren Zusammenhänge liegen den internen Reformbemühungen und -erfolgen zwar zu Grunde, werden aber in dem Buch *El agua en nuestras manos* nicht problematisiert, da sie zu diesem Zeitpunkt auch noch nicht so offensichtlich waren.

Das Buch konzentriert sich auf die Schilderung der internen Reformen und ihre Auswirkungen auf die Effektivität und Nachhaltigkeit der Institution. Als größte Übel vor der Reorganisation werden der *metismo* (von *meta* = Ziel), der *tecnicismo* (das ideale technische Design im Gegensatz zu dem an die Bedürfnisse der Bauern angepassten Bewässerungssystem) und der *obrismo* (der Schwerpunkt auf Bautätigkeit und Infrastruktur, also die *hardware*) angeprangert. Der *metismo* habe sich vor allem aus der Isolation der drei Abteilungen Studien, Bau und Agrarentwicklung bei der Arbeit ergeben, die sich auf das Verhältnis zu den Bauern und dadurch auch auf die Qualität der Projekte negativ ausgewirkt habe. Jede Abteilung war nur daran interessiert, ihre einmal im Jahr festgelegten Ziele zu erreichen, statt sich am Gesamtergebnis der Arbeit des Projektes, an der Zufriedenheit der

Bauern bei der Durchführung der Einzelmaßnahmen und an den Wirkungen auf deren Einkommen, ihre Arbeits- und Lebenssituation nach Beendigung zu orientieren. Soundsoviele Studien, soundsoviele Bauwerke, soundsoviele *parcelas demostrativas* pro Jahr – so waren die Ziele für die verschiedenen Abteilungen im Operationsplan quantifiziert, und entsprechend versuchte man sie zu erfüllen. Von Qualitätskriterien, Prozessorientierung, einem Ineinandergreifen der Aktivitäten, einer gegenseitigen Abstimmung und Einbeziehung der Bauern in die Planung keine Spur. Erst die intensiven Diskussionsprozesse gegen Ende der 80er Jahre führten dazu, dass die Abteilungen, die sich so erfolgreich ignoriert oder sogar bekriegt hatten, Anfang der 90er aufgelöst und die meisten ihrer Mitarbeiter in die bereits erwähnten multidisziplinären Beraterteams der dezentralisierten *unidades ejecutoras* (UE) integriert wurden. Die Gründe für die spätere Umbenennung in *unidades operativas* (UO) sind mir nicht bekannt, aber ich würde mich nicht wundern, wenn der Grund ein Regierungswechsel, die Marotte eines gerade erst beförderten Verwaltungsbeamten oder ein neuer Exekutivdirektor war. Bei dem Hang der Peruaner zur »Erneuerung durch Umbenennung« könnte ich mir das gut vorstellen.

3.9 Deine Kinder – meine Kinder? Von einer soliden Beziehung, die nicht immer eine Liebesbeziehung war

Die Nachzeichnung des Lernprozesses deutscher EZ-Kultur in den Anden wäre nicht vollständig, ohne am Beispiel von Plan MERISS einiges zu den Besonderheiten eines Kooperationsvorhabens zu schreiben. Diese »KV« hießen früher Verbundprojekte und beschränkten sich meines Wissens ursprünglich auch nur auf die Kooperationspartner GTZ und KfW, während heute auch der DED mit von der Partie sein kann. Bei Plan MERISS ist der DED seit 2000 beteiligt und war es zeitweise auch bei COPASA. Auf die Besonderheiten dieser DED-Beteiligungen soll hier nicht näher eingegangen werden, auch wenn bei Gesprächen der Wunsch anklang, das Regelwerk solcher Kooperationen klarer zu definieren. Sonst bestünde die Gefahr, dass sich die DED-Mitarbeiter vor Ort in unklaren persönlichen und institutionellen Beziehungskisten verheddern, z.B. wer der Chef von wem ist, welchen Stellenwert die Projektarbeit gegenüber *wellness*-Aktivitäten (sprich: Seminaren und Nabelschau an exotischen Orten) hat, ob ihr Priorität zukommt, wenn DED-spezifische Partizipationsmechanismen aus Sicht der Partner oder der AP zu (zeit-) aufwendig sind.

Wenn die Regeln nicht klar definiert sind, dann sind Reibungsflächen nicht mehr nur intellektueller Art. Solche Konfliktherde sollten möglichst eliminiert werden, denn Konflikte gefährden bekanntlich den Projekterfolg und bringen für die Betroffenen unnötigen persönlichen und institutionellen Stress mit sich. Hier sind aber bereits Lernprozesse im Gange, so dass ich auf Einzelheiten der *lessons learned* nicht vertiefend einzugehen brauche.

Denn auf solche einzugehen hieße, ein ganz besonders sensibles Kapitel der EZ aufzuschlagen, da interinstitutionelle und zwischenmenschliche Beziehungen bekanntlich von großer Bedeutung für den Erfolg oder Misserfolg von Projekten sind – und nicht nur von diesen. Ich möchte auch nicht dahingehend missverstanden werden, dass diese Problematik etwas DED-Spezifisches wäre. Im Gegenteil. Die Problematik des Zusammentreffens unterschiedlicher *corporate identities* (CI), wie Unternehmenskulturen heute ja meist genannt werden, ist auch in einem »konventionellen« KV mit Beteiligung von KfW und GTZ allgegenwärtig. Die kleinen Scharmützel schaffen dabei aber auch die nötige Reibungswärme, ohne die das Verschmelzen zweier oder dreier CIs in eine des Projektes nicht denkbar wäre. Doch ein vertiefendes Traktat über die komplexen Zusammenhänge, die die CI eines Projektes ausmachen, hätte nichts Spezifisches von Andenprojekten, Bewässerungsvorhaben oder Entwicklungsförderung an sich. Das Thema kann daher auch getrost anderen Fachdisziplinen vorbehalten bleiben, die dazu berufener sind als ein Agrarökonom. Soziologen, Organisationswissenschaftler, Ethnologen und Psychologen gibt es mittlerweile zuhauf in den Organisationen der EZ, die einiges zu diesem Thema geschrieben haben und sicher noch schreiben werden, wenn die derzeitige Konjunktur der (Selbst-) Analysen von halb-, viertel- oder noch völlig öffentlichen Institutionen anhalten sollte.

Lernerfahrungen sind in diesem *software*-Bereich der EZ sicher noch schwieriger zu synthetisieren als in den mehr technischen Bereichen, zu denen ich mich hier vor allem äußere. Um jedoch das schwierige Terrain zwischenmenschlicher Beziehungen und das Thema Kooperation und Koordination in einem KV nicht ganz auszuklammern, es aber auch nicht mit allzu tierischem Ernst abzuhandeln, sollen die Durchführungsorganisationen GTZ und KfW bzw. ihre Projekte vor Ort als Partner in einer Beziehung dargestellt werden, die sich bei der Durchführung der Bewässerungsprojekte als recht erfolgreiche Lebensabschnittsgemeinschaft erwiesen hat, in der sie sich mit ihren spezifischen Aufgaben, Funktionen, Stärken und Schwächen einbrachten, manchmal vielleicht nicht ganz ohne Vorbehalte. Dass es sich um eine Zweckehe und nicht unbedingt um eine Liebesheirat handelte, liegt auf der Hand, da vor allem das BMZ eine solche Liaison schon immer befürwortet hatte, in letzter Zeit mit zunehmendem Druck. Auch war es bei Plan MERISS keine Erstbeziehung. Beide Partner kamen mit Erfahrung und einem gesunden Selbstbewusstsein in die Lebensabschnittspartnerschaft. Sie waren eigenständig, manchmal zu eigenständig, denn die Vorerfahrungen ließen die typische Denkweise von Singles bzw. Alleinerziehenden immer wieder durchkommen.

In der Beziehung zu den peruanischen Partnern ergaben sich Unterschiede vor allem daraus, dass bei dem einen (GTZ) das Geld ein Geschenk, bei dem anderen (KfW) als Kredit gegeben wurde, wenn auch zu extrem günstigen Konditionen. Wegen der relativ klaren Aufgabenverteilung konnte man sich ganz gut ergänzen, was sich besonders auf die Entwicklung der Kinder positiv auswirkte, d.h. auf die aus FZ-Mitteln (KfW) und aus einem TZ-Selbsthilfefonds (GTZ) finanzierten Projekte. Im Falle der KfW bzw. der Finanziellen Zusammenarbeit (FZ) waren es acht Projekte in der Phase I, sechzehn in der Phase II und IIA. Im Falle der GTZ bzw. der technischen Zusammenarbeit (TZ) waren es zwischen 1989 und 1995, wie aus dem zitierten Buch zu entnehmen war, insgesamt 39 Projekte.

Natürlich pries jeder der Partner seine eigenen Kinder besonders an, erzog sie auch nach unterschiedlichen Prinzipien. Die FZ-ler wurden da etwas mehr an die Kandare genommen als die TZ-ler. Das TZ-ler-Gehabe, das sich breit machte, als man den Weg zur reinen Lehre in den *valles altos* von *Cochabamba* gefunden zu haben glaubte, ging den FZ-lern schon manchmal auf die Nerven. Dies vor allem, wenn sie sahen, wie locker die TZ-ler auch mal eine Wasserfassung in den Fluss-Sand setzen konnten, ohne dass in Eschborn gleich ein Hahn danach gekräht hätte. Lehrgeld nannte man das. Die FZ-ler vergaßen bei ihrer Kritik an dieser Laschheit schnell mal die Kosten für das Zehn-Jahres-Ticket für den Konsolidierungstrupp, der ihre Fehler der Anfangsjahre ausbügeln musste, um Altes und Neues zu vereinen, zusammenzufügen, was zusammen gehörte, wie man damals sagte. Jenes Zusammenfügen, mit dem wir uns immer noch abplagen, war ja schließlich auch nicht umsonst, was manch kluger Westlinker voraussagte, manch jammernder Ostlinker noch heute nicht zu würdigen weiß. Dank *enfoque Plan MERISS* gingen in den 90er Jahren die Kosten für die Konsolidierungsmaßnahmen und das Zusammenfügen rapide zurück, was beim gesamtdeutschen Projekt leider noch nicht zu erkennen ist. Im Falle der FZ-ler und der TZ-ler kann sich das Gesamtergebnis als gemeinsames und insgesamt sehr positives sehen lassen, im Fall der blühenden Landschaften im Osten ist außer einem nun wieder begrünten Todesstreifen noch wenig zu sehen. Zu hören vor allem ein Jammer-Duo, das von beiden Seiten, in moll gehalten wie jene klagenden Lieder der *conjuntos* in den Anden, seltsam dissonant und erheblich hoffnungsloser über die wiedervereinten Gefilde tönt, als man das von früher im Wirtschaftswunderländle gewöhnt war.

Bezieht man im Fall von Plan MERISS die Konschwiegereltern in die

Betrachtung mit ein, also die jeweiligen Mutterhäuser in Deutschland (wohl auch im Zeitalter der *gender*-Sensibilität noch so zu nennen), dann bekommt man seine Vorurteile teilweise bestätigt. Je weniger diese eingriffen, desto besser funktionierte das in der Beziehung vor Ort. Bei den recht ausgeprägten und auch unterschiedlichen Persönlichkeiten (sprich *corporate identities*) waren Konflikte nicht ganz zu vermeiden, wenn von Deutschland her zu viel Einmischung kam. Aber insgesamt schienen auch die Konschwiegereltern bei der Durchführung ihrer Projekte einiges profitieren zu können, vor allem die FZ-ler von den TZ-lern, um nicht zu sagen die *Granitos* von den *Gemeinnützis*. Sie bekamen etwas von den höheren Weihen partizipativer Bewässerungsentwicklung beigebracht, offensichtlich auch nachhaltig, wie ich kürzlich bei einer gemeinsamen Prüfungsmission feststellen konnte. So scharf lassen sich die beiden daher wohl gar nicht (mehr) abgrenzen, auch wenn dies manchmal versucht wird. Es kommt bei diesen Vergleichen immer wieder zu seltsamen Einschätzungen und (Selbst-) Überschätzungen, die von Außenstehenden nur schwer nachzuvollziehen sind. Bevor wir uns aber zu sehr in die Details möglicher Unterschiede zwischen den Schwiegereltern verlieren, sei noch vermerkt, dass sich diese und die Eltern bei der Behandlung von Problemkindern, die es vor allem in der ersten Phase gab, immer besonders gut ergänzten.

Genau das ist natürlich auch der Sinn von Kooperationsprojekten, die es in dieser Art bei anderen Geberländern kaum gibt, da ihnen meist die kreative Vielfalt der deutschen EZ-Organisationenlandschaft fehlt. Die TZ-Komponenten bringen dabei die Konzepte und die (personal-) intensivere Begleitung der Partner ein und erhöhen dadurch die Qualität und Nachhaltigkeit FZ-finanzierter Maßnahmen. Die TZ-Begleitung soll Probleme rechtzeitig erkennen und Wege finden, sie zu lösen. In der Frühphase der Andenprojekte hätte man sich da manchmal etwas mehr Gemeinsamkeit gewünscht, auch wenn man sich damals schon bemühte, den Peruanern gegenüber als trautes Paar mit tiefem gegenseitigen Verständnis aufzutreten. Insgeheim neigte man bei der KfW jedoch dazu, die GTZ eher am langen Arm zu halten, vor allem, wenn es um gemeinsame Missionen zu Projektfortschrittskontrollen ging. Zu viel Koordinierungsaufwand? Das dürfte bei den heutigen Standards der Informationstechnologie (IT) sicher kein Problem sein. Der eher spröde Umgang miteinander, wenn es um Intimitäten bzw. intime Informationen ging, entsprang wohl eher dem besonderen Naturell und Gehabe von Institutionen, die im Dunstkreis von Ministerien angesiedelt sind, von öffentlichen Geldern leben und sich – untereinander natürlich nur – einem Hauch von Wettbewerb ausgesetzt fühlen, von dem sie Erkältungen bzw. Kaltstellungen befürchten. Ein Schuss traditionellen Banker-Dünkels auf der einen, ein Hauch unbeschwerter

Öko-Wandervogel-Mentalität auf der anderen Seite brachten es wohl mit sich, dass man nie intimer miteinander wurde. Kein Bock auf einen Schmusekurs, weitgehend auch heute noch.

Vor Ort waren solche Berührungsängste, wie gesagt, kaum spürbar und nur die Eingeweihten konnten da die feinen Untertöne und eventuelle Verstimmungen im fernen Deutschland mitbekommen. Von großen Zerwürfnissen hat man jedoch nie gehört. Bei Besuchen im Projekt konnte man immer wieder feststellen, dass zwischen der MTA und dem beratenden Ingenieur der KfW vor Ort die »Chemie stimmte«. Nicht ganz stimmt, dass es der Ingenieur der KfW ist. Denn der wird von Plan MERISS unter Vertrag genommen und aus dem Kredit finanziert. Doch weil die KfW (aus-) zahlt, obwohl sie nicht der Zahler ist, der Kunde im EZ-Geschäft sowieso ein Phantom und der beratende Ingenieur gut beraten ist, mit dem Zahler gut zu stehen, stimmt's am Ende vielleicht doch wieder. Natürlich gab es da auch mal Verstimmungen, wenn sich z.B., wie schon angedeutet, die Selbsthilfe-TZler mit ihren Erfolgen zu sehr brüsteten oder wenn von der MTA etwas mehr Engagement des Trägers im *software*-Bereich erwartet wurde, der beratende Ingenieur aber wegen Zeit- und Mittelknappheit und der »granitharten« Bedingungen für die *hardware* wenig Entgegenkommen zeigen konnte. Termine, Budgetbeschränkungen, Kostendruck führten dazu, dass Partizipation und Systemdenken zeitweise auch mal ins Abseits gerieten. Nicht in den Berichten, wohlgemerkt, aber manchmal im täglichen Geschäft, was ja nicht unbedingt das Gleiche ist.

Die feinen Unterschiede in Denkweise und Charakter zwischen den Partnern erklären jedoch nicht ganz, warum da plötzlich eine Freundin (DED) ins Spiel kam. Denn diese ist zwar ebenfalls *software*-orientiert und sogar noch allergischer gegen Hierarchiedenken und Institutionendünkel, aber sie hatte im Bereich Bewässerungsförderung bisher noch nicht auf sich aufmerksam gemacht. Geschweige denn, konzeptionelle Beiträge geliefert und Erfahrungen in einer Weise dokumentiert, dass sich die KfW sicher sein konnte, was sie da geliefert bekam. Doch die Parole »Bewässerung mit jungem Schwung« und der tatkräftige Flair der Neuen ließ Plan MERISS nicht zögern, sie mit offenen Armen zu empfangen. Schließlich hatte sie den Ruf, sich gut in Partner einfühlen zu können und hatte den besonderen Charme der Gemeinnützi, den schon die MTA ausgezeichnet hatte. Die Befürchtung, dass sich aufgrund von Stutenbissigkeit atmosphärische Störungen beim Träger einschleichen würden, waren unbegründet. Im Gegenteil. Mit geradezu vorbildlicher Kooperationswilligkeit wurde von der GTZ eine KZF entsandt, die der Juniorpartnerin einiges zu Bewässerungslandwirtschaft, -organisation und Dienstleistungsorientierung beibringen sollte. Dabei stellte sich heraus, dass die süße Kleine zwar im Bereich der Demokratisierung von Verfahrensabläufen in Organisationen topfit war, da sie es von der Pike auf gelernt hatte, dass sie aber hinsichtlich der sonstigen Konzepte ziemlich unbedarft war und auch nicht auf fachliche Unterstützung aus dem Mutterhaus hoffen konnte, wie das bei der GTZ damals noch der Fall war.

Dies soll nicht heißen, dass nicht auch hier beachtliche Lernprozesse einsetzten. Vor allem zeigten die Bauern, was sie im Bereich Organisation und Gemeinsinn draufhatten. So etwas hatte selbst die demokratisierungserfahrene Neue noch nicht erlebt, und es war eine reine Freude, gemeinsam mit dem ihr von Plan MERISS zur Seite gestellten Ingenieur neue Ideen zu alten Konzepten zu entwickeln, sowohl im Bereich Demokratisierung und Organisation, als auch bezüglich des Systemansatzes. So wurde auch der Systemansatz *tipo-DED* bald eine Herausforderung für die Mitarbeiter von Plan MERISS, die sich sich bis dahin zwar noch nicht mit dem *tipo Plan MERISS* auseinandergesetzt hatten, nun aber die Gelegenheit nutzten, aus den intellektuellen Reibungsflächen unterschiedlichen Reibungswiderstandes die ihnen genehme auszusuchen. Offenheit für Vielfalt ist, wie ich schon öfter betonte, allemal besser, als zu genaue Vorstellungen von dem zu haben, was richtig oder falsch, modern oder traditionell, oder in diesem Falle, was ein Systemansatz ist und was die geeignete Form der Trägerförderung. Nur manchmal können zu viele Köche, zu viel Offenheit und zu viel *laissez faire* auch zu einem diffusen Brei führen, zu Unklarheit und Unverbindlichkeit, was dann für Außenstehende wenig nachvollziehbar und überzeugend wirkt. Für die Arbeit vor Ort schien es aber unerheblich zu sein, dass es da mehrere Systemansätze, Methoden zur partizipativen Planung, Arten von *concursos* oder Ansätze des Wirkungsmonitorings und der Organisationsförderung gab – Hauptsache, man verstand sich und die Kinder entwickelten sich prächtig.

Und noch etwas zu den Kindern, sprich den FZ- und den TZ-Projekten. Als Plan MERISS bei der Durchführung der ersten acht FZ-finanzierten Projekte erheblichen Gegenwind von den Bauern zu spüren bekam (die Sache mit den *caterpillars*, den resoluten Bauersfrauen, die sich ihnen entgegenstellten und den nicht angepassten neuen Systemen), da hatte die MTA eine wichtige Funktion. Da beide Partner daran interessiert waren, möglichst schnell Ruhe in die Kinderstube zu bekommen, um mit den Bauarbeiten fortfahren zu können, gab es da auch nichts auseinanderzudividieren im Sinne von »meine Kinder – deine Kinder« oder »meine Aufgaben – deine Aufgaben«. Stattdessen arbeiteten allen Beteiligten im Sinne von »meine Probleme sind auch deine Probleme« zusammen, denn schließlich hatte die MTA die Studien- und Landwirtschaftsabteilung zu beraten, den Beratern zu zeigen, wie sie die Bauern beraten sollten. Die Konflikte bei den Projekten der Phase I und die Unstimmigkeiten bei der Bauausführung hatten daher auch etwas mit dem Beratungs(miss)erfolg der MTA zu tun. Da war es für alle Beteiligten wichtig, sich nicht mit dem Zuschieben des Schwarzen Peters aufzuhalten, sondern so schnell wie möglich ins Gespräch zu kommen, Versäumtes nachzuholen, Sichtweisen gegenseitig zu erläutern und einen verbesserten Ansatz zur partizipativen Bewässerungsförderung zu entwickeln.

Die TZ-finanzierten Projekte dienten hier als Anreiz, als Bonbons sozusagen. Die *caramelos* (Peru) oder *Guzche* (Eschborn) sollten die Ruhe wieder herstellen, sicher stellen, dass alle Beteiligten zufrieden waren, wieder miteinander redeten und sich vertrugen. Was die Eltern jedoch nicht daran hinderte, hinter verschlossenen Türen immer wieder Grundsatzfragen der Partizipation und der Qualität ihrer Schützlinge zu zerren, Fehler nicht bei den eigenen Kindern, sondern bei denen des anderen zu suchen. Nach außen galt es dagegen, einige tatsächliche oder vermeintliche Verlierer zu beschwichtigen, die sich der Durchführung der FZ-Projekte widersetzten oder mit dem Ergebnis unzufrieden waren. Intern war da aber noch eine andere Dimension. Zwar ging es den TZ-lern darum, neue Erkenntnisse über die Durchführung von Bewässerungsprojekten in die gemeinsame Arbeit einzubringen, sie konnten es aber nicht verhindern, den FZ-lern dabei mit ihrem Partizipationstick und dem oberlehrerhafte Gehabe manchmal auf den Keks zu gehen. Dies könnte auch bei den Mutterhäusern Irritationen ausgelöst haben, die später zur Einladung des DED führte. Nach außen wurden diese Irritationen jedoch nie wirksam, und es begann zwischen allen Beteiligten ein systematischer Gedankenaustausch. Zunächst innerhalb von Plan MERISS mit den im vorigen Abschnitt geschilderten Seminaren zur Selbstanalyse und Bewusstseinserweiterung für das andine Umfeld, die von der GTZ mit einem externen Moderator (*facilitador*) unterstützt wurden, später dann im Zusammenhang mit der Durchführung kleiner Infrastrukturmaßnahmen mit den Bauern. Hierbei erwiesen sich die Anfang der 90er Jahre im Geschäft aufkommenden partizipativen Planungsmethoden (*diagnósticos participativos*, PRA) mit ihren Techniken zur Visualisierung der Umwelt und der Probleme des täglichen Lebens und der Bewässerungslandwirtschaft als sehr hilfreich.

Die kleinen Zusatzfinanzierungen der TZ befriedigten vor allem einige »*felt needs*«, d.h. persönlich empfundene Bedürfnisse, die entsprechend dem traditionellen Prinzip des sozialen Ausgleichs in den betroffenen *comunidades* nachträglich ein Gefühl der Gerechtigkeit und des Involviertseins herstellten. Dass dies anfänglich versäumt worden war lag wohl vor allem daran, dass das Bewusstsein für die Wichtigkeit der Einbindung aller Betroffenen in die Planung und die Berücksichtigung der individuellen Nöte des täglichen Lebens nicht nur aus humanitären Gründen von Bedeutung ist, sondern auch aus Gründen der Rentabilität des Mitteleinsatzes und der Nachhaltigkeit des Projekterfolgs. Da Bewässerungsprojekte vor allem produktions- und einkommensorientiert sind, können solche begleitenden Maßnahmen nur in begrenztem Rahmen geschehen, da sonst die Kosten den direkten Bezug zu den Erträgen verlieren bzw. diese überschreiten, was ihre Finanzierung durch FZ ausschließen würde. Bewässerungsprojekte sollten daher möglichst nicht als Sozialprojekte (miss-) verstanden und durchgeführt werden, d.h. als Projekte, die sich an Menschen ohne eine Ressourcenbasis wenden oder die Bereiche abdecken, die in die nationalstaatliche oder internationale Fürsorgepflicht fallen oder, mit anderen Worten, den Charakter nationaler oder globaler öffentlicher Güter haben. Bewässerungsprojekte zeichnen sich gerade dadurch aus, dass sie individuelle und kollektive Selbsthilfekräfte in einem produktiven Sektor (Landwirtschaft) aktivieren und nach dem Subsidiaritätsprinzip der katholischen Soziallehre ausnutzen. Je mehr staatliche, religiöse oder sonstige Karitas außen vorbleibt, desto besser ist es meist für den Erfolg der Projekte. Es ist gerade diese Grundphilosophie, die kleine Bewässerungsprojekte im Vergleich zu anderen Strategien der Armutsbekämpfung auszeichnen und ihren besonderen Stellenwert in der EZ begründen.

»Selbsthilfe-«, »Rehabilitierungs-« und »Landwirtschaftlich produktive Maßnahmen« genannt, betrafen die TZ-Projekte in der Hauptsache kleinere Schwerkraftbewässerungssysteme, vereinzelt auch den Bau sozialer Infrastruktur (z.B. Trinkwassersysteme), verkehrsmäßige Verbesserungen (Straßenanbindungen, Brücken) und Pumpbewässerungs- und Beregnungsprojekte. Mit der Beregnung machte man insgesamt schlechte Erfahrungen. Sie war als Gemeinschaftunternehmung organisatorisch zu komplex, die Unterhaltung und Ersatzteilbeschaffung in der Regel problematisch. Bei den Pumpprojekten führten die hohen Energiekosten zu geringer Wirtschaftlichkeit. Wie die Erfahrungen in Plan MERISS und COPASA gezeigt haben, können solche Projekte für Individuen, Familien oder Kleinstgruppen sinnvoll sein, die subventionierte Förderung im Rahmen von Entwicklungsprojekten ist jedoch problematisch. Es war Lust am Experimentieren, der Reiz des Neuen und die Aussicht, mehr Flächen bewässern zu können, die Bauern und Techniker dazu verführte, diese Technologien auf Projektkosten auszuprobieren. Aber billiges Geld und Wunschdenken sind noch nie Garanten für Erfolg und Nachhaltigkeit gewesen. Das Gegenteil ist meist der Fall. Im Hessischen hat man diese Lernerfahrung wohl mit einem »*des is bei de Projekte wie bei de Kinner*« quittiert und beschlossen, zunächst einmal die Finger von Pump- und Beregnungsprojekten zu lassen.

Die Selbsthilfemaßnahmen hatten vor allem den Vorteil, dass sie unbürokratisch auf dem »kleinen Dienstweg«, ohne eine Einmischung der Zentrale, beschlossen und in kurzer Zeit durchgezogen werden konnten und nicht den strikten Regeln der FZ-Projekte unterlagen. Sie kosteten auch nur einen Bruchteil der FZ-Projekte, teilweise unter 100 DM/ha, aber auch mal 1.800 DM, letzteres in einem Projekt, bei dem nachträglich ein (kleiner) Düker gebaut wurde, um eine zusätzliche Gruppe von Bauern einbeziehen zu können, die sonst leer ausgegangen wäre. Im Gegensatz zu der Vorgehensweise bei FZ-Projekten stellten die Bauern schon damals die gesamte Arbeitsleistung in Form von *faenas* zur Verfügung, wurden also nicht bezahlt; nicht einmal mit Lebensmitteln (*food for work*), was früher noch allgemein üblich war, heute nur noch in Notsituationen geschieht und dann möglichst auch nur auf der Grundlage lokal eingekaufter Nahrungsmittel. Die Erfahrungen mit den Selbsthilfeprojekten flossen in die FZ-finanzierten Projekte ein, die nun immer mehr den Wünschen der Bauern entsprachen und weniger Probleme bei der Nutzung und Instandhaltung machten. Die Frage, ob die beispiellose Organisations- und Partizipationswilligkeit und -fähigkeit der *indigenas* der Anden, die in den traditionellen Institutionen der *faena* und der *minka* zum Ausdruck kommt, WC- und zeitgeistbedingt dazu missbraucht wurde, immer größere Beiträge zu fordern, die manche der ärmeren Bauern überforderten, möchte ich eher verneinen. Gerade diese Institutionen erlauben es, zwischen reicheren und ärmeren Bauern einen Arbeitsausgleich zu schaffen und teilweise auch Tagelöhner einzubeziehen, wenn reichere Bauern ihre *faenas* nicht selbst erbringen wollen oder können.

Die KfW fordert mittlerweile einen Eigenbeitrag in Höhe von mindestens 10% der Investitionskosten, dies in Form von Arbeitsleistung und Bauhilfsstoffen (z.B. Sand, Steine, Holz), bewertet zu Marktlöhnen bzw. Marktpreisen. Die Erfüllung dieser Forderung ist manchmal nicht einfach, vor allem, wenn die Bauarbeiten im Projekt mit Zeiten hohen Arbeitsbedarfs in der Landwirtschaft zusammenfallen. Da natürlich auch die Teams der UO an Termine gebunden und auf Materiallieferungen und die Bezahlung derselben durch die Zentrale angewiesen sind, wird die Abstimmung der Arbeiten mit den Bauern zu einem zentralen Problem bei der Abwicklung der Projekte. Von COPASA wurde ihre Vorgehensweise kürzlich an einem Fallbeispiel erläutert (Cruz, 2002), von Plan MERISS in dem schon erwähnten Handbuch. Als es zu Zeiten Alain Garcías das Handbuch und die dezentralen UOs noch nicht gab, dafür aber die Mucken mit dem MUC-Dollar, konnte es wegen Verzögerungen bei der Abrechnung der Kosten und Bereitstellung neuer Mittel zu Bauverzögerungen kommen, die dann auch die Planungen der Bauern durcheinander brachten. Beim PMO in Bolivien, das die Bauleistungen im Untervertrag an Bauunternehmen, die Betreuung der Bauern zur Abstimmung der Arbeiten an lokale NRO vergeben hatte, war die Koordinierung der kritischste Punkt, da knapp kalkulierende Bauunternehmer ein anderes Zeitgefühl haben als NRO-Angestellte und andine Bauern. Aber auch die KfW, die sich ein oberes Limit hinsichtlich der Kosten je Hektar gesetzt hatte, beobachtete jede Verzögerung, die sich auch in höheren Kosten für den beratenden Ingenieur niederschlug, mit Argusaugen und drohte auch schon einmal mit dem Ausstieg. Dass Kostenüberschreitungen wegen Bauverzögerungen kein Anden-spezifisches Phänomen ist, sondern auch in Deutschland ein bekanntes und verbreitetes Problem, war da nur ein schwacher Trost.

Die gute Zusammenarbeit und die Beiträge der TZ zum Gelingen der FZ-finanzierten Projekte wurden jedoch von der KfW erkannt und anerkannt. In partnerschaftlichen Beziehungen ist Letzeres ja bekanntlich besonders wichtig. So erwähnen die Schlussprüfungsberichte der KfW an das BMZ von 1995 für die Phase I (DM 15 Millionen.) und von 2000 für die Phasen II und IIA (DM 15 Millionen und 5 Millionen) deren wertvolle und unverzichtbare Beiträge ausdrücklich. »Die erfolgreiche Durchführung der Finanziellen Zusammenarbeit« sei »ohne die Begleitung durch die GTZ und die MTA vor Ort nicht möglich gewesen«. Zu diesem Zeitpunkt war auch das Konsolidierungslehrgeld der ersten Phase für die mobile Reparatureinheit verschmerzt, das aus dem Kredit der zweiten Phase bezahlt werden musste. Zehn Jahre lang, von 1985 bis 1995, besserte der Konsolidierungstrupp die Infrastruktur der acht Projekte der ersten Phase nach, die zwischen 1982 und 1987 im oberen Vilcanota Tal entstanden waren, und passte die neue Infrastruktur an die traditionellen Bewässerungssysteme an. Viele Mängel waren auf die Ahnungslosigkeit und das mangelnde Einfühlungsvermögen der Ingenieure in die komplexen traditionellen Anbau-, Bewässerungs- und Sozialsysteme zurückzuführen, bedingt durch ungenügenden Gedankenaustausch und fehlende Abstimmung mit den Bauern. Dies ist wohl die zentrale Lernerfahrung mit Bewässerungsförderung in den Anden überhaupt, die nicht nur für die Ingenieure gilt, sondern auch für alle anderen, die für die *software* zuständig waren, aber damals noch nicht wussten, was das sein könnte.

Zur Ehrenrettung der Ingenieure sollte erwähnt werden, dass Nachbesserungen auch Teil einer kostenbewussten Implementierungsstrategie sein können. Sie werden auch heute teilweise bewusst in Kauf genommen, um die Baukosten niedrig zu halten. Statt einem kostenintensiven Perfektionismus zu frönen, in der Hoffnung, damit sicher zu gehen, dass nichts nachgebessert werden muss, wird bewusst das Risiko eingegangen, dass die eine oder andere bauliche Lösung nicht gleich die optimale ist. Wenn die neugebaute oder verbesserte Infrastruktur während der Nachbetreuungsphase unter normalen Betriebsbedingungen getestet wird, können eventuell auftretende Probleme analysiert und es kann gemeinsam mit den Bauern beschlossen werden, wo und was nachgebessert werden muss. Mit privaten Baufirmen wäre eine solche Vorgehensweise schwieriger, was vielleicht die Daseinsberechtigung von Plan MERISS unterstreicht, da eine solche verantwortliche und gleichzeitig kostenbewusste Vorgehensweisen nicht von heute auf morgen zu lernen ist. Die Perfektionisten in allen Bereichen des EZ-Geschäfts sollten die Lernerfahrung beherzigen, dass Murks nicht unbedingt gleich Murks ist, dass Anfangs-Murks gewollt sein kann und FZ-Murks nicht gleich TZ-Murks ist und dieser nicht gleich NRO-Murks. Man muss nur den feinen Unterschied kennen, erkennen und anerkennen und nicht gleich zu überheblich reagieren, wenn man sich auf fremdem Terrain bewegt. Der Schein kann trügen, so dass manchmal vorschnell geurteilt und verurteilt wird. Da die Gerüchteküche im Geschäft groß ist, sollte man lernen und sich bemühen, Murks immer nur dann als solchen zu bezeichnen, wenn er den Namen verdient. 1995 konnte die mobile Reparatureinheit übrigens aufgelöst werden. Nicht, weil es nichts mehr zu konsolidieren und nachzubessern gab, sondern weil diese Aufgabe jetzt routinemäßig von den zuständigen UO durchgeführt werden konnte.

3.10 Zu Projektkosten, Indikatoren, Wirtschaftlichkeitsstudien und sonstigen Versuchen, die Realität mit Hilfe von Zahlen zu erfassen

Vielleicht sollte ich Nichtfachleute und solche LeserInnen, die den Glauben an Zahlen und Statistiken verloren haben oder nie besessen hatten, an dieser Stelle verabschieden, um sie im Schlusskapitel noch einmal zu einem zusammenfassenden Ausblick begrüßen zu können. Gegen Ende meines Versuches, *lo Andino, los Peruanos* und *los Alemanes* mit ihren Bewässerungsprojekten und Lernerfahrungen verbal zu vermitteln, überkommt mich nun doch das schlechte Gewissen des Agrarökonomen, von dem vor allem Zahlen gefordert werden – je mehr desto besser. Getrieben von diesem schlechten Gewissen werde ich daher in diesem letzten Abschnitt entgegen meiner Ankündigungen nun doch noch einiges zu Wirtschaftlichkeit, Kosten und sonstigen Erfolgsindikatoren der Bewässerungsprojekte schreiben, um den Fachleuten, wenn nicht große Einsichten, dann doch zumindest einen Eindruck davon zu vermitteln, was ich von einigen dieser Indikatoren und von dem Versuch halte, die Realität des *Andino* mit Hilfe von Zahlen zu erfassen.

Verschiedentlich wurde in der Vergangenheit geäußert – u.a. bei der KfW-Schlussprüfung der Phase I 1995 – dass die Investitionskosten je Hektar bei Kleinbewässerungsprojekten in den Anden keinesfalls höher als 5.000 DM oder etwa 2.500 US$ liegen sollten. Schon bei Kosten oberhalb von 4.000 DM sollte die Wirtschaftlichkeit besonders kritisch überprüft werden, bevor man sich auf eine Finanzierung einlässt. Eine Empfehlung, wohlgemerkt. Auf der Suche nach entsprechenden Zahlen für Plan MERISS fand ich in dem Buch *El agua en nuestras manos* (Plan MERISS Inka, *1995*) Angaben über Kosten je Hektar für Projekte der Phase I, die knapp über 5.000 DM liegen. Bei einem – hoffentlich gestatteten Blick – in den Abschlussbericht der KfW (Kreditanstalt für Wiederaufbau, 1996) stellte ich fest, dass der Wert dort erheblich niedriger liegt und zwar bei 3.500 DM zu damaligen Preisen; zu Preisen von 1979, also zur Zeit der Planung, bei 2.800 DM. Die Kosten je Einzelprojekt liegen in der peruanischen Quelle zwischen knapp 600.000 DM und fast 6 Millionen DM, die Gesamtkosten bei 20,5 Millionen DM. In der deutschen Quelle liegen die Kosten je Projekt nur zwischen knapp 500.000 DM und 3,6 Millionen DM, die Kosten insgesamt bei 17,62 Millionen DM, beides einschließlich der Leistungen der peruanischen Partner (*tesoro público*, TP), die hier mit 2,6 Millionen DM angegeben werden; bzw. ergibt sich dies rein rechnerisch, da der Kredit insgesamt 15 Millionen DM betrug.

Wie ist der Unterschied zwischen der peruanischen und der deutschen Quelle zu erklären? Ich tippte zunächst darauf, dass dafür die Kosten der Konsolidierungsmaßnahmen verantwortlich waren, die aus dem Kredit der Phase II bezahlt wurden. Ein Freund und Kollege, der fast immer Recht hat, meinte, das sei wohl nicht so, die Differenz entspreche vielmehr den »indirekten Kosten«, also dem Aufwand für Planung und Bauüberwachung des Consultanten. Daraufhin sah ich mir den Schlussprüfungsbericht noch einmal an und stellte fest, dass dort 3,61 Millionen von den 17,62 Millionen DM für »Zusatzmaßnahmen und den Einsatz des Consultants« ausgewiesen waren, der Rest von 14,01 Millionen DM für die Baumaßnahmen. Die Erklärungshypotheses meines Freundes traf also nicht zu. Weiter kam ich mit meinen Recherchen nicht und beschloss, nicht mehr darüber nachzugrübeln, da sich heute sowieso kaum noch jemand daran erinnern oder dafür interessieren dürfte. Meine Skepsis gegenüber Realitäten, die in Zahlen ausgedrückt werden, wurde aber einmal mehr bekräftigt.

Ökonomen haben da weniger Skrupel, da sie sich sowieso meist in einer Welt von expliziten Annahmen über die Realität bewegen, während der Rest der Menschheit diese nur implizit im Hinterkopf trägt – meinen zumindest die Ökonomen. Sie meinen ebenfalls, dass sie mit ihrer Vorgehensweise besser leben als andere, die tiefer einzudringen, permanent und penetrant der »wirklichen« Wirklichkeit auf den Grund zu gehen versuchen, da ihre Modelle mit vereinfachenden Annahmen über die Realität sie zu interessanten, manchmal auch verwertbaren Einsichten führen, wenn auch nicht zu letzten Wahrheiten. Angenommen also, die Kosten für den Consultanten betragen tatsächlich 1.500 DM/ha (die Hypothese meines Freundes) oder auch nur maximal 900 DM/ha (laut Schlussprüfungsbericht), dann wäre vielleicht interessant zu wissen, ob dies gerechtfertigt ist oder nicht. Ökonomen würden zur Beantwortung dieser Frage die Leistungen des Consultanten bewerten und den Kosten gegenüberstellen. Dieser nicht ganz einfachen Aufgabe möchte ich mich entziehen, da ich hier weder als Agrarökonom noch als Gutachter gefordert bin und froh bin, mich nicht auf das Glatteis von Bewertungen begeben zu müssen. Ökonomen gehen lockerer damit um und bewerten alles, was ihnen unter die Finger kommt, ohne sich, wie sie behaupten, auf Werturteile einzulassen. Ich gestehe, dass ich davon oft nicht überzeugt bin, auch wenn ich da nicht viel Ahnung habe. Ich weiß nur, dass ich in diesem Buch wertfreie Feststellungen und Werturteile in sehr unschöner Weise vermische. Dies liegt natürlich ebenfalls daran, dass dies hier zur Abwechslung einmal kein Gutachten ist, sondern eine Ansammlung von Gedanken, die mir zu dem mühsamen Geschäft der Entwicklungsförderung in den Sinn gekommen sind und manchmal vielleicht etwas sinnlos erscheinen. Sinn machte es dagegen, einen Consultanten vor Ort zu haben, dessen Wert als Unterstützer des institutionellen Gedächtnisses von Plan MERISS und als Kommunikator von Ideen zwischen Deutschland und Peru, neben all seinen anderen Aufgaben, ich zu schätzen weiß. Dennoch könnte ich mir auch eine andere, kostengünstigere institutionelle Lösung für die letzten Jahre vorstellen, die ich gleich noch erläutern werde.

Lassen wir aber die Ertragsseite beiseite und nehmen an, dass die Kosten für den Consultanten zwischen 900 und 1.500 DM/ha betragen. Dies entspricht einem Anteil an den Gesamtkosten je Hektar zwischen 20% und 30%, was nicht gerade wenig ist. Das bedeutet wiederum, dass von den Kosten für den Consultanten ein permanenter Druck auf das Projekt ausgeht, die Baumaßnahmen möglichst schnell abzuwickeln, da jede Verzögerung, egal von wem sie verschuldet oder wie sie zu erklären ist (Rahmenbedingungen als Standardgrund), die Kosten weiter steigen lässt. Es bedeutet ebenfalls, dass sich der Kosten- und Zeitdruck negativ auf die Anwendung und möglicherweise auch Weiterentwicklung partizipativer Planungs- und Durchführungsmethoden auswirkt, und es erklärt, warum die Mitarbeiter der MTA manchmal frustriert waren, wenn das Personal von Plan MERISS oder der Consultant keine Zeit für langwierige *diagnósticos* zur Klärung von Verfügungsrechten und Konflikten in oder zwischen den Gemeinden oder für die Teilnahme an Aus- und Fortbildungsveranstaltungen zum Kennenlernen neuer Konzepte hatte.

Ein schmaler Grat, auf dem sich das Projekt bewegte – zwischen zu viel und zu wenig Konzepten, zwischen zu viel und zu wenig Qualität der Infrastruktur, zwischen zu viel und zu wenig Einmischung in die Angelegenheiten der Partner. Es sollten einerseits keine Jahrhundertwerke der Stahlbetonkunst in die Andentäler gesetzt, andererseits auch keine letzten Wahrheiten über den Mythos des »Andino« oder die Bewässerungskultur der *quechua* oder *aymará* gefunden werden. Mit der Einführung gewisser Standards an Kunden- und Dienstleistungsorientierung bei Plan MERISS wollte die GTZ vielmehr erreichen, dass mit den deutschen Steuergeldern angepasste, von den Wassernutzern gewünschte, von ihnen mitgebaute und an die bestehenden Bewässerungssysteme angepasste Kunstwerke (*obras de arte*) entstehen.

Da sich der Staat in Höhe der Investitionskosten verschuldete, war zunächst eine Übergabe der neuen Infrastruktur an die Bauern aus gesetzlichen Gründen nicht möglich. Andererseits war klar, dass sich die Bauern nicht verantwortlich für sie fühlen, sie effektiv, effizient und nachhaltig nutzen und instandhalten würden, wenn man sie nicht als Eigentümer respektierte. Es dauerte eine Zeitlang, bis die deutsche Seite die Partner hiervon überzeugt und bestehende gesetzliche Vorschriften geändert hatte, bzw. Ausnahmen möglich wurden. Dies nur ein Beispiel dafür, dass die Anden-Gratwanderung nicht ungefährlich war, man sich Schritt für Schritt behutsam an politischen und institutionellen Abgründen vorbeitasten musste, die häufig von tiefhängenden Wolken vernebelt waren. Aber auch die Peruaner mussten sich an Granitfelsen der KfW vorbeischlängeln, an bautechnischen und ökonomischen Standards, an Regeln für die Kreditabwicklung und die ordnungsgemäße Mittelverwendung. Da war es manchmal auch nicht einfach einzusehen, warum sie den Statthalter der *granitos* vor Ort auch noch teuer bezahlen mussten. Hätte der nicht eingespart werden können?

KfW und GTZ machten von einem kostengünstigeren organisatorischen Ei des Kolumbus zur Bauüberwachung nie Gebrauch, obwohl es zeitweise Überlegungen in diese Richtung gab. Überlegungen, die Funktionen des beratenden Ingenieurs dem Kulturtechniker der MTA zu übertragen. Denn das TZ-Projekt hatte, vor allem in der Phase I, viel internationales Langzeitpersonal. Zu viel, meinen Kritiker, und angeblich auch nicht das beste. Daher die Vorbehalte? Doch bei der Beurteilung dieses frühen Trüppchens, das sich Ende der 70er, Anfang der 80er Jahre mit zeitweise sechs LZF redlich, aber zunächst nur wenig erfolgreich abmühte, die Bauern dort abzuholen, wo sie waren (wie man das seitdem *psychologically correct* zu sagen pflegt), sollten wir uns bescheiden zurückhalten, auch wenn die Windmühlen des deutschen Ingenieurs Stoff für jene nette Anekdote abgeben, die sich immer wieder schön erzählen lässt. Gerüchte sind ansonsten schnell in die Welt gesetzt. Sie bringen – im EZ-Geschäft wie auch anderswo – Sand ins Getriebe und erzeugen unnötige Reibungsflächen, die, wie gesagt, weder intellektueller Art noch konstruktiv sind. Tatsache ist, dass der Consultant des Jahres 2002 bereits Anfang der 90er Jahre Mitglied der MTA war, bevor er im Herbst 1992 als einer der letzten beiden verbleibenden LZF wegen der Sicherheitslage (Grund: *sendero luminoso*) abgezogen wurde. Als ab 1996 dann wieder ein internationales Zweierteam mit einem Kulturtechniker und einem Soziologen die Arbeit der MTA aufnahm, wurde das Kolumbusei, die Bauüberwachung von einem geeigneten Kulturtechniker der MTA durchführen zu lassen, verworfen. Vielleicht wäre dies ein guter Zeitpunkt für einen gleitenden Übergang gewesen. Doch die Lebensabschnittsparter widersetzten sich dem Versuch einer Verschmelzung vehement. Die Idiosynkrasie (»scheinbar unbegründete seelische und intellektuelle Abneigung«) einer Bank und einer Staats-GmbH schienen dem entgegen zu stehen.

Die Situation nach Abzug der MTA, d.h. ein Consultant und ein DED-Mitarbeiter, der die Wassernutzerorganisationen (die Projektträger auf der untersten Ebene) unterstützt, scheint ebenfalls eine angemessene und kostengünstige Lösung für die aktuelle und vielleicht noch eine weitere Projektphase zu sein. Für die KfW scheint diese Partnerschaft ein zukunftsträchtiges Modell zu sein, das offensichtlich mit zunehmender Häufigkeit auch für andere Projekte und Länder gewählt wird. Hoffentlich auch zunehmend mit einer Finanzierung für Ausbildungs- und andere flankierende Maßnahmen, da die DED-Mitarbeiter in der Regel kein Geld mitbringen. Allein durch gute Worte, dynamisches Wirbeln und Geisterbeschwörung lässt sich jedoch »*demand management*«, d.h. Quellschutz, die Aufforstung oder die Verbesserung der Wasserverwendung auf dem Feld (Parzellenbewässerung), kaum erreichen. Falls eine in dieser Weise aufgemotzte DED-TZ nicht akzeptiert wird, bleibt es bei einer Angebotsorientierung mit etwas institutioneller und partizipativer Kosmetik und einmal mehr beim Auseinanderklaffen von Anspruch und Wirklichkeit in der EZ. Ein weites Feld, das an dieser Stelle nicht beackert oder gar tief gepflügt werden soll, da sonst vielleicht doch noch der eine oder andere harte Brocken aus der Tiefe des weichen, fruchtbaren KV-Humus hochkommen könnte.

Vielleicht haben diese Ausführungen zu den Projekt- und Consultingkosten bereits ausgereicht, um das Bedürfnis der an Zahlen interessierten LeserInnen nach tieferen Einsichten zu befriedigen. Ich selbst würde gerne auf weitere verzichten, um die Lese(r)widerstände möglichst gering zu halten. Auch sollten die »Kennzahlen dreier FZ-finanzierter Projekte, Phasen I und II« im beigefügten Kasten eigentlich für sich selbst sprechen bzw. Fragen und Ungereimtheiten bewusst offen lassen, als intellektuelle Rei-

Kennzahlen dreier FZ-finanzierter Projekte, Phasen I und II

Projekte	Margen Derecha (I)	Pitumarca (I)	Urubamba (II)
Provinz	Canchis	Quispicanchis	Urubamba
Indikatoren			
Höhe über NN	3.600,0	3.500,0	2.800,0
Fläche (ha)	307,0	835,0	672,0
Kosten (US$)*	587.572,0	1.376.885,0	1.536.293,0
Begünstigte Familien	280,0	900,0	734,0
Kosten je ha (US$)	1.913,0	1.648,0	2.286,0
Kosten je Familie (US$)	2.098,0	1.529,0	2.093,0
Flächennutzungsintensität			
vor Projekt	1,0	1,0	1,3
nach Projekt	1,2	1,1	1,8
Anzahl der Kulturen			
vor Projekt	8,0	8,0	18,0
nach Projekt	14,0	11,0	23,0
Bruttoproduktionswert/ Kopf (US$)**			
vor Projekt	150,3	60,7	237,7
nach Projekt	139,5	67,6	370,8
Interne Verzinsung (IVR, IRR, TIR)			
ex-ante	11,5%	11,3%	21,0%
ex-post	14,2%	3,0%	38,8%

*Pitumarca und Margen Derecha in $ von 1984-85, Urubamba von 1990
**Pitumarca und Margen Derecha in $ von 1984-85, Urubamba von 1987

Quelle:BACA TUPAYACHI (1997)

bungsflächen sozusagen. Doch bei diesem Kasten will ich eine Ausnahme machen. Einerseits, um des Regelbruchs willen, andererseits, um dem Phänomen entgegenzuwirken, dass Zahlen intuitiv ein höherer Anspruch auf Wahrheitsgehalt zugesprochen wird als Worten, wie dies im Hessischen mit dem oft gehörten Satz »*Wos gäbb ich ferr moi dumm Geschwätz fun domols*« suggeriert wird. Ähnlich ist es mit Hochdeutsch im Vergleich zum Dialekt oder nicht fehlerfrei gesprochenem Deutsch, ähnlich ist es mit Titeln und angesehenen Institutionen, vor allem solchen, in denen Uniformen getragen werden, und die Menschen bestimmter Religionen, Hautfarbe, Herkunft anders und weniger zuvorkommend behandeln als solche, die eloquenter, überzeugender argumentierend, militärisch kurz und knapp daherkommen. Doch auch Zahlen und andere Indikatoren, auf die man im Geschäft so großen Wert legt, weil man mit ihnen sich und seine Arbeit verkaufen oder rechfertigen muss, lassen sich angreifen und können uns in unserem Urteil über Erfolg oder Misserfolg fehlleiten.

Wenn Sie mich z.B. fragen, warum in der 1997er Ausgabe der Projektzeitschrift »MERISS al 2000« gerade die drei der insgesamt 24 FZ-finanzierten Projekte der Phasen I und II analysiert wurden, die im beigefügten Kasten dargestellt sind, und warum gerade mit diesen Kennzahlen, dann muss ich Ihnen eine Antwort schuldig bleiben. Vielleicht wären andere Zahlen für Fachleute interessanter gewesen, für Landwirte die Deckungsbeiträge je Hektar der wichtigsten Kulturen, für Ökonomen die Änderungen in den Familieneinkommen. Ich kann nur für mich sagen, warum ich sie ausgesucht habe. Einerseits, weil ich sie zur Demonstration der Problematik solcher Indikatoren benötige, andererseits, weil sie in der genannten Zeitschrift veröffentlicht wurden und daher nicht »vertraulich und für die Bundesregierung bestimmt« sind, wie das bei den Schlussprüfungsberichten der KfW der Fall ist. Ich werde die Zahlen daher auch nicht systematisch vergleichen, nicht zwei Realitäten gegenüberstellen, von denen mir keiner sagen kann, welche die »richtige« ist. Warum riskieren, mich bei den Autoren unbeliebt zu machen, wo wir doch alle wissen, mit welchen methodischen Problemen wir es bei der Erhebung von Daten und der Berechnung von Erfolgsindikatoren zu tun haben, wie weitreichend die Annahmen sind, die ihnen zugrunde liegen.

Auch wenn ich versprochen hatte, die KNA nicht mehr zu erwähnen, füge ich einige Sätze zur Erläuterung der Vorgehensweise an, lasse die Annahmen aber wohlweislich außen vor. Bei den *ex-ante*-Wirtschaftlichkeitsanalysen müssen die positiven und negativen Zahlungsströme (der sog. *cash flow*), die Kosten und Erträge mit und ohne Projekt geschätzt werden, um die interne Verzinsung des im Projekt eingesetzten Kapitals schätzen zu können. Bei der *ex-post*-Wirtschaftlichkeitsanalyse müssen die Zahlungsströme der Alternative »ohne Projekt« geschätzt, die tatsächlichen Daten der Situation »mit Projekt« sauber erhoben werden. Wie »sauber«, ist vor allem eine Frage der verfügbaren Mittel. Diese entscheiden darüber, wie detailliert und über wieviele Jahre die Daten zu Mengen und Preisen, Erträgen und Kosten erhoben werden können, um sie dann im *cash flow* gegenüberzustellen. Erheben, extrapolieren, schätzen, umbewerten, zusammenfügen und schließlich rechnen – eine Sisyphusarbeit das Ganze, die den Betroffenen schon in Gedanken daran Schweißperlen auf die Stirn treibt. Und dies nicht nur wegen der Schwerstarbeit. Aber wenn die resultierende interne Verzinsungsrate (*IVR*, *IRR* oder *TIR*) auf dem Bildschirm erscheint, ist das ein beinahe orgiastisches Erlebnis, kaum nachzuempfinden, wenn man/frau es noch nicht erlebt hat. Eine einzige Zahl, die über Leben oder Tod eines Projektes entscheidet, es zum Erfolg oder Misserfolg verdammt, zum Verbleib im Portfolio oder Verstoß. Apfel der Erkenntnis sozusagen, der alle Antworten in sich zu bergen, keine Fragen mehr offen zu lassen verspricht. Stunde der Wahrheit für die Gläubigen, Stunde der Verzweiflung und Gewissensbisse für die Ungläubigen, denen die hohe Kunst der Verdrängung nicht gelingen will.

Keinesfalls will ich behaupten, dass die IVR oder andere Zahlen in der Tabelle nutzlos sind, vor allem, wenn man sie im Vergleich zu anderen sieht und nicht absolut nimmt. Vergleiche zwischen den Projekten, Vergleiche zu den Zahlen der Schlussprüfungsberichte oder Vergleiche zu Projekten anderer Geber oder Regionen können durchaus interessante Einsichten und Erkenntnisse ergeben. Denn was wäre die Alternative? Auch hier gilt, dass unter den Blinden der Einäugige König ist. Die Ermittlung und Zusammenstellung solcher Indikatoren ist sicher besser als überhaupt keine Erfolgskontrolle, auch wenn Besuche vor Ort, der eigene Augenschein und die Gespräche mit den Betroffenen, Begünstigten oder Kunden aufschlussreicher sind, als Ergänzung bzw. Grundausstattung unerlässlich. Ein Streit um Abweichungen bei der einen oder anderen Zahl, manchmal um Stellen hinter dem Komma, ist genauso sinnlos wie unbefriedigend, ein zufriedenstellender Kompromiss kaum zu erwarten. Denn wer soll entscheiden, welches der angemessenere Indikator, die exaktere Zahl oder die besseren Daten sind, wer ein angemessenes oder gar gerechtes Urteil fällen? Es gibt keine genauen Daten, höchstens genauere oder weniger genaue in Bezug auf bestimmte Methoden oder statistische Testverfahren, die zu ihrer Überprüfung entwickelt wurden. Meine Skepsis sollte daher auch nicht als Plädoyer gegen quantitative Analysen verstanden werden, sondern eher als Plädoyer für den Einsatz von Methoden, die der Zielsetzung gerecht werden können, für eine saubere Anwendung der Methoden, für eine systematische Fehlersuche und für das Klären von Unstimmigkeiten bei abweichenden Ergebnissen. Dies ist zwar lästig und zeitaufwendig, aber dennoch notwendig.

Obwohl sich das Wohlbefinden oder Elend in den *comunidades campesinas* der Anden mit Zahlen allein nicht angemessen erfassen und beschreiben lässt, ist der Versuch einer quantitativen Abschätzung der Armutssituation und von Projektwirkungen also nicht grundsätzlich abzulehnen und wird im Rahmen von Projektstudien, Evaluierungen in laufenden Projekten oder nach deren Abschluss immer wieder geschehen müssen. Gut, wenn die Verantwortlichen und deren Beauftragte dabei über genügend Sachverstand, Mittel und Zeit für Informationsbeschaffung und Datenerhebungen verfügen. Für Bewässerungsprojekte in den Anden sind *diagnósticos participativos* (DP) für die Kontaktaufnahme mit den Wassernutzern, für die Identifizierung von Projekten, für das begleitende Monitoring der laufenden Aktivitäten, für die Analyse punktueller Probleme bei der Projektdurchführung und für die Evaluierung der Wirkungen nach Projektende besonders geeignet. Sie stellen einen guten Kompromiss dar bezüglich analytischer Schärfe, Einfachheit der Anwendung, Transparenz und Nachvollziehbarkeit für die Beteiligten. Standardisierte Fragebogen, vor allem solche mit extrem kleinen Stichproben sind abzulehnen. Selbst angemessen große Stichproben und Methoden, die Aussagen zu Ursachen-Wirkungsbeziehungen erlauben, oder Fragebogen mit flexiblen, offenen Bereichen sind den DP bzw. PRA-Methoden unterlegen. Dies nicht nur aus Kostengründen, sondern weil auch die Gefahr von Datenfriedhöfen, von zu geringer Einbindung der Betroffenen und von fehlender Transparenz des Zustandekommens und des Aussagewertes der Ergebnisse zu groß ist.

Nach diesen allgemeinen Anmerkungen nun noch ein Blick auf einige Zahlen. Kann es z.B. sein, dass im Projekt *Margen Derecha* der Bruttoproduktionswert/Kopf nach der Durchführung des Projektes niedriger ist als davor? Ja, kann er. Da in der betroffenen Gemeinde aufgrund des Bewässerungsprojekts das Produktionspotential stieg, kamen Verwandte zurück, z.B. Kinder mit ihren Familien, die in die Stadt gezogen waren. Denken wir nur an den Taxifahrer in Lima, der auch gerne in sein Dorf zurückgegangen wäre, wenn er dort Arbeit gefunden hätte. Bei Zunahme der mitarbeitenden Familienmitgliedern und Familien, die von der Landwirtschaft leben, ergeben sich pro Kopf natürlich auch niedrigere Werte für das von ihnen erwirtschaftete Bruttoergebnis. Was also auf den ersten Blick als negative Entwicklung oder als Fehler interpretiert werden kann, erscheint bei genauerem Hinsehen oder Nachfragen in einem anderen Licht. Da Wirkungen auf unterschiedlichen Ebenen gemessen werden können, z.B. die Anzahl der beschäftigten Familienmitglieder, Anzahl der von Tagelöhnern gearbeiteten Tagewerke, Anzahl der Ernten, Menge und Qualität der Produkte, Eigenkonsum, Verkäufe und Erlöse, Versorgungs- und Einkommenssituation, können Wirkungen sehr unterschiedlich ausfallen, je nachdem, welchen Indikator wir wählen, auch wenn sie hier wohl alle eine positive Entwicklung erkennen lassen.

Negativ schneidet hier wohl nur die gesamtwirtschaftliche Entwicklung ab. Sie zwingt die Menschen, zurück in ihr Dorf zu gehen, weil sie in der Stadt weder Arbeit noch eine Lebensperspektive finden. Dies, obwohl sich viele in Peru noch gut an die Parole »*Toledo más trabajo*« erinnern können, die auch heute noch landauf, landab Häuser und Mauern »ziert«. Wenn, wie im Fall von Toledos leeren Versprechungen, staatliche Beschäftigungspolitik in den urbanen Zentren versagt, können Projekte der Entwicklungszusammenarbeit in isolierten ländlichen Regionen, die die Selbstorganisation der Armen mit Kapital und Know-How von außen unterstützen, mehr sein als nur ein »*Herumfummeln mit irgendwelchen Projekten in der Dritten Welt*«, wie Brigitte Erler das vor einigen Jahren bei einem Symposium der

Novartis-Stiftung in Basel (1999) einmal nannte. Eigentlich müsste ich nun, *politically correct*, auch die *gender*-Sicht dieser Fummelpartie berücksichtigen und dabei möglichst auch die Stadt-Land-Stadt-Migration einbeziehen, um die schandbare Ausbeutung mancher Frauen bei diesen Bewegungen deutlich werden zu lassen und den Frust, mit Feldern, Vieh und Kindern zurückgelassen zu werden. Weder ein Modell Todaros zu solchen Migrationsbewegungen noch meine persönlichen Erfahrungen in der TZ mit forschen weiblichen Verantwortungsträgern, die mit ähnlich forschen (Vor-) Urteilen meine Arbeit mehr behinderten als unterstützten, würden viel mehr zur *gender*-Problematik in der EZ und in Bewässerungsprojekten beitragen, als ich bereits zu Beginn dieses Teils berichtet habe.

Daher zurück zu den Indikatoren, bei denen ich leider noch einmal auf das Thema KNA zurückkommen muss, um auf die Frage zu antworten: Kann es möglich sein, dass die interne Verzinsung des Kapitals (*IVR, IRR, TIR*) im *Pitumarca*-Projekt *ex-ant*e 11,3% ergab, bei der *ex-post*-Analyse aber nur 3%? Auch diesmal ist die Antwort: ja. Vielleicht waren ja die Ausgangsdaten bei der *ex-ante*-Berechnung fehlerhaft, nur aus dem blauen Dunst der Büros in Lima oder Deutschland gegriffen oder aus klarer Andenluft. Anfang der 70er dachte noch niemand an *diagnósticos participativos,* und auch systematische Befragungen der Bauern waren wohl eher die Ausnahme. Doch das Thema klammere ich lieber aus. Es wäre an dieser Stelle zu technisch und zu unerfreulich. Die Qualität der Studien hat sich in den letzten Jahren jedenfalls erheblich verbessert, auch wenn die ökonomischen Daten immer noch (wieder?) zweifelhaft sind. Den Hauptgrund dafür habe ich bereits erwähnt und er betrifft vor allem die Knappheit an Mitteln und Personal zur systematischen Erhebung der Daten, an Kapazität zu ihrer Verarbeitung, zu ihrer Analyse und Interpretation. Auch das Denken in ökonomischen Grundzusammenhängen ist nicht weit verbreitet, und die Kenntnisse in einfacher Algebra oder Buchführung sind eher rudimentär. Daten und Ergebnisse von Wirtschaftlichkeitsanalysen sind bekanntlich nur so gut, wie die Köpfe, die sie interpretieren. Wenn der Autor der zitierten Studie z.B. den Schluss zieht, dass in *Pitumarca* »die Projektwirkungen aufgrund der marktfernen Lage des Ortes nicht zu einer positiven ökonomischen Rentabilität geführt« haben, dann zeigt dies, dass er von den hohen Verzinsungsraten anderer Projekte geblendet ist. Es ist ihm offensichtlich nicht bewusst, dass solche Ergebnisse häufig auf schlechten Daten oder auf konzeptionellen und rechnerischen Fehlern beruhen und daher mit den realen Zusammenhängen wenig zu tun haben. Außerdem ist die interne Verzinsung im Fall von *Pitumarca* nicht nur positiv, sondern sie ist mit drei Prozent sogar annehmbar, vergleicht man sie mit Renditen anderer Kapitalanlagen, vor allem in einem solch marginalen Umfeld. Aber selbst in Deutschland wären manche dankbar, wenn sie eine durchschnittliche Verzinsung von 3% während der vergangenen Jahre erzielt hätten, vor allem diejenigen, die sich auf einen Schmusekurs mit dem Neuen Markt eingelassen hatten.

Bei der Betrachtung der 3% IVR sollte nicht unerwähnt bleiben, dass in deren Berechnung die Kosten für die TZ wahrscheinlich nicht eingegangen sind. Diese betrugen z.B. für die Jahre 1981 bis 1986 knapp 11 Millionen DM. Die Quelle sagt hierüber nichts aus. Dies ist letztlich auch unerheblich, da es geschenktes Geld war, sowohl für die Bauern wie auch für Plan MERISS, so dass diese Beträge bei der einzelwirtschaftlichen Analyse außen vor bleiben können. Auch für Peru stand wohl weder eine andere Verwendung der TZ-Mittel zur Diskussion, noch wurden die 11 Millionen Teil des Schuldenbergs, den Alain García nach seiner Amtsübernahme nicht mehr abtragen wollte, bzw. nur noch in Höhe von 10% der Einnahmen aus Exporterlösen. Auch wären wohl weder die 15 Millionen DM Kredit für die 8 Projekte der Phase I, noch die 20 Millionen für die 16 Projekte der Phase II und IIA davon betroffen gewesen, da sie wegen der vielen Freijahre noch nicht fällig waren. Und vielleicht wurden sie auch nie fällig, da sie möglicherweise mit großen Abschlägen dem Gegewertmittelfonds zugeschlagen wurden. 900 Millionen DM öffentlicher Schulden standen 1997 zur Diskussion, als die Kampagne »Peru – Entwicklung braucht Entschuldung« in Deutschland ihre Umwandlung forderte. Zunächst waren es 5,5%, also 49,5 Millionen DM, bis 2000 schon 234 Millionen, die zu Gunsten von armutsorientierten und beschäftigungswirksamen Projekten, sowie für Maßnahmen der alternativen Entwicklung und des Ressourcenschutzes verwandt wurden. Dies wohl nicht mehr nach den *granito*-Regeln der FZ, aber doch mit Kontrollen von deutscher Seite, damit sich keine unsichtbaren Hände bedienen und die festgeschriebenen Ziele erreicht werden.

Zu Zeiten Fujimoris wurde von deutschen NRO immer wieder gefordert, die Mittel vorzugsweise für NRO-Projekte zu verwenden und nicht in den umstrittenen Entwicklungsfonds FONCODES (*Fondo Nacional de Compensación y Desarrollo*) einzuzahlen. Dieser war 1991 von Fujimori gegründet worden, um den unsichtbaren Händen des WC-SAP ein menschliches Gesicht zu verpassen. Es war bekannt, dass er häufig als Propagandainstrument missbraucht wurde und von einem *enfoque partizipativo* kaum die Rede sein konnte. Dennoch war sich die deutsche EZ nicht zu schade, mit FONCODES mehr als nur ein (Pflicht-) Tänzchen zu wagen. Ob es eine Lustpartie war, oder ob nur WC-SAP-Solidarität unter Beweis gestellt werden sollte, entzieht sich meiner Kenntnis. Aber die chronischen Bauchschmerzen und der spätere Kater waren sicher verdient für diese Fummelei ohne Demokratisierung, die zweifellos auch Wasser auf die (Gebets-) Mühle von Brigitte Erler brachte.

Ein letzter Blick auf die Zahlen zeigt – auch ohne Vorkenntnisse in Ökonomie und ohne in das Zahlenwerk der Schlussprüfung der KfW eingestiegen zu sein –, dass es mit dem Projekterfolg so schlecht nicht gewesen sein kann, auch wenn manche der internen Zinsfüße oder Bruttoproduktionswerte den einen oder anderen Granito vielleicht nicht befriedigen konnten. Für weniger Anspruchsvolle, aber immer noch auf Zahlen Fixierte, ist es vielleicht schon gut zu wissen, dass von den drei in der Tabelle aufgeführten Projekten fast 2000 Familien (nach den KfW-Daten über 3000) begünstigt wurden und die Flächennutzungsintensität sich erheblich erhöhte, bei den Projekten der Phase I im Durchschnitt von 0,83 auf 1,31, bei denen der Phase II von 1,05 auf 1,21. Dies bedeutet, dass der Boden heute intensiver genutzt, öfter und mehr geerntet wird als früher. Auch wird eine erheblich größere Anzahl von Kulturen angebaut. Wie sich dadurch die Ernährung verbessert und die Marktchancen erhöht haben und ob das alles aufgrund des Projektes geschah, wollen wir gar nicht so genau wissen. Die Ökonomen unter Ihnen werden sicher die Hände über dem Kopf zusammenschlagen, die Vorher-Nacher-Betrachtung bemängeln und auf einer sauberen Mit-Ohne-Betrachtung bestehen. Doch solche methodischen Klimmzüge sind glücklicherweise nur für die KNA nötig, für das gute Gefühl, das man/frau bei der Gesamtbeurteilung dieser Projekte hat, jedoch nicht.

Zum Schluss wollen wir noch einen Blick auf *Urubamba* werfen, das an der Bahnlinie von Cusco nach Machu Picchu und am Fluss gleichen Namens liegt, der im Oberlauf *Vilcanota* heißt. Den Zahlen und ergänzenden Erläuterungen des Autors der zitierten Studie lässt sich entnehmen, warum Urubamba bei dem Vergleich der drei Projekte so gut abschneidet. Es sind vor allem die günstigen natürlichen Bedingungen, die Lage im unteren Teil des *Valle Sagrado* auf etwa 2.800 Metern über NN und die besseren Böden gegenüber dem harscheren Klima und den schlechteren Böden in Höhenlagen von 3.500 und 3.600 der beiden anderen Standorte. Die Bauern von Urubamba können daher den schon erwähnten großkörnigen *Urubamba*-Mais anbauen. Wegen der günstigen Verkehrslage kommen LKWs direkt aus Lima an die Felder und kaufen dort den Mais auf, so dass es kein Vermarktungsproblem gibt. Den bei anderen Produkten auftretenden Preisverfall wegen Übersättigung des Marktes zur Erntezeit gibt es beim *Urubamba*-Mais nicht. Was die Peruaner nicht selbst essen, wird exportiert, vor allem in die USA und nach Japan. Dort werden die riesigen, wohlschmeckenden Körner, geröstet und gesalzen, den weniger exotischen und weniger gesunden einheimischen *snacks* vorgezogen und treffen daher auf eine wachsende Nachfrage.

Eine ähnliche Situation wie beim Koka- und Mohnanbau, werden Sie sagen. Stimmt – nur mit gegensätzlichen Auswirkungen für die Bauern. Die

Schlussfolgerungen hieraus möchte ich als letzte Lernerfahrungen stichwortartig zusammenfassen und weitergeben, da sie nicht nur für landwirtschaftliche Projekte und Produkte zutreffen: Wo Märkte und die unsichtbare Hand um sich greifen, bleibt Gerechtigkeit auf der Strecke; die unsichtbare Hand schert sich wenig um gesellschaftspolitische Ziele; eine solide Nachfrage schafft sich ein solides Angebot und sorgt für Wohlstand; der Wohlstand entsteht eher bei den Händlern als bei den Produzenten, eher bei hochwertigen Produkten und solchen, die knapp sind; Wohlstand ist nicht unbedingt eine Schande, wie manchmal suggeriert wird, sondern auch ein Indikator für die Wichtigkeit eines Standes, jedoch nicht immer und immer öfter nicht, wie uns die Ackermänner, die nicht mit den Bauern zu verwechseln sind, lehren; Projekte an günstigen Standorten sind einfacher durchzuführen als an ungünstigen; die Anden sind, gemessen an den natürlichen Bedingungen und an der Verkehrsanbindung, vergleichsweise marginale Standorte, gemessen an landwirtschaftlichen, landschaftlichen und kulturellen Standortfaktoren jedoch für die Durchführung von Bewässerungsprojekten günstig. Nachfrageorientierung, ein Schlüssel zum Projekterfolg, ist hier kein Problem, da ein unmittelbarer Nutzen offensichtlich ist, sei es durch die Sicherung der Ernährung oder durch die Erzielung von Einkommen auf dem Markt, und weil die Bauern sehr motiviert sind; Projektangebote werden von Menschen mit einer besseren Ausstattung an Ressourcen und mit größeren Fähigkeiten (*capabilities*, wie der aus Indien stammende Wirtschaftswissenschaftler Amartya Sen das nennt), also von den Ausgebildeten, Dynamischen und Risikofreudigen, besser angenommen als von denen, die diese nicht haben; diese Ärmsten der Armen profitieren teilweise ebenfalls durch indirekte Beschäftigungs-, Einkommens- und Ernährungswirkungen. Aus diesen zusammenfassenden Bemerkungen kann die Erkenntnis abgeleitet werden: Wohl dem Projekt der Armutsbekämpfung, das ähnlich günstige Standortbedingungen hat, wie die Bewässerungsprojekte in den Anden Perus und Boliviens!

Vieles ließe sich noch schreiben über das, was sich in den Tälern des *Vilcanota*-, *Urubamba* und *Colca*-Flusses in Peru und in den Provinzen der *Valles Altos* von *Cochabamba* und des *Altiplano* in Bolivien entwickelte und entwickelt wurde, als ignorante Entwicklungsprojekte indigene Bauern zunächst indignierten, um sich dann auf Lernprozesse einzulassen. Zahlen sagen da, wie gesagt, wenig aus und wurden deshalb auch bewusst in den letzten Abschnitt dieses Teils verbannt – der Vollständigkeit halber und um denen, die ihnen mehr als Worten vertrauen, einen ergänzenden Eindruck zu verschaffen.

Es bleibt Ihnen, liebe Leserinnen und Leser, nun überlassen, sich selbst einen Reim darauf zu machen, wer oder was sich in den langen Jahren der

Bewässerungsförderung in den Anden entwickelte. Vielleicht erlauben die zusätzlichen Anmerkungen zu den Rahmenbedingungen, Hintergründen und weiter zurückliegenden oder aktuellen (entwicklungs-) politischen Ereignissen einen Eindruck davon, wie sinnvoll und erfolgreich deutsche Entwicklungszusammenarbeit war, ist oder in einer immer stärker globalisierten Welt in Zukunft sein kann. Für mich besteht kein Zweifel, dass die hier betrachteten Projekte bei allen Beteiligten wertvolle Lernprozesse in Gang setzten und daher dazu beitrugen, Lebensqualität nachhaltig zu erhöhen. Tödlich waren die Projekte sicher nur für die falschen Vorstellungen über Wünsche, Kenntnisse und Fähigkeiten andiner Bauern.

4
Bekenntnisse und Erkenntnisse – Rückblick und Überblick

4.1 Warum einige Pelze nass wurden – Erläuterungen zu vermeintlichem Antiamerikanismus und angeblicher Polemik

Gerne hätte ich Sie, liebe Leserinnen und Leser, mit diesem abschließenden Bekenntnis zum Erfolg der Projekte Ihren eigenen Gedanken über Entwicklungszusammenarbeit und Bewässerungsprojekte überlassen, wenn da nicht der Wunsch an mich herangetragen worden wäre, ein erläuterndes und zusammenfassendes Kapitel anzufügen. Da es mir beim Schreiben eigentlich nur darum ging, Ihnen einige Eindrücke von der deutschen EZ im Bewässerungsbereich zu vermitteln und nicht, Sie von den Erfolgen der hier beschriebenen Projekte und der EZ-Organisationen allgemein zu überzeugen, fühle ich mich nun ähnlich wie schon zu Beginn, als ich mir Gedanken darüber machte, was Sie an den Erfahrungen mit den Bewässerungsprojekten in den Anden interessieren könnte. Nur mit dem Unterschied, dass ich nun vom Makel »Thema verfehlt« geplagt werde und mich mit den Vorwürfen des »Antiamerikanismus« und der »Polemik« auseinanderzusetzen habe. Ich gebe zu, dass ich mich etwas zu sehr auf den Ratschlag des kreativen Schreibens eingelassen, die ursprüngliche Aufgabenstellung möglicherweise etwas zu umfassend interpretiert habe. Dabei bin ich mir gar nicht so sicher, ob die Bedeutung der Bewässerungslandwirtschaft für die Armutsbekämpfung und die der Entwicklungszusammenarbeit für den Frieden in einer globalisierten Welt überhaupt deutlich geworden ist. Klar wurde aber wahrscheinlich, dass ich zum Prozess der Globalisierung ein recht ambivalentes Verhältnis habe. Gehöre ich doch weder zu denen, die ihn als eine notwendige Konvergenz unterschiedlicher kultureller, ökonomischer, politischer und sozialer Systeme preisen, noch zu denen, die ihn verteufeln und für alle Übel unserer heutigen Welt verantwortlich machen. Auch meine Einstellung zur Rolle der internationalen Märkte, der WC-Institutionen und der hier betrachteten EZ-Organisationen in diesem Prozess der Globalisierung ist ambivalent, obwohl ich ihnen sicher positiver gegenüberstehe, als es aus manchen kritischen Passagen einiger Abschnitte erscheinen mag.

Deutlich wurde sicher, dass auch das Schreiben dieses Buches Teil eines persönlichen Lernprozesses war. Im Verlauf der zwei Jahre, über die sich Ausarbeitung und Überarbeitungen hinzogen, verschoben sich auch einige inhaltliche Schwerpunkte und Akzente in der Beurteilung der EZ. Dies nicht nur als Reaktion auf Anmerkungen einiger Kollegen, sondern auch auf Änderungen in den Rahmenbedingungen, unter denen EZ heute stattfindet. Die Zunahme der Bereitschaft, politische Ziele mit Gewalt, Krieg und Terror durchzusetzen, hat in diesen beiden Jahren in dramatischer Weise zugenommen. Die Versuchung war daher groß, diese Problematik einzubeziehen und darauf hinzuweisen, dass Projekte zur Armutsbekämpfung, die gekennzeichnet sind von einem partnerschaftlichen und offenen Umgang zwischen Menschen unterschiedlicher Kulturen, dieser Besorgnis erregenden Entwicklung zu Beginn des neuen Jahrtausends entgegenwirken können. Da sie Vertrauen schaffen und die Lebensgrundlagen armer Menschen stabilisieren und erweitern helfen, tragen sie dazu bei, Armut, Ungerechtigkeit und Unverständnis als wichtige Gründe für Krieg und Gewalt an der Wurzel zu bekämpfen. In Zeiten, in denen die USA jeden Monat mehr Geld für den Irak-Krieg ausgeben als alle Geberländer insgesamt in einem Jahr für die EZ, in denen mit Angst vor dem Andersartigen und den Andersgläubigen Politik gemacht und die Öffentlichkeit teilweise bewusst über das Wesen von Christentum, Islam und Demokratie und die Gründe für Terrorismus desorientiert wird, konnte ich diese Zusammenhänge nicht aussparen. Es ist verständlich, dass die GTZ meine Sichtweise nicht teilen kann und negative Auswirkungen meiner Analyse auf den Mittelfluss befürchtet. Dieser scheint für den Bereich der Bewässerung aber sowieso zu einem Rinnsal zu werden, da Landwirtschaft und aktive Ernährungssicherung beim rot-grünen BMZ keine Priorität mehr haben. Warum, das verstehen sicher nur die Liebhaber von Wassermelonen. Ich persönlich ziehe Honigmelonen vor.

Den Vorwurf der Polemik kann ich nicht nachvollziehen. Sarkasmus vielleicht schon eher, obwohl es eigentlich nur meine Absicht war, den teilweise recht trockenen Stoff mit etwas Ironie zu würzen und der unvermeidlichen Kritik eine etwas weichere Verpackung zu geben. Aber der Grat ist sicher schmal. Und wie mit der Schönheit einer Frau (unter *gender*-Aspekten auch die des Mannes), die ja bekanntlich in den Augen des Beschauers (bzw. der Beschauerin) liegt, so ist es wohl auch mit der Polemik. Ich habe mich in dieser letzten Version bemüht, einige Spitzen noch etwas abzufeilen, andere etwas zuzuspitzen, um sie deutlicher werden zu lassen. Freunde und Kollegen, die freundlicherweise einige Abschnitte des Buches lasen, meinten, dass die Fülle technischer Informationen und fremder Begriffe und der zugegebenermaßen häufige Wechsel zwischen seriöser Analyse und schalkhaften Passagen und Wortspielen, mein Grundanliegen manchmal nicht recht deutlich werden lässt. Wenn ich ehrlich sein soll, ist ein solches auch für mich selbst kaum noch erkennbar. Insgesamt steht natürlich das Anliegen im Vordergrund, die Kompetenz und die Erfahrungen der GTZ im Bereich der Bewässerungsförderung in Gebirgs- und Armutsregionen zu dokumentieren und einem fachkundigen Publikum und der allgemeineren Öffentlichkeit als Beispiel für erfolgreiche Entwicklungszusammenarbeit zu vermitteln. Im Verlauf der Überarbeitungen schlichen sich dann andere Elemente ein, die auf persönlichen Erfahrungen und Eindrücken auch in anderen Regionen und Projekten beruhen. Die schon erwähnten Änderungen in den Rahmenbedingungen taten ein Übriges, um mich vom Pfad der Tugend des »Kurz-und-bündig« abzubringen.

Es würde zu weit gehen und sicher auch dem Charakter und Grundtenor des Buches widersprechen, wenn ich in diesem abschließenden Teil versuchen würde, die an manchen Stellen durchscheinende Kritik systematisch zusammenzufassen und zu begründen, um sie dann im Stile meiner sonstigen Auftragsarbeiten oder Gutachten in Empfehlungen münden zu lassen. Selbst wenn ich mir diese Mühe machen würde, weiß ich aus meiner Erfahrung mit Gutachten, dass auch fachlich basierte und fundierte Empfehlungen Fehlentwicklungen nicht verhindern können, wenn Interessen und andere Einflüsse dagegen stehen. Auch bin ich eine *quantité négligeable*, sowohl im EZ-Bereich als auch in der (Welt-) Gesellschaft, so dass Empfehlungen gegen Unverständnis, Überheblichkeit und Eigeninteressen im Geschäft und anderswo nichts bewirken würden. Sie würden die allgemeine Akzeptanz des Andersartigen sicher nicht erhöhen und auch nichts gegen die zunehmende Gewaltbereitschaft bei dessen Bekämpfung erreichen. Das beste Beispiel dafür, wie fundierte Erkenntnisse und Empfehlungen nichts bewirken, wenn wirtschaftliche und politische Interessen im Spiel sind, ist die kriegerische Intervention im Irak durch die USA und ihre Verbündeten, vor der nahmhafte Spezialisten in der Region und in den zuständigen internationalen Organisationen und Gremien doch so deutlich und eindringlich warnten.

Statt Empfehlungen zu geben, werde ich daher nur kurz erläutern, warum ich in persönliche Statements über die weltpolitische Lage abdriftete, warum mich die Außen- und Innenpolitik der Regierung Bush wütend macht und warum ich beim Erwähnen mancher EZ-Themen zur Ironie neige. Mit Antiamerikanismus haben meine kritischen Bemerkungen zur Außenpolitik der USA, zum Krieg im Irak und zur Nahostpolitik Bushs nichts zu tun. Ich lernte die USA und die Gastfreundschaft und offene

Herzlichkeit der US-Amerikaner schon vor vielen Jahren kennen und lieben. Zuerst, als ich 1966/67 per Anhalter kreuz und quer durch dieses faszinierende Land reiste und Praktika auf landwirtschaftlichen Betrieben im Staat New York und in Wyoming machte.

Aufgewachsen im ländlichen Odenwald, war ich nach zwei Jahren Bundeswehr und einem Jahr Praktika auf Bauernhöfen in Deutschland und Frankreich ziemlich unbeleckt von der Aufbruchstimmung, die damals auch die Jugend Deutschlands ergriffen hatte. Als ich daher 1966 in San Francisco eine Gruppe junger Menschen beobachtete, die auf dem Rasen eines kleinen Parks über Gott und die Welt diskutierte, zur Gitarre sang, Musik aus dem Kofferradio hörte und offensichtlich keiner geregelten Beschäftigung nachging, war ich besonders leicht zu beeindrucken. Die Männer in exotischer Kleidung und mit langen Haaren, die Frauen feenhafte Wesen, die mit offenem Haar in langen rosa- und lilafarbenen Kleidern und Röcken barfuß auf dem Rasen tanzten und sich auch nichts daraus machten, hie und da etwas mehr ihres Körpers zu entblößen, als ich es aus der deutschen Provinz der beginnenden 60er Jahre gewöhnt war. Die sanften Stücke von John Lennon und den Beatles waren mir zwar vertraut, wie auch die eher fetzigen von Mick Jagger und den Rolling Stones. Doch waren da andere, die ich nicht kannte. Vor allem zarte, zur Gitarre gesungene Lieder, die ich nur bruchstückhaft verstand, die mich aber umso mehr faszinierten. Da war viel von Liebe, Freiheit und Friede die Rede, der Vietnamkrieg schien jedoch noch kein Thema zu sein. Später, als ich wieder zurück in Deutschland war und in Göttingen Landwirtschaft und Volkswirtschaft studierte, wurde mir bewusst, dass diese Langhaarigen *hippies* waren, die es sich zeitlos gut gehen ließen, dass der kleine Park in San Francisco im Gebiet der *Hight Ashbury* gelegen haben musste und dass einer der Sänger mit den besonders eingängigen Liedern Bob Dylan hieß.

Als ich dann 1971/72 zurück in die *Bay Area* kam und in Berkeley Agrarökonomie studierte, war der Vietnamkrieg mittlerweile das zentrale Thema. In blutigen Demonstrationen ging es nicht nur um diesen, sondern auch um ein Grundstück, das der Universität gehörte und von Studenten und hippieähnlichen Gruppen besetzt worden war, um seine Bebauung zu verhindern. Dieser *Peoples Park* war damals Treffpunkt mehr oder weniger fleißiger Studenten, die mit *freaks* unterschiedlichster Kategorien, von *Hare Krishna* bis *Children of God* und *Jesus People*, diskutierten, oder auch mit Ökognomen, die in improvisierten Unterkünften wohnten und Tomaten und anderes Gemüse oder Blumen kultivierten, wenn sie nicht gerade *frisbee* spielten oder auf *waterbeds* herumsprangen, Musik machten oder tanzten. Einige deklarierten Passagen aus Raquel Carsons *Silent Spring*, andere aus dem Neuen Testament oder der Bhagwat Gita. Sie legten ihre Hiobs-

und Heilsbotschaften und Warnungen vor den Verderbnissen dieser Welt jedem ans Herz, der sie hören wollte und sich die Zeit für endlos ausufernde Gespräche nahm.

Meine eigenen Abstecher zum *Peoples Park* und zur *Telegraph Street* waren jedoch eher selten, bedingt vor allem durch die endlosen *reading lists*, die bei Vorlesungsbeginn verteilt wurden und die freie Zeit für Exkursionen in die real existierende Welt extrem einschränkten. Auch die teilweise blutigen Demonstrationen, die brennenden Straßen und die Gefechte zwischen Polizei und jugendlichen Demonstranten, bei denen die Gummigeschosse nicht zwischen Freund und Feind unterschieden, umgingen meine KommilitonInnen und ich meist großräumig, um ungeschoren von den Vorlesungen oder der Kneipe zum *I-House* (internationales Wohnheim) am oberen Rand des Campus zu kommen, wo ich damals wohnte. Auch im Fernsehraum des *I-House* ging es hochpolitisch zu. Wenn der damalige *Governor* von Kalifornien und ehemalige Schauspieler Ronald Reagan auf dem Bildschirm erschien, wurde er regelmäßig mit kritischen Kommentaren und Schmährufen bedacht. *Cut Reagan 10 per cent* hieß damals die Parole auf den *campaign buttons*, die man am Eingang zum Campus am *Sather Gate* oder an den Straßenständen entlang der *Telegraph Street* kaufen konnte. Niemand hätte sich damals vorstellen können, dass diesem verhassten Ronald Reagan als Präsidenten zwar auch souffliert werden musste, dass er aber friedlicher erscheinen würde als jener, der dreißig Jahre später über die USA und den Rest der Welt kam. Die Studenten aus aller Herren Länder des *I-House* und das ebenfalls international zusammengesetzte Völkchen religiöser und grüner Schwärmer im *Peoples Park* hätten sich damals ebenfalls nicht träumen lassen, dass Kalifornien einst von einem anderen Filmschauspieler, sogar einem aus Österreich, regiert werden würde; dass dieser die Erhöhung der KfZ-Steuer seines Vorgängers rückgängig machen würde, statt die hohen Schulden abzubauen und die Blechlawinen und die Blackouts in den Griff zu bekommen. Denn *Governor* Schwarzenegger, der Terminator, verliert sich in Trivialem, statt die Wasser- und Umweltprobleme seines Staates und das Ende der Energiekrise zu terminieren. Die klare Unterscheidung von realer Welt und Filmwelt ist in Zeiten, in denen sich wiedergeborene Christen in falscher Soldatenkluft auf echten Flugzeugträgern seifenopernhaft in Szene setzen und ehemalige *bodybuilders* und *science-fiction*-Helden Gouverneur werden und auch das Präsidentenamt anstrebten, wenn sie denn dürften, offensichtlich eine mental kaum noch zu bewältigende Aufgabe für den »normalen« Bürger – nicht nur in Kalifornien und in den USA, sondern auch anderswo auf diesem geplagten Globus.

Eine Verquickung von Realität, Illusionen und Wunschdenken zeichnete

Anfang der 70er Jahre auch den *#1 Bestseller* von Charles Reich mit dem verheißungsvollen Titel *The Greening of America* aus, in dem von einer Erneuerung des Bewusstseins der Menschen und des Denkens und Fühlens in der US-amerikanischen Gesellschaft die Rede war. In der Parole *make love not war!* der Hippies, in Protesten gegen Krieg, Gewalt und Naturzerstörung einer neuen Generation von Studenten, die auch in Liedern von Bob Dylan oder Joan Baez zum Ausdruck kamen, glaubte der Soziologe Reich Anzeichen einer Kehrtwendung nach Jahren verlogener und verfahrener Kriegsführung in Vietnam zu erkennen: »*America is dealing death, not only to people in other lands, but to its own people*« lautet der erste Satz des ersten Kapitels seines Buches, das den Beginn einer neuen Ära voraussagte. Im *I-House* und auf dem *Campus* wurden die Thesen diskutiert, auf den *water beds* im P*eoples Park* oder in den Straßencafés der *Telegraph Street* eher ignoriert. Von einer Euphorie, die das Buch ausgelöst haben soll, war nicht viel zu spüren. Auch der Kritiker Peter Marin gab in der *New York Times Book Review* einen eher skeptischen Kommentar ab. Er fand die Thesen *simplistic, misleading* und *presumptuous*, und fügte hinzu, dass die Einsichten des Buches die Wahrheit verdunkelten (*Its neat insights obscure the truth*).

Wie wir heute wissen, behielt Peter Marin Recht und auch das Buch *The Aquarian Conspiracy – Personal and social transformation in the 1980's* von Marilyn Ferguson erweckte zehn Jahre später überhöhte Hoffnungen. Von den damals prophezeiten Veränderungen ist heute wenig zu erkennen, auch wenn sich viele Gruppen in den USA gegen den Irak-Krieg ausgesprochen haben und in der internationale Friedensbewegung, bei *Amnesty International*, *Greenpeace* oder *Attac* mitarbeiten. Ihre Wirkung zu Hause ist allerdings eher beschränkt. Doch die regelmäßigen Gegenveranstaltungen zu den Konferenzen der UN-Organisationen, des WC oder der WTO- und G-8-Länder sind ein Zeichen dafür, dass zumindest auf internationaler Ebene auch Kräfte einer positiven Globalisierung am Wirken sind. Die von Ferguson vorausgesagte Vernetzung, die sie als positive Verschwörung bezeichnete, hat durch das Internet Impulse in einem Ausmaß erhalten, wie sie es damals selbst nicht ahnen konnte. Die Forderungen nach demokratischer Kontrolle der internatinonalen Finanzmärkte und ihrer Institutionen (*Attac*), nach Beachtung der Menschenrechte (*Amnesty International*), Schutz von Umwelt (*Greenpeace*) und Artenvielfalt (*WWF*) oder ganz allgemein nach Begrenzung der Kollateralschäden einer zunehmenden Globalisierung stützen sich daher heute auf eine breite, internationale Basis, die hoffnungsvoll stimmt. Die Möglichkeiten der Informationstechnologie nützen offensichtlich nicht nur den Spekulanten auf den internationalen Finanzmärkten, sondern helfen auch fortschrittlichen Gruppen, sich noch besser zu informieren, zu artikulieren und zu vernetzen. Trotz dieser positiven Entwicklung kann jedoch von einer Transformation der Weltgesellschaft à la Ferguson kaum die Rede sein, viel weniger noch von einem Bewusstseinswandel in den USA à la Reich. Nimmt man die weitgehend gleichgeschalteten Medien und das korrupte politische System als Maßstab, sind die USA heute ein schmutziggraues Gegenbild dessen, was Reich einst voraussagte – auch im Hinblick auf das, was Bush und einige seiner Vorgänger anderen Ländern mit Gewalt und unter Missachtung ihrer Kultur und Souveränität als Demokratie aufzuzwingen versuch(t)en.

Zu CIA, christlich-rechtskonservativen *think tanks*, Auswüchsen des Lobbyismus und der berüchtigten *silent majority*, die schon in den USA der 70er Jahre angeprangert wurden, weil sie für kalte und heiße Kriege verantwortlich waren bzw. nichts gegen sie einzuwenden hatten, kommen spätestens seit dem Irak-Krieg die *silent media* als neues Ärgernis. Diese stillen Medien lassen sich heute mehr denn je von der Regierung nicht nur das Wort verbieten, sondern tragen auch aktiv zu Kriegspropaganda und Volksverdummung durch die Regierung bei. Dass die Bürger in einer derart trostlosen Mediensituation Trost bei reißerischen Enthüllungsbüchern suchen und sich von *soaps* und *fiction*-Filmen aus der Illusionsmaschine Hollywood einlullen lassen, verwundert nicht. Wenn die intellektuellen Reibungsflächen in den USA einem derart rapide fortschreitenden Abnutzungsprozess unterworfen sind, dass die im Ausland lebenden Intellektuellen beginnen, sich ihres Präsidenten und ihres Landes zu schämen, dann dürfte das Land auch für Besucher aus dem alten Europa, selbst bei Billigsttarifen, als Reiseziel bald nicht mehr attraktiv sein.

Ähnlich fatal sind die Abnutzungserscheinungen in den Umgangsformen Ausländern gegenüber, wie sie bei der Einreise oder sogar nur bei einem Zwischenstop auf US-Flughäfen zu beobachten sind. Sie dürften die USA vielleicht auch bald nicht mehr als Standort für internationale Organisationen oder Konferenzen geeignet erscheinen lassen. Da sich selbst polyglotte Konferenzteilnehmer bei der Ankunft in *god's own country* von unfreundlichen *US-Immigration Officers* wie Analphabeten behandeln lassen müssen, wirkt sich der Unmut darüber wohl auch bald in Entscheidungen über die Durchführung internationaler Konferenzen aus. Ihre Höchstform erreichen diese ungestalten Typen an der Himmelspforte aber immer dann, wenn Kleidung, Hautfarbe, Akzent oder die Antwort auf eine unverständlich hingebellte Frage nicht stimmig oder ein Formular nicht richtig ausgefüllt ist. Wer diese erniedrigende Prozedur einmal beobachtet hat oder ihr gar selbst ausgesetzt war, kann sich ein wenig vorstellen, wie es Menschen zu Mute sein muss, die sich in ihrem eigenen Land bis zu den Zähnen bewaffneten und vermummten US-Soldaten gegenüber sehen.

Auch wenn *US-residents* von einer solchen Behandlung bei der Einreise weniger zu spüren bekommen, ist die Lebensqualität im Land selbst ebenfalls nicht mehr das, was sie vor 30 Jahren war. Vielleicht sollte man Ignoranz über Ausländer, über ihre Herkunftsländer und über ihre Kulturen im HDI (*Human Development Index*, 1990 zur Messung des Entwicklungsstandes der Länder unserer globalisierten Welt vom UN-Entwicklungsprogramm eingeführt) berücksichtigen und dabei auch Arroganz gegenüber Fremden einbeziehen. Das Zurückfallen der USA und einiger anderer sog. »entwickelter Länder« im internationalen Vergleich würde da sicher noch deutlicher werden, als es anhand wirtschaftlicher und sozialer Indikatoren bereits ist. Was die Akzeptanz von Ausländern in den USA betrifft, hat sich diese offensichtlich erheblich verschlechtert, vor allem seit 9/11. Daher dürften die USA auch ihre Attraktivität als Arbeitsplatz für Intellektuelle und Wissenschaftler aus Europa oder Asien zunehmend aufs Spiel setzen. Lebensqualität beinhaltet eben mehr als standardisierte Selbstbedienung, saubere, gut organisierte *National Parks*, vereinzelte Elite-Orchester und -hochschulen, preiswerte Eigenheime und Hotels oder auch nur billige Hummer, Hamburger und Hotdogs. Nimmt das eigene Gesichtsfeld auch das Heer der Armen und der Menschen wahr, die mehrere Jobs gleichzeitig haben müssen, um über die Runden zu kommen, dann trübt sich das Bild, das man sich im alten Europa manchmal noch von den USA macht, noch etwas mehr. Die Vorstellung vom Land des Aufbruchs und der unbegrenzten Möglichkeiten, der Freizügigkeit, der Offenheit und der Gastfreundlichkeit, die viele junge Menschen in den 60er und 70er Jahren nach Amerika blicken und reisen ließ, gehört wohl der Vergangenheit an. Das *Greening of America*, das Charles Reich uns einmal voraussagte, hat sich als Illusion erwiesen. Die Kritik von Peter Marin war leider berechtigt.

Vielleicht hat sich meine Enttäuschung über diese jüngeren Entwicklungen in den USA beim Schreiben auch ungewollt in einer stärkeren Kritik an der amerikanischen und der internationalen Entwicklungspolitik ausgewirkt, vielleicht auch am Entwicklungsgeschäft insgesamt. Andererseits beschränkt sich meine Erfahrung, dass Menschlichkeit und Respekt für die Würde des Menschen im Eifer des Geschäfts manchmal verloren gehen, nicht auf das Entwicklungsgeschäft und die -bürokratie. Auch andere Bürokratien, Unternehmen und Organisationen sind davon betroffen, vor allem, wenn sie eine bestimmte Größe überschreiten. Heute wird dieses Phänomen als Begleiterscheinung marktwirtschaftlich orientierter, neoliberaler Gesellschaften an den Pranger gestellt, wobei völlig vergessen wird, dass dies in den staatskapitalistischen Ländern des Ostens in noch viel brutalerer und umfassenderer Weise der Fall war. Angeblich erhöhen Kapitalismus, neoliberale Wirtschaftspolitik, Wettbewerbswirtschaft und die Notwendigkeit, Kosten zu minimieren, um am Markt bestehen zu können, den Druck auf die Entscheidungsträger, Prinzipien der (Mit-) Menschlichkeit außer acht zu lassen. Es entzieht sich meiner Kenntnis, ob hierüber wissenschaftliche Erkenntnisse vorliegen, ob es Beweise gibt, dass in Zeiten knapper öffentlicher Kassen und verschärften Wettbewerbs tatsächlich ein Trend zu rauheren Methoden im zwischenmenschlichen Umgang besteht. Sicher scheint mir jedoch zu sein, dass eine solche Strategie, wenn man ein solches Vorgehen überhaupt als Strategie bezeichnen kann, kurzfristig vielleicht erfolgreich sein mag, dass ihr mittel- und langfristig aber der Erfolg versagt sein wird.

Was für Unternehmen oder Organisationen zutrifft, gilt analog auch für Regierungen und terroristische Organisationen, die den Wert des menschlichen Lebens ignorieren und leichtfertig oder bewusst aufs Spiel setzen. Zu Angriffskriegen und auf andere Weise aggressivem Vorgehen gegen Menschen bereite Regierungen sind langfristig genauso zum Scheitern verurteilt, wie Organisationen und Unternehmen, die Menschen als Gegenstände behandeln, für wirtschaftliche Ziele instrumentalisieren und ihre Bedürfnisse und Meinungen ignorieren oder sie gar einem Mobbing aussetzen. Ein solches Vorgehen mit Marktprinzip, Effizienzsteigerung oder Kundenorientierung zu begründen oder gar zu rechtfertigen, ist ein Widerspruch in sich selbst. Es entspringt kurzfristigem Denken und hat nichts mit der allseits gebetsmühlenartig deklarierten Nachhaltigkeit und Zukunftsfähigkeit zu tun. Meine Thesen hinsichtlich der Vorteile des Marktes, der Notwendigkeit, den Ursachen des Nichtmarktversagens nachzuspüren und ihnen zu Leibe zu rücken, werden durch dieses Bekenntnis zu mehr Menschlichkeit im Umgang miteinander nicht entkräftet, sondern unterstrichen. Der lateinische Satz *fortiter in re, suaviter in modo* (stark in der Sache, milde in der Art) gilt dabei für die Bekämpfung von Diktatoren, internationalem Terrorismus und Korruption genauso wie für die Gestaltung von Entwicklungszusammenarbeit, die Durchführung von Projekten und den Umgang mit Personal, Partnern oder Kunden.

Meine kritischen, ironischen, vielleicht auch als polemisch empfundenen Anmerkungen zur EZ sollen daher nicht bedeuten, dass ich z.B. das Anliegen von AURA nicht verstehe oder dass ich gegen die Orientierung von Projekten an ihren Wirkungen und an den Kunden bin. Ich wende mich nur gegen eine übertriebene Formalisierung von Verfahrensweisen und gegen die Überbetonung stromlinienförmiger Formulierungen, wie wir sie jahrelang bei der ZOPP-Methode erlebten. Es dauerte Jahre, bis man unnötigen Formalismus und Starrheit in der Anwendung dieser Methode überwunden hatte und zu einem flexiblen Einsatz kam. Der Grat zwischen zu viel Formalismus und Wortklauberei auf der einen Seite und Unverbindlichkeit der Planung und Stilblütenproduktion beim Formulieren von Zielen, Ergebnissen oder Wirkungen auf der anderen, ist dabei sicher schmal. Ähnlich, wie ich nichts gegen die Anpassung von Planungsmethoden an neue Erfordernisse der EZ auszusetzen habe, sind auch meine spöttischen Anmerkungen zum Einsatz von Demonstrationsparzellen (*parcelas demostrativas*) und zur *top-down*-Vermittlung von Beratungsthemen (*paquetes tecnológicos*), von denen sich die GTZ offensichtlich immer noch nicht endgültig verabschiedet hat, nicht so ernst zu nehmen. Wenn diese Komponenten in ein sinnvolles Beratungsprogramm eingebunden sind, in dem der Erfahrungsaustausch und der Wissenstransfer zwischen den Bauern im Vordergrund steht, ist nichts dagegen einzuwenden. Und schließlich können dem Kunden Beratungsmethoden und Personal nicht aufs Auge gedrückt werden, wenn sich die GTZ gleichzeitig eine beratende Begleitung des Partners beim Entwicklungsprozess und die Kundenorientierung auf die Fahnen geschrieben hat. Projekte sind in ein sozio-kulturelles Umfeld und ein Netzwerk vertraglicher Verpflichtungen und diplomatischer Gepflogenheiten eingebunden, die zu Sachzwängen führen können, bei der die Reinheit der Lehre oder die Menschlichkeit mehr eingeschränkt werden müssen, als es dem einen oder anderen »*honest broker*« im Geschäft vielleicht lieb ist.

Mit diesen Bekenntnissen und Erläuterungen möchte ich den ersten Abschnitt des vierten Teils abschließen, um in einem zweiten die wichtigsten fachlichen Aspekte im Zusammenhang mit Bewässerungsförderung als Armutsbekämpfung an marginalen Standorten zusammenzufassen. Durch die Einbeziehung von Bezügen zu Wasserwirtschaft und *Water Resources Management* soll gleichzeitig eine Abrundung und teilweise Ergänzung der behandelten Thematik erreicht werden.

4.2 Bewässerungsförderung als Armutsbekämpfung an marginalen Standorten – ein Überblick

Wie bei vielen anderen Projekttypen, kann bei Bewässerungsprojekten zwischen Komponenten der *software* und der *hardware* unterschieden werden. Die *software* bezieht sich dabei vor allem auf Ausbildung, Beratung, die Entwicklung von Institutionen und die Stärkung von Organisationen. Bei Bewässerungsprojekten geht es vor allem darum, den Betrieb und die Instandhaltung der verbesserten Bewässerungsinfrastruktur, der *hardware*, zu garantieren, entweder durch eine Dienstleistungsorganisation oder direkt durch die Wassernutzer. *Software* bedeutet ebenfalls Ausbildung der Bauern in verbesserten Bewässerungstechniken auf der Parzelle, wodurch Wasser und Zeit gespart, die Entwicklung der Pflanzen begünstigt und die Erträge erhöht werden können. Zur *software* gehören auch alle sonstigen Aktivitäten, die das Ziel verfolgen, die Wirtschaftlichkeit der Investition in *hardware*, die Nachhaltigkeit ihrer Nutzung und die Produktivität der Bewässerungslandwirtschaft in anderer Weise zu erhöhen. *Hardware* bedeutet die eigentliche Infrastruktur bzw. die Bautätigkeit. Beim Projekt Plan MERISS stand sie von Beginn an im Mittelpunkt und wurde durch einige der genannten *software*-Komponenten ergänzt. Die Zusammensetzung und Art der Durchführung der Komponenten veränderte sich im Zeitablauf und war Gegenstand eines Lernprozesses. Als Ergebnis dieses Prozesses geschieht heute die Identifizierung der notwendigen Maßnahmen und Komponenten und die Planung, Durchführung und Nachbetreuung der Projekte in enger Zusammenarbeit mit den Wassernutzern. Die Infrastruktur entspricht daher erheblich mehr den Erwartungen und Bedürfnissen der Bauern als früher und ist auch besser an die Erfordernisse eines einfachen und kostengünstigen Betriebs und einer kostengünstigen Instandhaltung und -setzung angepasst.

Die Betonung der *software* bedeutet auch ganz allgemein die Hinwendung zum Nachfragemanagement des Wassers und die Abkehr von der einseitigen, infrastrukturbezogenen Angebotsorientierung der Projekte vergangener Jahrzehnte. Nachfragemanagement betrifft die Ausnutzung aller Möglichkeiten zum Wassersparen bei der Wasserfassung, der Zuleitung und der Verwendung auf dem Feld. Sie betrifft ebenfalls die Einbeziehung des Schutzes und die Bewirtschaftung der Wassereinzugsgebiete zur Verbesserung der Wasserrückhaltung und der Verhinderung von Erosion. *Software* bedeutet auch die Einbettung von Bewässerungsprojekten in die Wasserwirtschaftsplanung einer Region oder eines Landes, bei der die Bewässerungslandwirtschaft mit ihrem Beitrag zur Ernährungssicherung zwar eine zentrale Bedeutung hat, bei der aber die Belange der Wasserqualität für die Trinkwasserversorgung, der Wasserbedarf anderer Sektoren und die Erhaltung der natürlichen Ökosysteme angemessen berücksichtigt werden. Als Komponente in einem ländlichen Entwicklungsprojekt, in dem Landwirtschafts- und Institutionenförderung zu Wirtschaftlichkeit, Beschäftigung und nachhaltiger Nutzung der natürlichen Ressourcen beitragen, ist Bewässerungsförderung kaum wegzudenken, vor allem nicht in ariden, marginalen und damit von Armut geprägten Regionen. Das COPASA-Projekt ist ein besonders gutes Beispiel, wie sich die verschiedenen Komponenten ergänzen müssen, aber auch Plan MERISS und die anderen Projekte zeigen, wie wichtig die Berücksichtigung geeigneter *software* bei der Erstellung von *hardware* ist.

Die Frage, in welcher Weise Staat und Markt, staatliche und private Organisationen in die Bewässerungsförderung eingebunden werden sollten, ist nicht allgemeingültig zu beantworten. Der Vorschlag einer Institutionenförderung auf der Ebene der Wassernutzerorganisationen ist angesichts der aktuellen neoliberalen Privatisierungsmanie in Entwicklungsländern sicher unverfänglicher und auch nachhaltiger, als die langjährige Förderung eines staatlichen Trägers, wie dies im Falle von Plan MERISS geschah. Die hier vorgestellten Lernerfahrungen von Plan MERISS und COPASA zeigen aber auch, dass in potentiellen Armutsgebieten, wie es Gebirgsregionen und aride- und semi-aride Standorte gemeinhin sind, Bewässerungsförderung aktive Armutsbekämpfung ist und daher auch Gegenstand von Subventionen und einer besonderen staatlichen und internationalen Verantwortung und Förderung sein sollte. Die verschiedenen Aufgaben im *hardware*- und *software*-Bereich kann und sollte der Staat selbstverständlich delegieren, falls auf dem Markt entsprechende Dienstleistungen angeboten werden und keine hoheitlichen Aufgaben betroffen sind.

Im Fall der Departements Cusco und Apurímac ist der 25 Jahre lang geförderte Träger Plan MERISS ein wichtiger Kandidat für die Übernahme vieler der genannten Aufgaben in den kommenden Jahren, dies selbstverständlich in Zusammenarbeit mit anderen staatlichen, halb- und nichtstaatlichen Organisationen und Projekten der Entwicklungszusammenarbeit. Ein zeitlich begrenztes Mandat einer Institution oder Organisation, eines Unternehmens wie eines Projektes, entspricht dabei der Normalität menschlicher Existenz. Die Trägerförderung wäre daher auch nicht als gescheitert anzusehen, wenn Plan MERISS in einigen Jahren nicht mehr existieren sollte, weil andere Unternehmen oder Organisationen die Aufgaben übernommen haben oder keine Nachfrage für entsprechende Dienstleistungen mehr besteht. Was auf jeden Fall bleiben wird, ist eine nachhaltig verbesserte Bewässerungsinfrastruktur in einer Reihe von Andendörfern, eine große Anzahl geförderter und gestärkter Wassernutzerorganisationen und einige andere Organisationen oder Institutionen, die Nutzen aus der Projektarbeit ziehen konnten. Dies gilt für die gestärkten *Juntas de Usuarios* mit ihren entsprechenden *Comités* und *Comisiones de Regantes* der Projekte in Peru ebenso wie für die *Asociaciones* der Bewässerungsbauern in Punata und Tiraque im Falle von PRIV in Bolivien. Im Falle des ländlichen Entwicklungsprojektes COPASA sind zusätzlich noch die geförderten und gestärkten Institutionen auf Gemeinde- und Provinzebene zu nennen. Bei allen Projekten bleibt das fachlich qualifizierte Personal, das entweder in diesen Organisationen selbst oder in Tätigkeiten an anderer Stelle in der Gesellschaft die in den Projekten *on-the-job* gelernten Fähigkeiten und Fertigkeiten weiterverwenden wird.

Doch werfen wir zunächst einen Blick auf die *valles altos* von Cochabamba, Bolivien, wo diese Lernprozesse mit dem Erlegen eines Monsters begannen. Wie im fünften Abschnitt des dritten Teils näher beschrieben, wurde der Name »Monster mit vier Köpfen und drei Füßen« der ursprünglichen Projektorganisation des FZ-TZ-Kooperationsprojektes PRAV gegeben, das sich zum PRIV mauserte, als sich die GTZ aus dem Projektteil im Hochland (*altiplano*) zurückzog und mit einer umfassenden Reorganisation die Grundlage für den Lernprozess gelegt wurde. Das Erlegen des Monsters symbolisiert die Reorganisation, die typischen Elemente eines Bewässerungsprojektes lassen sich durch die drei Füße des Monsters veranschaulichen. Mit drei Füßen und vier Köpfen war das Monster natürlich nicht besonders gut zu Fuß. Weder die Koordination zwischen den Köpfen, noch die zwischen Köpfen und Füßen klappte, geschweige denn die Abstimmung zwischen den drei Füßen und das Feedback zu den Köpfen. Die Köpfe entsprechen bei dieser bildhaften Darstellung den beiden deutschen Durchführungsorganisationen KfW und GTZ und ihren jeweiligen Partnerorganisationen in Bolivien. Im Fall der KfW war dies der SNDC, eine relativ autonomen Entwicklungsgesellschaft des Landwirtschaftsministeriums, im Falle der GTZ das staatliche Agrarforschungsinstitut IBTA, das ebenfalls vom Landwirtschaftsministerium abhing.

Der erste Fuß des Monsters war Teil des Standbeins und hatte die Ausarbeitung der Projektstudien und die Durchführung der Baumaßnahmen zur Aufgabe. Der zweite Fuß lässt sich dem Spielbein zuordnen, da es den Beratern ermöglichte, in der Forschungsstation herumzuspielen. Später wurden dann den Bauern die stationsgetesteten Beratungsinhalte (*paquetes tecnológicos*) auf Demonstrationsparzellen (*parcelas demostrativas*) zugespielt, ohne dass diese reagierten. Erst nach dieser erfolglosen Spielerei gingen die Berater nach und nach auf die tatsächlichen Bedürfnisse der Bauern ein. Diese wollten vor allem ihre traditionelle Bewässerungslandwirtschaft weiter machen und waren nur für punktuelle Verbesserungen zu haben, wenn sie nicht zu riskant und kompliziert waren. Nachdem sich ein gutes Verhältnis zwischen Beratern und Bauern eingespielt hatte, entstanden nach und nach die Elemente des dienstleistungsorientierten Ansatzes zur Bewässerungsförderung, der im dritten Teil näher erläutert wurde. Der dritte Fuß gehört zum Hinkebein, das von den anderen Beinen erst langsam einbezogen wurde, zunächst aber recht unbeholfen nebenherhinkte. Als das Monster dann erlegt war und die Füße eine solide Bodenhaftung in einer dezentralisierten, eigenverantwortlich arbeitenden Durchführungseinheit (*unidad ejecutora*) erhielten, gewann der dritte Fuß eine zentrale Bedeutung im Projekt. Von ihm wurden die Kontakte zu den Wassernutzern hergestellt und gepflegt, er beriet deren Organisationen und koordinierte ihre

Unterstützung in allen Bereichen, nahm sich besonders auch den Fragen des Betriebs und der Instandhaltung der neu erstellten oder verbesserten Bewässerungsinfrastruktur an, ebenso wie der Finanzierung dieser Aktivitäten.

Bei Plan MERISS, wie PRIV ein FZ-TZ-Kooperationsprojekt, gab es in der Frühphase ebenfalls organisationsbedingte Koordinationsprobleme. Vor allem ein internes, das die Koordination zwischen den drei Abteilungen Studien, Bau und landwirtschaftliche Entwicklung betraf und auch ein externes, das durch die räumliche Aufteilung der Aufgaben des Projektträgers zwischen Lima und Cusco und durch Berührungsängste der Mutterhäuser in Deutschland bedingt war. In Lima, an der Küste, plante das »Nationale Programm für kleine und mittlere Bewässerungsprojekte« des Landwirtschaftsministeriums (PRONAPEMI) die Projekte und traf die Entscheidungen, oben in den Anden, im *valle sagrado* des Departement Cusco, wurden sie durchgeführt. Die beiden Abteilungen Studien und Bau entsprachen hier dem Standbein des PRIV-Monsters, die Abteilung »Landwirtschaftliche Entwicklung«, die für die Ausbildung und Beratung der Bauern zuständig war, dem Spielbein. Die Aufgaben des Hinkebeins wurden ebenfalls von der Landwirtschaftsabteilung übernommen, bis Anfang der 90er Jahre im Zuge einer internen Dezentralisierung die drei Abteilungen weitgehend in den dezentralisierten *unidades operativas (UO)* aufgingen. Es sind multidisziplinäre Teams, die seitdem die Wassernutzer vom Zeitpunkt der Antragstellung, über die Identifizierung der Komponenten »ihres« Bewässerungsprojektes, die Vorbetreuung, die Studien- und die Bauphase bis zur einjährigen Nachbetreuungsphase begleiten. Damals fand auch eine externe Dezentralisierung statt, bei der Plan MERISS zum Spezialprojekt der Region ernannt wurde, finanziell aber auch weiterhin von der Zentralregierung abhing. Eine neue Art Hinkebein wurde im Jahre 2000 geschaffen, als ein Mitarbeiter des DED eintraf, um auf Wunsch der KfW Plan MERISS bei der Unterstützung der Wassernutzerorganisationen zu beraten. Die GTZ registrierte es mit Fassung und gab bis zu der Beendigung ihres Engagements dem neuen Partner jede mögliche Unterstützung.

Bezüglich der landwirtschaftlichen Entwicklung gingen PRIV und Plan MERISS zunächst von unrealistischen Vorstellungen über die Möglichkeiten einer Intensivierung der Produktion durch ertragssteigernde Produktionsmittel aus. Es waren falsche Vorstellungen einer Art Grüner Revolution in den Tälern der Anden, die aber letztlich nur in den Köpfen der Planer stattfand. Dies geht aus den Schilderungen der Projektmitarbeiter in den Büchern *Dios da el agua, que hacen los proyectos?* des PRIV und *El agua en nuestras manos* von Plan MERISS hervor, in denen sie ihre eigene Arbeit in der Frühzeit des Projektes kritisch unter die Lupe nehmen. Im

Buch von Plan MERISS heißt es daher auch rückblickend auf die Projektplanung der Phase I (FZ-Finanzierung von 1978 bis 1985): »Das, was man mit den Studien suchte, war vor allem die Zustimmung der FZ und erst danach, und mehr auf dem Papier als in der Praxis, die Akzeptanz durch die begünstigten Bauern (›*campesinos beneficiarios*‹).« Die Studien gingen damals von *paquetes tecnológicos* und unrealistischen Annahmen über die zu realisierenden Ertragssteigerungen aus, die durch die Einführung neuer Kulturen, durch verbessertes Saatgut, Dünger und Pestizide erreicht werden sollten. Hauptsache war, dass »man die Zustimmung zur Finanzierung der Bewässerungsprojekte bekam, um sie dann durchzuführen und damit die Kontinuität von Plan MERIS(S) zu garantieren«, stellten die selbstkritischen Autoren 1995 rückblickend auf die 80er Jahre fest. Das Pferd wurde sozusagen von hinten aufgezäumt: Die Planer bzw. die Studienabteilung gab die Eckdaten für die Ertragserhöhungen, Flächenausweitung und Intensivierung der Bodennutzung vor, damit die von der KfW geforderte Mindestverzinsung des Kapitals erreicht werden konnte. Die Landwirtschaftsabteilung hechelte dann hinter diesen Vorgaben her, um die Schreibtischphantasien in die Realität der Anden umzusetzen.

Dieses Rezept war damals so weit verbreitet wie problematisch. Auf Demonstrationsparzellen (*parcelas demostrativas*) wurde den Bauern vorgeführt, was sie wie anzubauen hatten – die *paquetes tecnológicos*. Ein Betriebsmittelfonds (*fondo rotatorio*) versorgte die Bauern mit Krediten für den Zukauf von Saatgut, Dünger und Pestiziden, damit sie die *paquetes* auch auf ihren eigenen Feldern anwenden konnten. Doch der rotierende Fonds rotierte nicht lange, die Pump-Pumpe versagte bald. Denn es stellte sich sehr bald heraus, dass unter den klimatischen und sozio-ökonomischen Bedingungen der Anden, mit ihren traditionellen Institutionen der Gemeinschaftsarbeit, der Hilfe auf Gegenseitigkeit, des Tauschhandels und des Arbeitstauschs ein überwachtes Kreditprogramm (*supervised credit*, wie man das früher nannte) kein brauchbares Instrument war. In paternalistisch durchgeführten Projekten geboren, scheiterten diese Programme auch in anderen Entwicklungsländern und selbst an günstigeren Standorten, vor allem an den Risiken einer erratischen Wirtschaftspolitik, der Variabilität des Klimas und vor allem an den Preisrisiken unzureichend entwickelter Märkte. In den Anden ließen diese Risiken den Traum von einer Grünen Revolution zu einem Alptraum werden. In den Alpen, an die mancher vielleicht unwillkürlich denkt, werden solche Träume nur deswegen nicht zu Alpträumen, weil man sich hierzulande prohibitiv teure Bergbauernprogramme leisten kann.

Die Restmittel des rotierenden Fonds wurden von den rotierenden Beratern des Projekts flugs als Dorfläden an ausgewählten Standorten an die

Bauern übergeben, die sich dort mit Produktionsmitteln auf Pump eindecken konnten. Doch auch diese *tambos comunales* waren zum Scheitern verurteilt, die Bauern zum Rotieren. Denn mit einer solch komplexen Aufgabe waren selbst die gut funktionierenden *comunidades campesinas* überfordert. Da sozialer Ausgleich Bestandteil der Kultur ist, ließen sich die stringenten Regeln zur Rückzahlung von Krediten à la Raiffeisen nicht durchsetzen. Ohne die *fondos* und die *tambos* ging dann auch den meisten *paquetes* bald die Luft aus. Die Aktivitäten der landwirtschaftlichen Entwicklung wurden entsprechend zurückgefahren bzw. konzentrierten sie sich auf *low-input* Technologien und die punktuelle Verbesserung der existierenden Bodennutzungssysteme. COPASA legte als ländliches Entwicklungsprojekt andere Schwerpunkte und konnte u.a. mit der Einführung und Verbesserung von Nischenkulturen, aber auch durch Innovationen im *software*-Bereich der Bewässerung zusätzlich zur Intensivierung der landwirtschaftlichen Produktion beitragen. Erfahrungen wie *Pinchollo*, wo Mitglieder der *grupo de estudios*, einer mit Hilfe des Projekts aufgebauten bäuerlichen Beratungsorganisation, heute noch Wassernutzerorganisationen bei der Veränderung und Optimierung traditioneller Formen der Wasserverteilung beraten, sind Höhe- und Schlusspunkt dieser erfolgreichen dienstleistungsorientierten Art der Bewässerungsförderung.

In der Regel sind die Steigerung der Wasserverfügbarkeit und die Erhöhung der Effizienz der Wassernutzung das zentrale Anliegen von Maßnahmen zur Rehabilitierung, Verbesserung oder Ergänzung von Bewässerungssystemen in den Anden. Über eine höhere Flächennutzungsintensität und/oder eine erweiterte Bewässerungsfläche lassen sich teilweise erhebliche Produktions- und Einkommenseffekte erzielen – zusammen mit anderen positiven Effekten, z.B. hinsichtlich der Ernährung und des allgemeinen Wohlbefindens, die sich schwerer quantifizieren lassen und sich daher nicht in den Wirtschaftlichkeitsrechnungen niederschlagen. Die Bewässerungseffizienz liegt in vielen traditionellen Systemen der Anden bei höchstens 10% bis 20%, legt man die Maßstäbe moderner Bewässerungssysteme und -messkonzepte zugrunde. Schätzungen für Bewässerungssysteme in Entwicklungsländern allgemein liegen um die 30%. Anders ausgedrückt bedeutet dies, dass zwischen 70% und 90% des in das Bewässerungssystem eingeleiteten Wassers auf dem Weg zur Pflanze verloren gehen. Rein rechnerisch also ein immenses Potential, das erschlossen werden kann. In den Anden ist die Knappheit häufig nicht so groß, die Erschließung von mehr Wasser kein zentrales Ziel, da die Produktion und Lebenssituation häufig von anderen Faktoren begrenzt wird. Arbeitserleichterung und zeitliche Umverteilung stehen da eher im Vordergrund. An anderen marginale Standorten in ariden und semi-ariden Regionen, in denen Wasser der absolut begrenzende Faktor ist, nicht nur in der Landwirtschaft sondern auch in anderen Bereichen der Überlebenssysteme (vor allem Trinkwasser), können Investitionen zur Wassereinsparung daher einen höheren Stellenwert haben, um lebenserhaltende Reserven und Potentiale zu erschließen.

Baumaßnahmen sind auch heute noch das Kernstück der meisten Bewässerungsprojekte, und der Bau von Bewässerungsinfrastruktur hat bei allen Beteiligten die höchste Priorität, vor allem bei den Bauern und insbesondere dann, wenn sich diese nicht an den Kosten beteiligen müssen. In der deutschen TZ und FZ ist dies heute jedoch kaum noch denkbar, da die Beteiligung der Bauern mit Materialien, Arbeitsleistungen und auch finanziellen Beiträgen nicht nur hilft, die Kosten für den Staat und die Geberländer zu senken, sondern auch dazu dient, die Wünsche der Bauern in realistischere Bahnen zu lenken. So lässt z.B. ein Finanzierungsbeitrag je Sack Zement die Wünsche nach Auskleidung der Kanäle mit Beton auf eine realistische Größe schrumpfen. In traditionellen Systemen ist dies jedoch häufig nicht nötig, insbesondere in Gebieten, wo Verluste nicht hoch sind oder das Wasser anderen Zwecken zugute kommt. Ausschlaggebend für die Begründung von Baumaßnahmen sind neben ihren arbeits- und wassersparenden Effekten die Notwendigkeit, in landwirtschaftlichen Produktionssystemen die Wasserverfügbarkeit (Angebot) mit dem Wasserbedarf der Pflanzen (Nachfrage) zum Ausgleich zu bringen und das Wasser zeitlich (Speicherung) und räumlich (Zu- und Ableitung, Verteilung) in ausreichender Menge und Qualität bereitzustellen, um die genetisch bestimmten Produktionsreserven der Pflanzen so weit wie möglich ausnutzen zu können. Typische Baumaßnahmen sind dabei eine verbesserte Wasserfassung, Verbesserungen im Zuleitungs- oder Verteilungssystem (Kanäle, Schütze, Auskleidung von Erdkanälen), Bau oder Instandsetzung von Verteilerbauwerken, Einrichtung von Messvorrichtungen, Schaffung oder Erweiterung von Wasserspeicherkapazität zur besseren Dosierung, zur Vermeidung von Nachtbewässerung und für den Einsatz moderner Bewässerungsmethoden (Beregnung, Tröpfchenbewässerung).

In der Diskussion um den Stellenwert von *hardware*- gegenüber *software*-Maßnahmen ist die zentrale Botschaft, dass erstere nicht zu verteufeln sondern durch letztere sinnvoll zu ergänzen sind. Das Verdienst der hier betrachteten Projekte ist es, diese Zusammenhänge klargemacht und die notwendigen *software*-Komponenten entwickelt, erprobt, angewandt und für Dritte verfügbar gemacht zu haben. Die Erfahrungen der Projekte wurden durch vertiefende Studien der Abteilung P&E sowie von Gutachtern der GTZ begleitet und in schriftlichen Handreichungen, Vorträgen und Veröffentlichungen verbreitet. Die *software*-Komponenten bzw. die entsprechenden konzeptionellen Inhalte betreffen die Beratung der Wassernutzerorganisationen und die Beratung und Ausbildung der Wassernutzer selbst. Diese Komponenten, bereits im Finanzierungsvertrag verankert, stellen sicher, dass die potentiellen Möglichkeiten zur Verringerung der Wasserverluste auf dem Feld und im Verteilersystem und zur nachhaltigen Nutzung der Infrastruktur auch tatsächlich realisiert werden.

Bei der Beratung und Ausbildung von Wassernutzerorganisationen stehen der Betrieb und die Instandhaltung der Infrastruktur im Vordergrund. Hinzu kommen Themen, die die Organisation der Erhebung von Wassergebühren betreffen, deren Verwaltung und Verwendung, die Legitimierung der Führungsgremien (demokratische Wahlen), die Demokratisierung der Entscheidungsfindung im Zusammenhang mit der Planung, Finanzierung und Durchführung von Instandhaltungs- und Instandsetzungsmaßnahmen (Reparaturen), die Aufstellung jährlicher Arbeits- oder Operationspläne und deren Durchführung sowie die Reorganisation der Wasserverteilung bei Änderungen im Bewässerungssystem oder bei der Einführung neuer Anbaukulturen. Die Erhöhung der Hebeeffizienz der Wassergebühren und der Transparenz und Fähigkeiten der Verantwortlichen im Umgang mit den Mitteln zur Verbesserung der Zahlungsfähigkeit der Wassernutzerorganisationen sind neben der Legitimierung der Führungsgremien durch demokratische Wahlen die wichtigsten Anliegen eines DED-Beraters, der seit November 2000 auf Wunsch der KfW Plan MERISS unterstützt. In jüngster Zeit werden dieses Bemühungen offensichtlich auch durch Finanzierungsbeiträge der KfW ergänzt, wodurch die Wirkungsmöglichkeiten des DED-Beraters erhöhen werden. Warum sich GTZ, KfW und Plan MERISS nicht schon früher auf eine entsprechende Komponente einigen konnten und KfW und DED ein paralleles Förderungsmodell entwickelten, ist eines der Geheimnisse, das ich nicht entschlüsseln konnte, auch nicht durch intensiveres Nachfragen bei den Beteiligten. Meine Anmerkungen über die gegenseitigen Beziehungen der drei im vorletzten Abschnitt des dritten Teils, die ich mit einem Schuss Ironie versah, zeigen, dass es trotz dieser Ungereimtheit keine Anzeichen einer dramatischen Entfremdung zwischen GTZ und KfW gab, die über das übliche und allen Insidern vertraute und wohl auch ans Herz gewachsene Empfindlichkeitsgeplänkel deutscher Durchführungsorganisationen hinausging.

Beratung und Ausbildung der Wassernutzer bezieht sich vor allem auf die sparsamere Verwendung des Wassers auf dem Feld, die sich am Pflanzenbedarf, an den besonderen topographischen Gegebenheiten und an der Bodenart orientieren muss. Hierbei waren Wettbewerbe (*concursos*) das wichtigste Ausbildungs- und Beratungsinstrument. COPASA und Plan MERISS machten sich zudem um die Ausbildung von Bauernberatern im Bewässerungsbereich verdient, die in Peru *Kamayoc* heißen, in Bolivien

Kamana. Sie wurden auch zwischen den Projekten ausgetauscht und erreichten damit einen großen Wirkungsgrad. In *Pinchollo* schloss sich eine Gruppe von Jungbauern, die von COPASA ausgebildet worden waren, zu der sogenannten *grupo de estudios* zusammen. Diese gibt ihre Kenntnisse und Erfahrungen mit der Reorganisation der Wasserverteilung zur Verkürzung der Bewässerungsintervalle bei marktfähigen Gemüsekulturen als bezahlte Dienstleistung an andere Wassernutzerorganisationen und Bauern weiter. Durch die geringe Gebühr wird sichergestellt, dass diese Beratungsdienstleistung auch über das Projektende hinaus angeboten wird, was der Nachhaltigkeit und Breitenwirkung des Projektes dient.

Andere *software*-Komponenten, wie die Unterstützung bei der Lösung von Konflikte zwischen unterschiedlichen Nutzergruppen, meist zwischen Ober- und Unterliegern, bei der Klärung von Nutzungs- und Eigentumsrechtsfragen von Wasser und Boden und bei der Erkennung von ökologischen Problemen und deren Bekämpfung, wurden im Verlauf des Projektes identifiziert und teilweise einbezogen. Die Erkenntnis, dass Bewässerung nicht ohne einen Blick nach unten und nach oben auskommt, also dorthin, wo das Wasser herkommt und dort, wo es hinfließt und eventuell Staunässe und Versalzung verursacht, ist theoretisch erkannt und wird in den Projekten als Systemsicht zelebriert. In den Anden und in der Praxis der hier betrachteten Projekte spielte diese Sichtweise jedoch kaum eine Rolle, da Staunässe und Versalzung eher ein Problem der Küste sind und die Wassereinzugsgebiete der Andenprojekte relativ klein und ökologisch unproblematisch waren.

Die Systemsicht wird auch von führenden internationalen Fachleuten und -institutionen auf dem Gebiet des Bewässerungsmanagements, u.a. vom IWMI (*International Water Management Institute*) in Sri Lanka, in den Vordergrund gestellt. Sie weisen darauf hin, dass die auf einzelne (bzw. Teil-) Bewässerungssysteme bezogene Planung und die entsprechend isolierte Berechnung von Wassernutzungs- und Bewässerungseffizienzen zu erheblichen Fehlinvestitionen führen können. Bezieht man stattdessen das gesamte Wassereinzugsgebiet in die Berechnung ein, dann kann Wasser, das einem Verwendungsbereich oder Subsystem (z.B. einem Bewässerungssystem) durch Versickerung oder »Verschwendung« verloren geht, anderen Verwendungsbereichen oder Subsystemen zur nochmaligen Nutzung zur Verfügung stehen: neben der landwirtschaftlichen Nutzung in einem anderen Bewässerungssystem auch zum Auffüllen des Grundwasserspiegels, zur Speisung eines auf Wasserzuflüsse angewiesenen natürlichen Biotops, als Quelle für die Trinkwasserversorgung oder für einen anderen Produktionsbereich, der Wasser benötigt. Eine konsequente Weiterverfolgung eines solchen systemischen (*watershed* oder *riverbasin*) Ansatzes, bedeutet, dass bei der Planung jedes Bewässerungsvorhabens nicht nur die technische Effizienz der Wassererfassung, -verteilung und -verwendung (Anteil des von der Pflanze verwendeten Wassers am insgesamt eingeleiteten Wasser) im System betrachtet werden müßte, sondern das gesamte Wassereinzugsgebiet in all seinen Wasserproduktions- und -nachfrageaspekten, einschließlich der Interdependenzen zwischen den Einzelsystemen. Bei der Planung von Bewässerungsvorhaben in einem Subsystem könnten dann Maßnahmen zur Sicherung des Wasserangebots im Quellgebiet und in den höher gelegenen Bereichen des Wassereinzugsgebiets ausgewiesen werden, die einzubeziehen wären, um auch längerfristig das Wasserangebot sicher zu stellen.

In den hier betrachteten Projekten wurden, wie gesagt, solche Überlegungen angestellt, konkret jedoch wenig umgesetzt, da es sich um kleinräumige Systeme handelte. Selbst wenn sie entlang eines Flusses oder eines großen Kanals lagen, bestanden kaum Interdependenzen, da akute Knappheiten nur äußerst selten auftraten. Ob das auch in Zukunft so bleiben wird, ist nicht gesagt. Im Fall von Plan MERISS wurde, neben den konzeptionellen Ausarbeitungen zum Systemansatz gegen Ende des Projektes, in einer ersten Phase ein Aufforstungsprogramm durchgeführt, das vor allem dem Schutz der Bewässerungskanäle, nicht jedoch dem Quellschutz dienen sollte. Später tauchten auch Aktivitäten zum Quellschutz in der PPÜ auf, nahmen in der Praxis jedoch keinen großen Raum ein. Konkurrierende Verwendungsbereiche und komplementäre Nutzungsansprüche, z.B. der Haus- und Viehwirtschaft, die früher vernachlässigt worden waren, werden heute im Rahmen von partizipativen Planungsveranstaltungen (*diagnósticos partizipativos*) gemeinsam mit den Wassernutzern identifiziert und bei der Planung berücksichtigt. Es werden Waschplätze, Viehtränken und Wasserentnahmestellen vorgesehen, und es wird mit dem Bau von Brücken oder Schutzzäunen den Bedürfnissen und Wünschen der Bevölkerung so weit wie möglich entgegengekommen.

Ob das draußen im Feld wirklich alles so realisiert wurde, wie es in den Berichten steht, dafür kann ich mich nicht verbürgen. Auch kenne ich die Systeme nicht gut genug, um beurteilen zu können, ob hinsichtlich Erosionsschutz und Wassereinzugsgebietsmanagement wirklich so wenig Bedarf war, wie man mir versicherte. Der zusätzliche Mittelbedarf wäre in den Projekten der Anden sicher gering gewesen, falls man etwas näher hingesehen und vielleicht doch den einen oder anderen Bedarf identifiziert hätte. Für die großen Wassereinzugsgebiete der Küstenregionen Perus und für ähnlich gelagerte Situationen können die Aktivitäten zahlreich, die Mengengerüste und Kosten prohibitiv hoch werden, wenn man die Systemsicht und das Nachfragemanagement ernst nimmt. Auch wenn sich Aktivitäten und Kosten in Grenzen halten, dürfte es häufig sinnvoll sein, solche Aufgaben einem getrennten, hierauf spezialisierten Projekt anzuvertrauen. Sowohl die räumliche, wie auch die sachliche Trennung der Aktivitäten sprechen für eine solche Lösung.

Ein solches Projekt wäre dann in der Regel auch auf einer höheren Ebene angesiedelt, würde die Wasserwirtschaft eines größeren Flusseinzugsgebietes, einer Region oder eines Landes betreffen. Zur Sicherung und Erhöhung des Angebots wären Aktivitäten zur Bodenkonservierung, zur Aufforstung und andere Maßnahmen zur Erhaltung oder Verbesserung der Wasserqualität zu berücksichtigen, auf der Nachfrageseite neben den im Zusammenhang mit den Bewässerungsprojekten erwähnten Maßnahmen auch die Möglichkeiten der Agrarpolitik zur Steigerung der Produktivität der Verwendung des Wassers in der Landwirtschaft (Produktionswert je Kubikmeter verfügbaren Wassers). Aber auch Maßnahmen zur Steigerung der Erträge im Regenfeldbau und Überlegungen zum Import von Produkten mit hohem Wasserbedarf, die durch den Export hochwertiger, wenig Wasser benötigender Produkte finanziert werden, wären anzustellen. Extrem aride Länder oder Regionen könnten durch Ausnutzung solcher Substitutionsmöglichkeiten Wasser sozusagen importieren.

Diese Fragestellungen übersteigen selbstverständlich Bereiche und Methoden, die wir bei der Planung der Bewässerungsprojekte in den Anden kennengelernt haben. Es sind Fragestellungen, die von den verantwortlichen staatlichen Stellen (Ministerien, Forschungsinstituten etc.) oder von diesen beauftragten Beratungsfirmen oder NRO zu untersuchen wären und in Empfehlungen und konkrete Vorschläge für Strategien eines gezielten Nachfragemanagements münden sollten. Auf der Grundlage solcher Untersuchungen könnten Projekte, die in irgendeiner Weise in die Wasserbilanz einer Region oder eines Landes eingreifen oder die Effizienz der Wasserverwendung beeinflussen, untereinander und mit Investitionen im Bewässerungsbereich verglichen und die Entscheidungen auf eine rationale Basis gestellt werden.

Da die Austausch- und Reallokationsprozesse von Wasser zwischen Sektoren und Nutzungsansprüchen innerhalb eines Landes, einer Region oder eines Wassereinzugsgebietes auch institutionell optimiert werden müssen, liegt es nahe, bei der Planung von Projekten in Wasserknappheitssituationen Aktivitäten zum Aufbau und zur Stärkung nationaler, regionaler oder lokaler Koordinations- und Kooperationsstrukturen zu berücksichtigen. Im COPASA-Projekt war dies der Fall, sowohl bezogen auf den Wassersektor, als auch im Bereich der zivilen Verwaltung durch die Förderung von Institutionen ländlicher Entwicklung auf Distrikt- und Provinzebene. Mit der Kombination von Aktivitäten der Technologie- und Instrumentenentwicklung, der Stärkung der Leistungsfähigkeit lokaler Organisationen, der Strukturbildung und der Fortschreibung von Entwicklungskonzepten und -modellen wurde dabei ein Provinzplanungskonzept entwickelt, das zwar nicht als Blaupause für andere Regionen oder Länder dienen kann, konzeptionell und inhaltlich jedoch interessant ist und Beachtung verdient.

Plan MERISS hatte als reines Bewässerungsprojekt kein Mandat für derartige Aktivitäten. Welche Rolle dem Träger als (bisher noch) staatlichem Unternehmen in den nächsten Jahren zukommen wird, war zu Beginn des Jahres 2002 noch nicht abzusehen. Als im Bewässerungssektor spezialisierter und als solcher erfolgreicher Dienstleister hat er gute Chancen, auch weiterhin Finanzierungen von der (Regional- oder National-) Regierung und von internationalen Entwicklungsförderungsinstitutionen einwerben zu können. Er sollte dafür eine klarere Vorstellung von dem entwickeln, was seine Stärken und Aufgaben sind und sein können, um sich deutlicher gegenüber anderen staatlichen Organisationen wie der *Administración Técnica del Distrito de Riego Cusco*, IMA, PRONAMACHCS, FONCODES etc. abzugrenzen, aber auch strategische Koalitionen mit diesen einzugehen, um Synergieeffekte zu erzielen. Zu den Stärken gehören Kriterien für die partizipative Identifizierung, Planung und Durchführung von Projekten, die in einem Handbuch veröffentlicht und unter dem Schlagwort *enfoque Plan MERISS* bekannt wurden. Zu kurz gekommen sind bei dieser Methodik eindeutige und verbindliche Negativ- oder Ausschlusskriterien d.h. solche, mit denen in transparenter Weise die Ablehnung riskanter, technisch nicht viabler Lösungen gegenüber potentiellen Kunden (Geldgebern wie Bauern) begründet werden können. Im Fall der FZ-finanzierten Projekte konnte man sich bisher immer auf die Kriterien der KfW berufen. Der gute Ruf, den Plan MERISS ins dritte Jahrtausend (*Al 2000*) hinüberzuretten hofft, wie in der Zeitschrift gleichen Namens immer wieder stolz verkündet wird, beruht nicht zuletzt auf dieser konsequenten Selektion von FZ-Projekten. Das riskante Projekt *Maras*, auf das im siebten Abschnitt des dritten Teils näher eingegangen wurde, lässt jedoch Zweifel aufkommen, ob es Plan MERISS gelingen wird, auch nach dem Abzug der Deutschen eine solch klare Linie zu fahren und als »*honest broker*« die Kunden, wenn es denn sein muss, auch einmal vor sich selbst zu schützen.

Mit dieser Skizzierung der Zukunftsperspektiven wurde vielleicht deutlich, dass die Entwicklung von Plan MERISS zu einer regionalen Entwicklungsgesellschaft mit einem erheblich breiteren Maßnahmenspektrum, wie er in den frühen 80er Jahren einmal zur Debatte stand, auch heute kaum in Frage kommt. Schon die Inwertsetzung der Infrastruktur durch landwirtschaftliche Maßnahmen im Sinne einer Grünen Revolution in den Anden zur Sicherstellung der Wirtschaftlichkeit der Investitionen konnte und kann von Plan MERISS nicht geleistet werden. So bleibt auch heute allein die Perspektive eines fachlich spezialisierten und ausgewiesenen Dienstleisters im Bewässerungsbereich, der auf der Grundlage des in den vergangenen 25 Jahren akkumulierten Wissens und der Erfahrungen hochwertige Dienstleistungen gegen Bezahlung anbietet, sowohl im *hardware*- wie auch im *software*-Bereich.

Ganz anders war die Situation bei COPASA, das von Anfang an nicht als Bewässerungsprojekt, sondern als ländliches Entwicklungsprojekt konzipiert war. Es hatte auch nicht die Förderung eines Trägers zum Ziel, der nach Projektende als Dienstleister weiterexistieren sollte, sondern nahm sich für einen begrenzten Zeitraum eine Reihe von Aufgaben vor, nicht nur im Bereich der Bewässerungslandwirtschaft und der Wasserwirtschaft, sondern auch bezogen auf die allgemeine ländliche Entwicklung, einschließlich der Institutionenförderung außerhalb des landwirtschaftlichen und Bewässerungssektors. Die Palette von Aufgaben war angesichts der relativ kurzen Projektlaufzeit möglicherweise etwas zu breit angelegt, hatte dadurch aber vielleicht auch den besonderen Vorzug, von Beginn an konzeptionell stimmig zu sein. Die Klarheit in der Konzeption, das enorme Engagement, die Kompetenz und das Durchsetzungsvermögen der AP und die damit zusammen hängende hohe Motivation des peruanischen Teams konnten verhindern, dass die vier selbst auferlegten »Aufträge«
– Technologie- und Instrumentenentwicklung,
– Stärkung der Leistungsfähigkeit lokaler Organisationen,
– Strukturbildung und
– Fortschreibung von Entwicklungskonzepten und -modellen
nicht nur Anspruch blieben, sondern auch umgesetzt wurden, wenn auch sicher nicht völlig. Aber wem oder wo gelingt das schon in der EZ und anderswo. Da sich die GTZ in Zukunft noch mehr darauf beschränken muss, die Partner oder Kunden in Entwicklungsländern mit Erfahrungen und Konzepten unterstützend zu begleiten, werden Situationen wie die von COPASA, wo die »Aufträge« weitgehend vom Projekt selbst formuliert und relativ autonom und flexibel durchgeführt werden konnten, eher seltener werden. Wenn die Nachfrage weit hinter dem zurückbleibt, was man/frau anbieten kann und möchte (wenn auch nur als intellektuelle Reibungsflächen), dann kann dies leicht dazu führen, dass man/frau den Partner – und noch mehr den »Kunden« – überfordert. In dieser Hinsicht »segelte COPASA hart am Wind«. Und dies fern vom Pazifik und künstlichen Stauseen, wo es ähnliche Probleme der Überforderung der Partner/Kunden gab, wie ich im sechsten Abschnitt des dritten Teils erläuterte, sozusagen als Exkursion an die Küste und in die Vergangenheit.

Daher lässt sich hier auch eine allgemein Lernerfahrung einschieben. Wir

COPASA-Konzept: Aufträge und Dienstleistungen

Auftrag »Technologie- und Instrumentenentwicklung«
Die Dienstleistungen des Projektes umfassen:
Neue Produktlinien mit Vermarktungspotential; Vorschläge für die Neuordnung der Wasserverteilung, neue Bewässerungstechniken, jeweils gekoppelt mit Ausbildungsangeboten; neue Instrumente für die Zusammenarbeit lokaler Akteure (»Mesas de concertación«, Koordinierungsgremien)

Auftrag »Stärkung der Leistungsfähigkeit lokaler Organisationen«
Die Dienstleistungen des Projektes umfassen Elemente der Organisationsentwicklung. Sie richten sich vor allem an die Wassernutzergruppen und ihren Dachverband sowie an die Gemeinden und deren Zusammenschluss (CDPC) aber auch an Produktions- und Vermarktungsgemeinschaften der Bauern.

Auftrag »Strukturbildung«
Unter Strukturschwäche im ländliche Raum verstehen wir die fehlende Verknüpfung der Beiträge einzelner Organisationen aber auch die Defizite in der Kommunikation zwischen lokaler, Provinz- und regionaler Verwaltungs- und Politikebene. Das Projekt bietet hier Unterstützung an. Als thematisches Netzwerk gilt das neu aufgebaute Agrarinformations- (und Wissens-)system mit den Publikationen »Yachay« und »Concertando«, ein Gemeinschaftsprodukt der Facharbeitsgruppe Landwirtschaft (CEDA) im CDPC. Ein regionales Netzwerk ist die »Bewässerungsplattform/WEG-Management«, in das die lokalen Organisationen am Oberlauf des Colca (Dachverband der Wassernutzergruppen und Provinzgemeinde Chivay) eingebunden sind. Die Plattform hat sich von einem informellen Diskussionskreis zu einer autonomen Gebietskörperschaft entwickelt, mit Mandat für das Ressourcen- bzw. das Wassermanagement. Im engeren Sinne interpretieren wir auch die Förderung der Kooperation zwischen CDPC und CTAR als Beitrag zur Strukturbildung.

Auftrag »Fortschreibung von Entwicklungskonzepten und -modellen«
Die Modellentwicklung ist ein »Nebenprodukt« einer kontinuierlichen Überprüfung der Projektstrategie im Verlauf der Durchführungserfahrungen (das Projekt als lernende Organisation). Wir glauben, ein Modell anbieten zu können, das Relevanz für die ländliche Entwicklung in semiariden Räumen in den Anden hat. Dynamik und Synergieeffekte in unserem Entwicklungsmodell entfalten sich aus der engen Verzahnung zwischen den o.g. Arbeitsbereichen (»Aufträgen«), die vielfältige Verstärkungs- und Rückkopplungseffekte produziert und damit die Nachhaltigkeit der Wirkungen sichert. Modellcharakter hat u.E. auch das landwirtschaftliche Informations- und Kommunikationssys-

tem als Alternative für die landwirtschaftliche Beratung. Für die Bewässerung liegt ein Interventionsmodell vor, das der andinen Bewässerungskultur/-tradition gerecht wird (Systemansatz). Die Kooperationsmodelle, die im CDPC und in der neu konstituierten »Autoridad de Cuenca« erprobt werden, sind u. E. über den Entstehungskontext hinaus »exportfähig«.

Quelle: COPASA (2001) TOR Projektfortschrittskontrolle

(die deutsche EZ) neigen vielleicht manchmal dazu, den Partner oder den Kunden, besonders wenn er in Wirklichkeit keiner ist oder sich nicht als solcher fühlt, zu überfordern und auch uns selbst, nicht nur im Drittgeschäft, wo Verträge von Bürokraten mit Paragraphen und Klauseln ausgehandelt und festgezurrt werden, sondern auch im »normalen« TZ- und im FZ-Geschäft. So z.B. wenn der Partner bei Bewässerungsprojekten die Kosten für die Entwässerung übernehmen soll, wenn wir Partizipation in einer hierarchisch aufgebauten und denkenden Institution erwarten, wenn wir *gender*-Themen in traditionellen Gesellschaften oder ausgeklügelte M&E-Systeme in Zeiten leerer Kassen fordern, um nur einige Bereiche zu nennen. Die grundsätzlichere Frage ist, ob wir uns wirklich auf einen nachfrageinduzierten Entwicklungsansatz einlassen, ob wir »Nordlichter« uns auf einen solchen, allgemein als »*demand driven*« bezeichneten Ansatz überhaupt einlassen können, um den Partnern oder Kunden die Initiative zu überlassen und sie tatsächlich nur zu begleiten.

Bei COPASA, als ländlichem Entwicklungsprojekt mit begrenzter Laufzeit und sehr hohem Anspruch, kam da, vielleicht noch mehr als bei den anderen Projekten, eine starke Prise Angebotsorientierung hinzu. Im Zusammenhang mit dieser grundsätzlichen Problematik wurde auch manchmal die Frage gestellt, ob es sich hier um einen replizierbaren Ansatz handelt. Schon weil auch diese Frage eine Prise Angebotsorientierung und Blaupausengläubigkeit in sich trägt, würde ich sie eher mit »nein« beantworten. Da jedes Projekt seine eigene Geschichte und Dynamik hat, sind – wie ich schon in der Einführung anmerkte – »lessons learned« im Sinne von Blaupausen ein Wunschtraum, woran auch Wissens- und sonstige Speicher nicht viel ändern werden. COPASA konnte von den hier ausgeblendeten (positiven und negativen) Erfahrungen des IESP-Vorläuferprojektes profitieren, und die AP als ehemalige Verantwortliche für das IESP in der Zentrale (sog. *desk officer* im EZ-Jargon) verfügte über breite Vorkenntnisse hinsichtlich der Stärken und Schwächen, Interessen und Abneigungen der Menschen und Institutionen im Projektumfeld. Sie konnte auf ein Netzwerk von Arbeitsbeziehungen aufbauen, diese weiterhin pflegen und für das Projekt nutzbar machen und so auch die Nachfrage induzieren. Die Frage, ob ein solch anspruchsvolles Programm auch unter »normalen« Umständen hätte realisiert werden können, muss daher unbeantwortet bleiben. Denn was wäre, vor allem in der EZ, schon als »normal« zu bezeichnen? Als (Agrar-) Ökonomen widerstrebt es mir, ein Werturteil in dieser Frage abzugeben. Da ich hier auch nicht als Gutachter schreibe, brauche ich glücklicherweise noch nicht einmal ein Urteil abzugeben, vom Offenlegen meiner Werte, die ich beim Schreiben und Urteilen im Hinterkopf habe, ganz zu schweigen. Ich überlasse es daher, entsprechend dem anfangs ausgegebenen Motto, jedem selbst, sich einen Reim darauf zu machen, wer oder was sich da im Tal des *Colca* wie und warum entwickelte, nachfrage- oder angebotsorientiert. Um dies zu erleichtern, möchte ich jedoch einiges zusammenfassend ins Gedächtnis zurückrufen, was meiner Ansicht nach bemerkenswert war – ohne Anspruch auf Vollständigkeit und (Allgemein-) Gültigkeit.

Das hypothetische Modell von sich gegenseitig verstärkenden Wirkungskreisläufen und -ketten, das gegen Ende der Projektlaufzeit ausformuliert und getestet wurde, ist schlüssig und hat auch Bezug zu den Hypothesen, die dem Projektantrag und den Planungen zugrundelagen. Auch wenn die Ausformulierung des Modells und der Wirkungsketten erst sehr spät geschah und man/frau auch beim Versuch der Verifizierung und Quantifizierung nicht sehr weit kam, handelt es sich um einen interessanten Versuch einer komplexeren Wirkungsanalyse.

Die partiellen Ergebnisse der Studie zur Verifizierung des Modells können hier nicht im einzelnen angesprochen werden. Es sollen stattdessen einige konkrete Ergebnisse des Projektes aufgezählt werden. Im Bereich der Bewässerung wurden die Voraussetzungen für die Intensivierung der landwirtschaftlichen Produktion durch eine Neuordnung der Wasserverteilung geschaffen (Verkürzung der Bewässerungsintervalle durch festgelegte Bewässerungszeiten à la *Pinchollo* oder *warabandi,* wie das in Indien heißt). Dies ist eine *software*-Aktivität, bei der die *hardware*, d.h. der Ausbau der Bewässerungsinfrastruktur, flankierende Maßnahme war und nicht umgekehrt, wie das in der Regel der Fall ist. Im Bereich der pflanzlichen Produktion sind neben den Aktivitäten zur Verbesserung der Parzellenbewässerung die Saatgutproduktion (billiges und gesundes Kartoffelsaatgut über Samenvermehrung) zu nennen, die Förderung des Anbaus von Nischenkulturen (u.a. Majoran, Obstbau), deren Verarbeitung und Vermarktung, die Gewinnung und Konservierung organischen Düngers, die Anwendung und bessere Dosierung von Mineraldüngern und Pflanzenschutzmitteln, verschiedene Kulturmaßnahmen im Bereich des integrierten Pflanzenschutzes, verbesserte Fruchtfolgen und angemessenere Bodenbearbeitungsverfahren. In der tierischen Produktion wurden im Bereich der Tierhaltung (Förderung des Futterbaus und der Tiergesundheit), der Tierzucht (Leistungssteigerungen durch Verdrängungskreuzung in der Schafzucht), der Rindermast und der Milchverarbeitung positive Ergebnisse erzielt.

Da ich immer wieder Bezug darauf genommen habe, hier noch einige Anmerkungen zur Armutsorientierung, d.h. zur Frage, wie die Armen und Ärmsten der Armen von COPASA profitieren konnten. Die zuletzt genannten beiden Maßnahmen im Tierzuchtbereich kamen eher indirekt den ärmeren Bauern zugute (durch die Verbesserung der Ernährung mit tierischem Eiweiß), die ersteren auch direkt durch Realisierung von Leistungssteigerungen aufgrund der Zuchtwert- und Haltungsverbesserungen. In der pflanzlichen Produktion waren keine großen finanziellen Aufwendungen notwendig, um von den Innovationen bzw. den Beratungsinhalten profitieren zu können. Die Verbesserungen in der Bewässerungsorganisation durch klarere und daher transparentere Regeln bezüglich fester Bewässerungszeiten und kürzerer Bewässerungsintervalle kamen besonders den Ärmeren zugute, da Ungerechtigkeiten aufgrund von Korruption reduziert wurden. Dies geschah früher durch unsichtbare Hände, die Geld in die Tasche von *tomeros* (mit der Wasserverteilung Beauftragte) schoben, wenn das Wasser knapp wurde. Wie sich erhöhte Transparenz und soziale Kontrolle in der Praxis bewähren, bleibt abzuwarten. Die Bauern, mit denen ich bei meinem letzten Besuch sprach, lobten besonders diesen Effekt der Neuregelung der Wasserverteilung.

Die Ausbildung von Jungbauern als Hilfsveterinäre, als individuelle *Kamayoc* (Bewässerungsberater) oder als Berater in der schon mehrfach erwähnten *grupo de estudios* schaffte zusätzliche Einkommensmöglichkeiten, die nicht an das Eigentum von Boden und an Wasserrechte gebunden waren. Dies war besonders für Bauernsöhne von Bedeutung, die keinen Anspruch auf solche Rechte hatten, sich aber dennoch in der Region eine Existenz aufbauen wollten. Andererseits schaffte diese Ausbildung ein Angebot an Dienstleistungen zu erschwinglichen Preisen – für die Projekte genauso wie für die Bauern und die Wassernutzergruppen. Die Komponente der Institutionenförderung erhöhte die Nachhaltigkeit und Breitenwirkung der anderen Maßnahmen des Projektes und kam daher auch indirekt den Armen zugute. Alles in allem waren die Aktivitäten und Ergebnisse demnach breit genug gestreut, um für eine unterschiedliche Klientel zur Verfügung zu stehen. Hieraus lässt sich folgern, dass die Wirkungsketten und -kreisläufe im Sinne der Modellvorstellungen auch den Armen zugute kamen. Ob die Qualitätshüter in Eschborn dies auch ohne zuverlässige statistische Tests so sehen und mit welchen statistischen Methoden sie die Wirkungsanalyse in Zukunft durchgeführt haben wollen, entzieht sich meiner Kenntnis. Mit eleganten Formulierungen von Wirkungen allein, worauf man sich besonders spezialisiert zu haben scheint, ist es sicher nicht getan.

Auch ohne es genauer quantifiziert und statistisch getestet zu haben, zeigen die Erfahrungen der hier betrachteten Projekte wohl deutlich genug, dass Bewässerungsförderung ein wichtiges Instrument zur Armutsbekämpfung in ariden und semi-ariden Standorten mit landwirtschaftlichem und Bewässerungspotential ist. Bewässerungsförderung ermöglicht einen direkten Beitrag zur Ernährungssicherung und zur Linderung der Armut, indem sie Impulse für Effizienz- und Produktivitätssteigerungen und für die Beschäftigung in der Landwirtschaft gibt und gleichzeitig das Ertrags- und Preisrisiko vermindern hilft, neben dem klimatischen das bedrohlichste Risiko für die Kleinbauern und indirekt auch für die Armen. Durch temporär zugeführtes Kapital und Know-How wird verhindert, dass arme Kleinbauern in die Städte abwandern, wo sie nur in den seltensten Fällen in der Lage sein werden, sich eine neue Existenz aufzubauen und daher mit großer Wahrscheinlichkeit einer Verelendung anheimfallen. Unter den Bedingungen der Anden, wie auch anderer Gebirgsregionen und sonstiger marginaler Standorte in ariden und semi-ariden Regionen, kann nicht erwartet werden, dass Kleinbauern Investitionskapital aufbringen, obwohl sie die Finanzierung der Kosten von Betrieb und Instandhaltung der Infrastruktur in der Regel übernehmen können. Beiträge an Arbeitsleistung und Bauhilfsstoffen im Wert von bis zu maximal 10% der Investitionskosten, wie sie in den hier betrachteten Projekten in der Regel erreicht wurden, sind sicher zumutbar und wünschenswert, um eine Identifizierung der Bauern mit den laufenden Baumaßnahmen, die Wertschätzung der Infrastruktur und die Wahrnehmung des eigenen Leistungspotentials zu erreichen und gleichzeitig die Fähigkeiten zu Betrieb, Instandhaltung und -setzung des verbesserten oder erweiterten Bewässerungssystems zu fördern.

Ein Engagement der Bauern ist vor allem unter folgenden Bedingungen zu erwarten: *Erstens*, ein landwirtschaftliches Mindestpotential in Bezug auf Verfügbarkeit der natürlichen Ressourcen Wasser und Boden und bezüglich der klimatischen Bedingungen. *Zweitens,* eine Mindestanzahl von Bauern, die für Innovationen aufgeschlossen sind, die in traditionelle dörfliche oder auch moderne produktions- oder bewässerungsbezogene Organisationsstrukturen eingebunden sind oder sich im Rahmen der Projektaktivitäten einbinden lassen. *Drittens*, ein Mindestmaß an Marktnähe und Verkehrsinfrastruktur, um die Märkte, möglichst in allen Jahreszeiten, erreichen zu können. Die hier betrachteten Projekte haben gezeigt, dass unter solchen Bedingungen eine zufriedenstellende Zahlungsfähigkeit und damit auch Zahlungsbereitschaft für bewässerungsbezogene Dienstleistungen zu erwarten ist. Nur an solchen Standorten werden die KfW und ähnlich orientierte Entwicklungsbanken auch in Zukunft Interesse an einer Bewässerungsförderung mit subventionierten Krediten haben. Wie schon in der

Vergangenheit sollten und werden diese Banken auch weiterhin auf der »Inwertsetzung der Infrastruktur« durch begleitende Maßnahmen und auf einer Mindestverzinsung des eingesetzten Kapitals bestehen – nicht nur *ex-ante* sondern auch *ex-post* und auf der Grundlage einigermaßen verlässlicher Daten eines M&E-Systems. Die Zeiten, in denen die *ex-ante*-Wirtschaftlichkeit auf dem Papier und mit aus der Luft gegriffenen Zahlen und Annahmen über die Wirkung von *paquetes tecnológicos* à la Grüne Revolution errechnet wurde, sind vorbei. Die Frage der angemessenen Dimensionierung von M&E-Systemen und des Stellenwerts von Kriterien der Wirtschaftlichkeit ist jedoch immer noch umstritten; sie kann auch nicht allgemeingültig beantwortet, sondern nur von Fall zu Fall entschieden werden.

Entgegen aller Gepflogenheiten in wissenschaftlichen Abhandlungen und Gutachten, habe ich es – schon um keine falschen Vorstellungen zu erwecken – bisher vermieden, Quellen für meine Lernerfahrungen namentlich zu kennzeichnen, Namen nur im Zusammenhang mit allgemein verfügbaren und im Zusammenhang mit den behandelten Themen interessanten Texten genannt. Auch im Fall des Zitats, das mir als Synthese der Lernerfahrungen mit Bewässerungsprojekten in den Anden passend erscheint, nenne ich keinen Namen, sondern nur die Quelle. Das Zitat entstammt dem Abschlussbericht des COPASA-Projektes vom Februar 2002, genauer gesagt der letzten Seite dieses von der AP verfassten Berichts. Und da es auch guter Stil ist, nicht immer das letzte Wort haben zu müssen, verabschiede ich mich schon einmal an dieser Stelle und danke für das Interesse an den von mir beschriebenen und kommentierten Lernerfahrungen.

»Für ein erfolgreiches Projekt braucht es:
– eine Projektkonzeption, die einen komplexen Veränderungsprozess auf die Kernstrukturen reduzieren und diese abbilden kann. Anspruchsvolle Konzepte können nicht aus der Distanz vom Programmleiter sondern müssen vor Ort in einem kontinuierlichen Prozess des Erfahrungslernens mit den Beteiligten und moderiert von einem/r erfahrenen Langzeitexperten/in erarbeitet werden. Die sog. Zebraeinsätze sind für Projekte mit Konzeptentwicklungsbedarf nicht die geeignete Beratungsform.
– eine flexible und offene Planung. Eine zu starke Fixierung auf die Abarbeitung von Ziel- und Ergebnisvorgaben beschneidet die Spielräume, die für eine prozesshafte Entwicklung und Umsetzung von innovativen Konzepten wichtig sind.
– fachlich qualifizierte Mitarbeiter im Projekt und eine Personalführung, die die Neugierde der Mitarbeiter an neuen Dingen fördert, das methodische Handwerkszeug für die partizipative Gestaltung von Veränderungsprozessen bereitstellt, Irrtümer zulässt und ›Erfolge feiert‹.«

Ausgewählte Literatur

BAUER, P.T. (1984): Reality and Rhetoric. Studies in the Economics of Development, London

BOLIN, I. (2001): When Apus Are Losing Their White Ponchos. Environmental Dilemmas and Restoration Efforts in Peru. D+C 6/01: 25-26

BOZA, H. (2000): Perdida de agua en canales de riego: tratamiento de Juntas. En: PLAN MERISS (2000) 27 Aniversario. PLAN MERISS Region Cusco: 15-18, Cusco, Perú

CRUZ M., R. (2001): El proceso de cambios en la gestión de sistemas de riego al ritmo de los usuarios. La experiencia de la comunidad de Achoma Urinsaya. PDR-COPASA – GTZ, Arequipa

CUBA SALERNO, A., A. IGOR GARCÍA, J. HENDRIKS (eds.) (1994): Pequeños Proyectos de Riego. Sistematización de experiencias de promoción, Lima. Centro Ideas

DE SOTO, H. (1989): The Other Path. The Invisible Revolution in the Third World, Lima

DE ZUTTER, P. (1997): Historias, saberes y gentes. De la experiencia al conocimiento, Lima Escuela para el desarrollo-editorial horizont

ERLER, B. (1985): Tödliche Hilfe: Bericht von meiner letzten Dienstreise in Sachen Entwicklungshilfe, Freiburg

FERGUSON, M. (1980): The Aquarian Conspiracy. Personal and Social Transformation in the 1980's

FERNÁNDEZ BRAVO, R. (2000): El enfoque sistémico para entender los procesos de cambio en el sistema de riego, Arequipa

FRANCO, E., S. WELZ y G. LOVÓN (2001): Cambios Tecnológicos en las fincas y su relacionamiento con el Modelo de Transferencia Tecnológica. Proyecto Especial de Desarrollo Rural Valle de Colca. PDR COPASA, Marzo, Arequipa

FRIEBEN, E. und L. LAZARTE (1983): Organisationsprozesse von Bäuerinnen im andinen Südperu – Möglichkeiten und Schwierigkeiten in der Arbeit mit Frauengruppen. Peripherie. Zeitschrift für Politik und Ökonomie in der Dritten Welt 13: 14-25, Münster

GANDARILLAS, H., L. SALAZAR, L. SANCHEZ, L.C. SANCHEZ y P. DE ZUTTER (1994): Dios da el agua. Que hacen los proyectos? Manejo de agua y organización campesina. 2da. edición, Cochabamba, Bolivia

GTZ (1996): Die GTZ ist in Deutschland weltbekannt, Eschborn

GONZALES SILES, G. (2001): Análisis de la cadena de impactos económicos y su relacionamiento con la estrategia del proyecto. (informe parcial). Abril, Arequipa

HATZIUS, T. and R. MARGGRAF (1994): Choosing Appropriate Institutions for a Sustainable Development – With Examples from Irrigation Projects in Peru. In: GANS, O. (ed.) Policy Reform and Structural Adjustment, Saarbrücken, Breitenbach.

HATZIUS, T. und R. MARGGRAF (1994): Konzepte der Armutsmessung. In: SCHÄFER, H.-B. (Hrsg.) Armut in Entwicklungsländern. Schriften des Vereins für Socialpolitik Gesellschaft für Wirtschafts- und Sozialwissenschaften NF Band 234 119-163, Berlin

HATZIUS, T. and R. MARGGRAF (1994): Das Problem des effizienten Einsatzes von natürlichen Ressourcen als kollektiv nutzbare Zwischenprodukte, untersucht am Beispiel von Wassernutzungsprojekten. In: HAGEDORN, K. et al. (eds.) GEWISOLA Bd.30, Münster Hiltrup. Landwirtschaftsverlag

HATZIUS, T. (1982): Einsatz eines Linearen Programmierungsmodells zur projektbegleitenden Planung und Evaluierung und im Rahmen von Gesamtwirtschaftlichen Kosten-Ertragsanalysen – dargestellt am Beispiel des Tinajones-Bewässerungsprojektes in Peru. Quarterly Journal of International Agriculture. Special Series Issue No. 32. Frankfurt am Main. DLG-Verlag

HATZIUS, T. (1987): The Agricultural Sector Within a Development Strategy for Bolivia. Contribution to the GTZ-Mission Report to the Ministry of Planning, FIA-Bericht 87/9. Heidelberg

HATZIUS, T. (1993): Resource Use in Andean Agriculture. Neoclassical and New Institutional Concepts for Understanding Rural Institutions. In: THIMM, U. and H. HAHN (eds.) Regional food security and rural infrastructure Vol.I: 29-51, Münster-Hamburg

HATZIUS, T. (1994): Bewertung des »Kriterien/Indikatorenrasters für entwicklungspolitische Entscheidungen im Bereich Wasserressourcen« auf der Grundlage eines Testlaufs bei der KfW. FIA-Bericht 94/2, Heidelberg

HATZIUS, T. (1996): Sustainability and Institutions – Catchwords or New Agenda for Ecologically Sound Development? Institute of Development Studies Working Paper 48, Brighton

HERRERA, M. (1998): Irrigación de Maras, anhelo generacional. In: MERISS al 2000, 25 Aniversario, No. 4: 38-39, Cusco

HIGGINS, J. (2001): Die peruanische Gesellschaft in der Literatur. In: SEVILLA, R. & D. SOBREVILLA (Hrsg.) Peru – Land des Versprechens. Länderseminar des Zentrums für Wissenschaftliche Kommunikation mit Ibero-Amerika, Tübingen, Bad Honnef. Horlemann Verlag

HUAMÁN M., E. (2000): El impacto de los proyectos de mejoramiento del riego: Caso Pachachaca y Asmayacu-Lucmus. En: PLAN MERISS (2000). Cusco, Perú

PROYECTO ESPECIAL – PLAN MERISS – C.T.A.R. Cusco (1999): Informe de Evaluación de operación de sistemas de riego por aspersión implementados por Plan Meriss Inka. Setiembre, Cusco

HUPPERT, W. und K. URBAN (1994): Service Analyses in Irrigation Development. Quarterly Journal of International Agriculture 33 (3) 260-275

HUPPERT, W. und H.H. WALKER (1988): Management von Bewässerungssystemen: Ein Orientierungsrahmen, Handbuchreihe Ländliche Entwicklung, BMZ-GTZ-DSE, Eschborn

HUPPERT, W., P.G. KLAUS, H. KÜHLWEIN-NEUHOFF, K. URBAN (1998): Dienstleistungsorientierung in der Technischen Zusammenarbeit. Ein Reader. GTZ Abteilung 45

JÄGER, J. und A. NOVY (2002): Politische Implikationen von Entwicklungstheorien. Die Dialektik von theoretischer Praxis und Entwicklungsprozess. In: FISCHER et al. (Hrsg.) Internationale Entwicklung. Probleme, Mechanismen und Theorien, Frankfurt am Main / Wien. Brandes & Apsel / Südwind

KESSLER, W. (2002): Weltbeben. Auswege aus der Globalisierungsfalle, Wiesbaden. Publik-Forum

MÜLLER, K. (2001): Der peruanische Neoliberalismus: eine kritische Analyse. In: SEVILLA & SOBREVILLA (Hrsg.) 230-248, Bad Honnef. Horlemann

OLARTE HURTADO, W. (2000): Experiencias del Plan MERISS en los proyectos de riego por aspersión: Chimpacalca, Unuraqui y Racchiayllu del Valle del Río Vilcanota. En: Agua y Riego, Revista del IPROGA No15: 6-11, Lima. IPROGA

OSTERFELD, D. (1992): Prosperity versus Planning. How Government Stifles Economic Growth, New York and Oxford. Oxford University Press

PEDRAZA, G. y W. GARCÍA (2000): Los proyectos de riego en ceja de selva: Cambios organizativos para la gestión del agua de riego. En: PLAN MERISS (2000) 23-28, Cusco, Perú

PICHT, J. (2000): Un Enfoque Sistémico para Proyectos de Riego. In: Plan MERISS No. 5-6 – 27 Aniversario: 10-14. Diciembre, Cusco. Plan MERISS

PLAN MERISS INKA (1995): El agua en nuestras manos. Experiencias de un proyecto de riego. Convenio Perú Alemania. Proyecto Especial Plan de Mejoramiento de Riego en la Sierra y Selva. Plan Meriss Inka, Setiembre, Lima

QUISPE, J., LASTEROS, H., GERBRANDY, G. y M. DELGADO (2000): Concepción, diseño y ejecución participativa de proyectos de riego: La experiencia del Proyecto Pachachaca en Apurímac. En: Plan MERISS: 2-9, Cusco

REICH, C.A. (1970): The Greening of America. Toronto, New York, London. Bantam Books

SINGER, H. (1993): Adam Smith: Forebear of Development Studies. In: CARTY, A. and H.W. SINGER (eds.) Conflict and Change in the 1990s. Ethics, Laws and Institutions. 26-34, DSA-Macmillan

SINGER, H. (1996): Beyond Bretton Woods. A New Framework for International Co-operation. Internationale Politik und Gesellschaft 2/1996: 161-166

SINGER, H. (1997): The Influence of Schumpeter and Keynes on the Development of a Development Economist. In: HAGEMANN, H. (Hrsg.) Zur deutschsprachigen wirtschaftswissenschaftlichen Emigration nach 1933, Marburg. Metropolis

TODARO, M.P. (1977): Economic Development in the Third World, London

TODD, E. (2003): Weltmacht USA. Ein Nachruf. München Zürich. Piper

URBAN, K. (1989): Bewässerung in den Anden. Eine kommentierte Literaturübersicht. Sonderpublikationen der GTZ, Nr. 241, Eschborn

VINCENT, L. (1995): Hill Irrigation – Water and Development in Mountain Agriculture. London. Overseas Development Institute

WELZ, S. (2000): Von der Entwicklung kleinbäuerlicher Betriebe zur Ankurbelung lokaler Wirtschaftskreisläufe: Wirkungen des Projektes COPASA – Ein Rahmen für die abschließende Evaluierung des Projektes COPASA. Mimeo, Arequipa

WITTFOGEL, K.A. (1977): Die Orientalische Despotie. Eine vergleichende Untersuchung totaler Macht. Frankfurt am Main, Berlin, Wien. Ullstein

ZIEGLER, J. (2003): Die neuen Herrscher der Welt und ihre globalen Widersacher. München. Bertelsmann

Verzeichnis der Abkürzungen

AP	Ansprechpartner
ATDR	Administración Técnica del Distrito de Riego
AURA	Entwicklungspolitischer Auftragsrahmen für die TZ (BMZ-GTZ-Vertragsgrundlage)
AV	Auftragsverantwortlicher
BID	Banco Interamericano de Desarrollo
BMZ	Bundesministerium für Wirtschaftliche Zusammenarbeit und Entwicklung
BSP	Bruttosozialprodukt
CEPAL	Comisión Económica para América Latina
CGIAR	Consultative Group on International Agricultural Research
CIA	Central Intelligence Agency (USA)
COPASA / PDR -	Programa de Desarrollo Rural – Cooperación Peruana Alemana de Seguridad Alimentaria (TZ-Projekt, Arequipa, Peru)
DED	Deutscher Entwicklungsdienst
DRP	Diagnóstico Rural Participativo (PRA)
EU	Europäische Union
EZ	Entwicklungszusammenarbeit
FONCODES	Fondo Nacional de Compensación y Desarrollo Social (Entwicklungsfonds, Peru)
FZ	Finanzielle Zusammenarbeit
GPSR	Gestión y Producción en Sistemas de Riego (Abteilung von Plan MERISS)
GPER INKA	Grupo Permanente de Estudio en Riego de la Región Inka (Peru)
GQA	Gruppe Qualitätssicherung Angebote in der GTZ, Stabsstelle Interne Evaluierung
GTZ	Deutsche Gesellschaft für Technische Zusammenarbeit
ha	Hektar
HALFA	Hauptabteilungsleiter Fachabteilungen (alter Name Entscheidungsgremium GTZ)
IBTA	Instituto Boliviano de Tecnología Agropecuaria (Bolivien)

IESP	Integriertes Ernährungssicherungsprojekt
IFPRI	International Food Policy Research Institute
IMA	Insituto de Medio Ambiente (Cuzco)
IWF	Internationaler Währungsfonds
IWMI	International Water Management Institute
KfW	Kreditanstalt für Wiederaufbau
KNA	Kosten-Nutzen-Analyse
KV	Kooperationsvorhaben
KZF / LZF	Kurzzeitfachkraft / Langzeitfachkraft
LRE	Ländliche Regionalentwicklung
M&E	Monitoring und Evaluierung (monitoreo & evaluación)
m3/ha	Kubikmeter pro Hektar
MEF	Ministerio de Economía y Finanzas (Peru)
MERISS	Mejoramiento de Riego en la Sierra y Selva en la Región Inka (Peru)
MIPRE	Ministerio de la Presidencia (Peru)
MTA	Misión Técnica Alemana (TZ-Beratungsteam bei Plan MERISS)
MPP	Matriz de Planificación del Proyecto (PPÜ)
NN	Normal Null (Meeresspiegelhöhe)
NNRO	Nichtregierungsorganisation des Nordens
NRO	Nichtregierungsorganisation
ODA	Official Development Aid
ONG/NRO	Nichtregierungsorganisation
PDR	Proyecto de Desarrollo Rural
PEIRAV	Programa de Enseñanza e Investigación en Riego Andino y de los Valles
P&E	Planung & Entwicklung (GTZ-Abteilung)
PFK	Projektforschrittskontrolle
PMI / Plan MERISS	Projektträger des FZ-TZ-Bewässerungsprojkts, Cusco, früher Region Inka, Peru)
PMO	Proyecto Microriego Oruro (Bolivien)
PPP	Public Private Partnership
PPÜ	Projektplanungsübersicht
PRA	Participatory Rural Appraisal
PRAV	Programa de Riego Altiplano/Valles (Bolivien)
PRIV	Proyecto de Riego Inter-Valles (Bolivien), früher PRAV
PRONAMACHCS	Programa Nacional de Manejo de Cuencas y Conservación de Suelos (Peru)

PRONAPEMI	Programa Nacional de Pequeñas y Medianas Irrigaciones (Peru)
PRONAR	Programa Nacional de Riego (Bolivien)
PSI	Proyecto Subsectorial de Irrigación (Peru)
qkm	Quadratkilometer
SAP	Strukturanpassungsprogramm
SNDC	Servicio Nacional de Desarrollo de la Comunidad (Bolivien)
SNRO	Nichtregierungsorganisation des Südens
TOR	Terms of Reference
TP	Tesóro Público
TZ	Technische Zusammenarbeit
UE	Unidad Ejecutora (Ausführungseinheit, später UO, Unidad Operativa)
UNCED	UN Conference on Environment and Development
UO	Unidad Operativa (dezentrale Operationseinheit Plan MERISS)
USAID	US Agency for International Development
WC	Washington Consensus
WNO	Wassernutzerorganisation
WTC	World Trade Centre, New York, am 11. 9. 2001 zerstört, hier als 9/11 bezeichnet
WTO	World Trade Organization (Welthandelsorganisation)
ZOPP	Zielorientierte Projektplanung

Karten

Peru

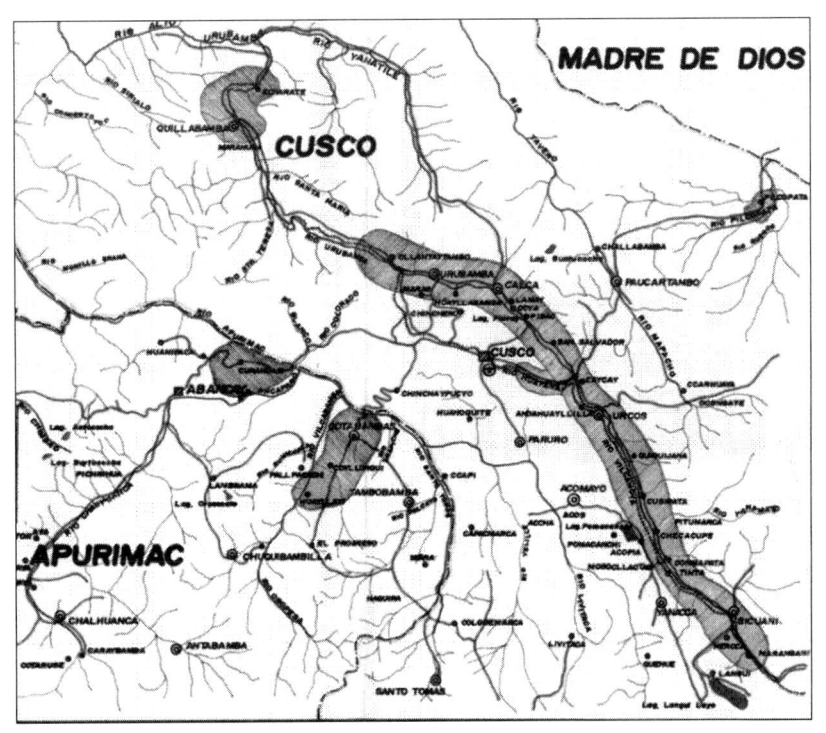

Projektgebiet PLAN MERISS

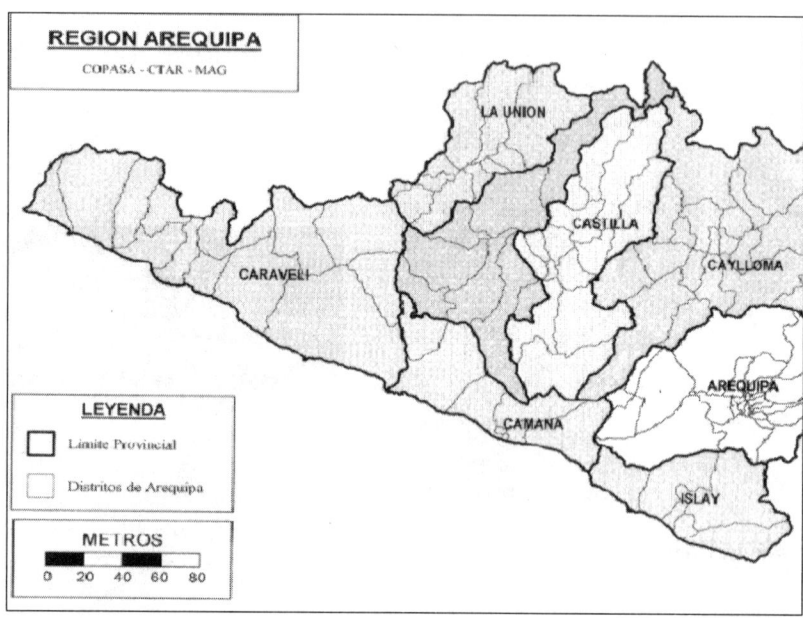

Region Arequipa

Danksagung

Ich schulde vielen Menschen Dank. Stellvertretend möchte ich hier einige mit Namen nennen. Zunächst danke ich meiner Familie, meiner Frau *Anne* und meinen Töchtern *Britt*, *Lynn* und *Fay*, die mich mit Liebe, Geduld, Interesse und gelegentlich auch mit Verwunderung begleitet haben, nicht nur während des Schreibens dieses Buches, sondern auch während der Aufenthalte im Ausland, bei denen sie zeitweise dabei waren. Vielleicht sind drei Töchter, auf drei Kontinenten zur Welt gebracht, der größte Beitrag zur Völkerverständigung, den man sich denken kann. Ihre eigene Lebensgestaltung zeigt schon heute, dass sie nicht nur die Belastungen, Frau zu sein, spüren, sondern auch ihre Chancen zu nutzen wissen und damit einen Beitrag zur Verbesserung der Stellung der Frau in der Gesellschaft leisten werden. Dies ist ein Thema, das mich seit Beginn meiner Tätigkeit in Afghanistan verständlicherweise besonders beschäftigt.

In der Zentrale der GTZ in Eschborn danke ich vor allem *Walter Huppert* für das Vertrauen während vieler Jahre fruchtbarer Zusammenarbeit, für die Anregung zu dem Buch, für seine kritischen und konstruktiven Anmerkungen und für die Unterstützung beim Entstehungsprozess. Den Herren *Dresrüsse* und *Herrnkind* danke ich für die Möglichkeit, das Buch vor Ort recherchieren und eine erste Version schreiben zu können; stellvertretend für alle, die mich beim Sichten der Dokumentation unterstützten, danke ich Frau *Gebser*. *Klaus Urban*, Gutachterkollege in Sachen Bewässerung, und *Christian Hagen*, der die erste Version des Berichts kritisch unter die Lupe nahm, bin ich für wertvolle Hinweise und Anregungen dankbar. Bei der KfW in Frankfurt danke ich den Herren *Sprenger*, *Rischar* und *Kern* für aufschlussreiche vorbereitende Gespräche, ebenso wie meinem Gutachterkollegen in Sachen Bewässerung *Volkmar Blum*.

In Peru bedanke ich mich bei dem Repräsentanten des DED *Eberhard Köster* in Lima (jetzt Afghanistan) und *René Jentzsch* in Cusco. Zu besonderem Dank bin ich den AP der beiden peruanischen Projekte *Susanne Welz* und *Jochen Picht* verpflichtet, für ihr Interesse, ihre überaus offene und herzliche Unterstützung und für die kritische Durchsicht der ersten Version des Buches, *Jochen* ebenfalls für wertvolle Kommentare zur letzten und für die ermutigende Aufforderung, diese nun endlich zu veröffentlichen. Ich danke ebenfalls ihren peruanischen Kollegen in den beiden Projekten, von denen ich stellvertretend für alle anderen *Javier Zúñiga* und *René Cruz* in Arequipa, *Eulogio Huamán* und *Purificación Muña* in Cusco nennen möchte. Allen *campesinos* (wie »Bauer«, nie abwertend zu interpretieren!), die so viel Geduld mit den Projekten aufbrachten und durch ihre Klugheit und ihren Fleiß beeindruckten, bin ich besonderen Dank und Bewunderung schuldig. Für wertvolle Gesprächszeit und viele Einsichten danke ich meinen Kollegen *Piet van Driel, Pierre de Zutter, Alonso Moreno* und *Arno Perisutti*, dem ich für die kritische Durchsicht der ersten Version, viele Anregungen und eine mehr als 25 Jahre andauernde Freundschaft danke. In Peru waren mir *Peter Wolf* vom PDR-Team der GTZ in Lima bei der Informationsbeschaffung aus Internet und Wissensspeicher, *Tania Zurita Sanchez* vom PERAT-Projekt bei der Fertigstellung des ersten Manuskripts behilflich, in Deutschland lasen meine Brüder Berthold und Albrecht, außerdem Philipp und Wolfgang Mohl, Friederike Hachmeier und meine Tochter Britt Teile der letzten Version, wofür ich ihnen allen dankbar bin.

Meiner Tochter *Lynn Hatzius* danke ich für die professionelle und äußerst gelungene Gestaltung des Umschlags und meinem Verleger und Freund *Volkhard Brandes* für die sorgfältige editorische Arbeit. Die Verantwortung für Inhalt, Stil, Irrtümer, Werturteile und alles, was sonst noch ärgerlich oder erfreulich sein mag, übernehme ich natürlich selbst.